pauker.

W0404209

Abschluss2022
Realschule Baden-Württemberg

Name: Götz

Schule:

Klasse:

hutt lernhilfen

Redaktionsadresse:
Unterhäuser Straße 1 · 70597 Stuttgart
T 0711 767150 · F 0711 7671511
info@pauker.de · www.pauker.de

hutt.lernhilfen ist eine Marke der
Bergmoser + Höller Verlag AG
Karl-Friedrich-Straße 76
52072 Aachen

T 0241 93888123
F 0241 93888188
kontakt@buhv.de

Umsatzsteuer-Id.Nr.: DE 123600266
Verkehrsnummer: 10508
Handelsregister Aachen HRB 8580

Vorstand:
Andreas Bergmoser
Peter Tiarks

Aufsichtsratsvorsitz:
Holger Knapp

Autorinnen/Autoren:
Jasmin Johner (Deutsch)
Joachim Krick (Mathematik)
Andreas Danner (Englisch)

Lektorat:
Antonia Aleker, Simone Grohmann, Kevin Koch,
Joachim Krick, Magdalena Noack

Gestaltung: Hanne Hutt

Umschlag:
Konzeption + Gestaltung:
Hanne Hutt
Fotografie:
Anna Leippe

Audioproduktion:
Tonstudio Dreamland, Frank Metzner e. K., Krombach
Sprecher/-innen: Uta Desch, Ida-Lee Dickenson, Mark Dickenson,
Joe Ginnane, Sarah Ginnane, Kirsten Marshall, Steffen Rosenberger

Paul Harriman, Oliver Utzt, dropD GmbH, Waiblingen

Ausgabe 2021/2022

ISBN: 978-3-88997-824-0

klimaneutral Printprodukt
natureOffice.com | DE-077-178633

FSC www.fsc.org
MIX
Papier aus verantwortungsvollen Quellen
FSC® C104521

SPORT IN DER SCHULE
Stiftung Sport in der Schule in Baden-Württemberg

KEINE MACHT DEN DROGEN

Über diese Lernhilfe

Liebe Schülerin, lieber Schüler,

der *pauker* hilft Ihnen bei der Vorbereitung auf den Realschulabschluss. Dieser Band enthält pro Fach vier Musterprüfungen im Stil der novellierten Abschlussprüfung (davon zwei zum Download) sowie die Originalprüfung 2021. Klare Gliederung und das großzügige Seitenformat vereinfachen den Überblick. Die farbliche Trennung der einzelnen Fächer erleichtert Ihnen das gezielte Üben für die Abschlussprüfung.

Farbleitsystem

Deutsch-Training	Mathematik-Training	Englisch-Training
Deutsch-Prüfung	Mathematik-Prüfung	Englisch-Prüfung

Text- und Themenverzeichnis
Diese Verzeichnisse (Seite 8 – 12) dienen Ihnen zum schnellen und gezielten Auffinden von Prüfungstexten in Deutsch, themenbezogenen Aufgaben in Mathematik (Raum und Form, Messen etc.) oder bestimmten Englischinhalten (Lesen, Vokabeln etc.). Zudem sind auf einen Blick alle Audiotracks zu den LCT-Texten zusammengestellt.

Prüfungsinfos und nützliche Tipps
Ab Seite 13 sind alle wichtigen Prüfungsinfos für Sie aufgeführt. Was passiert wie, wann und mit welchen Hilfsmitteln? Zudem gibt es eine Übersicht über Prüfungsfächer und Notengewichtung. Zum Schluss haben wir für Sie noch zehn nützliche Tipps, wie Sie Ihre Prüfung sicher bestehen.
- Sollten sich nach Drucklegung noch Änderungen ergeben, finden Sie aktuelle Informationen unter www.pauker.de/info-aktuell

Training
Der Trainingsteil ist in jedem Fach gleich aufgebaut:
- Aufteilung in einzelne Themengebiete
- Erklärungen
- Typische Aufgabenstellungen mit Musterlösungen
- Übungsaufgaben

Prüfungen
- Vier Musterprüfungen, davon zwei zum Download sowie die Originalprüfung 2021
- Formelsammlung sowie Bearbeitungstipps für alle Aufgaben in Mathematik

Englisch-Audiodateien
- Alle LCT-Texte als Audiotracks zum Download und per QR-Code abrufbar

Extra „Schule – und dann?“
Das Zusatzkapitel gibt nützliche Tipps und Informationen zum Start in den Beruf, von den wichtigsten Bewerbungsunterlagen bis zu Einstellungstests.

Lösungen
Mit dem separat erhältlichen Lösungsband können Sie Ihre Antworten und Ergebnisse überprüfen. Lösungswege und Lösungsansätze sind darin übersichtlich und leicht nachvollziehbar dargestellt. Die Lösungen zu den digitalen Musterprüfungen sind über einen Link im Lösungsband abrufbar.
Bestellnummer: 81-02-2-22

Inhaltsverzeichnis

Allgemein

Deutsch

Mathematik

Training

Leitidee Zahl – Variable – Operation

Englisch

Training

Extra

Textverzeichnis Deutsch

Durch das Textverzeichnis sind einzelne Aufgabenformate schnell und einfach zu finden.

Themenverzeichnis Mathematik

Durch dieses Verzeichnis ist es möglich, Aufgaben sortiert nach Leitidee zu suchen. A1 steht für Prüfungsteil A1, A2 für Prüfungsteil A2 und B für Prüfungsteil B.

Daten und Zufall

Musterprüfung I		Musterprüfung II		Prüfung 2021	
Seite	**Nr.**	**Seite**	**Nr.**	**Seite**	**Nr.**
237	A1/4	249	A1/4	260	A1/3a
241	A2/5	252	A2/5	260	A1/3b
242	A2/6	253	A2/6	264	A2/3
246	B/3b	257	B/3b	264	A2/4
				265	A2/6
				268	B/3a

Prozent- und Zinsrechnung

Musterprüfung I		Musterprüfung II		Prüfung 2021	
Seite	**Nr.**	**Seite**	**Nr.**	**Seite**	**Nr.**
237	A1/3	252	A2/4	264	A2/4
241	A2/4	255	B/2a		

Themenverzeichnis Englisch

Mit dem Themenverzeichnis lassen sich einzelne Aufgabentypen schnell und einfach finden. Der Buchstabe B kennzeichnet den Bereich Reading, C Use of Language, D Creative Writing, E für Interpreting.

Vocabulary

Find the synonym					
Musterprüfung I		Musterprüfung II		Prüfung 2021	
Seite	Nr.	Seite	Nr.	Seite	Nr.
333	C1	343	C1	353	C1

Find the opposite					
Musterprüfung I		Musterprüfung II		Prüfung 2021	
Seite	Nr.	Seite	Nr.	Seite	Nr.
333	C2	343	C2	354	C2

Explanations / Definitions					
Musterprüfung I		Musterprüfung II		Prüfung 2021	
Seite	Nr.	Seite	Nr.	Seite	Nr.
333	C3	344	C3	354	C3

Fill in the correct word					
Musterprüfung I		Musterprüfung II		Prüfung 2021	
Seite	Nr.	Seite	Nr.	Seite	Nr.
333	C4	344	C4	354	C4

Paraphrasing					
Musterprüfung I		Musterprüfung II		Prüfung 2021	
Seite	Nr.	Seite	Nr.	Seite	Nr.
334	C6	344	C6		

Reading

Finding information in the text					
Musterprüfung I		Musterprüfung II		Prüfung 2021	
Seite	Nr.	Seite	Nr.	Seite	Nr.
331	B1	341	B1	352	B1
331	B2	342	B2	352	B2
331	B3	342	B3	352	B3
352	B4	343	B4	353	B4
352	B5	343	B5		

Writing

Asking questions					
Musterprüfung I		Musterprüfung II		Prüfung 2021	
Seite	Nr.	Seite	Nr.	Seite	Nr.
333	C5	344	C5	354	C5

Writing a comment					
Musterprüfung I		Musterprüfung II		Prüfung 2021	
Seite	Nr.	Seite	Nr.	Seite	Nr.
334	D1	345	D1	355	D1

Writing an email / a text					
Musterprüfung I		Musterprüfung II		Prüfung 2021	
Seite	**Nr.**	**Seite**	**Nr.**	**Seite**	**Nr.**
334	D2	345	D2	355	D2

Interpreting

Mediation					
Musterprüfung I		Musterprüfung II		Prüfung 2021	
Seite	**Nr.**	**Seite**	**Nr.**	**Seite**	**Nr.**
336	E1	346	E1	356	E1
337	E2	347	E2	356	E2

Listening Comprehension Tests

Titel	Muster	Text	Aufgaben	QR-Code
Part 1 – TV Series	I	Seite 358	Seite 328	
Part 2 – Interview about Books	I	Seite 359	Seite 329	
Part 3 – Sleep Deprivation Is Real!	I	Seite 359	Seite 329	
Part 4 – Radio Interview: Work-Life Balance	I	Seite 360	Seite 330	
Part 1 – Corona Crisis: A Rap Song to Raise Awareness	II	Seite 361	Seite 338	
Part 2 – 'One in Five Young People' Has Heen Bullied in 2019	II	Seite 361	Seite 339	
Part 3 – Conversation about Global Warming	II	Seite 362	Seite 339	
Part 4 – Our Brain	II	Seite 363	Seite 340	
Part 1 – Yoga	2021	Seite 364	Seite 348	
Part 2 – Vikings	2021	Seite 364	Seite 349	
Part 3 – The Prom	2021	Seite 365	Seite 349	
Part 4 – Digital footprint	2021	Seite 365	Seite 350	

Alle Hördateien auch zum Download unter: www.pauker.de/rs_bw_muster

Prüfungsinfos allgemein

Inhaltliche und strukturelle Neuausrichtung aller Prüfungen der Sek I

Die Realschulabschlussprüfung umfasst seit 2021 folgende Prüfungsteile:

- schriftliche Prüfung in den Fächern Deutsch, Mathematik und Englisch
- Kommunikationsprüfung im Fach Englisch
- optionale mündliche Prüfungen in den Fächern Deutsch und Mathematik (ca. 15 Minuten)

Fach
Deutsch Zentrale schriftliche Prüfung
Mathematik Zentrale schriftliche Prüfung
Englisch/Pflichtfremdsprache Zentrale schriftliche Prüfung / Kommunikationsprüfung

Die Prüfungsergebnisse setzen sich wie folgt zusammen:

Deutsch	50 % Ergebnis Jahresleistung	50 % Ergebnis Prüfungsleistung (optionale mündliche Prüfung: 1-fach, dann schriftliche Prüfung 3-fach)
Mathematik	50 % Ergebnis Jahresleistung	50 % Ergebnis Prüfungsleistung (optionale mündliche Prüfung: 1-fach, dann schriftliche Prüfung 3-fach)
Englisch/Pflichtfremdsprache	50 % Ergebnis Jahresleistung	50 % Ergebnis Prüfungsleistung (schriftliche Prüfung: 3-fach, Kommunikationsprüfung: 2-fach)

Prüfungsinfos – Deutsch

Bearbeitungszeit: 240 Minuten

Inhalt

<table>
<tr><td rowspan="2">Teil A: Pflichtteil</td><td>A1: Sachtext</td><td>Aufgaben zu Textverständnis, Grammatik, Orthografie, Interpunktion, Syntax, Morphologie und Semantik</td><td rowspan="5">240 Minuten</td><td>25 Punkte</td></tr>
<tr><td>A2: Lektüre</td><td>Textverständnis und produktive Aufgaben zur bekannten Ganzschrift</td><td>25 Punkte</td></tr>
<tr><td rowspan="3">Teil B: Wahlteil</td><td colspan="2">a) Textgebundene dialektische Erörterung</td><td rowspan="3">50 Punkte</td></tr>
<tr><td colspan="2">b) Textbeschreibung Lyrik</td></tr>
<tr><td colspan="2">c) Textbeschreibung Prosa</td></tr>
</table>

Für alle Prüfungsteile steht ein Wörterbuch zur Verfügung.

Die Abschlussprüfung im Fach Deutsch enthält mehrere grundlegende Neuerungen im Vergleich zu den bisherigen Prüfungen.

Teil A

In Teil A1 müssen Sie anhand eines Sachtextes Fragen zum Lese- und Textverständnis, zu Grammatik, Rechtschreibung und Zeichensetzung beantworten.
In Teil A2 dient die Lektüre als Grundlage für Fragen. Hier geht es um Textverständnis und produktive Aufgaben wie das Verfassen eines Briefes, Dialogs, einer Rede oder Ähnliches. Die Lektüre wird im Unterricht erarbeitet und besprochen.
Die Rechtschreibung fließt in die Bewertung ein.

Teil B

In Teil B haben Sie die Wahl zwischen einer textgebundenen dialektischen Erörterung, einer Textbeschreibung zu einem Lyrik- oder einer Textbeschreibung zu einem Prosatext.

Prüfungsinfos – Mathematik

Bearbeitungszeit: 210 Minuten, 20 Minuten Pause zwischen Teil A1 und A2

Inhalt

Teil A1	**Pflichtteil**	Grundkenntnisse	Hilfsmittelfreier Teil; Zeichengeräte (Geodreieck, Parabelschablone, Zirkel) zugelassen	45 Minuten	50 Punkte
Teil A2		Komplexere Aufgaben	Zeichengeräte, Taschenrechner und Formelsammlung	165 Minuten	
Teil B	**Wahlteil** (2 von 3 Aufgaben müssen bearbeitet werden)	Transferaufgaben			

Die schriftliche Prüfung in Mathematik besteht aus zwei Teilen, dem Pflichtteil (Teile A 1 und A 2) und dem Wahlteil (Teil B).

Teile A1 und A2

In den Teilen A1 und A2 müssen Sie alle Aufgaben bearbeiten. Teil A1 umfasst Aufgaben zu mathematischen Grundkenntnissen, Teil A2 komplexere Aufgaben zu Inhalten aus Klasse 7 – 10.

Teil B

Im Teil B müssen Sie zwei der drei Aufgaben bearbeiten. Wenn Sie mehr als zwei Aufgaben im Teil B bearbeiten, werden die beiden besten Lösungen gewertet. Dieser Teil enthält Transferaufgaben zu Inhalten aus Klasse 7 – 10. Diese Aufgaben stellen erhöhte Anforderungen in Bezug auf die anzuwendenden Lösungsstrategien und die eventuellen Begründungen. Der Lösungsweg einer Aufgabe muss nachvollziehbar sein. Die Ergebnisse sind sinnvoll zu runden und mit richtiger Benennung (Einheiten etc.) anzugeben.

Prüfungsinfos – Englisch

Bearbeitungszeit: 150 Minuten, 30 Minuten Pause nach Teil A

Inhalt

1. Schriftlicher Teil

Teil A	**Listening Comprehension**	Hörverstehenstest	30 Minuten	110 Punkte
Teil B	**Text-based Tasks**	Fragen zu Texten (Textverständnis)	120 Minuten	
Teil C	**Use of Language**	Wortschatz und Grammatik		
Teil D	**Writing**	Kreatives Schreiben: Aufgaben zur Textproduktion (E-Mail, freier Text etc.)		
Teil E	**Interpreting**	Zweisprachige Kommunikations-situationen		

Für Teil A steht kein Wörterbuch zur Verfügung. Für die Teile B bis E steht ein zweisprachiges Wörterbuch zur Verfügung.

Teil A
In Teil A Listening Comprehension müssen Sie Fragen zu kurzen Hörtexten wie zum Beispiel Gesprächen, Interviews oder Durchsagen beantworten.

Teil B
Teil B enthält Fragen zum Textverständnis. Als Grundlage dienen beispielsweise Hinweisschilder, Sach- und Informationstexte. Mögliche Aufgabentypen sind das Beenden von Satzanfängen, die Überprüfung von Aussagen/Behauptungen, die Zuordnung zu vorgegebenen Kategorien, die Identifizierung von Aussagen und das Beantworten von Fragen.

Teil C
In Teil C werden Ihr Wortschatz sowie Ihre Grammatik- und Rechtschreibkenntnisse geprüft. Als Aufgabenformate finden sich hier etwa Lückentexte, Wortschatzaufgaben und Ähnliches.

Teil D
In Teil D geht es um das freie Schreiben. In einer weniger umfangreichen Schreibaufgabe soll die eigene Meinung zu einem Thema geäußert, begründet oder beschrieben werden. In einer umfangreicheren Aufgabe stehen zwei Aufgabenstellungen zur Auswahl. Hier sollen unterschiedliche Textsorten verfasst werden, wie z. B. eine Bild- oder Reizwortgeschichte, ein Tagebucheintrag, Brief, Bericht oder Blog.

Teil E
In Teil E sollen Sie in zweisprachigen Kommunikationssituationen wichtige Informationen sinngemäß in die jeweils andere Sprache übertragen. Die Sprachmittlung findet sowohl aus der Zielsprache ins Deutsche als auch umgekehrt statt.

2. Mündlicher Teil: Kommunikationsprüfung

Teil A	**Monologisches Sprechen**	Präsentation des Schwerpunktthemas
Teil B	**Dialogisches Sprechen**	Kommunikative und situative Aufgabenformen
Teil C	**Sprachmittlung**	Sprachmittlung Dolmetschen

Die Kommunikationsprüfung absolvieren die Schüler/-innen einzeln oder zu zweit. Sie dauert in der Pflichtfremdsprache 15 Minuten je Schüler/-in. Die Prüfung wird von einer Fachlehrkraft und einer weiteren Lehrkraft der Schule abgenommen. Die drei Prüfungsteile sind in der festgelegten Reihenfolge ohne Pause zu absolvieren. Es erfolgt eine individuelle Leistungsfeststellung.

Mündliche Prüfung

Die optionale mündliche Prüfung kann als Einzel- oder Gruppenprüfung durchgeführt werden. Die Entscheidung trifft der Vorsitzende des Prüfungsausschusses. Der Schülerin bzw. dem Schüler wird vor Beginn der Prüfung die Möglichkeit gegeben, ein Schwerpunktthema zu benennen. Das Schwerpunktthema wird in die mündliche Prüfung des jeweiligen Faches einbezogen. Die Schule kann der Schülerin bzw. dem Schüler vor der mündlichen Prüfung in den Fächern Deutsch, Mathematik und Pflichtfremdsprache Aufgaben schriftlich vorlegen. In diesem Fall sollte der Schülerin bzw. dem Schüler eine angemessene Vorbereitungszeit eingeräumt werden. Die Aufgaben werden überwiegend dem Stoffgebiet der Klasse 9 und 10 der zum Realschulabschluss führenden Schulen entnommen und von der Fachlehrkraft gestellt. Der Leiter des Fachausschusses kann die Aufgaben erweitern oder einschränken. Jede Schülerin bzw. jeder Schüler wird je Fach etwa zehn Minuten geprüft.

QR-Codes in allen Trainingsteilen sowie für alle Hörtexte

Dem QR-Code (Quick Response) sind Informationen, Bilder, Videos oder Hördateien hinterlegt. Alle Inhalte sind lediglich zur Auflockerung des Lernalltags gedacht und verschaffen keinem Schüler / keiner Schülerin einen Vorteil.

Die QR-Codes in diesem Buch sind nummeriert. Für alle, die kein Smartphone besitzen, haben wir im Folgenden hinter jeder QR-Code-Nummer die entsprechende Internetadresse aufgeführt, unter der die jeweiligen Inhalte abrufbar sind.

Deutsch
(1) http://www.pauker.de/qrdb/i.php?qr=mvdBJhw
(2) http://www.pauker.de/qrdb/i.php?qr=DNEBruM
(3) http://www.pauker.de/qrdb/i.php?qr=uviRZn2

Mathematik
(1) http://www.pauker.de/qrdb/i.php?qr=EuryAlf
(2) http://www.pauker.de/qrdb/i.php?qr=VQqmKHr
(3) http://www.pauker.de/qrdb/i.php?qr=vvSywbe

Englisch
(1) http://www.pauker.de/qrdb/i.php?qr=OQtWArA
(2) http://www.pauker.de/qrdb/i.php?qr=0jZgCUs
(3) http://www.pauker.de/qrdb/i.php?qr=bABXqm4
(4) http://www.pauker.de/qrdb/i.php?qr=j09usxt
(5) http://www.pauker.de/qrdb/i.php?qr=P9hHRD5
(6) http://www.pauker.de/qrdb/i.php?qr=LFTFx16
(7) http://www.pauker.de/qrdb/i.php?qr=cvnA5t4

Tipps zur Prüfung

Cool bleiben!

1. Rechtzeitig mit dem Lernen beginnen

Eine gute Vorbereitung ist die wichtigste Voraussetzung, um gelassen in eine Prüfung gehen zu können. Dazu gehört vor allem, dass Sie rechtzeitig mit dem Lernen anfangen. Die Erstellung eines Zeitplans, der feste Lernzeiten vorsieht, ist hilfreich. Denken Sie dabei auch an Wiederholungsphasen.

2. Motivation ist wichtig

Teilen Sie Ihren Lernstoff ein. Tragen Sie in Ihren Zeitplan ein, wann Sie mit einer Lerneinheit fertig sein möchten. Haben Sie eine Einheit abgeschlossen, können Sie diese auf Ihrem Plan abhaken. Die Haken verdeutlichen Ihnen, wie viel Sie schon geschafft haben. Das motiviert und lässt das Ziel näher rücken.

3. Keine Angst vor der Angst haben

Viele Menschen haben Angst vor einer Prüfung. Das ist ganz normal und halb so schlimm, denn in einem gewissen Maß kann Angst sogar die Leistungsfähigkeit fördern. Sind Sie allerdings zu aufgeregt, beeinträchtigt dies Ihre Konzentration. Deshalb gilt: Am Prüfungstag trotz Anspannung cool bleiben und nicht verrückt machen lassen.

4. Selbstbewusst sein

Durch eine positive Herangehensweise lässt sich eine Prüfungssituation in der Regel besser bewältigen. Denn der Prüfungsstress spielt sich eigentlich nur in Ihrem Kopf ab. Also anstatt zu denken „Ich kann bestimmt die Hälfte der Fragen nicht beantworten" vielmehr „Ich fühle mich sicher, weil ich mich gut vorbereitet habe!"

5. Aufgabenstellung genau lesen

Lesen Sie sich zunächst die Aufgabenstellung aufmerksam durch. Machen Sie sich jetzt klar, wonach genau gefragt ist. Dies gilt gleichermaßen für alle Fächer und alle Arten von Aufgabenstellungen oder Bearbeitungshinweisen. Denn nur, wenn Sie die Aufgabe richtig verstanden haben, können Sie sie auch lösen.

6. Den eigenen Weg gehen

Jeder hat eine andere Herangehensweise an eine Prüfung. Sie brauchen sich nicht an die vorgegebene Reihenfolge der Fragestellungen zu halten. Sie dürfen mit einer Aufgabe beginnen, die Ihnen leicht erscheint. Dadurch haben Sie gleich am Anfang ein Erfolgserlebnis, das Sie motiviert, und so sammeln Sie auch die ersten Bewertungspunkte. Die schwierigeren Teile können Sie dann anschließend angehen.

7. Wichtige Textstellen markieren

Lesen Sie einen Text mehrmals durch. Beim ersten Durchgang ist es wichtig, dass Sie genau erfassen, worum es geht. Markieren Sie anschließend durch Unterstreichen oder farbiges Anstreichen wichtige Stellen im Text. Sie können sich auch Hinweise oder Kommentare an den Rand schreiben.

8. Notizen machen

Bei weiteren Textarbeiten ist es sinnvoll, sich auf einem separaten Blatt Notizen zu machen. Dort sollten Sie Gedanken und Ideen aufschreiben, damit Sie sie nicht vergessen. Teilweise kann es hilfreich sein, einzelne Argumente stichwortartig festzuhalten und zuzuordnen. Dadurch haben Sie es beim Schreiben des Textes später einfacher.

9. Auf Nummer sicher gehen

Am Schluss Ihrer Prüfung sollten Sie kontrollieren, ob Sie auch wirklich alle Aufgaben gelöst haben. Wenn noch Zeit übrig ist, empfiehlt es sich, das Geschriebene noch einmal durchzusehen. In Deutsch und Englisch sollten Sie besonders auf die Rechtschreibung, die Zeichensetzung, den Satzbau und eine logische Argumentation achten. In Mathe lohnt es sich, den Rechenweg noch einmal kurz nachzuvollziehen und das Ergebnis grob zu überschlagen.

10. Sich selbst belohnen

Sie haben es geschafft! Nach all den Strapazen der Prüfung können Sie sich jetzt guten Gewissens mit etwas belohnen, das Ihnen Freude macht. Bestimmt sind Sie erleichtert, dass Sie die Prüfung hinter sich gebracht haben. Eine solche Erfahrung gibt Ihnen mehr Selbstbewusstsein für kommende Aufgaben.

Die Abschlussprüfung

Die Prüfung besteht aus zwei Teilen. Teil A ist ein Pflichtteil, bei dem alle Aufgaben gelöst werden müssen. Teil A1 enthält Aufgaben zu einem Sachtext, in denen es um Textverständnis, Grammatik, Orthografie, Analyse etc. geht. Teil A2 umfasst Aufgaben zur Lektüre, die während des Schuljahres im Unterricht behandelt wurde.
Teil B ist ein Wahlteil, d. h. nur eine der beiden Aufgaben muss gelöst werden. Hier können Sie zwischen einer textgebundenen dialektischen Erörterung und einer Textbeschreibung zu den Gattungen Lyrik oder Prosa wählen.
Im folgenden Trainingsteil sind Übungen zu den verschiedenen Aufgabentypen zusammengestellt, damit Sie sich optimal auf die Prüfung vorbereiten können.

Textverständnis

1. Richtiges Zitieren

Erklärung

Bei einigen Aufgaben wird von Ihnen verlangt, dass Sie Ihre Antwort mit Beispielen aus dem Text belegen. Dazu müssen Sie die entsprechenden Textstellen zitieren. Doch was heißt das genau?
Zitate werden immer in **Anführungszeichen** „…" gesetzt. Es ist wichtig, dass Sie den genauen Wortlaut und die Originalschreibweise übernehmen. Setzen Sie hinter das Zitat immer die Zeile bzw. Seite, aus der es stammt. Klammern Sie diese Angabe ein. Dabei gilt:

- Z. = Zeile
- S. = Seite
- f. = folgende (für eine weitere Zeile) sowie ff. = und folgende (für zwei weitere Zeilen), setzt man hinter Zeilen oder Seitenangaben, wenn das Zitat über drei Zeilen bzw. Seiten geht. Ab drei aufeinanderfolgenden Zeilen bzw. Seiten wird mit Zahlen abgekürzt.

Beispiele: „Der Vogelkundler beobachtet neugierig die Nistplätze." (Z. 5 f.) → bedeutet Zeile 5 und 6
„Der Vogelkundler beobachtet neugierig die Nistplätze. Besonders interessiert ihn dabei das Brutverhalten." (Z. 5 ff.) → bedeutet Zeile 5 bis 7
„Der Vogelkundler beobachtet neugierig die Nistplätze. Besonders interessiert ihn dabei das Brutverhalten. Aber auch die Länge der Brutzeit ist für ihn ausschlaggebend." (Z. 5 – 8)
→ bedeutet drei aufeinanderfolgende Zeilen oder mehr

Wenn Sie nur **Teilsätze** oder **Textausschnitte** zitieren, kennzeichnen Sie die Auslassung mit eckigen Klammern.
Beispiel: „Der Vogelkundler beobachtet neugierig die Nistplätze. […] die Länge der Brutzeit ist für ihn ausschlaggebend." (Z. 5 – 8)

Das **Zitieren von Versen** erfolgt beispielsweise bei Gedichten oder Songtexten. Dabei werden Versumbrüche durch einen Schrägstrich markiert. Statt einer Zeile kann auch der Vers (V.) angegeben werden.
Beispiel: „Da habe ich eine Reklame erblickt / Die hat mich in die Augen gezwickt." (V. 2 f.)

Beim Zitieren von Einzelwörtern werden nur diese in Anführungszeichen gesetzt.
Beispiel: Ort und Zeit ist für das „Brutverhalten" (Z. 5) wichtig.

Auch Titel oder Eigennamen werden in Anführungszeichen gesetzt.
Beispiel: Die „Süddeutsche Zeitung" berichtet ausführlich über die verschiedenen Vogelarten und ihre Bedürfnisse.

2. Sachtexte

Erklärung

Unter Sachtexten versteht man Texte, deren Absicht es ist, Fakten zu liefern oder über Dinge zu informieren. Oftmals handelt es sich dabei um Zeitungsartikel. Ein Sachtext beinhaltet häufig keine Ausschmückungen, ist meistens objektiv und stellt somit in der Regel keine eigene Meinung des Autors bzw. der Autorin dar. Auch diskontinuierliche Texte wie Grafiken, Diagramme oder Schaubilder bzw. Karikaturen gehören zur Kategorie Sachtext.

Kontinuierliche Texte

Um Informationen aus einem kontinuierlichen Text zu entnehmen, empfiehlt sich folgende Vorgehensweise:

1. Zunächst einen Überblick verschaffen: Lesen Sie unbedingt die **Überschrift** und den **Vorspann**. Falls Abbildungen vorhanden sind, betrachten Sie diese und lesen Sie die **Bildunterschrift**. Sehen Sie sich danach die Aufgabenstellung an.
2. Anschließend den Text zügig ein erstes Mal durchlesen: Beachten Sie bei der Suche nach Informationen **Schlüsselwörter**. Achten Sie auf die **Textstruktur**. Am Schluss gibt es beispielsweise häufig eine Zusammenfassung. Das kann hilfreich sein.
3. Nachdem Sie sich einen Überblick verschafft haben, lesen Sie den Text ein weiteres Mal. Lesen Sie ihn jetzt ganz genau, denn es geht um das **Detailverständnis**. Markieren Sie wichtige Wörter und Informationen.

Diskontinuierliche Texte

Textsorten

Um Informationen besonders anschaulich zu vermitteln, werden oft **grafische Darstellungen** benutzt, vor allem, wenn es um Entwicklungen oder Häufigkeiten geht.
Um eine grafische Darstellung zu beschreiben und zu interpretieren, gehen Sie so vor:

1. Benennen Sie das Thema! (Was ist auf dem Schaubild dargestellt? Wann und von wem wurde es erstellt?) Das Thema des diskontinuierlichen Textes wird meistens in Form einer Aussage oder einer Frage über der Grafik genannt.
2. Beschreiben Sie! Wichtige Aussagen lassen sich vor allem aus Ähnlichkeiten oder Unterschieden ableiten, achten Sie also auf Zahlenangaben, die nah beieinander oder erkennbar auseinander liegen. (Was ist dargestellt? Größe und Einheit angeben; Einzeldaten (Gemeinsamkeiten und Unterschiede) vergleichen; auf Auffälligkeiten (hohe oder niedrige Einschnitte) achten; sind Entwicklungen/Tendenzen erkennbar?)
3. Um eine Auswertung (Deutung) vorzunehmen, stellen Sie sich drei Fragen:
   - ▶ Welche Zusammenhänge, z. B. zwischen dem Kurvenverlauf und bekannten Vorgängen, lassen sich herstellen?
   - ▶ Lassen sich besonders hohe oder niedrige Einschnitte erklären?
   - ▶ Was kann man aus dem Schaubild ableiten und was kann man nicht erkennen?

Oft sind diskontinuierliche Texte **Tabellen**, **Diagramme** oder **Karikaturen**.
Tabelle: Hier sind Zahlenangaben in Spalten und Zeilen angeordnet. Das ist viel übersichtlicher als in einem Text.
Diagramm: Hier gibt es vor allem die folgenden vier verschiedenen Formen:

- Balkendiagramm: Die Zahlen werden in Form von Balken angezeigt, also waagerecht.
- Säulendiagramm: Die Zahlen werden in Form von Säulen angezeigt, also senkrecht.
- Kreis- oder Tortendiagramm: Die Grundlage ist ein Kreis (sieht aus wie eine Torte), der sich auf 100 Prozent der Befragten oder des Dargestellten bezieht. Die verschiedenen Anteile werden in Form von Kreisausschnitten (Tortenstücken) dargestellt.
- Kurvendiagramm: Die zahlenmäßigen Entwicklungen werden in Form von ansteigenden oder abfallenden Linien (= Kurven) angezeigt.

Karikatur: Komisch übertriebene Darstellung von Menschen oder gesellschaftlichen Zuständen; dadurch gelingt es, Probleme oder Missstände humorvoll zu kritisieren.

Diskontinuierliche Texte lesen: die Legende

Unter- oder oberhalb der grafischen Darstellung finden Sie meistens die Angaben, die Sie brauchen, um diskontinuierliche Texte richtig verstehen zu können: die Legende. In der Regel enthält sie folgende Angaben:

- in welcher Einheit die Zahlenangaben gemacht werden (ob in Prozent, in Tausend, …)
- welcher Personenkreis befragt wurde
- wann (Zeitpunkt) oder in welchem Zeitraum die Untersuchung durchgeführt wurde
- den Zeitpunkt der Veröffentlichung des Textes
- wer den Text veröffentlicht hat (Herausgeber)

In Ihrer Abschlussprüfung werden Sie sich eventuell sogar mehrfach mit Sachtexten auseinandersetzen müssen. Wie bereits erwähnt, gilt als Erstes, dass Sie den Text gründlich durchlesen und sich gegebenenfalls Wörter markieren, die Sie nicht verstehen. Versuchen Sie, diese aus dem Textzusammenhang zu erschließen. Geben Sie den Text nur dann wörtlich wieder, wenn es die Aufgabenstellung ausdrücklich verlangt. Formulieren Sie ansonsten in Ihren eigenen Worten.

Typische Aufgabenstellung

Neuguinea

Hobby-Botaniker[1] entdeckt seltene Känguru-Art wieder

In den unzugänglichen Bergregionen West-Papuas suchte der Brite Michael Smith das seit 90 Jahren verschollene Wondiwoi-Baumkänguru – und fand es

Peter Carstens
27.09.2018

Es gibt 17 Arten und Unterarten von Baumkängurus, über die wegen ihrer verborgenen Lebensweise oft wenig bekannt ist Während australische Kängurus so häufig sind, dass sie in Downunder[2] zu den ganz normalen Risiken im Straßenverkehr gehören, sieht die Sache bei manchen nahen Verwandten anders aus. Zum Beispiel beim Wondiwoi-Baumkänguru.

Erstmals 1928 entdeckt und wissenschaftlich beschrieben von dem Zoologen Ernst Mayr, geriet Dendrolagus mayri sofort wieder in Vergessenheit. Bestätigte Sichtungen von Wissenschaftlern, geschweige denn Fotos: Fehlanzeige. Ein möglicher Grund für die Diskretion[3] der Tiere, die sich mit ihren muskulösen Vorderarmen virtuos[4] in den Baumkronen fortbewegen: Bei den Einheimischen gelten sie als Delikatesse[5]. Offenbar hatten sich die Tiere – wenn sie nicht sogar ausgestorben waren – in für den Menschen unzugängliche Gebirgsregionen zurückgezogen. […]

Verräterische Kratzspuren

Während Einheimische der mysteriösen Spezies nur bis zu einer Höhe von 1300 Metern nachsteigen, weil die Bambuswälder hier fast undurchdringlich werden, ließ Smith nicht locker. Und bahnte sich mit seinem Team einen Pfad bis auf 1700 Meter Höhe. Ihre Mühen wurden belohnt – mit den charakteristischen Baumkänguru-Kratzmarken an Baumstämmen, Duftmarken und Kot.

Schließlich – Ende Juli dieses Jahres – entdeckte Smith in einer rund 30 Meter hohen Baumkrone ein Exemplar. Das erste seit 90 Jahren. Und konnte es sogar fotografieren.

Der Baumkänguru-Experte Tim Flannery von der Universität Melbourne konnte den Fund bestätigen. Und ergänzt gegenüber National Geographic: „Das Wondiwoi-Baumkänguru hat ein sehr kleines Verbreitungsgebiet – vielleicht nur 65 mal 130 Quadratkilometer. Aber die Kratzspuren und der Kot lassen vermuten, dass es auf dieser kleinen Fläche erstaunlich viele von ihnen gibt."

[1] Botaniker: Wissenschaftler, der sich mit der Natur – hauptsächlich mit Pflanzen – beschäftigt
[2] Downunder: Australien
[3] Diskretion: Zurückhaltung
[4] virtuos: meisterhaft
[5] Delikatesse: Leckerbissen

Quelle: Textauszug aus Peter Carstens: Hobby-Botaniker entdeckt seltene Känguru-Art wieder, in: https://www.geo.de/natur/tierwelt/19681-rtkl-neuguinea-hobby-botaniker-entdeckt-seltene-kaenguru-art-wieder, Seitenaufruf 30.1.2020

1. Prüfen Sie, welche der folgenden Aussagen mit dem Sachtext übereinstimmen. Notieren Sie entsprechend: trifft zu / trifft nicht zu / nicht genannt

a) Baumkängurus leben in Downunder.

b) Australische Kängurus gehören zu normalen Risiken im Straßenverkehr.

c) Bei Einheimischen gelten Baumkängurus als besonderer Leckerbissen.

d) Smith schlief während der Suche nach der verlorenen Spezies im Zelt.

e) Der Forscher fotografierte das erste Baumkänguru seit mehr als 100 Jahren.

2. Benennen Sie Zeilen, welche die Aussage belegen, dass Baumkängurus schwer zu finden sind. (3 Aussagen)

Lösung

1. a) trifft nicht zu b) trifft zu c) trifft zu d) nicht genannt e) trifft nicht zu

2. Zeile 1: „Baumkängurus, über die wegen ihrer verborgenen Lebensweise oft wenig bekannt ist."
Zeile 7 f.: „Offenbar hatten sich die Tiere – wenn sie nicht sogar ausgestorben waren – in für den Menschen unzugängliche Gebirgsregionen zurückgezogen."
Zeile 14 f.: „[…] entdeckte Smith in einer rund 30 Meter hohen Baumkrone ein Exemplar. Das erste seit 90 Jahren."

Übungsaufgaben

Sachtext 1

Zukunftsforscher Horx zur Krise – „Wir lernen Dinge, die wir verlernt hatten"

Die Coronakrise verändert die Gesellschaft. Ängste, Einschränkungen, Verzicht bestimmen den Alltag. Doch in der Krise stecken Chancen, sagt Zukunftsforscher Matthias Horx im ZDF.

ZDF: Wie wird sich unsere Gesellschaft verändern?

Matthias Horx: Ein Teil ist sicher, dass wir alle eine ganz erstaunliche Erfahrung machen, dass wir in dieser „sozialen Isolation" eigentlich sehr gesellschaftlich werden, dass wir uns sehr intensiv um uns selbst, um unsere nächsten, aber auch um unsere fernen Beziehungen kümmern. Wir telefonieren sehr viel, wir sind intensiver im Sozialen geworden, wir erfahren Gesellschaft wieder als ein gemeinsames Bestreben. Das ist das, was verloren gegangen ist, man hat ja das Gefühl gehabt, die Gesellschaft war so ein allgemeines Hauen und Stechen gegeneinander.

In dem Kampf gegen das Virus vereinen wir uns ein Stück weit wieder. Meine These ist, dass Menschen sich so etwas merken. Das heißt nicht, dass es in derselben Intensität so weiter geht, aber es erzeugt eine neue Struktur, einen neuen Lernprozess, die Hirne gehen gewissermaßen auf. Wir lernen wieder Dinge, die wir verlernt hatten, auch im Alltag. Wir kochen zusammen, wir tun Dinge, die zum Menschsein dazugehören und die die moderne beschleunigte Gesellschaft uns ein Stück weit entlernt hat.

ZDF: Es gibt auch negative Zukunftsvisionen, Angst vor Rezession, Angst vor Erstarken von Rechtspopulisten. Was macht Sie so sicher, dass die Welt nicht auch eine schlechtere werden könnte?

Horx: Die Frage ist, ob wir uns von unseren Ängsten treiben lassen oder von unseren Beobachtungen und den Wahrscheinlichkeiten. Wir können auch feststellen, dass die Populisten, die Hasser und Neider und Spalter im Netz und Trolls ja immer noch da sind, aber es hört ihnen keiner mehr zu, weil natürlich in einer Gesellschaft, die nach einem Konsens[1] sucht, nach einer gemeinschaftlichen Antwort auf eine Gefahr, eine Krise, das Bedürfnis nach Spaltung nicht mehr besonders groß ist.

ZDF: Was sagen Sie Menschen, die das nicht so positiv sehen wie Sie?

Horx: Ich möchte darauf hinweisen, dass wir in dieser Krise auch etwas ganz Seltsames, etwas Wunderbares erlebt haben, nämlich, dass viele von uns dachten, jetzt bricht die Welt zusammen, jetzt passiert das Allerschlimmste. Aber die Welt ist ja immer noch da, und sie hält. Wir machen plötzlich Erfahrungen, die darauf hinweisen, dass nicht immer unsere schlimmsten Erwartungen dann tatsächlich auch eintreten.

Ich glaube, dass es eine sehr hohe Chance, eine hohe Wahrscheinlichkeit gibt, dass diese Krise auch als eine Bewältigung erfahren wird. Wir sind mit einer großen Herausforderung als Zivilisation konfrontiert, aber wir können das auch schaffen, wir können das bewältigen, und das macht Menschen stark.

[1] Konsens: Übereinstimmung

Quelle: https://www.zdf.de/nachrichten/politik/zukunftsforscher-horx-coronakrise-gesellschaft-100.html, Seitenaufruf 1.4.2020

1. Nennen Sie vier positive Aspekte, die sich gesellschaftlich während der Corona-Krise verändern.

2. Benennen Sie Zeilen, welche die Aussage belegen, dass wir in dieser Krise auch etwas Wunderbares erlebt haben. (3 Angaben)

3. Der Philosoph Friedrich Nietzsche sagte: „Was mich nicht umbringt, macht mich stärker." Begründen Sie in einem Satz diese Aussage anhand des Textes.

Sachtext 2

Diskriminierung

Diejenigen, die diskriminieren, fühlen sich stark – stark genug, um einen anderen herabzuwürdigen. Sie sind nicht stark genug, um eine Andersartigkeit, einen Unterschied zum Gewohnten und zur eigenen Erfahrung auszuhalten.

Diskriminieren steht für „trennen", „Unterscheidungen treffen", „aussondern". Diskriminierung ist die ungleiche, benachteiligende und ausgrenzende Behandlung von Gruppen und Individuen ohne sachlich gerechtfertigten Grund. Diskriminierung kann sich zeigen als Kontaktvermeidung, Benachteiligung beim Zugang zu Gütern und Positionen, als Boykottierung[1] oder als persönliche Herabsetzung. Möglich wird Diskriminierung meistens durch ein Machtgefälle. Das zu beseitigen, ist ein Anliegen der Frauenquote. Mit ihr verbindet sich die Überzeugung, dass die Benachteiligung von Frauen am ehesten abgebaut werden kann, wenn Frauen stärker in Machtposition von Politik und Wirtschaft vertreten sind.

Zur Diskriminierung von Menschen kommt es aufgrund gruppenspezifischer Merkmale wie ethnische oder nationale Herkunft, Hautfarbe, Sprache, politische oder religiöse Überzeugungen, sexuelle Orientierung, Geschlecht, Alter oder Behinderung.

Ausgangspunkt jeder Diskriminierung ist die **Konstruktion von Differenz**. Jeder Form Diskriminierung liegt eine Unterscheidung und Bewertung durch eine Mehrheit zugrunde, was als gesellschaftliche Norm zu gelten hat (z. B. weiß, deutsch, männlich, heterosexuell, gesund, leistungsfähig, christlich etc.). Von Diskriminierung betroffen sind damit Gruppen, die den dominanten Normen nicht entsprechen. Dabei handelt es sich häufig um zahlenmäßige Minderheiten. Doch die Diskriminierung von Frauen zeigt, dass dies nicht auf eine quantitative[2] Minderheit beschränkt sein muss.

Diskriminierung verletzt die Menschenwürde

Menschenwürde heißt: Alle Menschen haben die gleichen Rechte und sind gleich wertvoll. Und wir alle haben ein Recht auf Gleichbehandlung. Das ist gleichzeitig eine Verpflichtung für jeden Einzelnen von uns, für die Gesellschaft und den Staat, das Grundrecht und Menschenrecht der Nicht-Diskriminierung zu achten und umzusetzen.

In Deutschland regelt Artikel 3 des Grundgesetzes das Diskriminierungsverbot: *„Niemand darf wegen seines Geschlechtes, seiner Abstammung, seiner Rasse, seiner Sprache, seiner Heimat und Herkunft, seines Glaubens, seiner religiösen oder politischen Anschauungen benachteiligt oder bevorzugt werden. Niemand darf wegen seiner Behinderung benachteiligt werden."*

Positive Diskriminierung ist erwünscht

Ein Beispiel dafür ist der Zusatz bei Stellenausschreibungen von öffentlichen Einrichtungen: „Schwerbehinderte werden bei entsprechender Eignung mit Vorrang berücksichtigt." Oder auch die staatlich verordnete Quote von mindestens 40 % Frauen in den Aufsichtsräten großer schwedischer Betriebe. In beiden Beispielen geht es darum, durch gezielte

Bevorzugung bestehende Benachteiligungen abzubauen. Ein anderer Fall sind Ungleichbehandlungen, die das Jugendschutz- oder Jugendarbeitsschutzgesetz vorschreiben. Hier wird Jugendlichen mehr Urlaub als Erwachsenen zugestanden oder aber Jugendlichen der Kauf von Zigaretten oder Alkohol verboten. Beides ist keine Diskriminierung, sondern eine sachlich begründete Ungleichbehandlung, die in diesem Fall den Schutz der Gesundheit von Jugendlichen zum Ziel hat.

[1] Boykottierung: Verweigerung, Ablehnung, Protest
[2] quantitativ: der Anzahl nach

Quelle: https://www.menschenrechte.jugendnetz.de/material-projektide-en/glossar/diskriminierung/, Seitenaufruf am 2.4.2020

Diskriminierung in Deutschland und Europa 2015

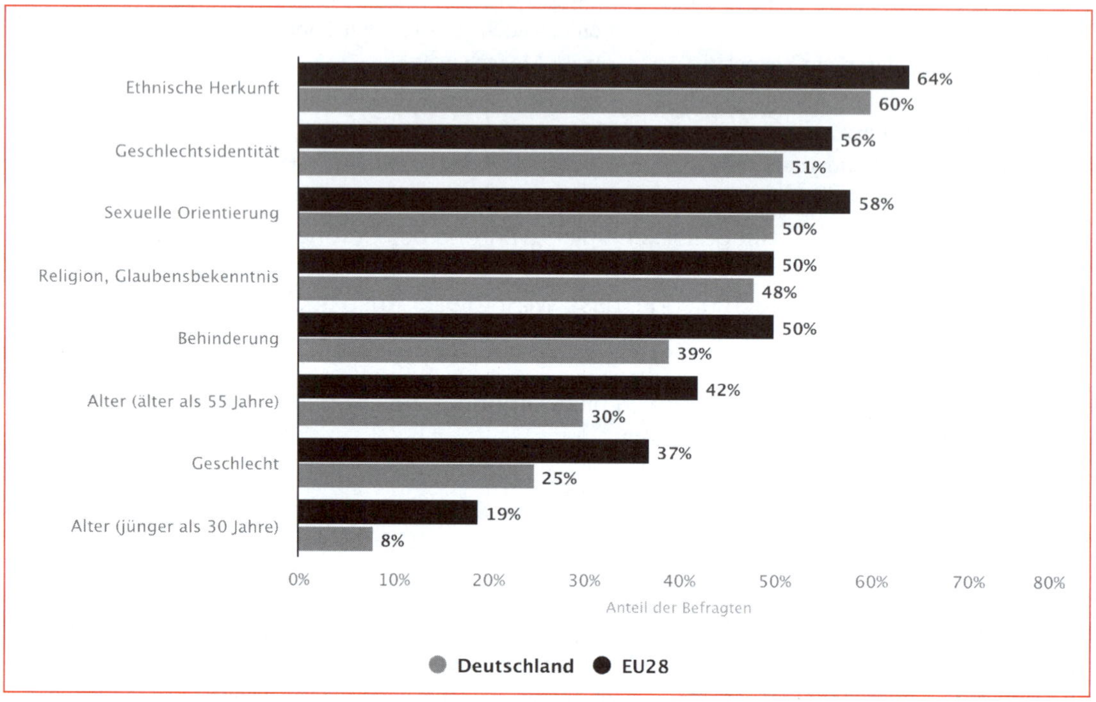

Quelle: https://de.statista.com/statistik/daten/studie/73672/umfrage/diskriminierung-in-deutschland-und-europa/

1. Prüfen Sie, welche der folgenden Aussagen mit der Grafik übereinstimmen.
Notieren Sie entsprechend: trifft zu / trifft nicht zu / nicht genannt
   a) Die am weitesten verbreitete Art der Diskriminierung ist flächendeckend aufgrund der ethnischen Herkunft.
   b) Es zeigt sich, dass die Hälfte aller Befragten angaben, Menschen wegen ihrer sexuellen Orientierung zu diskriminieren. Europaweit gesehen sogar noch mehr.
   c) Behinderung spielt beim Thema Diskriminierung keine Rolle.
   d) Senioren (über 55 Jahren) werden seltener diskriminiert als jüngere Menschen (unter 30 Jahren).
   e) Gläubige des Christentums und Islams werden am häufigsten benachteiligt.
   f) Das Geschlecht ist heutzutage bei der Benachteiligung von Menschen nicht mehr ausschlaggebend.

2. Benennen Sie Zeilen, welche die Aussage belegen, dass es sich bei Diskriminierung um „ungleiche, benachteiligende und ausgrenzende Behandlung von Gruppen" (Z. 7 ff.) handelt.

3. Was ist mit der Aussage gemeint, dass die Gruppen von Diskriminierung betroffen sind, die den dominanten Normen nicht entsprechen? Begründen Sie in einem Satz diese Aussage anhand des Textes.

4. Was bedeutet positive Diskriminierung? Erklären Sie kurz.

Sachtext 3

Mobilitätswende

Die Stadt der Zukunft ist flexibel

von Klaus Englert

Für die Klimawende sind neue Formen der Mobilität nötig – insbesondere in den Städten. Doch mit emissionsfreien Fahrzeugen allein ist es nicht getan, meint der Journalist Klaus Englert. Auch die städtische Infrastruktur muss sich grundlegend wandeln.

Momentan sieht die Mobilitätswende auf deutschen Straßen noch düster aus, denn der Anteil der Elektroautos ist im Vergleich zur Gesamtzahl zugelassener Personenkraftwagen verschwindend gering: Von den 48 Millionen PKWs auf deutschen Straßen fahren gerade mal 136.000 mit Strom. Niemand weiß vorherzusagen, ob sich die Haushalte künftig nicht doch lieber ein schickes E-Auto als Zweit- oder Drittwagen leisten, was die CO_2-Bilanz unterm Strich verschlechtern würde.

Das Ziel eines nachhaltigen Stadtverkehrs wird sich allerdings nur erreichen lassen, wenn sich auch die Rahmenbedingungen für die Mobilität in der Stadt grundlegend ändern. Gleichzeitig ist es wichtig, den Menschen die Angst zu nehmen, ihre individuelle Mobilität könnte dieser Transformation[1] zum Opfer fallen. In einem rationalen[2] Diskurs müssten Wissenschaftler, Politiker und Medien deutlich machen, dass die Menschen uneingeschränkt mobil bleiben werden. Denn Mobilitätswende heißt: Die traditionellen Verkehrsträger, die auf fossilen Brennstoffen beruhen, durch andere zu ersetzen.

Neue Rahmenbedingungen für die Mobilitätswende

Experten diskutieren bereits seit vielen Jahren, wie die Verkehrsform der Zukunft aussehen wird. Dabei zählt nicht nur die technische Herausforderung, sondern ein mutiger politischer Wille. Beispielsweise hat das „International Transport Forum“ errechnet, dass sich in einer Stadt wie Lissabon der PKW-Anteil um 97 Prozent reduzieren lässt, wenn Privatfahrzeuge durch Sammelbusse und Sammeltaxis ersetzt werden. Durch die Maßnahme würden die Kosten für den öffentlichen Nahverkehr um die Hälfte sinken, die CO_2-Emissionen um ein Drittel reduziert und der öffentliche Raum von parkenden Autos befreit werden. Daraus folgt: Wir brauchen neue Rahmenbedingungen für eine durchgreifende Mobilitätswende.

Die „autogerechte Stadt“ – ein Irrweg

Diese Wende wird nicht einfach nur den Weg von der einst autogerecht konzipierten[3] zur nun fußgängergerechten Stadt weisen. Diesem Ziel folgen schon heute bereits viele Städte, beispielsweise die Landeshauptstadt Düsseldorf, deren kriegszerstörter Stadtraum in den 1950er Jahren von einstigen NS-Technokraten als Chance ergriffen wurde, um Schneisen durch die Häuserzeilen für die kommende Autostadt zu schlagen.

Wo man Jahre zuvor die Synagoge niederbrannte, wurden plötzlich Parkplätze angelegt. Und am klassizistischen Hofgarten verwandelte man eine malerische Allee in einen hässlichen Verkehrsknotenpunkt. Damals setzten die Planer einseitig auf ihre Vision von der „autogerechten Stadt“. Diese Einseitigkeit war ein Irrweg.

Lebensqualität für alle

Neue Mobilitätsformen zu entwickeln bedeutet zukünftig, das Modell der fußgängergerechten Stadt neu zu erfinden – im Verein mit Verkehrsexperten, Architekten, Planern, Designern, Politikern und engagierten Bürgern. Und dabei die allgemeine Entschleunigung zur Priorität[4] zu erheben. Anders lässt sich der immer knapper werdende Stadtraum für die sich rapide verändernden Verkehrsmittel nicht herstellen.

Es wird nicht ausreichen, die Verkehrswege weiterhin in Bürgersteige und Fahrstreifen für PKWs und Fahrräder zu unterteilen. Unsere zukünftigen Stadträume müssen flexibel konzipiert sein, um den unterschiedlichen Anforderungen für Fahrräder, E-Scooter, Sammelbusse sowie abrufbare und vielleicht autonome[5] Autos genügend Raum zu bieten. Hinzu kommen die Transportmittel des Öffentlichen Nahverkehrs. Und es ist jetzt schon absehbar, dass sich der Luftraum in den Großstädten bevölkern wird – mit Flugtaxis, an deren Entwicklung intensiv geforscht wird.

Die Mobilitätswende verlangt vor allem flexible, anpassungsfähige Straßenräume für sämtliche Verkehrsteilnehmer. Nur eine Stadt im Wandel hin zu einer nachhaltigen Verkehrsinfrastruktur wird Lebensqualität für alle garantieren können.

[1] Transformation: Umwandlung
[2] rational: sachlich
[3] konzipieren: planen, entwickeln
[4] Priorität: hier: vorrangiges Ziel
[5] autonom: hier: selbstfahrend

Quelle: Klaus Englert, in: https://www.deutschlandfunkkultur.de/mobilitaetswende-die-stadt-der-zukunft-ist-flexibel.1005.de.html?dram:article_id=473241, Seitenaufruf 9.4.2020

1. Prüfen Sie, welche der folgenden Aussagen richtig sind und kreuzen Sie an.
   - ☐ Allein mit emissionsfreien Fahrzeugen wäre ein Wandel geschafft.
   - ☐ Durch den Einsatz von Sammelbussen bzw. Sammeltaxis ließe sich der PKW-Anteil um 97 Prozent reduzieren.
   - ☐ Es wird intensiv an der Entwicklung von Flugtaxis geforscht.
   - ☐ Die Teilung von Verkehrswegen ist entscheidend für die Mobilität der Zukunft.

2. Benennen Sie Zeilen, welche belegen, dass Mobilitätswende für die Menschen auch Unsicherheit bedeutet.

3. Welche Bedingungen und Lösungsansätze für zukünftige Stadträume werden im Text genannt? Beschreiben Sie in eigenen Worten.

4. Die Schauspielerin und Klimaschutzaktivistin Jane Fonda sagt: „Wir gehen mit dieser Welt um, als hätten wir noch eine zweite im Kofferraum." Erklären Sie in einem Satz, was sie damit meint.

Sprachgebrauch

1. Groß- und Kleinschreibung

Erklärung

Bei der Groß- und Kleinschreibung gibt es verschiedene Regeln, die Sie sich einprägen sollten. Wenn Sie sich die Regeln der Großschreibung merken, können Sie einfach alles andere kleinschreiben.

1. Nomen werden immer großgeschrieben. Diese können Sie auf verschiedene Art und Weise erkennen:
   - an Endungen wie **-heit**, **-keit**, **-tion**, **-ung**, **-schaft**, **-tum**, **-sal**, **-nis** oder **-mus**
     Beispiele: Ho**heit**, Heiter**keit**, Situa**tion**, End**ung**, Wissen**schaft**, Wachs**tum**, Rinn**sal**, Zeug**nis**, Perfektionis**mus**
   - an einem vorangestellten Artikel (ein, eine, der, die, das) oder einem anderen Begleitwort (Zahlwort, unbestimmte Mengenangabe, Adjektiv usw.)
     Beispiele: das Haus, ein Baum, zwei Tiere, genug Platz, großer Mut, viele Tiere
   - ein als Nomen verwendetes Verb oder Adjektiv (Nominalisierung)
     Beispiele: das Gute (Artikel + nominalisiertes Adjektiv)
     dein Laufen (Pronomen + nominalisiertes Verb)
     im Guten, beim Schwimmen, nichts Neues (Präposition + nominalisiertes Adjektiv/Verb)
   - ein Nomen, das eine Tageszeit beschreibt, und nach Adverbien wie **gestern**, **heute**, **morgen** steht
     Beispiele: vorgestern Morgen, heute Nacht, morgen Vormittag

2. Am Satzanfang oder Anfang einer Überschrift wird großgeschrieben.

3. Eigennamen werden immer großgeschrieben.
   Beispiele: Vor- und Nachnamen, Länder, Städte …

4. Adverbien, bestimmte Adjektive (mit **sein** oder **werden** verbunden), Präpositionen, unbestimmte Pronomen und Zahlenwörter, die aus Nomen entstanden sind, werden kleingeschrieben.
   Beispiele: morgens, abends, anfangs, kreuz und quer
   Du **bist** schuld daran. Mir **ist** angst. ABER: Ich **habe** Angst.
   dank, trotz, angesichts, seitens
   ein bisschen, ein wenig, ein paar (steht hier für **einige**, sonst „ein Paar" für zwei zusammengehörende Dinge)

5. Fremdwortendungen können ebenfalls Aufschluss über die Schreibweise geben.
- kleingeschrieben werden Verben auf **-ieren**, Adjektive auf **-ell**, **-istisch**, **-iv**
  Beispiele: funktion**ieren**, fabriz**ieren**, fotograf**ieren**
  spez**iell**, real**istisch**, primit**iv**
- großgeschrieben werden Nomen auf **-tion**, **-ment**, **-ine**, **-tät**, **-ik**, **-age**, **-eur**, **-mus**
  Beispiele: Präven**tion**, Argu**ment**, Masch**ine**, Aktivi**tät**, Log**ik**, Blam**age**, Regiss**eur**, Expressionis**mus**

Typische Aufgabenstellung

Entscheiden Sie, ob die markierten Wörter groß- oder kleingeschrieben werden, und begründen Sie Ihre Wahl.

a) Die **s/Spezielle i/Injektion** war für den Patienten lebensnotwendig.

b) Wenn ich **m/Morgens** früh aufstehe, dann bin ich am **a/Abend** sehr müde.

c) Ein **p/Paar** Runden durch den Park zu joggen, tut der **g/Gesundheit** sehr gut.

Lösung

a) spezielle wird kleingeschrieben, die Endung -ell weist auf ein Adjektiv hin
Injektion wird großgeschrieben, die Endung -ion weist auf ein Nomen hin

b) morgens wird kleingeschrieben, weil es sich um ein aus einem Nomen entstandenes Adverb handelt
Abend wird großgeschrieben, am = an *dem* → Artikel vor Nomen

c) paar wird kleingeschrieben, es handelt sich um einige, nicht um ein zusammengehörendes Paar zweier Dinge
Gesundheit wird großgeschrieben, Artikel *der* (im Dativ) weist auf Nomen hin, ebenso wie die Endung -heit

Übungsaufgaben

1. Suchen Sie aus dem kurzen Text insgesamt fünf Nominalisierungen heraus und begründen Sie jeweils, warum das Wort nominalisiert wird.

Unser Lehrer erzählt uns jeden Tag immer wieder von Neuem, wie wichtig eine gute Prüfungsvorbereitung ist und weist uns aufs Eindringlichste darauf hin, es nicht auf die leichte Schulter zu nehmen. Es hilft kein Wenn und Aber, am selbstständigen Lernen führt kein Weg vorbei. Wenn jeder sein Möglichstes tut, wird aber am Ende auch ein gutes Resultat herauskommen. Und was gibt es Schöneres, als mit einer guten Abschlussnote belohnt zu werden?

2. Entscheiden Sie, um welche Wortart es sich bei den markierten Nominalisierungen handelt. Legen Sie eine entsprechende Tabelle an.

Das beste Buch seit Langem habe ich vor Kurzem aus der Bibliothek ausgeliehen. Das Besondere daran war, dass es keine Sekunde langweilig war. Das stundenlange Schmökern habe ich sehr genossen. Beim Lesen jeder Seite gab es Unbekanntes und Spannendes zu entdecken. Seither freue ich mich auf alles Neue, was von der Autorin erscheint. Ich bin dann stets eine der Schnellsten beim Ausleihen des neuen Buches.

3. Begründen Sie, warum die unterstrichenen Wörter kleingeschrieben werden.

Die hohe Zahl an Analphabeten ist alarmierend. Rund 6,2 Millionen Erwachsene, die schlecht bis gar nicht lesen und schreiben können, leben in Deutschland. Für die meisten von ihnen ist Deutsch die Muttersprache. Weltweit sind es sogar 750 Millionen Betroffene. Dazu gibt es 10,6 Millionen Menschen in Deutschland, die nur fehlerhaft schreiben können. Vermehrte und bessere Angebote zur Förderung der Lese- und Rechtschreibschwäche lassen die Zahlen langsam etwas sinken.

4. Entscheiden Sie, ob die markierten Wörter groß- oder kleingeschrieben werden.

Das internationale *r/Reiseverhalten* unterscheidet sich stark. Es gibt die *a/Abenteurer*, die *ä/Ängstlichen*, die *t/Träumer*, die *s/Sparsamen* und die *v/Verschwender*. Japaner reisen gerne in Gruppen und bleiben dabei unter sich. Das macht sie eher zu s/Sparsamen und *ä/Ängstlichen* Reisenden. Im *k/Kontrast* dazu stehen die Amerikaner. Sie haben zwar ein ausgeprägtes Sicherheitsbedürfnis, geben aber *v/Verschwenderischer* Geld aus. Aber was ist mit den Deutschen? Laut Vorurteilen sind sie konservativ, sparsam und genau. Falsch, denn die m/Meisten lieben es, in ferne und fremde Flecken der Erde zu reisen und diese für sich zu entdecken. Das macht die Deutschen definitiv zu *e/Erlebnishungrigen* Abenteurern.

2. Getrennt- und Zusammenschreibung

Erklärung

Ähnlich wie bei anderen grammatischen Problemen gibt es auch bei der Getrennt- und Zusammenschreibung Regeln, die Ihnen helfen. Wenn Sie sich diese gut merken, fällt es Ihnen leichter, zu entscheiden, wie die Wörter geschrieben werden.

1. Getrenntschreibung

▶ **Verb + Verb**
Beispiele: lieben lernen, spazieren gehen, gefangen halten, getrennt leben ...

▶ **Nomen + Verb**
Beispiele: Ordnung machen, Auto fahren, Klavier spielen ...

▶ **Adverb + Verb**
Beispiele: vorwärts einparken, zustande bringen ...

▶ **Verbindungen mit dem Hilfsverb sein**
Beispiele: allein sein, ruhig sein, dabei sein, zusammen sein ...

▶ **Adverb + Adjektiv/Adverb**
Beispiele: wie viel, zu viel ...

▶ **Adjektiv + Verb**
Beispiele: schnell laufen, weit werfen, problemlos einparken ...

Achtung!

1.1. Übertragene Bedeutung von Adjektiv + Verb
Entsteht bei der Verbindung zweier Wörter eine neue Bedeutung, schreibt man diese zusammen.
Beispiele: Der Richter musste den Angeklagten freisprechen. (→ frei im Sinne von nicht verurteilt)
aber
Das Referat sollte man frei sprechen. (→ frei im Sinne von ohne abzulesen)
Mein Lehrer sagt, ich solle die Blume nicht schwarz malen. (→ Farbe)
aber
Mein Lehrer sagt, ich solle nicht immer alles so schwarzmalen. (→ pessimistisch darstellen)

1.2. Substantivierung von Verbindungen
Werden Wortverbindungen substantiviert, schreibt man sie groß.
Beispiele: Beim Lernen möchte ich allein sein. (→ Verbindung mit Hilfsverb sein)
aber
Das Alleinsein stört mich nicht. (→ Substantivierung)
Ich finde es nicht schlimm, älter zu werden. (→ Verbindung Adjektiv + Verb)
aber
Das Älterwerden macht mir nichts aus. (→ Substantivierung)

2. Zusammenschreibung

▶ **Nomen + Nomen**
Beispiele: Glasfaser, Haustür, Fensterladen ...

▶ **Nomen + Adjektiv**
Beispiele: blutrot, haushoch, glasklar, blitzschnell ...

▶ **Adjektiv + Adjektiv**
Beispiele: bitterkalt, superschnell, dunkelblau, nasskalt ...

▶ **Partikel** (z. B. Präposition, Adverb) **+ Verb**
Beispiele: ankommen, einbrechen, auslaufen, mitbringen, herausragen ...

Achtung!

2.1. Zusammengeschrieben werden Verbindungen mit „irgend"
Beispiele: irgendetwas, irgendjemand, irgendwo

2.2. Wörter wie *derzeit, zurzeit, umso, desto* werden ebenfalls zusammengeschrieben.

Typische Aufgabenstellung

Entscheiden Sie: Getrennt oder zusammen?

a) Wenn ich 18 bin, darf ich endlich **Auto fahren/Autofahren.**

b) Bello soll brav **nebenher laufen/nebenherlaufen.**

c) **Rot gestreift/Rotgestreift** ist mein Lieblingsmuster.

Lösung

a) Wenn ich 18 bin, darf ich endlich **Auto fahren.**

b) Bello soll brav **nebenherlaufen.**

c) **Rot gestreift** ist mein Lieblingsmuster. (Zusammenschreibung in diesem Fall auch möglich)

Übungsaufgaben

1. Unterstreichen Sie alle Fehler zur Getrennt- und Zusammenschreibung im Text und korrigieren Sie diese.

Redekunst

In Prag strapazierte ein Angeklagter die Nerven des Gerichts, indem er endlose Redenhielt. Sein Ziel war es, die Richter durch seinen Monolog irre zu führen und ihnen lästig zu werden. Die Richter forderten, dass er sich zurückhalten solle, womit sie allerdings kein Gehörfanden. Die erste Übersetzerin durfte bereits Heim kehren. Sie konnte dem Redeschwall gerade zwei Tage Stand halten. Der Engländer hätte theoretisch Monate reden können, da das Gesetz nicht vorschreibt, dass er direkt zum Thema sprechen muss. Glücklicherweise beschränkte er sich auf nur wenige Wochen. In dieser Zeit war er bereit, unwichtige Details aus seinem Leben preis zu geben. Er erzählte, wie er täglich zum Waschsalon ging, um seine Wäschezuwaschen. Zudem war er ein leidenschaftlicher Wintersportler. Regelmäßig ging er Eis laufen, Schlitten und Skifahren. Der Richter drohte schließlich, irrezuwerden und unterbrach die Verhandlung.

Quelle: nach Duden – 150 Diktate. Regeln und Texte zum Üben. Bibliographisches Institut & F. A. Brockhaus AG, Mannheim 2006, S. 36

2. Welche Schreibweise ist die richtige? Entscheiden Sie.

Eis essen oder eisessen
liegen lassen oder liegenlassen
bloß stellen oder bloßstellen
fern sehen oder fernsehen
teil nehmen oder teilnehmen
joggen gehen oder joggengehen

3. Verbindungen mit „irgend“: Wählen Sie die richtige Schreibweise

a) Irgend jemand / Irgendjemand kommt immer zu spät.

b) Das fehlende Buch muss doch irgend wo / irgendwo sein.

c) Irgend etwas / Irgendetwas stimmt hier nicht.

4. Erklären Sie, warum die unterstrichenen Wörter getrennt- bzw. zusammengeschrieben werden.

a) Am Nordpol sind die Nächte <u>eiskalt</u>.

b) Das Schiff sollte am Morgen <u>auslaufen</u>.

c) <u>Irgendetwas</u> auf dem Bild störte sein Empfinden.

d) Lasse kann seit ein paar Tagen <u>allein stehen</u>.

e) Mit dem Hund spazieren gehen gehört zum Tagesablauf.

f) Das Zusammensein bedeutet der Familie viel.

g) Football spielen gehört zu meinen Hobbys.

3. Rechtschreibstrategien kompakt

Regelwissen kompakt

Manchmal ist es gar nicht so einfach, zu hören, wie ein Wort geschrieben wird. Dann helfen Regelwissen und Rechtschreibstrategien – im Folgenden kurz und knapp zusammengefasst.

Regelwissen

▶ nach lang gesprochenem i	→ ie
▶ nach kurz gesprochenem Vokal	→ Konsonantendopplung ll, mm, nn, rr …
▶ nach kurz gesprochenem Vokal	→ ck, tz
▶ nach kurz gesprochenem Vokal	→ s
▶ nach lang gesprochenem Vokal	→ ß
▶ Silbentrennendes h	→ trennt zwei Silben (z. B. se-hen, fah-ren)
▶ Nomen und Eigennamen	→ immer großgeschrieben (z. B. der Baum, Berlin, Frau Müller)

Wesentliche Strategien

Verlängern	→ Auslaute b, d, g verdeutlichen
▶ Weiterschwingen des Wortes	mil**d** – mil**d**es
▶ Bilden des Plurals	der Sta**b** – die Stä**b**e
▶ Steigern des Wortes	klu**g** – klü**g**er
▶ Bilden des Infinitivs bei Verben	es sin**k**t – sin**k**en, er sin**g**t – sin**g**en
Ableiten	→ ä/äu und a/au verdeutlichen
▶ Bilden des Singulars	H**äu**ser – H**au**s
▶ Suchen eines verwandten Wortes der gleichen Wortfamilie	die Ern**ä**hrung – N**a**hrung
Silbentrennung	→ Doppelkonsonanten verdeutlichen schwi**m-m**en, die To**n-n**e
Artikelprobe	→ Großschreibung verdeutlichen **R**ose – **die R**ose
Untersuchen der Wortendungen	→ -ig, -isch, -lich, -sam, -los verdeutlichen Adjektive wohl**ig**, log**isch**, sach**lich**, ein**sam**, furcht**los**
	→ -heit, -keit, -nis, -schaft, -ung verdeutlichen Nomen Feig**heit**, Eitel**keit**, Erkennt**nis**, Erb**schaft**, Wohn**ung**

4. Wörter auf Mehrfachkonsonanten prüfen

Erklärung

Es gibt Wörter, die bei der Schreibweise eine Besonderheit aufweisen. So zum Beispiel Wörter mit Doppelkonsonanten. Diese Wörter sind zu üben.

In der Prüfung sollten Sie erkennen, welche Wörter mit Doppel- und welche mit Einzelkonsonanten geschrieben werden, und das auch begründen können.

Regel 1 – kurz gesprochene Vokale
Nach einem kurz gesprochenen Vokal folgt häufig eine Konsonantendopplung.
Häufige Dopplungen sind „ff, ll, mm, nn, pp, rr, ss oder tt".
Beispiele: alle, besser, Kartoffel, nett

Wenn das Wort einsilbig ist, hilft es, das Wort zu verlängern oder den Infinitiv zu bilden.
Beispiele: Nuss → Nüs-se, kommt → kom-men

„tz" und „ck" folgen ebenfalls auf einen kurz gesprochenen Vokal.
Beispiel: Hitze, Sack, Katze, Dreck

Nach „l", „n", „r", das merke ja, steht **nie** „tz" und **nie** „ck".
Beispiele: Sa**l**z, Schra**n**k, Qua**r**k

Besonderheit: Bei zusammengesetzten Wörtern kann es vorkommen, dass aus einem Doppelkonsonanten ein Dreifachkonsonant wird.
Beispiele: Schi**ff** + **F**ahrt → Schi**fff**ahrt, bre**nn**en + **N**essel → Bre**nnn**essel

Regel 2 – zweisilbige Wörter
Bei zweisilbigen Wörtern, wie zum Beispiel Kum-mer, kann es hilfreich sein, sich die Worttrennung vorzusagen. Denn dadurch lässt sich relativ leicht erkennen, dass zwischen der ersten und der zweiten Silbe eines Wortes ein Doppelkonsonant geschrieben wird.
Beispiele: Tre**n-n**ung, Hi**m-m**el, Wa**s-s**er

Regel 3 – lang gesprochene Vokale
Nach lang gesprochenen Vokalen steht ein Einzelkonsonant.
Beispiele: Nase, Fuge, Nebel

Weiter merke dir genau, nur „k" und „z" nach „ei, eu, au".
Beispiele: Str**ei**k, Kr**eu**z, P**au**ker

Typische Aufgabenstellung

Erläutern Sie die Schreibweise der Dreifachkonsonanten in Kunststoffflasche.

Lösung
Durch die Zusammensetzung der Wörter Kunststoff + Flasche kommt es zur Schreibweise mit Dreifachkonsonanten.

Übungsaufgaben

1. Erläutern Sie jeweils die drei Konsonanten in Kontrollleuchte und Knalllaute.

2. Nennen Sie jeweils bei den folgenden Wörtern eine Strategie für die Schreibweise mit Einzel- oder Doppelkonsonant.

Welle ______________________________

Streik ______________________________

schick ______________________________

Pauke ______________________________

Salz ______________________________

Satz ______________________________

All ______________________________

Aal ______________________________

Qual ______________________________

Qualle ______________________________

3. Entscheiden Sie, welche Schreibweise die richtige ist – Doppel- oder Einzelkonsonant.

a) Im na____en Element, dem Wa____er, fühlen sich nicht nur Fische wohl.

b) Bei hohem We____engang mu____ man sehr seefest sein, damit einem nicht übel wird.

c) Vor Kur____em erzählte der Bä____er, wie er Bre____eln macht.

d) In den 70ern waren kna____e Rö____e total schi____.

e) I____er noch unverge____en blei____t die Rei____e, bei der wir mit der ganzen Familie die Niagara-Wa____erfä____e bewundern dur____ten.

5. Lang gesprochene Vokale

Erklärung

In geschriebener Form gibt es lang gesprochene Vokale einfach, verdoppelt (ie gilt als ii) oder mit darauf folgendem Dehnungs-h. Eine Verdopplung und ein zusätzliches Dehnungs-h gibt es nur bei „i".
Beispiele: Mut, Bote, Saal, Beet, Dieb, Mehl, ihm, Ruhm, Vieh

Wie erkennt man nun, wann welche Form angewandt werden muss? Das ist tatsächlich nicht ganz einfach, weil es keine immer gültigen Regeln gibt. Aber es gibt Richtlinien, die in den meisten Fällen gelten.

1. Keine zusätzliche Kennzeichnung nach einem lang gesprochenen Vokal beispielsweise durch Dehnungs-h oder Ähnliches.
   Beispiele: Tal, Schreibstil
2. Vor den Konsonanten „l", „m", „n" oder „r" steht in den meisten Fällen ein Dehnungs-h.
   Beispiele: Zahl, zahm, Sohn, Gefahr
3. Wörter, die mit „Q", „Sch", „Sp" oder „T" beginnen, haben kein Dehnungs-h.
   Beispiele: Qual, Schnur, Spaten, Tat
4. Zwischen zwei Vokalen steht ein vokaltrennendes „h".
   Beispiele: se-hen, mä-hen, ste-hen
5. Ein lang gesprochenes „i" wird zu „ie".
   Beispiele: Wiese, Miete, Trieb
6. In einigen Fällen werden lang gesprochene Vokale auch verdoppelt: „aa", „oo", „ee"
   Beispiele: Saal, Moos, Tee

Typische Aufgabenstellung

Erläutern Sie die Schreibweise von Zahn, Abschied und wehen.

Lösung

Zahn → vor dem Konsonanten n steh ein Dehnungs-h
Abschied → ein lang gesprochenes i wird zu ie
wehen → zwischen zwei Vokalen steht ein vokaltrennendes h

Übungsaufgaben

1. Erklären Sie, warum Schnur ohne Dehnungs-h geschrieben wird, Zahl hingegen mit.
2. Wahl und Wal, Ware und wahre, Boote und Bote. Eine Aussprache – zwei Schreibweisen. Begründen Sie.
3. Finden Sie zu jeder Regel 1. – 6. aus dem oben stehenden Erklärkasten zwei passende Beispiele, die noch nicht genannt sind.

6. Wörter mit s-Laut

Erklärung

Die Unterscheidung zwischen einfachem „s", doppeltem „ss" oder „ß" ist mit ein bisschen Übung gut zu schaffen.

1. einfaches -s
In der Regel werden Wörter mit einem einfachen -s geschrieben. Das gilt sowohl am Wortanfang als auch in der Wortmitte. Überprüfen können Sie dies auch, indem Sie das Wort laut aussprechen: Ist das -s weich und stimmhaft, ist es einfach.
Beispiele: Sauna, Hase, lesen, Kapsel, sanft

2. -ss
Wird der Vokal im Wortstamm kurz gesprochen, folgt ein -ss. Sind Sie sich unsicher, kann häufig die Silbentrennung oder die Pluralbildung helfen.
Beispiele: Klasse → Silbentrennung: Klas-se
Schloss → Pluralbildung: Schlös-ser
messen → Silbentrennung: mes-sen

3. -nis
Wörter mit der Nachsilbe -nis und auch bestimmte Fremdwörter werden im Singular nur mit -s geschrieben, im Plural dagegen mit -ss.
Beispiele: Omnibus → ABER: Omnibusse
Wagnis → ABER: Wagnisse
Zeugnis → ABER: Zeugnisse

4. -ß
Nach einem lang gesprochenen Vokal, einem Umlaut oder einem Zwielaut (Diphthong) steht -ß.
Ausnahme: das stimmlose -s wird im Plural zum stimmhaften -s.
Beispiele: Maß, bloß, groß, Floß, Gruß, reißen, schließen, Strauß
ABER: Haus (stimmhaft in Häuser), Gras (stimmhaft in Gräser)

Typische Aufgabenstellung

Erklären Sie die Schreibweise der s-Laute in folgendem Satz.

Sonnige Sonntage sind ideal zum Segeln, Essen von Wassermelone oder Floßfahren.

Lösung

Sonnige Sonntage, Segeln → stimmhaftes s am Wortanfang
Essen, Wassermelone → ss nach kurzem Vokal im Wortstamm
Floß → ß nach lang gesprochenem Vokal

Übungsaufgaben

1. Nennen Sie zwei Beispiele, bei denen sich das Singular -s in ein Plural -ss verwandelt.

2. a) Warum wird Schmaus nicht mit ß geschrieben, obwohl das -s nach einem Umlaut steht, Strauß hingegen schon?

b) Erklären Sie die unterschiedliche Schreibweise von „ich weise" und „ich weiß".

3. Entscheiden Sie sich für die richtige Schreibweise und ergänzen Sie die Lücken.

Meine Tante trinkt jeden Nachmittag zwei gro___e Ta___en hei___es Wa___er. Das finde ich ein bi___chen merkwürdig, aber für sie i___t das zu einem richtigen Ritual geworden. Ab und zu sü___t sie das Getränk auch noch mit etwa___ Sirup. Mir würde das nicht schmecken.

7. Das oder dass

Erklärung

Die Frage, ob es nun „das" oder „dass" heißt, taucht in der deutschen Rechtschreibung immer wieder auf. Dabei ist es gar nicht so schwer, wenn man ein paar Grundregeln befolgt. Diese Grundregeln erklären die Schreibweise grammatikalisch.

Regel 1
Dient „das" als **Artikel**, wird es mit einem „s" geschrieben.
Beispiel: das Haus

Regel 2
Wenn „das" durch „dies/dieses" ersetzt werden kann, wird es nur mit einem „s" geschrieben.
Es handelt sich dann um ein **Demonstrativpronomen**.
Beispiel: das *(dieses)* mobile Navigationssystem

Regel 3
Kann „das" durch „welches" ersetzt werden, schreibt man es nur mit einem „s". Das kommt meistens nach einem Komma vor, es ist dann ein **Relativpronomen**.
Beispiel: Das Videospiel, *das (welches)* mir gefällt, habe ich mir gekauft.

Regel 4
Ist kein Ersatz durch „dieses" oder „welches" möglich und handelt es sich nicht um einen Artikel, wird „dass" mit „ss" geschrieben. In diesem Fall ist es eine **Konjunktion**.
Beispiel: Ich weiß, dass es früh dunkel wird.

Merke: „Das" kann ein Artikel, ein Demonstrativ- oder ein Relativpronomen sein. Pronomen lassen sich durch die Ersatzprobe mit „dieses" oder „welches" herausfinden. Bei „dass" handelt es sich immer um eine Konjunktion.

Typische Aufgabenstellung

Setzen Sie die richtige Schreibweise (das/dass) ein und bestimmen Sie, um welche Wortart (Artikel, Relativ-, Demonstrativpronomen oder Konjunktion) es sich handelt.

Artikel = A, Relativpronomen = R, Demonstrativpronomen = D, Konjunktion = K

Der Hund stammt vom Wolf ab. Durch die Domestizierung ist es passiert, _______ wolfstypische Eigenschaften verloren gegangen sind. So zum Beispiel _______ nächtliche Heulen. Wahrscheinlich ist aber, _______ _______ absichtlich weggezüchtet wurde.

Lösung
Der Hund stammt vom Wolf ab. Durch die Domestizierung ist es passiert, **dass (K)** wolfstypische Eigenschaften verloren gegangen sind. So zum Beispiel **das (A)** nächtliche Heulen. Wahrscheinlich ist aber, **dass (K) das (D)** absichtlich weggezüchtet wurde.

Übungsaufgaben

1. Überprüfen Sie Ihr Regelwissen. Setzen Sie die richtigen Erklärungen in die Lücken. Nutzen Sie dafür die Wörter im Kasten. Achtung: Manche müssen doppelt verwendet werden.

jenes • Demonstrativpronomen • Artikel • dieses • Konjunktion • Relativpronomen • welches • Komma

Man schreibt das,

… wenn das ein ______________________ ist. Bsp. → **das** Mädchen

… wenn das ein ______________________ ist. Bsp. → Das Pausenbrot, **das** mir meine Mutter gemacht hat, schmeckt gut.

… wenn das ein ______________________ ist. Bsp. → **Das** geht mir gehörig auf die Nerven.

… wenn das durch folgende Wörter ersetzt werden kann _______, _______, _______.

Man schreibt dass,

… wenn dass eine ____________________ ist. Bsp. → Ich habe gehört, **dass** du auch zur Party kommst.

... wenn das Einsetzen von _______, _______, _______ im Satz keinen Sinn ergibt.

Es steht immer ein ____________ vor dass.

2. Setzen Sie das oder dass ein. Machen Sie anschließend die Ersatzprobe, um Ihre Vermutung zu überprüfen.

Beispiel:

- Der Verkäufer versuchte, uns zu überzeugen, **das** neue Handy zu kaufen.
  ✔ Ersatzprobe: Der Verkäufer versuchte, uns zu überzeugen, **jenes/dieses** neue Handy zu kaufen.
  → s
- Auf dem Vertretungsplan steht, **dass** morgen Englisch ausfällt.
  ☒ Ersatzprobe: Auf dem Vertretungsplan steht, jenes/welches/dieses morgen Englisch ausfällt.
  → ss

a) Das Haus, _______ einen grünen Anstrich hat, gefällt mir.

☐ Ersatzprobe: ____

b) Hast du mitbekommen, _______ unsere Abschlussfahrt nach Prag geht?

☐ Ersatzprobe: ____

c) __________ finde ich schön, __________ Pietro auch mitkommt.

☐ ☐ Ersatzprobe: ____

d) Weil Vahid den Wettkampf gewonnen hat, hat sein Vater ihm ________ Buch gekauft, ________ ihm so gut gefällt.

☐ ☐ Ersatzprobe: ____

____

3. a) Schreiben Sie drei Sätze mit das als Relativpronomen/Demonstrativpronomen.

b) Schreiben Sie drei Sätze mit dass als Konjunktion.

8. Zeichensetzung

Erklärung

Satzzeichen werden verwendet, um einen Text zu strukturieren und ihm inhaltlich einen Sinn zu geben. In der Prüfung sollen Sie zeigen, dass Sie Satzzeichen richtig anwenden, aber auch ihre Bedeutung verstehen.

- Punkt → steht am Ende eines Aussagesatzes
- Fragezeichen → steht am Ende einer Frage
- Ausrufezeichen → hebt die Aussage hervor, wird für die Aufforderungsform (Imperativ) verwendet
- Anführungszeichen → stehen am Anfang und Ende einer wörtlichen Rede, kennzeichnen Zitate oder Begriffe, die nicht gebräuchlich verwendet werden
- Doppelpunkt → wird als Trennung oder Betonung gebraucht, steht vor einer wörtlichen Rede
- Komma → trennt Teilsätze, wird bei Aufzählungen gebraucht

Die wichtigsten Kommaregeln

1. Komma zwischen Haupt- und Nebensatz

Gut erkennen können Sie das, wenn der Nebensatz durch „als, weil, nachdem, wenn, obwohl, ob, dass, damit, bevor ..." eingeleitet wird.

Beispiel: Ich putze meine Zähne, **bevor** ich ins Bett gehe.
Die Amsel kann fliegen, **weil** sie Flügel hat.

2. Komma zwischen Hauptsätzen

Beispiel: Ich putze meine Zähne, dann gehe ich ins Bett.

3. Komma bei Aufzählungen

Wenn Sie mehrere Dinge nacheinander aufzählen, steht dazwischen jeweils ein Komma. Vor und/oder steht in diesem Fall hingegen kein Komma.

Beispiel: Wir haben die Fächer Deutsch, Mathe, Englisch, Geografie und noch viele andere.

4. Abtrennung von Relativsätzen

Ein Relativsatz beschreibt das vorausgegangene Nomen im Satz näher; er ist zu erkennen an dem bezüglichen Fürwort und einem Prädikat.

Beispiel: Die Schnecke, **die** sehr langsam **kroch**, kam auch ans Ziel.

5. Komma bei Einschüben

Wenn Sie in einem Satz noch einen weiteren Gedanken als Erklärung (ohne Prädikat) unterbringen möchten, trennen Sie diesen mit Kommas ab.

Beispiel: Der Eisbär, **ein Überlebenskünstler am Nordpol**, leidet unter dem Klimawandel.

6. Komma bei einem erweiterten Infinitiv mit „zu"

Das Komma trennt den Hauptsatz vom zweiten Satzteil mit erweitertem Infinitiv. In diesem Fall kann, muss aber kein Komma stehen.

Beispiel: Die Eltern beschlossen(,) im nächsten Jahr wieder in die Berge **zu gehen**.

Ausnahmen: ..., um ... zu; ..., ohne ... zu; ..., anstatt ... zu; ..., außer ... zu
Hier muss immer ein Komma stehen.

Beispiel: Er spart Geld, **um** sich ein neues Fahrrad **zu kaufen**.

7. Komma bei wörtlicher Rede oder indirekter Rede

Nach dem Ende der wörtlichen Rede steht ein Komma, um den Begleitsatz abzutrennen.

Beispiel: „Toll, dieses Wetter heute!", rief Pauline.
„Aber es ist doch so heiß", erwiderte Leon.
Pauline rief, das Wetter sei toll.
Leon erwiderte, dass es aber doch so heiß sei.

8. Komma vor Konjunktionen
   a) Entgegengesetzte Konjunktionen
   Beispiele: aber, sondern, allein, doch, jedoch, vielmehr
   Du bist jünger als ich, **aber** größer.
   b) Konjunktionen in Konjunktionalsätzen
   Beispiele: als, wenn, dass, obwohl, nachdem, damit, bevor, bis, weil
   Ich war schon da, **als** du kamst.
   Vor der Prüfung habe ich keine Angst, **weil** ich gut gelernt habe.
   c) Zwischen Satzteilen, die durch anreihende Konjunktionen in der Art einer Aufzählung verbunden sind.
   Beispiele: bald – bald, einerseits – andererseits, einesteils – anderenteils, teils – teils, je – desto, ob – ob, halb – halb, nicht nur – sondern auch
   Melek ist nicht nur gut in Mathe, **sondern auch** in Englisch.

Typische Aufgabenstellung

(1)

Schreiben Sie die folgenden Sätze mit allen fehlenden Satzzeichen auf.

a) In Australien reicht die Geburtenrate nicht aus um für ausreichend Nachschub an Arbeitskräften zu sorgen

b) Vor einiger Zeit versicherte der Regierungschef Aus allen Ländern der Welt nehmen wir ausgebildete Menschen auf die den Anforderungen entsprechen.

Lösung

a) In Australien reicht die Geburtenrate nicht aus, um für ausreichend Nachschub an Arbeitskräften zu sorgen.

b) Vor einiger Zeit versicherte der Regierungschef: „Aus allen Ländern der Welt nehmen wir ausgebildete Menschen auf, die den Anforderungen entsprechen.“

Übungsaufgaben

1. Übertragen Sie die unten stehenden Sätze und setzen Sie die fehlenden Kommas. Begründen Sie mit der passenden Kommaregel.

   a) Meine Schwester ist oft frech unordentlich und rücksichtslos sie bekommt deswegen aber selten Ärger.

   b) Studien haben ergeben dass im heutigen Berufsleben fundierte Englischkenntnisse essenziell sind weitere Sprachkenntnisse sind von Vorteil.

   c) Um das Wetter genau vorhersagen zu können werden Tausende von Satellitendaten ausgewertet.

   d) Ein Auslandsjahr z. B. als Au-Pair ist nicht nur spannend sondern auch sehr lehrreich.

2. Erklären Sie in folgenden Sätzen das markierte Komma.

a) Die Hausaufgaben, die wir auf hatten, haben wir schnell erledigt.

Erklärung: ______________________________

b) Pia muss mit dem Bus fahren, um in die Schule zu kommen.

Erklärung: ______________________________

c) Wenn ich fleißig lerne, bekomme ich bessere Noten.

Erklärung: ______________________________

d) Er ist sich sicher, dass es heute nicht mehr regnet.

Erklärung: ______________________________

3. Setzen Sie die fehlenden Kommas in den Text ein und erläutern Sie diese mit der jeweils passenden Regel. Verwenden Sie hierfür die Regeln 1 – 8 aus dem Erklärungskasten (Seiten 38 f.) und schreiben Sie die entsprechende Nummer in das Kästchen.

Dieses Jahr wollen wir ohne Eltern in die Ferien fahren. Der eine Teil unserer Gruppe möchte ans Meer der andere in die Berge. ☐ Eigentlich ist es ja egal ob Bergsee oder Meer Hauptsache man kann baden. ☐ + ☐ Wir suchen auf jeden Fall eine Unterkunft die allen gefällt. ☐ Wichtig ist noch dass es ansprechende Freizeitaktivitäten wie z. B. Mountainbiken Wandern Tauchen oder Surfen gibt. ☐ + ☐ + ☐ Für welches Reiseziel wir uns am Ende auch entscheiden Spaß haben werden wir auf jeden Fall. ☐

9. Zeitformen

Erklärung

Die richtige Verwendung von Zeitformen ist sowohl in der gesprochenen als auch in der geschriebenen Sprache wichtig. Nur so kann präzise ausgedrückt werden, wann sich ein Ereignis abgespielt hat oder abspielen wird. Deshalb sollten Sie den Umgang damit sicher beherrschen.
Allgemein unterscheidet man zwischen starken und schwachen Verben, wobei die schwachen Verben deutlich häufiger vorkommen.

Starke Verben bilden ihre konjugierten Verbformen in allen Zeitformen, außer Präsens und Futur I, durch Veränderung des Stammvokals. Zur Bildung des Perfekts, Plusquamperfekts und des Futur II benötigen sie das Partizip II, bei dem meistens die Endung -en an den Wortstamm gehängt wird.
Beispiele:
s**i**ngen, s**a**ng, ges**u**ng**en**
lesen, l**a**s, gel**esen**
schw**i**mmen, schw**a**mm, geschw**o**mm**en**
f**i**nden, f**a**nd, gef**u**nd**en**
g**e**hen, g**i**ng, geg**a**ng**en**

Schwache Verben weisen eine regelmäßige Konjugation auf. Mit Ausnahme des Futur I enden diese Verben auf -t bzw. -te.
Beispiele:
sagen, sag**te**, gesag**t**
zeigen, zeig**te**, gezeig**t**
machen, mach**te**, gemach**t**
lachen, lach**te**, gelach**t**
suchen, such**te**, gesuch**t**

Person	Präsens (Gegenwart)	Präteritum (1. Vergangenheit)	Perfekt (2. Vergangenheit)	Plusquamperfekt (3. Vergangenheit)	Futur I (Zukunft)	Futur II (vollendete Zukunft)
ich	gehe sage	ging sagte	bin gegangen habe gesagt	war gegangen hatte gesagt	werde gehen werde sagen	werde gegangen sein werde gesagt haben
du	gehst sagst	gingst sagtest	bist gegangen hast gesagt	warst gegangen hattest gesagt	wirst gehen wirst sagen	wirst gegangen sein wirst gesagt haben
er/sie/es	geht sagt	ging sagte	ist gegangen hat gesagt	war gegangen hatte gesagt	wird gehen wird sagen	wird gegangen sein wird gesagt haben
wir	gehen sagen	gingen sagten	sind gegangen haben gesagt	waren gegangen hatten gesagt	werden gehen werden sagen	werden gegangen sein werden gesagt haben
ihr	geht sagt	gingt sagtet	seid gegangen habt gesagt	wart gegangen hattet gesagt	werdet gehen werdet sagen	werdet gegangen sein werdet gesagt haben
sie	gehen sagen	gingen sagten	sind gegangen haben gesagt	waren gegangen hatten gesagt	werden gehen werden sagen	werden gegangen sein werden gesagt haben
Infinitiv (Grundform) gehen, sagen		Partizip I: gehend, sagend Partizip II: gegangen, gesagt		Imperativ (Befehlsform) Singular: Geh! Sag! Plural: Geht! Sagt!		

Hilfsverben

Zeitform	haben	sein	werden
Präsens	ich habe	ich bin	ich werde
Präteritum	ich hatte	ich war	ich wurde
Perfekt	ich habe gehabt	ich bin gewesen	ich bin geworden
Plusquamperfekt	ich hatte gehabt	ich war gewesen	ich war geworden
Futur I	ich werde haben	ich werde sein	ich werde werden
Futur II	ich werde gehabt haben	ich werde gewesen sein	ich werde geworden sein

Typische Aufgabenstellung

Bestimmen Sie die Zeitform.

Es wird nicht ausreichen, die Verkehrswege weiterhin in Bürgersteige und Fahrstreifen für Pkws und Fahrräder zu unterteilen.

Lösung

Futur I

Übungsaufgaben

1. Bestimmen Sie die Zeitformen.

a) Die gemessene Distanz per Luftlinie ist immer kürzer als die tatsächlich zurückzulegende Strecke. Damit wir dennoch schnellstmöglich ankommen, hilft das Navigationssystem.

b) Das erste Navigationssystem der Welt trug den Namen Eva und kam aus Hildesheim.

c) Seit ihrer Erfindung sind Navigationssysteme für Verbraucher/-innen immer erschwinglicher geworden.

d) Dank der Smartphone-Technologie wird in Zukunft niemand mehr ohne Navi auskommen müssen.

2. Übertragen Sie den Satz „Jeder Form von Diskriminierung liegt eine Unterscheidung und Bewertung durch eine Mehrheit zugrunde." ins

a) Perfekt

b) Plusquamperfekt

3. Suchen Sie jeweils einen Beispielsatz für die Zeitform Präsens, Futur I und Präteritum aus dem Text und schreiben Sie ihn auf.

Heutzutage ist es normal, dass jeder ein Smartphone besitzt. Dieses dient nicht nur zum Telefonieren, sondern auch zum Fotos machen. Keine Situation, die nicht blitzschnell mit einem Schnappschuss für die Ewigkeit festgehalten werden kann. Aber das war nicht immer so. Gerade mal rund zwanzig Jahre ist es her, dass Handys langsam zum Alltag gehörten. Sicher ist: In den nächsten Jahren wird es noch wesentlich leistungsstärkere Mobiltelefone geben.

10. Wortarten

Erklärung

Unter Wortarten versteht man die einzelnen Wortklassen mit gemeinsamen grammatischen Merkmalen. Im Deutschen werden zehn Wortarten unterschieden: Nomen, Verb, Adjektiv, Adverb, Artikel, Pronomen, Numerale, Präposition, Konjunktion und Interjektion (Ausrufewort).
Jede Wortart hat bestimmte Eigenschaften, an denen sie sich erkennen lässt. Die Wortarten sind nicht zu verwechseln mit den Satzgliedern wie Subjekt, Objekt, Adverbial, Attribut usw.

Wortart	Flektierbar?	Merkmale	Beispiele
Verb	Ja: Konjugation (Person, Numerus, Tempus, Modus)	Beschreibt als Prädikat im Satz Tätigkeiten/Handlungen/Vorgänge	lesen, lachen, können
Substantiv	Ja: Deklination (Kasus, Numerus, Genus)	Beschreibt im Satz als Subjekt oder Objekt Lebewesen, Sachen oder Abstrakta (Begriffe, Gefühle)	Baum, Plastikbecher, Unwohlsein
Adjektiv	Ja: Deklination (Kasus, Numerus, Genus); Steigerung möglich	Beschreibt im Satz als Attribut oder adverbiale Bestimmung Eigenschaften oder Merkmale	blau, schlicht, ungenießbar
Artikel / Pronomen	Ja: Deklination (Kasus, Numerus, Genus)	Beschreibt als Attribut oder eigenständig anstelle eines Substantivs im Satz eine nähere Bestimmung oder einen Verweis	die, welche, er, wir, das
Adverb	Nein	Beschreibt als Umstandsangabe oder Attribut im Satz nähere Umstände	dort, bald, interessanterweise
Präposition	Nein	Beschreibt im Satz Verhältnisse oder Beziehungen in Bezug auf Substantive oder Pronomen	über, bei, nach, auf
Konjunktion	Nein	Verbindungs-/Verknüpfungswörter im Satz	und, aber, obwohl, indem
Interjektion	Nein	Beschreibt vom Satz isolierte Wörter, z. B. Ausrufe, Gefühlsausdrücke	hey, aua, ächz, tja

Pronomen (Fürwort)
- Ersatz für ein Nomen
- Wiederholung von Nomen wird verhindert
- können Nomen auch begleiten

Pronomenarten
- Personalpronomen (persönliches Fürwort), z. B. ich, du, er ...
- Reflexivpronomen (rückbezügliches Fürwort), z. B. mich, mir, dir, dich, sich
- Possessivpronomen (besitzanzeigendes Fürwort), z. B. mein, dein, sein ...
- Relativpronomen (bezügliches Fürwort), z. B. das Haus, *das* ..., die Frau, *die* ..., der Baum, *der* ...
- Demonstrativpronomen (hinweisendes Fürwort), z. B. dieser, diese, dieses ...
- Interrogativpronomen (fragendes Fürwort), z. B. wer, was, wen ...
- Indefinitpronomen (unbestimmtes Fürwort), z. B. allesamt, ein wenig, irgendwas ...

Typische Aufgabenstellung

Bestimmen Sie die Wortart folgender Wörter.

blitzschnell, Wagnis, herumprobieren, klugerweise, sich, dieser

Lösung

blitzschnell – Adjektiv
Wagnis – Substantiv
herumprobieren – Verb
klugerweise – Adverb
sich – Reflexivpronomen
dieses – Demonstrativpronomen

Übungsaufgaben

1. In einem Zeitungsartikel steht: „Jemandem mit guten Manieren bewerten wir meist mit positiven Adjektiven." Nennen Sie vier passende Adjektive.

2. Bestimmen Sie die einzelnen Wortarten im Satz.

Auf	der	sonst	grünen	Wiese	liegt	jetzt	eine
______	______	______	______	______	______	______	______

dichte	Schneedecke,	die	ideal	zum	Rodeln	ist.
______	______	______	______	______	______	______

3. a) Suchen Sie aus dem Textausschnitt jeweils zwei Beispiele für Substantiv, Verb und Konjunktion heraus.

Momentan sieht die Mobilitätswende auf deutschen Straßen noch düster aus, denn der Anteil der Elektroautos ist im Vergleich zur Gesamtzahl zugelassener Personenkraftwagen verschwindend gering: Von den 48 Millionen PKWs auf deutschen Straßen fahren gerade mal 136.000 mit Strom. Niemand weiß vorherzusagen, ob sich die Haushalte künftig nicht doch lieber ein schickes E-Auto als Zweit- oder Drittwagen leisten, was die CO_2-Bilanz unterm Strich verschlechtern würde.

Quelle: Auszug aus Klaus Englert, in: https://www.deutschlandfunkkultur.de/mobilitaetswende-die-stadt-der-zukunft-ist-flexibel.1005.de.html?dram:article_id=473241, Seitenaufruf 9.4.2020

b) Finden Sie sechs Wörter, die Mobilität ausdrücken. Das können Verben, Substantive oder Adjektive sein.

11. Satzglieder und Satzgefüge

Erklärung

Satzreihen liegen vor, wenn mindestens zwei Hauptsätze durch Konjunktionen miteinander verbunden sind. Die durch Konjunktionen hergestellten Verbindungen von Haupt- und Nebensatz nennt man Satzgefüge. Konjunktionen sind Bindewörter, die Hauptsätze miteinander (Satzreihe) oder Haupt- und Nebensatz miteinander (Satzgefüge) verbinden.

- Typische Konjunktionen bei Satzreihen sind: *und, oder, aber, doch, denn*
  Beispiel: Ich gehe jetzt nach Hause und (ich) werde dann noch Hausaufgaben machen.
- Typische Konjunktionen bei Satzgefügen sind: *obwohl, dass, damit, sodass, weil, nachdem, bevor, während, wenn, falls, indem*
  Beispiel: Ich gehe jetzt nach Hause, weil ich noch Hausaufgaben machen muss.

In der Regel steht vor den Konjunktionen ein Komma (außer bei *und* bzw. *oder*). Das Komma grenzt so auch Haupt- und Nebensatz voneinander ab.

Hauptsätze:
Hauptsätze bestehen immer mindestens aus einem Subjekt und einem Prädikat, oftmals ergänzt durch mindestens ein Objekt, manchmal auch zusätzlich durch weitere Satzglieder (siehe unten). Hauptsätze können für sich allein stehen oder mittels Konjunktionen mit anderen Hauptsätzen oder aber Nebensätzen verbunden sein.
Beispiel für einen allein stehenden Hauptsatz: Der Hund lief auf die Straße.
Beispiel für zwei Hauptsätze, die durch eine Konjunktion miteinander verbunden sind (Satzreihe):
Der Hund lief auf die Straße und sah dort einen Mann.
Beispiel für einen Hauptsatz, der durch eine Konjunktion mit einem Nebensatz verbunden ist (Satzgefüge):
Der Hund lief auf die Straße, als er dort einen Mann sah.

Nebensätze:
Einen Nebensatz erkennt man an zwei Merkmalen:
1. Die (finite) Verbform steht am Satzende.
2. Einleitung durch eine Konjunktion.

Zu unterscheiden sind verschiedene Arten von Nebensätzen. Die häufigsten sind:

Adverbialsätze:
- temporal (Zeit): werden eingeleitet mit *als, bevor, nachdem, während, wenn*
- kausal (Grund): werden eingeleitet mit *weil, da*
- konzessiv (Gegengrund, Relativierung): werden eingeleitet mit *obwohl, obgleich*
- modal (Art und Weise): werden eingeleitet mit *dadurch, dass, indem*
- konsekutiv (Folge): werden eingeleitet mit *dass, sodass*
- adversativ (Gegensatz): werden eingeleitet mit *wohingegen*
- final (Zweck): werden eingeleitet mit *damit*
- lokal (Ort): werden eingeleitet mit *wo, woher, wohin*

Relativsätze: Nebensätze, die ein Bezugswort (meist das Subjekt oder Objekt) näher erklären/umschreiben. Relativsätze werden mit einem Relativpronomen eingeleitet (*der, die, das* oder *welcher, welche, welches*).

dass-Sätze: Nebensätze, die zumeist eine Empfindung, Wahrnehmung, Erwartung oder Meinung ausdrücken. Sie werden daher oft mit Wörtern wie *hoffen, bedauern, hören, sagen, glauben, denken, finden* o. Ä. und immer mit Komma eingeleitet. (Siehe auch Kapitel „Das oder dass", Seite 36)

Ein Nebensatz wird immer durch ein Komma vom Hauptsatz abgetrennt.
Beispiel: Die Geschichte, die gerade erzählt wurde, klingt interessant.

Hauptsatz: Die Geschichte klingt interessant – Nebensatz (Relativsatz): ... die gerade erzählt wurde. Bezugswort ist hier „Die Geschichte", Relativpronomen „die".

Es gibt auch Satzkonstruktionen, die aus mehr als zwei Haupt- bzw. Nebensätzen bestehen. Die Teilsätze werden in der Regel durch Komma abgetrennt.
Beispiel: Als ich letzte Woche die Geschichte, die von einem geheimnisvollen Gral berichtet, hörte, wusste ich noch nicht, dass es sich dabei um eine bekannte Sage handelt.

Satzglieder sind die Bausteine, aus denen ein Satz zusammengebaut ist.
Ein Satz beinhaltet immer ein **Subjekt**. Um dieses herauszufinden, können Sie fragen: „Wer?" / „Was?"
Ebenfalls immer enthalten ist ein **Prädikat**. Nach diesem wird gefragt: „Was geschieht?"/ „Was tut jemand?"
Oft enthält ein Satz noch ein **Dativ-Objekt** (Frage: „Wem?") und/oder ein **Akkusativ-Objekt** (Frage: „Wen?"/ „Was?")

Satzglieder, die ergänzend nähere Angaben zum Geschehen machen, nennt man **adverbiale Bestimmungen**.
Es gibt adverbiale Bestimmungen
- des Ortes (Frage: „Wo?" / „Wohin?")
- der Zeit (Frage: „Wann?" / „Wie lange?" / „Wie häufig?")
- des Grundes (Frage: „Warum?" / „Wozu?")
- der Art und Weise (Frage: „Wie?" / „Auf welche Weise?" / „Womit?")

Um herauszufinden, aus welchen Bausteinen der Satz zusammengesetzt ist, kann man die **Umstellprobe** machen. Wörter bzw. Wortgruppen, die immer zusammenbleiben, wenn man die Reihenfolge der Wörter im Satz verändert, sind die Satzglieder.
Beispiel: Der Hund biss heute Morgen auf der Straße den Mann auf spielerische Weise ins Bein.
Umstellprobe: <u>Heute Morgen</u> <u>biss</u> <u>der Hund</u> <u>auf spielerische Weise</u> <u>auf der Straße</u> <u>den Mann</u> <u>ins Bein</u>.
Die einzelnen Satzglieder lauten also:
Heute Morgen: adverbiale Bestimmung der Zeit
biss: Prädikat
der Hund: Subjekt
auf spielerische Weise: adverbiale Bestimmung der Art und Weise
auf der Straße: adverbiale Bestimmung des Ortes
den Mann: Akkusativ-Objekt
ins Bein: adverbiale Bestimmung des Ortes

Attribute sind sogenannte Satzgliedteile, die bestimmte Satzglieder näher beschreiben, aber keine eigenständigen Satzglieder sind.
Beispiel: Der Hund mochte eigentlich den <u>alten</u> Mann – Das Attribut „alten" ist ein Teil des Satzglieds Akkusativ-Objekt „und" beschreibt den Mann genauer. Um Attribute herauszufinden, kann man die **Weglassprobe** machen: Lässt sich der Satz auch problemlos ohne das Wort bilden, so handelt es sich beim verzichtbaren Wort um das Attribut.

Feldermodell
Ein Satz besteht aus mehreren Satzgliedern. Das Prädikat bildet den Kern des Satzes. Es handelt sich dabei um ein Verb, welches einteilig oder zweiteilig sei kann. Wenn das Verb zweiteilig ist, dann bilden diese beiden Teile zusammen eine typische Satzklammer. Die Satzklammer gliedert den Satz in Vorfeld, Mittelfeld und Nachfeld.

Beispiel:

Vorfeld	linke Satzklammer	Mittelfeld	rechte Satzklammer	Nachfeld
Sport	hat	mir schon immer besser	gefallen	als Musik.

Erklärung der Felder

Vorfeld	▶ steht vor der linken Satzklammer und bietet Platz für ein Satzglied ▶ es kann auch leer bleiben
linke Satzklammer	▶ Platz für Verben bzw. Verbteile ▶ immer an der gleichen Stelle, auch bei Verschieben/Umstellen anderer Satzglieder
Mittelfeld	▶ linke und rechte Satzklammer umklammern das Mittelfeld ▶ mehrere Satzglieder können im Mittelfeld stehen
rechte Satzklammer	▶ Platz für Verben und Verbteile ▶ immer an der gleichen Stelle, auch bei Verschieben/Umstellen anderer Satzglieder
Nachfeld	▶ außerhalb der Satzklammer ▶ z. B. für Hervorhebungen ▶ es kann leer bleiben

Ist ein Haupt- und ein Nebensatz durch eine Konjunktion verbunden (und, oder, denn, aber etc.), steht diese noch vor dem Vorfeld im **Vorvorfeld bzw. Koordinationsfeld.**

Beispiel:

Vorvorfeld/ Koordinationsfeld	Vorfeld	linke Satzklammer	Mittelfeld	rechte Satzklammer	Nachfeld
-	Wir	sollten	alle Energie	sparen	-
denn	das	schont	die Umwelt.	-	-

Typische Aufgabenstellung

Formulieren Sie den Satz so um, dass das Subjekt im Vorfeld steht. Bestimmen Sie das unterstrichene Satzglied.

Während der Klassenarbeit ist das Benutzen von Smartphones <u>immer</u> verboten.

Lösung
Das Benutzen von Smartphones ist während der Klassenarbeit immer verboten.
immer = adverbiale Bestimmung der Zeit

Übungsaufgaben

1. Formulieren Sie die Sätze so um, dass das Subjekt im Vorfeld steht. Bestimmen Sie das unterstrichene Satzglied.

a) Obwohl wir uns bemühen, im Alltag auf Plastik zu verzichten, steigt die Plastikflut stetig weiter an.

b) Zukünftig bietet das wegen Platzmangels neu gebaute Elefantenhaus dreimal so viel Fläche wie das alte.

c) In der Natur lernen Kinder, z. B. beim Besteigen von Bäumen, auf spielerische Weise, wie man sich beim Klettern am besten festhält.

2. Formulieren Sie den Satz so um, dass sowohl der Sinn als auch alle Satzglieder komplett erhalten bleiben.

a) Es hat sie sehr viel Überwindung gekostet, vor der Klasse ihr Referat zu präsentieren.

b) Mit dem Fahrrad zur Schule zu fahren, ist für Leo eine Selbstverständlichkeit.

3. a) Bestimmen Sie die unterstrichenen Satzglieder.

Das Bild immer kleiner werdender Eisflächen, das sich an den Polen zeigt, ist erschreckend.

b) Unterstreichen Sie Haupt- und Nebensatz. Bestimmen Sie anschließend die Art der Nebensätze.

Den Eisbären schmilzt ihr natürlicher Lebensraum buchstäblich unter den Füßen weg, was zur Folge hat, dass ihnen immer weniger Zeit zum Jagen bleibt, sie schneller abmagern und im schlimmsten Fall durch die Kraftlosigkeit qualvoll ertrinken, da sie die immer weiter werdenden Strecken zwischen Eis und Festland nicht mehr schwimmen können.

4. Verbinden Sie die folgenden Sätze zu einem Satzgefüge. Verwenden Sie dabei einen

a) Kausalsatz

Das Klettern an einer Steilwand ohne Sicherung ist gefährlich. Man kann leicht abstürzen.

b) Temporalsatz

Der Mann kam am Bahnhof an. Der Zug war gerade losgefahren.

c) Konzessivsatz

Die Polkappen schmelzen weiter. Wir bemühen uns, den CO_2-Ausstoß zu verringern.

d) Finalsatz

Die Produktion von Textilien wird ins Ausland verlegt. Die Produktionskosten sinken.

e) Adversativsatz

Eisbären bevorzugen Robben, Fische oder gestrandete Wale auf ihrer Speisekarte. Braunbären decken drei Viertel ihres Bedarfs durch pflanzliche Nahrung.

f) Modalsatz

Wir tun etwas fürs Klima. Wir fahren mehr Fahrrad.

5. Tragen Sie den Satz ins Feldermodell ein.

Allerdings wird der Beitrag der Wasserkraft zur Stromerzeugung auch zukünftig nicht groß sein.

6. Tragen Sie den Satz ins Feldermodell ein, ohne ins Nachfeld zu schreiben.

Nach einer Weile begann er sich über Leute zu ärgern, die nur wenige Etagen nach unten fuhren.

7. Tragen Sie den Satz ins Feldermodell ein und schreiben Sie ins Nachfeld.

Mittagsschlaf wird dann auch schon mal in der Hängematte gemacht – schaukelnd zwischen den Bäumen.

12. Wortschatz

Erklärung

Im Bereich Wortschatz geht es darum, zu überprüfen, ob Sie in der Lage sind, Wörter beispielsweise durch Synonyme oder Antonyme zu ersetzen, Sprachbilder und Redewendungen zu erklären, Wortfelder zu bilden oder Umgangssprache in Standardsprache umzuformulieren bzw. umgekehrt.

Synonyme sind Wörter oder Wortgruppen mit ähnlicher Bedeutung.
Beispiele:
miteinander sprechen – kommunizieren
real – wirklich

Antonyme sind Wörter oder Wortgruppen mit gegenteiliger Bedeutung.
Beispiele:
langsam – schnell
viel – wenig

Unter **Wortfeldern** versteht man eine Gruppe sinnverwandter Wörter. Bei Aufgaben mit Wortfeldern gilt es, weitere Wörter zu einem bestimmten Begriff zu finden.

Umgangssprache – Standardsprache
Umgangssprache ist die im Alltag gesprochene Sprache. Wenn wir „normal" reden, achten wir nicht immer auf korrekten Satzbau, Grammatik und den richtigen Gebrauch von Regeln. Auch verwenden wir oft Wort- oder Satzkonstruktionen, die wir schriftlich so nicht benutzen würden, weil sie sprachlich eigentlich ungenau oder unkorrekt sind.
Die Standardsprache ist die Sprache, in der man schreibt. Sie wird daher auch Schriftsprache genannt. Der Sprachgebrauch hängt vom aktuellen Umfeld oder Anlass ab. Unter Freunden wählt man z. B. eine andere Form der Kommunikation als in einem offiziellen Anschreiben. In Letzterem soll jeder den Inhalt verstehen, deshalb muss man sich an verbindliche Regeln halten.

Beim Umwandeln umgangssprachlicher Sätze in Standardsprache sollten Sie also auf Folgendes achten:
- Verwendung einer sachlichen, für alle gut verständlichen Sprache
- korrekter und vollständiger Satzbau
- Verbindung der Sätze oder Satzteile mit den entsprechenden Konjunktionen
- korrekte Form der Wörter (Kasus, Numerus, Genus)
- korrekte Anwendung von Satzkonstruktionen (z. B. muss in jedem deutschen Satz mindestens ein Subjekt und ein Prädikat stehen; das Objekt muss im richtigen Kasus stehen; Begleiter wie Artikel, Pronomen, Adverbien oder Präpositionen müssen den korrekten Bezug zu Subjekt, Prädikat oder Objekt haben)
- falls verlangt: korrekte Form der indirekten Rede (Konjunktiv)
- Vermeidung umgangssprachlicher Floskeln, Füllwörter, Schimpfwörter und Jugendsprache wie „halt", „und so", „Dings", „mega" etc.

Sprachliche Bilder, Redewendungen
Sprachliche Bilder und Redewendungen beschreiben einen Vorgang oder Zustand in plakativer Weise. Oftmals wird durch die bildhafte Sprache eine Aussage oder ein Sachverhalt besser verstanden oder hervorgehoben. Durch das Verbinden zweier Wörter kann zudem eine neue, übertragene Bedeutung entstehen.
Wichtige sprachliche Bilder sind, neben Sprichwörtern und Redewendungen, Metaphern, Vergleiche oder Personifikationen. Sprachliche Bilder findet man besonders häufig in literarischen Texten, wie z. B. Gedichten.
Beispiele:
Wüstenschiff → übertragene Bedeutung für Kamel
Ein Lied davon singen → eine Situation selbst schon durchlebt haben, wissen, wovon die Rede ist
Sich die Klinke in die Hand geben → Kommen und Gehen mehrerer Personen in kurzem Abstand

Typische Aufgabenstellung

Finden Sie zu den unterstrichenen Wörtern/Wortgruppen ein Wort bzw. eine Wortgruppe mit der gegenteiligen Bedeutung (Antonym).

Die Schülerin schreibt ihre Hausaufgaben völlig unübersichtlich in ihr Heft.

Bei Feinstaubalarm lassen nur wenige Autofahrer/-innen ihr Auto stehen.

Lösung

Die Schülerin schreibt ihre Hausaufgaben geordnet in ihr Heft.
Bei Feinstaubalarm lassen sehr viele Autofahrer/-innen ihr Auto stehen.

Übungsaufgaben

1. Erläutern Sie die unterstrichenen sprachlichen Bilder in eigenen Worten.

a) Nach einem Tag, an dem wirklich alles schiefgeht, reicht schon eine Kleinigkeit, um das Fass zum Überlaufen bringen.

b) Moderne Shopping-Malls schießen wie Pilze aus dem Boden.

c) Beim Hören von Musik scheiden sich die Geister.

d) Die Sonne lacht vom Himmel.

e) Wenn man verliebt ist, sieht man alles durch die rosarote Brille.

2. Finden Sie zu jedem Wort einen anderen Begriff mit gleicher Bedeutung aus dem Sachtext und schreiben Sie diesen auf.

Evolution (Z. 2) • Gebietsmarkierung (Z. 4) • Art (Z. 5) • allseitig umfassend (Z. 5) • Verständigung untereinander durch Laute (Z. 5)

Bei einem Spaziergang durch den Zoo wird die Stimmenvielfalt im Tierreich besonders deutlich: Es ist buchstäblich nicht zu überhören, dass die Fähigkeit zur Lautkommunikation in der Entwicklungsgeschichte der Landwirbeltiere zu einem Hit avancierte[1]. Die jeweiligen Töne können dabei unterschiedliche Botschaften vermitteln – sie dienen etwa der Reviermarkierung, der Partnerfindung oder aber höher entwickelten Kommunikationsformen. Wir selbst sind dabei die Spezies, die das Konzept auf die Spitze getrieben hat: Unsere komplexe Fähigkeit zur Lautkommunikation wurde zu einem Schlüsselfaktor der menschlichen Erfolgskarriere. Vor diesem Hintergrund haben die Forscher um John Wiens von der University of Arizona in Tucson den evolutionären Wurzeln von Zwitschern, Bellen, Sprechen und Co nun eine Untersuchung gewidmet.

[1] avancieren: zu etwas werden, befördert werden

Quelle: Auszug aus Martin Vieweg: „Evolution, wie die Tiere laut wurden", in: https://www.wissenschaft.de/umwelt-natur/evolution-wie-die-tiere-laut-wurden/, Seitenaufruf 23.1.2020

3. Finden Sie zu den unterstrichenen Wörtern ein passendes Antonym.

a) Die neue Erlebnislandschaft mit Klettersteig befindet sich im Freien.

b) Feinstaubalarm findet immer noch statt.

c) Höhenangst ist für einige Menschen unproblematisch.

4. Formulieren Sie folgende Sätze in Standardsprache um.

a) Das flashed total.

b) Das neue Auto deines Dads ist voll nice.

c) In der Klassenarbeit hat er krass versagt.

13. Aktiv und Passiv

Erklärung

Inhalte kann man auf verschiedene Art und Weise ausdrücken. Nicht nur die Wortwahl und die Zeit sind entscheidend, sondern auch, ob etwas aktiv oder passiv formuliert ist. Eine aktive Formulierung wirkt immer lebendiger und dynamischer. Das Subjekt handelt aktiv. Beim Passiv handelt das Subjekt nicht selbst, sondern es wird etwas mit ihm gemacht. Die Zeitform bleibt beim Umwandeln bestehen. Wichtig ist außerdem, dass die Satzaussage gleich bleibt. Daher ist es sinnvoll, beides zu üben.

Beispiele:
Paul streicht die Wand.
↑
Subjekt → streicht

Die Wand wird von Paul gestrichen.
↑
Subjekt → wird gestrichen

Nicht alle Verben können ins Passiv gesetzt werden. Im Regelfall ist es möglich, alle Verben mit anschließendem Akkusativobjekt umzuwandeln. Das Akkusativobjekt wird dann im Passivsatz zum Subjekt.

Beispiel:
Ich esse eine Banane. → Eine Banane wird von mir gegessen.
aber
Ich schlafe. → kein Passiv möglich

Allgemein werden zwei Passivformen unterschieden: das **Zustandspassiv** und das **Vorgangspassiv**. Sie unterscheiden sich in der Verwendung des Hilfsverbs: Das Zustandspassiv wird mit „sein", das Vorgangspassiv mit „werden" gebildet.

Beispiel:
Der Präsident **ist gewählt**. → beschreibt ein Ergebnis oder einen statischen Zustand
Der Präsident **wurde** vom Volk **gewählt**. → beschreibt einen Prozess, bei dem der Handelnde in den Hintergrund rückt

Typische Aufgabenstellung

Formen Sie folgende Sätze jeweils in die Aktiv- oder Passivform um.
Die vorgegebene Zeitform und die inhaltliche Aussage müssen beibehalten werden.

Aktiv	Passiv
Der Mathelehrer rechnet die Aufgabe an der Tafel vor.	
	Sie wurde von ihm auf Händen getragen.

Lösung

Aktiv	Passiv
Der Mathelehrer rechnet die Aufgabe an der Tafel vor.	*Die Aufgabe wird vom Mathelehrer an der Tafel vorgerechnet.*
Er trug sie auf Händen.	Sie wurde von ihm auf Händen getragen.

Übungsaufgaben

1. Formulieren Sie die folgenden Sätze im Aktiv. Achten Sie auf die Zeitform.

a) Mode und Trends werden häufig von Influencerinnen und Influencern oder der Modeindustrie aktiv beeinflusst und in die gewünschte Richtung gelenkt.

b) Ein gesplittertes Smartphone-Display ist zwar sehr ärgerlich, wird in der Regel aber schnell durch einen fachkundigen Handy-Shop repariert.

c) Der Vortrag des Rektors über die neuen Prüfungen wurde von den Schüler/-innen mit höchster Aufmerksamkeit verfolgt.

2. Unterscheiden Sie, wobei es sich um Vorgangs- und um Zustandspassiv handelt. Kreuzen Sie entsprechend an.

a) Das Loch im Fahrradschlauch ist geflickt.

☐ Zustandspassiv ☐ Vorgangspassiv

b) Die Glühbirne ist 1879 von Thomas Edison erfunden worden.

☐ Zustandspassiv ☐ Vorgangspassiv

c) Jetzt kann man nichts mehr ändern – der Präsident ist gewählt.

☐ Zustandspassiv ☐ Vorgangspassiv

3. Setzen Sie die Sätze ins Passiv. Achten Sie auf die Zeitform.

a) Der Wetterbericht sagt für diese Woche keinen Regen vorher.

b) Unsere Lehrerin musste die Klassenfahrt verschieben.

c) Meine Schwester sagt: „Wenn du 18 Jahre alt bist, wirst du die Führerscheinprüfung bestanden haben."

14. Indirekte Rede

Erklärung

Bei der indirekten Rede handelt es sich im Gegensatz zur direkten Rede nicht um eigene Worte, sondern um das Wiederholen von Worten, Aussagen oder Meinungen anderer. Es werden keine Anführungszeichen verwendet, das Verb des Satzes muss außerdem in den Konjunktiv und das Pronomen in die dritte Person gesetzt werden.

Merke:
- ▶ das **Verb** wird in den **Konjunktiv** gesetzt
- ▶ manchmal werden **Personen-**, **Orts- oder Zeitangaben geändert**
- ▶ **Aussagesätze** brauchen nicht zwingend ein **dass**
- ▶ **Fragesätze** müssen als Einleitung ein **Fragewort** enthalten oder mit der Konjunktion **ob** beginnen
- ▶ **Aufforderungen** werden mit **sollen** oder **mögen** in die indirekte Rede gesetzt

Beispiele:
Lara sagt: „Ich mache dieses Jahr meinen Schulabschluss." → direkte Rede
Lara sagt, sie mache dieses Jahr ihren Schulabschluss. → indirekte Rede
Leon berichtet: „Ich bin gestern erst spät daheim angekommen." → direkte Rede
Leon berichtet, dass er gestern erst spät daheim angekommen sei. **oder**
Leon berichtet, er sei gestern erst spät daheim angekommen. → indirekte Rede
Du willst wissen: „Habe ich recht?" → direkte Rede
Du willst wissen, ob du recht habest. → indirekte Rede
Der Vater fordert: „Lerne deine Vokabeln!" → direkte Rede
Der Vater fordert, du sollest/mögest deine Vokabeln lernen. → indirekte Rede

Achtung!
Es gibt Fälle, bei denen der Konjunktiv II den Konjunktiv I ersetzt. Das ist der Fall, wenn
- ▶ der **Konjunktiv I identisch** mit dem **Indikativ Präsens** ist.

Beispiele:
Die Klasse sagt, sie habe die Aufgabe nicht verstanden. (Präsens und Konjunktiv I)
Die Klasse sagt, sie hätte die Aufgabe nicht verstanden. (Konjunktiv II)

- ▶ ausgedrückt werden soll, dass **das Gesagte angezweifelt wird.**

Beispiele:
Samira erzählt, Ivan habe die Katze zu spät gefüttert. (Konjunktiv I)
Samira erzählt, Ivan hätte die Katze zu spät gefüttert. (Konjunktiv II)

Bildung des Konjunktiv I
Der Konjunktiv I wird durch **Verbstamm + Konjunktiv-Endung** (-e, -est, -e, -en, -et, -en) gebildet.

Pronomen	Infinitiv	Stamm	Stamm + Endung
ich	machen	mach	mach**e**
du	machen	mach	mach**est**
er/sie/es	machen	mach	mach**e**
wir	machen	mach	mach**en**
ihr	machen	mach	mach**et**
sie	machen	mach	mach**en**

Ausnahme
Hilfsverb „sein" und die Modalverben

Pronomen	sein	können
ich	sei	könn**e**
du	sei(e)st	könn**est**
er/sie/es	sei	könn**e**
wir	seien	könnt**en**
ihr	sei(e)t	könn**et**
sie	seien	könnt**en**

Bildung des Konjunktiv II
Zur Bildung des **Konjunktiv II** wird die **Stammform des Präteritums + Endung** verwendet.
Achtung! Oft werden a, o, u zu ä, ö, ü. Hilfsverben und Modalverben bilden wieder Ausnahmen.

Die Endungen sind gleich wie beim Konjunktiv I (-e, -est, -e, -en, -et, -en).

	Hilfsverben		Modalverben		unregelmäßige Verben	regelmäßige Verben
	sein	**haben**	**müssen**	**sollen**	**laufen**	**wählen**
ich	wäre	hätte	müsste	sollte	lief**e**	wählt**e**
du	wär(e)st	hättest	müsstest	solltest	lief**est**	wählt**est**
er/sie/es	wäre	hätte	müsste	sollte	lief**e**	wählt**e**
wir	wären	hätten	müssten	sollten	lief**en**	wählt**en**
ihr	wär(e)t	hättet	müsstet	solltet	lief**et**	wählt**et**
sie	wären	hätten	müssten	sollten	lief**en**	wählt**en**

Bildung der Vergangenheit
In der indirekten Rede gibt es nur **eine Vergangenheit**. Sie wird gebildet aus der **Konjunktiv-I-Form** von **haben/sein** und dem **Partizip II**.

Beispiele:
Die Rektorin versprach: „Es wird mehr digitale Bildung geben." → direkte Rede
Die Rektorin habe versprochen, es werde mehr digitale Bildung geben. → indirekte Rede
Der Vater hatte gesagt: „Ich koche jetzt sonntags immer." → direkte Rede
Der Vater habe gesagt, er koche jetzt sonntags immer. → indirekte Rede
Leondrit erzählte: „Meine Großeltern sind jedes Jahr ans Meer gefahren." → direkte Rede
Leondrit habe erzählt, seine Großeltern seien jedes Jahr ans Meer gefahren. → indirekte Rede

Typische Aufgabenstellung

Formulieren Sie die folgende Aussage in indirekter Rede. Verwenden Sie den Konjunktiv I.

Ein Start-up Unternehmer sagt: „Unser Ziel ist es mithilfe des Tinyhouses Wohnraum für jedermann zu schaffen."

Lösung

Ein Start-up Unternehmer sagt, ihr Ziel sei es, mithilfe des Tinyhouses Wohnraum für jedermann zu schaffen.

Übungsaufgaben

1. Nur einer der folgenden Sätze wurde korrekt in die indirekte Rede gesetzt. Kreuzen Sie diesen an.

	In einem Zeitungsartikel steht, die Olympischen Spiele waren ursprünglich ein kleiner sportlicher Wettbewerb, der im antiken Griechenland zu Ehren der Götter stattfand.
	In einem Zeitungsartikel steht, die Olympischen Spiele seien ursprünglich ein kleiner sportlicher Wettbewerb gewesen, der im antiken Griechenland zu Ehren der Götter stattgefunden habe.
	In einem Zeitungsartikel steht, die Olympischen Spiele wären ursprünglich ein kleiner sportlicher Wettbewerb gewesen, der im antiken Griechenland zu Ehren der Götter stattgefunden hätte.

2. Setzen Sie den Satz in die indirekte Rede.

„Ich bin der Meinung, dass auf dem Schulhof mehr Spielfläche zum Austoben für die jüngeren Klassenstufen vorhanden sein sollte.", sagt der Schulsprecher Boran.

3. Ordnen Sie die Sätze richtig zu. Entscheiden Sie zwischen direkter und indirekter Rede.

a) Der Windparkleiter schwärmt: „Unsere Windräder sind zukunftsweisend."

b) Windenergie gehöre zu den saubersten Energien, die wir momentan hätten, berichten Energiebetreiber.

c) In einem Zeitungsbericht ist zu lesen, die Seuchenbekämpfung beispielsweise von Pest, Cholera oder Spanischer Grippe stehe seit dem Mittelalter immer wieder im Fokus der Menschheit.

d) Robert Koch zeigte sich 1892 zu Zeiten der Cholera-Seuche bestürzt über die hygienischen Zustände in Hamburg: „Ich vergesse, dass ich in Europa bin."

Direkte Rede: ______________________________

Indirekte Rede: ______________________________

4. Vervollständigen Sie den Text in indirekter Rede mit der jeweils richtigen Verbform.

Der NDR schreibt in einem Artikel, dass es durch Fortschritte in der Medizin und geeignete Hygienemaßnahmen mittlerweile ________________ (gelingen, Vergangenheitsform), etliche Infektionskrankheiten einzudämmen. Doch wenn es heute darum ________________ (gehen), neue Seuchen und Pandemien mit Verhaltensmaßregeln zurückzudrängen, ________________ (greifen) Experten dabei immer noch auf viele der Maßnahmen zurück, die bereits im Kampf gegen Pest und Cholera eingesetzt worden seien. Dazu sagt etwa Medizinhistoriker Karl-Heinz Leven zu Beginn der Pandemie, sie ________________ (sein), wenn sie sich die Bekämpfungsmaßnahmen gegen Corona ________________ (anschauen), im Frühjahr 2020 auf dem Stand der Frühen Neuzeit: Seuchenabwehr durch Abschließungsmaßnahme. Dank neuer Technologien ________________ (bleiben) die Abriegelung allerdings nicht das einzige Mittel der Wahl. Die Corona-Warn-App zum Beispiel ________________ (helfen sollen), Infektionsketten leichter nachvollziehen zu können und die Ausbreitung des Virus so zu bremsen.

Quelle: nach https://www.ndr.de/geschichte/chronologie/Pest-Spanische-Grippe-Corona-Seuchen-und-ihre-Bekaempfung,seuchenbekaempfung100.html, Seitenaufruf 4.3.2021

Ganzschrift – Lektüre

Erklärung

Ganzschrift/Lektüre
In Ihrer Prüfung beschäftigen Sie sich auch mit einer Lektüre, die Sie zuvor im Unterricht gelesen und behandelt haben. Bei einer Lektüre handelt es sich um ein in sich geschlossenes literarisches Werk, z. B. ein Jugendbuch. Im Gegensatz zu Kurzgeschichten geht es darum, eine Lektüre im Zusammenhang zu vermitteln und zu lernen, kapitelübergreifende Zusammenhänge zu verstehen. Bei Aufgaben, die sich auf die Lektüre beziehen, ist es wichtig, auf Informationen aus unterschiedlichen Kapiteln Bezug zu nehmen und diese sinnvoll zu verknüpfen. Dies geschieht in der Prüfung anhand von Fragen und einer weiterführenden Schreibaufgabe. Dabei kann es sich z. B. um das Verfassen eines Briefes handeln.
Wichtig ist in jedem Fall, dass Sie beim Lesen der Lektüre wichtige und zentrale Textstellen markieren. Dadurch fällt es Ihnen später leichter, diese wiederzufinden und sinnvoll in Ihre Schreibaufgaben einzuarbeiten.
In diesem Kapitel finden Sie Aufgaben zur aktuellen Ganzschrift sowie Textauszüge, an denen Sie üben können, wie man relevante Informationen herausarbeitet.

Produktive Schreibaufträge sind z. B.:

1. Gespräch/Dialog
Wenn Sie ein Gespräch über ein bestimmtes Thema schreiben, besitzen Sie in der Abschlussprüfung bereits Informationen aus der zuvor gelesenen Ganzschrift, die Ihnen helfen.
Überlegen Sie sich, wie die Personen miteinander sprechen würden. Sind sie einander vertraut oder kennen sie sich nur flüchtig? Man spricht mit dem besten Kumpel oder der besten Freundin sicher anders als mit der Chefin bzw. dem Chef. Wichtig ist zudem der Umstand, unter dem die Unterhaltung geführt wird. Ist es ein Streitgespräch oder ein Gespräch nach einem traurigen/lustigen Erlebnis? Am Ende des Gesprächs sollte ein Ergebnis stehen oder der Konflikt gelöst sein.

Merkmale
- oft unvermittelter Einstieg
- an Personen und Situation angepasste Sprache
- Konflikt, Situation oder Thema zu einem Ergebnis bringen
- Thema einbringen
- wörtliche Rede (Person 1: „…" / Person 2: „…")
- Präsens

2. Persönlicher Brief
Ein persönlicher Brief bringt immer das Wesen einer Person zum Ausdruck. Die Sprache ist authentisch und verdeutlicht beispielsweise Stimmungen, Gefühle oder Wünsche. Die Adressatin / der Adressat eines solchen Briefes stammt aus dem persönlichen Umfeld des der Schreiberin / des Schreibers. Es kann sich dabei um ein Familienmitglied oder Freunde handeln. Die moderne Form des Briefes ist die E-Mail.
Beachten Sie, dass Sie rechts oben mit dem Datum beginnen, dann kommt die Anrede, schließlich der Text und den Schluss des Briefes bildet die Grußformel.

Merkmale
- Aufbau:

  Anrede

  Konstanz, 11.8.2021

  Liebe/-r … / Hallo … / Mein allerliebster …,

  …………………

  TEXT

  …………………

  Schluss (Grußformel)

  Tschüss … / Bis bald … / Euer/Dein …

- Zeitform: Präsens oder Präteritum

3. Innerer Monolog

Der innere Monolog ist eine Art Selbstgespräch. Anders als beim Brief gibt es keinen Gesprächspartner. Es ist somit die persönlichste und intensivste Darstellung von Gedanken und Gefühlen. Die Sprecherin/der Sprecher verarbeitet dadurch beispielsweise ein wichtiges Ereignis oder etwas Erlebtes. Es ist auch denkbar, dass die Gedanken und Gefühle durch das Rückerinnern an ein Erlebnis oder eine Begebenheit ausgelöst werden: *„Wenn ich an diesen schrecklichen Unfall zurückdenke, zittern mir immer noch die Knie ...“* In der Literatur wird der innere Monolog immer dann verwendet, wenn das Innere, das Denken und Fühlen einer Person verdeutlicht werden sollen.

Merkmale

- ausschmückende Sprache
- Gedanken und Gefühle einer Person
- Gedanken so formuliert, wie sie spontan eingefallen sind
- 1. Person Singular (*„Ich bin so unglücklich ...“, „Ich kann nicht begreifen, wie es so weit kommen konnte ...“)*
- kurzer und reihender Satzbau
- bereits Passiertes als gedanklichen Rückblick einbringen
- sprunghaftes Hin- und Herüberlegen, dennoch nachvollziehbare Gedankenkette

4. Tagebucheintrag

Der Eintrag in ein Tagebuch ist eine ganz persönliche Sache. Deshalb spielen Gedanken, Gefühle, Probleme und Sorgen auch eine wichtige Rolle. Diese werden vom Verfasser geschildert.

Im Gegensatz zu einem Brief richtet sich der Tagebucheintrag nicht an eine bestimmte Person. Wird Ihnen in der Prüfung die Aufgabe gestellt, einen Tagebucheintrag zu verfassen, ist es wichtig, dass Sie sich in die schreibende Person hineinversetzen. Überlegen Sie, was Sie an ihrer Stelle fühlen oder sagen würden.

Schreiben Sie in der Ich-Form. Die Zeitform kann variieren.

5. Rede

Wenn jemand eine Rede hält, dann will er mit dem präsentierten Inhalt andere über etwas informieren. Meistens geht es sogar noch einen Schritt weiter und das Publikum soll durch die Rede von etwas Bestimmtem überzeugt werden, zum Beispiel bei einer politischen Problemstellung, einer Vorgehensweise oder einer Unschuldsbekundung. Beim Verfassen einer Rede ist es deshalb wichtig, dass man immer im Auge behält, vor wem diese gehalten wird. Hat das Publikum Vorkenntnisse oder ist der dargestellte Sachverhalt neu? Möchte man sein Publikum noch überzeugen oder dient die Rede nur zum Anfeuern für ein beschlossenes Vorhaben?

Allgemein ist darauf zu achten, dass die persönliche Anrede nicht fehlt, eine Hinführung zum Thema stattfindet und die Rede mit einer Danksagung, einem Wahlspruch oder einem Aufruf endet.

Merkmale

- Aufbau:

  Anrede

  Liebe Freunde,
  Verehrte Richter,
  ....

  T E X T (klare Gliederung des Inhalts)
- Schlussteil: z. B Zusammenfassung, Zielsetzung nochmals wiederholen, Grußformel

Typische Aufgabenstellung

Oskar Maria Graf: Das Leben meiner Mutter (Romanauszug)

Informationen zum Buch:
In dem autobiografischen Roman beschreibt der bayerische Schriftsteller Oskar Maria Graf (1894 – 1967) seine Kindheit und Jugend auf dem Land sowie das Leben seiner Eltern, dem Bäckermeister Max Graf und der Bauerntochter Therese. Graf wurde als neuntes von elf Kindern in Starnberg geboren. Nach dem Tod des Vaters arbeitete er in der von seinem ältesten Bruder Max übernommenen Bäckerei, ebenso wie seine Geschwister Emma, Anna und Maurus.

Ich war inzwischen aus der Schule gekommen und arbeitete nun als Lehrling nachts in unserer Backstube. Schon lange hatte ich mir Gedanken darüber gemacht, was ich für einen Beruf erlernen wollte. Zuerst versuchte ich es als Erfinder, da ich zufällig einmal Edisons[1] märchenhaften Aufstieg gelesen hatte. Alles, was ich von jetzt ab in die Augen bekam, schien mir für Verbesserungen geeignet. Eine wirre Masse von Ideen ging mir durch den Kopf. Während des Brotaustragens – der schönsten Zeit meines Tages – dachte ich mir einen sich selbst ziehenden Flaschenkork und einen sehr umständlichen, aber – wie ich mir felsenfest einbildete – durch seine Mechanik verbesserten Stiefelzieher aus. Emma, der ich diese Pläne verriet, gab mir Geld. Ich schrieb an alle möglichen Firmen und Patentanwälte, und die Antworten ließ ich an unseren mondsüchtigen Schuster Andreas Lang leiten. Der „Anderl" bekam als Schweigegeld Brot oder Geld. Die Anwälte lobten meine Erfindungen und hielten sie für durchaus lukrativ. Ich musste fünfundzwanzig Mark schicken. Dafür machten sie die technisch einwandfreien Zeichnungen und besorgten die Anmeldung beim Kaiserlichen Patentamt in Berlin. Allerdings kostete die Anmeldung erneut Geld. Emma ließ sich wieder bereden. In einigen Wochen war ich Inhaber zweier „deutscher Gebrauchsmusterschutz"-Dokumente. Ich ließ in Starnberg Prospekte drucken und verschickte sie nach allen Himmelsrichtungen. Meine Briefe waren höchst naiv und unmöglich. Ich bot an, nannte eine Summe und unterbot sie im gleichen Schreiben. Dennoch antworteten einige Firmen und verlangten ein Modell. Geld, List und Mühe kostete es, bis das bewerkstelligt war. Doch das Modell funktionierte nicht. Die Emma verlor die Geduld. Unter dem Dachboden verrosteten die Reste meiner Erfindungen.

Nun aber wollte ich Tierarzt werden und bestellte die einschlägige Literatur. Mit heißem Eifer studierte ich während des Brotaustragens die mit unverständlichen Fremdwörtern gespickten Kompendien[2]. Ganze Seiten lernte ich auswendig davon, und in einer Frühe gestand ich der Mutter meinen Plan. Der Maxl durfte ja zunächst von all dem nichts wissen .

„Was? ... Tierarzt? Geh! Da ist doch Bäckerei viel besser!", wollte sie mich davon abbringen. Sie sah von vornherein, wie vergeblich alles sein würde und schloss traurig: „Wenn ich das dem Maxl sag', der haut dich bloß recht." Sie hatte recht. Ich wusste es. Er hatte jeden Willen in mir totgeschlagen, jede eigene Entschlusskraft zerbrochen. Ich lebte in ständiger Angst vor ihm, geduckt und ziemlich abgestumpft, und ich sagte ihm kein wahres Wort mehr. Doch ich wollte heraus aus dieser Enge und Düsternis und raffte meine ganze Hoffnung zusammen. Ich drang in die Mutter wie nie zuvor, wenn ich auch spürte, wie wenig sie mir helfen konnte. War sie denn nicht genau so eingeschüchtert und gedrückt wie ich?

Als ich etliche Tage später tief am Vormittag von meinem Brotgang zurückkam, wusste der Maxl alles. Er stand vom Schreibtisch in der Stube auf und erschien groß und drohend in der offenen Tür. „Was? ... Pass einmal auf, Kerl, blöder! Tierarzt willst du werden!", rief er, „Bäckerei lernst du, fertig!" Damit war die Sache abgetan. Die Mutter war froh, dass er mich nicht geprügelt hatte. Traurig stellte sie mir den milchverdünnten Tee hin und seufzte: „Brot geht doch inmer! Essen müssen die Leut'!"

Mein Tag verlief wieder wie immer: nachts um neun Uhr aufstehen und werkeln, in der Frühe um sechs mit dem Brot fort bis kurz vor Mittag: heim und Gsott schneiden[3]. Holz machen für den Backofen, nach dem Mittagessen bis fünf oder sechs Uhr mit dem Maxl „konditern" und dann ins Bett.

Auch dieser schwere Sommer verging wie jeder andere. Anfang Herbst kam der Maurus, der ausgelernt hatte, aus Karlsruhe nach Hause. (…) Der Maxl ging ins Holz oder fuhr Mist auf die Felder und überließ dem Maurus die wenige Konditorarbeit. Er sah ihn nicht gern; redete wenig mit ihm, die beiden wichen einander, so gut es ging, aus, doch sie stritten wenigstens nie. Nun gab es ruhigere Zeiten für mich. Ich brauchte dem Maurus nicht viel helfen, aber ich tat es gern. Jetzt konnte ich ja oft bis nach Mitternacht schlafen, ehe wir das Backen anfingen.

Der Maurus hatte viele Bücher mitgebracht. Er las Goethe und Heine ebenso eifrig wie Flaubert, Balzac, Stendhal, Maupassant und Zola. lbsen, Björnson und Strindberg, die damals in Deutschland gerade berühmt wurden, lagen ihm näher als Dostojewski und Gogol (…).

Maurus suchte mich beständig für seine Bücher zu interessieren und gab sich alle Mühe, mir das Gelesene begreiflich zu machen. Ich konnte aber vieles nicht erfassen und wurde schnell müde dabei. Dann wurde er ärgerlich und schlug mich, und es war seltsam, wie er sich dabei erregen konnte. Er war dem Weinen nahe vor Wut und redete in einem fort auf mich ein: „Ja, verstehst du's denn wirklich noch nicht? … Noch nicht? ... Das ist doch schön! Da muss man doch lachen! Begreif doch, du Aff, du blöder! Warum weinst du denn, du Esel? ... Pass doch besser auf, dann wirst du schon dahinterkommen, wie wunderschön das ist.“ Ich wusst’ mir zuletzt nicht mehr anders zu helfen, wischte meine Tränen ab, nickte und versuchte, gefroren zu lachen oder beflissen zuzustimmen. Nach einiger Zeit aber lasen wir geradezu um die Wette und freuten uns über die Begeisterung, in die uns die Bücher versetzten.

Ich erinnere mich noch der Spaziergänge an den Sonntagnachmittagen, die wir, mit irgendeinem Buch in der Tasche, gemeinsam machten. Wir hockten uns auf einen stillen Wiesenabhang und schwärmten. Wir lasen damals den „Vater“ von Strindberg. Mein Gott, und wir verstiegen uns sogar so weit, die Ehe unseres Vaters und unserer Mutter mit diesem Strindbergschen Ehedrama zu vergleichen, und da war doch alles, alles ganz, ganz anders gewesen. Aber der Mensch, der zum ersten Mal ganz hingegeben liest, dem scheint alles Gelesene Leben zu werden; Leben der nächsten Menschen, die er kennt!

Maurus blieb aber leider nicht lange daheim und suchte sich auswärts eine Stellung. Der Maxl war sehr zufrieden damit. Er hatte sich heimlich dessen Backrezepte abgeschrieben. (…)

Maurus hatte die Bücher mitgenommen. Ich aber konnte das Lesen nicht mehr missen. Wieder sprach ich mit dem Schuster Lang. Er willigte ein, und ich ließ mir eine Menge neuer Bücher an seine Adresse schicken. Niemand als Anna wusste es. Ich las ihr manchmal während des Brotaustragens Gedichte vor, und wir wurden schwärmerisch, ja beseligt, bis wir wieder daheim ankamen.

[1] Edison, Thomas Alva, 1847 – 1931: amerikanischer Erfinder, z. B. der Glühbirne
[2] Kompendien: Nachschlagewerke oder Lehrbücher, die einen kurz gefassten Überblick geben
[3] Gsott schneiden: Heu oder Stroh schneiden oder häckseln

Quelle: Oskar Maria Graf: Das Leben meiner Mutter, Ullstein Buch, Berlin 2016, S. 665 – 670 (deutschsprachige Erstveröffentlichung: 1946 im Kurt Desch-Verlag)

a) Nennen Sie in vollständigen Sätzen drei Unterschiede der Brüder Oskar, Max und Maurus.

b) Beschreiben Sie in eigenen Worten das Verhältnis zwischen Oskar und Maurus und dessen Einfluss auf Oskar.

c) Erklären Sie, warum die eigenen Berufswünsche von Oskar in der Familie Graf kein rechtes Gehör finden.

d) „Aber der Mensch, der zum ersten Mal ganz hingegeben liest, dem scheint alles Gelesene Leben zu werden; Leben der nächsten Menschen, die er kennt!“ (Z. 106 – 109)

Erläutern Sie, was Oskar damit ausdrücken möchte und in welcher Weise das Gesagte in Bezug auf seine Familie Anwendung findet.

e) „Ich aber konnte das Lesen nicht mehr missen.“ (Z. 114 f.)

Verfassen Sie einen Tagebucheintrag aus Oskars Perspektive, in dem er erklärt, welchen Stellenwert das Lesen für ihn hat. (mindestens 150 Wörter)

Lösung

a) Max ist der älteste Bruder und sehr herrisch, er setzt seine Ansichten auch mit Gewalt gegenüber der Familie durch. Maurus hingegen ist eher zurückhaltend, interessiert sich für Literatur und grenzt sich von seiner Familie ab, indem er z. B auswärts seine Ausbildung macht. Oskar hat seinen beruflichen Weg noch nicht gefunden, er probiert Vieles aus, aber hat kein festes Ziel.

b) Mit Maurus’ Anwesenheit wird es etwas ruhiger für Oskar. Er hilft seinem Bruder freiwillig bei der Arbeit und schaut zu ihm auf. Maurus führt Oskar an Literatur heran, reagiert aber auch ungeduldig und ungehalten, als der jüngere Bruder zunächst nicht die gleiche Freude beim Lesen empfindet. Unter Maurus’ Einfluss wird Literatur zu einem großen Bestandteil in Oskars Leben. Die beiden Brüder teilen dieses gemeinsame Interesse.

c) Nach dem Tod des Vaters übernimmt Max als neues Familienoberhaupt den Familienbetrieb, in dem alle Geschwister mithelfen. Auch Oskar hat das Bäckerhandwerk gelernt. Er will einen anderen beruflichen Weg einschlagen, allerdings hat er kein festes Ziel und weicht von seinen Plänen ab. Dafür macht er auch Max verantwortlich, der mit seiner herrischen Art Oskars Willen gebrochen hat.

d) Das Lesen eröffnet Oskar eine völlig neue Welt, die für ihn lebendig wird. Er stellt von dieser Welt einen Bezug zu seinem realen Leben her und vergleicht z. B. die Ehe seiner Eltern mit der Ehe der Figuren in dem Roman, den er liest.

e) Liebes Tagebuch,
es ist so schade, dass Maurus nun wieder auswärts arbeitet. Noch bedauerlicher ist es, dass er die ganzen Bücher mitgenommen hat. Glücklicherweise kann ich mir über den Schuster Lang Nachschub verschaffen, denn ich möchte das Lesen nicht mehr missen. Es hat mir eine völlig neue Welt eröffnet, die es mir ermöglicht, meinem Alltag zu entfliehen. Wenn ich auf meinen langweiligen Brotgängen bin, träume ich mich gerne in die Welt der Bücher. Manchmal lese ich auch Anna Gedichte vor. Sie ist die Einzige, die davon weiß. Max soll es nicht erfahren, er hat kein Verständnis dafür. Ich bin Maurus sehr dankbar dafür, dass er mich an das Lesen herangeführt hat, obwohl er zu Beginn sehr ungeduldig war, als ich schnell müde wurde oder vieles nicht verstand. Doch die Mühen haben sich gelohnt, denn nun bereitet mir das Lesen so große Freude und ich hoffe, dass ich mich schon bald wieder mit Maurus darüber bei gemeinsamen Spaziergängen austauschen kann.

Übungsaufgaben

1. Aufgaben zur aktuellen Ganzschrift 2021

Textgrundlage ist in diesem Schuljahr der Jugendroman „Herzsteine" von Hanna Jansen oder die Novelle „Kleider machen Leute" von Gottfried Keller.

In unserem Downloadbereich (www.pauker.de/rs_bw_muster) finden Sie Informationen zu Personen, zum äußeren Rahmen sowie eine Inhaltsangabe der einzelnen Kapitel, die Sie selbst vervollständigen können.

Im Folgenden sind einige Fragen und Aufgabenformate zusammengestellt, wie sie in der Prüfung vorkommen können.

Hanna Jansen: Herzsteine

a) *„Bis oben hin hat er es satt, sich ständig dünnzumachen, um nicht anzuecken." (S. 70)*

Erklären Sie, warum Sam seine Situation so empfindet.

b) Schildern Sie drei Erlebnisse in Ruanda, die auf Sam einen starken Eindruck machen.

c) *„Wie soll ich das erklären, Enna? Die Frau von heute Nachmittag – wie sie hier lebt und sich benimmt – ist das krasseste Gegenteil von meiner Mutter. Von der Mutter jedenfalls, die ich bisher kannte." (S. 117)*

Nennen Sie drei Aspekte, warum seine Mutter Sam in Afrika so fremd geworden ist.

d) Der Roman ist bereits optisch auffallend. Warum verwendet die Autorin Hanna Jansen diesen erzählerischen Kunstgriff?

e) In Ruanda fühlt sich Sam zunächst fremd. Was lernt er dort über seine Identität? Belegen Sie Ihre Schilderungen mit Zitaten aus dem Text.

f) Artikel für Schülerzeitung

Nach seiner Rückkehr aus Afrika entschließt sich Sam, allein auf Sylt zu bleiben. Sein Klassenlehrer bittet ihn, seinen Mitschülern/Mitschülerinnen in einem Artikel für die Schülerzeitung von seiner Reise nach Ruanda zu erzählen. Verfassen Sie diesen Artikel.
(mindestens 200 Wörter)

g) Innerer Monolog

„Sam kriegt einen Heidenschreck, als er das sieht. Unmöglich, dem noch auszuweichen. So ein Mist, Musa hätte das verhindern müssen!" (S. 169)

Stellen Sie in einem inneren Monolog drei weitere Gedanken Sams bei seinem Besuch im Dorf dar.
(mindestens 200 Wörter)

Gottfried Keller: Kleider machen Leute

a) Fassen Sie den Inhalt der Novelle in wenigen Sätzen zusammen.

b) *„Nur Melcher Böhni, der Buchhalter, als ein geborener Zweifler, rieb sich vergnügt die Hände und sagte zu sich selbst: Ich sehe es kommen, dass es wieder einen Goldacher Putsch gibt, ja, er ist gewissermaßen schon da!" (S. 16)*

Erklären Sie diese Textstelle und erläutern Sie, welche Rolle Melcher Böhni in der Novelle einnimmt.

c) Bei ihrer ersten Begegnung mit Wenzel *„grüßte [Nettchen] den Ritter daher auf das holdseligste, indem sie auch lieblich errötete, und sprach sogleich hastig und schnell und vieles mit ihm, wie es die Art behaglicher Kleinstädterinnen ist, die sich dem Fremden zeigen wollen."*

Beschreiben Sie die Entwicklung der Figur Nettchen in der Novelle.

d) Erläutern Sie den Titel der Novelle und zeigen Sie anhand eines Beispiels, warum „Kleider machen Leute" auch heute noch aktuell ist.

e) Ein Schüler sagt nach der Lektüre: „Wenzel Strapinski ist selbst schuld an seiner Situation."

Nehmen Sie Stellung. Sie können der Aussage zustimmen oder sie ablehnen. Begründen Sie Ihre Meinung anhand von Beispielen.

f) *„Bei allem erlebte Strapinski, was er bei seiner Dunkelheit früher nie gekannt, eine schlaflose Nacht um die andere, und es ist mit Tadel hervorzuheben, dass es ebenso viel die Furcht vor der Schande, als armer Schneider entdeckt zu werden und dazustehen, als das ehrliche Gewissen war, was ihm den Schlaf raubte." (S. 27)*

In dieser Situation schreibt Wenzel einen Brief, in dem er sich einem Freund aus Seldwyla anvertraut. Verfassen Sie diesen Brief. Beschreiben Sie Wenzels Situation und gehen Sie besonders auf seine Gefühle ein.
(mindestens 200 Wörter)

2. Paul Rambali: Der Mann, der barfuß lief – Die Geschichte des Abebe Bikila (Romanauszug)

Zusammenfassung:

Der Roman „Der Mann, der barfuß lief" erzählt die Geschichte des Abebe Bikila, der – aus einem kleinen äthiopischen Dorf stammend – 1960 als erster Afrikaner einen olympischen Marathon gewinnt und damit zum internationalen Sportidol aufsteigt. Am Ende seines Lebens ist Abebe durch einen Autounfall gelähmt und blickt auf seine Karriere als Läufer zurück, in der er als erster Mensch zwei Goldmedaillen im Marathon gewann.

Textauszug 1

[...]

Als Junge hatte er sich gefragt, ob er es wohl schaffen konnte, bis zum Horizont zu laufen, bevor die Sonne unterging. Er war sich sicher gewesen, es mit der langsam über den Himmel ziehenden Sonne aufnehmen zu können und vor ihr bei den Bergen in der Ferne anzukommen, wenn er nur lange genug durchhielt. Und wenn er einfach immer weiterlief, der Sonne hinterher, würde der Tag nie enden, hatte er sich vorgestellt, oder zumindest so lange dauern, bis er müde wurde und sich schlafen legte. Als er seine Eltern dazu befragte, lachte sein Vater. Er erklärte ihm, dass es jenseits der Berge nichts mehr gab. Der Tag würde enden und mit ihm die Welt, wenn die Sonne dick und rund wie eine saftige Mango zwischen den dunklen Berghängen unterging. Und wenn die Sonne sich erfrischt wieder über das freie Feld erhob, begann ein neuer Tag. Sein Vater wusste nichts von den Flugzeugen, die einen hoch in die Luft trugen, so hoch wie die Sonne, und über den Rand der Erde hinaus. Wenn jemand Abebe damals erzählt hätte, dass es so etwas gab, hätte er es nicht geglaubt. Soweit er wusste, endete alles hinter den zerklüfteten Gipfeln, die in der Abendsonne rot leuchteten wie die Zähne der Betel kauenden Alten, die am Brunnen hockten und über seine permanente Eile lachten.

Textauszug 2

[...]

Als Abebe seinem Vater auf dem Rückweg durch das Dorf folgte, sah er, wie dünn er war, obwohl er vor den Dorfbewohnern Stärke demonstriert hatte, und wie schwer ihm das Gehen fiel.

Das Dorf hatte sich verändert. Die Lehmwände der Hütten stürzten ein, als hätte niemand den Mut oder die Kraft, sie zu reparieren. Das Stroh auf den Dächern verrottete, und von einigen Hütten war es schon halb weggeweht. Nur wenige Tiere waren zu sehen, und die Dorfbewohner blieben in ihren Hütten, um Kräfte zu sparen und auf Regen zu warten. Die Zäune, die früher jeden Garten gesäumt hatten, waren in einem baufälligen Zustand. Aber es brauchte auch niemand mehr zu fürchten, sein Gemüse könnte von Tieren zertrampelt oder gefressen werden; es war nämlich nichts Essbares mehr übrig, und die wenigen Hühner und Ziegen, die noch da waren, wurden Tag und Nacht wie Augäpfel gehütet.

Abebe hätte seiner Mutter zu gern sofort erzählt, dass er die Soldaten gesehen hatte, aber er musste respektvoll zuhören, während sein Vater ihr von der Steuer berichtete, die sie zu entrichten hatten. Er sah, wie das ohnehin schon fahle und hohlwangige Gesicht seiner Mutter vor Bestürzung noch mehr in sich zusammenfiel.

Sobald sie wieder in der Hütte waren, wurde sie wütend. „Warum müssen wir uns so behandeln lassen?", schimpfte sie. Sie klagte, der Kaiser hätte keine Ahnung von ihrer Not. Und wenn doch, wie Abebes Vater ihr versicherte, dann waren sie ihm wohl schlicht und einfach egal.

„Du begehst Verrat mit deinen Worten, Widnesh", sagte Abebes Vater. „Ich höre nicht mehr zu."

Die Mutter schüttelte den Kopf und seufzte. Glücklicherweise besaß Bikila Demssie als ehemaliger *Arbenyotch*[1] gewisse Privilegien. Sie würden von Teilen der neuen Steuer ausgenommen sein. Aber sie waren trotzdem in Schwierigkeiten. Es war nun schon das zweite Jahr, dass der Regen ausblieb.

„Na schön", sagte sie zu ihrem Mann. „Aber wer wird uns helfen? Wir müssen anfangen das Feld zu bestellen, und du hast nicht genug Kraft dazu, mein Ehemann."

Wenn der Regen kam, mussten sie schnell sein mit der Feldarbeit. Aber Bikila war zu schwach, um den Pflug über die langen Tage der Aussaat in der Spur zu halten. Sie sah zu Abebe hin.

„Abebe muss die Feldarbeit übernehmen", entschied sie.

Abebe nickte. Er hatte die Dorfschule abgeschlossen, und wie jeder andere dreizehnjährige Junge, der die Namen aller Könige aus dem *Kebra Negest*[2] hersagen, seinen eigenen Namen schreiben und bis zehn zählen konnte, würde er nun anfangen zu arbeiten. Nur dass Abebe nicht auf dem Feld arbeiten, den Pflug lenken oder Schafe hüten wollte.

„*Abba*, jetzt werde ich tun, worum ihr mich bittet", erklärte er, „aber wenn das Feld bestellt ist und das Getreide wächst, gehe ich nach Addis[3] und werde Soldat!"

Sein Vater holte tief Luft. Er sah seinen Sohn ernst an und strahlte dann vor Freude. „Abebe wird Mitglied der Kaiserlichen Garde!", verkündete er. (...)

„Na, warten wir's mal ab", sagte seine Mutter spöttisch. „Er wird eine Uniform anstelle der *Shamma*[4] tragen, in einem Haus aus Stein schlafen und immer genug zu essen haben!"

„Zuerst muss er seine Arbeit erledigen", sagte sie.

Abebe wandte sich wieder dem *Teff* zu, den er von der Spreu trennen sollte.

Er würde ihnen beweisen, dass er genauso mutig war wie sein Vater. Er würde in Kriegen kämpfen! Er würde sich Auszeichnungen verdienen! Seine Majestät würde ihn mit so vielen Reichtümern überhäufen, dass er unter ihrer schweren Last gebeugt ins Dorf zurückkehren würde!

Textauszug 3

[...]

„Wir möchten, dass Sie äthiopische Athleten ausbilden und trainieren, die in internationalen Wettkämpfen bestehen können." Er stand auf, ging zum Fenster und spähte einen Augenblick durch den Vorhang hinaus. „Die auf dem höchsten Niveau bestehen können", setzte er hinzu.

Er drehte sich zu Niskanen um und seine Miene spannte sich an. „Haben Sie je den Olympischen Spielen beigewohnt, Herr Major?"

Dazu hätte sich noch nie die Gelegenheit ergeben, erwiderte Niskanen.

„Wir sind einmal dabei gewesen, als Prinzregent, 1924. Wir waren als Beobachter eingeladen. Das war höchst erbaulich. Aber als Wir uns zwei Jahre später um eine Teilnahme Äthiopiens an den Spielen in Amsterdam bemühten, sagte man Uns wörtlich, die Afrikaner wären noch nicht so weit, dass sie an internationalen Sportwettkämpfen teilnehmen könnten." (...)

Der Kaiser zitierte aus dem Gedächtnis die Worte, die den jungen Regenten gekränkt hatten. *Les africains doivent pratiquer le sport dans leur pays d'abord, pour le comprendre*. Er sagte: „Wir übersetzen: ‚Die Afrikaner sollten zuerst in ihren eigenen Ländern Sport treiben, um ihn zu erlernen.' Sie befanden, dort wäre kein Platz für Äthiopien. Die Unterschrift stammt von Monsieur Henri de Baillet-Latour, dem Präsidenten des Internationalen Olympischen Komitees." (...)

„Es wäre höchst erfreulich, wenn Äthiopien an den Spielen teilnehmen könnte", sagte er. Niskanen bemerkte Gekränktheit in den Augen des Kaisers, aber auch feste, leidenschaftliche Entschlossenheit.

„Wollen Sie nicht dabei behilflich sein?" Er lächelte.

Niskanen war perplex. Das war eine unerwartete Aufgabe, und er fragte sich, ob der Kaiser es ernst meinte. Doch ein Blick auf den Brief des Olympischen Komitees sagte ihm, dass es tatsächlich sein Ernst war. Es wäre ihm nie in den Sinn gekommen, die Äthiopier für sportliche Wettkämpfe zu trainieren, aber andererseits gab es auch keinen Grund, es nicht zu tun. Natürlich konnten Schwarze laufen und siegen. Jesse Owens hatte es in München bewiesen. Warum nicht auch die Äthiopier? (...)

Niskanen willigte nur zu gern ein. Schon seit seiner Kindheit hatte er davon geträumt, einmal dabei sein zu können, wenn die Athleten in der olympischen Arena gegeneinander antraten. [...]

Textauszug 4

[...]

Erst als er den Triumphbogen vor sich hell aufleuchten sah, begriff Abebe, dass sie auf den letzten paar hundert Metern waren.

Der Weg vor ihnen war gesäumt von Polizisten, die sich an den Armen untergehakt hatten, um die Zuschauer zurückzudrängen. (...) Ein Radioreporter näherte sich ihm auf einem Motorrad, und er fürchtete schon, überfahren zu werden, aber genau in dem Moment lief er unter dem Triumphbogen hindurch und über die Ziellinie.

Er hörte die Menge in Jubel ausbrechen, wie sie es vorher im Stadion getan hatte. Doch diesmal bejubelte sie ihn.

Sanitäter eilten herbei, bereit, ihn in Decken zu hüllen, doch sie hielten Abstand – fast als hätten sie Angst vor ihm. Abebe war nun kein normaler Sterblicher mehr; und er konnte nicht stehen bleiben. Niemand wusste, ob er vielleicht im nächsten Moment stolpern und zusammenbrechen würde, aber in Wirklichkeit konnte er einfach seine Beine nicht ruhig halten, er konnte nicht aufhören zu laufen. Er drehte sich um und trabte zurück unter den Triumphbogen, wo er sich vorbeugte und drei Mal seine Zehen berührte, um den Gott des Sports zu ehren. Dann hob er seine Arme über den Kopf, schaute hoch in die sternenklare Nacht und dankte seinem Gott. Als er den Blick wieder senkte, sah er – kurz bevor er von einer ganzen Batterie von Blitzlichtern geblendet wurde – in ein Meer von glücklichen, verzückten Gesichtern, die Anteil an seinem Sieg nahmen.

Wenige Minuten später wurde er emporgehoben auf Schultern, die die Schultern der Welt zu sein schienen, getragen von seinen Mitathleten wie ein frisch gekrönter König. Die Amerikaner scharten sich noch immer um das Radio im Zelt. Inzwischen waren sie von vielen anderen Sportlern und Trainern umgeben, schwarzen wie weißen.

Was für ein Rennen! Was für ein Sieg! Unter dem Triumphbogen des Konstantin – genau an der Stelle, von wo Mussolinis Truppen vor einem Vierteljahrhundert aufbrachen, um ihr Land zu erobern – hat ein Äthiopier den olympischen Marathon gewonnen!

Die Amerikaner jubelten vor Freude. (...)

Mike umarmte Wilma und wirbelte sie durch den Raum.

Welcher Sieg könnte in einer Zeit, in der die Nationen auf dem ganzen afrikanischen Kontinent ihre kolonialen Fesseln abwerfen, bedeutungsvoller sein als der von Abebe Bikila hier und heute? Und dann auch noch ein barfuß errungener Sieg!

Mike hörte auf zu tanzen und starrte Wilma einen Moment lang an, bevor sie alle hinauseilten, um den Barfußläufer auf ihre Schultern zu heben.

Auch Niskanen und Kidaneh erreichten schließlich die Traube von Reportern, die sich um Abebe versammelt hatte.
„Wie lange laufen Sie schon?"
„Haben Sie schon mal einen internationalen Wettkampf gewonnen?"
„Wie fühlt es sich an, der erste Afrikaner zu sein, der eine olympische Goldmedaille gewinnt?"
Abebe sah verwirrt aus.
Niskanen packte ihn an den Schultern. Er wollte ihn schütteln und umarmen, damit er verstand, was er geleistet hatte.
„Die wollen wissen, ob Sie noch ein bisschen weiterlaufen könnten", sagte er.
Abebe dachte stirnrunzelnd über diese Frage nach und grinste dann breit. „Zehn Kilometer könnte ich noch laufen, glaube ich, vielleicht auch zwanzig."
Die Reporter lachten. „Erzählen Sie uns von sich."
Abebe war verunsichert, weil er die Fragen nicht verstand, die ihm gestellt wurden. Er konnte noch nicht einmal erahnen, welche Auswirkungen sein Sieg haben würde. Das war das erste Mal, dass er einen internationalen Wettkampf gewann. Er sah Niskanen hilfesuchend an.
„Was soll ich sagen, Herr Major?"
„Sagen Sie, was immer Sie wollen. Kidaneh übersetzt."
Kidaneh schüttelte Abebe die Hand und sagte etwas auf Amharisch.
„Würden Sie uns Ihren vollständigen Namen nennen?"
„Mein Name ist Abebe. Der Name meines Vaters Bikila."
„Wo sind Sie geboren?"
„Der Name meines Dorfs ist Jirou."
„Ihr Alter?"
„Weiß ich nicht."
„Was? Sie wissen nicht, wie alt Sie sind?"
„Er ist siebenundzwanzig", warf Niskanen ein. „Und er läuft seit vier Jahren."
„Nein, nicht so alt, nicht heute. Ich fühle mich jung! Ich laufe gleich noch mal!"

Textauszug 5

Abebe hockte im olympischen Dorf auf dem Rasen und genoss noch ein letztes Mal den Anblick der vielen Sportler. Seine Goldmedaille, auf die er genauso stolz war wie die Generäle in der Leibgarde auf ihre militärischen Abzeichen, trug er über seinem Trainingsanzug.
Er sah, dass andere Athleten ihre Medaillen ebenfalls trugen, und fühlte sich auf eine besondere Weise mit ihnen verwandt, obwohl sie alle bald an Orte in Amerika, Europa oder der Sowjetunion zurückkehren würden, in ihren Alltag, von dem er nicht die geringste Vorstellung hatte. (...)
Abebe versuchte sich das Sonnenlicht einzuprägen, das auf die Marmorfassaden und auf diese überragenden, ausgezeichneten Athleten herabschien. Sie wurden Olympioniken genannt. Und er war einer von ihnen.
Er sah Wilma gar nicht herankommen.
„Hallo!", begrüßte sie ihn. (...)
„Guten Tag", erwiderte er und erhob sich rasch.
„Ich heiße Wilma. Wilma Rudolph."
Sie streckte ihm mit männlichem Selbstbewusstsein ihre Hand entgegen.
„Abebe Bikila", sagte er und schüttelte sie.
„Ich habe noch nie jemanden aus deinem Land kennengelernt. Ich meine, einen wie uns, einen Schwarzen."
Sie lächelte ihn an, griff in den Ausschnitt ihres Trainingsanzugs und fischte eine Goldmedaille heraus.
„Ich hab auch ein paar davon, aber ich traue mich nicht, sie so offen zu tragen wie du."
„Darf ich das nicht?", fragte Abebe. Medaillen, so dachte er, waren doch dazu da, damit man sie trug.
„Kein Grund, sich zu entschuldigen. Wenn du sie tragen willst, dann tu es. Du hast ein Recht, stolz darauf zu sein. Wo du doch der erste Afrikaner bist, der eine gewonnen hat, und all das. Deine Leute werden stolz auf dich sein, wenn du nach Hause kommst, so viel ist sicher. Was wirst du machen, wenn du wieder zu Hause bist?"
„Ich bin Mitglied der Leibgarde Seiner Kaiserlichen Majestät Haile Selassie I. Das ist es, was ich mache."
„Das ist dein Beruf?"
„Ja", bestätigte Abebe. Es war eigentlich kein Beruf im engeren Sinne, aber er wusste nicht, wie er es sonst beschreiben sollte. Es war eine Ehre, der Kaiserlichen Garde anzugehören. Und jetzt hieß es zudem, er hätte seinem ganzen Land große Ehre gemacht.
„Ich würde gern irgendwann mal nach Afrika fahren. Gibt es da schon die Integration?"
„Integration?"
„Du weißt nicht, was Integration ist?" (...)
„Also. Integration bedeutet, dass Schwarze und Weiße nebeneinander leben, die gleichen Orte besuchen und die gleichen Einrichtungen benutzen."
„In Äthiopien sind Weiße unsere Gäste."
„Oh", sagte Wilma überrascht.
„Wie Major Niskanen zum Beispiel, unser Sportoffizier. Er ist unser Gast."
„Euer Gast also, ja? Da geht es bei uns in Clarksville definitiv anders zu ... Da komme ich her, aus Clarksville, Tennessee. Es heißt scherzhaft, in Clarksville gäbe es kein Rassenproblem, und der Grund dafür wäre, dass die Rassentrennung nicht aufgehoben ist!"
Sie erklärte, der Bürgermeister von Clarksville hätte ihren Trainer angerufen, um ihm zu gratulieren, und ihnen eine Konfettiparade versprochen. „Sie werden die Rassentrennung in der Stadt einen Tag lang aufheben, wenn ich nach Hause komme, nur für die Parade. Und sie richten ein Bankett aus, ein Bankett ohne Rassentrennung. Ist das nicht toll? Und am Tag darauf wird alles wieder genauso sein wie vorher." (...)

„Vielleicht reise ich irgendwann mal nach Äthiopien“, sagte sie wehmütig. „Das würde mir gefallen. Ich hätte nie gedacht, dass diese Beine mich mal bis nach Rom tragen würden. Also, wer weiß?“ (...)

„Vielleicht reise ich nach Amerika, irgendwann“, sagte Abebe.

„Ja, tu das. Und wenn du nach Clarksville kommst, dann besuchst du mich. Versprochen?“

Abebe nickte.

„Natürlich nur, wenn es deiner Frau recht ist. Du bist doch verheiratet? “

„Ja.“

„Wie heißt deine Frau?“

„Yewibdar.“

„Yewibdar? Das ist aber ein lustiger Name“, platzte sie heraus.

„Oh, Entschuldigung. Wie habt ihr euch denn kennengelernt?“

„Sie ist aus meinem Dorf. Die Eltern suchen sie aus. Die Eltern finden die Braut.“

„Ist das immer so in Äthiopien, dass die Eltern alles arrangieren?“

Abebe nickte.

„Wo ich herkomme, suchen wir uns das selbst aus. Man kann heiraten, wen man möchte. Zumindest wenn er einen fragt ... “

Sie verstummte und sah plötzlich traurig aus.

„Ich wünschte, meine Eltern hätten für mich auch alles arrangiert“, sagte sie. „Ich hab ein kleines Kind zu Hause, weißt du. Nur darf ich nicht darüber reden, weil das Baby keinen Vater hat, vor dem Gesetz jedenfalls nicht. Du sagst es doch keinem weiter, oder?“

„Nein.“

„Sie haben mir verboten, darüber zu sprechen.“

Abebe kannte Liebesheiraten aus den indischen Filmen, die in den Kinos von Addis gezeigt wurden. Sie schienen immer großes Unglück nach sich zu ziehen.

„Ich sage nichts“, versprach er und lächelte sie beruhigend an. Es überraschte ihn, dass auch Amerikaner, die solch perfekte Athletenleben zu führen schienen, irgendwelche Fehler oder Geheimnisse hatten. Selbst ihr Triumph barg für sie einen Kompromiss in sich.

„Nun denn“, sagte sie und stand auf. „Bis zum nächsten Mal, Abebe.“

Sie gaben sich die Hand.

Textauszug 6

Es gab nur eine Möglichkeit, ihnen das Gegenteil zu beweisen.

„Ich weiß, was alle sagen.“

Abebe hatte sogar schon die Leute im Mercato[5] darüber reden hören.

„Dreimal zu siegen, ist unmöglich, ich weiß. Und alle sagen, auch für mich ist es unmöglich. Aber ich werde laufen. Ich werde gewinnen!“ (...)

„Abebe, mein Freund, hör nicht auf sie“, sagte er. „Sie sind bloß eifersüchtig. Sie wollen dich verlieren sehen, weil sie nie selbst etwas gewonnen haben. Sie wissen nicht, was es heißt, zu trainieren und zu laufen, zu kämpfen und zu gewinnen!“

Niskanen schaltete sich ein.

„Natürlich werden Sie gewinnen. Früher haben alle gesagt, Afrikaner könnten in Wettkämpfen auf internationalem Niveau nicht mithalten. Und schauen Sie sich jetzt alle selbst an. Niemand hat je den Marathon zweimal gewonnen; auch das hielten alle für unmöglich. Und jetzt sagen sie, Sie könnten ihn nicht dreimal gewinnen? Ha!“

Er grinste und die anderen nickten.

Aber Abebe spürte die Schmerzen, wenn er lief. Es hatte eines Tages beim Training angefangen. Er hatte sich nicht einmal besonders verausgabt, war nur ein paar Kilometer in sanft abfallendem Gelände gelaufen (...) Aber die Beschwerden waren da gewesen, und diesmal kamen sie langsam, nicht so wie früher. (...)

„Warum laufen wir eigentlich, Herr Major?“

Von einem Moment zum anderen war Niskanen alles wieder vollkommen präsent: die Erschöpfung, die man nicht mehr überwinden zu können glaubte; das erhebende Gefühl, es doch zu tun; die vollkommene Leere um einen, wenn man lief. Er sagte es nicht laut, aber für Niskanen war das Laufen eine Möglichkeit, zu vergessen.

„Weil wir das Potenzial dazu haben, nehme ich an, und weil wir etwas erreichen wollen“, antwortete er. „Wir versuchen, einen Höhepunkt zu erreichen – und dann überschreiten wir ihn.“

„Wenn ich laufe“, sagte Abebe, „stelle ich mir vor, dass ich durch die Ebene in der Nähe meines Dorfes laufe (...) In der Ferne sehe ich die Stadt Debre Birhan. Der Name bedeutet Berg des Lichts. Der Berg des Lichts leuchtet für mich wie eine Flamme. Er ist mein olympisches Feuer. Wenn ich ihn sehe, kann ich ewig laufen. Nichts kann mich aufhalten.“

„Nichts“, wiederholte Niskanen.

„Wenn ich nicht laufe, sehe ich die Flamme nicht.“

[1] Arbenyotch: Kämpfer der kaiserlichen Garde
[2] Kebra Negest: Buch über die Geschichte Äthiopiens
[3] Addis: Addis Abeba: Hauptstadt Äthiopiens
[4] Shamma: traditionelles Gewand
[5] Mercato: (Super)Markt

Quelle: Paul Rambali: Der Mann, der barfuß lief – Die Geschichte des Abebe Bikila, Übersetzerin: Birgit Schmitz, Carlsen Verlag GmbH, Hamburg 2008, Auszüge aus den Seiten 5 f., S. 39 – 41, S. 79 – 81, S. 189 – 192, 195 – 199, 348 – 350

a) Wie wird das Leben in Abebes Heimatdorf beschrieben und warum will er dieses verlassen? Schreiben Sie in ganzen Sätzen.

b) Stellen Sie dar, welche Bedeutung Abebes Olympiasieg für sein Land bzw. seinen Kontinent, für seinen Trainer Niskanen sowie für ihn selbst hat.

c) Nach seinem Sieg tauscht sich Abebe mit der Amerikanerin Wilma aus. Stellen Sie die unterschiedlichen Lebenssituationen der beiden Athleten heraus, berücksichtigen Sie dabei die Situation von schwarzen Menschen in den jeweiligen Ländern.

d) Abebe sagt: „‚Wenn ich nicht laufe, sehe ich die Flamme nicht.'" (Z. 393)
Erklären Sie, was er damit ausdrücken möchte.

e) Bei den nächsten Olympischen Spielen hält Abebe eine Rede, in der er über seine Erfolge sowie über die Bedeutung des Laufens bzw. des Sports spricht. Verfassen Sie diese Rede und schreiben Sie mindestens 150 Wörter.

3. Lauren Wolk: Das Jahr, in dem ich lügen lernte (Romanauszug)

Annabelles Zuhause ist ein beschauliches Dorf. Doch die Idylle nimmt ein jähes Ende, als eines Morgens eine neue Mitschülerin das Klassenzimmer betritt. Ihr Name ist Betty und sie bereitet Annabelle die Hölle auf Erden. Grundlos schürt sie Vorurteile, verbreitet Angst und setzt falsche Anschuldigungen in die Welt. Und mit einem Mal werden Lügen für Annabelle lebensnotwendig.

Textauszug 1

Ruth lag in ihrem Bett, die Decke bis zum Hals hochgezogen. Über dem einen Auge trug sie eine weiche Klappe aus schwarzer Seide. Die Haut drumherum und auf der Wange war gründgelb. Ansonsten war Ruth bleich wie der Winterhimmel.

„Hallo, Ruth", sagte ich, nachdem unsere Mütter eine Weile besorgt an ihrem Bett gestanden hatten, bevor sie sich ins Wohnzimmer zurückzogen, um miteinander zu reden. „Tut es weh?"

Ruth nickte langsam. Bisher hatte sie noch nichts gesagt außer einem leisen Dankeschön, als meine Mutter ihr eine Spitztüte aus Wachspapier gab, in die sie Sirupbonbons gefüllt hatte.

„Kommst du bald wieder zur Schule?"

Ruth schüttelte kurz den Kopf, dann drehte sie ihn weg. „Meine Eltern erlauben mir nicht, weiter dahin zu gehen", sagte sie. „Ich muss jetzt in Sewickley zur Schule gehen."

Ich war verblüfft. „In der Stadt? So weit von hier?"

„Mein Vater arbeitet doch da. Wir wohnen ja nur hier, weil mein Großvater uns dieses Haus vermacht hat, als er starb. Eigentlich wollten wir gar nicht so lange bleiben, aber dann gefiel es uns so gut. Es war so schön ruhig." Jetzt schaute sie mich wieder an, und ich sah, dass sie weinte. „Nun verkaufen wir das Haus und ziehen in die Stadt."

All die Jahre war ich mit Ruth zusammen aufgewachsen, einem der liebsten, sanftesten Menschen, die ich kannte. Nun musste auch ich weinen. „Es tut mir so leid, dass du dir wehgetan hast."

Ruth erstarrte sichtbar. „Ich habe mir nicht wehgetan", sagte sie.

„Jemand hat mir wehgetan."

Ich wischte mir übers Gesicht. „Hast du irgendwas gesehen?"

„Eigentlich nicht. Oben am Hügel hatte sich etwas bewegt, deshalb habe ich hochgeschaut, und deswegen hat mich der Stein auch mitten ins Auge getroffen. Hätte ich nur ein kleines bisschen weiter nach unten geschaut ... " Sie zog die Knie an und legte die Hände darauf. „Alle sagen, ich würde mich schon noch daran gewöhnen. Aber ich glaube das nicht."

„Es wird Zeit, Annabelle", sagte meine Mutter von der Tür her.

„Ruth braucht Ruhe."

Ich verabschiedete mich, ohne Ruth zu umarmen oder ihr alles Gute zu wünschen. Ich wusste ja nicht, dass es das letzte Mal war, dass ich sie sah.

Der Besuch bei den Glengarrys war schwieriger.

Es fühlte sich seltsam an, zwischen meinen Eltern auf dem fadenscheinigen Sofa im Besuchszimmer der Glengarrys zu sitzen, während Betty und ihre Großeltern leicht erhöht auf Küchenstühlen Platz nahmen, die sie uns gegenüber nebeneinander aufgereiht hatten. Die Glengarrys machten ernste Gesichter, doch meine Eltern waren ganz gelassen und schenkten mir von beiden Seiten Wärme.

„Ich freue mich, dass euer Besuch mir Gelegenheit gibt, euch zu danken", begann Mr. Glengarry. „Für die Hilfe mit dem Springkraut.

Als ich aus Ohio zurückkam, war Betty schon wieder

auf dem Wege der Besserung. Wir sind euch wirklich sehr dankbar für die Hilfe."

„Und wir helfen euch gerne, jederzeit", sagte meine Mutter, doch das Aber lag ihr schon auf der Zunge, das spürte ich.

„Wir würden gerne mit euch über die Schule reden und über die Vorfälle der letzten Zeit", sagte mein Vater.

„Wir auch ", erwiderte Mr. Glengarry. „Betty hat uns besorgniserregende Dinge erzählt über das, was Ruth passiert ist."

„Ruth? ", fragte meine Mutter. „Wir sind nicht wegen Ruth hier. Wir sind hier wegen dem, was James passiert ist, unserem Jüngsten. Und wegen Annabelle."

Die Glengarrys sahen verwirrt aus.

Betty starrte mich mit unbewegter Miene an.

Jeder im Raum wusste, warum Betty aufs Land geschickt worden war, deswegen rechnete ich nicht damit, dass das, was ich zu sagen hatte, jemanden überraschen könnte. „Betty hat mir gesagt, wenn ich ihr nichts mitbringe, würde sie mir und meinen Brüdern wehtun. Das hat sie dann auch gemacht. Erst hat sie mich mit einem Stock geschlagen, zweimal, dann hat sie eine Wachtel gefangen und getötet, und gestern hat sie über den Schulweg einen scharfen Draht gespannt, in den mein kleiner Bruder hineingerannt ist. Aber dabei hat ihr Andy Woodberry geholfen, glaube ich."

Das Schweigen, das darauf folgte, dauerte länger als die Zeit, die ich gebraucht hatte, um das alles hervorsprudeln zu lassen.

„Betty?" Ihre Großmutter sah aus, als wäre sie von oben bis unten in zwei Hälften geteilt. Die eine Hälfte schien resigniert, die andere noch ein wenig hoffnungsvoll. „Hast du das wirklich getan?"

Betty schüttelte den Kopf. „Niemals", sagte sie. „So was würde ich nie tun."

„Doch, das hast du", beharrte ich. „Und das weißt du auch. Dabei habe ich dir sogar einen Penny mitgebracht und gesagt, wir könnten doch Freundinnen werden."

Meine Mutter legte mir beruhigend eine Hand aufs Knie. „Annabelle würde so etwas niemals sagen, wenn es nicht wahr wäre."

„Aber unsere Betty schon?" Mr. Glengarry klang noch nicht wirklich ärgerlich, aber ich konnte sehen, worauf das Ganze hinauslief.

Mein eigener Großvater würde sicher auch hinter mir stehen, egal, was ich angestellt hätte.

„Sie können ja Toby fragen, wenn Sie mir nicht glauben", sagte ich. „Er hat gesehen, was passiert ist, als ich ihr den Penny gegeben habe. Sie hat ihn weggeschmissen und mich mit einem Stock gehauen.

Das kann ich beweisen, ich habe immer noch blaue Flecken.

Und als sie die Wachtel umgebracht hat, da hat Toby ihr gesagt, sie soll mich in Ruhe lassen. Aber das hat sie nicht. Sie war es, die den Draht gespannt hat, das weiß ich."

„Lass gut sein, Annabelle", sagte meine Mutter.

„Toby?", fragte Mr. Glengarry. „Dieser Wilde?" Er sah seine Enkelin an. „Erzähl ihnen, was du uns erzählt hast."

Als Betty schwieg, legte ihre Großmutter einen Arm um sie und sagte: „Du musst keine Angst mehr haben, Schätzchen. Jetzt ist alles gut."

Betty drehte den Kopf leicht zur Seite, gerade so weit, dass sie mich noch im Auge behielt. „Ich hab Toby gesehen, auf dem Hügel, oberhalb von da, wo Ruth den Stein an den Kopf bekam", sagte sie dann. „Aber er macht mir solche Angst, dass ich mich erst nicht getraut habe, was zu sagen."

Mir fiel ein, was Ruth berichtet hatte – dass sie eine Bewegung auf dem Hügel gesehen hatte, unmittelbar bevor sie getroffen wurde.

Doch Toby konnte das nicht gewesen sein.

„Du selbst bist doch die, die anderen Angst macht, Betty", sagte ich. „Toby hat mit all dem nichts zu schaffen. Er würde Ruth niemals wehtun."

„Bestimmt wollte er nicht Ruth treffen", sagte Mr. Glengarry.

„Er hatte auf den Deutschen gezielt."

Den Deutschen. Damit meinte er Mr. Anselm.

Mr. Glengarry hatte einen Bruder im ersten großen Krieg verloren, und er gehörte zu den Menschen, die nie auch nur ein Wort mit Mr. Anselm sprachen. „ Toby ist verrückt geworden wegen dem, was die Deutschen ihm angetan haben. Wenn irgendjemand Steine auf den Deutschen werfen würde, dann er."

„Ich habe Toby nicht gesehen", sagte ich. „Dabei stand ich zusammen mit Ruth auf der Straße." Ich schaute Betty an. „Du warst doch gar nicht in der Nähe, als es passiert ist. Wie kannst du dann die Einzige sein, die Toby gesehen hat?"

„Ich war oben im Glockenturm", antwortete Betty. „Andy wollte mir die Schulglocke zeigen, als ihr alle in der Pause draußen wart.

Da oben gibt's ein kleines Fenster, von dem guckt man auf die Straße und den Hügel. Ich hab alles viel besser gesehen als ihr da unten."

Meine Mutter beugte sich leicht vor. „Und die ganze Zeit hast du kein Wort darüber gesagt?" Wenn jemand im Ort mit Toby befreundet war, dann meine Mutter. Es war klar, dass sie Betty nicht glaubte. Andererseits hatte ja auch ich etwas für mich behalten, weil ich Angst vor jemandem gehabt hatte, der größer und stärker war als ich, und das wusste meine Mutter.

„Ich dachte, er tut mir was, wenn ich's sage", antwortete Betty.

Ich war erstaunt, wie kleinlaut sie auf einmal klang. Sie, die doch eben noch so mühelos den Spieß umgedreht hatte.

„Aber Andy hat keine Angst vor Toby", sagte ich. „Wieso hat er dann niemandem davon erzählt?"

„Weil ich die Einzige war, die gesehen hat, wie es passiert ist.

Andy war gerade auf der anderen Seite und nahm ein Schwalbennest auseinander. Bis er wieder am Fenster stand, war Toby schon weg. Ich hab ihm auch nicht gesagt, was ich gesehen hab. Ich hatte Angst, Toby könnte auch Andy was tun." Sie hörte sich so verängstigt an, dass sogar ich ihr fast glaubte.

„Und was war mit dem Draht über den Weg? ", fragte ich. „Toby würde James doch niemals wehtun."

„Möglich", sagte Betty. „Aber ich gehe auch immer da lang. Vielleicht hat er ja mich gemeint."

„Es reicht", unterbrach Mr. Glengarry. „Toby ist verrückt. Das weiß jeder. Und was soll man von einem Verrückten anderes erwarten als verrückte Sachen?"

„Ich kann es Betty wirklich nicht verdenken, dass sie Angst vor Toby hat", sagte Mrs. Glengarry. Sie war sonst eine stille Frau, und die plötzliche Schärfe in ihrer Stimme überraschte mich. Doch man konnte wirklich glauben, dass Betty nichts weiter war als ein Mädchen mit Zöpfen und mit einem blauen Pullover, das Angst hatte vor einem Mann, der auf Schritt und Tritt Gewehre bei sich trug.

„Vielleicht nicht." Meine Mutter stand auf. „Aber wenn Annabelle noch einmal von jemandem bedroht wird, dann bleibt es nicht beim Reden."

Ich war mir nicht sicher, was sie damit meinte, doch als mein Vater mich an die Hand nahm und wir uns neben meine Mutter stellten, fühlte ich mich plötzlich wie eine Riesin. So, wie wenn ich oben auf unserem Hügel stand und hinunter in die Wolfsschlucht schaute. Oder wenn ich ein Vogelei in der Hand hielt.

Textauszug 2

„Der Constable hat gesagt, Sie wären nicht mehr da und hätten Betty mitgenommen oder wüssten, wo sie ist. Er hat die Staatspolizei angerufen. Die wird bald hier sein, um nach Ihnen zu suchen."

Ich hatte noch viel mehr zu sagen, aber für mehr als diese Sätze reichte mein Atem nicht.

Toby dachte kurz nach. „Das Mädchen, das behauptet, ich hätte einen Stein auf den Deutschen geworfen."

Ich nickte. Die beginnende Verwirrung in meinem Kopf fühlte sich wie ein Juckreiz an. „Genau. Sie ist seit gestern Morgen verschwunden. Wussten Sie das nicht? Sie wird überall gesucht." Ich sah ihm an, dass ihm das wirklich neu war. „Der Constable war gestern Abend hier und wollte mit Ihnen sprechen, aber Sie waren nicht da. Er dachte, Sie sind für immer weg. Vielleicht mit Betty … "

Meine Stimme wurde dünn, und Tobys ohnehin blasses Gesicht noch bleicher. „Sie haben nicht gewusst, dass Betty verschwunden ist?"

Er schüttelte den Kopf. „War angeln, unter der Brücke. Den Fisch habe ich bei Turner gegen Dörrfleisch getauscht."

Die Turners züchteten Schweine und Rinder. Mein Vater aß das Dörrfleisch, das sie herstellten, auch gerne. Vor allem hielt es sich gut, auch ohne Eisschrank.

„Hab da in der Scheune abgewartet, bis der Regen nachließ. War erst spät zurück." Mit einer Kopfbewegung ins Innere der Hütte sagte er: „Jemand hat eins von meinen Bildern gestohlen."

Noch nie hatte ich Toby so viel auf einmal reden hören.

„Constable Oleska hat es mitgenommen", sagte ich. „Das von mir auf dem Schulweg. Er hat sich auch die ganz neuen angesehen, die gestern mit der Post kamen. Es tut mir leid, aber Tante Lily hat sie ihm gegeben. Darunter war auch eins, dass Sie von hoch oben gemacht haben, vom Hügel aus, an dem Tag, als Ruth verletzt wurde. Unten sieht man Mr. Anselms Wagen."

Toby sah mich fest an. „Ich habe den Stein nicht geworfen."

Es tat gut, das von ihm zu hören, obwohl mir bis zu dem Moment nicht bewusst gewesen war, wie sehr ich es brauchte.

„Ich glaube Ihnen", sagte ich. „Aber jetzt wissen alle, dass Sie auf dem Hügel waren. Betty hat behauptet, Sie hätten den Stein geschmissen, und jetzt ist sie weg. Die anderen glauben, Sie hätten schlimme Dinge getan, Toby."

Toby holte tief Luft. „Das stimmt auch."

Ich verschränkte die Arme vor der Brust. So fühlte ich mich größer.

„Was denn?"

Er zog die Decke fester um sich.

Ich wartete. „Aber den Stein haben Sie nicht geschmissen", sagte ich nach einer Weile. Es hörte sich auch jetzt noch zu sehr nach einer Frage an.

Toby schüttelte den Kopf. „Das war sie."

Ich war überrascht, auch wenn ich mir im Grunde so etwas gedacht hatte. „Sie haben es gesehen?"

„Ich wollte sie fotografieren, aber sie war zu schnell. Danach hat sie sich gleich ins Gebüsch geduckt. Zusammen mit diesem Jungen. Doch vorher hat sie mich noch bemerkt, ein Stück oberhalb von den beiden. Da war klar, dass ich sie beobachtet hatte."

„Warum haben Sie das meinem Vater nicht gesagt?"

Toby schaute zur Seite. „Manche Dinge kommen von selbst in Ordnung. Andere nicht."

„Wie? Toby, Sie hätten ihm erzählen müssen, was passiert war!

Jetzt wird Ihnen niemand mehr glauben."

„Dann kann ich's auch nicht ändern."

Eine merkwürdige Art, das Leben zu sehen, dachte ich, aber ich war nicht Toby, und er war nicht ich.

Eine ganze Weile standen wir stumm da. Um uns herum weckten Vögel den Himmel auf. Aus der Ferne hörte ich Stimmen, die nach Betty riefen. Toby trat einen Schritt zurück in seine Hütte. Das half mir, eine Entscheidung zu treffen.

„Also gut", sagte ich mit fester Stimme. „Ich möchte, dass Sie jetzt mit mir kommen."

Tobys Mundwinkel zuckten ganz leicht. Es war das erste Mal, dass ich so etwas wie die Andeutung eines Lächelns in seinem Gesicht sah. „Du hörst dich an wie deine Mutter."

Ich nahm das als Kompliment. „Gut, denn wenn sie jetzt hier wäre, würde sie dasselbe sagen. Also bitte, würden Sie sich jetzt anziehen und mitkommen?"

Toby schien hin- und hergerissen. „Wohin?"

„An einen sicheren Ort, bis wir eine Lösung gefunden haben."

„Mir liegt nichts daran."

„Aber mir", sagte ich. „Und wenn es Ihnen egal ist, warum machen wir es dann nicht auf meine Art?"

Wieder dieses Zucken um die Mundwinkel.

Wieder diese Rufe in der Ferne.

Nach wenigen Minuten trat Toby zu mir vor die Hütte. Er war gekleidet wie immer, die Kamera hing um seinen Hals, die Gewehre hatte er sich über die Schulter gehängt.

Der Weg bergauf war beschwerlicher, doch Toby ging immer hinter mir her, wartete, bis ich mich an den steilen Stellen, die zudem noch rutschig waren, an Ästen hochgezogen hatte. Die zunehmende Helligkeit half, beunruhigte mich aber auch.

Wegen der Stimmen in der Ferne waren wir so leise und vorsichtig wie möglich. Hätte ich Angst vor Jägern gehabt, dann hätte ich Rot getragen, doch wir trugen beide Braun und Schwarz und waren unsichtbar, sobald wir stillstanden und unsere Gesichter verbargen.

Als die Hügelkuppe hinter uns lag und wir von oben auf die Farm meiner Familie schauen konnten, wurde mir auf einmal klar, dass wir vom Haus aus zu sehen wären, wenn wir über die Weide abstiegen, also liefen wir bis in Höhe unserer Scheune dicht am Wald entlang.

Schnell überquerten wir das letzte freie Stück und betraten das Gebäude durch den Hintereingang. Ich ging als Erste hinein und rief laut für den Fall, dass jemand da sein sollte. Zum Glück waren die Hunde als vermeintliche Spürhunde Teil der Suchmannschaft.

[...]

In dem Moment hätte ich entkommen können.

Toby war der Einzige, der wusste, dass ich ihn versteckt hatte. Die Kleidung, die er jetzt anhatte, war mehr oder weniger die gleiche, wie sie alle Männer bei uns trugen, und so bald würde mein Vater die Sachen nicht vermissen. Mir würde mehr als genug Zeit bleiben, um mich um alles zu kümmern, was auf dem Heuboden geblieben war: die Einmachgläser, die Kamera, die Schere und alles Übrige.

Toby würde mich nie verraten, das wusste ich. Er würde sagen, die Kleider habe er von einer Wäscheleine genommen, er habe sich selbst Haare und Bart geschnitten, und in unserer Scheune unterzukriechen sei seine eigene Idee gewesen.

„Toby ist nicht abgehauen", sagte ich. „Ich habe ihn gezwungen mitzukommen. Er hat sich auch nicht versteckt. Ich habe ihn versteckt, in unserer Scheune. Ich habe ihm die Haare geschnitten und ihm ein paar Sachen von dir zum Anziehen gegeben, Papa. Nichts von all dem hätte er gemacht, wenn ich ihn nicht gezwungen hätte."

Obwohl meine Mutter hinter Tobys Geheimnis gekommen war, wirkte sie bei meinem Geständnis doch schockiert. Auch mein Vater war sprachlos.

Textauszug 3

Betty Glengarry starb an jenem Morgen um 8 Uhr.

Es dauerte eine Stunde, bis wir davon erfuhren.

Henry ging ans Telefon.

„Es ist Mrs. Gribble", sagte er und hielt meiner Mutter den Hörer hin.

Meine Mutter nahm ihn entgegen, legte aber die Hand über die Muschel. „Was will sie?"

„Ich weiß nicht", antwortete Henry. „Vielleicht will sie ein Gespräch durchstellen, aber vorher noch mit dir sprechen."

Meine Mutter legte den Hörer ans Ohr und drehte ihn zum Mund. „Hallo, Annie? "

Ich hörte Mrs. Gribbles Stimme, verstand aber nicht, was sie sagte.

Sie sprach lauter als üblich, drängender, aber nicht so aufgeregt wie sonst, wenn sie Neuigkeiten hatte.

Meine Mutter lauschte kurz, dann rang sie hörbar nach Luft und schlug sich mit der Hand an eine Wange. „O nein", sagte sie. „Wie kann das sein? Ach, wie traurig. Wie ist das nur möglich?"

Meine Mutter weinte sehr selten, und sie weinte auch jetzt nicht, doch ihr Blick war schlimmer als Tränen.

Ich war mir sicher, dass Toby tot war. Mir wurde abwechselnd heiß und kalt.

Henry stand dicht neben mir. Er roch nach einer Mischung aus Ahornsirup und Hundefell. Wie gern hätte ich mit ihm getauscht.

„Ich richte es ihm aus", sagte meine Mutter, und fast versagte ihr die Stimme. „Er und John sind mit den Spürhunden draußen, Annie, aber wenn ich ihn sehe, sage ich's ihm. Ganz sicher. Danke für den Anruf. Auf Wiederhören. "

Meine Mutter legte langsam den Hörer auf. „Ist er tot?", fragte ich.

„Nein", sagte sie und drehte sich zu mir um. „Er nicht, aber Betty. Sie ist an der Infektion gestorben. Die hat sich im ganzen Körper ausgebreitet, und die Ärzte konnten sie nicht stoppen." Sie setzte sich auf den nächsten Stuhl.

Textauszug 4

So bliebe mir noch eine Stunde, vielleicht sogar zwei, bis ich den Grund für solche Traurigkeit erfuhr.

Ich hatte noch immer meine Kleider vom Vortag an und

den Mantel meines Großvaters darüber.

Vermutlich bot ich einen ziemlich merkwürdigen Anblick, denn als meine Mutter sich auf einmal umdrehte, einen Kaffeebecher in der Hand, blieb sie so plötzlich stehen, dass der Kaffee über den Becherrand auf den Boden schwappte. „Hast du mich erschreckt, Annabelle", sagte sie und griff nach einem Lappen. „Wieso bist du so früh auf?"

„Ich konnte nicht mehr schlafen." Ich setzte mich an den Tisch.

„Haben sie Toby schon gefunden?"

„Hast du das Telefon läuten gehört?"

Ich schüttelte den Kopf, während mein Herz sich zusammenkrampfte.

„Wer hat angerufen?"

Meine Mutter spülte den Lappen aus, dann setzte sie sich mir gegenüber.

Vorsichtig stellte sie den Kaffeebecher auf dem Tisch ab. „Der Constable", antwortete sie. „Er hatte die Nachricht soeben von Officer Coleman erfahren und dachte, wir würden gern wissen, was passiert ist."

Ich wusste nicht, wie schön meine Mutter war, bis ich ihr Gesicht in dem Moment sah, als sie sich sammelte, um mir zu sagen, dass Toby tot war.

Ich schob beide Hände in die Ärmel von Großvaters Mantel, während ich meiner Mutter zuhörte.

Kurz vor der Grenze nach Ohio hatten sie Toby entdeckt, der schlafend unter einer Brücke lag. Als die Hunde ihn aufspürten, legten sie sich am Flussufer hin, ohne jedes Interesse für den Mann, der aufstand, sobald die Polizei seinen Namen rief.

Vielleicht, meinte meine Mutter, wollte er bei dem, was dann kam, stehen, denn als sie ihn aufforderten, sich auf den Bauch zu legen, die Hände auf dem Rücken, weigerte er sich.

Als sie ihre Pistolen zogen und ihn ein zweites Mal aufforderten, nahm er eins seiner langen Gewehre von der Schulter. In dem Moment erschossen sie ihn.

„Sie wussten nicht, dass das Gewehr kaputt war", sagte meine Mutter leise. „Sie hatten keine Ahnung von dem, was hier passiert war. Sie wussten nur, dass sie einen gefährlichen Mann fassen und festnehmen sollten."

Ich schob die Mantelärmel hoch und wischte mir mit den Händen übers Gesicht. „Wieso hat er das gemacht?", fragte ich. „Was wollte er mit dem Gewehr? Es funktionierte doch sowieso nicht. Außerdem hätte Toby nie auf die Männer geschossen. Niemals." Meine Mutter seufzte. „Das glaube ich auch nicht", sagte sie.

„Und ich habe auch keine Ahnung, warum er sich so verhalten hat.

Vielleicht hatte er genug von der Welt, Annabelle."

„Nach all der Zeit, in der er mit seiner Trauer gelebt hat? Auf einmal beschließt er, dass er nicht mehr hierbleiben kann? Obwohl er doch uns hatte?"

Meine Mutter schüttelte den Kopf. „Ich weiß es nicht, Annabelle. Aber denk mal daran, wie es sich anfühlt, wenn deine Hände so kalt werden, dass sie völlig gefühllos sind. Wie sehr sie schmerzen, spürst du erst, wenn sie langsam auftauen."

Eine Weile betrachtete ich meine Hände und dachte über die Worte meiner Mutter nach. „Er hat gesagt, er hätte gern eine Tochter wie mich gehabt."

Meine Mutter lächelte. „So eine Tochter würde sich jeder wünschen."

Textauszug 5

[...]

Bettys Beerdigung war merkwürdig. Die Kirche war bis auf den letzten Platz gefüllt, hauptsächlich mit Leuten, die Betty nie kennengelernt hatten, aber ihre Großeltern kannten oder ihren Vater noch erlebt hatten, als der hier aufgewachsen war. Andere hatten nur von Bettys furchtbarem Tod gehört und wollten ihr einen würdigen Abschied bereiten.

Bettys Vater, von dem es nur geheißen hatte, er sei „weg", erkannte ich aufgrund der Fotografie in Bettys Zimmer. Er hielt sich abseits von Bettys Mutter, die in der ersten Bank saß und schluchzend den Kopf in die Hände legte.

Von meinem Platz aus sah ich keine Tränen im Gesicht des Vaters, doch als wir alle aufstanden, um Näher mein Gott, zu dir zu singen, sank er mit bebenden Schultern in sich zusammen und rieb sich immer wieder die Augen.

Bettys Großvater hatte seiner Enkelin mit eigenen Händen einen Sarg gebaut, den er weiß gestrichen hatte. Ich fand es schade, dass der schöne Sarg in das lehmige Erdloch hinuntersollte, das man für Betty ausgehoben hatte. Und es schien mir schrecklich grausam, sie dort unten ganz allein zu lassen, mit nichts als den Blumen, die wir ihr auf den Sarg gelegt hatten, hauptsächlich Goldruten und die letzten wilden Astern, die wir auf den sterbenden Wiesen gepflückt hatten.

Doch natürlich nahmen alle Abschied von ihr auf dem Friedhof, jeder Einzelne von uns. Einige schwereren Herzens als andere. Und als wir am nächsten Tag am Friedhof vorüberkamen, war da, wo man Betty begraben hatte, nichts mehr zu sehen als ein Berg nackter Erde, darauf welkes Laub und ein paar zerrupfte Blumen.

Seit Bettys Tod musste ich oft an die Kälteeinbrüche im April denken, die meinen Vater oft den Schlaf kosteten. Dann sorgte er dafür, dass bei den Pfirsichbäumen die ganze Nacht über ein Feuer brannte, um die zarten Blüten vor dem Erfrieren zu bewahren. Einige von ihnen überlebten und trugen Frucht, Pfirsiche, die köstlicher waren als alles andere. Andere welkten am Zweig, vom Frost getötet, nutzlos.

Mir kam es so vor, als wäre Betty beides gewesen – Blüte und Frost zugleich.

Tobys Beerdigung war völlig anders. Viel Geld hatten wir nicht, aber genug, um Toby zurückzuholen und beizusetzen, nicht auf dem Friedhof, sondern auf dem Hügel oberhalb der Wolfsschlucht, unter einem schlichten Kreuz mit seinem Namen und seinen Lebensdaten.

Sein Geburtsjahr herauszufinden war kein Problem gewesen.

Die Armee hatte uns das Datum mitgeteilt, zusammen mit der Tatsache, dass er keine lebenden Angehörigen mehr hatte. Wir wiederum konnten der Armee sagen, wann er gestorben war.

Sie schickten uns ausführliche Informationen darüber, wofür er die Medaille erhalten hatte, doch ich selbst kannte ja schon seine eigene Version der Geschichte. Und ohnehin war das alles jetzt nicht mehr wichtig. Zumindest mir nicht.

Nachdem Toby in die Erde hinabgelassen worden war, blieben wir alle noch eine Weile dort oben auf dem Hügel. Die meiste Zeit schwiegen wir, und mir schien das eine passende Form des Abschieds.

Doch Tante Lily überraschte mich. „Es tut mir leid, dass ich diesen Menschen verurteilt habe“, sagte sie, und dabei schaute sie nicht auf Tobys Grab, sondern in die Ferne, als wäre er dort irgendwo.

Was ja vielleicht auch so war, obwohl es sich für mich anders anfühlte.

Als meine Großeltern sich langsam auf den Weg zurück ins Haus aufmachten, folgte ihnen Tante Lily in einigem Abstand.

Meine Eltern küssten mich und gingen dann ebenfalls.

„Komm, Annabelle“, sagte Henry, als es zu dämmern begann. „Lass uns gehen.“

Aber ich war noch nicht so weit, und so blieb Henry bei mir.

Selbst James, der schon ein Stück vorausgelaufen war, kam neugierig zurück, zusammen mit unseren Hunden. Er legte sich ins Gras und beschrieb ausführlich die Wolken am Himmel.

Doch schließlich machten auch wir uns auf den Weg nach Hause.

Noch Jahre später saß ich von Zeit zu Zeit an Tobys Grab oben auf dem Hügel, mit dem Blick über die Wolfsschlucht, und erzählte ihm von meinem Leben.

Sogar die Schlucht selbst schien zu lauschen, und ich fragte mich, was sie im Laufe der Jahrhunderte alles gehört haben mochte.

Das Geräusch von Schaufeln, als die Gruben ausgehoben wurden.

Das verzweifelte Aufbäumen der gefangenen Wölfe. Vielleicht war da manchmal auch einer gewesen, der dem Köder nicht auf den Leim gegangen und daher noch oben war, auf sicherem Grund, und hinunterschaute in die Tiefe, zu seinen Gefährten, deren Schicksal besiegelt war. Lange mochte er dort ausgeharrt haben, bis am nächsten Morgen die Männer mit ihren Gewehren kamen und er sich in den Wald zurückzog.

Hin- und hergerissen zwischen dem Willen zu kämpfen und dem Drang zu leben, hatte dieser Wolf sich vielleicht selbst gefühlt, als ob er innerlich blutete. So stellte ich es mir jedenfalls vor. Für mich blieb die Wolfsschlucht ein düsterer Ort, ganz gleich, wie hell das Blätterdach darüber war und wie schön die Blumen in dem flirrenden Licht blühten.

Doch die Wolfsschlucht war auch der Ort, an dem ich lernte, die Wahrheit zu sagen, in jenem Jahr, bevor ich zwölf wurde. Die Wahrheit über Dinge, vor denen man unmöglich die Augen verschließen darf. Wenn Schweigen, so verlockend es auch sein mochte, ein schlimmer Fehler wäre.

Das alles erzählte ich Toby, doch ich sagte ihm auch, dass ich ihm keine Vorwürfe machte, weil er geflohen war vor seinen eigenen, noch viel schlimmeren Erfahrungen. Ich dankte ihm dafür, dass ich durch die Begegnung mit ihm gelernt hatte, Dinge in Ordnung zu bringen oder es wenigstens zu versuchen. Auch wenn er selbst aufgegeben hatte.

Der Wind trieb meine Worte davon wie Wolkenschatten, so als wäre es wichtiger, dass ich sie ausgesprochen hatte, als dass jemand sie hörte.

Aber damit konnte ich gut leben.

Quelle: Lauren Wolk: Das Jahr, in dem ich lügen lernte. Dtv, Reihe Hanser, 2. Auflage 2019, Auszüge aus den Seiten S. 82 – 87, 128 – 131, 199, 238 f., 254 f., 263 – 267

a) Charakterisieren Sie kurz in vollständigen Sätzen Annabelle und Betty.

b) Beschreiben Sie mit eigenen Worten das Verhältnis zwischen Annabelle und Toby.

c) „‚Toby ist nicht abgehauen', sagte ich. ‚Ich habe ihn gezwungen mitzukommen. Er hat sich auch nicht versteckt. Ich habe ihn versteckt, in unserer Scheune.'“ (Z. 338 ff.)

Erklären Sie, warum Annabelle Toby versteckt und zu ihm hält, obwohl alle denken, dass er Ruth verletzt und Betty entführt hat.

d) Betty wird gefunden, stirbt aber an den Folgen ihrer Verletzung. Der Verdacht, Toby habe sie in den Brunnen gestoßen, bleibt. Toby stirbt schließlich auf der Flucht vor der Polizei.

Vergleichen Sie Tobys und Bettys Beerdigungen und erläutern Sie, was man daraus ableiten kann. Belegen Sie mit Zitaten aus dem Text.

e) Annabelle führt mit ihrer Mutter ein Gespräch über die Ereignisse. Schreiben Sie dieses Gespräch. (mindestens 150 Wörter)

Dialektische Erörterung

Erklärung

Bei einer Erörterung handelt es sich um schriftliches Argumentieren. Im Vergleich zur linearen Erörterung geht es bei einer dialektischen Erörterung darum, Pro- und Kontra-Argumente zu beleuchten, d. h. verschiedene Standpunkte zum Thema zu betrachten. Dabei ist es wichtig, Ihre Meinung zu verdeutlichen. Das gelingt am besten, wenn Sie mit dem stärksten Gegenargument beginnen und dann in Ihrer Argumentation schwächer werden. Im zweiten Teil Ihrer Argumentationskette beginnen Sie mit dem schwächsten Argument und enden mit dem für Sie stärksten und überzeugendsten Argument. Im Schlussteil stellen Sie dann noch mal klar Ihre Meinung heraus.
Bei einer Erörterung mit Informationsmaterial (textgebundene Erörterung) sollen Sie mithilfe des Zusatzmaterials ein Thema erschließen. Sämtliche Informationen, die dem Zusatzmaterial zugrunde liegen, müssen als Zitate gekennzeichnet werden. Ziel dieses Erörterungstyps ist es, die Leserin / den Leser durch sachliche Argumentation für Ihren Standpunkt zu gewinnen.

1. Hinführung zum Thema / Einleitung

In eine Erörterung können Sie auf verschiedene Arten einsteigen. So bietet sich z. B. etwas Aktuelles, Historisches oder Persönliches zum Thema an. Aber auch ein Gegensatz, etwas Themenverwandtes oder ein Sprichwort können als Aufhänger genutzt werden. Natürlich können auch verschiedene Aspekte miteinander verbunden werden. Wichtig ist nur, dass am Ende der Einleitung immer das Thema der Erörterung steht.

2. Überleitungen

Als Überleitung bezeichnet man die Verbindung zwischen den verschiedenen Themenblöcken.

Tipps

- Am harmonischsten gelingen Überleitungen, wenn man sich im folgenden Absatz auf ein Signalwort aus dem Absatz davor bezieht (= inhaltliche Verbindung).
- Sollte dies nicht gelingen, verwendet man Konjunktionen wie „deshalb", „außerdem", „trotzdem" usw.
- Ganz plump wirken Wiederholungen wie „Aber nicht nur bei der Bewerbung ist ein Auslandsaufenthalt von Vorteil, sondern im Leben allgemein."
  Oder: „Natürlich gibt es nicht nur Vorteile, sondern auch Nachteile."
  Oder: „Jetzt komme ich zu den materiellen Vorteilen."
  Oder: „Ich will nun die materiellen Vorteile erörtern."

3. Hauptteil / Thesen ausarbeiten / Klimax

Regeln

- Jedes Argument besteht aus mindestens drei Teilen: Behauptung – Begründung – Folge
- Nur so kann man von einer Argumentationskette und damit von einer Erörterung sprechen.
- Zusätzlich kann ein Beispiel zur Veranschaulichung eingefügt werden (möglichst nicht zu persönlich, sondern allgemeingültig).
- Um sicher zu gehen, dass man sich noch nicht von der Themafrage und der These entfernt hat, empfiehlt sich auch eine Rückführung zum Thema.
- Die Reihenfolge ist nicht vorgegeben, es ist jedoch sinnvoll, mit dem schwächsten Argument zu beginnen und das stärkste an den Schluss zu setzen.

Tipps

- **Begründungen** sind zu verdeutlichen durch Konjunktionen wie „weil", „da", „deshalb", „denn", „Grund dafür ist" usw.
- **Folgen** sind zu verdeutlichen durch Formulierungen wie „Folglich", „Vor- oder Nachteil ist", „Die Folge davon ist", „dann", „nur dann", „also" usw.
- **Achten Sie** darauf, **niemals Begründungen wie Behauptungen** zu formulieren!

Bauen Sie Ihre Argumentationskette wie folgt auf.

These

↓

1. Argument/Behauptung
Begründung
Beispiel
Folge
Rückführung

↓

2. Argument/Behauptung
Begründung
Beispiel
…

Gegenthese

↓

1. Argument/Behauptung
Begründung
Beispiel
Folge
Rückführung

↓

2. Argument/Behauptung
Begründung
Beispiel
…

Ihre Erörterung sollte einen Klimax-Aufbau haben:

Hauptteil

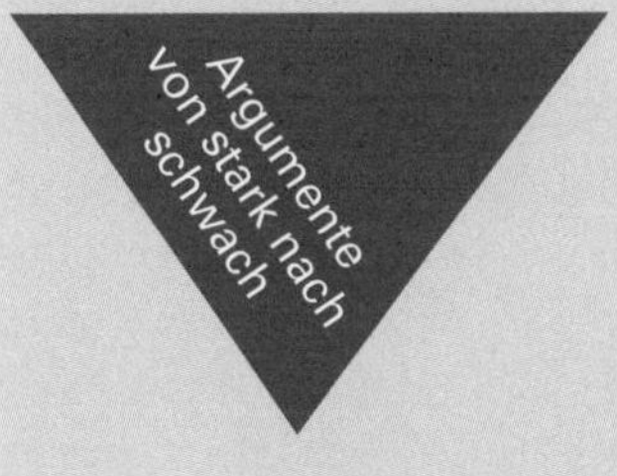

1. Argument, das richtig und wichtig ist, aber nicht Ihre Meinung am Ende der Erörterung begründet.
2. Argument, das auch zutrifft, aber das ebenfalls nicht Ihre abschließende Meinung begründet.
3. Weiteres Argument, das zutreffen kann, Ihre Meinung aber am wenigsten begründet.

Kurze Überleitung / Wendepunkt

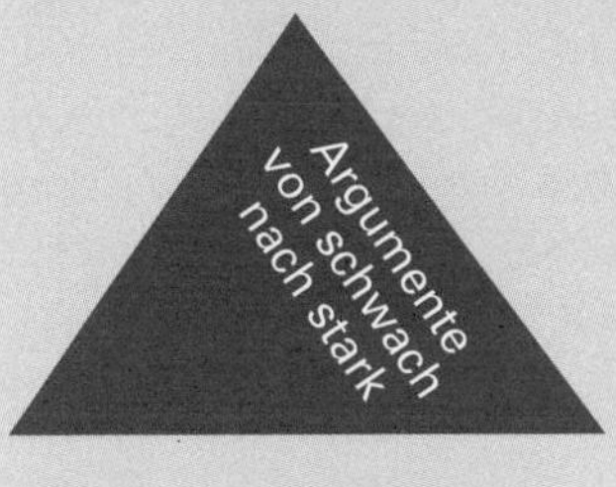

1. Gegenteiliges Argument, das Ihre Meinung begründet.
2. Argument, das Ihre Meinung untermauert.
3. Argument, das am wichtigsten ist, zur Untermauerung Ihrer Meinung.

4. Fazit / Schluss

Bei der Formulierung des Schlussgedankens gibt es verschiedene Möglichkeiten. So können Sie ihn z. B. darstellen als:

- persönlichen Wunsch
- zukunftsperspektive
- eigene Meinung
- Zusammenfassung
- andere Perspektive

Achten Sie auch hier auf den Bezug zum Ursprungsthema und auf flüssige sowie schlüssige Formulierungen.

Typische Aufgabenstellung

„Soll die Zeitumstellung abgeschafft werden?"

Erörtern Sie mithilfe des Textes Gründe für und gegen die Abschaffung der Zeitumstellung. Belegen Sie mit Zitaten, nehmen Sie Stellung und begründen Sie Ihre eigene Meinung.

Text

Wann schafft die EU die Zeitumstellung endlich ab? Welche Zeit bleibt?

von Max Wochinger

Im März 2020 ist wieder Zeitumstellung auf Sommerzeit. Wann wird die EU die Zeitumstellung eigentlich abschaffen? Welche Zeit bleibt dann?

München – Die mit Abstand erfolgreichste Internetbefragung der Europäischen Union war die zur Abschaffung der halbjährlichen Zeitumstellung. Dabei erhielt die EU-Kommission 4,6 Millionen Antworten. Drei Millionen kamen aus Deutschland. Das war vor einem Jahr. Viel passiert ist seitdem nicht.

Wir erklären, ob das Vorhaben noch gelingen kann. Vorneweg: Im Frühjahr 2020 werden die Uhren noch auf Sommerzeit umgestellt.

Wird die Zeitumstellung 2021 abgeschafft?

Nach der Befragung kündigte Kommissionspräsident Jean-Claude Juncker[1] an, einen Gesetzesvorschlag vorzulegen. Die Sache schien einfach: „Millionen haben geantwortet und sind der Auffassung, dass es so sein sollte, dass die Sommerzeit in Zukunft für alle Zeit gilt", sagte er. Die Zeitumstellung sollte damit abgeschafft werden. Die Staaten könnten künftig selbst entscheiden, ob sie dauerhaft Winter- oder Sommerzeit wollen.

Gut ein Jahr später gibt es im Kreis der EU-Staaten wenig Fortschritte. Ein großer Teil der Länder habe noch keine Position, hieß es aus Diplomatenkreisen in Brüssel. Es gebe die Sorge, dass die Auswirkungen einer Änderung nicht ausreichend erforscht und analysiert seien.

Das Europaparlament sprach sich hingegen bereits im März dafür aus, die Umstellung 2021 abzuschaffen. Damit die Änderung in Kraft treten kann, müssten aber auch die EU-Staaten mehrheitlich zustimmen. Bei den zuständigen Verkehrsministern gab es dazu bislang keine Einigung. Die Umsetzung der geplanten Abschaffung der Zeitumstellung steht also derzeit noch in den Sternen. Vor allem an einer Stelle gibt es Probleme.

[…]

Zeitumstellung: Wo liegt das Problem?

Dass die Staaten selbst wählen können, ob sie dauerhaft Sommer- oder Winterzeit wollen, ist das wohl größte Problem. Derzeit gibt es in Mitteleuropa eine große Zeitzone von Polen bis Spanien, zu der Deutschland und 16 weitere EU-Länder gehören.

Einige Staaten – etwa Griechenland – sind eine Stunde voraus, andere – zum Beispiel Portugal – eine Stunde zurück. Ein wichtiges Anliegen etlicher Staaten ist es daher, einen Zeit-„Flickenteppich" zu vermeiden. Dafür müssen sie sich nicht nur jeweils intern, sondern auch untereinander abstimmen – und das braucht Zeit.

[…]

„Das Europäische Parlament hat alle Bedenken aufgenommen und auch sehr schnell, sehr gute Vorschläge zur Koordinierung unter den Mitgliedstaaten gemacht, so dass kein Flickenteppich vieler unterschiedlicher Zeitzonen in Europa entsteht", sagte der gesundheitspolitische Sprecher der Unionsparteien im EU-Parlament, Peter Liese. „Vielleicht sollten die Minister nochmal einen Blick in unseren Vorschlag werfen, bevor sie das Rad neu erfinden wollen." Liese sieht die Schuld im Hinblick auf die Probleme bei der Abschaffung der Zeitumstellung beim Rat der EU-Länder: „Die Mitgliedstaaten verschlafen die Zeitumstellung", kritisierte der CDU-Politiker. Es gebe bereits gute Vorschläge zur Koordinierung.

[…]

Wird die Zeitumstellung vielleicht doch nicht abgeschafft?

Ein EU-Diplomat sagte im Sommer 2019, er glaube nicht, dass die EU-Staaten noch auf einen gemeinsamen Nenner kommen. Das Thema sei zu kompliziert. „Hier wird etwas versucht, was nicht die Lösung eines Problems ist, sondern ein Problem kreiert."

Die zuständige EU-Kommissarin Violeta Bulc wies das allerdings zurück. „Niemand redet davon, das Thema fallen zu lassen." Sie glaube daran, dass das Vorhaben in der zweiten Jahreshälfte zu Ende gebracht werden könne. Der CSU-Europaabgeordnete Markus Ferber kritisierte einen Stillstand bei den EU-Staaten. „Die europäischen Bürger haben uns einen klaren Auftrag gegeben, dem müssen wir ohne Verzögerung nachkommen."

Deutschland: Sommer- oder Winterzeit nach Abschaffung der Zeitumstellung?

Die Bundesregierung favorisiert die Einführung einer ganzjährigen Sommerzeit, betont jedoch, dass die Entscheidung nur zusammen mit den Nachbarländern getroffen werden könne. Bundeswirtschaftsminister Peter Altmaier (CDU) sei in Kontakt mit seinen EU-Kollegen, hieß es bereits im März.

Zeitumstellung: Warum gibt es sie überhaupt?

In Deutschland gibt es die Sommerzeit schon seit 1980. Ursprünglich sollte dank einer besseren Ausnutzung des Tageslichts Energie gespart werden, doch der wirtschaftliche Nutzen ist verschwindend gering. Zudem legen wissenschaftliche Erkenntnisse nahe, dass manche Menschen gesundheitlich unter der Zeitumstellung leiden.

Hierzulande halten Umfragen zufolge 78 Prozent der Bürger die Umstellung auf Sommerzeit für überflüssig. Rund jeder Vierte (26 Prozent) kämpft laut einer aktuellen Erhebung der Krankenkasse DAK nach der Umstellung mit gesundheitlichen oder psychischen Problemen.

Eine repräsentative[2] Forsa-Umfrage unter 1014 Menschen in Deutschland im Auftrag der KKH (Kaufmännische Krankenkasse) aus dem Jahr 2013 zeigt, dass die Umstellung zwischen Sommer- und Winterzeit den Schlafrhythmus stört.

Vier von zehn Deutschen haben laut Studie Probleme durch die Zeitumstellung – Frauen (46 Prozent) deutlich mehr als Männer (36 Prozent). Die Mehrzahl der Betroffenen braucht einige Zeit, um wieder in den normalen Schlafrhythmus zu finden. Neun Prozent der Frauen und vier Prozent der Männer gaben sogar an, unter der Zeitumstellung regelrecht zu leiden.

Die deutsche Gesellschaft für Schlafforschung und Schlafmedizin ist für eine Beibehaltung der Normalzeit. Das Tageslicht und insbesondere der Blauanteil des Sonnenlichts sei der „Hauptzeitgeber“ für die innere Uhr des Menschen und maßgeblich für den Wach-Schlaf-Rhythmus. All dies wird den Experten zufolge am besten durch die Winterzeit gewährleistet.

Durch Umstellung auf Sommerzeit drohe hingegen ein Schlafmangel, der zu Konzentrations- und Leistungseinbußen sowie mehr Unfällen führe. Auch der Deutsche Lehrerverband fürchtet für den Fall einer dauerhaften Umstellung auf Sommerzeit gesundheitliche Gefahren für Schüler. Die Wahrscheinlichkeit für Schlaf- und Lernprobleme sei dadurch massiv erhöht.

[1] Jean-Claude Juncker: ehemaliger Präsident der Europäischen Kommission

[2] repräsentativ: maßgebend

Text für Schülerzwecke gekürzt

Quelle: Max Wochinger, in: https://www.merkur.de/politik/zeitumstellung-2020-abschaffung-eu-winterzeit-sommerzeit-normalzeit-zr-12997061.html, Seitenaufruf 5.2.2020

Lösung

„Wann schafft die EU die Zeitumstellung endlich ab? Welche Zeit bleibt?“

In dem Artikel „Wann schafft die EU die Zeitumstellung endlich ab? Welche Zeit bleibt?“ von Max Wochinger wird darüber diskutiert, ob die Abschaffung der Zeitumstellung sinnvoll ist.

Laut einer Befragung der Europäischen Union sprach sich die Mehrheit für die Abschaffung der Zeitumstellung aus, dennoch wurde dies bis heute nicht umgesetzt.

Dies liegt u. a. daran, „dass die Auswirkungen einer Änderung nicht ausreichend erforscht und analysiert“ (Z. 25 f.) sind. Außerdem gibt es Probleme bei der Einigkeit. Da jedes Land selbst entscheidet, ob es dauerhaft auf Sommer- oder Winterzeit umstellt, wird ein „Zeit-Flickenteppich“ befürchtet, die Einigung wird viel Zeit benötigen: „Ein wichtiges Anliegen etlicher Staaten ist es daher, einen Zeit-‚Flickenteppich‘ zu vermeiden. Dafür müssen sie sich nicht nur jeweils intern, sondern auch untereinander abstimmen – und das braucht Zeit.“ (Z. 44 ff.)

Doch es „gebe bereits gute Vorschläge zur Koordinierung“ (Z. 60 f.), sodass das Problem der Einigung behoben werden könnte. Denn für die Abschaffung der Zeitumstellung spricht z. B., dass eine Mehrheit der Bürger eine Umstellung für überflüssig hält. (vgl. Z. 93 f.) Für die Abschaffung der Zeitumstellung spricht außerdem, dass sich der ursprüngliche Grund nicht bestätigt hat: „Ursprünglich sollte dank einer besseren Ausnutzung des Tageslichts Energie gespart werden, doch der wirtschaftliche Nutzen ist verschwindend gering.“ (Z. 88 ff.) Schwerwiegend sind auch die Auswirkungen der Zeitumstellung auf die Gesundheit: Wissenschaftliche Erkenntnisse legen nahe, „dass manche Menschen gesundheitlich unter der Zeitumstellung leiden.“ (Z. 90 ff.) Dies stützt auch eine Erhebung der Krankenkasse DAK, laut der 26 Prozent der Menschen nach der Zeitumstellung mit gesundheitlichen oder psychischen Folgen kämpfen (vgl. Z. 95 ff.). Auch eine Forsa-Umfrage zeigt, „dass die Umstellung zwischen Sommer- und Winterzeit den Schlafrhythmus stört.“ (Z. 100 ff.)

Nach Abwägung aller Argumente bin ich selbst für die Abschaffung der Zeitumstellung. Sicher sollte es eine einheitliche Regelung für die europäischen Länder geben, aber hier gibt es ja bereits Vorschläge zur Koordinierung, sodass die Einigung nicht so viel Zeit in Anspruch nehmen sollte. Ich denke, viele Menschen merken, dass sich die Zeitumstellung auf den eigenen Körper auswirkt. Ich selbst schlafe erst mal immer schlechter und kann mir vorstellen, dass besonders ältere Menschen gesundheitlich noch stärker darunter leiden. Da selbst der wirtschaftliche Nutzen widerlegt ist, gibt es meiner Meinung nach keine guten Argumente mehr, die gegen eine Abschaffung der Zeitumstellung sprechen.

Übungsaufgaben

1. Smartphone – unbegrenzte Möglichkeiten oder Stress?

Das Smartphone ist für einen Großteil von uns nicht mehr wegzudenken. Wir surfen, chatten, posten, streamen und das häufig mehrere Stunden am Tag. Das war nicht immer so.

Erörtern Sie Vor-, aber auch Nachteile, die sich aus der ständigen Nutzung unserer Smartphones ergeben. Beziehen Sie dabei den Text sowie Ihre eigenen Erfahrungen ein.

Neues Leben ohne Handy

Leben ohne Smartphone – Was sich ohne Handy verändert

Matthias Kemter, 10.02.2020 - 10:28 Uhr

Heute kaum vorstellbar, aber ein Leben ohne WhatsApp und mobiles Internet war vor einigen Jahren völlig normal. Kann ein Leben ohne Smartphone heute überhaupt noch funktionieren? Sehen Sie hier, was sich in Ihrem Leben ohne Handy verändert.

Kein Facebook, kein Google, kein Tinder und kein WhatsApp. Die Vorstellung ohne Smartphone unterwegs zu sein ist heute, im Jahr 2020, für viele Menschen eher ein Albtraum als normaler Alltag.

Damals und heute – Normal wird unnormal

Kaum vorstellbar, aber früher war es völlig normal, dass Menschen kein Smartphone hatten und somit auch nicht erreichbar waren. Vor etwa 20 Jahren waren Handys noch echte Exoten und beim seltenen Anblick der damals modernen Großväter der heutigen Smartphones kam eher die Frage auf, ob man diese Geräte wirklich braucht.

Natürlich kann man das Zeitalter vor den Handys nicht mit dem heutigen Zeitalter von Smartphones und mobilem Internet vergleichen. Die Welt verändert sich so rasant wie noch nie und die „Digitalisierung“ ist dabei die prägende Überschrift.

Fast jeder besitzt heute ein Smartphone und die, die es nicht tun, verzichten meist ganz bewusst auf das Mobilgerät.

Leben ohne Smartphone – Die größten Veränderungen

Warum entscheiden sich Menschen heute gegen ein Smartphone? Gründe für ein Leben ohne Smartphone gibt es tatsächlich einige. Die größten Veränderungen sind folgende:

#01 – Mehr Zeit durch weniger Ablenkung

Eigentlich müsste man denken, dass das Smartphone in vielen Situationen durch Multitasking Zeit spart. Wenn wir unterwegs sind, ist aber meistens das Gegenteil der Fall, da der Großteil der Handynutzung eher der Ablenkung dient. Wir müssen nicht ständig auf Facebook, Instagram und Co. unterwegs sein. Menschen ohne Smartphone haben mehr Zeit für das Umfeld, in dem sie sich gerade befinden. Sie schauen nicht mehr ständig auf das Handy, mit dem sie zum Großteil Dinge machen würden, die sie auch in Ruhe zuhause machen können. Im Jahr 2019 betrug das gesamte mobile Datenvolumen der Deutschen etwa 2,765 Milliarden Gigabyte. Ein Datenvolumen, das sich in den letzten 4 Jahren sogar fast verfünffacht hat. Dass da das eine oder andere Megabyte eher zur Ablenkung diente, als schnell einen Weg oder eine Telefonnummer zu finden, ist wahrscheinlich. Social Media, Nachrichten, YouTube und Co. verkürzen die Zeit im Hier und Jetzt und können auch in Ruhe zuhause am Computer genutzt werden.

#02 – Stress durch ständige Erreichbarkeit

Für viele Menschen ist die ständige Erreichbarkeit eher Fluch als Segen. In der TK-Stressstudie aus dem Jahr 2016 gab bereits jeder Dritte der Befragten an, sich durch die ständige Erreichbarkeit des Smartphones und dem mobilen Internet gestresst zu fühlen. Nicht ständig erreichbar zu sein, kann sehr viel Ruhe in den Alltag bringen. Ein Handy, das nicht smart ist und nur telefonieren kann, reicht für die nötige Erreichbarkeit völlig aus. Wenn man Sie nur anrufen und Ihnen keine Instant-Message schreiben kann, werden sich auch nur die Menschen bei Ihnen melden, die Sie wirklich erreichen wollen. Außerdem muss ein nicht smartes Handy auch nicht immer an sein. Sie können selber entscheiden, wann Sie erreichbar sind.

#03 – Achtsamer und bewusster Leben

Ganz ehrlich, wie oft schauen Sie auf Ihr Handy? Im Durchschnitt schauen die Deutschen 30 Mal am Tag auf ihr Handy. Jugendliche und junge Erwachsene entsperren ihre Handys sogar etwa 56 Mal am Tag. Ob beim Essen, auf der Arbeit oder beim Zusammensein mit Freunden oder Familie. Durch ein Leben mit Smartphone fällt es immer schwerer, die volle Aufmerksamkeit auf die Sache zu richten, die man gerade tut. Wer achtsamer und bewusster leben möchte, der tut das besser ohne Smartphone.

#04 – Besseres Gedächtnis

Durch die Möglichkeit, permanent an alle Informationen zu kommen, leidet auch unser Gedächtnis. Manche Menschen können sich sogar noch an die Festnetznummer aus ihrer Kindheit erinnern, aber nicht an die Handynummer ihres aktuellen Partners. Warum auch, wenn diese mit einem Knopfdruck verfügbar ist. Auch Dinge, die wir auf die Schnelle im Supermarkt an der Kasse googeln, werden schnell wieder vergessen.

Das Gehirn stuft schnell abrufbare Informationen eher als irrelevant ein, wenn diese schnell zu Verfügung stehen, da die Informationen bereits anderswo gespeichert sind. Durch den Verzicht auf das Smartphone im Leben, nimmt man sich mehr Zeit für die Dinge, die gerade passieren. Konzentriert man sich auf eine Sache, verinnerlicht man diese besser.

#05 – Bessere Kommunikation

Ohne das Smartphone im Leben verschiebt sich die Kommunikation mit Menschen von Instant-Nachrichten auf echte Gespräche. Der Verzicht auf Instant-Nachrichten und der Griff zum Telefon hat gleich zwei Vorteile. Zum einen kommuniziert man besser durch einen direkten Austausch im richtigen Gespräch, was die Qualität der Kommunikation enorm steigert. Zum anderen reduzieren sich die Gespräche auf die wirklich wichtigen Themen. Grade in den vielen WhatsApp-Gruppen werden selten wichtige Dinge geschrieben und wenn etwas wichtig ist, gibt es E-Mails, Telefon und den persönlichen Austausch. Dinge müssen in den seltensten Fällen unterwegs geklärt werden.

#06 – Eigenständigkeit und Spontanität

Menschen, die ohne Handy leben, werden selbstständiger und spontaner. Sie verlassen sich zwangsläufig mehr auf sich. Einen Weg findet man auch, wenn man Menschen fragt. Durch das mobile Internet googeln wir mittlerweile die einfachsten Dinge wie „Schleife binden" oder „Brille putzen". Die Möglichkeit, mit dem Handy unterwegs an Informationen zu kommen, kann mit Sicherheit auch mal hilfreich sein, aber sie hindert uns zum Großteil in unserer Selbstständigkeit.

Fazit – Der Mittelweg

Ein Leben ohne Smartphone ist auch heute noch im Jahr 2020 gut möglich. Autos haben Navigationsgeräte und Dinge wie E-Mails, News und Social Media können auch in Ruhe zuhause erledigt werden. Menschen ohne Handy entscheiden sich ganz bewusst gegen das Smartphone und für die Vorteile, die dadurch entstehen. Ein Leben ohne Handy reduziert Stress, schafft ein bewussteres Leben und verbessert die Kommunikation. Dennoch können die schlauen Handys in unserem Leben hilfreich sein und Vorteile bieten. Wer darüber nachdenkt, sein Smartphone abzuschaffen, weil zum Beispiel eine ständige Erreichbarkeit Stress verursacht, der sollte die eigene Handynutzung hinterfragen. Ein bewusster Umgang mit Computer, Tablet, Fernseher und auch dem Smartphone ist wichtig. Klare Grenzen, wie zum Beispiel feste Zeiten für die Nutzung der Geräte, können helfen Qualität statt Quantität in die Nutzung zu bringen.

Quelle: Matthias Kemter, in: https://www.stuttgarter-nachrichten.de/inhalt.leben-ohne-smartphone-was-sich-ohne-handy-veraendert-mhsd.e784e226-0290-4220-863d-bf6ce3f8251a.html, Seitenaufruf 16.4.2020

2. Rückkehr eines Raubtiers – Freude, aber auch Vorbehalte

Der Wolf ist zurück in Deutschland, nachdem er im 19. Jahrhundert als ausgerottet galt. Doch neben der Begeisterung über die Wiederansiedlung gibt es auch Ängste in der Bevölkerung.

Erörtern Sie Chancen und Probleme einer flächendeckenden Ausbreitung des Wolfes in Deutschland.

Wildtiere

Wölfe in Deutschland

Von Ingo Neumayer

Mehr als hundert Jahre lang gab es keine Wölfe in Deutschland. Doch seit Beginn des neuen Jahrtausends wird „Canis lupus" hierzulande wieder heimisch. Das freut Forscher, Biologen und Tierschützer, sorgt aber bei Jägern, Tierhaltern und Wanderern für Ängste und Vorbehalte.

Ausgerottet im 19. Jahrhundert

Der Wolf war jahrhundertelang das meistverbreitete Raubtier in Deutschland. Besonders in den östlichen Gebieten des Landes streiften viele Wolfsrudel durch die Wälder – und wurden gnadenlos gejagt.

Schon zu Zeiten Karls des Großen Anfang des 9. Jahrhunderts wurden die ersten Treibjagden organisiert. Die wachsende Landwirtschaft und Viehhaltung sowie der Mythos vom „bösen Wolf" trugen dazu bei, dass die Wölfe in Deutschland nach und nach ausgerottet wurden.

Um 1850 gab es praktisch keine freilebenden Wölfe mehr. Vereinzelt auftauchende Exemplare wie der „Tiger von Sabrodt", der 1904 in der Lausitz erschossen wurde, waren vermutlich aus Wildparks, Zoos oder Zirkussen ausgebrochen. Auch nach dem Zweiten Weltkrieg verirrten sich vereinzelte Wölfe ab und zu nach Deutschland, diese wurden allesamt überfahren oder erschossen.

Über die Elbe nach Sachsen

1990 wurde der Wolf in Deutschland unter Naturschutz gestellt: Er durfte somit nicht gejagt, seine Bauten und Rückzugsorte durften nicht betreten werden. Eine Entscheidung, die schnell Wirkung zeigte: Ende der 1990er Jahre wurden in Sachsen die ersten freilebenden Wölfe in Deutschland seit hundert Jahren beobachtet. Sie waren offenbar aus Polen über die Elbe gelangt und ließen sich auf dem Truppenübungsplatz Oberlausitz nieder.

Zwei Jahre später wurde dort Nachwuchs gesichtet – höchstwahrscheinlich die ersten in Freiheit geborenen Wolfsjungen seit über hundert Jahren. Seitdem werden dort jedes Jahr neue Welpen geboren und aufgezogen.

Der Naturschutzbund Deutschland (NABU) begleitet die Rückkehr der Wölfe nach Deutschland: Experten erforschen das Verhalten der Tiere, zudem werden Informationen zum aktuellen Stand der Population erfasst und der Öffentlichkeit mitgeteilt. Den Angaben zufolge lebten im Jahr 2018 in Deutschland 73 Rudel, 30 Paare und mehrere Einzelwölfe – insgesamt ungefähr 250 Tiere.

Illegaler Abschuss im Westerwald

Doch nicht nur im Osten gibt es immer mehr Wölfe, auch der Rest Deutschlands zählt zum Verbreitungsgebiet. Wölfe legen teilweise enorm große Strecken zurück – bei Tieren, die mit Sendern ausgestattet waren, wurden Wanderstrecken von bis zu 1500 Kilometern gemessen. Nachdem inzwischen in allen östlichen Flächenbundesländern Wölfe heimisch sind, findet die Ausbreitung weiter in Richtung Westen statt.

Auch in Schleswig-Holstein, Nordrhein-Westfalen, Baden-Württemberg und Niedersachsen wurden Tiere gesichtet. In der Lüneburger Heide bekam ein Wolfspaar 2012 Nachwuchs, und auch im Emsland, kurz vor der holländischen Grenze, wurden Spuren eines Einzelwolfes entdeckt.

„Wölfe brauchen keine Wildnis, sondern sie können sich auch in unserer Kulturlandschaft sehr rasch ausbreiten und an die unterschiedlichsten Lebensräume anpassen", so Beate Jessel, Präsidentin des Bundesamts für Naturschutz (BfN).

Doch nicht bei allen ist der Wolf beliebt: 2012 erschoss ein Jäger im rheinland-pfälzischen Westerwald einen Wolf, der aus einer italienischen Population stammte. Der Schütze gab an, er habe den Wolf für einen wilden Hund gehalten. Im Januar 2013 wurde er vom Amtsgericht Montabaur zu einer Geldstrafe von 3500 Euro verurteilt, außerdem wurde ihm sein Jagdschein entzogen.

Gefahren für den Wolf: Verkehr und Vorbehalte

Zumindest von den Platzverhältnissen her könnte es hier noch weit mehr Wölfe geben: Laut einer BfN-Studie aus dem Jahr 2009 bietet Deutschland Lebensraum für über 400 Wolfsrudel.

Allerdings gilt es als unwahrscheinlich, dass sich tatsächlich so viele Tiere hier ansiedeln werden. Ein Problem dabei ist der Straßenverkehr, dem regelmäßig Wölfe zum Opfer fallen – allein in Brandenburg wurden seit dem Jahr 1990 mehr als 70 Tiere überfahren.

Zudem gibt es immer wieder illegale Abschüsse von Wölfen. Der Abschuss eines solch seltenen Raubtieres steigert in manchen Kreisen das Ansehen des Schützen. Da Wölfe bevorzugt Rehe und Wildschweine jagen, werden sie von manchen Jägern zudem als Konkurrenz gesehen.

Auch werden Befürchtungen geäußert, dass durch ein Anwachsen der Wolfspopulationen die Bestände ihrer Beutetiere stark sinken könnten. Aktuelle Studien verneinen diese These allerdings. Beim NABU wird stattdessen der Wert des Wolfes für die Regulation im Wald betont. Wölfe könnten im Gegensatz zu Jägern viel besser schwache und kranke Tiere erlegen und so die natürliche Selektion befördern.

Entschädigung für Schafzüchter

Auch unter den Haltern von Nutztieren gibt es viele Vorbehalte gegen die Rückkehr der Wölfe. Allerdings scheint die Angst vor dem bösen Wolf, der wahllos Schafe und Ziegen reißt, stark übertrieben: Eine groß angelegte Studie des Senckenberg-Instituts, bei der in der Lausitz 3000 Kotproben von Wölfen untersucht wurden, zeigte 2012: Weniger als ein Prozent der Beutetiere waren Nutztiere.

Durch Zäune oder Herdenschutzhunde lassen sich Wölfe wirksam abschrecken. Und falls doch einmal ein Nutztier gerissen wird, gibt es finanzielle Entschädigungen. 2018 gab es in Sachsen 170 Fälle, bei denen Wölfe Schafe oder Ziegen töteten – die Mehrheit der Tiere war allerdings nicht oder nicht ausreichend geschützt.

Kaum Zwischenfälle mit Menschen gemeldet

Und noch eine gesellschaftliche Gruppe macht sich teilweise Sorgen wegen der Rückkehr der Wölfe: Wanderer und Waldspaziergänger. Allerdings völlig zu Unrecht. Seit Wölfe wieder in Deutschland heimisch sind, wurden kaum Zwischenfälle, geschweige denn ein Angriff auf Menschen registriert. Wölfe sind sehr scheu und meiden in der Regel den Kontakt mit Menschen.

Sollte man dennoch bei einem Spaziergang einem Exemplar begegnen, heißt es: Ruhe bewahren. Wenn sich der Wolf wider Erwarten nähert, kann er mit lautem Rufen und Klatschen oder dem Werfen von Gegenständen vertrieben werden.

Auf keinen Fall soll man die Tiere streicheln oder füttern. Dadurch verlieren sie die Scheu vor Menschen und könnten dann tatsächlich gefährlich werden.

Der Mythos des bösen Wolfs, der im Wald Menschen angreift, stammt wahrscheinlich aus einer Zeit, als die Tollwut hierzulande weit verbreitet war und infizierte Tiere tatsächlich ab und zu auf Menschen losgingen. Diese Angst muss man heute allerdings nicht mehr haben. Seit 2008 gilt die Tollwut in Deutschland als ausgerottet.

Quelle: Ingo Neumayer: Wölfe in Deutschland, in: https://www.planet-wissen.de/natur/wildtiere/woelfe_in_deutschland/index.html, Seitenaufruf 16.4.2020

(2)

Welche Vor- und Nachteile haben E-Bikes?

3. Zweirädrige Elektromobilität

Elektrofahrräder, sogenannte E-Bikes, werden immer beliebter. Erörtern Sie mithilfe der Textmaterialien (I – III) Gründe, die für die Beliebtheit sprechen sowie mögliche Probleme, die sich daraus ergeben.

Material I

Elektrofahrräder

Gefälle und Rückenwind auf Abruf – ein Radlertraum scheint wahr geworden: Aber richtig öko sind Elektrofahrräder nur unter bestimmten Voraussetzungen. Wir sagen Ihnen, worauf es ankommt.

Es gibt zwei Grundtypen elektrisch aufgerüsteter Fahrräder: die flotten E-Bikes mit „Gasgriff" und Geschwindigkeiten bis 45 km/h. Sie gelten aber als Mofas und erfordern Kennzeichen und Führerschein. Pedelecs dagegen bieten lediglich Tretkraftverstärkung und gehen als normale Fahrräder durch, sofern der Zusatzschub bei 25 km/h endet.

Praxistauglichkeit und Ökobilanz hängen bei beiden Typen stark vom Akku ab. Wegen der hohen Energiedichte kommen meist Lithium-Ionen-Akkus zum Einsatz. Doch nach wenigen hundert Ladezyklen, im Alltagsbetrieb also nach ein bis zwei Jahren, muss Ersatz her. Das belastet nicht nur das Budget mit rund drei Cent pro Kilometer, sondern auch das Klima: Die Herstellung des Akkus schlägt mit etwa so viel Kohlendioxid zu Buche wie 500 bis 1000 Kilometer Autofahren. Umso sorgfältiger sollte man den Energiespeicher behandeln und Herstellerangaben beachten. Bestehen Sie beim Kauf auf eine garantierte Mindestlebensdauer von zwei Jahren oder mindestens 500 Ladezyklen.

[…]

Die Ökobilanz von Elektrofahrrädern

Nach zehn oder zwanzig flotten Kilometern erfrischt am Arbeitsplatz ankommen – das hat schon was. Ebenso wie ein entspannter Kindertransport oder eine lockere Einkaufsrunde mit Fahrradanhänger. Umweltfreundlich wird der Spaß aber erst, wenn er tatsächlich Autofahrten oder gar den Autokauf selbst überflüssig macht. Wer Pedelecs und Co als Bequem-Ersatz fürs Normalrad nutzt oder nur als zusätzliches „Genussrad", schadet der Umwelt und seiner körperlichen Fitness eher.

Zudem sollte man den zuweilen heiklen Geräten mit einer gewissen technikaffinen Neugier und Sorgfalt gegenübertreten. Wer schon bisher streikende Rücklichter als Schicksal hinnimmt, sollte eher die Hände davon lassen. Sonst wird aus dem E-Rad schnell ein Stehrad – mit garantiert negativer Öko-Bilanz.

Das haben Sie von den E-Bikes

Sowohl in der Stadt als auch auf dem Land können Elektrofahrräder ein idealer Begleiter im Alltag sein: In Hinblick auf die Fahrtkosten sind sie kaum zu schlagen, gerade in zugeparkten Städten kann man sich die nervenaufreibende Suche nach einem Autostellplatz ersparen, kommt auf Kurzstrecken schneller ans Ziel, man macht keinen Lärm, stößt keinen Feinstaub oder Kohlenstoffdioxid aus, ist an der frischen Luft und hält sich ganz nebenbei fit und gesund, das spricht doch für sich...

[…]

Text für Schülerzwecke gekürzt

Quelle: https://www.bund-naturschutz.de/oekologisch-leben/verkehr-und-reisen/elektrofahrraeder.html, Seitenaufruf 16.4.2020

Material II

»E-Cobilanz«

Was bringen E-Antriebe für die Umwelt?

Elektrofahrzeuge produzieren keine Abgase und sind deshalb umweltfreundlicher als solche mit Verbrennungsmotoren. So einleuchtend der Gedanke ist, die Wirklichkeit ist etwas komplizierter. Auch elektrische Antriebe müssen mit Energie versorgt werden. Die muss erzeugt und in Batterien gespeichert werden. [...]

Bike ist besser!

Wenn man also Herstellung und Energieerzeugung berücksichtigt, sind die Umweltwirkungen von Pedelecs deutlich geringer als bei allen anderen Motorfahrzeugen – einschließlich des Öffentlichen Nahverkehrs. Eine Studie des Bundesumweltministeriums zeigt dabei auch, dass besonders Berufspendler mit dem Pedelec viele Autofahrten ersetzen. […] Von den Vorteilen in Sachen Lärmminderung, geringem Platzbedarf, gesunder Bewegung, Flexibilität und Fahrspaß profitieren Rad- und E-Bike Fahrer sowieso. Am Ende ist es also doch recht einfach: Elektrofahrräder produzieren keine Abgase und sind deshalb umweltfreundlicher als Autos mit Verbrennungs- oder E-Motoren.

Quelle: Georg Sommer, in: https://hamburg.adfc.de/fileadmin/redaktion/RadCity/RC2017/RadCity_17_04_WEB.pdf, Seite 10, Seitenaufruf am 14.06.2020, für Schülerzwecke gekürzt

Material III

Tourismus

Wie der E-Mountainbike-Boom zu mehr Unfällen am Berg führt

E-Bikes boomen auch in den Bergen. Allein 2017 wurde eine Dreiviertel Million E-Bikes in Deutschland verkauft. Doch mit ihrer Zahl steigen auch die Unfälle. [...]

Immer mehr Unfälle mit E-Bikes

Tatsächlich gab es allein in diesem Jahr zahlreiche E-Bike-Unfälle. Ein 71-Jähriger starb Mitte April am Blomberg, er konnte sein Bike nicht mehr stoppen. Die Zahl der Todesopfer stieg 2017 bei E-Bike-Unfällen um 12 Prozent, die der Schwerverletzen sogar um 26 Prozent.

Viele Fahrer beherrschen das E-Bike nicht

[...] Viele E-Biker unterschätzen vor allem das Gewicht der Räder - mit mehr als 20 Kilogramm ist es doppelt so schwer wie ein normales Fahrrad. Das E-Mountainbike wird unterschätzt, das eigene Können überschätzt. Die Bergwachtler haben sogar schon E-Biker erlebt, die zwar dank Hilfsmotor hoch in die Berge kommen, sich dann aber nicht mehr runtertrauen, erzählt Bergwachtler Marcus Göbel. [...]

E-Biken am Berg gefährdet geschützte Tiere

Der neue E-Bike-Tourismus sorgt aber nicht nur bei Grundstückseigentümern für Ärger. Auch im Nationalpark Berchtesgaden, in dem viele geschützte Tierarten leben, sind immer mehr E-Biker unterwegs.
Sie dringen dank Motorunterstützung in immer neue Gebiete vor.
Ulf Dworschak von der Nationalparkverwaltung Berchtesgaden sieht das mit Sorge: „Damit steigt die Reichweite und ich komme in Bereiche, die sich früher selbst geschützt haben, mühelos hinein. Der Raum für die Tiere wird wieder mal ein Stück kleiner.“

Quelle: Astrid Halder, Jonathan Schulenburg, in: https://www.br.de/nachricht/wie-der-e-mountainbikeboom-zu-mehr-unfaellen-am-berg-fuehrt-100.html, Seitenaufruf am 14.06.2020, für Schülerzwecke gekürzt

Textbeschreibung

1. Lyrik

Erklärung

1. Gedicht/Lied

Unter Lyrik versteht man Dichtung in Versform. Die Verse sind wiederum in Strophen angeordnet. Ein Gedicht kann, muss sich aber nicht zwingend reimen. Meist folgt es aber einem bestimmten Rhythmus. Im Folgenden sind die gängigsten Gedichtformen, Metren und Reimschemata aufgeführt. In der Prüfung erleichtern Ihnen Stichpunkte die Ausarbeitung Ihrer Textbeschreibung.

1.1. Gedichtinterpretation

Bevor Sie mit dem Schreiben Ihres Aufsatzes beginnen, ist eine gründliche Vorarbeit sehr wichtig. Lesen Sie als Erstes das Gedicht mehrmals durch. Verschaffen Sie sich dadurch einen Überblick, worum es im Gedicht geht und welche Absicht es verfolgt. Notieren Sie sich anschließend Stichworte zum Autor, der Überschrift, dem formalen Aufbau (Strophen, Verse, Reim und Stilmittel) und dem Thema des Gedichts. Damit Sie sich nicht verzetteln, bieten Ihnen in der Prüfung diese Stichpunkte Unterstützung. Folgen Sie bei der Ausformulierung dem klassischen Aufbau von Einleitung – Hauptteil – Schluss. Achten Sie auf logische und flüssige Übergänge und Zusammenhänge. Auch korrekte Rechtschreibung wird mitbewertet. Direkte Übernahmen aus dem Text sind als Zitate zu kennzeichnen.

1.2. Kurz und knapp

Im Folgenden finden Sie einen übersichtlichen Leitfaden, der die wichtigsten Aspekte für eine gelungene Gedichtinterpretation aufgreift und in kompakter Form erklärt.
Zum schnellen Nachschlagen sind alle Fachbegriffe, so z. B. sprachliche Stilmittel, wie in einem Glossar zusammengeführt. Die einzelnen Stichworte sind zur besseren Orientierung in alphabetischer Reihenfolge aufgelistet.
Ähnlich wie in einem Wörterbuch oder anderen Nachschlagewerken sind → *kursiv* gedruckte Begriffe Verweise, die an anderer Stelle erklärt werden.

Lyrik: Dichtung in Versform. Lyrische Werke werden auch **Gedichte** genannt.

- das **lyrische Ich:** Der Sprechende in einem Gedicht. Man spricht nicht wie bei anderen Textsorten von einem Erzähler, sondern vom lyrischen Ich.
- Das lyrische Ich beschreibt seine Gefühle und Gedanken, schildert aber auch Erlebnisse und seine Einstellung dazu.

- **Stilmittel:** auf Satzbau, Wiederholungen und Enjambements achten, gibt es Schlüsselwörter?
  - **Enjambement** (= Zeilen-/Verssprung): Satzende und Versende fallen nicht zusammen, Satz überspringt das Versende und setzt sich im folgenden Vers fort, am Versende entsteht keine Pause, Stimme darf beim Vortragen nicht abgesenkt werden
- **Strophe:** Abschnitt in einem Gedicht, umfasst mindestens zwei Verszeilen, gliedert lyrischen Text inhaltlich
  - **Terzett:** dreizeilige Strophe
  - **Quartett:** vierzeilige Strophe
- **Vers:** einzelne Zeile eines Gedichtes

1.3. Dreigliedrigkeit

Lesen Sie das Gedicht mehrmals durch. Es sollte Ihnen klar sein, worum es geht und welche Absicht hinter dem Gedicht steckt. Ist es zum Beispiel ein Liebesgedicht, ein Naturgedicht, ist das lyrische Ich traurig oder freudig, wer wird angesprochen usw. Machen Sie sich anschließend Stichpunkte zu den einzelnen Strophen, zum Reimschema und zu Stilmitteln (Übersicht auf Seite 84), die Ihnen auffallen.
Beispiel: Im Gedicht wiederholt sich immer wieder der gleiche Satz, es gibt Enjambements (Zeilen-/Verssprung) oder Ähnliches.
Im Anschluss an diese Vorarbeiten folgt dann das Ausformulieren des Textes. Eine Gedichtinterpretation folgt der typischen Dreigliedrigkeit: Einleitung – Hauptteil – Schluss.

Einleitung

Der Einstieg (Einleitung und Aufbau) in eine Gedichtinterpretation dient dazu, den Leser / die Leserin in das Thema einzuführen und ihm/ihr die Situation kurz zu erläutern. In der Einleitung stehen Angaben zu Titel, Autor/Autorin, Erscheinungsjahr, Textart und Thema des Gedichts. Beispiel: *Das Gedicht „Name des Gedichts" von „Autor/-in des Gedichts" aus dem Jahr „Datum des Gedichts" handelt von „Thema des Gedichts".*

In der Prüfung können Sie unter diesem Punkt auch bereits den formalen Aufbau des Gedichts abhandeln. Dazu gehören die Form der Lyrik, die Anzahl der Strophen und Verse, die Reimform und das Metrum/ Versmaß. Ebenfalls sollten Sie sprachlichen Besonderheiten Beachtung schenken. In Bezug auf die Sprache müssen stilistische Mittel wie Metaphern, Vergleiche oder rhetorische Fragen mit einfließen. Des Weiteren sollten Sie auf den Satzbau achten.

Hauptteil

Dieser Abschnitt (Inhalt und Deutung) wird einen Großteil der Zeit in Anspruch nehmen. Es geht um die inhaltliche Analyse des Gedichts. Was ist die Absicht und mit welchen Mitteln wird diese umgesetzt? Sie erläutern die Handlung des Gedichts und interpretieren sie. Auch die Überschrift gehört zum Inhalt, also achten Sie darauf, diese in Ihre Interpretation mit einzubeziehen.

Schluss

Im Schlussteil werden die Ergebnisse der Gedichtinterpretation noch einmal zusammenfassend dargestellt. Sie können zudem versuchen, die Absichten des Autors / der Autorin zu erläutern (übt diese/-r Kritik an der Gesellschaft etc.?). Je nach Inhalt des Gedichts kann dies abschließend mit aktuellen Themen verglichen werden.

1.4. Formale Merkmale

Gedichtform	Merkmale
Ballade	längere Gedichtform mit Reim und Tendenz zu festem Metrum, strophisch regelmäßig gegliedert, wesentlich: erzählender und dramatischer Charakter
Haiku	in Japan entstanden, sehr kurz: drei Verse zu 5 – 7 – 5 Silben, extreme Verdichtung
Hymne	feierlicher Preis- und Lobgesang, drückt starke Begeisterung aus, keine formalen Regelmäßigkeiten: kein fester Strophenaufbau, kein Reim, freie Rhythmen
Lied	strophisch gebaute Gedichtform, relativ kurze Verse, Reimbindung: Metrum und Reim häufig nicht streng durchgehalten, manchmal → *Refrain* vorhanden
Ode	lange Gedichtform, strophisch gegliedert, reimlos, folgt manchmal einem festen Metrum, typisch ist der hohe und pathetische (theatralisch, emotional und tendenziell übertrieben) Sprachstil, um Würde und Größe des behandelten Themas auszudrücken
Sonett	zwei vierzeilige Strophen (zumeist Reimschema abba/abba) gefolgt von zwei dreizeiligen Strophen (im Reimschema verbunden), der formale Einschnitt zwischen → *Quartett* und → *Terzett* drückt häufig gleichzeitig einen inhaltlichen Schnitt oder Kontrast aus

Metrum/Versmaß: Abfolge von betonten und unbetonten Silben in den Wörtern eines Verses, Abfolge klingt oft regelmäßig, dann spricht man vom Versmaß oder Metrum.

Metrum	Schema	Beispiel
Anapäst	steigend: x x x́	x x x́ x x x́ „Wie mein Glück ist mein Leid" (Friedrich Hölderlin)
Daktylus	fallend: x́ x x	x́ x x x́ x x „Pfingsten, das liebliche x́ x x x́ x Fest, war gekommen" (Johann Wolfgang Goethe)
Jambus	steigend: x x́	x x́ x x́ „Es schlug mein Herz x x́ x x́ x geschwind zu Pferde" (Johann Wolfgang Goethe)
Trochäus	fallend: x́ x	x́ x x́ x x́ x x́ x „Feuerwoge jeder Hügel" (Georg Britting)

- **Refrain:** auch Kehrreim genannt, ist die regelmäßige Wiederholung eines oder mehrerer Verse in einem Lied
- **Reim:** Verbindung von Wörtern mit ähnlichem Klang (Gleichklang eines betonten Vokals und der ihm folgenden Laute), erzeugt bestimmte Klangwirkung in einem Gedicht
- **Reimschema:** Verbindung zweier oder mehrerer Verszeilen durch Gleichklang der Reimwörter, dabei Unterscheidung zwischen Anfangsreim (die ersten Wörter zweier Verse reimen sich), Binnenreim (zwei oder mehr Wörter in demselben Vers reimen sich) und Endreim (Gleichklang der Versenden)

Häufige **Reimschemata** eines Endreims

Reimform	Anordnung	Beispiel
Dreifache Reimreihe	abcabc	... Maus (a) ... tragen (b) ... runter (c) ... Haus (a) ... Wagen (b) ... munter (c)
Haufenreim	aaa ...	... Maus (a) ... Haus (a) ... Laus (a)
Kreuzreim	abab	... Maus (a) ... tragen (b) ... Haus (a) ... Wagen (b)
Paarreim	aabb	... Maus (a) ... Haus (a) ... tragen (b) ... Wagen (b)
Schweifreim	aabccb	... Maus (a) ... Haus (a) ... tragen (b) ... runter (c) ... munter (c) ... Wagen (b)
Umarmender Reim	abba	... Maus (a) ... tragen (b) ... Wagen (b) ... Haus (a)

1.5. Sprachliche Mittel

Sprachliches Mittel	Bedeutung	Beispiel	Mögliche Wirkung / Funktion
Akkumulation	Reihung mehrerer Begriffe zu einem – genannten oder auch nicht genannten – Oberbegriff, Aufzählung	Sie jammerten, klagten, ächzten und stöhnten.	Bildhaftigkeit der Sprache verstärkt, dadurch wirkt Aussage lebendiger
Allegorie	bildliche Ausdrucksweise, abstrakter Begriff wird konkret dargestellt	„Sensenmann“: eine Allegorie des Todes. Skelett trägt eine Sense (um die Menschen in das Totenreich zu holen).	Schwieriger oder komplexer Umstand wird belebt, verständlicher, anschaulicher und greifbarer gemacht.
Alliteration	Wiederholung des Anfangslauts bei aufeinanderfolgenden Wörtern	schrecklich schmutzige Schuhe; Das murrende magere Mädchen senkte den Kopf.	gewünschter Eindruck wird emotional verstärkt, Einprägsamkeit, Erzeugung von Harmonie, Hervorhebung von Textteilen

Sprachliches Mittel	Bedeutung	Beispiel	Mögliche Wirkung / Funktion
Anapher (Gegenteil: Epipher)	Wiederholung eines oder mehrerer Wörter am Satz- oder Versanfang	Ich mag Nebel. Ich mag Schleier, die sich über Wiesen legen. Ich mag die Stille.	Eindringlichkeit, Rhythmisierung
Antiklimax (Gegenteil: Klimax)	abfallende Steigerung, Umkehrung der Klimax, stufenartig sinkt die Intensität des Gesagten	Die Großmutter, die Mutter und die Tochter betraten nacheinander den Saal.	Verstärkung der Aussage; Aufmerksamkeit des Lesers wird vermehrt auf die einzelnen inhaltlichen Aspekte des Gesagten gelenkt
Antithese	gegensätzliche Begriffe oder Gedanken werden kombiniert; mindestens zwei Wörter oder Satzteile, die sich im Sinn widersprechen, werden gegenübergestellt	Der Einsatz war groß, klein war der Erfolg. Der Geist ist willig, aber das Fleisch ist schwach.	Gegensatz wird betont und hervorgehoben; scheinbarer Widerspruch offenbart oft eine größere oder höhere Wahrheit; innere Zerrissenheit, Spannung, starker Zwiespalt wird zum Ausdruck gebracht; Vielschichtigkeit eines Themas wird beleuchtet, da beide Extremwerte eines Inhalts genannt werden.
Chiasmus	In unmittelbarer Abfolge werden gleichwertige Wörter, Teilsätze oder Sätze kreuzweise entgegengesetzt (spiegelbildlich) angeordnet; umgekehrte Anordnung der Satzglieder.	Ich schlafe tagsüber, nachts lerne ich.	Gegensätzliche Behauptungen sollen hervorgehoben werden; verstärkende Wirkung, da durch die Wiederholung die eigentliche Aussage in den Vordergrund rückt.
Correctio	Eine Aussage wird unmittelbar zurückgenommen und durch einen stärkeren oder schwächeren Ausdruck ersetzt.	Er isst …, was sage ich: Er frisst!	Verstärkung oder Steigerung einer Aussage
Ellipse	unvollständiger Satz, Auslassung von (leicht ergänzbaren) Satzteilen oder Worten	Was nun? (=Was machen wir nun?) Erst (kommt) die Arbeit, dann (kommt) das Vergnügen.	Hervorhebung des wichtigsten Aspektes.
Epipher (Gegenteil: Anapher)	Wiederholung eines oder mehrerer Wörter am Satz- oder Versende	Ich wasche für dich, ich koche für dich, ich putze für dich.	Eindringlichkeit; die häufige Wiederholung verstärkt die Aussage, Fokus des Rezipienten / der Rezipientin (Lesers bzw. Leserin) wird auf ebendiese Äußerung gelenkt

Sprachliches Mittel	Bedeutung	Beispiel	Mögliche Wirkung / Funktion
Euphemismus (Gegenteil: Pejorativum)	Beschönigung	von uns gegangen (statt gestorben); sehr schlank (statt mager)	Negative Botschaft wird abgemildert.
Hyperbel	starke Übertreibung	todmüde; Ich habe dich zum Fressen gern.	Dramatisierung; starke Veranschaulichung
Inversion	Umkehrung der geläufigen Wortstellung im Satz	Ein Betrüger ist er! (statt: Er ist ein Betrüger!)	Hervorhebung; Betonung des vorangestellten Wortes
Ironie	Äußerung, die erkennen lässt, dass das Gegenteil gemeint ist	Du bist mir eine tolle Freundin! – Das hast du ja wieder großartig hinbekommen!	Kritik, Herabsetzung
Klimax (Gegenteil: Antiklimax)	Ein Begriff wird stufenartig gesteigert, wobei die Steigerung meist dreigliedrig erfolgt.	Unsere Stadt, unser Land, unsere ganze Welt.	Dramatisierung
Lautmalerei (Onomatopoesie)	sprachliche Nachahmung von Geräuschen, Klängen oder Naturlauten durch ähnlich klingende Laute	puff, peng, boing, platschen, wauwau, plopp	Veranschaulichung
Metapher	verkürzter Vergleich (ohne Vergleichswort), Verwendung eines Wortes im übertragenen Sinn	Du hast den Nagel auf den Kopf getroffen. Jemandem das Herz brechen.	Veranschaulichung
Neologismus	Wortneuschöpfung, ungewöhnliche Wortverbindungen	supercalifragilisticexpialigetisch (Mary Poppins), napflixen	Hervorhebung
Oxymoron	Widerspruch im Wort, zwei Vorstellungen, die sich ausschließen, werden verbunden	ein offenes Geheimnis, Eile mit Weile, lautes Schweigen, bittersüß	Stellt Doppeldeutigkeit (auch Mehrdeutigkeit) einer Situation dar und dient meist zur pointierten Darstellung. Das sprachliche Bild wird erweitert.
Paradoxon	Wörter/Sätze mit scheinbarem Widerspruch werden zusammengestellt	Ich weiß, dass ich nichts weiß.	Starker Anreiz zum Nachdenken
Parallelismus	Gleiche (Teil-)sätze werden wiederholt	Es war eiskalt, es war spiegelglatt, es war lebensgefährlich.	Verstärkung, Dramatisierung

Sprachliches Mittel	Bedeutung	Beispiel	Mögliche Wirkung / Funktion
Parenthese	Einschub	Er wusste – er hatte es gespürt – dass es jetzt zu spät war.	Erklärung, nähere Erläuterung, Rede- oder Gedankenfluss wird unterbrochen
Pejorativum (Gegenteil: Euphemismus)	Abwertung	Unkraut (statt Pflanze)	Wert eines Gegenstands, einer Botschaft wird geschmälert
Personifikation	Vermenschlichung: Dinge, Tiere, abstrakte Begriffe erhalten Eigenschaften/ Fähigkeiten von Menschen	Die Sonne lachte vom Himmel Der Wind pfiff.	Darstellung lebendig und anschaulich
Pleonasmus	Wiederholung verschiedener, aber sinngleicher Wörter (verschiedene Wortarten werden kombiniert)	persönliche Anwesenheit; leuchtendes Licht	Aussage eines Wortes oder das Gemeinte wird enorm verstärkt und in den Vordergrund gerückt; Aussage stark konzentriert durch inhaltliche Dopplung
Rhetorische Frage	Scheinfrage; die Antwort wird nicht wirklich verlangt, da jeder sie kennt	Bist du noch bei Verstand? Habe ich es dir nicht gesagt?	Beeinflussung, Aufdrängen der eigenen Meinung durch die indirekte Formulierung
Symbol	Bild, das auf eine abstrakte Vorstellung verweist; Sache oder Handlung, die etwas anderes bedeutet	Taube als Symbol für Frieden, Herz als Symbol für Liebe	Veranschaulichung
Synästhesie	Verbindung, Vermischung unterschiedlicher Sinneseindrücke	Er lauschte den duftenden Tönen; die Dunkelheit riechen	Verstärkende und steigernde Wirkung, das Gegenständliche, kann auf einer sinnlichen Ebene erfahren werden
Tautologie	Dasselbe wird mit einem anderen Ausdruck erneut gesagt oder aber derselbe Sachverhalt wird mit gleichen Wörtern/ der gleichen Wortart wiederholt.	Da wurde ihm Angst und Bange; nie und nimmer; kleiner Zwerg	Verstärkung (die Dopplung erfolgt bewusst und soll das Gesagte unterstreichen und Eindringlichkeit des Inhalts stärker in den Vordergrund rücken)
Vergleich	Verknüpfung zweier Begriffe oder Bereiche durch ein Vergleichswort (wie, gleich, als)	Da stand er wie ein begossener Pudel; schlau wie ein Fuchs	anschauliche Darstellung, Hervorhebung des Gemeinsamen
Wiederholung	Gleiche Wörter, Satzteile oder ganze Sätze treten mehrfach auf.	Er kommt nicht. Er kommt nicht. Er kommt nicht mehr.	Gewünschter Eindruck oder Gefühl wird sehr verstärkt.

Typische Aufgabenstellung

Du bist mein Mond (Friedrich Rückert, 1788 – 1866)

Du bist mein Mond, und ich bin deine Erde
Du sagst, du drehst dich um mich
Ich weiß es nicht, ich weiß nur, daß ich werde
In meinen Nächten hell durch dich.

Du bist mein Mond, und ich bin deine Erde;
Sie sagen du veränderst dich.
Allein du änderst nur die Lichtgebärde
Und liebst mich unveränderlich.

Du bist mein Mond, und ich bin deine Erde;
Nur mein Erdschatten hindert dich,
Die Liebesfackel stets am Sonnenherde
zu zünden in der Nacht für mich.

(3)

Quelle: Friedrich Rückert, Gesammelte Gedichte, vierter Band, Verlag Carl Heyder, Erlangen 1837

Die Rechtschreibung folgt der Textvorlage.

Fertigen Sie zu diesem Gedicht eine Textbeschreibung an. Beachten Sie insbesondere folgende Punkte:

- Sprachliche Mittel
- Grundhaltung des lyrischen Ichs zu seiner geliebten Person
- Rolle von Licht und Schatten

Schreiben Sie einen zusammenhängenden, gegliederten Text. Achten Sie auf korrekte Sprache und Rechtschreibung. Beides wird bewertet.

Lösung

Das Gedicht „Du bist mein Mond" von Friedrich Rückert erschien 1837 im vierten Band der „Gesammelten Gedichte" unter dem Verleger Carl Heyder in Erlangen. Rückert beschreibt in seinem Gedicht eine Liebesbeziehung. Dabei stehen die beiden Himmelskörper Erde und Mond als Metapher für die Liebenden. Angesprochen wird in allen drei Strophen der Mond, der die Erde umkreist. Das Gedicht ist in der Ich-Form verfasst. Insgesamt besteht das Gedicht aus drei vierzeiligen Strophen, die einen durchgängigen Kreuzreim abab aufweisen. Die erste Zeile jeder Strophe wiederholt sich immer: „Du bist mein Mond, und ich bin deine Erde". Das wirkt wie eine Verstärkung und zeigt die Beständigkeit der Liebe gegenüber äußeren Einflüssen. Des Weiteren fallen die Enjambements in den Versen 3/4, 7/8 und 11/12 ins Auge, die den Lesefluss beeinflussen. Sie verdeutlichen, wie eng Mond und Erde zusammengehören und wie nah ihre Beziehung ist.
In der ersten Strophe antwortet das lyrische Ich auf die Behauptung, „Du sagst, du drehst dich um mich" (V. 2), dass es dies nicht genau wisse, es aber sicher sei, durch das (Mond-)Licht erhellt zu werden. Das heißt, es spürt die Anwesenheit des Liebespartners. Selbst in der Dunkelheit bekommt der geliebte Mensch Licht und Wärme, also Sicherheit und Geborgenheit. Im zweiten Vers der zweiten Strophe sagt die Erde, dass andere behaupten, der Mond verändere sich: „du veränderst dich" (V. 6). Doch der Geliebte weiß, dass sich nur die Lichteinflüsse durch die verschiedenen Mondphasen ändern, die veränderte „Lichtgebärde" (V. 7) bedeutet lediglich, dass die geliebte Person sich nicht jeden Tag gleich verhält. Dennoch bleibt die Liebe unverändert, auch wenn es anders scheint. Die dritte Strophe spielt auf den Zustand bei einer Mondfinsternis an. Dabei verhindert der „Erdschatten" (V. 10), dass der Mond seine „Liebesfackel" (V. 11) an der Sonne neu entzünden kann. Dies könnte eine Anspielung auf Probleme innerhalb der Beziehung sein. Die Erde ist vielleicht sogar mitschuldig, wenn der Mond gehindert wird, seine Gefühle in gleicher Stärke zu zeigen. Wie in einer Paarbeziehung gibt es ein Auf und Ab zwischen Nähe und Ferne. Das Symbol „Schatten" steht für die dunkle Seite einer Person bzw. für schlechtere Zeiten in einer Beziehung, während „Licht" für Liebe, Wärme und Zuneigung steht. Diese beiden Zustände wechseln sich ab, die Liebe bleibt beständig wie der Mond und die Erde.

Friedrich Rückert möchte mit seinem Gedicht „Du bist mein Mond" aufzeigen, dass es in jeder Liebesbeziehung Höhen und Tiefen gibt. Wichtig ist, dass man auch die „Schatten" des anderen akzeptieren und lieben kann. Auch die angebliche Veränderung der Partnerin / des Partners im Gedicht wird durch die Vielschichtigkeit ihrer Persönlichkeit erklärt. Diese Wandlungsfähigkeit und die Möglichkeit, aufeinander einzugehen, machen eine Beziehung aus. Wichtig ist, dass man sich aufeinander verlassen kann.

Übungsaufgaben

1. **Städter** (Alfred Wolfenstein, 1888 – 1945)

Dicht wie die Löcher eines Siebes stehn
Fenster beieinander, drängend fassen
Häuser sich so dicht an, dass die Straßen
Grau geschwollen wie Gewürgte stehn.

Ineinander dicht hineingehakt
Sitzen in den Trams[1] die zwei Fassaden
Leute, ihre nahen Blicke baden
Ineinander, ohne Scheu befragt.

Unsre Wände sind so dünn wie Haut,
Dass ein jeder teilnimmt, wenn ich weine.
Unser Flüstern, Denken ... wird Gegröle ...

Und wie still in dick verschlossner Höhle
Ganz unangerührt und ungeschaut
Steht ein jeder fern und fühlt: alleine.

[1]Tram: Straßenbahn

Quelle: Alfred Wolfenstein, Die gottlosen Jahre, S. Fischer, Berlin 1914, Seite 25

Fertigen Sie zu diesem Gedicht eine Textbeschreibung an. Beachten Sie insbesondere folgende Punkte:
- Sprachliche Mittel
- Überschrift in Bezug auf den Inhalt
- Grundhaltung des lyrischen Ichs zur Lebenssituation in der Stadt
- Rolle von Nähe und Distanz bezogen auf die Städter

Schreiben Sie einen zusammenhängenden, gegliederten Text. Achten Sie auf korrekte Sprache und Rechtschreibung. Beides wird bewertet.

2. **April** (Rose Ausländer, 1901 – 1988)

Da kommt er
wirft Luftlappen ins Gesicht
drückt Sonne auf den Rücken
lacht überlaut wickelt den
Park in grünen Taft[1] zerreißt
ihn wieder stellenweise
pufft[2] die Kinder spielt mit den
Röcken erschreckter Gouvernanten[3]
drückt alle Regenhebel
macht los die Nordhunde von den Ketten und
lässt sie laufen nach Windeslust

Ein toller[4] Geselle[5]
eine Art Eulenspiegel[6]
auch gangsterhafte Gesten hat er
(jaja mein Lieber du
machst es uns nicht leicht
dich lieb zu haben)

und doch und doch
im Großen und Ganzen
ein prächtiger Kerl
dieser April

[1] Taft: steifer, glänzender Stoff aus Seide oder Kunstseide
[2] puffen: schubsen, stoßen
[3] Gouvernanten: im 19. Jh. (unverheiratete) Erzieherinnen, Hauslehrerinnen
[4] toll: (hier) verrückt, ausgelassen, zügellos
[5] Geselle: (hier) Bursche, Kerl
[6] Eulenspiegel: (hier) ein zu lustigen, mutwilligen Schelmenstreichen aufgelegter Mensch

Quelle: Rose Ausländer, Im Atemhaus wohnen, S. Fischer Verlag GmbH, Frankfurt am Main 1992

Fertigen Sie zu diesem Gedicht eine Textbeschreibung an. Beachten Sie insbesondere folgende Punkte:

- Charakterisierung des Aprils
- Wirkung der verwendeten sprachlichen Mittel (insbesondere fehlender Reim, Enjambements und Personifikation)
- Rahmen des Gedichts

Schreiben Sie einen zusammenhängenden, gegliederten Text. Achten Sie auf korrekte Sprache und Rechtschreibung. Beides wird bewertet.

3. **So Leute wie ich** (Maike Rosa Vogel)

Ich bin für 7 Euro 50 arbeiten gegangen
Und kam nach Hause und nahm meine Tochter in den Arm
Und mein Freund gab mir die Klinke in die Hand

Und ist so schnell wie er konnte zum Bus gerannt
Und hat die Nacht durchgesungen
Um die Miete heimzubringen

Aber krankenversichert waren wir trotzdem nicht
Und haben deshalb Hartz vier gekriegt

[Refrain]
Und alle schimpfen auf so Leute wie mich
Und ich frag mich warum ich schuld daran bin
Dass Menschen arbeiten gehen
Und nicht genug haben zum Leben
Dass Menschen Kinder großziehen
Mit denen sie nie in den Urlaub fliegen
Und wenn ich von uns erzähle
Und von allen, die ich kenne
Sagt man schnell, sie meinen nicht dich
Sie meinen die Penner
Die nur nehmen nehmen nehmen nehmen nehmen
Und niemals etwas geben
Aber solche Leute kenne ich nicht
Das sind alles so Leute
Alles so Leute wie ich

Und ich hab Angst gehabt, alles zu verlieren
Und Angst gehabt nur noch fremde Schritte zu gehen
Und jeder dieser Schritte macht einen nur müde
Und am Ende sind fremde Schritte das einzige Gefühl
Angst vor jedem Anruf bei dem am Ende der Leitung
Jemand sitzt der alles kaputt machen kann
Und Angst vor jedem Antrag den jemand entscheidet
Der Leute wie mich nicht leiden kann

Und wir sind viele
Und ich kann nichts dafür
Ich war arbeiten und dann
War ich studieren
Und als mein Kind kam war ich froh
Und wollte was ausprobieren
Und alle hier sagen, sie brauchen Frauen wie mich
Aber am Ende meinen sie gar nicht mich
Und es sind Leute, die nur nehmen nehmen nehmen nehmen nehmen
Die die Lebensläufe schreiben, die erfolgreich aussehen
Und das sind meistens nicht so Leute wie ich
[…]

Quelle: Text: Maike Rosa Vogel: So Leute wie ich, erschienen auf dem Album „Fünf Minuten", Our Choice (rough trade), 2012

Fertigen Sie zu diesem Text eine Textbeschreibung an. Beachten Sie insbesondere folgende Punkte:

- Welcher Missstand wird im Song angeklagt?
- Bedeutung der Zeilen „Und alle hier sagen, sie brauchen Frauen wie mich/ Aber am Ende meinen sie gar nicht mich" (Zeile 38 f.)
- Kontrast zwischen dem, was Leute sagen, und wie sie am Ende handeln

Schreiben Sie einen zusammenhängenden, gegliederten Text. Achten Sie auf korrekte Sprache und Rechtschreibung. Beides wird bewertet.

2. Prosa

Erklärung

Prosa bezeichnet Schriftstücke, die keiner Metrik, Vers- oder Reimform folgen. Typische Formen sind z. B. Erzählungen oder Kurzgeschichten.

Textinterpretation
Auch bei dieser Aufgabenstellung gilt: Lesen Sie den Text mehrfach und arbeiten Sie ihn gut durch. Markieren Sie wichtige Textstellen, Personen oder Auffälligkeiten farbig. Ebenfalls hilfreich ist es, wenn Sie sich Notizen zum Inhalt oder der Erzählperspektive an den Rand schreiben und den Text in Sinnabschnitte unterteilen. Das schafft gleich zu Beginn einen besseren Überblick. Stellen Sie anschließend Ihre Erkenntnisse stichwortartig zusammen und sortieren Sie diese unter verschiedenen Unterpunkten (zum Beispiel Personen, Erzählperspektive, sprachliche Gestaltung usw.). Danach können Sie mithilfe Ihrer Stichworte die Textinterpretation schreiben. Vergessen Sie nicht, Belege und Zitate aus dem Text zur Untermauerung Ihrer Interpretation zu verwenden.
Von der Grundstruktur ähnelt die Textinterpretation derjenigen der Gedichtinterpretation. Auch sie folgt der Dreigliedrigkeit aus Einleitung – Hauptteil – Schluss und kann in der Prüfung durch Zwischenüberschriften von Ihnen strukturiert werden. Es empfiehlt sich, beim gleichen Schema von „Einleitung und Aufbau", dann „Inhalt und Deutung" und zum Schluss „Absicht" zu bleiben.

Einleitung
Der Einstieg (Einleitung und Aufbau) in eine Textinterpretation beinhaltet die wichtigsten Informationen über die Autorin / den Autor und die Handlung des Textes. Wenn bekannt, sollten auch Erscheinungsort und -jahr des Textes genannt werden.
Beispiel: Die Kurzgeschichte „Titel" von „Autor/-in" ist im „Verlag, Ort, Jahr" erschienen. Die Geschichte handelt von …

Hauptteil
In diesem Teil (Inhalt und Deutung) geht es dann um die genaue Beschreibung, Erläuterung und Interpretation der inhaltlichen und formalen Aspekte des Textes. Die Handlung wird in richtiger Reihenfolge kurz wiedergegeben, Inhalte werden durch passende Zitate belegt. Zudem sollten die wichtigsten formalen Merkmale wie Erzählperspektive, Aufbau der Erzählung und die sprachliche Gestaltung erläutert werden. Der Inhalt und die Form des Textes müssen in Zusammenhang gebracht werden.

Schluss
Der letzte Abschnitt einer Textinterpretation (Absicht) dient als Fazit und ist somit eine wertende Zusammenfassung des vorher Erarbeiteten. Ähnlich wie bei der Gedichtinterpretation sollten Sie versuchen, die Absichten des Autors / der Autorin zu erläutern. Welchen Denkanstoß möchte der Autor / die Autorin beispielsweise mit dem Text geben?

Im Folgenden finden Sie eine Übersicht mit hilfreichen Aspekten für die Textanalyse.

Text	
Textart	Textsorte bestimmen und Merkmale finden
Aufbau	▶ sichtbare Abschnitte, Sinnabschnitte und Erzählschritte ▶ Zusammenhang zwischen formalem Aufbau und inhaltlichem Aufbau erkennbar? ▶ Gestaltung von Anfang und Ende des Textes ▶ Höhepunkt oder Wendepunkt vorhanden? ▶ Auffälligkeiten bestimmen, z. B. bei der → *Zeitgestaltung*, gibt es eine → *Rahmenhandlung*?
Atmosphäre	▶ Stimmungen und Atmosphäre im Text beschreiben, auf Veränderungen im Laufe des Textes achten
Entstehungshintergrund	▶ z. B. Zeitgeschichte, Biografie des Autors, Epoche
Funktion von Textanfang und -ende	▶ besonders bei Kurzgeschichten wichtig
Ort und Zeit im Text	▶ nach Zeit- und Ortsangaben Ausschau halten bzw. nach Hinweisen, durch die man Vermutungen über Zeit und Ort anstellen kann ▶ Erzählzeit und erzählte Zeit bestimmen → *Zeitgestaltung*
Thema und zentrale Motive	▶ Welches Thema und welche Motive stehen im Mittelpunkt des Textes und durchziehen die Handlung wie ein „roter Faden"?
Titel	▶ auf Besonderheiten achten, Bezug zwischen Titel und Inhalt herstellen

Erzähltes		
Erzähler/-in	ist ein wesentliches Merkmal in einem erzählenden Text; vom Autor / von der Autorin erfundene Figur, die zur Welt der erzählten Geschichte gehört; nicht mit Autor/-in zu verwechseln. Grundsätzlich gilt es zu unterscheiden, ob das Wissen des Erzählers umfassend oder begrenzt ist.	
Erzählform	Ich-Form erlebende + erzählende	Ich-Erzähler ist gleichzeitig erlebende und erzählende Figur, erzählt unmittelbar aus der dargestellten Situation heraus oder blickt mit zeitlichem Abstand auf die Situation zurück
	Er-/Sie-Form vermittelt	Der Erzähler in der dritten Person tritt selbst ganz in den Hintergrund, Leser/-in erfährt nicht viel von ihm. Er ist der Vermittler der Geschichte und erscheint vor allem, um Kommentare zum Erzählten abzugeben.
Erzählverhalten	Auktorialer Erzähler (allwissender Erzähler) umfassend	weiß alles, mehr als die Figuren in der Geschichte, verrät aber nicht alles, greift in den Erzählvorgang ein oder beeinflusst den Leser, z. B. durch Kommentare, Urteile über die Figuren, Betrachtungen und Vorausdeutungen, benutzt meistens → *Er-/Sie-Erzählform*, lässt auch die Figuren in → *direkter Rede* oder → *indirekter Rede* zu Wort kommen
	Personaler Erzähler begrenzt	schlüpft in die Rolle einer der Figuren und erzählt aus ihrer Sicht, sieht und hört auch nicht mehr als die Figur; kommentiert nicht, tritt selbst nicht auf. Häufig wird die Ich-Erzählform benutzt und als Darbietungsform finden wir → *innere Monologe*. Wird die → *Er-/Sie-Erzählform* gewählt, benutzt der Erzähler die → *erlebte Rede*, um Gedanken, Gefühle und Wahrnehmungen der Figur auszudrücken.
	Neutraler Erzähler begrenzt	steht außerhalb der Welt der Figuren und ist um Objektivität bemüht, nimmt sich ganz zurück und beschreibt oder berichtet alle Vorgänge und Tatsachen sachlich, die → *Er-/Sie-Erzählform* herrscht vor, häufige Darbietungsform ist → *Figurenrede*

Erzähltes		
Formen der Darbietung	Erzählbericht	Handlung wird nur vom Erzähler vermittelt
	Figurenrede	Figuren kommen selbst zu Wort
	Direkte Rede	das, was Personen sagen oder denken, wird in wörtlicher Rede wiedergegeben: „Willst du bei dem Schnee wirklich noch raus?“, fragte sie erschrocken.
	Indirekte Rede	Das, was Personen sagen, wird vom Erzähler wiedergegeben, häufig wird dabei der → *Konjunktiv* verwendet: Erschrocken fragte sie ihn, ob er bei dem Schnee wirklich noch raus wolle.
	Innerer Monolog	Gedanken und Gefühle der Person werden in der Ich-Form dargestellt, häufig im Präsens: Sie stand am Eingang und zögerte. Ihr Herz schlug schneller. Ich kann das nicht. Ich schaffe es nicht. Ich weiß nicht, warum ich mich darauf eingelassen habe.
	Erlebte Rede	Der Erzähler gibt die Gefühle und Gedanken der Person wieder, meistens im Präteritum: Sie stand am Eingang und zögerte. Ihr Herz schlug schneller. Sie konnte das nicht. Sie schaffte es nicht. Sie wusste nicht mehr, warum sie sich darauf eingelassen hatte.

Handlung	
Aufbau der Handlung	Einleitung – Hauptteil – Schluss
Äußere Handlung	Handlungen, die im Text als Aktivitäten beschrieben sind
Innere Handlung	Handlungen, die sich im Inneren von Personen als Gefühle oder Gedanken abspielen
Rahmenhandlung/ Rahmenerzählung	Sonderform des mehrschichtigen Erzählens, meistens zweischichtig. Die erste Textebene (der Rahmen) umgibt eine zweite (die Binnenerzählung) oder ist ihr vorangestellt. Die zeitliche Ebene wird zu Beginn einer Erzählung dadurch verlassen, dass eine Figur dieser Ebene ihrerseits eine Geschichte erzählt, nach der die Erzählung dann wieder auf die erste Ebene zurückkehrt. In die Rahmenerzählung ist also eine Binnenerzählung eingeschlossen.

Personen		
Charakterisierung	Definition	Beschreibung einer Person, vor allem ihrer charakterlichen Eigenschaften
	Direkte Charakterisierung	Erzähler oder andere Figuren des Textes treffen Aussagen über die Person (Beziehung der Figuren zueinander beachten).
	Indirekte Charakterisierung	wichtige Eigenschaften der Figur werden durch ihr Verhalten oder eigene Äußerungen indirekt charakterisiert (Kontext der Handlungen der Figur berücksichtigen).
	Gesichtspunkte	▶ äußeres Erscheinungsbild, besondere Merkmale, typische Verhaltensweisen oder Tätigkeiten ▶ Lebensumstände der Person, Herkunft, Vorgeschichte ▶ Gedanken und Gefühle, Vorlieben und Eigenschaften ▶ Einstellungen, Absichten, Handlungsmotive ▶ Entwicklung im Verlauf des Textes ▶ Verhältnis zu den Mitmenschen
Figuren und ihre Konstellationen	▶ Welche Figuren kommen im Text vor, Haupt- und Nebenfiguren bestimmen ▶ Informationen über die Beziehung der Figuren zueinander heraussuchen	
Sprachliche Mittel und Besonderheiten	→ *Wortwahl*, → *Satzbau*, Stilmittel: → *sprachliche Mittel* (siehe Seite 79 – 82)	

Sprachgestaltung		
Satzbau	Satzreihe (Parataxe)	Aneinanderreihung von Hauptsätzen, häufig sind sie kurz
	Satzgefüge (Hypertaxe)	setzt sich aus mindestens einem Hauptsatz und einem Nebensatz zusammen
Modalformen	Indikativ	wird benutzt, um Wirklichkeit darzustellen, steht für das tatsächliche Geschehen
	Imperativ	Befehls- oder Aufforderungsform
	Konjunktiv	Möglichkeitsform, wird für die Darstellung einer Möglichkeit benutzt
Wortwahl		▶ Gibt es Wortarten, die besonders häufig vorkommen? ▶ Sprachstil: eher umgangssprachlich oder formell?

Zeitgestaltung	
Rückblende	Ereignisse, die bereits stattgefunden haben, vor dem bisher Erzählten, werden erst im Nachhinein erzählt.
Vorausdeutung	Ein Teil der Handlung wird vorweggenommen.
Zeitdehnung	Die Erzählzeit ist länger als die erzählte Zeit, wenn z. B. Gedanken und Gefühle einer Figur sehr ausführlich wiedergegeben werden in einem Moment mit wenig Handlung.
Zeitraffung	Die Erzählzeit ist kürzer als die erzählte Zeit, wenn z. B. Zeitspannen übersprungen oder Vorgänge zusammengefasst wiedergegeben werden.
Zeitsprung	Zwischen zwei Handlungsschritten wird etwas ausgelassen, Konzentration auf das, was für den Fortgang der Handlung entscheidend ist.

Häufige Textarten

Textart	Merkmale
Erzählung	kurzer erzählender Text, knapper und überschaubarer als der → *Roman*; Sammelbegriff für unterschiedliche Kurzformen des Erzählens, die nicht genauer durch bestimmte Textmerkmale gekennzeichnet sind und keinen anderen Kurzformen zugeordnet werden können.
Fabel	Es sind zumeist Tiere, die in der Fabel sprechen und handeln. Viele dieser Tierfiguren sind als feststehende Typen dargestellt und verkörpern menschliche Charaktereigenschaften. Sie sind in der Fabel oft Gegner und der Stärkere oder Klügere gewinnt. Aus Fabeln soll man Lehren für das eigene Verhalten ziehen.
Kurzgeschichte	Es geht meist um entscheidende Situationen im menschlichen Leben (Alltagssituationen). Die Hauptperson muss sich mit einem Problem oder einer kritischen Situation auseinandersetzen. In der Regel fehlen Angaben zu Ort, Zeit und Personen. Kurzgeschichten weisen große Unterschiede in Form und Darstellungsweise auf, aber auch einige gemeinsame Tendenzen: Kürze (die Darstellung ist auf das Wesentliche beschränkt), Konzentration auf einen Geschehensausschnitt, Wechsel zwischen → *direkter Rede* und → *indirekter Rede*, unvermittelter Anfang und offener Schluss, oft nimmt die Handlung eine unerwartete Wendung, Mehrdeutigkeit, Nähe zur Alltagssprache
Märchen	Frei erfundene, fantastisch-wunderbare Geschichte, die einst von Generation zu Generation weitererzählt wurde, bevor man sie aufgeschrieben hat. Ort und Zeit sind nicht näher bestimmt, die Figuren werden nur in einigen für die Handlung wesentlichen Eigenschaften vorgestellt (Gut-Böse-Schema). Übernatürliche Mächte (Teufel, Hexen, Feen) greifen wie selbstverständlich ins Alltagsleben ein.
Novelle	Kürzere Erzählung, schildert in straffer Form tatsächliche oder mögliche ungewöhnliche Begebenheit, oft den Wendepunkt im Leben eines Menschen; Handlung straff, meist einsträngig, zielt auf einen deutlich hervorgehobenen Wende- oder Höhepunkt hin; Merkmale: erzählerische → *Vorausdeutung* wird verwendet
Roman	Prosatext mit größerem Umfang, meist werden vielschichtige Lebenszusammenhänge dargestellt; es gibt zahlreiche Figuren und Haupt- sowie Nebenhandlungen; vorherrschende literarische Gattung, deren vielfältige Arten nach Inhalt und/oder Form unterschieden werden.
Sage	Kurze Erzählung fantastischer Ereignisse, ursprünglich mündlich überliefert; anders als im Märchen knüpft sie an wirkliche Begebenheiten an.
Satire	Spottdichtung; übt Kritik an menschlichen Schwächen oder gesellschaftlichen Missständen. Sprachliche Mittel wie Über- oder Untertreibung, → *Ironie*, Mehrdeutigkeit, → *Metapher* oder → *Vergleich* werden häufig eingesetzt, ebenso besondere Darstellungsverfahren wie Verzerrung, Rollenwechsel oder Sprachmusterverschiebung. Satire ist keine spezielle Textart, sie ist in allen literarischen Gattungen möglich. Siehe auch → *Karikatur*.
Schwank	Kurze Erzählung, es geht um einen Streich, einen lustigen Einfall oder ein witziges Ereignis. Häufig werden Alltagssituationen aufgegriffen und menschliche Schwächen übertrieben dargestellt, sodass sie erkannt werden können.

Typische Aufgabenstellung

Nur ein Test (Reinhold Ziegler)

Dieses Wartezimmer hat so etwas Frohes, Lebensbejahendes, ich war schon als Kind hier. Fröhliche Farben und die muntere Familienwerbung eines Krankenversicherungskalenders. Es gibt nie Uhren in Wartezimmern. Hier und jetzt, wo mir das Verrinnen des Lebens am eindeutigsten bewusst wird, fehlt der allgemeine Zeitzumesser.

In den drei Tagen, seit sie mir das Blut abgenommen haben, lief mein Leben tausendmal vor mir ab, tausendmal ein Film, immer bis zu diesem Moment im fahlen Abendlicht in den Dünen, für den ich mich wütend und verzweifelt tausendmal angeschrien und geohrfeigt habe. Oft meinte ich, das Virus schon in mir zu fühlen, meinte plötzlich zu spüren, dass ich todgeweiht bin.

Am Freitagabend im Bad, als auf einmal meine Nase zu bluten begann, kam mir mit einem Mal beim Blick in meine trüben Augen die Idee, dass ich von meiner Urlaubsliebe noch andere Andenken als ein Säckchen voll betörend riechender Eukalyptuskapseln mitgebracht haben könnte.

Eine Frau sitzt mir gegenüber, die linke Hand in einem dicken, provisorischen Verband. Ab und zu legt sie die rechte darüber, stöhnt ein wenig. Ich wünschte mir ein gebrochenes Handgelenk oder eine Verbrennung. Irgendwas, bloß nicht das.

„Warum machst du auch so was?", hatte der Arzt am Montag gefragt, aber das war auch das Einzige, was ich als Vorwurf hätte deuten können. Wahrscheinlich hatte er gemerkt, dass man mir keine Vorwürfe mehr machen musste, das ganze Wochenende hatte ich mir genug vorgeworfen. Zwei Tage und zwei Nächte lang, vom Moment der schrecklichen Idee bis zum Montagmorgen, als endlich die Praxis geöffnet wurde.

„Mach dich nicht verrückt, wir testen es. Komm am Donnerstag wieder, dann wissen wir mehr." Wahrscheinlich wusste er, dass ich bis dahin kein Auge zutun würde.

Ich bin noch so jung, ich will noch nicht sterben!

Ich habe das Internet durchsucht und Millionen von Hinweisen gefunden. Wie, wo, wann und wobei man sich ansteckt. Über Tests und Therapien, Selbsthilfegruppen und Medikamente. Nichts über Dummheit. Nichts über abgrundtiefe, sinnlose, unnötige Dummheit.

Die Frau mit dem Verband wird reingerufen. Sie jammert. Wollen wir tauschen?, denke ich. Ich tausche alles gegen ein kleines Virus oder tausende von ihnen. Wie viele sind es jetzt schon in mir? Hundert, tausend, Millionen? Auch das steht bestimmt im Internet. Oder in Broschüren.

Wo steht, wie man stirbt?

Warum war mir mein Leben in diesem Moment so billig, dass ich es so kopflos riskieren konnte?

Vor dem Fenster Geräusche, dann fährt eine Kabine an der Fassade herunter. Ein junger Kerl mit Fensterwischer und Eimer grinst von außen ins Wartezimmer, zieht blitzschnell in gekonnten Serpentinen seinen Schwamm über die Scheibe.

Die Praxis liegt im sechsten Stock, das würde reichen, würde schneller gehen als das, was mir bevorsteht.

Kann man sterben, ohne dass es wehtut?

„So!" Der Doktor steht selber unter der Tür. „Komm, du bist dran!"

Ich laufe hinter ihm her, setz mich auf den Stuhl, auf den seine Hand weist. Er setzt sich in seinen Bürosessel, zieht ein Blatt aus meinem Krankenakt.

„Hier, dein Test", sagt er. „Negativ!"

Ich fang an zu zittern, weinen, er nimmt mich an den Schultern, schüttelt mich ein bisschen.

„Was ist denn los, he? Negativ! Du hast es nicht! Negativ heißt, du hast das Virus nicht, es ist alles in Ordnung."

Er hat „alles in Ordnung" gesagt. Natürlich, wenn man es hat, heißt es positiv. Negativ bedeutet, alles ist in Ordnung. Negativ ist in Ordnung, natürlich.

Ich steh auf, putz mir die Nase am Ärmel ab, egal.

Negativ heißt in Ordnung.

„Danke", sage ich zu ihm, als wäre er es gewesen, der die Hand über mich gehalten hatte, stolpere in den Gang, in den Aufzug, raus.

Draußen nieselt es ein wenig. Irgendwo sticht ein Sonnenstrahl durch die Wolken. Auf einem Tulpenbaum sitzt eine Amsel und schmettert ihr Lied quer durch die Stadt.

„Hallo, Welt", sage ich leise und versuche ein Lachen.

Quelle: Reinhold Ziegler (geboren 1955), in: „Der Straßengeher und andere kleine Versuche, die Welt zu verstehen", Beltz und Gelberg, Weinheim/Basel 2001, Seiten 137 – 139

Fertigen Sie eine Textbeschreibung an. Beachten Sie insbesondere folgende Punkte:

- Charakterisierung der Hauptperson unter Berücksichtigung ihrer Gedanken
- Ort und Zeit des Geschehens
- Sprachliche Mittel
- Satzbau

Schreiben Sie einen zusammenhängenden, gegliederten Text. Achten Sie auf korrekte Sprache und Rechtschreibung. Beides wird bewertet.

Lösung

Die Kurzgeschichte „Nur ein Test" von Reinhold Ziegler beschreibt die fast unerträgliche Wartezeit auf ein Testergebnis beim Arzt, währenddessen dieser die Hauptfigur über das Leben und den Tod nachdenkt.
Die Geschichte beginnt im Wartezimmer einer Arztpraxis. Die Handlung wird aus der Ich-Perspektive der Hauptfigur geschildert, weshalb man als Leser/-in einen besonderen Einblick in die Gefühlswelt erhält. Verstärkt wird der Fokus auf das Innenleben durch die Verwendung von Hauptsätzen in den Dialogen sowie einigen Ellipsen, z. B. „Hier, dein Test" (Z. 62), denn durch die Kürze der Dialoge werden die meisten Informationen über die Gefühle der Erzählerin/des Erzählers im Monolog vermittelt. Das Geschlecht wird nicht erwähnt, jedoch ist klar, dass es sich um eine junge Person handeln muss, denn sie fühlt sich zu jung zum Sterben (vgl. Z. 35) und wird außerdem vom Arzt geduzt (vgl. Z. 24). Das Wartezimmer ist der Hauptfigur noch aus Kindheitstagen bekannt, weshalb der Raum auch mit positiven Attributen wie fröhlich und lebensbejahend (vgl. Z. 1) beschrieben wird. Widersprüchlich hierzu empfindet die Person die Räumlichkeit jedoch angesichts ihrer Situation gleichzeitig als bedrohlich, da ihr dort das „Verrinnen des Lebens" (Z. 5) besonders eindrücklich vorkommt. In einer Rückblende wird erklärt, wieso sich die junge Person nun dort befindet: Sie hatte vor ein paar Tagen Nasenbluten und trübe Augen an sich selbst festgestellt und daraufhin vermutet, dass sie sich im Urlaub bei ihrer „Urlaubsliebe" (Z. 16) mit einem tödlichen Virus angesteckt haben musste. Für die eigene Leichtsinnigkeit verurteilt sich die Hauptfigur selbst am meisten, so ärgert sie sich über die „abgrundtiefe, sinnlose, unnötige Dummheit" (Z. 40). Aus diesem Grund äußert der Arzt keine zusätzlichen Vorwürfe, sondern versucht, beruhigend auf die Patientin/den Patienten einzureden. Denn offensichtlich bereut sie/er ihre/seine Unvorsichtigkeit zutiefst und wirkt außerdem sehr hysterisch. Die Person meint, das Virus förmlich in sich zu spüren, und glaubt daher, todgeweiht zu sein (vgl. Z. 12 f.). Diese Einbildungen sind Zeichen der Panik, die durch Internetrecherchen zur möglichen Krankheit verstärkt wurden und die Verzweiflung steigern (vgl. Z. 36 ff.). Diese Steigerung wird sprachlich durch eine Aneinanderreihung rhetorischer Fragen dargestellt, die das Gedankenkreisen der Hauptperson widerspiegeln und sogar das Thema Selbstmord beinhalten, z. B.: „Wo steht, wie man stirbt?" (Z. 46), „Kann man sterben, ohne dass es wehtut?" (Z. 56).
Endlich erlöst der Arzt die junge Person mit dem negativen Testergebnis (vgl. Z. 62). Mit dieser Information ist die Erzählerin / der Erzähler überfordert, denn der Widerspruch „Negativ heißt in Ordnung" (Z. 71) stiftet zunächst Verwirrung. Als der jungen Person jedoch bewusst wird, dass sie sich nicht angesteckt hat, überkommt sie eine riesige Erleichterung. Sprachlich gestützt wird dies durch die Wiederholungen der Phrasen: „alles ist in Ordnung" (Z. 68 f.) sowie „negativ" (Z. 68 – 71) und „natürlich" (Z. 67 ff.). Beim Verlassen der Arztpraxis ist die Hauptfigur überwältigt und erfreut sich an der Schönheit der Umgebung.
Die Geschichte macht darauf aufmerksam, dass Leichtsinnigkeit und kurzzeitig verantwortungsloses Handeln schwere Folgen haben. Deswegen erscheint bereits der Titel „Nur ein Test" sehr ironisch, da es sich eben nicht um einen belanglosen Test handelt, sondern um die mögliche Diagnose einer lebensverändernden Krankheit, die durch bewusstes Handeln verhindert werden kann.

Übungsaufgaben

1. Der Filmstar und die Eisprinzessin (Werner Färber)

Caro und ihre Mutter schieben sich durch das dichte Gedränge der Reisenden. Die Räder von Caros Koffer holpern über die Unebenheiten der Bahnhofshalle. Sie blickt hinauf zur großen Anzeigetafel und fragt sich, weshalb ihre Mutter so eine Panik macht. Noch sieben Minuten bis zur Abfahrt.

„Hier, Wagen neun. Das ist deiner. Geh auf deinen Platz, bevor ihn ein anderer belegt", drängelt Caros Mutter.

„Ich denke, der Platz ist reserviert", sagt Caro.

„Ja, schon, aber man weiß ja nie", meint ihre Mutter, während sie den Zugbegleiter heranwinkt.

„Hallo! Junger Mann!" Freundlich lächelnd kommt er auf sie zu. „Kann ich Ihnen helfen?"

„Das ist meine Tochter Caro", antwortet ihre Mutter. „Sie verreist heute zum ersten Mal allein. Ich war ja dagegen, aber mein Mann meint ..."

„Mama, bitte!" Caro würde am liebsten im Boden versinken. Aber ihre Mutter redet unbeirrt weiter. „Caro wird in Berlin von ihrer Großmutter abgeholt. Würden Sie bitte darauf achten, dass sie nicht zu früh aussteigt?"

„Selbstverständlich", verspricht der Zugbegleiter. „Machen Sie sich keine Sorgen." Er tippt sich an die Mütze, nickt Caro und ihrer Mutter zu und geht zur nächsten Eingangstür, wo ihn eine Frau mit einem wesentlich kleineren Kind ebenfalls um Hilfe bittet.

„Dem Zwerg muss man helfen, nicht mir", denkt Caro.

„Tschüss, mein Spatz", sagt ihre Mutter und nimmt sie in die Arme. Mit Tränen in den Augen drückt sie Caro einen Kuss auf die Wange. Caro schnappt sich den schweren Koffer und steigt in den Zug.

Das Abteil ist leer. Nur ein weiterer Platz ist noch reserviert. Caro wuchtet den Koffer auf die Sitzbank. Am Griff baumelt der Anhänger mit der Anschrift ihrer Oma. Sogar die Telefonnummer hat ihre Mutter draufgeschrieben. Endlich schrillt der Pfiff des Schaffners über den Bahnsteig.

Der Zug setzt sich in Bewegung. Caros Mutter winkt. Hinter ihrer Mutter geht die Frau mit dem kleinen Jungen zur Rolltreppe. Anscheinend darf er doch noch nicht allein verreisen.

Caro schließt das Fenster, um es sich im Abteil gemütlich zu machen – doch sie ist nicht mehr allein! Auf dem Fensterplatz in Fahrtrichtung sitzt ein Junge. Er ist ungefähr so alt wie Caro.

„Na?", sagt er.

„Was na?"

„Ich bin Benny", stellt er sich vor. „Wohin?"

„Berlin", sagt Caro.

„Ich auch – und?"

„Was und?"

„Hast du keinen Namen?"

„Doch, natürlich. Caro."

„Was machst du in Berlin?", fragt Caro.

„Dreharbeiten", sagt Benny nach kurzem Zögern.

„Für einen Film? Als Schauspieler?"

„Nein, als Szenenklappe", erwidert Benny.

„Sehr witzig", denkt Caro. Aber er sieht nett aus und unsympathisch ist er auch nicht. Wie ein Schauspieler sieht er jedenfalls nicht aus und im Fernsehen hat sie ihn auch noch nie gesehen.

„Und du?", fragt Benny plötzlich.

Caro zögert. Sie kann schlecht damit kommen, dass sie ihre Oma besucht. Das klingt doch stinklangweilig.

„Ich fahre zum Leistungstraining", platzt sie heraus.

Benny macht große Augen. „Leistungstraining? In welcher Sportart?"

„Eiskunstlauf", antwortet Caro.

„Eiskunstlauf? Jetzt, im Sommer?", fragt Benny verwundert.

Mist, daran hätte sie denken müssen. Wer geht schon im Sommer eislaufen?

„Klar", sagt Caro selbstbewusst. „Im Spitzensport gibt's keine Pausen."

„Eine Eisprinzessin", murmelt er.

Die Abteiltür wird geöffnet, der Zugbegleiter fragt „Ist bei euch alles in Ordnung? Na, ich seh schon, auf euch beide brauch ich nicht aufzupassen. Das muss euch nicht peinlich sein. Mütter sind immer aufgeregt, wenn ihre Kinder das erste Mal allein reisen."

„Was meint er damit?", fragt Benny, als der Zugbegleiter das Abteil wieder verlassen hat.

Caro sieht Benny an. Und plötzlich begreift sie. Die Frau mit dem kleinen Jungen – das war seine Mutter! Benny hat also auch so eine peinliche Abschiedsszene hinter sich.

Doch Caro erzählt ihm nicht, dass sie ihn durchschaut hat. Ohne seine Frage zu beachten wechselt sie das Thema. Sie reden über alles Mögliche, lachen und kichern die ganze Zeit und stellen fest, dass sie dieselbe Musik und die gleichen Fernsehserien mögen. Als sie in Berlin ankommen, hat Caro das Gefühl, Benny schon sehr lange zu kennen.

„Viel Spaß beim nächsten Dreh", sagt Caro, als die beiden auf dem Bahnsteig stehen.

„Danke, und dir viel Erfolg beim Leistungstraining."

„Caro!", ruft jemand aus der Menschenmenge. „Hier bin ich!"

Caro sieht sich suchend um und entdeckt ihre Oma.

„Meine Trainerin", raunt sie Benny zu. Im selben Moment tippt ein älterer Herr Benny von hinten auf die Schulter. „Na, eine gute Reise gehabt, mein Junge?"

„Mein Manager", sagt Benny.

„Wer sonst." Caro grinst. „Mach's gut, ich muss los."

Kaum sind sie in Omas Wohnung, klingelt das Telefon.

Caro stöhnt. „Das ist bestimmt Mama. Wollen wir wetten?“ Nein. Das ist nicht Mama. „Wer ist dort, bitte?“‘
„Benny. Die Szenenklappe.“
„Du?“ Caro stutzt. „Woher hast du meine Nummer?“
„Na, vom Anhänger am Koffer“, erklärt Benny. „Sag mal, Caro, wollen wir hier in Berlin mal was zusammen machen?“
„Ja, gern. Aber – was ist mit deinen Dreharbeiten?“
Benny prustet in den Hörer. „Das hast du doch nicht etwa geglaubt?“
Caro grinst. „Na, wir können ja ... “
„... eislaufen?“, fällt ihr Benny ins Wort.
Nun prusten beide in den Hörer.
„Mitten im Sommer?“, fragt Caro lachend. „Du hast sie wohl nicht alle.“
„Na gut, wie wär's mit Kino?“
„Welchen Film?“
„Weiß nicht“, sagt Benny. „Muss das Programm durchsehen. Ich ruf dich nachher noch mal an.“
„Versprochen?“
„Klar“, sagt Benny. „Versprochen.“

Quelle: Färber, Werner: Der Filmstar und die Eisprinzessin. In: Ulli Schubert (Hrsg.): Seitenweise Ferien. Carlsen Verlag, Harnburg 2002, S. 7 – 16.

Fertigen Sie eine Textbeschreibung an. Beachten Sie insbesondere folgende Punkte:
- Charakterisierung der Gründe für Caros und Bennys falsche Selbstdarstellung
- Ort und Zeit des Geschehens
- Sprachliche Mittel

Schreiben Sie einen zusammenhängenden, gegliederten Text. Achten Sie auf korrekte Sprache und Rechtschreibung. Beides wird bewertet.

2. **Ballerina** (Lukas Böhl)

Die Wolken konnten nicht länger verdecken, was sie getan hatten. Die Sonne biss in die Erde, schmolz den letzten Schnee des Jahres von der Oberfläche, dort, wo sie lagen. Hunderte, vielleicht Tausende Männer, nicht detonierte Handgranaten, tote Pferde. Die letzte Ruhe überkam sie im Dröhnen der Maschinengewehre. Mitten zwischen den Toten, fixiert in einer vor Kälte erstarrten Hand, in einer kleinen Schatulle, aus edlem Holz, dreht sich, von den wärmenden Strahlen der Sonne beschienen, eine kleine Ballerina. Dreht sich in der sonst so leblosen Landschaft, als ob sie Ausschau hielte nach Überlebenden. Nach dem Mann, für den sie einst tanzen sollte in einsamen Stunden und dessen Augen, jetzt blutunterlaufen, nie mehr Richtung Heimat blicken würden. Mit allerletzter Kraft dreht sie weiter, bis die Melodie ertönt, die für ihn bestimmt, ihn hätte sicher nach Hause geleiten sollen. Sie spielt ein aussichtsloses Spiel gegen die unendlichen Schrecken des Krieges und doch, auch wenn es ungehört verhallt, erklingt das Lied über neu geschlossenem Frieden. Bis ein fremder Soldat ohne Gesicht aufmerksam wird, das Kästchen an sich nimmt und mit der Hundemarke[1] an die Zuhause Wartende schickt. Vielleicht wusste er nicht, dass man Geschenke nicht zurückgibt.

[1] Hundemarke: hier: Metallmarke zur Identifizierung toter Soldaten

Quelle: Lukas Böhl: Ballerina, in: https://sinnblock.de/ballerina-kuerzestgeschichte, Seitenaufruf 23.4.2020

Fertigen Sie eine Textbeschreibung an. Beachten Sie insbesondere folgende Punkte:
- Zentrale Bedeutung der Ballerina
- Handlungsort
- Satzbau und Sprache

Schreiben Sie einen zusammenhängenden, gegliederten Text. Achten Sie auf korrekte Sprache und Rechtschreibung. Beides wird bewertet.

3. Wie heißen die Fehler, die man zwanzig Jahre lang macht (Selim Özdoğan)

Eine Zeitlang, als ich etwa sechzehn war, waren in meiner Klasse Steckbriefalben modern. Eine womöglich etwas reifere Form des Poesiealbums, in das man Größe, Augenfarbe, Sternzeichen, Hobbys, Lieblingsspeisen, -bücher und -filme in dafür vorgesehene Zeilen eintragen konnte. Es gab auch die Rubrik: Ich sammle: …

Ich las immer gerne, was die anderen geschrieben hatten, manche versuchten witzig zu sein und schrieben bei Sammelgegenständen, Geld, Gold oder Schätze hin. Andere hielten sich an die Wahrheit, die Bierdeckel, Briefmarken, Servietten, Coladosen aus aller Herren Länder oder so ähnlich lautete. Ein Mädchen aber hatte in dieser Sparte *Erfahrungen* angegeben. Als ich das las, kam ich mir augenblicklich klein und dumm vor, weil ich immer noch prahlte mit den Kronkorken der Bierflaschen, die ich im letzten halben Jahr getrunken hatte. Neben diesem Mädchen war ich nur ein Faxenkönig.

Ich wünschte mir, wir würden uns kennenlernen und in einander verlieben, so sehr beeindruckte mich das. Wir waren nicht auf derselben Schule, und ich habe sie nie kennengelernt, ein Jungfrau-Mädchen, das gerne Pasta aß, grüne Augen hatte, einsneunundfünfzig groß war und Krabat[1] schon achtmal gelesen hatte.

Die Jahre vergingen, ich sammelte Erfahrungen, die konnte ich gut gebrauchen, schließlich wollte ich mal Bücher schreiben, und Erfahrungen waren sogar in den Redaktionen gefragt, bei denen ich mich vorstellte. Haben Sie schon mal etwas in einer Zeitung veröffentlicht? Nein? Tut uns leid, wir brauchen Leute mit ein wenig Erfahrung.

Ich konnte noch nicht mal einen Job als Bürohilfe ergattern, zehn Finger blind und Fremdsprachenkenntnisse reichten nicht, man mußte – wer hätte es gedacht? – Erfahrung haben. Die Frage tauchte auch bei anderen Vorstellungsgesprächen immer wieder auf, nur meine Erfahrungen mit Geldnot interessierten natürlich niemanden.

Also versuchte ich, tüchtig zu sammeln und zu erleiden. Meine Ahnen hatten ein Sprichwort: Dieser Bart ist nicht vom Mehl in der Mühle weiß geworden. Nein, man hatte etwas durchgemacht, bis man graue Haare bekam. Ich ergriff jede Gelegenheit und jedes Risiko, stürzte mich in Abenteuer, Experimente und ausgesprochene Dummheiten. Alles Erfahrungen, ich machte auch welche in der Liebe, im Ausland, in der Familie, noch mehr mit Geldnot, viele mit der Einsamkeit. Dieses Mädchen hatte recht gehabt, davon konnte man nicht genug sammeln.

Doch irgendwann dämmerte es mir, daß die meisten Menschen tatsächlich nur sammelten und dass diese Erfahrungen völlig wertlos waren. Sie sammelten Erfahrungen wie andere Leute Teetassen, lagerten sie in abgelegenen, wohlgehüteten Ecken und lernten nichts draus. Zwanzig Jahre lang machten sie immer wieder dieselben Fehler und nannten sie der Einfachheit halber und weil es sich besser anhörte einfach Erfahrungen. Wenn ihnen etwas passierte, aus dem sie keinen Nutzen oder Gewinn ziehen konnten, weder vorher, noch währenddessen, noch nachher, sagten sie: Das Kapitel müssen wir leider unter Erfahrung abhaken.

Heute sammle ich nicht mehr, zumindest keine Erfahrungen, ich versuche, etwas zu lernen. Jedesmal, wenn mir etwas nicht gefällt, und oft genug, wenn ich etwas schön finde.

Erfahrung und Alter zählen nicht immer, und beides ist nicht umsonst zu haben. Doch es kostet nicht viel, bei allem, was man hat, zu versuchen, es richtig zu machen, auf sein Gewissen zu hören, seine Gefühle, seine innere Stimme, sein Herz, wie auch immer man es nennen will. Ich vermute, da ist etwas, das stets da ist und sich nicht nach den Erfahrungen richtet, die man gemacht hat.

[1] Krabat: Jugendbuch von Otfried Preußler

Rechtschreibung folgt der Textvorlage

Quelle: Selim Özdoğan: Trinkgeld vom Schicksal – Geschichten, Aufbau Verlag GmbH & Co KG, Berlin 2016, Originalausgabe 2003 Aufbau Taschenbuch

Fertigen Sie eine Textbeschreibung an. Beachten Sie insbesondere folgende Punkte:

- Verlauf und Kernaussage der Kurzgeschichte unter Einbezug des Sammelns von Erfahrung
- Sprachliche Besonderheiten
- Erklärung der Textstelle „Heute sammle ich nicht mehr, zumindest keine Erfahrungen, ich versuche, etwas zu lernen." (Z. 62 f.)

Schreiben Sie einen zusammenhängenden, gegliederten Text. Achten Sie auf korrekte Sprache und Rechtschreibung. Beides wird bewertet.

Bearbeitungszeit: 240 Minuten

Teil A – Pflichtteil

A1 – Sachtext

Nur noch Computer statt Bäumeklettern? Warum das Naturerlebnis für Kinder so wichtig ist

Sind Sie als Kind auf Bäume geklettert? Haben Sie schon einmal eine Kuh gestreichelt oder im Wald gespielt? Das alles sind Erfahrungen, die die meisten Stadtkinder heute nicht mehr kennen. Natur ist für sie bestenfalls ein theoretisches Konzept, direkten Kontakt zu ihr haben sie kaum, wie nun auch eine Studie bestätigt. Doch es gibt Bemühungen, das zu ändern.

Kühe sind lila und Enten sind gelb: Angeblich können Stadtkinder nicht mehr zwischen Werbung und Natur unterscheiden. Auch wenn diese These widerlegt wurde, viele Kinder bekommen bei Fragen wie „Wie viele Zitzen hat der Euter einer Kuh?“ oder „Welche Farbe hat ein Fuchs?“ schon Probleme. Mit Fragen über Vögel, Bäume oder Pilze braucht man es in der Regel gar nicht erst zu versuchen.

Erschreckend naturfern

Aber selbst, wenn Kinder durch Filme oder Bücher theoretisches Wissen über die Natur haben – der unmittelbare Kontakt mit Wald, Wildtieren oder selbst Nutztieren fehlt oft. Früher hing man wie Affen an Ästen, baute Buden über Bächen oder schwang sich mit Lianen in den Fluss – heute sitzen Kinder vor Computern und haben Berge von Spielzeug.

Das bestätigt auch eine Emnid-Umfrage, die von der Deutschen Wildtier Stiftung in Auftrag geben wurde: Sie zeigt eine erschreckende Naturferne von Kindern zwischen vier und zwölf Jahren. So gaben fast die Hälfte der Kinder an, dass sie noch nie selbstständig auf einen Baum geklettert wären. Jedes fünfte Kind hat „nie oder fast nie“ ein freilebendes Tier zu Gesicht bekommen – mal abgesehen von Tauben und anderen Stadtbewohnern.

Oft ist die Angst der Eltern schuld

Aber dass viele Kinder nicht mehr in der freien Natur spielen, hat oft gar nichts mit den Wünschen der Kleinen zu tun, sondern hat Wurzeln bei den Müttern und Vätern: „Einer der Gründe könnte die neue Ängstlichkeit der Eltern sein“, sagt Michael Miersch, Geschäftsführer des Forum Bildung Natur der Deutschen Wildtier Stiftung. Denn eine große Mehrheit der Mütter und Väter findet es gefährlich, ihr Kind im Wald spielen zu lassen.

Dies konnten die Forscher anhand einer einfachen Frage herausfinden: „Eine Mutter erlaubt ihrem zehnjährigen Sohn, mit einem Freund im Wald zu spielen. Die Mutter des Freundes ist dagegen. Sie findet, das ginge nur, wenn ein Erwachsener auf die Kinder aufpasst. Wer hat Ihrer Meinung nach Recht?“ Von gut tausend Eltern stimmte mehr als die Hälfte der ängstlichen Mutter zu.

Dabei zeigte die Umfrage auch, dass es starke Unterschiede je nach Alter der Eltern gab: „Auffallend ist, dass sich mit dem Alter der Befragten die Einstellung ändert“, betont Miersch. „Man kann sagen: Je jünger die Eltern sind, desto ängstlicher sind sie.“ Denn bei der Elterngeneration der über 50-Jährigen gaben 58 Prozent an, ihr Kind sei schon einmal allein einen Baum hochgeklettert, hingegen konnten das nur 33 Prozent der unter 29-Jährigen mit „ja“ beantworten.

Defizite mit Folgen

Aber auch außerhalb des Elternhauses haben Kinder heute immer weniger Möglichkeit, die Natur zu erleben. Schulen in der Stadt sind zwischen Einkaufspassage und Hauptstraße gezwängt, schon ein Park auf dem Schulweg ist eher ein seltener Glücksfall. Und selbst in den Außenbezirken und Vororten bleibt von echter Natur kaum mehr als akkurat[1] gemähte Rasenflächen und bestenfalls ein größerer Spielplatz übrig. „Das elementare Wissen über Wildtiere und Pflanzen vor unserer Haustür schwindet rasant“, sagt Miersch.

Spielplatz vor Hochhäusern

Das aber hat in mehrfacher Hinsicht negative Folgen, denn viele Studien belegen, dass Naturerfahrungen für die kindliche Entwicklung wichtig sind. Spielen im Wald, auf Wiesen und an Bächen fördert nicht nur die motorischen Fähigkeiten, sondern auch das Sprachvermögen, das Selbstbewusstsein und die soziale Kompetenz. „Unser Fazit steht fest: Kinder und Jugendliche brauchen mehr Naturerfahrungen“, sagt Miersch. Er sieht in der Naturbildung für Kinder und Jugendliche eine „gesellschaftliche Herausforderung“ und eine „dringende Notwendigkeit“.

Abhilfe Waldkindergarten?

Inzwischen aber versucht man dies zu ändern. Immer mehr Einrichtungen legen heute Wert auf Tage oder Wochen in der Natur. Besonders sticht dabei ein Konzept heraus, das aus Schweden zu uns herübergekommen ist: Natur- und Waldkindergärten. In Deutschland können bereits über 1.000 solcher Projekte gezählt werden und es gibt außerdem 400 bis 500 Waldgruppen.

Aber wie sieht so ein Tag im Wald- und Wiesenkindergarten aus? Als Erstes: Die Kinder sind draußen, rund um die Uhr, das ganze Jahr lang – auch im Winter. Denn hier gilt eindeutig: „Es gibt kein schlechtes Wetter, es gibt nur schlechte Kleidung.“ Gelernt wird mit tatkräftiger Unterstützung von Pädagogen direkt von den Tieren und Pflanzen in der Natur.

Und wo wird gegessen und geschlafen? Ebenfalls draußen, auf jeden Fall solange das Wetter einigermaßen mitspielt. Alle Kinder haben ihren kleinen Rucksack dabei, dann sucht man sich einfach irgendwo ein Plätzchen und verdrückt seine mitgebrachte Stulle. Mittagsschlaf wird dann auch schon mal in der Hängematte gemacht – schaukelnd zwischen den Bäumen mit dem Blick auf ein Kronendach aus Blättern und den vorbeiziehenden Wolken.

[1] akkurat: genau, ordentlich

Quelle: https://www.wissen.de/nur-noch-computer-statt-baeumeklettern-warum-das-naturerlebnis-fuer-kinder-so-wichtig-ist, Seitenaufruf 14.5.2020

Textverständnis

1. Prüfen Sie, welche der folgenden Aussagen mit dem Sachtext übereinstimmen. Notieren Sie entsprechend **trifft zu / trifft nicht zu / nicht genannt**.

a) Der direkte Kontakt mit Wald-, Wild- oder Nutztieren fehlt Kindern heutzutage häufig.

b) Gründe für die Naturferne der Kinder liegen meistens bei der Ängstlichkeit der Eltern.

c) Viele Schulen liegen mitten in Wiesen oder Wäldern eingebettet.

d) Garten-AGs an Schulen sollen Kindern helfen, die Natur besser zu verstehen.

e) Natur ist nicht gleich Natur. Denn akkurat gemähter Rasen hat nichts mit echter Wiese zu tun.

f) Der Wald- und Wiesenkindergarten arbeitet wetterabhängig. Bei schlechtem Wetter bleiben die Kinder drinnen.

2. Benennen Sie Zeilen, die die Aussage belegen, dass Stadtkinder immer naturferner werden. Finden Sie drei Angaben.

3. Die Schriftstellerin Karoline von Günderrode sagte: „Durch die Eltern spricht die Natur zuerst zu den Kindern. Wehe den armen Geschöpfen, wenn diese erste Sprache kalt und lieblos ist."

Erklären Sie in einem Satz diese Aussagen anhand des Textes.

Sprachgebrauch

1. a) In Absatz 4 (Z. 23 – 30) ist eine Nominalisierung zu erkennen. Nennen Sie diese (mit Zeilenangabe). Begründen Sie die Nominalisierung.

b) Finden Sie eine weitere Nominalisierung aus dem Text.

2. Erklären Sie, weshalb das unterstrichene Wort kleingeschrieben wird.

„Als Erstes: Die Kinder sind <u>draußen</u>, rund um die Uhr, das ganze Jahr lang – auch im Winter." (Zeile 88 f.)

3. Übertragen Sie die unten stehenden Sätze und ergänzen Sie die fehlenden Kommata. Begründen Sie mit der passenden Kommaregel.

a) Mit Fragen über Vögel Bäume oder Pilze braucht man es in der Regel gar nicht erst zu versuchen.

b) So gaben fast fünfzig Prozent der Kinder an dass sie noch nie selbstständig auf einen Baum geklettert wären.

c) Aber auch außerhalb des Elternhauses haben Kinder heute immer weniger Möglichkeiten die Natur zu erleben.

d) Spielen im Wald auf Wiesen und an Bächen fördert nicht nur die motorischen Fähigkeiten sondern auch das Sprachvermögen das Selbstbewusstsein und die soziale Kompetenz.

4. Bestimmen Sie die Zeitform.

a) Sind Sie als Kind auf Bäume geklettert? Haben Sie schon einmal eine Kuh gestreichelt oder im Wald gespielt?

b) Bei der Elterngeneration der über 50-Jährigen gaben 58 Prozent an, ihr Kind sei schon einmal allein einen Baum hochgeklettert […].

c) Immer mehr Einrichtungen legen heute Wert auf Tage oder Wochen in der Natur.

5. Formulieren Sie die folgenden Sätze im Aktiv bzw. Passiv. Beachten Sie die richtige Zeitform.

a) Von den Kindern wird mit tatkräftiger Unterstützung von Pädagogen direkt von den Tieren und Pflanzen in der Natur gelernt.

b) Angeblich können Stadtkinder nicht mehr zwischen Werbung und Natur unterscheiden.

6. Nennen Sie ein Antonym für das unterstrichene Adjektiv.

„‚Das elementare Wissen über Wildtiere und Pflanzen vor unserer Haustür schwindet rasant', sagt Miersch." (Zeile 64 ff.)

7. Formulieren Sie den Satz so um, dass das Subjekt im Vorfeld steht. Bestimmen Sie das unterstrichene Satzglied.

In mehrfacher Hinsicht negative Folgen hat das rasant schwindende Wissen über Natur, denn viele Studien belegen, dass Naturerfahrungen für die kindliche Entwicklung wichtig sind.

8. Erläutern Sie die unterstrichenen sprachlichen Bilder, in denen Übertragungen aus der Natur eine Rolle spielen, in eigenen Worten.

a) Mein Vater ist für mich mein Fels in der Brandung.

b) Eine bekannte Biermarke wirbt mit dem Slogan: „Eine ausgezeichnete Perle der Natur."

c) Ich bin in der Blüte meines Lebens und genieße diese Zeit.

9. Nennen Sie für die unterstrichenen Begriffe jeweils ein Wort oder einen Ausdruck mit ähnlicher Bedeutung.

a) Aber selbst, wenn Kinder durch Filme oder Bücher theoretisches Wissen über die Natur haben – der unmittelbare Kontakt mit Wald, Wildtieren oder selbst Nutztieren fehlt oft.

b) Besonders sticht dabei ein Konzept heraus, das aus Schweden zu uns herübergekommen ist.

c) Defizite mit Folgen

A2 – Ganzschrift/Lektüre

Mats Wahl: Kill (Textauszüge)

Information zum Buch (Klappentext)

So verzwickt war die Lage für Kommissar Fors noch nie: An einer Schule fallen Schüsse – aus seiner eigenen Dienstwaffe. Hinweise auf die Täter, Fingerabdrücke oder Patronenhülsen gibt es nicht, die jungen Zeugen stehen unter Schock. Die Ermittlungen verlaufen mühsam, bis klar ist, wer die Waffe gestohlen hat. Aber hat die Polizei damit auch den Amokschützen? Ein psychologisches Puzzle der Extraklasse.

Als die Schüsse fielen, befanden sich vierundfünfzig Kinder und sechs Erwachsene im Speisesaal der Schule. Dem ersten Schuss folgten unmittelbar vier weitere, alle Schüsse wurden innerhalb von vier, fünf Sekunden abgegeben.

Die Kinder im Speisesaal fingen schon beim ersten Knall an zu schreien, obwohl noch keine Folgen der Schüsse zu sehen waren. Die vierte Kugel traf Birgitta Winblad in den linken Mundwinkel, sie streifte den Unterkiefer und trat durch die Wange unterhalb des linken Ohrläppchens wieder aus.

Birgitta Winblad, die seit zweiundzwanzig Jahren in der Essensausgabe arbeitete, hob eine Hand zur linken Wange und sah, wie Blut von der Hand zum Ellenbogen rann. Gleichzeitig sah sie den Jungen auf der anderen Seite des Tresens vornüber zu Boden fallen.

Eine Lehrerin mit einem weißen Pu-der-Bär-T-Shirt hatte einige Achtjährige zu Boden gerissen. Sie schob die Kinder unter den Tisch, an den sie sich gerade setzen wollten.

Die Lehrerin hieß Filippa Ernblad. Sie war frisch verheiratet und in der zehnten Woche schwanger. Vier Jahre lang war sie bei der Luftwaffe gewesen und wusste, wie es klingt, wenn geschossen wird. Sie war mit Schusswaffen vertraut. Als Jugendliche hatte sie beschlossen, sich bei der Luftwaffe zu bewerben, um Truppenausbilderin zu werden. Stattdessen war sie Lehrerin geworden. Sie war achtundzwanzig Jahre alt, als sie an diesem Augusttag Birgitta Winblad zu einem Stuhl wanken und darauf niedersinken sah, die linke Hand gegen die Wange gepresst. Blut spritzte hervor und bildete vor ihren Füßen auf dem Boden eine Lache.

Die Kinder um Filippa herum schrien und klammerten sich an sie. Die Augen der Kinder waren schwarz von einem Entsetzen, das sie noch nie in den Augen schwedischer Kinder gesehen hatte.

Filippa tastete nach ihrem Handy und wählte den Notruf. Sie kam nicht durch. Die Nummer war besetzt.

Unter einem anderen Tisch sah sie ihre Kollegin, die gleichaltrige und hochschwangere Lina Hult, an ihrem Telefon fingern. Filippa rief Lina zu:

„Besetzt! Ruf zu Hause an!"

Nach dem fünften Schuss schien Stille einzutreten, obwohl es keineswegs still war. Kinder weinten und schrien, Lehrer riefen ihren Schülern zu, sie sollten ruhig liegen bleiben, nach einer Weile verstummten die Schreie und nur noch Schluchzen und Rufe nach den Lehrern waren zu hören.

Filippa rief ihre Freundin in der Bank an.

Die Freundin, Karin Landmark, nahm das Gespräch entgegen, während sie für eine runzlige Frau mit dicken Brillengläsern und wackelndem Kopf ein Formular ausfüllte.

„Landmark", meldete sich Karin Landmark. „Einen Augen ..."

„Karin!", rief Filippa. „In der Schule wird geschossen!"

Karin Landmark drehte sich mit ihrem Bürostuhl, so dass sie der alten Frau mit den dicken Brillengläsern und dem wackelnden Kopf den Rücken zukehrte.

„Was!?"

„In der Schule wird geschossen. Jemand ist ins Gesicht getroffen worden und auf dem Fußboden liegt ein Junge."

„Wo bist du?"

„Unter einem Tisch im Speisesaal. Ich komm nicht durch beim Notruf. Kannst du es bitte versuchen!"

Filippa beendete das Gespräch und setzte sich kriechend in Bewegung, und sechs ihrer achtjährigen Schüler folgten ihr, alle kriechend, genau wie die Lehrerin.

[...]

„Wie stellt sich das Bild dar?", fragte Kirsch und strich sich über die Stirn zum Haaransatz hinauf. Obwohl er noch keine vierzig war, hatte er ziemlich dünnes Haar, und er erwog, das bisschen abzurasieren, das es noch gab. Ganz kahl würde er energischer und konsequenter wirken. Das stellte er sich jedenfalls vor.

„Das Bild", sagte Hammarlund, „sieht so aus: Einige Kinder sind tot, der Täter ist unbekannt. Bei der Waffe handelte es sich vermutlich um eine SIG Sauer, die einem Polizisten bei einem Raubüberfall in dieser Woche gestohlen wurde. Die unglückselige Äußerung eines vorgesetzten Polizisten hat eine Art ethnischen Streit ausgelöst, den wir uns gern erspart hätten. Man hat versucht, die Wohnung einer somalischen Familie in Brand zu stecken, und wir müssen befürchten, dass es dem Täter schlecht ergeht, falls der Mob ihn vor uns in die Finger kriegt. Wir haben ein verstärktes Krisenteam gebildet, das mit den Betroffenen arbeitet. Morgen kommt weitere Verstärkung hinzu. Es kommen Leute vom Reichskriminalamt und wir – tja, tun unser Bestes. Die Ermittlungen werden von unserem Kripochef Harald Fors geleitet. Er ist effektiv, erfahren und schnell ... Wir sind guter Hoffnung, dass alles so abläuft, wie wir uns das vorstellen."

„Aber der Täter ist immer noch irgendwo dort draußen?", fragte Kirsch. Er zeigte zum Fenster und runzelte die Stirn.

„Zweifelsohne", antwortete Hammarlund.

„Und er ist mit einer geladenen Pistole bewaffnet?"

„Vermutlich. Wenn er sie nicht weggeworfen hat."

[…]

„Es geht also um Emil", sagte Stjernkvist. „Er ist verschwunden, und wir haben erfahren, dass er einen guten Kontakt zu Ihnen hatte, als er in die fünfte und sechste Klasse ging."

„Ja", sagte Lisa. „Er war oft bei mir, aber nicht, weil wir so einen guten Kontakt hatten, sondern weil er kaum jemanden hatte, mit dem er Zeit verbringen konnte."

„Hatte er keine Freunde?"

„Eigentlich nicht."

„Können Sie mir etwas über Emil erzählen?"

Lisa Björkman schwieg eine Weile und die Katze miaute wieder. „Er war wohl sehr einsam", sagte sie schließlich. „Er hatte es nicht leicht mit den anderen. Er ist ziemlich still, jedenfalls war er es damals, fiel nicht auf, hielt sich abseits. Ich nehme an, er ist heute noch genauso."

„Warum hatte er keine Freunde?"

Lisa Björkman sah zum Fenster. Der Regen peitschte gegen die Scheibe und floss in Strömen daran herunter. „Es wollte wohl niemand mit ihm zusammen sein. Ihn umgab eine Art, ich weiß nicht, wie ich das ausdrücken soll, eine Aura der Einsamkeit. Die Mitschüler schienen sich abgestoßen zu fühlen. Und dann gab es einige, die waren gemein zu ihm, sogar sehr gemein."

„Inwiefern?"

Lisa Björkman schob den Kuchenteller näher an Stjernkvist heran und lehnte sich auf dem Stuhl zurück.

„Es begann in der Fünften. Emil hatte dicke Lippen, eigentlich nichts Besonderes, aber es reichte, dass die anderen sich darüber lustig machten. Seine Lippen scheinen sich ja verwachsen zu haben, ich hab ihn letzte Woche gesehen. Heute würde bestimmt niemand mehr behaupten, dass seine Lippen dicker sind als normal. Aber in der Fünften wirkte es so. Als hätte er dicke Lippen. Da kriegte er einen Spitznamen."

„Welchen?"

„Der Neger."

„Wer hat sich besonders an den Hänseleien beteiligt?", fragte Stjernkvist.

Lisa Björkman hob ihre Tasse an, führte sie zum Mund und nahm vorsichtig einen Schluck, als fürchtete sie nicht nur, die Flüssigkeit könnte heiß, sondern etwas ganz anderes als Kaffee sein, vielleicht etwas Untrinkbares und Ungenießbares. Sie stellte die Tasse wieder ab.

„Haben Sie keine Zeit, Ihren Kaffee zu trinken?", fragte sie und zeigte auf Stjernkvists Tasse.

„Doch, natürlich", antwortete dieser und nahm einen Schluck.

„Es fällt mir schwer", sagte Björkman, „Kinder anzuschwärzen. Kinder können ja furchtbar grausam sein. Das wird manchmal vergessen. Oder es scheint so, als ob die Leute das nicht sehen wollten. Einer, der Emil wirklich in all den Jahren gequält hat, das war Jonny Örtengren. Eigentlich heißt er Johan, aber im Unterricht hat er nie geantwortet, wenn man ihn nicht Jonny nannte. Er ist ein Jahr älter als Emil und hat ihn schon in der Ersten entdeckt. Jonny hat den Spitznamen erfunden. Ich weiß es, denn ich war dabei, als wir das erste Mal mit Jonny zu reden versuchten, nur ein paar Wochen, nachdem die Erstklässler eingeschult worden waren. Jonny, der in die Zweite ging, war dauernd hinter ihm her, und Emil wollte nicht mehr zur Schule gehen. Wir haben mit Jonny und seinen Eltern gesprochen, aber es half nichts. Jonnys Vater war der Ansicht, Jungs sind eben Jungs, und ein bisschen muss man schon vertragen können. Ich glaube, als Emil in die Siebte ging, hat seine Mutter Örtengren angezeigt.

Ich bin nicht ganz sicher, aber ich glaube, sie hat es getan. Dabei ist allerdings nichts herausgekommen. Man kann froh sein, dass Jonny nicht noch schlimmer geworden ist – bei dem Vater. Örtengren ist ein schrecklicher Kerl. Ich weiß es, weil meine Nichte in einem seiner Häuser gewohnt hat, und als die in Eigentum umgewandelt werden sollten, ist es fast kriminell zugegangen.

Da wurde eine Raffgier an den Tag gelegt, die den Leuten die Sprache verschlug. Örtengren wollte seine Immobilie als Eigentum verkaufen und trotzdem eine große Anzahl Wohnungen im Haus selbst weiter vermieten, und zwar unter der Hand. Unglaublich, dass es Menschen gibt, die sich einbilden, man könnte den Kuchen aufessen und ihn trotzdem behalten, das geschieht nicht nur in Märchen, das soll es auch in Wirklichkeit geben: Und sein Sohn will Jonny genannt werden. Das ist vermutlich eine Art jämmerlicher Protestversuch." Lisa seufzte. „Örtengren hat allen Ernstes versucht, den Lehrern zu verbieten, seinen Sohn Jonny zu nennen. Der Junge heißt doch Johan, und so soll er auch genannt werden, meinte der Vater. Aber es funktionierte nicht. Johan antwortete nur, wenn er als Jonny angesprochen wurde."

„Waren noch andere außer ihm gemein?", fragte Stjernkvist.

„Ja", antwortete Lisa Björkman, „es waren viele.

Oder es sind viele. Sie ziehen ihn ja immer noch auf."

„Aber Sie meinen, Jonny ist am schlimmsten?"

„Absolut."

Stjernkvist nahm einen Teekuchen und biss hinein.

Die Katze strich erneut um seine Beine und miaute.

„Was ist mit ihm passiert?", fragte Lisa Björkman.

„Mit Emil."

Stjernkvist kaute und nahm einen Schluck Kaffee.

„Wir wissen es nicht genau. Haben Sie eine Idee, wohin Emil geht, wenn er allein sein will?"

Lisa Björkman schüttelte den Kopf. „Eigentlich nicht, aber wahrscheinlich nicht nach Hause. Sein großer Bruder Tony ist nicht sonderlich nett."

„Emil hat also nie von einem Ort erzählt, wohin er sich zurückzieht?"

Erneut schüttelte Lisa Björkman den Kopf. „Nicht soweit ich mich erinnere."

[…]

Emil Larsson fiel zurück in das Stadium eines kleinen Kindes. Er wurde in die Abteilung für Kinder- und Jugendpsychiatrie des Regionalkrankenhauses eingeliefert. Er machte in die Hose und nässte nachts ins Bett.

Er konnte sich nicht an mehr als drei Namen von seinen Klassenkameraden erinnern und nicht die Wochentage in der richtigen Reihenfolge aufzählen, was er schon mit fünf Jahren gelernt hatte.

[…]

Es regnete.

Emil hatte neue Jeans an und trug dazu weiße Sneakers. Sein Hemd war weißblau kariert und seine Haare waren frisch geschnitten. Jetzt sah man, dass er abstehende Ohren hatte. In der Hand hielt er eine Tüte mit Himbeergeleebonbons. Er öffnete die Tüte und hielt sie Fors hin. Der nahm sich ein Bonbon. Dann reichte Emil Carin die Tüte, die sich auch eins nahm.

Schließlich nahm er sich eine Hand voll und stopfte sich die Bonbons in den Mund.

„Wollen wir über Jonny reden?", fragte Fors.

Emil sah aus, als hätte er es nicht gehört.

„Du magst Jonny nicht", sagte Carin.

Emil begann zu lachen. Er lachte mit offenem Mund und man sah den roten Brei aus zerkauten Geleebonbons.

„Wann hast du Jonny kennen gelernt?", fragte Fors.

„In der ersten Klasse", murmelte Emil durch den zerkauten Brei.

„War er damals schon gemein zu dir?", fragte Fors.

Emil nickte.

„Was hat er getan?"

„Gemeine Sachen gesagt."

„Was?"

„Neger."

„Warum hat er das gesagt?"

Emil stiegen Tränen in die Augen. „Weil er gemerkt hat, dass ich dann traurig wurde."

„Jonny wollte dir wehtun?"

„Er wollte mich traurig machen!", schrie Emil. „Er wollte, dass ich weine. Er hat gelacht, wenn ich geweint hab." Dann stopfte er sich wieder Geleebonbons in den Mund.

„Was hat er sonst noch getan?"

„Hat Sachen gesagt, die nicht wahr waren."

„Was hat er gesagt?"

„Dass ich ein Mädchen bin."

„Was hat er noch gesagt?"

„Dass ich schwul bin."

„Was hat er noch gesagt?"

„Dass ich eine Hure bin."

„Was hat er noch gesagt?"

„Dass mich keiner mag, weil ich schlecht rieche."

„Wann hat er all das gesagt?"

„Als ich in die Erste ging."

„Und da ging Jonny in die Zweite?"

„Ja."

„Hast du es deiner Lehrerin erzählt?"

„Ja."

„Was hat sie getan?"

„Nichts."

„Deine Lehrerin hat also nichts getan?", fragte Fors.

„Niemand hat etwas getan", antwortete Emil.

„Und da warst du in der Ersten?"

„Ja."

„Wie ging es dann weiter?"

Emil sah ihn verständnislos an, als ob die Antwort selbstverständlich wäre. „Genauso."

„Es hat sich nie geändert?"

Emil warf Fors einen Blick zu, als wäre dieser minderbemittelt.

Er reichte ihm die Tüte mit den Geleebonbons.

Zwei waren noch darin.

Fors schüttelte den Kopf.

„Möchten Sie nicht?"

„Sie gehören dir", sagte Fors.

Emil reichte Carin die Tüte. Sie nahm das eine Bonbon und Emil das andere. Als die Tüte leer war, begann er sie hastig zu zerreißen, Stück für Stück. Die Plastikfetzen und Krümel sammelte er in seinem Schoß.

„Wo hat Jonny gestanden", fragte Fors, „als du geschossen hast?"

Emil fingerte an den Tütenresten. „Ich wollte ihn nur erschrecken", sagte er ohne aufzuschauen.

„Du wolltest ihn nur erschrecken", wiederholte Fors.

Emil nickte.

„Wie hast du das gemacht, als du geschossen hast?", fragte Fors.

Emil sah ihn an. „Ich hab gezielt und abgedrückt. Es war schwer. Die Pistole war schwer und das Abdrücken war auch schwer. Ich hab gedacht, mit ihr stimmt was nicht."

„Sie ist so konstruiert", sagte Fors. „Das Abdrücken muss schwer gehen."

„Wie spät ist es?", fragte Emil und Carin antwortete ihm.

„Auf die hab ich gezielt", fuhr Emil fort, „auf die Uhr."

„Welche Uhr?", fragte Fors.

„Die an der Wand über der Essensausgabe hängt. Jonny stand darunter. Ich hab auf die Uhr gezielt, sie aber nicht getroffen."

„Du hast auf die Uhr gezielt", wiederholte Fors.

„Fünfmal?"

„Ich wollte ihn nur erschrecken."

„Aber", sagte Fors, „wie hätte Jonny wissen sollen, dass du es warst, der die Uhr zerschossen hat? Wie sollte er begreifen, dass er nicht mehr gemein zu dir sein sollte?"

„Ich wollte es ihm sagen. Ich wollte ein Loch in die Uhr schießen und irgendwann später wollte ich ihm sagen, dass ich ihn erschießen werde, wenn er noch mal gemein zu mir ist."

„Hatte er etwas Bestimmtes getan, so dass du besonders böse auf ihn warst, als du ihn mit der Pistole erschrecken wolltest?", fragte Carin.

„Ja."

„Was?", fragte Carin.

Da fing Emil an zu weinen.

Quelle: Mats Wahl: Kill. Dtv Verlagsgesellschaft mbH & Co.KG, München 11. Auflage 2019, S. 24-26, 244-245, 281-284, 299, 307-311

1. Beschreiben Sie in vollständigen Sätzen den Ablauf des Amoklaufs an der Schule.

2. Schildern Sie in eigenen Worten, welche Beweggründe Emil veranlasst haben, zum Amokschützen zu werden.

3. Erklären Sie, welchen seelischen Qualen Emil jahrelang ausgeliefert war. Berücksichtigen Sie auch seinen geistigen Zustand nach der Tat.

4. „Man kann froh sein, dass Jonny nicht noch schlimmer geworden ist – bei dem Vater. Örtengren ist ein schrecklicher Kerl." (Z. 160 ff.)

   Erläutern Sie kurz Gründe, warum Jonny zum Mobbing-Täter geworden ist.

5. „‚Er wollte mich traurig machen!', schrie Emil. ‚Er wollte, dass ich weine. Er hat gelacht, wenn ich geweint hab.' Dann stopfte er sich wieder Geleebonbons in den Mund." (Z. 238 ff.)

   Formulieren Sie fünf unterschiedliche Gedanken, die Fors bei der Befragung von Emil durch den Kopf gehen könnten.

6. Nach dem Verlassen der Jugendpsychiatrie tauschen sich Fors und Carin noch einmal über das Erlebte aus. Schreiben Sie dieses Gespräch vor dem Hintergrund der aktuellen Ereignisse rund um den Amoklauf und Emil als Schützen. Berücksichtigen Sie mindestens drei Aspekte. (mindestens 150 Wörter)

Teil B – Wahlteil

1. Erörterung

Umweltschutz beim Lebensmittelkauf

Erörtern Sie Möglichkeiten und Grenzen, die Sie für Verbraucher/-innen in Bezug auf die Vermeidung von Plastikverpackungen beim täglichen Einkaufen sehen. Verwenden Sie die folgenden Materialien für Ihre Argumentation. Begründen Sie Ihre eigene Meinung.

M1 – Blogbeitrag

#Plastik am 13.09.2019, aktualisiert am 20.01.2020

Zero Waste: Wo gibt es Unverpackt-Läden in Baden-Württemberg?

Mona Walker

Plastikfrei einkaufen? Ja, das geht! Und zwar in einem Unverpackt-Laden. Wie das funktioniert und wo es Läden in Baden-Württemberg gibt, verraten wir dir hier.

Unverpackt-Laden – wieso, weshalb, warum?

In Deutschland produziert jeder Einwohner jährlich 37,4 Kilogramm Plastikmüll – Platz drei im europaweiten Ranking. Ein Weg, um diese Menge zu reduzieren, sind die Unverpackt-Läden. Diese bieten Waren verpackungsfrei an. Ziel ist der Schutz unserer Umwelt, denn es wird auf schädliche Plastikverpackungen verzichtet, um Müll zu reduzieren und Ressourcen zu schonen. Zero Waste heißt die Philosophie, die dahintersteht.

Das Besondere an den Unverpackt-Läden ist die Art und Weise, wie eingekauft wird. Denn in den Unverpackt-Läden füllst du die gewünschte Ware selbst ab. Aus großen Glasbehältern, sogenannten „Bulk Bins", kannst du Nudeln, Reis, Nüsse, Erbsen, Linsen, Kaffeebohnen und vieles mehr entnehmen. Meist sind sie an Wänden befestigt, du öffnest ein Ventil und schon rieselt die Ware heraus. So wie früher die Kaugummi-Spender im Tante-Emma-Laden.

Um die Waren zu transportieren, bringst du eigene Behälter, zum Beispiel Stofftaschen oder Dosen, mit. Das macht es dir leichter, nur so viel zu kaufen, wie du auch wirklich brauchst.

> Wichtig: Denk dran, deinen Behälter auf der Tara-Waage im Laden zu wiegen, bevor du ihn befüllst. Das Gewicht der Dose oder des Glases wird dann an der Kasse abgezogen. So bezahlst du wirklich nur das, was du einkaufen willst.

Ist der Einkauf im Unverpackt-Laden teurer?
Wer auf Plastikverpackungen verzichten und weniger Müll produzieren will, sollte mit höheren Ausgaben beim Einkauf rechnen. Zwar unterscheiden sich die Lebensmittelpreise in Supermarkt und Unverpackt-Laden nur um wenige Cent voneinander. Bei Artikeln wie Zahnpasta, Shampoo oder Klopapier kann es aber schon mal ins Geld gehen, wie ein Selbstversuch des NDR[1] zeigt. Du solltest aber nie vergessen: Mit dem Einkauf im Unverpackt-Laden unterstützt du die Zero-Waste-Bewegung und tust was für die Umwelt.

Wo finde ich einen Unverpackt-Laden in meiner Nähe?
2014 wurde der erste Unverpackt-Laden in Kiel gegründet, seitdem hat sich der Trend deutschlandweit ausgeweitet. Inzwischen gibt es hierzulande über 100 Unverpackt-Läden. Allein in Baden-Württemberg sind es aktuell 18 an der Zahl.

NDR[1]: Norddeutscher Rundfunk

Quelle: Mona Walker, in: https://www.aok.de/bw-gesundnah/nachhaltigkeit-und-umwelt/unverpackt-laden-plastikfrei-einkaufen-in-stuttgart-und-region, Seitenaufruf 27.5.2020

M2 – Grafik

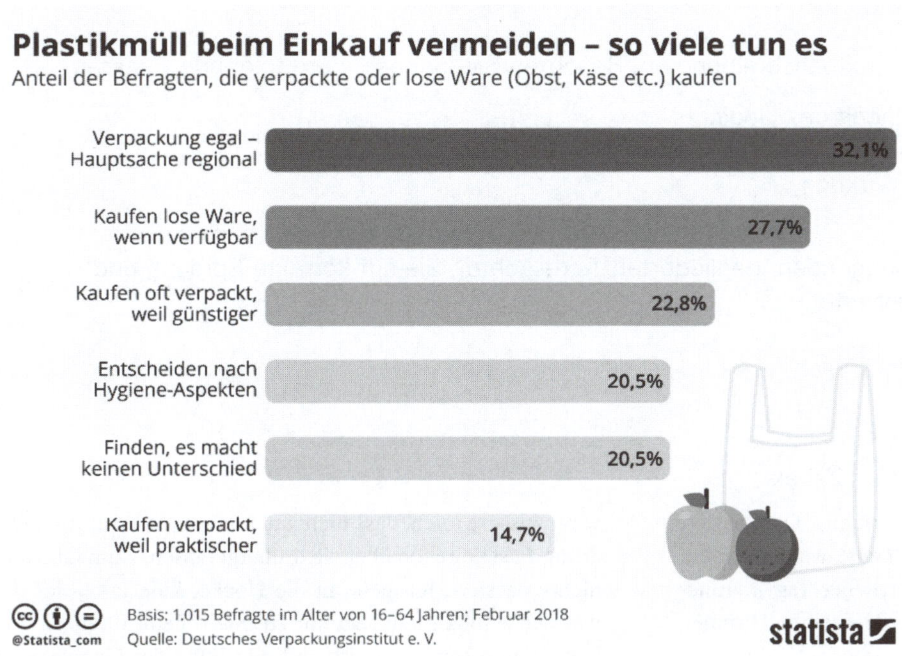

Quelle: https://de.statista.com/infografik/13338/plastikmuell-beim-einkauf-vermeiden/, Seitenaufruf 13.5.2020

2. Lyrik

NATURGEDICHT (Reiner Kunze)

Die dinge hören nur, wenn du sie rufst
bei ihrem wahren namen

Getäuscht sein will allein
der mensch

Er täuscht sich
aus der welt hinaus, die dinge

kennen kein verzeihn

Quelle: Reiner Kunze: naturgedicht. Aus: ders., lindennacht. gedichte. © S.Fischer Verlag GmbH, Frankfurt am Main 2007

Fertigen Sie zu diesem Text eine Textbeschreibung an. Beachten Sie insbesondere folgende Punkte:

- Überschrift in Bezug auf den Inhalt des Gedichts
- Kontrast zwischen Menschen und Dingen
- Sprachliche Mittel und deren Wirkung
- Groß- und Kleinschreibung

Schreiben Sie einen zusammenhängenden, gegliederten Text. Achten Sie auf korrekte Sprache und Rechtschreibung. Beides wird bewertet.

3. Prosa

Achtung vor dem Leben (Robert Zabek)

Heute ging ich in die Knie. Und zwar so richtig. Das passiert mir bei Gott nicht oft, aber heute … heute war es soweit. Und es musste auch so sein! Ein herrlicher Tag ... Einer der ersten Herbsttage dieses Jahres. Tiefblauer Himmel, vereinzelt ein paar Quellwolken, aber richtig schön warm und nicht ein Hauch von Tristesse[1] am Horizont. Ich war gerade mit dem Fahrrad unterwegs. Entlang der Donau, wieder einmal, auf einem asphaltierten Weg, und weit und breit keine Menschenseele. Freitag, 14:15 ... und nur die Natur und ich. Keiner da, der stört, herrlich ... muss wohl am 12 Stunden-Tag liegen, mhm. Quiiiiieeeeeeeetsch! Ich bremse (also ... das Quietschen kam nach dem Bremsen, aber egal), und komme zum Stehen. 25 Jahre im Schnitt jeden Tag mehrere Stunden ein Instrument üben, machen sich nun bezahlt. Meine Reaktionszeit dank dadurch veränderter Gehirnphysiologie stark verkürzt ... im Sinne von: ich brauchte nur eine halbe oder Viertelsekunde, statt einer Ganzen, zum Reagieren. Sonst wäre sich das wahrscheinlich gar nicht ausgegangen. Gut so! Das Rad steht, meine Beine berühren den Boden. Vor mir ... da liegt sie ... da kriecht sie. Langsam. Nicht unbeholfen, sondern edel, sachte und einfach nur wunderschön ... Eine Raupe ... ungefähr so lang wie mein Zeigefinger. Ich sehe mich um, vergewissere mich, dass niemand kommt, dass keine Gefahr droht. Fast wäre ich über sie drübergefahren. Zum Glück ist nichts passiert. Ich gehe in die Hocke, knie mich auf den warmen Asphalt und sehe ihr zu. Sie scheint ihren Weg zu kennen und steuert intuitiv auf den Rand des Gehwegs zu, wo Löwenzahn, Gänseblümchen und anderweitig saftiges Grün schon auf sie wartet. Ich will sichergehen, dass ihr nichts passiert, bleibe und sorge dafür, dass ihr niemand zu nahekommt. Geschafft ... sie schlängelt sich unter ein paar Blätter, beendet ihren Moonwalk[2], so hatten die Bewegungen ihres Körpers nämlich ausgesehen und ... ja ... liegt halt einfach nur so da. Scheint darüber hinaus nicht wirklich was zu tun. Macht sich keine Sorgen ... über Einkommen, Auskommen, Weihnachten, oder Herpes ... nein. Sie liegt einfach nur da und irgendwann, vielleicht schon bald, wird sie ihre Flügel ausbreiten und durch die Lüfte schweben. Wow ... ich erfreue mich am Anblick dieses schönen Lebewesens. Keine Ahnung, wie und als was genau sie sich entpuppen wird, oder er, als Laie könnte ich gar nicht sagen, dass mir da anatomisch irgendetwas großartig aufgefallen wäre. Egal. Solang dem Schmetterling später kein rüpelhaftes Kind den Flügelstaub dreister- und dummerweise streitig macht, wartet sicher ein schönes

Leben auf den Falter ... ihn, oder sie ... oder es? Vor unserer Begegnung, und vor dieser schönen Begebenheit, hatte ich daheim, im Fernsehen, im Teletext[3], jedenfalls gelesen, dass heute 12 Kinder bei einem Bombenabwurf in Afghanistan ums Leben gekommen sind. So ist wohl das Leben ... heutzutage ... oder war's schon immer so ... seit es Menschen gibt ... denke ich mir ... setze mich aufs Fahrrad ... und fahre weiter.

[1] Tristesse: Trostlosigkeit, Traurigkeit
[2] Moonwalk: spezieller Tanzschritt
[3] Teletext: auch Videotext: System zur Darstellung von Texten auf dem Fernsehbildschirm

Quelle: Robert Zabek, https://www.e-stories.de/view-kurzgeschichten.phtml?44746#, 5.12.2018

Fertigen Sie eine Textbeschreibung an. Gehen Sie dabei insbesondere auf folgende Punkte ein:

- Charakterisierung des Erzählers unter Berücksichtigung der Erzählperspektive
- Zeitlicher Rahmen der Geschichte
- Sprachstil und Satzbau
- Bedeutung der Raupe

Schreiben Sie einen zusammenhängenden, gegliederten Text. Achten Sie auf korrekte Sprache und Rechtschreibung. Beides wird bewertet.

Bearbeitungszeit: 240 Minuten

Teil A – Pflichtteil

A1 – Sachtext

Berliner hilft obdachlosen Kindern

„Seit der Krise haben wir noch mehr Straßenkinder – die jetzt nicht mal mehr Toiletten finden"

von Amelie Graen

Eckhard Baumann leitet den Verein Straßenkinder e.V. in Berlin. Mit Sorge beobachtet er, wie seit Beginn der Corona-Krise immer mehr Kinder und Jugendliche auf der Straße landen. Wie er nun versucht, ihnen zu helfen.

Hepatitis, Krätze, Streptokokken, Lebensmittelvergiftungen, weil sie auch mal aus dem Müll essen: „Krankheiten zählen für Straßenkinder zum Alltag. Denen ist das Coronavirus egal", sagt Eckhard Baumann, der sich selbst als Ecki vorstellt. Ecki leitet den Verein „Straßenkinder e.V." in Berlin. Gemeinsam mit Streetworkern kümmert er sich um obdachlose Kinder und Jugendliche. Auch jetzt, in der Pandemie. Gerade jetzt.

„Die Lage ist dramatisch. Die Obdachlosigkeit ist seit dem Beginn der Krise höher geworden, das sehen wir ganz deutlich. Kinder und Jugendliche, die schon vor der Kontaktsperre Gewalt in ihren Familien ausgesetzt waren, hauen jetzt erst recht ab. Das halten die nicht aus zu Hause", sagt Ecki. Er und sein Team beobachten die neuen, jungen Gesichter auf den Straßen mit Sorge. Bei so vielen, noch unbekannten Straßenkindern fehlt den Streetworkern die Kontrolle.

Laut einer Studie des Deutschen Jugendinstituts leben etwa 6500 Straßenkinder in Deutschland, mehrere hundert davon in Berlin. Ecki und sein Team beobachten, dass aktuell nicht nur mehr Kinder und Jugendliche auf der Straße leben, sondern auch mehr von ihnen die Anlaufstellen und die Beratung des Vereins aufsuchen. Ihn wundert das nicht. „Diese Krise haben wir vielleicht irgendwann medizinisch gemeistert, aber wir werden seelisch verletzte Kinder davontragen", sagt er. „Kinder, die in dieser Zeit Gewalt ausgesetzt waren oder von ihrem notgeilen Pflegevater missbraucht wurden, die aus lauter Verzweiflung auf die Straße geflohen sind, wo sie jetzt, in Corona-Zeiten, kaum Unterstützung finden."

„Die Drogenabhängigen können keine Drogen mehr kaufen und werden aggressiv"

Der Verein Straßenkinder e.V. betreibt zwei Anlaufstellen und die Sozialeinrichtung Bolle für obdachlose Kinder und Jugendliche aus Armutsverhältnissen. In Berlin lebt fast jedes dritte Kind in einem Hartz-IV-Haushalt, wie Statistiken der Bundesagentur für Arbeit belegen.

Bolle bietet den Kindern nicht nur ein Dach über dem Kopf, sondern auch Duschen, warmes Essen und Unterstützung in allen Lebenslagen. Wegen einer möglichen Ansteckungsgefahr gilt momentan allerdings ein Besuchsverbot in der Einrichtung. Ecki und sein Team werden kreativ, um nicht den Kontakt zu den Kindern zu verlieren, sie abzulenken und zu beschäftigen. „Wir geben ihnen kleine Aufgaben, sagen ihnen zum Beispiel, sie sollen sich als Pinguin verkleiden. Das funktioniert."

Die Versorgung der auf der Straße lebenden Kinder und Jugendlichen außerhalb von Bolle stellt eine viel größere Herausforderung dar. Für die Essensausgabe müssen sich die Obdachlosen mit einem Abstand zwischen drei und vier Metern anstellen. „Daran halten sich alle. Solange wir dabei sind. Aber ich glaube, wenn sie unter sich sind, ist ihnen das völlig egal. Die haben andere Probleme", sagt Ecki und zählt auf: „Es ist fast niemand mehr in der Stadt unterwegs, also können sie niemanden mehr anschnorren. Das Geld fehlt ihnen für Essen und Drogen. Können sich die Drogenabhängigen keine Drogen kaufen, werden sie aggressiv. Weil alle Einkaufszentren geschlossen haben, finden sie kaum noch warme Ecken, in denen sie schlafen können. Ganz zu schweigen von Toiletten, es gibt nirgendwo mehr Toiletten, die sie benutzen können. Gerade für Frauen ist das ein Riesenproblem."

Der Verein plant jetzt unter hohen Hygienevorschriften, sogenannte Corona-Klos aufzustellen. Ecki hofft, dass die Krise bald überstanden ist. Er ist besorgt, was passiert, wenn zu all den schon bestehenden Krankheiten und seelischen Verletzungen der Straßenkinder neue psychische Probleme und Ängste hinzukommen. „Solche Notfallpläne müssen besser durchdacht sein, bis in alle Gesellschaftsschichten, bis in alle Zwischenebenen hinein", sagt er.

„Man löscht das große Feuer, aber dabei entstehen viele kleine Brände. Für eine normal funktionierende Familie mit Garten in der Vorstadt ist ein Kontaktverbot oder eine Ausgangssperre gut machbar. Aber die ohnehin schon Abgehängten sind jetzt noch abgehängter. Sie sind so verloren wie noch nie zuvor."

Quelle: Amelie Graen: Seit der Krise haben wir noch mehr Straßenkinder – die jetzt nicht mal mehr Toiletten finden, in: https://www.stern.de/familie/strassenkinder-in-der-corona-krise—sie-finden-nicht-mal-mehr-toiletten–9207844.html, Seitenaufruf am 22.10.2020

Textverständnis

1. Prüfen Sie, welche der folgenden Aussagen mit dem Sachtext übereinstimmen. Notieren Sie entsprechend **trifft zu / trifft nicht zu / nicht genannt**.

a) Bolle bietet den Kindern neben einer Unterkunft auch Duschen, eine warme Mahlzeit und Unterstützung bei Problemen.

b) In Corona-Zeiten fliehen weniger Kinder von zu Hause als davor.

c) Der Verein Straßenkinder e. V. wird aus Spendengeldern finanziert.

d) Der tägliche Überlebenskampf ist in Corona-Zeiten noch größer, weil es kaum mehr Möglichkeiten gibt, Leute um Geld anzubetteln.

2. Benennen Sie Zeilen, die die Aussage belegen, dass die Gefahr, an Corona zu erkranken, nicht das eigentliche Problem der Straßenkinder ist. (zwei Angaben)

3. Der Dichter Johann Wolfgang von Goethe sagte: „Edel sei der Mensch, hilfreich und gut."

Erklären Sie in einem Satz diese Aussage anhand des Textes.

Sprachgebrauch

1. Begründen Sie, warum in Zeile 23 „mehrere <u>hundert</u> davon" das unterstrichene Wort kleingeschrieben wird.

2. Erklären Sie, weshalb in folgendem Satz die unterstrichenen Wörter einmal groß- und einmal kleingeschrieben werden.

Aber ohnehin schon <u>Abgehängte</u> sind jetzt noch <u>abgehängter</u>.

3. Übertragen Sie die unten stehenden Sätze und ergänzen Sie die fehlenden Kommata. Begründen Sie mit der passenden Kommaregel.

a) Hepatitis Krätze Streptokokken Lebensmittelvergiftungen weil sie auch mal aus dem Müll essen.

b) Ecki und sein Team werden kreativ um nicht den Kontakt zu den Kindern zu verlieren sie abzulenken und zu beschäftigen.

c) Weil alle Einkaufszentren geschlossen sind finden sie kaum noch warme Ecken in denen sie schlafen können.

d) Ecki hofft dass die Krise bald überstanden ist.

4. Bestimmen Sie die Zeitform.

a) Die Lage ist dramatisch.

b) Aber sie wird sich noch weiter zuspitzen.

c) Eine weltweite Pandemie dieses Ausmaßes hat es bisher noch nie gegeben.

5. Formulieren Sie die folgenden Sätze im Aktiv bzw. Passiv. Beachten Sie die richtige Zeitform.

a) Immer mehr Straßenkinder suchen die Hilfe und Beratung des Vereins.

b) Öffentliche Toiletten sind aufgrund der Pandemie geschlossen worden.

6. Nennen Sie jeweils ein Synonym für das unterstrichene Adjektiv und das unterstrichene Verb.

a) Wenn Drogensüchtige keine Drogen mehr kaufen können, werden sie <u>aggressiv</u>.

b) …, also können sie niemanden mehr <u>anschnorren</u>.

7. Formulieren Sie den Satz so um, dass das Subjekt im Vorfeld steht. Bestimmen Sie das unterstrichene Satzglied.

Für eine normal funktionierende Familie mit Garten in der Vorstadt ist ein Kontaktverbot oder eine Ausgangssperre gut machbar.

8. Erläutern Sie die sprachlichen Bilder in eigenen Worten.

a) Man löscht das große Feuer, aber dabei entstehen viele kleine Brände.

b) Das ist nur die Spitze des Eisbergs.

c) Es handelt sich um eine Gratwanderung.

9. Nennen Sie für die unterstrichenen Begriffe jeweils ein Wort oder einen Ausdruck mit ähnlicher Bedeutung.

a) Kinder und Jugendliche, die schon vor der Kontaktsperre Gewalt in ihren Familien ausgesetzt waren, hauen jetzt erst recht ab.

b) Auch jetzt, in der Pandemie.

c) Wir werden seelisch verletzte Kinder aus der Krise davontragen.

A2 – Ganzschrift/Lektüre

Delphine de Vigan: No & ich (Textauszüge)

Lou ist hochbegabt und eine Einzelgängerin. Am liebsten beobachtet sie die Menschen um sich herum und stellt dabei gewagte Theorien auf, um das zu verstehen, was tagtäglich mit uns geschieht. Bis sie auf die achtzehnjährige No trifft, die mitten in Paris auf der Straße lebt. No mit den dreckigen Klamotten und dem müden Gesicht. No, die jeden Tag um ein Essen und einen Schlafplatz kämpfen muss. No, deren Einsamkeit die Welt in Frage stellt. Und Lou stürzt sich in ihr neues Projekt: Sie will No retten – und sich und der Welt beweisen, dass sich alles ändern lässt ...

Textauszug 1

Dienstags und freitags, wenn ich früher aus der Schule komme, gehe ich oft zur Gare d'Austerlitz. Ich gehe hin und sehe mir die abfahrenden Züge an, wegen der Gefühlsbewegungen, die beobachte ich nämlich gern, die Gefühle anderer Leute, deshalb verpasse ich im Fernsehen auch kein Fußballspiel, ich liebe es, wenn sich die Leute nach einem Tor umarmen, sie rennen mit hochgestreckten Armen herum und umhalsen sich, und auch in *Wer wird Millionär?*: Man muss die Mädchen nur sehen, wenn sie die richtige Antwort gegeben haben, sie halten sich die Hände vor den Mund, werfen den Kopf in den Nacken, stoßen Schreie aus und so, und dabei stehen ihnen dicke Tränen in den Augen. Auf den Bahnhöfen ist es anders, die Gefühle lassen sich aus den Blicken erraten, aus den Gesten und Bewegungen, da trennen sich Liebespaare, Großmütter reisen wieder ab, Damen in weiten Mänteln lassen Herren mit hochgeschlagenen Kragen zurück oder umgekehrt, und ich beobachte diese Leute, die fortgehen, man weiß weder wohin noch warum, noch für wie lange, durch die Scheibe hindurch verabschieden sie sich, sie winken diskret oder rufen laut, obwohl man sie sowieso nicht hören kann.

Mit ein wenig Glück erlebt man echte Trennungen, ich meine, dann spürt man deutlich, es wird lange dauern, oder es wird den Betreffenden lange vorkommen (was auf dasselbe hinausläuft), dann sind die Gefühle sehr dicht, es ist, als würde die Luft dicker, als wären sie allein und ringsum wäre niemand. Bei den ankommenden Zügen ist es genauso, ich stelle mich ans Ende des Bahnsteigs und beobachte die Wartenden, ihr angespanntes, ungeduldiges Gesicht, die suchenden Augen und dann plötzlich dieses Lächeln auf ihren Lippen, den erhobenen Arm, ihr Winken, während sie loslaufen, um sich in die Arme zu fallen – dieser Überschwang, das ist es, was ich am allerliebsten mag.

Kurzum, deshalb war ich auf der Gare d'Austerlitz. Ich wartete auf die Ankunft des TER um 16 Uhr 44 aus Clermont-Ferrand, der ist mein Lieblingszug, aus dem kommen alle möglichen Leute, Junge, Alte, gut Gekleidete, Dicke, Magere, schäbig Gekleidete, einfach alles.

Irgendwann merkte ich, dass mir jemand auf die Schulter klopfte, ich brauchte eine Weile, denn ich war sehr konzentriert, und in einem solchen Fall könnte sich ein Mammut auf meinen Turnschuhen wälzen, ich würde nichts merken. Ich drehte mich um.

„Hast du mal 'ne Fluppe?"

Sie trug eine schmutzige Khaki-Hose, einen alten Blouson mit durchgescheuerten Ellbogen und einen Benetton-Schal, genauso einen wie den, den meine Mutter zur Erinnerung an ihre Jugend ganz hinten im Kleiderschrank aufbewahrt.

„Nein, tut mir leid, ich rauche nicht. Aber ich habe Pfefferminz-Kaugummis, wenn Sie möchten.“

Sie verzog den Mund, dann streckte sie die Hand aus, ich gab ihr das Päckchen, und sie stopfte es in ihre Tasche.

„Salut, ich heiße No. Und du?“

„No?“

„Ja.“

„Und ich Lou ... Lou Bertignac.“ (…) Sie ging zu einem Mann, der einige Meter entfernt stand und Zeitung las. Er verdrehte seufzend die Augen und zog eine Zigarette aus seiner Schachtel, sie griff danach, ohne ihn anzusehen, und kam dann zu mir zurück.

„Ich hab dich hier schon öfter gesehen. Was machst du hier?“

„Ich komme, um mir die Leute anzusehen.“

„Ach. Und bei dir zu Hause gibt’s keine Leute?“

„Doch, aber das ist nicht dasselbe.“

„Wie alt bist du?“

„Dreizehn.“

„Du hast nicht zufällig zwei, drei Euro? Ich hab seit gestern Abend nichts gegessen.“

Ich suchte in meinen Hosentaschen, es waren noch ein paar Münzen da, ich sah sie gar nicht an, sondern gab sie ihr alle. Sie zählte sie, bevor sie die Hand schloss.

„In welche Klasse gehst du?“

„In die Zehnte.“

„Das ist doch nicht normal für dein Alter.“

„Äh ... nein. Ich hab zwei Klassen Vorsprung.“

„Und wie kommt das?“

„Ich hab Klassen übersprungen.“

„Das hab ich verstanden, aber wie kommt es, dass du zwei Klassen übersprungen hast, Lou?“

Ich fand, dass sie irgendwie komisch mit mir redete, ich fragte mich schon, ob sie sich nicht über mich lustig machte, aber sie wirkte zugleich sehr ernst und sehr irritiert.

„Ich weiß auch nicht. Ich hab schon im Kindergarten lesen gelernt, also brauchte ich nicht in die erste Klasse zu gehen, und dann hab ich die vierte Klasse übersprungen. Ich hab mich nämlich so gelangweilt, dass ich mir die Haare um den Finger wickelte und den ganzen Tag daran zog. Nach einigen Wochen hatte ich eine kahle Stelle. Nach der dritten kahlen Stelle wurde ich in die nächste Klasse versetzt.“

Ich hätte ihr auch gern Fragen gestellt, aber ich war zu eingeschüchtert, sie rauchte ihre Zigarette und musterte mich von oben bis unten, als suche sie nach etwas, was ich ihr geben könnte. Es war still geworden (zwischen uns, meine ich, ansonsten brüllte uns die synthetische Stimme aus den Lautsprechern in die Ohren), daher fühlte ich mich zu dem Zusatz bemüßigt, es sei jetzt besser geworden.

„Was ist besser geworden, die Haare oder die Langeweile?“

„Öm ... beides.“

Sie lachte.

Da sah ich, dass ihr ein Zahn fehlte, und ich brauchte nicht einmal eine Zehntelsekunde für die richtige Antwort: ein Prämolar.

Mein ganzes Leben lang habe ich mich außerhalb gefühlt, wo auch immer, außerhalb des Bilds, außerhalb des Gesprächs, neben der Situation, als könnte ich als Einzige Geräusche oder Worte hören, die die anderen nicht wahrnehmen, wäre dabei aber taub für die Worte, die die anderen anscheinend hören, als wäre ich außerhalb des Rahmens oder auf der anderen Seite einer riesigen unsichtbaren Glaswand.

Aber gestern war ich dabei, bei ihr, ich bin sicher, man hätte einen Kreis um uns ziehen können, einen Kreis, aus dem ich nicht ausgeschlossen gewesen wäre, einen Kreis, der uns beide umfing und uns für einige Minuten vor der Welt schützte.

Ich konnte nicht länger bleiben, mein Vater wartete auf mich, doch ich wusste nicht, wie ich mich von ihr verabschieden sollte, ob ich sie mit Madame oder Mademoiselle anreden sollte oder einfach mit No, ich kannte ja ihren Vornamen.

Ich löste das Problem mit einem einfachen *au revoir*, denn ich dachte mir, sie gehöre schon nicht zu den Leuten, die sich über schlechte Manieren und all den anderen Kram aufregen, den man im gesellschaftlichen Verkehr beachten muss. Ich drehte mich noch einmal um und winkte ihr kurz zu, und sie stand da und sah mir nach, es tat mir weh, denn schon an ihrem Blick, an der Leere ihres Blicks, erkannte man, dass sie niemanden hatte, der auf sie wartete, kein Zuhause, keinen Computer und vielleicht auch keinen Ort, an den sie gehen konnte.

Beim Abendessen fragte ich meine Mutter*, wie es komme, dass noch ganz junge Mädchen schon auf der Straße lebten, und sie antwortete seufzend, so sei das Leben nun einmal: ungerecht. Ausnahmsweise hakte ich nicht nach, obwohl die ersten Antworten häufig Ausweichmanöver sind, das weiß ich schon lange.

Ich sah wieder ihre Blässe vor mir, ihre durch die Magerkeit vergrößerten Augen, die Farbe ihres Haars, ihren rosafarbenen Schal, und stellte mir unter der dicken Schicht ihrer drei Blousons ein Geheimnis vor, ein Geheimnis, das wie ein Stachel in ihrem Herzen steckte und das sie noch niemandem verraten hatte. Ich wäre gern bei ihr gewesen. Mit ihr zusammen. Ich lag in meinem Bett und bedauerte, dass ich sie nicht nach ihrem Alter gefragt hatte. Sie hatte so jung ausgesehen.

Und zugleich hatte ich den Eindruck gehabt, sie kenne das Leben wirklich, oder vielmehr, sie kenne etwas vom Leben, das einem Angst macht.

* Hintergrundinformation: Nach dem plötzlichen Tod von Lous Schwester geriet die Familie in eine tiefe Krise, Lous Mutter ist seitdem arbeitsunfähig und lebt sehr zurückgezogen.

Textauszug 2

Ein grauer Tag, es regnet. Ich komme aus der Metro und renne in den Bahnhof, ich sehe sie schon von weitem, am Zeitungskiosk, sie steht aufrecht, sie bettelt nicht.

Ich gehe auf sie zu, sie knurrt nur, als ich hallo sage, sie scheint sehr übler Laune zu sein. No willigt ein, mit mir irgendwo etwas trinken zu gehen, ich habe wohlweislich mein Portemonnaie geschwenkt, damit klar ist, dass ich zahle. In der Kneipe bemühe ich mich, nicht auf ihre Hände zu sehen, meine Füße wippen unter der Bank, ich sehe mich nach einem Gegenstand um, auf den ich meine Aufmerksamkeit richten könnte, und entscheide mich für die hartgekochten Eier auf der Theke, (…) ich stelle mir ähnliche Gegenstände vor, Teleskopgabeln, durchscheinende Früchte, einen abnehmbaren Brustkorb, doch No sitzt mir gegenüber, sie sieht mürrisch aus, jetzt ist nicht der rechte Augenblick für derlei Zerstreutheiten, ich muss zum Wesentlichen kommen, ein *Sofortige-Rückkehr-zur-Wirklichkeit*-Knopf wär mir jetzt eine echte Hilfe.

„Ich wollte dich treffen, weil ich dich um was bitten wollte.“ (Das ist die Einleitung, die ich mir zurechtgelegt habe.)

„Ah ja?“

„Ich muss ein Referat halten, in Wiso ...“

„Was ist das denn?“

„... Wirtschafts- und Sozialkunde. Ein Fach, in dem wir uns mit allem Möglichen beschäftigen, zum Beispiel der Wirtschaftslage in Frankreich, mit der Börse, dem Wachstum, den sozialen Klassen, der Vierten Welt und so … Verstehst du?“

„Hmhm.“

(…) „Die Sache ist die, ich habe erzählt, ich würde was über Obdachlose machen ... zum Beispiel erklären, wie öh ... (jetzt komme ich zum heiklen Kern, ich habe völlig vergessen, was ich sagen wollte, wie immer, wenn ich aufgeregt bin) … wie es kommt, dass Frauen, besonders junge Frauen, auf der Straße leben. Wie du.“

„Ich hab dir doch gesagt, dass ich bei Kumpels schlafe.“

„Ja, klar, ich weiß, das wollte ich ja sagen, Frauen ohne festen Wohnsitz eben ...“

„Hast du von mir erzählt?“

„Nein ... das heißt ja ... nicht direkt von dir, ich habe deinen Namen nicht genannt, aber ich habe gesagt, ich würde ein Interview machen.“

„Ein Interview?“

Ihre Augen haben sich geweitet, sie streicht mechanisch die Strähne zurück, die ihr in die Augen fällt.

„Ich hätte gern noch ein Bier.“

„Ja, gern, kein Problem (ich hab mich überwunden, jetzt nur keine Unterbrechung, nur den Faden nicht verlieren, es muss weitergehen), wenn du also einverstanden wärst, könnte ich dir einige Fragen stellen, damit könnte ich Aussagen illustrieren, wie eine Art Zeugenaussage verstehst du?“

„Ich verstehe sehr gut.“

Noch ist das Spiel nicht gewonnen. Sie gibt dem Kellner ein Zeichen, er nickt von ferne.

„Wärst du einverstanden?“

Sie antwortet nicht.

„Du könntest mir einfach nur sagen, wie das so ist, verstehst du, mit dem Essen, mit dem Schlafen, oder wenn dir das lieber ist, könntest du mir von anderen Leuten erzählen, die du kennst und die in der gleichen Lage sind.“

Immer noch keine Antwort.

„Dann könnte ich dich auch öfter treffen. Und wir könnten etwas zusammen trinken.“

Der Kellner stellt das Bier auf den Tisch, er will *gleich kassieren*, (…) ich halte ihm einen Fünf-Euro-Schein hin, No senkt den Kopf, ich nutze die Gelegenheit und betrachte sie genauer, wenn man sich den Schmutz auf ihrem Gesicht und an ihrem Hals wegdenkt und das ungewaschene Haar nicht beachtet, ist sie sehr hübsch. (…)

Sie hebt den Kopf.

„Und was gibst du mir dafür?“

Es ist spät, mein Vater macht sich wahrscheinlich schon Sorgen, ich nehme den kürzesten Weg nach Hause, und unterwegs gehe ich unser Gespräch immer wieder durch, das ist einfach, denn ich speichere alles, den leisesten Seufzer, ich weiß auch nicht wieso, ich kann es seit meiner frühesten Kindheit, die Wörter prägen sich in meinen Kopf ein wie auf einer Festplatte, sie werden mehrere Tage gespeichert, und ich lösche nach und nach alles, was weg muss, damit der Speicher nicht überläuft.

Das Abendessen ist fertig, der Tisch gedeckt. Meine Mutter liegt im Bett. Mein Vater stellt die Schüssel vor mich hin, er nimmt meinen Teller, um mir etwas aufzufüllen, gießt Wasser in die Gläser, ich sehe, dass er traurig ist, er bemüht sich, fröhlich zu wirken, doch seine Stimme klingt nicht echt. Wie so einiges andere kann ich auch das erkennen, den Ton der Stimmen, wenn sie eine Lüge verhüllen, und die Wörter, die das Gegenteil der Gefühle sagen, ich kann die Traurigkeit meines Vaters erkennen und auch die meiner Mutter, wie eine Unterströmung.

Ich vertilge die Fischstäbchen und das Kartoffelpüree und versuche zu lächeln, um ihn zu beruhigen. Mein Vater ist sehr gut darin, ein Gespräch zu bestreiten und das Gefühl zu vermitteln, es geschehe etwas, wenn nichts geschieht. Er beherrscht die Kunst zu fragen und zu antworten, das Gespräch wieder in Gang zu bringen, abzuschweifen und immer weiter zu reden, allein, während *Maman* schweigt. Normalerweise versuche ich ihm zu helfen, gute Miene zu machen und teilzunehmen, ich hake nach, bitte um Beispiele, führe die Argumentation weiter, suche nach Widersprüchen, doch diesmal kann ich es nicht (…)

„Weißt du, Lou, wir werden einige Zeit warten müssen, bis wir unsere alte *Maman* wiederhaben. Lange Zeit. Aber du

brauchst keine Angst zu haben. Wir schaffen es.“
Im Bett denke ich an No, an ihre Jacke, deren Löcher ich gezählt habe. Es sind fünf: zwei Brandlöcher von Zigaretten und drei Risse.

[...]

Textauszug 3

[...]

Ich leide schon seit langem an Insomnie, ein Wort, das endet wie Hysterie, Hypochondrie, Hypertonie, kurzum: ein Wort, das bedeutet, es ist etwas kaputtgegangen.
Zum Abendessen schlucke ich Gelatinekapseln mit Pflanzenextrakten; und wenn das nicht reicht, gibt mir mein Vater *Ritrovil*, ein Medikament, das einen in ein schwarzes Loch befördert, in ein Loch, in dem man an gar nichts mehr denkt. Ich soll es möglichst selten nehmen, wegen der Gewöhnungsgefahr, aber heute Abend ist mir der Schlaf unerreichbar, ich versuche es schon seit Stunden, ich zähle alles, was sich nur zählen lässt, die Zähne der Schäfchen, die Haare des Sandmännchens und seine Sommersprossen und Muttermale, ich liege unter der Bettdecke wie eine aufgeladene Batterie, das Herz schlägt mir bis zum Hals, in meinem Kopf sind zu viele Wörter, die wild durcheinanderschießen und wie in einer Massenkarambolage zusammenkrachen, völlig verwirrte Sätze kämpfen um einen Platz an der Rampe, während im Hintergrund die Schäfchen im Chor blöken (...)

Eigentlich weiß ich nicht, warum sie eingewilligt hat.
Einige Tage später ging ich wieder hin, sie war vor dem Bahnhof, vor der Polizei-Außenstelle ist ein regelrechtes Obdachlosenlager mit Zelten, Kartons, Matratzen und so, sie stand da und unterhielt sich mit ihnen. Als ich zu ihr ging, richtete sie sich zu ihrer vollen Größe auf und stellte sie mir ganz ernsthaft und zeremoniös vor, Roger, Momo und Michel, und dann, mit der Hand auf mich zeigend: Lou Bertignac, sie ist wegen eines Interviews mit mir hier. Momo grinste, er hatte nicht mehr viele Zähne, Roger streckte mir die Hand hin, und Michel zog ein mürrisches Gesicht. Roger und Momo wollten ebenfalls von mir interviewt werden, sie fanden es lustig, Roger hielt seine Faust wie ein Mikro unter Momos Kinn, also Momo, wie lange hast du schon nicht mehr gebadet, ich fühlte mich ziemlich unwohl in meiner Haut, versuchte mir aber nichts anmerken zu lassen, ich erklärte, es sei für die Schule (damit sie nicht etwa dachten, sie kämen in die Abendnachrichten) und die Untersuchung betreffe ausschließlich Frauen. (...)
No und ich gingen zur Kneipe, unterwegs sagte ich zu ihr, ihre Kumpel seien nett, da blieb sie stehen und antwortete: Auf der Straße hat man keine Freunde. Abends, zu Hause, schrieb ich diesen Satz in mein Heft.

Wir verabreden uns von einem zum anderen Treffen, manchmal kommt sie, manchmal auch nicht. Ich denke den ganzen Tag daran und warte ungeduldig auf den Unterrichtsschluss, sobald es klingelt, renne ich zur Metro, immer in der Angst, sie nicht wiederzusehen, in der Angst, es könne ihr etwas zugestoßen sein.

Sie ist gerade achtzehn Jahre alt geworden, Ende August hat sie ein Heim für Notfälle verlassen, in dem sie bis zu ihrer Volljährigkeit mehrere Monate untergebracht war, sie lebt auf der Straße, aber das hört sie nicht gern, es gibt Wörter, die sie nicht mag, und ich gebe acht, denn wenn sie wütend wird, sagt sie gar nichts mehr, sie beißt sich auf die Lippe und starrt zu Boden. Sie mag die Erwachsenen nicht, sie traut ihnen nicht. Sie trinkt Bier, kaut auf ihren Nägeln, zieht einen Rollenkoffer hinter sich her, der ihr ganzes Leben enthält, sie raucht die Zigaretten, die man ihr schenkt, dreht sich welche selbst, wenn sie Geld für Tabak hat, und sie schließt die Augen, um sich der Welt zu entziehen. Sie schläft mal hier, mal da, bei einer Freundin, die sie im Heim kennengelernt hat und die an der Fleischtheke im Auchan-Supermarkt an der Porte de Bagnolet arbeitet, bei einem Eisenbahnkontrolleur, der sie von Zeit zu Zeit aufnimmt, sie nistet sich bei allen möglichen Zufallsbekanntschaften ein, sie kennt einen Jungen, der ein Ärzte-der-Welt-Zelt ergattern konnte und nun draußen campt, ein- oder zweimal hat er sie darin schlafen lassen, ohne Gegenleistungen zu verlangen, wenn du auf der Rue de Charenton bist, sagte sie mir, dann kannst du gegenüber der Haltestelle vom 29er-Bus sein Zelt sehen, das ist seine Gegend.
Wenn sie nicht weiß, wo sie schlafen soll, dann ruft sie den *SAMU social* an, um eine Notunterkunft zu finden, doch vor Einbruch des Winters ist das schwierig, weil die meisten noch geschlossen sind.
Im *Relais d'Auvergne* haben wir unseren Tisch, ein wenig abseits, unsere Gewohnheiten und unser gemeinsames Schweigen. Sie trinkt ein oder zwei Bier, ich eine Cola, ich bin schon vertraut mit den vergilbten Wänden und deren abblätterndem Anstrich, mit den Wandlampen aus geschliffenem Glas, den altmodischen Bildern und der gereizten Art des Kellners, ich kenne No, ihre Art zu sitzen, leicht schief, ihr Zögern und ihre Schamhaftigkeit, die Energie, die sie aufbietet, um normal zu wirken.
Wir sitzen uns immer gegenüber, ich kann die Müdigkeit auf ihrem Gesicht sehen, sie ist wie ein grauer Schleier, der sie bedeckt, der sie einhüllt und vielleicht schützt. Sie war schließlich damit einverstanden, dass ich mir Notizen mache. Anfangs wagte ich keine Fragen zu stellen, aber inzwischen stürze ich mich ins Gespräch und bringe es notfalls wieder in Gang, ich frage wann, warum, wie. Immer lässt sie es sich nicht gefallen, aber manchmal funktioniert es, dann beginnt sie richtig zu erzählen, mit gesenktem Blick und den Händen unter dem Tisch, manchmal lächelt sie. Sie erzählt von der Angst, der Kälte, dem Umherirren. Der Gewalt. Von dem Hin- und Herfahren mit ein und derselben Metrolinie, um die Zeit totzuschlagen, von den Stunden, die sie in Cafés vor einer leeren Tasse zubringt, mit einem Kellner, der viermal wiederkommt und sich erkundigt, ob *Mademoiselle* noch einen Wunsch hat, von den Waschsalons, wo es warm ist und man in Ruhe gelassen

wird, von den Bibliotheken, vor allem der Bibliothèque de Montparnasse, von den Tagesheimen, den Bahnhöfen und öffentlichen Parks.
Sie erzählt von diesem Leben, von ihrem Leben, von den Stunden, die sie mit Warten verbringt, von der Angst vor der Nacht.

Wenn ich mich abends von ihr trenne, weiß ich nicht, wo sie schläft, meistens verweigert sie mir die Antwort, manchmal springt sie hastig auf, weil irgendwo Aufnahmeschluss ist, sie muss rasch ans andere Ende von Paris, um ihren Platz in einer Warteschlange einzunehmen, eine Reihen- oder Zimmernummer zu bekommen, um in einem von den anderen Benutzern versifften Waschraum zu duschen und dann in einem Schlafsaal nach ihrem Bett zu suchen, dessen Bettzeug voller Läuse und Flöhe ist. (...) Ich sehe zu, wie sie, ihren holpernden Koffer im Schlepptau, durch die Feuchtigkeit der letzten Herbstabende davongeht.

Manchmal lasse ich sie auch vor einem leeren Bierglas zurück, ich stehe auf, ich setze mich, ich trödele herum, ich suche nach etwas, womit ich sie trösten könnte, finde nicht das rechte Wort, ich schaffe es nicht zu gehen, und sie senkt den Blick und sagt nichts.
Und in unserem Schweigen lastet alle Ohnmacht der Welt, unser Schweigen ist wie eine Rückkehr zum Ursprung der Dinge, zu ihrer Wahrheit.

Textauszug 4

Mitten in der Flut treibend, gehe ich durch das große Tor hinaus. Ich sehe sie auf dem Bürgersteig gegenüber. Ich sehe sie sofort: ein dunkler Punkt im Abendlicht. No wartet auf mich. Sie hat sich den Namen meiner Schule gemerkt und ist gekommen. (...) Man sieht von weitem, dass sie schmutzig ist, auf ihrer Jeans sind schwarze Flecken, ihr Haar klebt strähnig zusammen. Ich bleibe reglos stehen, mehrere Minuten lang, die anderen Schüler rempeln mich an, wie in einem Strudel höre ich ringsum Mofageknatter, Lachen und laute Stimmen. Ich stehe da. Ihr gegenüber. Irgendetwas hält mich zurück.
Dann sehe ich ihre geschwollenen Augen, die dunklen Spuren auf ihrem Gesicht, ihre Unsicherheit (...)
Ich gehe hinüber. Ich sage, komm. Sie folgt mir zur *Bar Botté*.
Die Leute schauen uns an. Die Leute schauen uns an, weil No auf der Straße lebt und weil man das so deutlich sieht wie die Nase im Gesicht.

Sie spricht mit gesenktem Kopf, die Hände um ihre Tasse gelegt, sie sucht Wärme, auch wenn die Gefahr besteht, dass sie sich die Handflächen verbrennt. Sie schläft in einer Notunterkunft im Val-de-Marne, man hat sie dort für vierzehn Tage aufgenommen.
Jeden Tag ist sie um acht Uhr dreißig wieder draußen. Für den ganzen Tag.
Sie muss die Zeit totschlagen. Gehen, damit sie nicht friert. Eine geschützte Stelle finden, um sich hinzusetzen.
Ganz Paris durchqueren, um eine warme Mahlzeit zu bekommen. Eine Fahrkarte lösen. Warten. Wieder weggehen. Vor einem Geschäft oder in der Metro um Geld betteln. Wenn sie die Kraft hat. Die Kraft, bitte zu sagen.
Sie muss bald eine andere Unterkunft finden. Das ist ihr Leben. Von Heim zu Heim ziehen. Möglichst lange aushalten. Die Fristen verlängern. Etwas zu Essen auftreiben. Möglichst nicht auf der Straße schlafen. Sie hat versucht, Arbeit zu finden. In den Fastfood-Ketten, den Bars, den Restaurants, den Supermärkten. Doch ohne Adresse oder die Adresse eines Heims ist die Antwort immer dieselbe. Da ist nichts zu machen. Keine Anschrift, kein Job. Sie hat aufgegeben. Sie hätte nie gedacht, dass ihr Leben so beschissen verlaufen würde, als Kind wollte sie Friseuse werden, den Leuten die Haare waschen und färben und später einen eigenen Friseursalon aufmachen. Aber sie hat nichts gelernt, weder das noch sonst etwas, sie hat nichts gelernt. Ich weiß nicht, was ich tun soll, sagt sie, verstehst du, ich weiß es einfach nicht.

Sie schweigt einige Minuten lang, ihr Blick verliert sich im Vagen. Ich würde alles darum geben, meine Bücher, meine Lexika, meine Klamotten, meinen Computer, damit sie ein richtiges Leben hat, mit einem Bett, einer Wohnung und Eltern, die auf sie warten. Ich denke an Gleichheit und Brüderlichkeit, an all die Sachen, die wir in der Schule lernen und die es nicht gibt. Man sollte den Leuten nicht einreden, sie könnten gleich sein, hier oder sonst wo. Meine Mutter hat recht. Das Leben ist ungerecht, mehr ist dazu nicht zu sagen. Meine Mutter weiß etwas, das man nicht wissen sollte. Und deshalb ist sie berufsunfähig, das steht in ihren Versicherungsunterlagen, sie weiß etwas, das sie am Leben hindert, etwas, das man erst wissen sollte, wenn man sehr alt ist. Man lernt, Unbekannte in Gleichungen auszurechnen, abstandsgleiche Geraden zu zeichnen und geometrische Lehrsätze zu beweisen, aber im echten Leben gibt es nichts einzusetzen, zu berechnen und zu erraten. Das ist wie mit dem Tod von Babys. Es ist ein Schmerz und weiter nichts. Ein großer Schmerz, der sich nicht in Wasser auflöst, auch nicht in Luft, eine Art fester Stoff, der allem standhält. (...)

„Und wie war dein Referat?"
Ich erzähle ihr, wie sehr ich mich vor der ganzen Klasse gefürchtet habe, wie meine Stimme anfangs gezittert hat und danach dann gar nicht mehr, denn es war, als wäre sie bei mir gewesen, als hätte sie mir die nötige Kraft gegeben, und dann die Erleichterung, als es vorbei war, der Applaus und all das.
„Und Lucas, du weißt schon, der Junge, von dem ich dir erzählt habe, also er hat mich mindestens zweimal eingeladen, nach der Schule mit zu ihm zu gehen, und außerdem will er, dass ich mit ihm auf die Schlittschuhbahn gehe, aber

jedes Mal drücke ich mich, ich weiß irgendwie nicht, was ich tun soll."

Sie mag es, wenn ich ihr Geschichten erzähle, sie ist wie ein ganz kleines Mädchen, ich merke genau, dass sie wirklich zuhört, vielleicht weil es sie an die Zeit erinnert, als sie noch zur Schule ging, ihre Augen glänzen, also rede ich, ich erzähle ihr von Lucas, dass er zweimal sitzengeblieben ist, (...) über seine leeren Aufgabenblätter und meine hervorragenden Noten, seine drei Tage Ausschluss vom Unterricht und meine als Beispiel hingestellten Hausaufgaben, seine Freundlichkeit mir gegenüber, obwohl ich doch das absolute Gegenteil von ihm bin.

„Und du, warst du schon mal in einen Jungen verliebt?"

„Hm ja, als ich in deinem Alter war. Ich war auf einem Internat in Frenouville. Wir waren nicht in derselben Klasse, aber abends haben wir uns getroffen, statt in den Hausaufgabenraum zu gehen, trieben wir uns draußen rum und setzten uns unter die Bäume, sogar im Winter."

„Wie hieß er?"

„Loïc."

„Und dann?"

„Was, dann?"

„Na ... Was geschah dann?"

„Das erzähl ich dir ein andermal"

Sie redet nicht gern. Es gibt immer einen Augenblick, an dem Schluss ist. Oft auf die gleiche Art: Nicht heute. Ein andermal.

„Warst du traurig deshalb?"

„Ein andermal, hab ich gesagt." (...)

Sie sieht auf die Uhr in der Brasserie und springt auf, in ihrem Heim muss man bis 19 Uhr zurück sein, sonst wird man nicht mehr eingelassen. Ich gebe ihr mein restliches Geld für die Metrokarte. Sie lehnt es nicht ab.

Wir gehen zusammen zur Metro hinunter, unten an der Rolltreppe müssen wir uns trennen.

Ich sage, ich fände es schön, wenn du mich noch einmal besuchen kämst, wenn du kannst. Es ist nicht mehr so schwer zu sagen. Sie lächelt.

„In Ordnung."

„Versprichst du's?"

Sie streicht mir übers Haar, rasch, wie man es bei Kindern macht.

Textauszug 5

Und wenn No zu uns käme? Und wenn wir beschlössen, uns gegen das zu stellen, was man tut oder nicht tut, wenn wir beschlössen, dass *die Dinge* anders sein können, auch wenn es sehr schwierig ist und immer schwieriger, als man denkt. Das ist die Lösung. Die einzige. Bei uns hätte sie ein Bett, einen Platz am Tisch, einen Schrank für ihre Sachen, eine Dusche. Bei uns hätte sie eine Anschrift. Sie könnte wieder nach einer Stelle suchen. (...)

Ich warte einige Tage, bis ich die Sache angehe. Ich warte auf einen günstigen Augenblick. (...)

Eines Abends nehme ich mein Herz in beide Hände, wir sitzen beim Abendessen, meine Mutter hat sich ausnahmsweise nicht ins Bett gelegt, kaum dass es dunkel geworden ist, sie isst mit uns, jetzt oder nie. Ich sage gleich, was ich vorhabe. Ich habe eine große Bitte an sie.

Sie dürfen mich nicht unterbrechen. Unter keinen Umständen.

Sie müssen mich ausreden lassen. Ich habe eine dreiteilige Argumentation vorbereitet, wie Madame Rivery es uns beigebracht hat, mit einer Einleitung vorneweg, um das Thema vorzustellen, und einer Schlussfolgerung auf zwei Ebenen (man muss eine Frage stellen, die zu einer neuen Erörterung, einer neuen Perspektive führt).

In groben Linien sieht der Plan so aus:

Einleitung: Ich habe ein achtzehnjähriges Mädchen kennengelernt, das auf der Straße und in Unterkünften lebt. Sie braucht Hilfe (gleich aufs Wesentliche kommen, ohne Umschweife und Verbrämungen) ...

Römisch I (These): Sie könnte bei uns wohnen, bis sie wieder bei Kräften ist und Arbeit gefunden hat (ich habe konkrete Argumente und praktische Vorschläge in petto). Sie würde im *Arbeitszimmer* schlafen und sich an den im Haushalt anfallenden Arbeiten beteiligen.

Römisch II (Antithese: Man führt selbst die Gegenargumente an, um sie desto besser entkräften zu können): Ja, gewiss, es gibt Institutionen, die auf dergleichen spezialisiert sind, es gibt Sozialarbeiterinnen, es ist nicht unbedingt unsere Aufgabe, eine Person in solcher Lage aufzunehmen, es ist *komplizierter, als man denkt*, wir kennen sie nicht, wir wissen nicht, mit wem wir es zu tun haben.

Römisch III (Synthese): In Frankreich gibt es mehr als zweihunderttausend Obdachlose, die sozialen Dienste sind dem nicht gewachsen. Allnächtlich schlafen Tausende draußen. Es ist kalt. Und in jedem Winter sterben Menschen auf der Straße.

Schlussfolgerung: Was hindert uns an einem Versuch? Was befürchten wir, warum haben wir den Kampf aufgegeben? (Madame Rivery sagt mir oft, meine Schlussfolgerungen seien ein wenig pathetisch, aber manchmal heiligt der Zweck die Mittel.)

Ich habe meinen Vortrag in ein Heft geschrieben und die wesentlichen Punkte rot unterstrichen. Und ich habe vorm Badezimmerspiegel geübt, mit ruhiger Stimme und gemäßigten Handbewegungen. (...)

Ich fange an zu sprechen und verliere sehr bald den Faden, ich vergesse den Plan, ich lasse mich von meinem Wunsch, sie zu überzeugen, fortreißen, von meinem Wunsch, No bei uns zu sehen, auf einem unserer Stühle, auf unserem Sofa, wie sie aus unseren Tassen trinkt, von unseren Tellern isst, ich weiß auch nicht warum, aber ich denke an Goldlöckchen im Bärenhaus, obwohl No schwarzes glattes Haar hat, ich denke an das Buch, das mir meine Mutter vorlas, als ich klein war, Goldlöckchen hat alles kaputtgemacht, Tasse, Stuhl und Bettchen, das Bild taucht immer wieder auf, ich fürchte, mir könnten die Worte ausgehen, also rede ich ganz schnell, ohne irgendetwas richtig auszuführen, ich rede lange, ich glaube, ich erzähle, wie ich No kennengelernt habe, das bisschen, was ich von ihr weiß, ich rede über ihr Gesicht, ihre Hände, den schlingernden Rollenkoffer, über ihr seltenes Lächeln.

Sie hören mir bis zum Schluss zu. Dann kommt nichts.

Lange nichts.

Und dann die Stimme meiner Mutter, die noch seltener zu erleben ist als Nos Lächeln, ihre plötzlich helle Stimme.

„Wir sollten sie kennenlernen."

Mein Vater hebt verblüfft den Kopf. (…) In Ordnung, sagt mein Vater, wir sollten sie kennenlernen, wiederholt er.

Also können *die Dinge* anders sein, also kann das unendlich Kleine groß werden.

Textauszug 6

Auf den Rat meines Vaters hin ist No wieder zu der Sozialarbeiterin gegangen, die für sie zuständig ist. Sie hat Verschiedenes mit den Behörden geregelt und geht zweimal pro Woche in eine Tageseinrichtung, die sich um die Wiedereingliederung junger Frauen aus besonders schwierigen Verhältnissen bemüht. Dort kann sie telefonieren, fotokopieren und einen Computer benutzen.

Es gibt eine Cafeteria, und fürs Mittagessen bekommt sie Gutscheine für die umliegenden Restaurants.

Sie hat angefangen, Arbeit zu suchen.

Mein Vater hat ihr einen Zweitschlüssel machen lassen, sie kommt und geht nach Belieben und isst oft bei Burger King, weil sie dort die Essensgutscheine ausbezahlt bekommt und sich so ihren Tabak selbst kaufen kann, sie antwortet auf Anzeigen, geht in Geschäfte und kommt immer früh nach Hause.

Sie verbringt ziemlich viel Zeit mit meiner Mutter und erzählt ihr von der Arbeitssuche, aber auch andere Dinge, denn meiner Mutter gelingt es am besten, sie zum Reden zu bringen. Manchmal stellt man ihr eine Frage, und dann wird ihr Gesicht verschlossen, sie tut so, als hätte sie nichts gehört, manchmal beginnt sie auch zu sprechen, gerade, wenn wir es am wenigsten erwarten, wenn meine Mutter kocht oder Geschirr wegräumt, oder wenn ich neben ihr Hausaufgaben mache, das heißt, wenn wir ihr unsere Aufmerksamkeit nur teilweise widmen können, wenn wir ihr zuhören können, ohne sie anzusehen. (…)

Im Verlauf weniger Wochen hat No ihren Platz bei uns gefunden, sie hat wieder Farbe bekommen und wahrscheinlich einige Kilo zugenommen, sie begleitet mich mal hierhin, mal dorthin, hängt Wäsche auf, holt die Post aus dem Briefkasten, raucht auf dem Balkon, beteiligt sich an der Auswahl der DVDs. Wir haben die Zeit vorher schon fast vergessen, die Zeit vor No. Wir können Stunden miteinander schweigen, ich merke genau, sie wartet darauf, dass ich sie einlade mitzukommen, es macht ihr Freude, gemeinsam mit mir den Aufzug zu betreten, mit einem gemeinsamen Auftrag, mit mir einzukaufen, mit mir zurückzukehren, wenn es dunkel wird.

Sie ist diejenige, die den Einkaufszettel in die Tasche steckt, eins nach dem anderen ausstreicht und, bevor wir zur Kasse gehen, ein letztes Mal überprüft, ob wir auch nichts vergessen haben – als hinge der Weltfrieden davon ab. Auf dem Rückweg bleibt sie manchmal mitten auf dem Bürgersteig stehen und fragt mich aus heiterem Himmel und ohne erkennbaren Grund:

„Wir sind doch zusammen, Lou, oder?"

Es gibt noch eine weitere Frage, die oft auftaucht und die ich wie die erste mit Ja beantworte, sie will wissen, ob ich ihr vertraue, ob ich Vertrauen zu ihr habe.

Unwillkürlich denke ich an einen Satz, den ich irgendwo gelesen habe, wo genau, weiß ich nicht mehr: Wer sich ständig deines Vertrauens vergewissert, wird es als Erster missbrauchen. Und dann versuche ich, die Worte aus meinem Kopf zu verbannen.

Meine Mutter blättert wieder in Zeitschriften, sie hat sich Bücher aus der Leihbücherei geholt und ein oder zwei Ausstellungen besucht. Sie zieht sich an, sie frisiert und schminkt sich, sie isst jeden Abend mit uns, stellt Fragen, erzählt Anekdoten, ein Abenteuer, das sie tagsüber erlebt hat, eine Beobachtung, sie findet den Gebrauch der Sprache wieder, sie zögert manchmal wie eine Genesende, unterbricht sich, findet den Faden wieder, sie hat Freundinnen angerufen, sich mit ehemaligen Kollegen getroffen und ein paar neue Kleidungsstücke gekauft.

Wenn wir abends am Tisch sitzen, sehe ich den Blick, den mein Vater auf ihr ruhen lässt, diesen ungläubigen, gerührten Blick, der zugleich voller Sorge ist, als hänge all dies, dies so Unerklärliche, an einem seidenen Faden.

Quelle: Delphine de Vigan: No & ich, Übersetzerin: Doris Heinemann, Droemer Knaur GmbH & Co. KG, München, 2010, Auszüge aus den Seiten 13 – 18, 38 – 42, 55 – 60, 98 – 104, 105 – 109, 130 – 135

1. Beschreiben Sie in vollständigen Sätzen, warum Lou gerne am Gare d'Austerlitz ist.

2. Formulieren Sie mit eigenen Worten, was das Treffen mit No bei Lou auslöst. Warum ist Lou so fasziniert von No?

3. Erklären Sie, wo die Unterschiede, aber auch Ähnlichkeiten der beiden Mädchen liegen. In welcher Art und Weise profitieren sie voneinander?

4. „...ich lasse mich von meinem Wunsch, sie zu überzeugen, fortreißen, von meinem Wunsch, No bei uns zu sehen..." (Textauszug 5, Z. 559 ff.)

Erläutern Sie kurz Gründe, warum Lou möchte, dass No bei ihnen einzieht.

5. „Meine Mutter liegt im Bett." (Textauszug 2, Z. 231 f.) und „... sie isst jeden Abend mit uns ..." (Textauszug 6, Z. 641)

Zählen Sie fünf unterschiedliche Dinge auf, die sich für Lous Mutter nach dem Einzug von No geändert haben.

6. Lous Vater hat Sorge, dass das neu gewonnene „Glück" an einem seidenen Faden hängt. Verfassen Sie einen möglichen Schluss der Geschichte. Berücksichtigen Sie dabei, dass sich der Ausgang sowohl positiv als auch negativ entwickeln kann. (mindestens 150 Wörter)

Teil B – Wahlteil

Bearbeiten Sie eine der drei folgenden Aufgaben.

1. Erörterung

Das Ehrenamt – Fluch oder Segen? Erörtern Sie mithilfe der Quellen M1 – 3 die Vor-, aber auch Nachteile, die ein Ehrenamt mit sich bringt. Nehmen Sie Stellung und begründen Sie Ihre eigene Meinung.

M1

Ehrenamtliche Tätigkeit

Erinnern Sie sich noch an Ihren letzten Erste-Hilfe-Kurs? „Als Erstes sprechen wir den Bewusstlosen an. Dann rufen wir laut ‚Hilfe!', um den anderen klarzumachen, dass es jemanden gibt, der Hilfe braucht. Danach prüfen wir die Atmung. Falls wir sie spüren, legen wir den Bewusstlosen in die stabile Seitenlage, wählen ‚112' und halten solange den Körper warm. Am besten mit einer Decke ..."

Daniela Warmberger ist seit Kurzem als Erste-Hilfe-Ausbilderin tätig. Obwohl Sie in Vollzeit als Bankkauffrau arbeitet, hat sie jeden Dienstag Spaß daran, den Abend für andere zu nutzen. Sie liebt es, Menschen zu helfen und ihr Wissen weiterzugeben. Doch was heißt es eigentlich, im Ehrenamt tätig zu sein?

Definition Ehrenamt

Sich ehrenamtlich zu engagieren bedeutet, für eine Organisation freiwillig und ohne Vergütung Arbeit zu leisten. Dies kann verschiedene Gründe haben.

Was bringt mir mein Engagement im Ehrenamt?

Ein Grund kann z. B. Hilfsbereitschaft sein. Daniela Warmberger aus unserem oberen Beispiel liebt es, Menschen zu helfen und ihr Wissen weiterzugeben. Engagierte arbeiten aber auch im Ehrenamt, um neue Freundschaften zu finden, politische Meinungen zu pflegen, Fähigkeiten zu entwickeln, das Selbstwertgefühl zu steigern, Schuldgefühle abzubauen, anderen für selbst erfahrene Hilfe zu danken, Wissen zu erlangen oder einfach nur aus purem Spaß! Sie können gemeinsam mit Ihren Mitmenschen etwas bewegen. Ihre Aufgabe stärkt Ihre sozialen Fähigkeiten und bringt Sie persönlich nach vorn! [...]

Wie ist die Geschichte des Ehrenamts?

Schon im antiken Griechenland und seit dem frühesten Christentum wurde der Einsatz für die Allgemeinheit als persönliche Maxime[1] für jedermann angesehen. Im alten Rom war das Ehrenamt ein öffentliches Amt ohne Vergütung, das auf Freiwilligkeit basierte. Viele Ämter wurden dort freiwillig ausgeübt.

Heute bedeutet der Begriff so etwas wie „Bürgerschaftliches Engagement" oder „Freiwilligenarbeit" und muss kein öffentliches Amt sein. Politische und christliche Leitbilder sind mittlerweile genauso wichtig wie die Selbstentfaltung und die Wertschätzung des Helfenden.

Bekomme ich im Ehrenamt etwas bezahlt?

Die Arbeit im Ehrenamt ist unentgeltlich. Es geht sozusagen um die „Ehre".

Wie viel Zeit benötige ich fürs Ehrenamt?

Wie viel Zeit Sie in Ihr Ehrenamt stecken wollen, entscheiden nur Sie selbst: Sie können z. B. zweimal in der Woche einen Trainerjob im Judoverein übernehmen oder einmal im Jahr krebskranke Frauen in einem Krankenhaus besuchen.

Tipp: Setzen Sie sich mit den Mitgliedern der Organisation in Verbindung und sorgen Sie für Klarheit, in welchem Ausmaß Sie sich gern engagieren würden.

Wie finde ich das richtige Ehrenamt für mich?

Schauen Sie sich am besten ein paar Beispiele für Beschäftigungen im Ehrenamt an:

- Arbeit als Trainer in einem Verein
- Hilfe in Polizei oder Feuerwehr
- Arbeit als Sozial- und Jugendarbeiter
- Arbeit als Erste-Hilfe-Ausbilder
- Hilfe im Rettungs- und Sanitätsdienst, im Roten Kreuz
- Ehrenamtliche Hilfe in der Pflege, z. B. Betreuung Demenzkranker oder Besuchsdienste

- Hilfe beim Senioren-Mittagstisch
- Begleitung todkranker Menschen
- Mitarbeit in religiösen Gemeinden, z. B. Mitgestaltung des Gottesdienstes, Lesen aus der Bibel
- Arbeit als Schöffe (= ehrenamtliche Richter, die bei der Urteilsfindung mithelfen)

Sie sehen, es gibt viele Bereiche, die Sie sich für Ihre ehrenamtliche Arbeit aussuchen können.

[1] Maxime: Lebensregel, Leitsatz

Quelle: https://deutsches-ehrenamt.de/ehrenamt/, Seitenaufruf 8.10.2020

M2

Kritik am Ehrenamt

Ehrenamtliche verdrängen hauptberuflich Tätige, Ehrenamtliche machen es dem Staat leicht, Einschnitte ins soziale Netz vorzunehmen, weil die nicht mehr finanzierten Arbeiten unentgeltlich ausgeführt werden, Ehrenamtliche führen verstärkt Arbeiten aus, für die sie nicht qualifiziert und bei denen sie überfordert sind – diese und weitere Kritikpunkte an ehrenamtlichen Tätigkeiten sind in jüngerer Zeit häufiger zu vernehmen.

Wie stichhaltig solche Argumente sind, muss im Einzelfall betrachtet werden. So wird ein Kämmerer[1] oder Haushaltspolitiker bei Kürzungsmaßnahmen in öffentlichen Haushalten kaum die Begründung verwenden, die betreffenden Leistungen könnten ja auch unentgeltlich von Ehrenamtlichen eingeworben werden. Und dennoch stützt sich das öffentliche Sozialwesen stark auf ehrenamtliches Engagement – und Stellen sind massiv abgebaut worden, etwa in der Jugendarbeit.

Mit zum Teil kontraproduktiven Ergebnissen: Es gibt Untersuchungen, nach denen soziales Engagement ausgerechnet in den Regionen zurückgeht, in denen sich auch der Staat aus seiner Verantwortung zurückzieht. Soziales Bewusstsein braucht also offenbar ein gesamtgesellschaftliches Vorbild, das durch staatliche Fürsorge mitgeprägt wird.

Auch die Gefahr der Überforderung ist ein Argument, das nicht einfach von der Hand zu weisen ist. Wer sich in sozialen Zusammenhängen engagieren möchte, sollte darauf vorbereitet sein oder vorbereitet werden, mit welcher Art von Situationen man dort konfrontiert werden kann. Da kann rasch die Frage auftauchen, ob nicht Professionalität nötig ist – beim Umgang mit Demenzkranken ebenso wie bei der Hilfe für Flüchtlinge oder Jugendliche aus sozial benachteiligten Familien.

Verfechter des Ehrenamts weisen auch darauf hin, dass die Entwicklung in manchen Bereichen auch umgekehrt läuft – aus ursprünglich ehrenamtlich geleisteter Tätigkeit kann mit der Zeit durch eine fortschreitende Professionalisierung feste, bezahlte Arbeit werden. Dies gilt zum Beispiel für die Aids-Hilfe, die in den 1980er Jahren zunächst auf ehrenamtlicher Basis begann, sich mit zunehmendem Bedarf und wachsender Komplexität des Problems aber professionalisierte. Ähnliches gilt für die Hospiz- und Palliativbewegung[2], die zunächst auf freiwilliger Basis entstand, bevor sie sich professionalisierte. So zeigt das Ehrenamt als eine Art gesellschaftliches Frühwarnsystem immer wieder Missstände auf, auf die erst mit einer gewissen Verzögerung mit Hilfe von festen Strukturen und bezahlten Fachkräften reagiert werden kann.

[1] Kämmerer: Verantwortlicher für Finanzen in Kommunalpolitik
[2] palliativ: Therapieform, bei der Schmerzen, aber nicht die Krankheit selbst behandelt werden

Quelle: http://www.oeko-fair.de/verantwortlich-handeln/ehrenamt/kritik-am-ehrenamt, Seitenaufruf 7.10.2020

M3 – Grafik

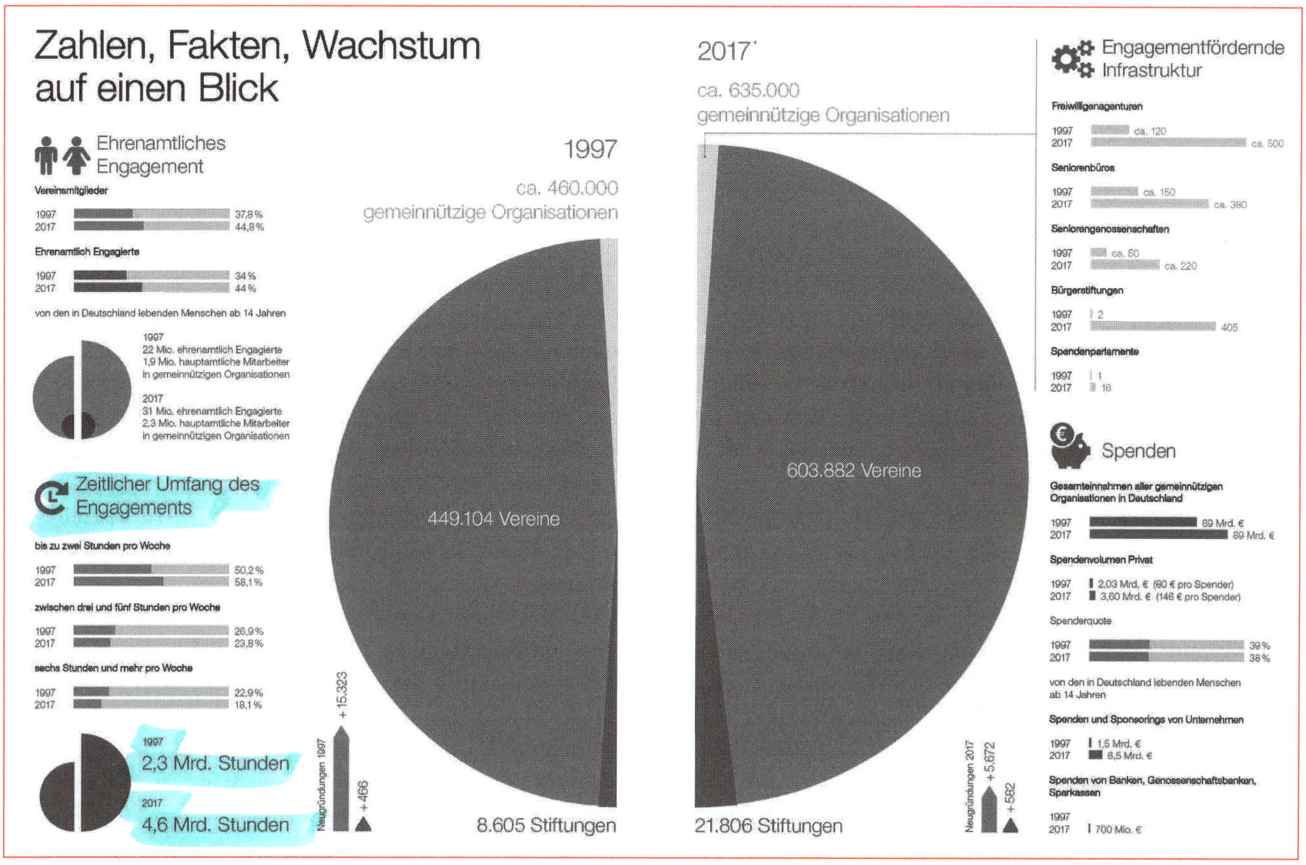

Quelle: https://www.aktive-buergerschaft.de/buergergesellschaft/statistiken-ueber-buergerengagement/

2. Lyrik

von Carl Peter Fröhling

Wo du ein Glück
dem andern schaffst,
da bist du ganz bei dir.
Du öffnest deine Herzenstür,
verströmst dich selber für und für
und bleibst doch ganz bei dir.

Quelle: © Carl Peter Fröhling (*1933), Dr. phil., deutscher Germanist, Philosoph und Aphoristiker, in: https://www.aphorismen.de/gedicht/45264, Seitenaufruf 22.10.2020

Fertigen Sie zu diesem Gedicht eine Textbeschreibung an. Beachten Sie insbesondere folgende Punkte:

- Fehlende Überschrift
- Reimform und Aufbau
- Sprachliche Mittel und deren Wirkung
- Kernaussage des Gedichts

Schreiben Sie einen zusammenhängenden, gegliederten Text. Achten Sie auf korrekte Sprache und Rechtschreibung. Beides wird bewertet.

3. Prosa

Vor Gericht (Heinz Liepman)

Ich war vor zwei Monaten in New York City angekommen und lebte mit zwei Freunden, die wie ich von Deutschland gekommen waren, in einem dunklen, schäbigen Zimmer, das uns Mr. Murphy, ein fetter, jähzorniger Ire, vermietet hatte.

Wir hatten kein Geld und keine Jobs und lebten von Gelegenheitsarbeiten. Mr. Murphy war ein Witwer mit fünf Kindern, und Jimmy war das jüngste. Das Haus, wo wir wohnten, war eine der riesigen Mietskasernen in dem armseligen, übervölkerten Viertel der Stadt im Süden Manhattans, in dem die erste Generation der Einwanderer lebte – Griechen, Iren, Juden, Franzosen, Deutsche, Russen und Italiener.

Als wir ungefähr drei Monate bei Mr. Murphy gewohnt hatten, wurde Jimmy krank. Von Anfang an sah es ziemlich hoffnungslos aus. Kurt, der früher ein prominenter Kinderarzt in Berlin gewesen war, ging zu Mr. Murphy.

„Mr. Murphy", sagte er, „Sie wissen, dass ich Jimmy nicht behandeln darf, da ich das amerikanische Staatsexamen noch nicht abgelegt habe. In vier Monaten wird es soweit sein, aber darauf kann Jimmy nicht warten. Sie müssen sofort einen Arzt holen."

„Können wir ihn nicht in ein Krankenhaus bringen?", fragte Mr. Murphy. „Hier zu Hause können wir nicht für ihn sorgen. Ich muss zur Arbeit gehen – wegen der anderen Kinder …"

„Jimmy kann nicht transportiert werden. Machen Sie sich deswegen keine Sorgen. Wir drei werden aufpassen. Nur ein Arzt!" Jimmy stöhnte in seinen Fieberträumen. Sein blondes Haar klebte an seiner schweißnassen Stirn.

Der Arzt kam zweimal, ein dünner, alter Italiener mit einem Monokel und zittrigen Händen. Er kam morgens um zehn und noch einmal am Nachmittag. Gegen Mitternacht stieg das Fieber, und der Atem begann zu rasseln. Kurt schickte Mr. Murphy wieder zum Arzt, aber nach einer Weile kam er allein zurück. „Er will nicht kommen", flüsterte er, Tränen hilfloser Wut in den Augen. „Ich habe seinen letzten Besuch noch nicht bezahlt. Er will erst das Geld sehen …"

Die niedrige Stube war voll mit Menschen. Die Brüder und Schwestern Jimmys standen schlaftrunken und angstvoll im Schatten. Ein paar Nachbarn – eine dicke Italienerin, ein alter Jude mit silbrigem Bart, ein polnischer Priester – standen bei der Tür, flüsterten, zählten Münzen, schüttelten die Köpfe. Mr. Murphy starrte auf das röchelnde Kind. Er drehte sich zu Kurt um und flüsterte wild: „Sie sind doch ein Arzt! Um Himmels willen, lassen Sie das Kind nicht sterben!" Auf einmal sahen alle auf Kurt. Sein Gesicht war blass.

Ich wusste, was in ihm vorging. In ein paar Monaten würde er sein Examen machen und ein neues Dasein beginnen. Auf der einen Seite stand das Gesetz, war leuchtende Zukunft, Frieden, Wohlstand – und auf der anderen Seite war Undank gegenüber dem Land, das ihm eine neue Heimat bot, Bruch des Gesetzes und Vertrauens und, wenn er erwischt würde, neue Heimatlosigkeit, neues Elend. Dazwischen aber ein leidendes Kind, schweißüberströmt, geschüttelt von Fieber und Schmerzen …

Zehn Tage lang kämpfte Kurt um das Leben von Jimmy Murphy. Er schlief selten und wurde dünn und hager. Aber dann war die Krisis vorüber und das Kind gerettet. Und nun beginnt die eigentliche Geschichte.

An dem Tag, an dem Jimmy zum ersten Mal aufstehen durfte, kamen zwei Polizisten und verhafteten Kurt. Der alte italienische Arzt hatte Anzeige erstattet. Am gleichen Tag ging eine seltsame Bewegung durch unser Haus und unsere Straße. Die Russen, die Italiener, die Juden, die Iren und die Deutschen steckten die Köpfe zusammen, und ihre grauen Gesichter waren rot und zornig.

Am nächsten Morgen ging kein einziger dieser Männer zur Arbeit. Sie gingen zum City-Court, dem Gericht der Stadt New York. Ich war selber dabei. Sie füllten den Gerichtssaal, es müssen ihrer über hundert gewesen sein, und als Kurt aufgerufen wurde, drängten sie sich alle vor, und der Richter blickte erstaunt von seinem Podium hinunter auf die merkwürdige, schweigende Menge von Männern, Frauen und Kindern.

„Schuldig oder nicht schuldig?", fragte der Richter. Aber bevor Kurt den Mund öffnen konnte, riefen hundert Stimmen gleichzeitig „Nicht schuldig!"

„Ruhe!", donnerte der Richter. „Ich werde den Saal räumen lassen, wenn ich noch einen Laut höre …" Er wandte sich wieder an Kurt. „Angeklagter, plädieren Sie für schuldig oder …" Und dann stockte er auf einmal und blickte auf die schweigenden Leute, die müden und runzligen Gesichter, die gebeugten Rücken.

„Was wollt denn ihr?", fragte der Richter ganz unzeremoniell, und als mehrere auf einmal zu sprechen begannen, wies er auf Mr. Murphy, der direkt hinter Kurt stand.

„Sie da!"

Und dann begann Mr. Murphy zu sprechen, und der Richter sagte gar nichts und sah nur von einem zum anderen. „So sind wir hierhergekommen", endete Mr. Murphy, „die Nachbarn meine ich damit. Wenn Sie unseren Doktor verurteilen, sind wir hier, um für ihn zu bürgen. Und wir haben gesammelt, falls er eine Geldstrafe bekommt, für das, was er begangen hat – nämlich meinem Kind das Leben gerettet. Wir haben sechsundachtzig Dollar gesammelt …"

Der Richter erhob sich und lächelte. Es sah merkwürdig aus, wie dieser Mann im schwarzen Talar plötzlich lächelte und von seinem Podium zu Kurt hinunterstieg und seine Hand ausstreckte. „Ich drücke Ihnen die Hand", sagte der Richter mit leiser Stimme. „Sie werden einmal einen guten

Amerikaner abgeben." Dann stieg er rasch auf sein Podium zurück und klopfte mit dem Hammer auf den Tisch. Alles erhob sich.

„Sie haben gegen das Gesetz verstoßen", sagte der Richter, „um einem höheren Gesetz zu gehorchen. Ich spreche Sie frei und – und Ihnen allen danke ich, dass Sie gekommen sind, um für den Angeklagten zu zeugen. – Nächster Fall!"

Quelle: Heinz Liepman: Vor Gericht, in : https://aventin.de/gerichtsverhandlung-in-new-york/, Seitenaufruf am 29.10.2020

Fertigen Sie eine Textbeschreibung an. Beachten Sie insbesondere folgende Punkte:

- Erzählform
- Zwiespalt zwischen der Rettung des Kindes und dem Bruch des Gesetzes
- Solidarität der Nachbarn
- Reaktion des Richters

Schreiben Sie einen zusammenhängenden, gegliederten Text. Achten Sie auf korrekte Sprache und Rechtschreibung. Beides wird bewertet.

Bearbeitungszeit: 240 Minuten

Teil A – Pflichtteil

A1 – Sachtext

Das kurze Leben der Elektrogeräte (Birgit Amrehn)

Kurz nachdem die Garantie abgelaufen ist, gehen viele elektrische Geräte kaputt. Der Verdacht liegt nahe: Hersteller bauen gezielt für den Müll. Doch beweisen lässt sich dies nicht. Fakt ist: Bei der Entwicklung eines Elektrogeräts planen die Hersteller, wie lange es voraussichtlich funktionieren wird. „Haltbarkeit spielt dabei keine Rolle mehr“, regt sich Stefan Schridde auf. Seit Jahren kämpft er mit seiner Kampagne „Murks? Nein, danke!“ für nachhaltige Produktqualität. Er ist sich sicher: Allzu oft bauen Hersteller absichtlich einen Defekt in das Gerät. Denn wenn der Kunde neu kaufen muss, wird der Umsatz angekurbelt. Fachleute nennen das „geplante Obsoleszenz“. Ob fest verbaute Akkus, Kunststoffzahnräder, die sich gegenseitig zerfräsen oder falsch bemessene Kondensatoren – Schridde wird nicht müde, Beispiele von „Murks“ zu sammeln. Sein Lieblingsobjekt ist ein Milchaufschäumer eines Markenherstellers. Um das Gehäuse zu öffnen, sind zwar Schrauben vorhanden, doch letztendlich hilft nur zerstörerische Gewalt: Das Gehäuse ist zusätzlich verklebt. Eine Reparatur ist vom Hersteller nicht eingeplant. Bauen die Hersteller solche Schwachstellen also extra ein?

Wasserdicht beweisen kann selbst Stefan Schridde es nicht. Doch es gibt einige Indizien. Die meisten wurden bislang bei der Glühbirne gefunden: In den 1940er Jahren flog ein geheimer Zusammenschluss internationaler Glühlampenhersteller auf. In den Akten des sogenannten Phoebuskartells steht es schwarz auf weiß: Die Lebensdauer einer Glühbirne ist auf 1000 Stunden zu begrenzen. Brennt eine Birne länger, wird der Hersteller mit empfindlichen Geldbußen bestraft. Doch weitere Beweise blieben bislang aus. Die Stiftung Warentest stellte vor einigen Jahren zwar fest, dass diverse Produkte unerfreulich kurzlebig sind. Doch ihre Testergebnisse ergaben keinen Rückschluss darauf, dass Hersteller absichtlich Fehlerquellen einbauten. Und auch eine 2016 vom Umweltbundesamt veröffentlichte Studie fand keine Indizien dafür. Zwar plane der Hersteller die Lebensdauer, doch sei er dabei verschiedenen Faktoren unterworfen. Zum Beispiel müsse er möglichst günstig produzieren, um auf dem Markt bestehen zu können. Technik und Material hätten Leistungsgrenzen.

„Ob es geplante Obsoleszenz gibt oder nicht – diese Frage muss gar nicht unbedingt beantwortet werden, um zu wissen, dass wir handeln müssen“, sagt Ines Oehme vom Umweltbundesamt „Unser Ziel ist es, dass die Menschen sich auf eine Mindestlebensdauer verlassen können und ihre Geräte so lange wie möglich nutzen. Und dafür müssen wir auf vielen Ebenen die Bedingungen verbessern.“ Denn eines förderte die von ihr begleitete Studie sehr wohl zu Tage: Elektrogeräte werden immer kürzer genutzt. Besonders der Anteil von Haushaltsgroßgeräten, die bereits in den ersten fünf Jahren kaputt gehen, stieg deutlich an.

Doch nicht nur die Hersteller werden in der Studie zur Verantwortung gezogen, sondern auch die Verbraucher. Viele kaufen sich frühzeitig ein neues Gerät, obwohl das alte noch voll funktionsfähig ist. Besonders bei Smartphones und Fernsehern wollen viele die neueste Technologie oder das neueste Modell besitzen. Egal aus welchen Gründen Elektrogeräte kurz genutzt werden, für das Umweltbundesamt ist das unter ökologischen Gesichtspunkten ein Dorn im Auge. Die Herstellung der Produkte verbraucht wertvolle Ressourcen; Schadstoffe und Treibhausgase belasten Umwelt und Klima. Doch was tun? „Wir müssen uns als Gesellschaft darauf einigen, wie lange ein Gerät mindestens halten soll“, meint Ines Oehme. „Oder wie lange Ersatzteile vorhanden sein müssen und Software weiter unterstützt werden muss.“ Bei Staubsaugern regelt das bereits die Ökodesign-Richtlinie. Sie legt fest, dass spätestens ab dem 1. September 2017 der Motor mindestens 500 Stunden durchhalten muss. Das entspricht einer durchschnittlichen Lebensdauer von zehn Jahren. Mit der Ökodesign-Richtlinie ließen sich auch für andere Produktgruppen Mindestanforderungen festlegen, etwa wie lange sie halten müssen oder dass sie zu reparieren sein müssen. Für Stefan Schridde, den „Murks“-Initiator, geht das zu langsam. Er fordert eine Änderung des gesetzlichen Gewährleistungsrechts. Kunden können bisher zwei Jahre lang den Handel für defekte Elektrogeräte haftbar machen. Nach einem halben Jahr müssen sie jedoch nachweisen, dass sie nicht selbst den Defekt verursacht haben. Könnte der Kunde den Handel längere Zeit ohne Nachweis einer Ursache in Haftung nehmen, würde laut Schridde die Qualität automatisch steigen. Und er müsse nicht weiter so viel Murks sammeln.

Quelle nach: https://www.planet-wissen.de/gesellschaft/wirtschaft/konsum/geplante-obsoleszenz-100.html. Stand: 1.4.2020

Textverständnis

1. Prüfen Sie, welche der folgenden Aussagen mit dem Sachtext übereinstimmen. Notieren Sie entsprechend **trifft zu / trifft nicht zu**. **3 P**

a) Ein geheimer Zusammenschluss internationaler Glühlampenhersteller legte in den 1940er Jahren fest, die Lebensdauer einer Glühbirne auf 1000 Stunden zu begrenzen.

b) Die Stiftung Warentest fand in einer Studie viele Indizien, die beweisen, dass Hersteller absichtlich Fehlerquellen einbauen.

c) Der Anteil an Haushaltsgeräten, die in den ersten fünf Jahren nicht kaputt gehen, stieg deutlich an.

d) Viele Konsumenten kaufen sich erst dann ein neues Gerät, wenn das alte nicht mehr-funktionsfähig ist.

e) Unter ökologischen Gesichtspunkten ist die kurze Lebensdauer von Elektrogeräten nicht vertretbar.

f) Handrührgeräte müssen seit September 2017 eine Laufzeit von mindestens 500 Stunden aufweisen.

2. Erklären Sie den Begriff „geplante Obsoleszenz". **1 P**

3. Das Umweltbundesamt kritisiert die kurze Lebensdauer aus ökologischen Gesichtspunkten. Formulieren Sie zwei Gründe dafür. Antworten Sie in vollständigen Sätzen. **2 P**

4. Erläutern Sie das aktuelle gesetzliche Gewährleistungsrecht. **1 P**

5. Beschreiben Sie zwei Gründe, warum Elektrogeräte immer kürzer genutzt werden. **2 P**

6. Begründen Sie, warum laut Stefan Schridde eine Änderung des gesetzlichen Gewährleistungsrechtes automatisch zu einer Qualitätssteigerung führen würde. **1 P**

Sprachgebrauch

7. Rechtschreibung **4 P**

Bestimmen Sie die korrekte Schreibweise des unterstrichenen Wortes und benennen Sie die angewandte Rechtschreibstrategie/Rechtschreibregel.

Bsp.: *kommen/komen: kommen → Strategie: Schwingen, kom-men*

a) Ein schneller Defekt bei Kleingeräten ist nichts Überraschendes/überraschendes.

b) Erste Anzeichen für das drohende Ende der Lebensdauer sind zunehmend laute Gereusche/Geräusche des Gerätes.

c) Manche Elektrogeräte können bei intensiver Nutzung leicht in Brand/Brant geraten.

d) Für den Konsumenten ist es am Besten/besten, wenn er ein qualitativ hochwertiges Gerät mit einer langen Lebensdauer kauft.

8. Zeichensetzung **2 P**

Übertragen Sie die unten stehenden Sätze und setzen. Sie die fehlenden Kommas. Begründen Sie jeweils mit der passenden Kommaregel.

a) Der Umsatz wird angekurbelt wenn der Kunde neue Geräte kaufen muss.

b) Smartwatches die technisch schnell veralten sind besonders bei Jugendlichen sehr beliebt.

9. Indirekte Rede **1 P**

Formulieren Sie die folgende Aussage in indirekter Rede. Verwenden Sie den Konjunktiv I.

Ines Oehme vom Umweltbundesamt sagt: „Unser Ziel ist es, dass die Menschen sich auf eine Mindestlebensdauer verlassen können [...]." (Z. 44 f.)

10. Tempus **2 P**

Bestimmen Sie das Tempus. Verwenden Sie den lateinischen Fachbegriff.

a) Er muss nicht weiter so viel Murks sammeln.

b) In den Akten des sogenannten Phoebuskartells hatte es schwarz auf weiß gestanden.

c) Eine Änderung des gesetzlichen Gewährleistungsrechts wird 2030 bereits umgesetzt worden sein.

d) Der Hersteller hat bewusst Schwachstellen in die Elektrogeräte eingebaut.

11. Aktiv/Passiv **1 P**

Formulieren Sie den Satz im Passiv.

Verbraucher kaufen frühzeitig neue Geräte, obwohl die alten noch voll funktionsfähig sind.

12. Wortarten **2 P**

Bestimmen Sie die Wortarten der unterstrichenen Wörter und notieren Sie die lateinischen Bezeichnungen.

„<u>Ob</u> (1) es geplante Obsoleszenz <u>gibt</u> (2) oder nicht – <u>diese</u> (3) Frage muss gar nicht unbedingt beantwortet werden, um zu wissen, dass <u>wir</u> (4) handeln müssen." (Z. 41 ff.)

13. Feldermodell **2 P**

Erstellen Sie eine beschriftete Feldertabelle.
Tragen Sie den folgenden Satz ein, ohne ins Nachfeld zu schreiben:

Ein Elektrogerät sollte eine Mindestlebensdauer haben, weil dies aus ökologischen Gesichtspunkten nachhaltiger ist.

14. Umgang mit Sprache

Erklären Sie die Formulierung: „ein Dorn im Auge". (Z. 60) **1 P**

A2 – Literatur

Gabriele Clima: Der Sonne nach

15. Nennen Sie drei bedeutsame Figuren, denen Dario oder Andy auf ihrer Reise begegnen und erklären Sie kurz deren Bedeutung. **3 P**

16. *„Also, dann hör mir mal gut zu. Du bist nicht der Einzige. Ich sitze auch in einem Rollstuhl. Seit neun Jahren schon. Hat bloß keiner mitbekommen."* (S. 102) **4 P**

Zeigen Sie auf, warum Dario seine Gesamtsituation so empfindet (vier Aspekte).

17. *„In Ordnung", sagte die Delfrati schließlich. „Tun wir so, als wäre nichts passiert."* **2 P**
Na toll, dachte Dario, das ist genau die Antwort, wie man sie von einem Weichei erwartet. (S. 21)

Nennen Sie zwei Gründe, warum Dario Frau Delfrati in dieser Situation als „Weichei" empfindet.

18. *„Deswegen, Dario, was auch immer du mit Andy gemacht hast, ich möchte nicht, dass du damit aufhörst."* (S. 149) *3 P*

Erklären Sie, wodurch Dario Andys positive Entwicklung beeinflusst hat (drei Aspekte).

19. Innerer Monolog **13 P**

„Er hatte nur noch einen Gedanken, zu verschwinden, er wollte nur noch von hier weg, weit weg, einfach abhauen.
Aber abgehauen war er ja schon. Und war hier ‚Am Park' gelandet. Wo es keine Villen gab. Keine Tore mit goldenen Klingelschildern. Es gab nicht einmal einen Vater." (S. 125)

Stellen Sie in einem inneren Monolog drei weitere Gedanken Darios dar.

(mindestens 200 Wörter)

ODER

19. Tagebucheintrag **13 P**

„Dario sagte nichts, aß nichts, kam tagelang nicht aus seinem Zimmer, monatelang, jahrelang, wer konnte das schon sagen, wie bemisst man die Zeit, wenn man sich in seinem Zimmer verkriecht?" (S. 142)

In dieser Situation schreibt Dario einen Tagebucheintrag, in dem er thematisiert, was ihm der gemeinsame Ausflug bedeutet und was er durch Andy gelernt hat. Schreiben Sie diesen Tagebucheintrag.

(mindestens 200 Wörter)

Teil B – Wahlteil

Bearbeiten Sie eine der drei folgenden Aufgaben. **50 P**

1. Erörterung

Erörtern Sie, welche Argumente für und gegen ein Verbot von Feuerwerkskörpern sprechen jeweils mindestens drei Argumente). Verwenden Sie den Text für Ihre Argumentation. Begründen Sie Ihre eigene Meinung. Formulieren Sie einen zusammenhängenden, gegliederten Text.

Debatte über Feuerwerk: Brauchen wir ein Böllerverbot? (Martin Franke)

Es ist fast zwölf Monate her, dass die Deutsche Umwelthilfe (DUH) ankündigte, ein Böllerverbot in deutschen Großstädten mit hoher Feinstaubbelastung durchzusetzen. Notfalls auch vor Gericht. Kurz vor Weihnachten hieß es dann von der Organisation etwas zurückhaltender: „39 Prozent der belasteten Feinstaub-Städte sind für Feuerwerk-Verbotszonen." Städte wie Hamburg, München, Stuttgart und Köln haben Verbotszonen für private Silvester-Knaller in der Innenstadt angekündigt. Auch in Berlin sind Raketen und Böller in der Silvesternacht von 18 Uhr bis 6 Uhr zum ersten Mal nicht nur auf der Partymeile am Brandenburger Tor verboten, sondern auch auf dem nördlichen Alexanderplatz. Die Polizei hat angekündigt, Feuerwerkskörper in den betroffenen Zonen notfalls „mit Zwang" zu beschlagnahmen. In den vergangenen Jahren waren auf dem Alexanderplatz und in Schöneberg immer wieder Rettungskräfte und Polizisten mit Böllern beworfen worden.

Die meisten Deutschen sind aus Umwelt- und Sicherheitsgründen für ein Verbot von Böllern zu Silvester. Laut einer repräsentativen Befragung des Meinungsforschungsinstituts YouGov mit 2000 Teilnehmern für das „RedaktionsNetzwerk Deutschland" befürworten 57 Prozent ein Verbot. 36 Prozent sprechen sich gegen ein Verbot aus, sieben Prozent sind unschlüssig.

Silvesterraketen, Böller und bunte Batterien haben eine lange Tradition. Das Schwarzpulver wurde vor mehr als 1000 Jahren in China erfunden. Im Mittelalter war es den Reichen am feudalen Hofe vorbehalten, um Gäste bei Feierlichkeiten zu unterhalten. Erst im 19. Jahrhundert wurde es der breiten Öffentlichkeit zugänglich gemacht. In den vergangenen Jahren ist der Wirtschaftszweig gewachsen: Gaben die Menschen in Deutschland 2007 noch 100 Millionen Euro für Feuerwerk aus, waren es 2017 bereits 137 Millionen Euro. Dabei ist der Verkauf auf nur drei Tage bis zum 31. Dezember begrenzt. Spannend dürfte sein, ob die Debatte um Klimaschutz die Verkaufszahlen in diesem Jahr nach unten drücken wird, und Hersteller wie Weco und Comet einen Rückgang ihrer Einnahmen zu spüren bekommen – oder ob Verbraucher das Thema für ein paar Minuten ausblenden.

Eine Gefahr für das eigene Leben kann nicht nur von der eigenen Rakete ausgehen. Jedes Jahr gibt es Berichte über teils schwere Verbrennungen, verstümmelte Hände und verlorenes Augenlicht. All diese Verletzungen wären vermeidbar, warnen Ärzte immer wieder aufs Neue, zahlreiche Noteinsätze ebenso. Silvesterböller können das Gehör dauerhaft schädigen. Die Knallkörper erzeugen eine Lautstärke bis zu 120 Dezibel.

Ein weiterer Aspekt ist die Umweltverschmutzung. In einer Pressemitteilung der DUH heißt es, dass die Feinstaubmenge, die durch das Feuerwerk zum Jahreswechsel freigesetzt wird, 16 Prozent der jährlich im Straßenverkehr entstehenden Menge entspreche. Die Menschen verschmutzen zum Spaß nicht nur die Luft, die sie atmen, sondern auch die Natur in ihrer Nachbarschaft. Raketen und Böller landen ohne Umwege in der Umwelt und bleiben dort teilweise monatelang liegen.

Manche Händler verzichten deswegen bereits auf den Verkauf von Feuerwerkskörpern. Andere verdienen am Silvesterkrach weiter viel Geld: Bei einem Discounter gibt es in diesem Jahr ein sogenanntes Systemfeuerwerk mit 152 Schuss für 50 Euro. Brenndauer: etwas mehr als zwei Minuten. […]

Leidtragende der Jahreswende sind auch Tiere: Hunde, Vögel, Waldbewohner. Sie sind diejenigen, die vor dem Fest keine Warnung erhalten und oft auch keinen Rückzugsort haben. In anderen Ländern haben die Tiere es besser, dort wird der Rutsch ins neue Jahr ohne viel Lärm gefeiert: In Spanien kommen die Menschen um Mitternacht zum Beispiel mit einer Tüte Trauben zusammen, in den letzten zwölf Sekunden des Jahres essen die Feiernden jeweils genau zwölf Trauben.

Einzig gegen ein Verbot spricht ein wichtiges Argument: das Verbot selbst. Es wäre die letzte Option des Gesetzgebers, die aber auch in die individuelle Freiheit von Menschen eingreift. Ein generelles Böllerverbot für die ganze Republik ist zudem unrealistisch, auch wenn es dazu Initiativen und Petitionen gibt. Städte und größere Orte könnten viel eher darüber sprechen und Verbotszonen einrichten.

Quelle nach:https://www.faz.net/aktuell/gesellschaftlmenschen/silvester-brauchen-wir-ein-boellerverbot-16552841.html. Stand: 17.06.2020

2. Textbeschreibung Lyrik

Gagarin[1] (Günter Kunert, 1929 – 2019)

Als er durch des Himmels Bläue aufgefahren,
Schien es, er bewege sich nicht länger fort,
Und er hänge fest in dieser schwarzen Weite,
Und die Erde drehe sich vor seinem Fenster dort.

Eine unfaßbare Kugel nannte er nun Heimat,
Und wie nie vorher kam sie ihm plötzlich nah,
Da er, fern von ihr in den Unendlichkeiten,
Stumm und reglos auf sie niedersah.

Und er liebe sie, die sich ihm zeigte,
Weil sie doch der Menschen Mutter war,
Immer noch die Söhne nährend und behausend,
Aber auch durch sie in tödlicher Gefahr.

Während seiner Rückkehr zum Planeten
Ward ihm klar: Die Erde ist nur eins.
Die darauf sind, müssen miteinander leben,
Oder von ihr wird es heißen: Leben keins.

[1] Juri Gagarin: russischer Kosmonaut, umkreiste 1961 als erster Mensch die Erde.

Die Rechtschreibung entspricht nicht den aktuellen Regeln.

Quelle: Kunert, Günter: Der ungebetene Gast. Gedichte, Aufbau Verlag, Berlin/Weimar, 1965

Untersuchen Sie dieses Gedicht und beschreiben Sie dabei folgende Punkte:

- Sprachliche Mittel und deren Wirkung
- Perspektive, Gedanken und Erkenntnisse des Kosmonauten

Formulieren Sie einen zusammenhängenden, gegliederten Text.

3. Texbeschreibung Prosa

Das Glück (Marion Miller)

Sie fasst es nicht, kann es nicht begreifen: 60.000 Mark, sechzig große Scheine. Fünf Richtige und Zusatz: Sie hat richtig getippt. Fünfzehn Jahre lang jeden Freitag Zahlen angekreuzt. Geburtstage, Hochzeitstage, Sterbetage; fünfzehn Jahre lang geträumt, fünfzehn Jahre gehofft. Sie hält den Brief in gichtigen Händen – ihr Name, der Geldbetrag und „dürfen wir Sie zu Ihrem Gewinn herzlich beglückwünschen!" Kein Zweifel, sie ist gemeint. Sie hält den Brief ganz fest, spürt Kälte ins Gesicht steigen, legt die Hände vor die Augen, weint. Gestern Rentnerin, gestern arm, gestern gespart, gestern sich nichts geleistet, gestern an vollen Schaufenstern vorbeigehuscht. Nie hatte sie Geld. Und nun dieser Augenblick. Sie zieht das Sonntags-Dunkelblaue an, fährt in die Stadt, will das Glück auf die Probe stellen, Freude kaufen, Sehnsüchte bar bezahlen. Brechende Schaufenster, das Fest der Augen, die Flöte des Rattenfängers: kaufen, dazugehören, Geld ausgeben, glücklich sein. Die Verkäuferin warnt, dies sei ein teures Kleid, Material, Verarbeitung. Lächeln, sie möchte anprobieren, sie hat Geld. Bitte, gnädige Frau. Das Wort dröhnt in ihren Ohren: gnädige Frau! Zum ersten Mal in ihrem Leben. Sie kauft das Kleid nicht, der Spiegel hat sie ausgelacht. Sie kauft auch keinen Pelz, der schwarze Wollmantel hält warm, tut es noch ein paar Jahre. Keinen Farbfernseher: ihre Augen sind müde, chronische Bindehautentzündung, tränig von dem, was sie sahen, durch siebzig Jahre. Kein Haus: sie ist allein. Keine Reisen in ferne Märchenländer: sie glaubt nicht mehr an Märchen. Fünf Richtige und Zusatz: was soll das Geld. Fünfzig Jahre früher hätte sie es gebraucht. Ein Haus für die Familie, die Kur für den Mann, den teuren Arzt für das Kind, den warmen Pelz, das schicke Kleid. Nie hat das Geld gereicht. Nun braucht sie keins mehr. Der Schalterbeamte holt den Direktor. Der redet auf sie ein, ob sie sich das auch gut überlegt hat: Geld legt man an, damit es sich vermehrt. Niemand verschenkt Geld, auch nicht an die Kirche. Sie bleibt dabei, sie will das Geld nicht. Schreibt den Scheck, malt mit zittrigen Händen die Riesenzahl, ihren Namen: Zahlen Sie aus meinem Guthaben.

Quelle: Marion Miller: Glück und Sinn, Schulbuch für Ethik, Klett, 1987

Untersuchen Sie diesen Prosatext und beschreiben Sie dabei folgende Punkte:

- den Titel und die sprachlichen Mittel in Bezug auf den Inhalt
- die Merkmale der Kurzgeschichte belegt an Textbeispielen
- die Erkenntnis der Hauptfigur

Formulieren Sie einen zusammenhängenden, gegliederten Text.

Notizen

Die Abschlussprüfung

Es gibt in der Mathematik-Prüfung für den Mittleren Abschluss charakteristische Aufgaben, die sich in ähnlicher Form jedes Jahr wiederholen. All diese Aufgaben lassen sich im Wesentlichen den in diesem Trainingsteil dargestellten Themenbereichen zuordnen. Jeder dieser Bereiche ist in vier Teile gegliedert.

1. **Basiswissen**
   Darin finden Sie die wichtigsten Formeln und Gesetze, die als Grundwissen vorausgesetzt werden und zur Lösung der Aufgaben unbedingt erforderlich sind.
2. **Typische Aufgabenstellung**
   So könnte eine Aufgabe aussehen. Sie wird sehr ausführlich, teilweise mit mehreren Lösungswegen, vorgerechnet.
3. **Übungsaufgaben**
   Anhand von mindestens sechs Übungsaufgaben können Sie überprüfen, ob Ihr Grundwissen und Ihre mathematischen Fertigkeiten ausreichen, um alle gestellten Aufgaben zu bearbeiten.
4. **Lösungen** (im separaten Lösungsband)
   Alle Übungsaufgaben werden in leicht nachvollziehbaren Lösungsschritten vorgerechnet. Viele hilfreiche Tipps erleichtern die Lösungsfindung bei ähnlichen Aufgaben.

10 Tipps zum Lösen von Sachaufgaben

1. Lesen Sie den Text genau, eventuell sogar mehrmals durch.
2. Überlegen Sie, ob Sie eine ähnliche Aufgabe schon einmal gelöst haben.
3. Überlegen Sie, was gegeben ist und was gesucht wird.
4. Prüfen Sie, ob alle Größen in der gleichen Einheit angegeben sind.
5. Überlegen Sie, ob eine Skizze oder Tabelle hilfreich sein kann.
6. Denken Sie nach, welche Formeln Sie verwenden können.
7. Zerlegen Sie den Rechenweg in kleine Rechenschritte.
8. Notieren Sie die berechneten Zwischenergebnisse.
9. Machen Sie eine Probe, wenn noch genügend Zeit bleibt.
10. Formulieren Sie das Ergebnis als Antwortsatz.

TR/FS Bei Aufgaben mit diesem Symbol dürfen der Taschenrechner und die Formelsammlung benutzt werden.

Leitidee Zahl – Variable – Operation

1. Zahlterme berechnen

Basiswissen

Bruchrechnung

Addition und Subtraktion

$$\frac{a}{b} \underset{(-)}{+} \frac{c}{d} = \frac{a \cdot d \underset{(-)}{+} c \cdot b}{b \cdot d}$$

Bevor man 2 Brüche addiert (subtrahiert), muss man sie auf den gleichen Nenner bringen.

Multiplikation

$$\frac{a}{b} \cdot \frac{c}{d} = \frac{a \cdot c}{b \cdot d}$$

Division

$$\frac{a}{b} : \frac{c}{d} = \frac{a \cdot d}{b \cdot c}$$

Man teilt durch einen Bruch, indem man mit dem Kehrwert des 2. Bruches multipliziert.

Umwandlungen

Bruch in Dezimalzahl

$$\frac{3}{5} = \frac{3 \cdot \mathbf{2}}{5 \cdot \mathbf{2}} = \frac{6}{10} = 0{,}6$$

$$\frac{5}{4} = \frac{5 \cdot \mathbf{25}}{4 \cdot \mathbf{25}} = \frac{125}{100} = 1{,}25$$

$$\frac{3}{8} = \frac{3 \cdot \mathbf{125}}{8 \cdot \mathbf{125}} = \frac{375}{1000} = 0{,}375$$

Dezimalzahl in Bruch

$$0{,}7 = \frac{7}{10}$$

$$3{,}16 = 3\,\frac{16}{100}$$

$$9{,}014 = 9\,\frac{14}{1000}$$

Vorzeichenregeln bei zwei Faktoren

Multiplikation

$\oplus \cdot \oplus \Rightarrow \oplus$
$\oplus \cdot \ominus \Rightarrow \ominus$
$\ominus \cdot \oplus \Rightarrow \ominus$
$\ominus \cdot \ominus \Rightarrow \oplus$

Division

$\oplus : \oplus \Rightarrow \oplus$
$\oplus : \ominus \Rightarrow \ominus$
$\ominus : \oplus \Rightarrow \ominus$
$\ominus : \ominus \Rightarrow \oplus$

Merkregel

Zwei gleiche Zeichen ergeben plus, zwei verschiedene Zeichen ergeben minus.

Vorzeichenregeln bei mehreren Faktoren

Gerade Anzahl von Minuszeichen $\Rightarrow$ positives Ergebnis
Ungerade Anzahl von Minuszeichen $\Rightarrow$ negatives Ergebnis

Beispiel:

$(-2) \cdot (-3) = +6$
$(-2) \cdot (-3) \cdot (-4) = -24$

Basiswissen

Zehnerpotenzen

$10^0 = 1$

$10^1 = 10$

$10^2 = 100$

$10^3 = 1000$

$10^4 = 10\,000$

$10^5 = 100\,000$

$10^6 = 1\,000\,000$ (eine Million)

$10^9 = 1\,000\,000\,000$ (eine Milliarde)

$10^{12} = 1\,000\,000\,000\,000$ (eine Billion)

Natürliche Zahlen in Zehnerpotenzschreibweise

$4000 = 4 \cdot 10^3$	$3{,}7 \cdot 10^3 = 3700$
$56\,000 = 5{,}6 \cdot 10^4$	$6 \cdot 10^5 = 600\,000$
$9\,700\,000 = 9{,}7 \cdot 10^6$	$2{,}9 \cdot 10^7 = 29\,000\,000$
$130\,000\,000 = 1{,}3 \cdot 10^8$	$7{,}8 \cdot 10^9 = 7\,800\,000\,000$

Typische Aufgabenstellung

Aufgabe 1

Tragen Sie folgende Zahlen in die Zahlengerade ein: $-0{,}5 \quad \frac{2}{8} \quad \frac{3}{4} \quad \frac{7}{6}$

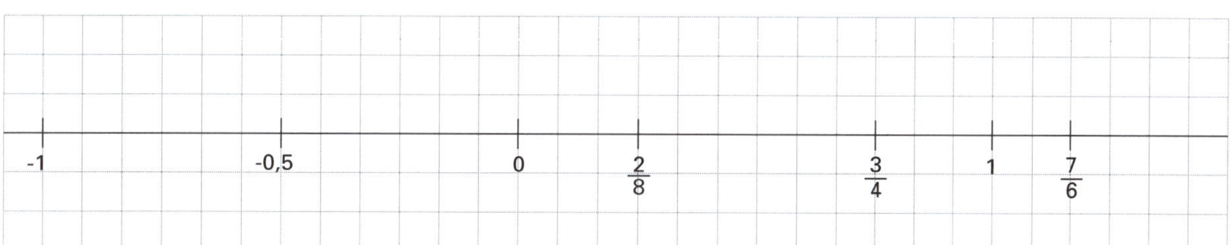

Lösung

Zwischen -1 und 0 sowie zwischen 0 und 1 liegen 12 Kästchen. Also müssen alle Brüche und Dezimalzahlen in Zwölftel umgewandelt werden. Jedes Kästchen entspricht dann einem Zwölftel $\left(\frac{1}{12}\right)$.

$$-0{,}5 = -\frac{5}{10} = -\frac{1}{2} = -\frac{1 \cdot 6}{2 \cdot 6} = -\frac{6}{12}$$

$$\frac{2}{8} = \frac{1}{4} = \frac{1 \cdot 3}{4 \cdot 3} = \frac{3}{12}$$

$$\frac{3}{4} = \frac{3 \cdot 3}{4 \cdot 3} = \frac{9}{12}$$

$$\frac{7}{6} = \frac{7 \cdot 2}{6 \cdot 2} = \frac{14}{12} = 1\,\frac{2}{12}$$

Jetzt kann man die vier Zahlen in die Zahlengerade eintragen (siehe Zeichnung).

Aufgabe 2

Berechnen Sie: $3{,}6 - \frac{2}{5} + 0{,}8 - \frac{5}{4}$

Lösung

Es gibt zwei Lösungswege.

a) Umwandlung in Dezimalzahlen

$\frac{2}{5} = \frac{4}{10} = 0{,}4 \qquad \frac{5}{4} = \frac{125}{100} = 1{,}25$

Dann: $3{,}6 - 0{,}4 + 0{,}8 - 1{,}25 = 2{,}75 \left(= 2\frac{3}{4}\right)$

b) Umwandlung in Brüche

$3{,}6 = 3\frac{6}{10} = \frac{36}{10} \qquad 0{,}8 = \frac{8}{10}$

Dann:
$$\frac{36}{10} - \frac{2}{5} + \frac{8}{10} - \frac{5}{4}$$
Brüche auf den gleichen Nenner bringen
$$= \frac{72}{20} - \frac{8}{20} + \frac{16}{20} - \frac{25}{20}$$
$$= \frac{55}{20}$$
kürzen durch 5
$$= \frac{11}{4}$$
$$= 2\frac{3}{4} \; (= 2{,}75)$$

Übungsaufgaben

Aufgabe 1

Ordnen Sie die folgenden Zahlen nach ihrer Größe. Beginnen Sie mit der kleinsten Zahl.

$1{,}3 \qquad \frac{6}{5} \qquad 1{,}26 \qquad \frac{5}{4}$

Aufgabe 2

Berechnen Sie den Wert der folgenden Terme:

$22 - 10 \cdot \frac{1}{2} \qquad (22 - 10) \cdot \frac{1}{2}$

Die beiden Terme unterscheiden sich nur durch die Klammer. Warum ergeben sich zwei unterschiedliche Ergebnisse?

Aufgabe 3

Geben Sie für die Buchstaben A, B, C und D die entsprechenden Brüche (vollständig gekürzt) und Dezimalzahlen an:

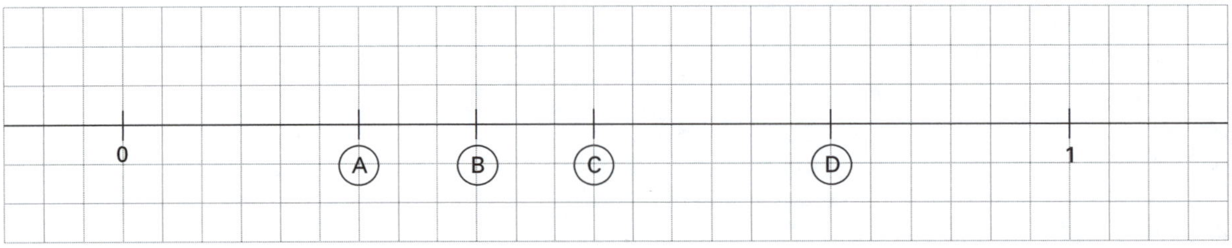

Aufgabe 4

Berechnen Sie $\frac{6}{5} : \frac{3}{4} - \frac{4}{3} \cdot \frac{3}{5}$ und kürzen Sie das Ergebnis so weit wie möglich.

Aufgabe 5

a) Geben Sie die natürlichen Zahlen in Zehnerpotenzschreibweise an.

2300 680 000 910 000 000

b) Schreiben Sie die Zahlen ohne Komma.

$4{,}6 \cdot 10^4$ $7{,}2 \cdot 10^7$ $8{,}1 \cdot 10^6$

Aufgabe 6

Berechnen Sie: $\left(-\frac{5}{8}\right) \cdot \left(1{,}2 - \frac{2}{5}\right) + 1{,}5 : \frac{2}{3}$

2. Mit Prozenten und Zinsen umgehen

Basiswissen

Zusammenhang zwischen Brüchen, Dezimalzahlen und Prozentsätzen

$\frac{1}{2} = 1 : 2 = 0{,}5 = 50\ \%$

$\frac{1}{4} = 1 : 4 = 0{,}25 = 25\ \%$

$\frac{2}{5} = 2 : 5 = 0{,}4 = 40\ \%$

$\frac{1}{3} = 1 : 3 = 0{,}33... = 33{,}3\ \%$

$\frac{7}{8} = 7 : 8 = 0{,}875 = 87{,}5\ \%$

$\frac{3}{50} = 3 : 50 = 0{,}06 = 6\ \%$

Prozent- und Promillerechnung

G = Grundwert

W = Prozentwert
Promillewert

p = Prozentsatz
Promillesatz

Prozentrechnung

$p\ \% = \frac{p}{100}$

$G = \frac{W \cdot 100}{p}$ $\quad W = \frac{G \cdot p}{100}$ $\quad p = \frac{W \cdot 100}{G}$

Promillerechnung

$p\ ‰ = \frac{p}{1000}$

$G = \frac{W \cdot 1000}{p}$ $\quad W = \frac{G \cdot p}{1000}$ $\quad p = \frac{W \cdot 1000}{G}$

Zinsrechnung

Jahreszinsen

$Z = \frac{K \cdot i \cdot p}{100}$

Monatszinsen

$Z = \frac{K \cdot m \cdot p}{100 \cdot 12}$

Tageszinsen

$Z = \frac{K \cdot t \cdot p}{100 \cdot 360}$

Kapital: K
Zinsen: Z
Zinssatz: p

Zeit: i (in Jahren)
m (in Monaten)
t (in Tagen)

Zinseszinsen

Wenn man ein Kapital anlegt und die Jahreszinsen am Ende jedes Jahres zum Kapital dazugezählt werden, dann erhält man im nächsten Jahr für das Kapital mit den Zinsen erneut Zinsen. Dies nennt man Zinseszins.

Beispiel: Ein Kapital von 2500 € wird zu einem Zinssatz von 0,9 % für 3 Jahre angelegt. Dabei werden die Zinsen jährlich mitverzinst.
Berechnung des Endkapitals nach 3 Jahren:

Jahr	Kapital zu Jahresbeginn in €	Zinsen in € (Z = K · p %)	Kapital am Jahresende in €
1	2500	2500 · 0,009 = 22,50	2522,50
2	2522,50	2522,50 · 0,009 = 22,70	2545,20
3	2545,20	2545,20 · 0,009 = 22,91	2568,11

Das Anfangskapital von 2500 € ist nach 3 Jahren auf 2568,11 € angewachsen.
Alternativ kann man ein Endkapital bei einem Zinssatz von p % auch mit der Zinseszinsformel berechnen. Diese Formel lautet $K_n = K_0 \cdot q^n$. Dabei steht K_0 für das Anfangskapital, q für den Wachstumsfaktor $\left(1 + \frac{p}{100}\right)$, n für die Anzahl an Jahren und K_n für das Endkapital nach n Jahren. Die Formel eignet sich besonders dann, wenn ein Kapital für sehr viele Jahre angelegt wird, weil in diesem Fall eine Tabelle (wie oben) sehr umfangreich wäre.

Beispiel: Ein Kapital von 30 000 € wird zu einem Zinssatz von 1,1 % für 15 Jahre angelegt. Dabei werden die Zinsen mitverzinst. Berechnen Sie das Endkapital.

Lösung

In der Zinseszinsformel sind folgende Angaben gegeben: $K_0 = 30\,000$; $n = 15$; $q = \left(1 + \frac{1{,}1}{100}\right) = 1{,}011$.

Folglich gilt:
$K_{15} = 30\,000 \cdot 1{,}011^{15}$
$K_{15} = 35\,349{,}93$
Das Endkapital ist 35 349,93 €.

Basiswissen

Mit der Formel $K_n = K_0 \cdot \left(1 + \frac{p}{100}\right)^n$ kann man auch folgende Aufgaben lösen:

1. Gegeben: K_n; p; n; gesucht: K_0
2. Gegeben: K_n; K_0; n; gesucht: p

Beispiel: Ein Anfangskapital von 24 000 € wächst nach 8 Jahren mit Zinseszins auf 26 507,67 € an. Berechnen Sie den Zinssatz p.

Lösung

$K_n = 26\,507{,}67$ €; $K_0 = 24\,000$ € ; n = 8

$$K_n = K_0 \cdot \left(1 + \frac{p}{100}\right)^n$$

$$26\,507{,}67 = 24\,000 \cdot \left(1 + \frac{p}{100}\right)^8 \qquad |:24\,000$$

$$1{,}1045 = \left(1 + \frac{p}{100}\right)^8 \qquad |\sqrt[8]{}$$

$$\sqrt[8]{1{,}1045} = 1 + \frac{p}{100} \qquad |-1$$

$$0{,}0125 = \frac{p}{100} \qquad |\cdot 100$$

$$p = 1{,}25\ \%$$

Der Zinssatz beträgt 1,25 %.

Typische Aufgabenstellung

Aufgabe 1

TR/FS

Frau Rossi verdiente im Jahr 2017 pro Monat 2400 €. Anfang 2018 bekam sie eine Gehaltserhöhung von 5 %. Anfang 2019 wurde ihr Gehalt aber wegen Umsatzrückgangs des Unternehmens wieder um 5 % gekürzt.
Frau Rossi denkt: „Dann bekomme ich ja jetzt im Jahr 2019 wieder das gleiche Gehalt wie im Jahr 2017." Hat Frau Rossi recht?

Lösung

Interessanterweise irrt sich Frau Rossi.

Gehalt 2017: 2400 €

Gehalt 2018:
- 1 % von 2400 € = 24 €
- 5 % von 2400 € = 120 € (· 5)

Also: 2400 € + 120 € = 2520 €

Gehalt 2019:
- 1 % von 2520 € = 25,20 €
- 5 % von 2520 € = 126 € (· 5)

Also: 2520 € – 126 € = 2394 €

Frau Rossi bekommt 2019 ein Monatsgehalt von 2394 €, also 6 € weniger als 2017.

Aufgabe 2

TR/FS

a) Nico legt einen Betrag von 5500 € zu einem Zinssatz von 0,8 % für 200 Tage an. Berechnen Sie, auf welche Summe sein Kapital nach den 200 Tagen angewachsen ist.

b) Ida sieht im Internet den Sparplan einer Bank und möchte ihre Ersparnisse von 24 000 € dort für 3 Jahre anlegen. Berechnen Sie, auf welchen Betrag Idas Kapital nach 3 Jahren mit Zinseszins angewachsen ist.

3-Jahres-Sparplan mit attraktiver Verzinsung
1. Jahr: 0,5 %
2. Jahr: 0,8 %
3. Jahr: 1,2 %

Lösung

a) $Z = \frac{K \cdot t \cdot p}{100 \cdot 360} = \frac{5500\text{ €} \cdot 200 \cdot 0{,}8}{100 \cdot 360} = 24{,}44\text{ €}$

5500 € + 24,44 € = 5524,44 €

Nach 200 Tagen ist Nicos Kapital auf 5524,44 € angewachsen.

b)

Jahr	Kapital zu Jahresbeginn in €	Zinsen in € (Z = K · p %)	Kapital am Jahresende in €
1	24 000	24 000 · 0,005 = 120	24 120
2	24 120	24 120 · 0,008 = 192,96	24 312,96
3	24 312,96	24 312,96 · 0,012 = 291,76	24 604,72

Idas Anfangskapital von 24 000 € ist nach 3 Jahren auf 24 604,72 € angewachsen.

Aufgabe 3

TR/FS

22 000 € werden für 10 Jahre zu einem Zinssatz von 0,85 % mit Zinseszins angelegt. Berechnen Sie das Endkapital.

Lösung

$K_0 = 22\,000$; $n = 10$; $q = \left(1 + \frac{0{,}85}{100}\right) = 1{,}0085$

Folglich gilt mit der Zinseszinsformel:

$K_{10} = 22\,000 \cdot 1{,}0085^{10}$

$K_{10} = 23\,943{,}17$

Das Endkapital beträgt 23 943,17 €.

Übungsaufgaben

Aufgabe 1

TR/FS

Berechnen Sie jeweils die fehlenden Werte.

	Grundwert G	Prozentwert W	Prozentsatz p
a)	240 €		2,5
b)	800 l	120 l	
c)		45 m²	3

Training

Aufgabe 2

TR/FS

Ein Fahrrad kostet nach einem 25 %igen Preisnachlass noch 375 €. Wie teuer war es vor dem Preisnachlass?

Aufgabe 3

TR/FS

Familie Sonnenschein plant eine 2-wöchige Urlaubsreise nach Mallorca. Der Preis pro erwachsener Person beträgt 1600 €. Für die zweijährige Tochter erhalten die Sonnenscheins 75 % Rabatt, für den zwölfjährigen Timo immerhin noch 25 %. Wie teuer wird dieser Urlaub?

Aufgabe 4

TR/FS

Der Schulleiter einer Realschule steckt in der Klemme. Zum zweiten Mal in Folge hat ihm die Stadtverwaltung den Schuletat um 10 % gekürzt. Er muss jetzt mit 55 485 € auskommen.

a) Wie viel Euro hatte er vor 2 Jahren zur Verfügung?

b) Wie hoch ist die prozentuale Kürzung insgesamt?

Aufgabe 5

TR/FS

Berechnen Sie jeweils die Höhe der Zinsen.

	Kapital	Zinssatz	Laufzeit
a)	4000 €	2,8 %	4 Monate
b)	12 500 €	3,2 %	1 Jahr
c)	8600 €	3,5 %	178 Tage

Aufgabe 6

Eine Bank bietet 0,8 % Zinsen für ein Kapital, das bis zu 3 Jahren angelegt wird. Für Anlagen von 4 bis 8 Jahren bietet die Bank über den gesamten Zeitraum 0,9 % Zinsen.

a) Berechnen Sie mithilfe einer Tabelle, auf welches Endkapital ein Anfangskapital von 15 000 € nach 3 Jahren anwächst.

b) Berechnen Sie mithilfe der Zinseszinsformel, auf welches Endkapital ein Anfangskapital von 35 000 € nach 8 Jahren anwächst.

Aufgabe 7

a) Ein Kapital wächst mit Zinseszins nach 6 Jahren bei einem Zinssatz von 1,05 % p. a. auf 19 164,19 € an. Berechnen Sie das Anfangskapital.

b) Ein Anfangskapital von 58 000 € wächst nach 7 Jahren mit Zinseszins auf 63 928,38 € an. Berechnen Sie den jährlichen Zinssatz p.

Aufgabe 8

Kati legt zu Beginn eines Jahres einen Betrag von 9000 € bei einer Bank an, die 0,95 % Zinsen p. a. bietet. Zinsen werden am Ende des Jahres mitverzinst.

- ▶ Auf welchen Betrag ist das angelegte Geld nach 6 Jahren angewachsen?
- ▶ Welchen jährlichen Zinssatz müsste die Bank bieten, damit Katis Anfangskapital von 9000 € nach 6 Jahren auf 10 000 € anwachsen würde?

Aufgabe 9

Yagmur legte heute genau vor 7 Jahren 12 500 € zu einem Zinssatz von 1,3 % p. a. an. Die Zinsen wurden in der gesamten Laufzeit jährlich mitverzinst. Heute soll das Endkapital ausgezahlt werden.

- Berechnen Sie das heute auszuzahlende Endkapital.
- Yagmur legt heute das nach 7 Jahren erzielte Endkapital wiederum bei derselben Bank an. Da mittlerweile das Zinsniveau jedoch deutlich gesunken ist, bietet die Bank ihr für die erneute Anlage einen geringeren jährlichen Zinssatz an. Berechnen Sie diesen Zinssatz, wenn Yagmur mit dem heute angelegten Geldbetrag in 4 Jahren ein Guthaben von 14 000 € erzielen kann.

3. Mit Termen umgehen, die auch Variablen enthalten

Basiswissen

Rechnen mit Klammern

Auflösen von Plusklammern

$+(-a + b - c) = -a + b - c$

Die Zeichen bleiben erhalten!

Auflösen von Minusklammern

$-(-a + b - c) = +a - b + c$

Die Zeichen ändern sich!

Ausklammern

$ab + ac - ad = a(b + c - d)$

Ausmultiplizieren

$a(-b + c - d) = -ab + ac - ad$

Multiplizieren von Summen und Differenzen

$(a + b) \cdot (c - d) = ac - ad + bc - bd$

Binomische Formeln

$(a + b)^2 = a^2 + 2ab + b^2$	1. Binom
$(a - b)^2 = a^2 - 2ab + b^2$	2. Binom
$(a + b) \cdot (a - b) = a^2 - b^2$	3. Binom

Wichtige Rechengesetze

Kommutativgesetz
(Vertauschungsgesetz)

$a + b = b + a$

$a \cdot b = b \cdot a$

Assoziativgesetz
(Verbindungsgesetz)

$a + (b + c) = (a + b) + c$

$a \cdot (b \cdot c) = (a \cdot b) \cdot c$

Distributivgesetz
(Verteilungsgesetz)

$a \cdot (b \pm c) = ab \pm ac$

$\frac{b \pm c}{a} = \frac{b}{a} \pm \frac{c}{a}$

Auflösen von Formeln

In der Mathematik und in vielen anderen Wissenschaften werden zur Berechnung bestimmter Größen oft Formeln verwendet. Dabei ist es häufig notwendig, diese Formeln nach einer bestimmten Variablen aufzulösen.

Beispiel: Die Formel für den Flächeninhalt eines Dreiecks lautet: $A = \frac{1}{2} \cdot g \cdot h$, wobei g für die Länge der Grundseite und h für die Länge der zur Grundseite gehörenden Höhe steht. Lösen Sie diese Formel sowohl nach der Variablen g als auch nach der Variablen h auf.

Lösung

Auflösen nach der Variablen g:

$A = \frac{1}{2} \cdot g \cdot h \quad | \cdot 2$

$2A = g \cdot h \quad | : h$

$\frac{2A}{h} = g$

Auflösen nach der Variablen h:

$A = \frac{1}{2} \cdot g \cdot h \quad | \cdot 2$

$2A = g \cdot h \quad | : g$

$\frac{2A}{g} = h$

Typische Aufgabenstellung

Aufgabe 1

Kreuzen Sie den passenden Term an. Von der Zahl 3 wird die Summe einer gedachten Zahl x und 5 abgezogen.

☐ $x + 5 - 3$ ☐ $3 + (x - 5)$ ☐ $3 - (x + 5)$

Lösung

☒ $3 - (x + 5)$

Aufgabe 2

a) Multiplizieren Sie aus und vereinfachen Sie so weit wie möglich.

$(x + 1) \cdot (5 - 2x) + x(x + 4)$

b) Klammern Sie einen möglichst großen Faktor aus.

$32a - 24ab$

Lösung

a) $(x + 1) \cdot (5 - 2x) + x(x + 4)$
$= 5x - 2x^2 + 5 - 2x + x^2 + 4x$
$= -x^2 + 7x + 5$

b) $32a - 24ab$
$= 8a(4 - 3b)$

Aufgabe 3

a) Wenden Sie die richtige binomische Formel an und vereinfachen Sie den Term.

$(3x - 7) \cdot (3x + 7)$ $(a + 5b)^2$ $(3r - 4s)^2$

b) Verwandeln Sie in ein Produkt. Verwenden Sie dafür die richtige binomische Formel.

$x^2 + 18x + 81$ $64 - b^2$ $a^2 - 12a + 36$

Lösung

a)
$(3x - 7) \cdot (3x + 7)$
$= (3x)^2 - (7)^2$
$= 9x^2 - 49$

$(a + 5b)^2$
$= a^2 + 2 \cdot a \cdot 5b + (5b)^2$
$= a^2 + 10ab + 25b^2$

$(3r - 4s)^2$
$= (3r)^2 - 2 \cdot 3r \cdot 4s + (4s)^2$
$= 9r^2 - 24rs + 16s^2$

b)
$x^2 + 18x + 81$
$= x^2 + 2 \cdot 9 \cdot x + 9^2$
$= (x + 9)^2$

$64 - b^2$
$= 8^2 - b^2$
$= (8 + b)\ (8 - b)$

$a^2 - 12a + 36$
$= a^2 - 2 \cdot 6 \cdot a + 6^2$
$= (a - 6)^2$

Aufgabe 4

Lösen Sie die Formel für die Monatszinsen $Z = \frac{K \cdot m \cdot p}{100 \cdot 12}$ nach den Variablen m und p auf.

Lösung

Auflösung nach m:

$$Z = \frac{K \cdot m \cdot p}{100 \cdot 12} \qquad | \cdot 1200$$

$$1200 \cdot Z = K \cdot m \cdot p \qquad | : (K \cdot p)$$

$$\frac{1200 \cdot Z}{K \cdot p} = m$$

Auflösung nach p:

$$Z = \frac{K \cdot m \cdot p}{100 \cdot 12} \qquad | \cdot 1200$$

$$1200 \cdot Z = K \cdot m \cdot p \qquad | : (K \cdot m)$$

$$\frac{1200 \cdot Z}{K \cdot m} = p$$

Übungsaufgaben

Aufgabe 1

Die Klassenlehrerin sammelt am Montag von jedem anwesenden Schüler / jeder anwesenden Schülerin 4 € für einen Ausflug ein. An diesem Tag sind aber 3 Schüler/-innen krank.

a) Die Variable x steht für die Gesamtzahl der Schüler/-innen der Klasse (ohne Krankmeldungen). Die Einnahmen der Lehrerin an diesem Tag können dann dargestellt werden durch den Term ...

☐ $x - 3 \cdot 4$ ☐ $(x - 3) \cdot 4$ ☐ $(x - 4) \cdot 3$

b) Die Klasse besteht (ohne Krankmeldungen) aus 27 Schüler/-innen.
Berechnen Sie die Einnahmen der Lehrerin an diesem Montag.

Aufgabe 2

a) Stellen Sie einen Term für den Umfang des Rechtecks auf und vereinfachen Sie anschließend den Term.

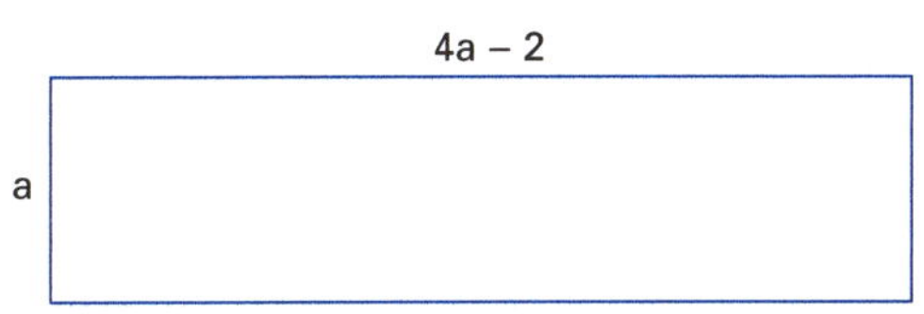

b) Berechnen Sie den Umfang des Rechtecks für a = 2,5 cm.

Aufgabe 3

Vereinfachen Sie den Term $6x \cdot 3 - (-2 + 4x) + 5$ so weit wie möglich.

Aufgabe 4

a) Multiplizieren Sie aus und vereinfachen Sie so weit wie möglich.
$2(2x + 4y) - 3(x + y)$

b) Klammern Sie einen möglichst großen Faktor aus.
$21xy^2 - 15x^2y$

Aufgabe 5

Verwandeln Sie in ein Produkt. Verwenden Sie dafür die passende binomische Formel.

$a^2 - 8a + 16$ $\quad$ $y^2 - 49$ $\quad$ $x^2 + 22x + 121$

Aufgabe 6

Die Kosten K (in €) einer Taxifahrt werden durch die Formel $K = 3 + 2x + \frac{1}{5}y$ berechnet. Dabei steht x für die gefahrene Strecke (in km) und y für die Wartezeit (in min), in der das Taxi z. B. vor Ampeln, an Stoppschildern oder im Stau stehen muss.

a) Berechnen Sie die Kosten einer Taxifahrt, bei der eine Strecke von 4 km zurückgelegt wird und insgesamt 5 Minuten Wartezeit anfallen.

b) Berechnen Sie die Länge der gefahrenen Strecke bei einer Taxifahrt, die 25 € kostet und bei der eine Wartezeit von insgesamt 10 Minuten anfällt.

c) Lösen Sie die Formel $K = 3 + 2x + \frac{1}{5}y$ nach den Variablen x und y auf.

Aufgabe 7

Wenn man ein Produkt wie zum Beispiel $7 \cdot 76$ ohne Taschenrechner ausrechnen soll, rechnet man oft zunächst $7 \cdot 70$ (= 490) und dann $7 \cdot 6$ (= 42). Die beiden Einzelergebnisse 490 und 42 addiert man schließlich zum Endergebnis 532. Nach welchem allgemeingültigen Rechengesetz darf man solche Produkte mit dieser Strategie berechnen? Geben Sie den Namen des Rechengesetzes sowie das Rechengesetz in allgemeiner Form an.

4. Mit Wurzeln umgehen

Basiswissen

Quadratwurzel

Quadrieren und Wurzelziehen

Wenn man eine Zahl quadriert, multipliziert man die Zahl mit sich selbst.
Beispiele: $3^2 = 3 \cdot 3 = 9$ $(-0,5)^2 = (-0,5) \cdot (-0,5) = 0,25$

Wenn man die (Quadrat-)Wurzel aus einer Zahl zieht, dann sucht man eine andere Zahl, die zweimal mit sich selbst multipliziert die Zahl unter dem Wurzelzeichen ergibt.
Beispiele: $\sqrt{36} = 6$, *denn* $6 \cdot 6 = 6^2 = 36$ $\sqrt{81} = 9$, *denn* $9 \cdot 9 = 9^2 = 81$

Quadratwurzeln können nur aus positiven Zahlen gezogen werden. Oft sind Quadratwurzeln nur näherungsweise mit dem Taschenrechner zu bestimmen, z. B. $\sqrt{10} \approx 3,16$ (auf 2 Nachkommastellen gerundet).

Quadrieren und Wurzelziehen sind sogenannte Umkehroperationen.

Das bedeutet, dass man Quadrieren durch Wurzelziehen einerseits und Wurzelziehen durch Quadrieren andererseits wieder rückgängig machen kann.
Beispiele: $4^2 = 16$, deshalb gilt umgekehrt $\sqrt{16} = \sqrt{4^2} = 4$
$\sqrt{64} = 8$, deshalb gilt umgekehrt $8^2 = (\sqrt{64})^2 = 64$

Kubikwurzel

Wenn man die Kubikwurzel aus einer Zahl zieht, dann sucht man eine andere Zahl, die dreimal mit sich selbst multipliziert die Zahl unter dem Wurzelzeichen ergibt.
Beispiele: $\sqrt[3]{8} = 2$, *denn* $2 \cdot 2 \cdot 2 = 2^3 = 8$ $\sqrt[3]{125} = 5$, *denn* $5 \cdot 5 \cdot 5 = 5^3 = 125$

Auch Kubikwurzeln sind oft nur näherungsweise mit dem Taschenrechner zu bestimmen, z. B. $\sqrt[3]{18} \approx 2,62$ (auf 2 Nachkommastellen gerundet).

Rechnen mit Wurzeln

$\sqrt[2]{a} = \sqrt{a}$ verkürzte Schreibweise

$(\sqrt{a})^2 = a$

$\sqrt{a} \cdot \sqrt{b} = \sqrt{a \cdot b}$

$\frac{\sqrt{a}}{\sqrt{b}} = \sqrt{\frac{a}{b}}$

Typische Aufgabenstellung

(1)

Aufgabe 1

Berechnen Sie.

a) $\sqrt{900} =$ b) $\sqrt{0{,}81} =$ c) $\sqrt{2{,}56} =$

d) $\sqrt[3]{1000} =$ e) $\sqrt[3]{0{,}001} =$ f) $\sqrt[3]{0{,}027} =$

Lösung

a) 30 b) 0,9 c) 1,6

d) 10 e) 0,1 f) 0,3

Aufgabe 2

TR/FS

a) Zwischen welchen beiden natürlichen Zahlen liegt $\sqrt{55}$? Begründen Sie Ihre Antwort.

b) Geben Sie mithilfe des Taschenrechners die Zahl $\sqrt[3]{46}$ sowohl auf eine als auch auf zwei Nachkommastellen gerundet an.

Lösung

a) Da $7^2 = 49$ und $8^2 = 64$ gilt, muss $\sqrt{55}$ zwischen den Zahlen 7 und 8 liegen.

b) $\sqrt[3]{46} \approx 3{,}6$ (auf eine Nachkommastelle)
$\sqrt[3]{46} \approx 3{,}58$ (auf zwei Nachkommastellen)

Aufgabe 3

Vereinfachen Sie durch teilweises Wurzelziehen.

a) $\sqrt{50} + \sqrt{72}$ b) $\sqrt{147} - \sqrt{98}$ c) $\sqrt{0{,}64x} + \sqrt{0{,}81x}$

Lösung

a) $\sqrt{50} + \sqrt{72}$
$= \sqrt{25 \cdot 2} + \sqrt{36 \cdot 2}$
$= \sqrt{25} \cdot \sqrt{2} + \sqrt{36} \cdot \sqrt{2}$
$= 5\sqrt{2} + 6\sqrt{2}$
$= 11\sqrt{2}$

b) $\sqrt{147} - \sqrt{98}$
$= \sqrt{49 \cdot 3} - \sqrt{49 \cdot 2}$
$= \sqrt{49} \cdot \sqrt{3} - \sqrt{49} \cdot \sqrt{2}$
$= 7\sqrt{3} - 7\sqrt{2}$
$= 7(\sqrt{3} - \sqrt{2})$

c) $\sqrt{0{,}64x} + \sqrt{0{,}81x}$
$= \sqrt{0{,}64 \cdot x} + \sqrt{0{,}81 \cdot x}$
$= \sqrt{0{,}64} \cdot \sqrt{x} + \sqrt{0{,}81} \cdot \sqrt{x}$
$= 0{,}8\sqrt{x} + 0{,}9\sqrt{x}$
$= 1{,}7\sqrt{x}$

Aufgabe 4

Multiplizieren Sie aus und vereinfachen Sie anschließend so weit wie möglich.

a) $(\sqrt{3} + \sqrt{5})^2$

b) $5(\sqrt{6} + \sqrt{7})(\sqrt{6} - \sqrt{7})$

c) $(\sqrt{2} - \sqrt{8})^2$

Lösung

a) $(\sqrt{3} + \sqrt{5})^2$
$= (\sqrt{3})^2 + 2\sqrt{3}\sqrt{5} + (\sqrt{5})^2$
$= 3 + 2\sqrt{15} + 5$
$= 8 + 2\sqrt{15}$

b) $5(\sqrt{6} + \sqrt{7})(\sqrt{6} - \sqrt{7})$
$= 5((\sqrt{6})^2 - (\sqrt{7})^2)$
$= 5(6 - 7)$
$= -5$

c) $(\sqrt{2} - \sqrt{8})^2$
$= (\sqrt{2})^2 - 2\sqrt{2}\sqrt{8} + (\sqrt{8})^2$
$= 2 - 2\sqrt{16} + 8$
$= 10 - 2 \cdot 4$
$= 2$

Übungsaufgaben

Aufgabe 1

TR/FS

Ein Quadrat mit der Seitenlänge s hat den Flächeninhalt 68 m^2.

a) Geben Sie zunächst an, zwischen welchen beiden natürlichen Zahlen s liegt.

b) Geben Sie s auf zwei Nachkommastellen gerundet an.

Aufgabe 2

TR/FS

Ein Würfel mit der Kantenlänge k hat das Volumen 91 cm^3.
Geben Sie k auf eine Nachkommastelle gerundet an.

Aufgabe 3

Kreuzen Sie an. Wenn ich die Zahl 64 zunächst quadriere und aus dem Ergebnis die Wurzel ziehe, erhalte ich ...

☐ das Doppelte von 64 ☐ die Zahl 64 ☐ die Zahl 8

Aufgabe 4

TR/FS

Ein Fernsehbildschirm ist 70 cm breit und 40 cm hoch. Berechnen Sie die Länge der Diagonale bei diesem Bildschirm.

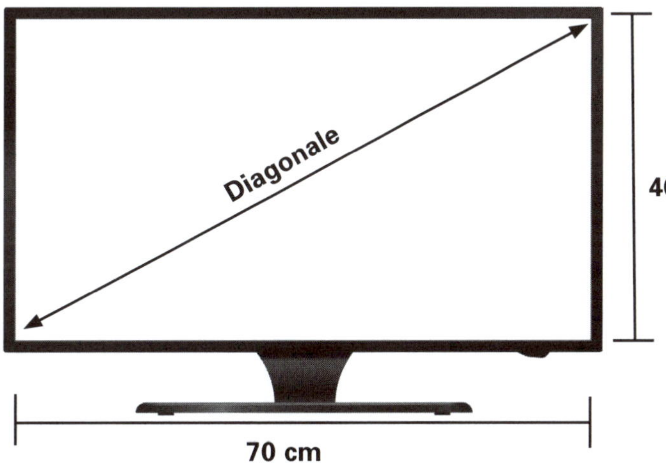

Bildquelle: Anna – Fotolia.com

Aufgabe 5

TR/FS

Welche Zahl ist größer: $\sqrt{10}$ oder $\sqrt[3]{31}$?

Aufgabe 6

Vereinfachen Sie so weit wie möglich.

a) $3\sqrt{3} \cdot (\sqrt{3} + 2) - 6\sqrt{3}$ b) $5\sqrt{8} \cdot 2\sqrt{2}$ c) $\dfrac{8\sqrt{6}}{5\sqrt{24}}$

Aufgabe 7

Vereinfachen Sie so weit wie möglich durch teilweises Wurzelziehen und anschließendes Zusammenfassen.

a) $2\sqrt{75} - 5\sqrt{48}$ b) $-6\sqrt{20} + 3\sqrt{80}$ c) $4\sqrt{18} - 3\sqrt{72} + \sqrt{98}$

Aufgabe 8

Weisen Sie nach, dass die Gleichung gilt.

a) $\frac{\sqrt{27} \cdot \sqrt{3}}{\sqrt{45}} = \frac{3}{\sqrt{5}}$ b) $\frac{\sqrt{24} + \sqrt{54}}{5\sqrt{12}} = \frac{1}{\sqrt{2}}$

5. Mit Potenzen umgehen

Basiswissen

Für das Rechnen mit Potenzen sind folgende Regeln wichtig:

$a^m \cdot a^n = a^{m+n}$
$a^m : a^n = a^{m-n}$
$a^n \cdot b^n = (a \cdot b)^n$

$\frac{a^n}{b^n} = \left(\frac{a}{b}\right)^n$

$(a^m)^n = a^{m \cdot n}$
$a^1 = a$
$a^0 = 1$

$a^{-n} = \frac{1}{a^n}$ $\left(\frac{a}{b}\right)^{-n} = \left(\frac{b}{a}\right)^n$

$(-a)^n = a^n$, wenn n gerade
$(-a)^n = -a^n$, wenn n ungerade

Typische Aufgabenstellung

Aufgabe 1

Weisen Sie nach, dass gilt:

$(121 : 11^3) \cdot (44^3 : 4^3) = 121$

Lösung

$(121 : 11^3) \cdot (44^3 : 4^3)$
$= (11^2 : 11^3) \cdot (44 : 4)^3$
$= 11^{2-3} \cdot 11^3$
$= 11^{-1} \cdot 11^3$
$= 11^{-1+3}$
$= 11^2$
$= 121$

Übungsaufgaben

Aufgabe 1

Vereinfachen Sie so weit wie möglich. Geben Sie das Endergebnis ohne Potenzen an.

a) $4^3 \cdot 4^5 \cdot 4^{-6}$ b) $6^4 \cdot 2^4 \cdot \left(\frac{1}{4}\right)^4$ c) $\frac{6^3}{6^5}$

d) $\frac{2{,}5^3}{7{,}5^3}$ e) $(5^{-1})^{-3}$

Aufgabe 2

Weisen Sie nach, dass gilt:

a) $(144 \cdot 12^3) : \left(\frac{1}{6}\right)^{-5} = 32$ b) $\frac{2^{12} : 4^6}{15^3 \cdot 5^{-3}} = \frac{1}{27}$

6. Gleichungen lösen

Basiswissen

Lineare Gleichungen

Um eine lineare Gleichung zu lösen, muss man durch verschiedene Umformungen erreichen, dass die Unbekannte (Variable) zum Schluss ganz allein auf einer Seite der Gleichung steht. Zu den dafür zulässigen Umformungen (auch Äquivalenzumformungen genannt) gehören die Addition, die Subtraktion, die Multiplikation und die Division derselben Zahl oder desselben Terms auf beiden Seiten der Gleichung. Beachten Sie bei den Äquivalenzumformungen die folgende Reihenfolge:

Schritt ①: So weit wie möglich vereinfachen und zusammenfassen
Schritt ②: Zuerst die Umformung mithilfe der Addition bzw. Subtraktion
Schritt ③: Dann die Umformung mithilfe der Multiplikation bzw. Division

Beispiel: Lösen Sie die Gleichung $3(x - 5) = 9 + 12x + 3$.

Lösung

$3(x - 5) = 9 + 12x + 3$ | Klammern auflösen und zusammenfassen
$3x - 15 = 12 + 12x$ | + 15
$3x = 27 + 12x$ | – 12x
$-9x = 27$ | : (-9)
$x = -3$

Lineare Gleichungssysteme mit zwei Variablen (LGS)

Bei der rechnerischen Lösung eines linearen Gleichungssystems mit zwei Variablen (LGS) ist es das Ziel, zunächst eine der beiden Gleichungen durch geschickte Umformungen in eine Gleichung mit nur einer Variablen zu überführen. Dafür gibt es drei Lösungsmethoden. Welches Verfahren jeweils geeignet ist, hängt von der speziellen Form des LGS ab.

Gleichsetz(ungs)-verfahren	Beide Gleichungen werden nach der gleichen Variablen aufgelöst und dann gleichgesetzt.
Einsetz(ungs)-verfahren	Eine Gleichung wird nach einer Variablen aufgelöst. Diese setzt man in die andere Gleichung ein.
Additions-verfahren	Beide Gleichungen werden übersichtlich nach Variablen geordnet untereinander geschrieben. Durch geschicktes Multiplizieren müssen bei **einer** Variablen in beiden Gleichungen die gleichen Beizahlen mit **verschiedenen Vorzeichen** stehen.

Ein LGS kann keine Lösung, genau eine Lösung oder unendlich viele Lösungen haben.

Quadratische Gleichungen

Um eine quadratische Gleichung der Form $ax^2 + bx + c = 0$ zu lösen, muss man diese (falls nötig) zunächst durch geeignete Umformungen in die sogenannte Normalform $x^2 + bx + c = 0$ bringen. Dann kann man die Gleichung mit der Lösungsformel lösen:

$$x_{1,2} = -\frac{b}{2} \pm \sqrt{\left(\frac{b}{2}\right)^2 - c}$$

Der Ausdruck $\left(\frac{b}{2}\right)^2 - c$ wird als Diskriminante D einer quadratischen Gleichung bezeichnet. Mithilfe der Diskriminante D kann man ablesen, wie viele Lösungen die Gleichung hat:

Wenn $D > 0$, dann hat die Gleichung zwei verschiedene Lösungen.
Wenn $D = 0$, dann hat die Gleichung genau eine Lösung.
Wenn $D < 0$, dann hat die Gleichung keine Lösung.

Typische Aufgabenstellung

Aufgabe 1

Lösen Sie die Gleichung:

$6 - 2 \cdot (2 + 3x) = -(-x + 5) - 7$

Lösung

$$
\begin{aligned}
6 - 2 \cdot (2 + 3x) &= -(-x + 5) - 7 && \text{| Klammern auflösen} \\
6 - 4 - 6x &= x - 5 - 7 && \text{| zusammenfassen} \\
-6x + 2 &= x - 12 && | -x \\
-7x + 2 &= -12 && | -2 \\
-7x &= -14 && | : (-7) \\
x &= 2
\end{aligned}
$$

Aufgabe 2

Bestimmen Sie die Lösung des folgenden Gleichungssystems.

I $x - 1 = y$

II $3x + 3 = y$

Lösung

Hier bietet sich das Gleichsetzverfahren an, weil beide Gleichungen schon nach der Variablen y aufgelöst sind.

$$
\begin{aligned}
x - 1 &= 3x + 3 && | +1 \quad | -3x \\
-2x &= 4 && | : (-2) \\
x &= -2
\end{aligned}
$$

x = -2 in I: $-2 - 1 = y$

$y = -3$

$\Rightarrow \mathbb{L} = \{(-2 \mid -3)\}$

Aufgabe 3

Bestimmen Sie die Lösung des folgenden Gleichungssystems.

I $6x + 12y = 30$

II $3x + 3y = 9$

Lösung

Hier bietet sich das Additionsverfahren an, weil keine der beiden Gleichungen nach einer Variablen aufgelöst ist.

I $6x + 12y = 30$

II $3x + 3y = 9$ $\quad | \cdot (-4)$

III $-12x - 12y = -36$

I + III $-6x = -6$ $\quad | : (-6)$

$x = 1$

x = 1 in I $\quad 6 \cdot 1 + 12y = 30$ $\quad | -6$

$12y = 24$ $\quad | : 12$

$y = 2$

$\Rightarrow \mathbb{L} = \{(1 \mid 2)\}$

Aufgabe 4

Bringen Sie die quadratische Gleichung zunächst in die Normalform. Lösen Sie die Gleichung anschließend mit der Lösungsformel.

$-2x^2 - 8x = -10$

Lösung

$-2x^2 - 8x = -10 \quad | + 10$

$-2x^2 - 8x + 10 = 0 \quad | : (-2)$

$x^2 + 4x - 5 = 0$

Da hier b = 4 und c = -5, gilt für die Lösungsformel:

$x_{1,2} = -\frac{4}{2} \pm \sqrt{\left(\frac{4}{2}\right)^2 - (-5)}$

$x_{1,2} = -2 \pm \sqrt{4 + 5}$

$x_{1,2} = -2 \pm \sqrt{9}$

$x_{1,2} = -2 \pm 3$

$x_1 = -2 + 3 = 1$

$x_2 = -2 - 3 = -5$

Übungsaufgaben

Aufgabe 1

Lösen Sie die Gleichungen.

a) $4x - (2x - 1) = -(-2 + 15x)$

b) $(24x - 320) : 4 - 8x \cdot 12 = (20x + 22) : 2 - 1$

Aufgabe 2

Lösen Sie das lineare Gleichungssystem mit einem Verfahren, das Ihnen am sinnvollsten erscheint.

a) I $2x - 4y = -8$
II $x = y + 5$

b) I $3x - 1{,}5y = 4{,}5$
II $2x - 7y = 15$

Aufgabe 3

Fertigen Sie aus einem 27 cm langen Draht ein gleichschenkliges Dreieck, bei dem ein Schenkel 6 cm länger ist als die Basis. Wie lang müssen Basis und Schenkel sein?

Aufgabe 4

In einem großen Hotel gibt es insgesamt 255 Zimmer (Einzelzimmer und Doppelzimmer) mit 465 Betten. Berechnen Sie die Anzahl der Einzel- und Doppelzimmer.

Aufgabe 5

Geben Sie die Anzahl der Lösungen der Gleichung an.

$2x^2 - 4x + 5 = 0$

Aufgabe 6

Lösen Sie die Gleichung.

$(x - 2)^2 + 10x = 44$

Aufgabe 7

Im rechtwinkligen Dreieck ABC ist eine Kathete 7 cm länger als die andere.
Wie lang müssen beide Katheten sein, wenn die Hypotenuse 13 cm lang ist?

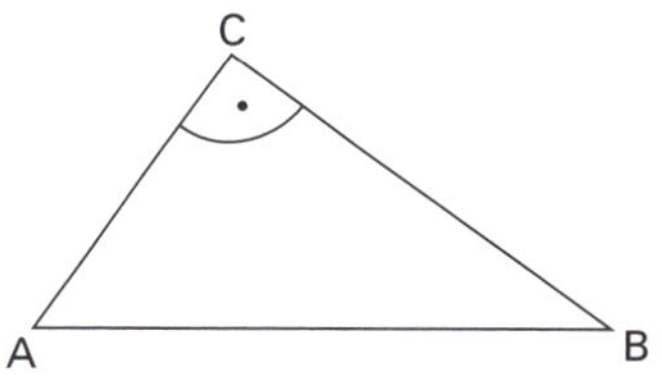

Aufgabe 8

Lösen Sie die Bruchgleichung.

$\frac{x + 12}{x} = x - 3$

Aufgabe 9

a) Zeichnen Sie mithilfe der Parabelschablone den Graphen der quadratischen Funktion $y = (x - 3)^2 - 2$ in ein geeignetes Koordinatensystem (1 LE = 1 cm).

b) Lösen Sie die Gleichung $(x - 3)^2 - 2 = 0$ näherungsweise mithilfe des Graphen.

c) Lösen Sie die Gleichung $(x - 3)^2 - 2 = 0$ rechnerisch und vergleichen Sie diese Lösungen mit den Näherungslösungen aus Teilaufgabe b).

Aufgabe 10

a) Zeichnen Sie die beiden Geraden g_1: $y = \frac{1}{2}x - 2$ und g_2: $y = -\frac{3}{4}x + 4$ in ein geeignetes Koordinatensystem (1 LE = 1 cm).

b) Lösen Sie das lineare Gleichungssystem

I $\quad y = \frac{1}{2}x - 2$

II $\quad y = -\frac{3}{4}x + 4$

näherungsweise mithilfe der beiden eingezeichneten Geraden g_1 und g_2.

c) Lösen Sie das lineare Gleichungssystem

I $\quad y = \frac{1}{2}x - 2$

II $\quad y = -\frac{3}{4}x + 4$

rechnerisch und vergleichen Sie diese Lösung mit der Näherungslösung aus Teilaufgabe b).

Leitidee Messen

Basiswissen

Berechnungen an Figuren

Auch wenn dies nicht unbedingt von Ihnen erwartet wird, ist es bei den folgenden Figuren hilfreich, die Formeln für den Umfang und den Flächeninhalt (siehe Formelsammlung) auswendig zu lernen:

Quadrat, Rechteck, Parallelogramm, Raute, Trapez, Dreieck und Kreis.

In jedem Fall sollten Sie aber in der Lage sein, die entsprechenden Formeln in einer Formelsammlung zu finden und richtig anzuwenden.

Außerdem sind folgende Formeln für Körperberechnungen wichtig:

Berechnungen an Körpern

Wichtige Formeln

Würfel

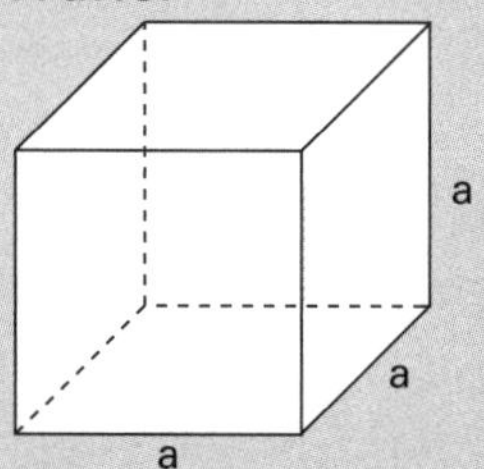

$V = a^3$

$O = 6 \cdot a^2$

Quader

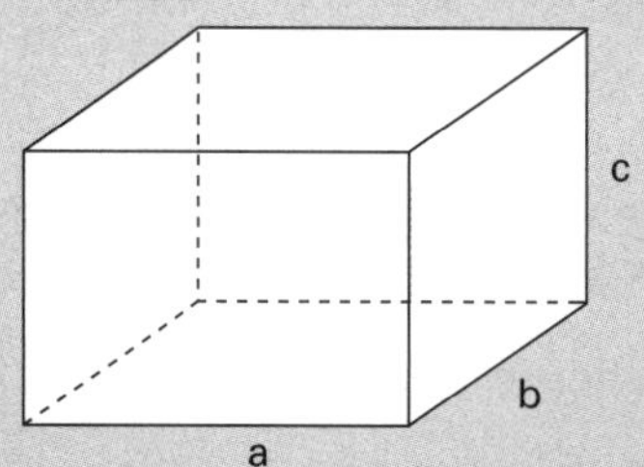

$V = a \cdot b \cdot c$

$O = 2 \cdot (a \cdot b + a \cdot c + b \cdot c)$

Prisma

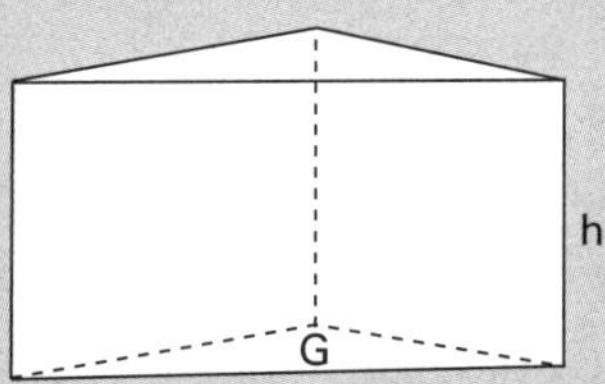

$V = G \cdot h$

$O = 2 \cdot G + M$

M ≙ Summe der Seitenflächen

Zylinder

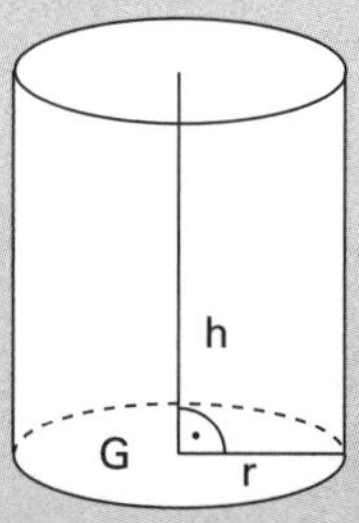

$V = r^2 \pi \cdot h$

$\left.\begin{array}{l} O = 2r^2 \pi + M \\ M = 2r \pi h \end{array}\right\} \Rightarrow O = 2r \pi (r + h)$

Pyramide

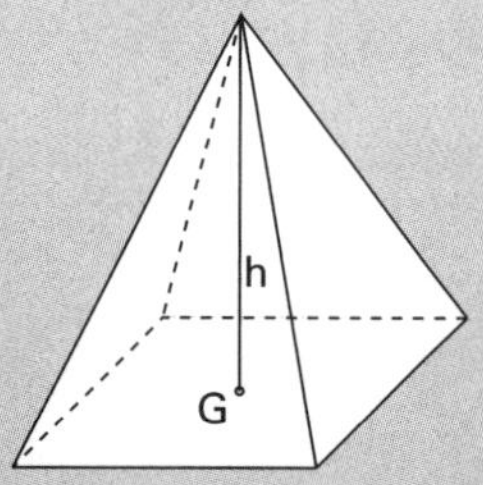

$V = \frac{1}{3} G \cdot h$

$O = G + M$

Kegel

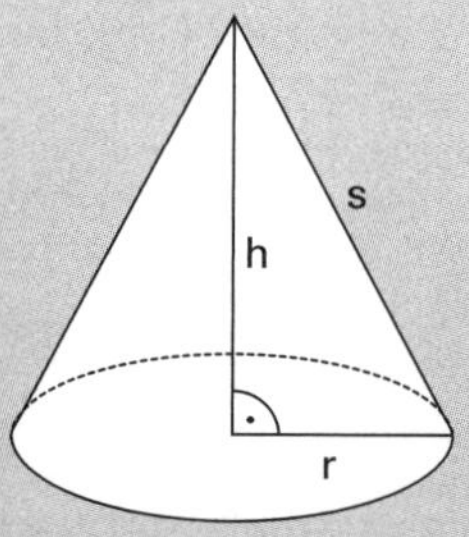

$V = \frac{1}{3} r^2\pi \cdot h$

$O = r\pi (r + s)$

$s = \sqrt{r^2 + h^2}$

$M = r\pi s$

Kugel

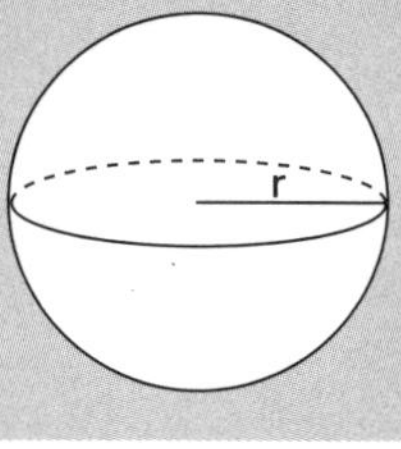

$V = \frac{4}{3} r^3 \pi$

$O = 4r^2\pi$

Typische Aufgabenstellung

Aufgabe 1

TR/FS

Aus einer kreisförmigen Pappscheibe werden Augen, Nase und Mund herausgeschnitten, um eine Karnevalsmaske herzustellen.
Wie groß ist der Flächeninhalt der Maske (ohne die ausgeschnittenen Teile)?

Wichtig: Die Länge eines Kästchens entspricht in Wirklichkeit 2 cm.

Lösung

Zunächst braucht man den Flächeninhalt der ursprünglichen Pappscheibe. Durch Abzählen der Kästchen (von oben nach unten oder von links nach rechts) erhält man für den Radius der Scheibe:
r = 6 Kästchen = 12 cm
Also ist der Flächeninhalt der Scheibe:

$A_S = \pi \cdot r^2 = 3{,}14 \cdot (12\text{ cm})^2 = 452{,}16\text{ cm}^2$

Nun muss man die Flächeninhalte der ausgeschnittenen Figuren berechnen. Es handelt sich dabei um 2 gleich große Rechtecke, ein Dreieck und ein Trapez.

Rechtecke:

Jedes dieser Rechtecke hat den Flächeninhalt:

$A_R = a \cdot b$

$A_R = 1\text{ Kästchen} \cdot 2\text{ Kästchen}$

$A_R = 2\text{ cm} \cdot 4\text{ cm}$

$A_R = 8\text{ cm}^2$

Damit haben die beiden Rechtecke zusammen den doppelten Flächeninhalt, also:

$2 \cdot A_R = 2 \cdot 8\text{ cm}^2 = 16\text{ cm}^2$

Dreieck:

Das Dreieck hat 2 Kästchen als Grundseite und 3 Kästchen als Höhe.

$A_D = \frac{c \cdot h_c}{2}$

$A_D = \frac{2\text{ Kästchen} \cdot 3\text{ Kästchen}}{2}$

$A_D = \frac{4\text{ cm} \cdot 6\text{ cm}}{2}$

$A_D = 12\text{ cm}^2$

Trapez:

Das Trapez hat eine Höhe von 1 Kästchen. Die beiden gegenüberliegenden parallelen Seiten sind 2 Kästchen und 4 Kästchen lang.

$A_T = \frac{a + c}{2} \cdot h$

$A_T = \frac{2 \text{ Kästchen} + 4 \text{ Kästchen}}{2} \cdot 1 \text{ Kästchen}$

$A_T = \frac{4 \text{ cm} + 8 \text{ cm}}{2} \cdot 2 \text{ cm}$

$A_T = \frac{12 \text{ cm}}{2} \cdot 2 \text{ cm}$

$A_T = 6 \text{ cm} \cdot 2 \text{ cm}$

$A_T = 12 \text{ cm}^2$

Damit kann man nun den Flächeninhalt der Maske berechnen:

$A_{Maske} = A_S - 2 \cdot A_R - A_D - A_T$

$A_{Maske} = 452{,}16 \text{ cm}^2 - 16 \text{ cm}^2 - 12 \text{ cm}^2 - 12 \text{ cm}^2$

$A_{Maske} = 412{,}16 \text{ cm}^2$

Aufgabe 2

TR/FS

Eine zylindrische Säule hat ein Volumen von 7 m^3 und eine Höhe von 8 m.

a) Wie groß ist ihre Grundfläche?

b) Wie groß ist die Mantelfläche der Säule?

Lösung

a) V = Grundfläche · Körperhöhe
$V = G \cdot h_K$

$G = \frac{V}{h_K}$

$G = \frac{7 \text{ m}^3}{8 \text{ m}} = 0{,}875 \text{ m}^2$

Die Grundfläche beträgt 0,875 m^2.

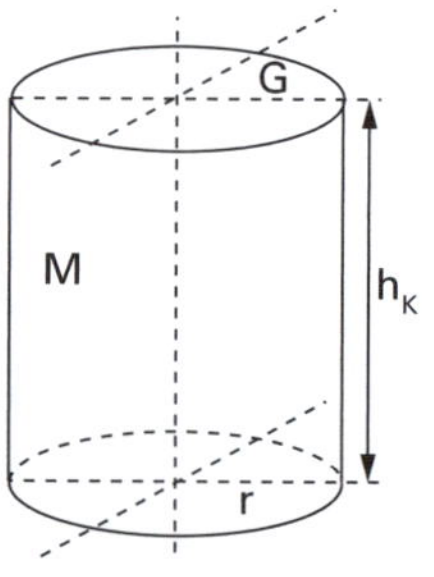

b) Die abgewickelte Mantelfläche eines Zylinders hat die Form eines Rechtecks.
Der Umfang der Grundfläche entspricht der Länge des Rechtecks, die Körperhöhe h_K entspricht der Breite des Rechtecks.

$u = d \cdot \pi$

Da der Durchmesser nicht bekannt ist, muss er aus dem Flächeninhalt der Grundfläche errechnet werden.

$A = r^2 \cdot \pi$ $\quad d = 2 \cdot r$

$r^2 = \frac{A}{\pi}$

$r = \sqrt{\frac{A}{\pi}} = \sqrt{\frac{0{,}875}{\pi}} \approx 0{,}53 \text{ m}$

$d = 2 \cdot r$

$d = 2 \cdot 0{,}53 \text{ m} \approx 1{,}06 \text{ m}$

$u = d \cdot \pi = 1{,}06 \text{ m} \cdot \pi = 3{,}33 \text{ m}$

$A_{Rechteck} = a \cdot b = 8 \text{ m} \cdot 3{,}33 \text{ m} = 26{,}64 \text{ m}^2$

oder

$M = 2 \cdot r \cdot \pi \cdot h_K$

$M = 2 \cdot 0{,}53 \text{ m} \cdot \pi \cdot 8 \text{ m}$

$M = 26{,}64 \text{ m}^2$

Die Mantelfläche beträgt 26,64 m^2.

Aufgabe 3

TR/FS

a) Ein Kegel mit dem Radius r = 4 cm hat das Volumen V = 100,5 cm³. Berechnen Sie die Höhe des Kegels.

b) Eine Kugel hat einen Oberflächeninhalt O = 615,75 cm². Berechnen Sie das Volumen der Kugel.

Lösung

a)
$$V = \frac{1}{3} \cdot r^2 \cdot \pi \cdot h$$
$$100{,}5 = \frac{1}{3} \cdot 4^2 \cdot \pi \cdot h$$
$$100{,}5 = \frac{1}{3} \cdot 16 \cdot \pi \cdot h \quad | \cdot 3$$
$$301{,}5 = 16 \cdot \pi \cdot h \quad | : 16$$
$$18{,}84 = \pi \cdot h \quad | : \pi$$
$$h = 6$$

Die Höhe des Kegels beträgt 6 cm.

b) Bestimmung des Radius r mithilfe der Formel für den Oberflächeninhalt:

$$O = 4 \cdot r^2 \cdot \pi$$
$$615{,}75 = 4 \cdot r^2 \cdot \pi \quad | : 4$$
$$153{,}94 = r^2 \cdot \pi \quad | : \pi$$
$$r^2 = 49 \quad | \sqrt{\ }$$
$$r = 7$$

Der Radius beträgt 7 cm.

Bestimmung des Volumens:

$$V = \frac{4}{3} \cdot r^3 \cdot \pi$$
$$V = \frac{4}{3} \cdot 7^3 \cdot \pi$$
$$V = 1436{,}8$$

Das Volumen beträgt 1436,8 cm³.

Übungsaufgaben

Aufgabe 1

TR/FS

Durch ein rechteckiges Rasenstück mit den Maßen a = 20 m und b = 8 m soll ein kleiner gepflasterter Weg der Breite x = 1,50 m angelegt werden. Berechnen Sie den Inhalt der Fläche, die danach noch mit Rasen bedeckt ist.

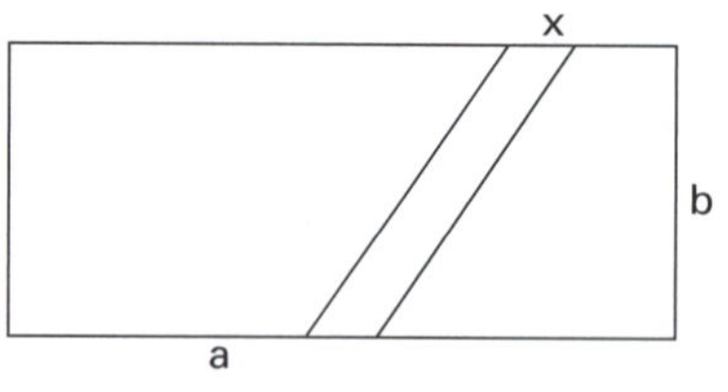

Aufgabe 2

TR/FS

Die Fahrbahn eines Kreisverkehrs soll neu geteert werden. Der Innenkreis des Kreisverkehrs ist mit Rasen bedeckt. Die Rasenfläche hat einen Radius von 1,7 m. Die Fahrbahn ist 2,80 m breit.
Berechnen Sie die Fläche der zu teerenden Fahrbahn.

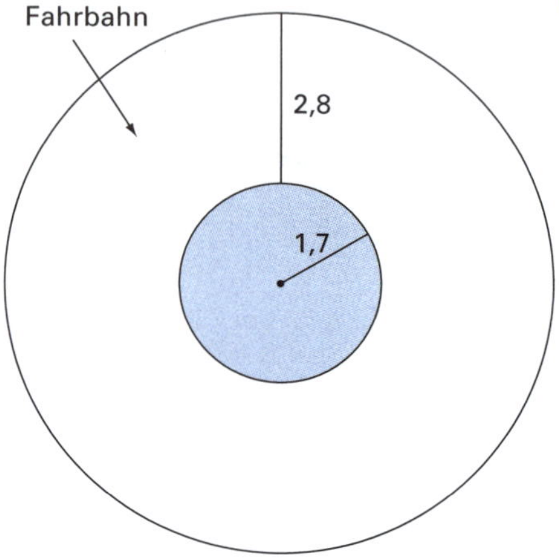

Aufgabe 3

TR/FS

Ein rechteckiger Garten besteht aus zwei Rasenflächen, einem Weg zu einer gepflasterten Fläche für Gartenmöbel und einem kleinen Teich.
Berechnen Sie die Gesamtfläche, die in diesem Garten mit Rasen bedeckt ist.

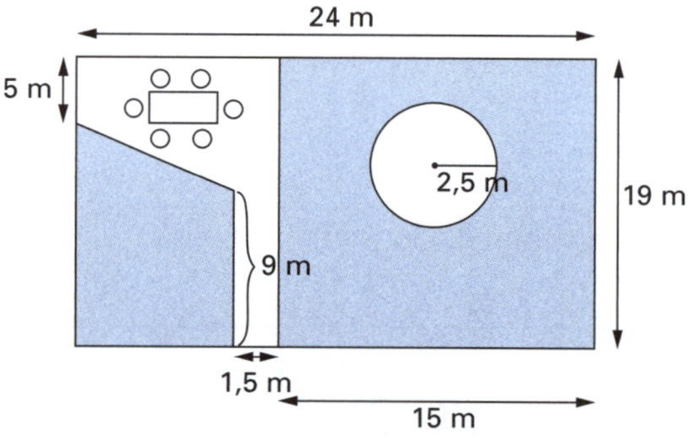

Aufgabe 4

TR/FS

Ein kreisförmiges Blumenbeet mit d = 36 m soll in 6 gleich große Kreissektoren aufgeteilt werden.
In jedem Sektor (Ausschnitt) setzt der Landschaftsgärtner andere Blumen ein.
Berechnen Sie den Flächeninhalt eines Kreissektors.

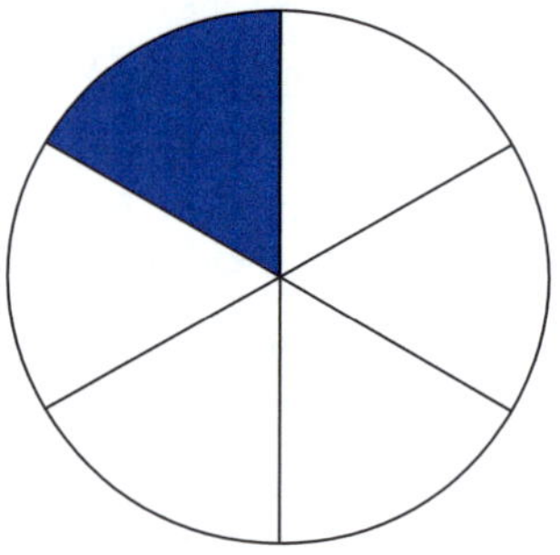

Aufgabe 5 **TR/FS**

Die Tunnelöffnung einer stillgelegten Bahnstrecke soll vollständig mit großen Holzbrettern zugenagelt werden, damit dort spielende Kinder nicht in Gefahr geraten. Die Öffnung besteht aus einem Rechteck und einem darüberliegenden Halbkreis. Von der höchsten Stelle der Öffnung bis zum Boden sind es 5 Meter. Die Breite der Öffnung beträgt unten am Boden 6 Meter. Wie viel m^2 Holz werden hier insgesamt benötigt?

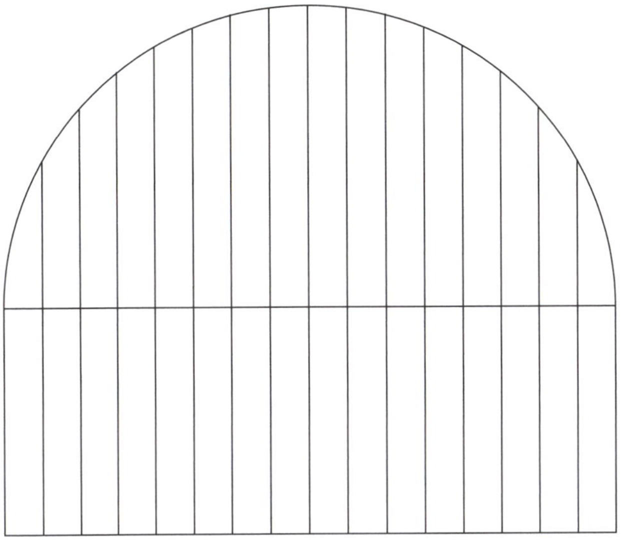

Zeichnung nicht maßstabsgetreu

Aufgabe 6 **TR/FS**

Berechnen Sie die Kantenlänge eines Würfels, dessen Oberfläche 37,5 cm^2 beträgt.

Aufgabe 7 **TR/FS**

Die Mantelfläche eines 5 cm hohen Zylinders hat den Flächeninhalt M = 94,25 cm^2. Berechnen Sie das Volumen des Zylinders.

Aufgabe 8 **TR/FS**

Die abgebildeten Körper haben alle gleich große Grundflächen. Welche der 3 Pyramiden hat das gleiche Volumen wie der Würfel?

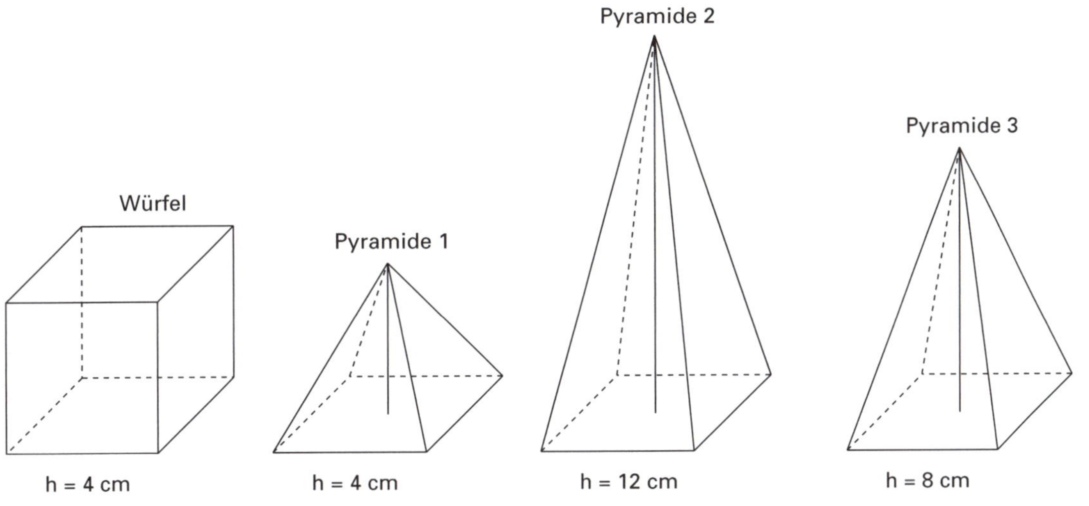

(2)

Aufgabe 9

TR/FS

Berechnen Sie das Volumen und die Oberfläche des symmetrischen Körpers. Alle Angaben in mm.

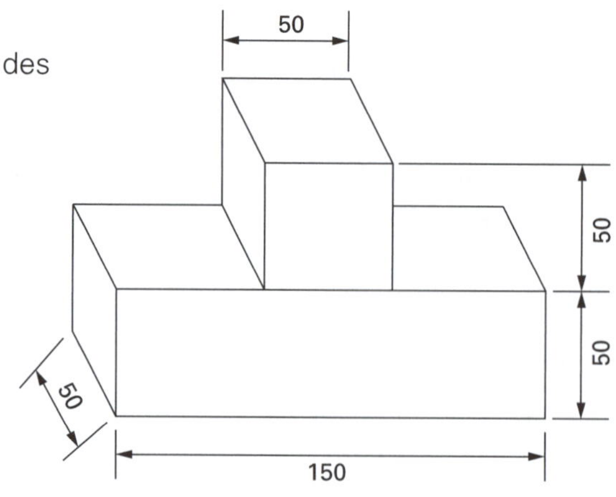

Aufgabe 10

TR/FS

Ein Weinglas-Hersteller will ein von seinem Designer neu entworfenes Glas in verschiedenen Farben einfärben. Dabei soll der obere Teil des Glases in Pink eingefärbt werden, allerdings nur von außen, nicht von innen. Der untere Teil des Glases ist von allen Seiten geschlossen und soll vollständig in Blau eingefärbt werden. Berechnen Sie die Flächeninhalte der beiden einzufärbenden Oberflächen.

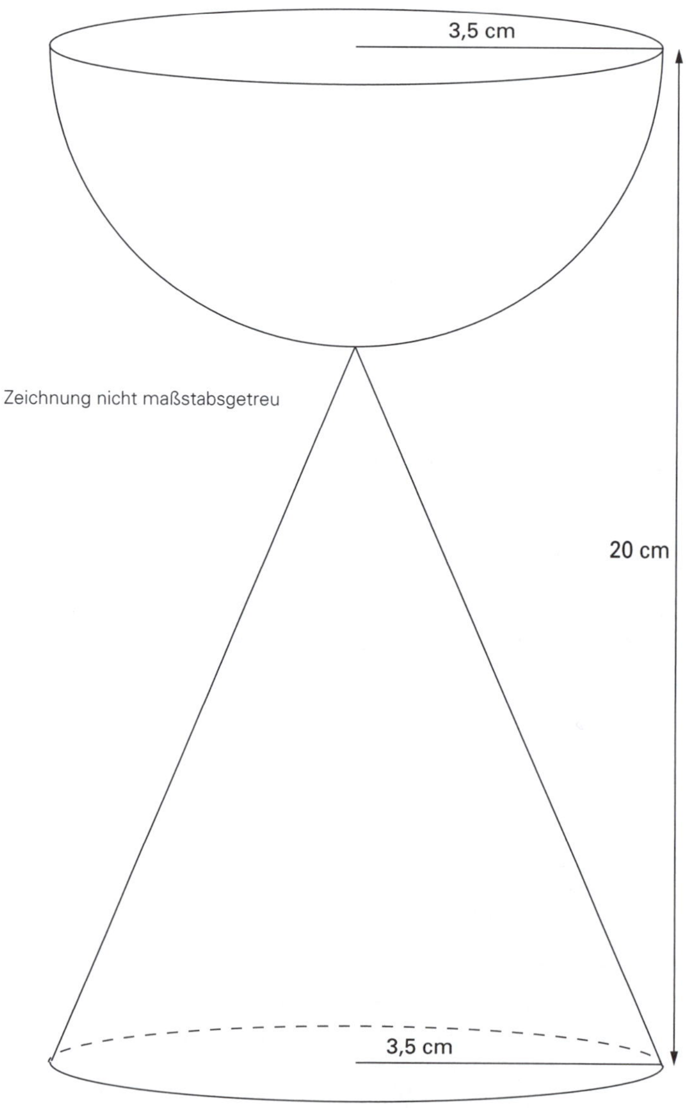

Aufgabe 11

TR/FS

Aus einer Halbkugel aus Holz mit dem Radius 5 cm wird ein Kegel herausgefräst.
Die Schnittfläche der Halbkugel ist zugleich die Grundfläche des Kegels. Die Kegelspitze liegt exakt auf der Oberfläche der Halbkugel. Berechnen Sie das Volumen des Restkörpers.

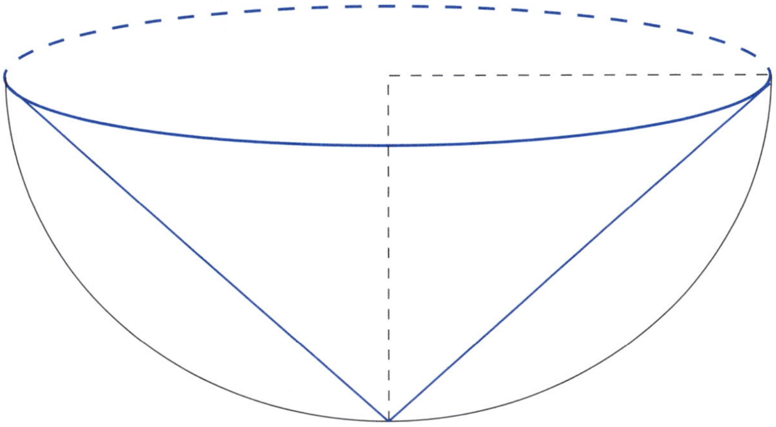

Aufgabe 12

TR/FS

Der obere Teil eines Cocktailglases hat die Form eines Kegels mit einer Höhe von 14 cm und einer oberen Öffnung von 7,5 cm Durchmesser. Überprüfen Sie, ob ein solches Glas ein Fassungsvermögen von 0,2 l hat.

Aufgabe 13

TR/FS

Magida will für ihre Freundin zum Geburtstag eine quadratische Pyramide aus Schokolade kaufen. Diese ist 8 cm hoch und hat eine Seitenlänge von 7 cm. Berechnen Sie das Volumen der Pyramide und geben Sie an, wie schwer diese ist. (Dichte von Schokolade: $1{,}28\ \frac{g}{cm^3}$)

Aufgabe 14

TR/FS

Berechnen Sie die Fläche in cm^2.

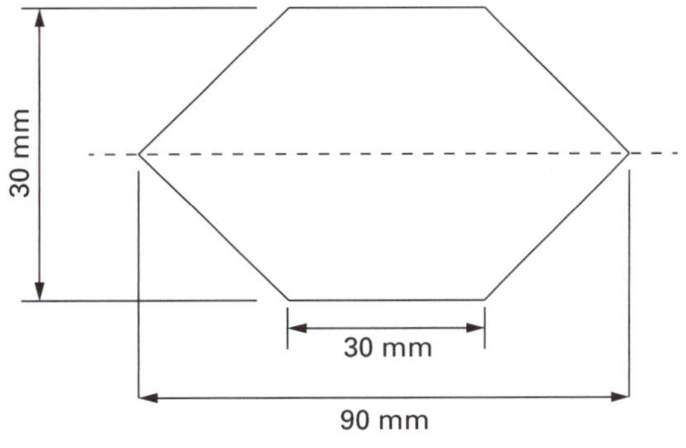

Zeichnung nicht maßstabsgerecht

Leitidee Raum und Form

1. Dreiecke untersuchen

Basiswissen

Besondere Dreiecke

1. gleichschenklig

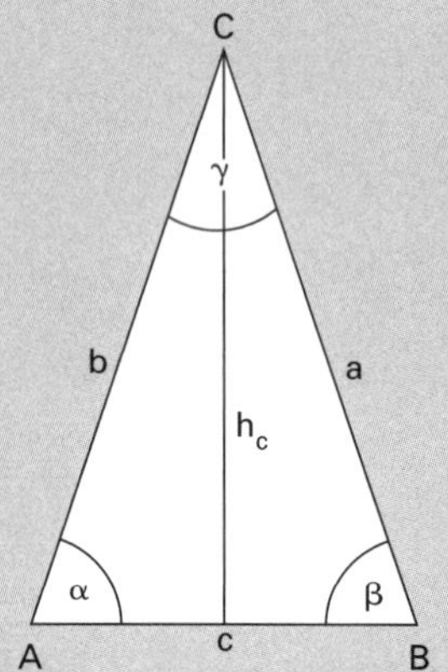

- Zwei Seiten sind gleich lang: $a = b$
- Zwei Winkel sind gleich groß: $\alpha = \beta$
- Die Höhe h_c halbiert die Grundseite c.

2. gleichseitig

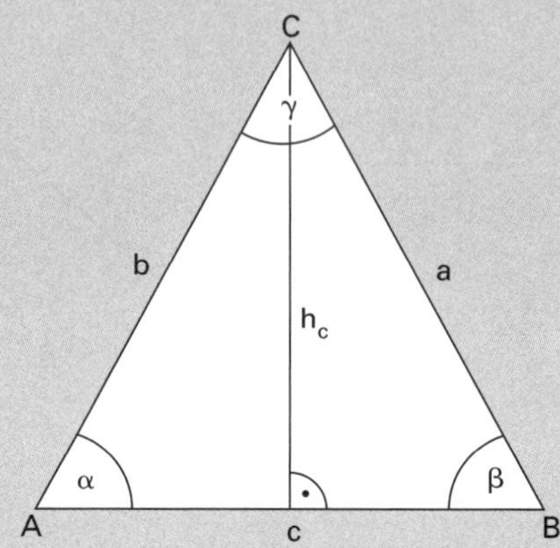

- Alle drei Seiten sind gleich lang: $a = b = c$
- Alle drei Winkel sind 60°: $\alpha = \beta = \gamma = 60°$
- Jede Höhe halbiert die jeweils gegenüberliegende Seite.

3. rechtwinklig

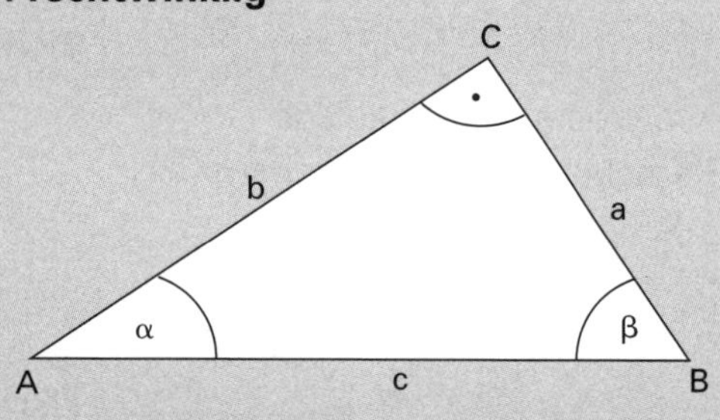

- Ein Winkel ist 90°.
- Die anderen beiden Winkel ergänzen sich zu 90°: $\alpha + \beta = 90°$

4. stumpfwinklig

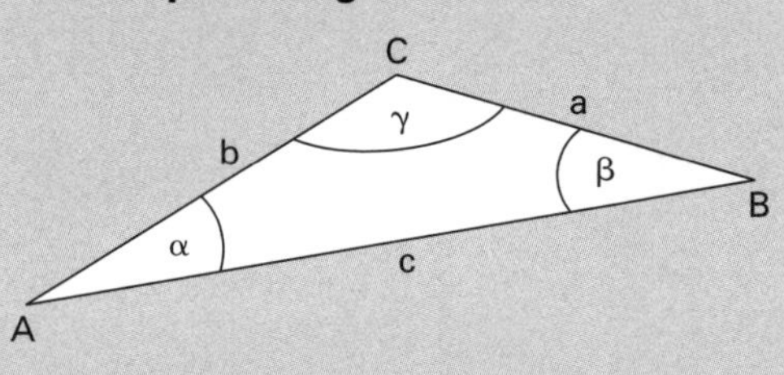

- Ein Winkel ist größer als 90°: hier ist $\gamma > 90°$
- Die Summe der anderen beiden Winkel ist kleiner als 90°: $\alpha + \beta < 90°$

5. spitzwinklig

- Alle drei Winkel sind kleiner als 90°.

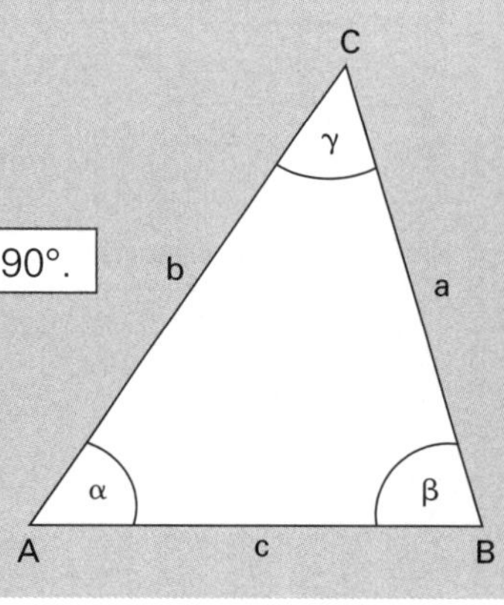

Training

Basiswissen

Winkelsummensatz für Dreiecke

In jedem Dreieck ergibt die Summe aller drei Winkel 180°: $\alpha + \beta + \gamma = 180°$

Die vier Grundkonstruktionen für Dreiecke

Bei der Konstruktion von Dreiecken unterscheidet man vier Grundkonstruktionen. Bei jeder dieser vier Grundkonstruktionen sind jeweils 3 Werte (Seitenlängen oder Winkel) des Dreiecks gegeben. Wenn eine dieser vier Grundkonstruktionen vorliegt, ist das Dreieck eindeutig konstruierbar. Das bedeutet, dass man bei jeder der vier Grundkonstruktionen immer deckungsgleiche Dreiecke konstruiert, die in allen drei Seitenlängen und allen drei Winkelweiten übereinstimmen.

Grundkonstruktion 1: SSS

Von einem Dreieck sind alle drei Seitenlängen (hier: a, b und c) gegeben. Das Dreieck ist eindeutig konstruierbar.

Beispiel:

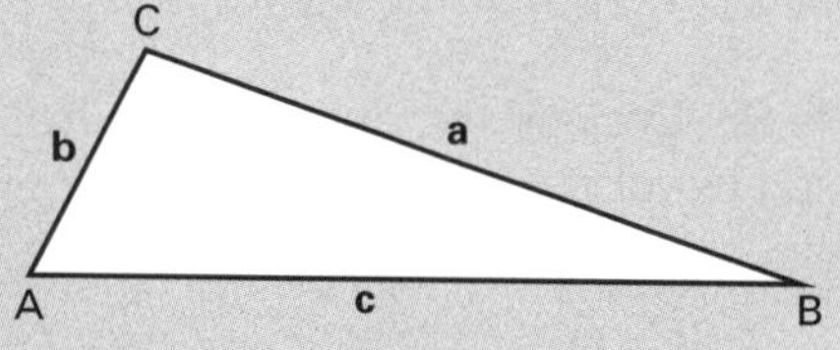

Grundkonstruktion 2: SWS

Von einem Dreieck sind zwei Seitenlängen (hier: a und c) und die Winkelweite des eingeschlossenen Winkels (hier: β) gegeben. Das Dreieck ist eindeutig konstruierbar.

Beispiel:

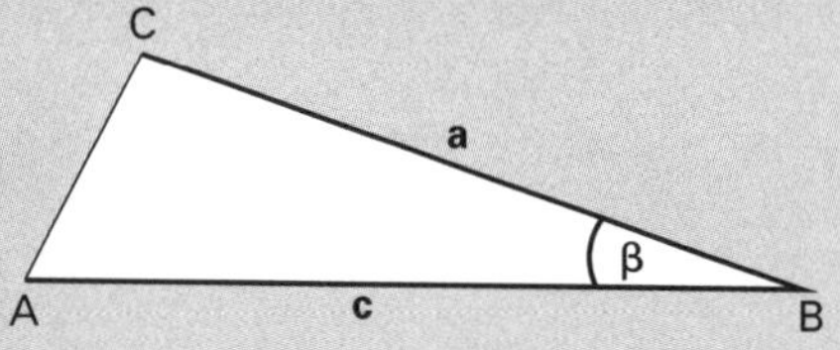

Grundkonstruktion 3: WSW

Von einem Dreieck sind eine Seitenlänge (hier: b) und zwei Winkel (hier: α und γ) gegeben. Das Dreieck ist eindeutig konstruierbar.

Beispiel:

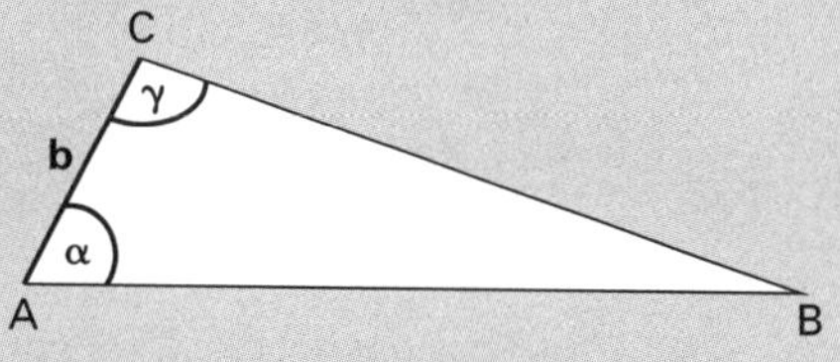

Grundkonstruktion 4: SsW

Von einem Dreieck sind zwei Seitenlängen (hier: b und c) und ein Winkel (hier: γ) gegeben. Dabei liegt der gegebene Winkel der größeren der beiden Seitenlängen gegenüber. Das Dreieck ist eindeutig konstruierbar.

Beispiel:

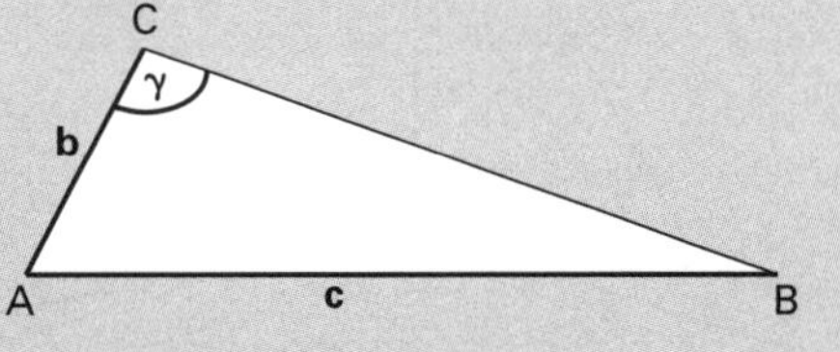

Konstruierbarkeit von Dreiecken

Man kann mithilfe bestimmter allgemeiner Eigenschaften von Dreiecken entscheiden, ob ein Dreieck aus gegebenen Werten konstruierbar ist oder nicht.

Basiswissen

Erster Fall:
Ein Dreieck ist nur dann konstruierbar, wenn die Summe zweier Seitenlängen größer ist als die dritte Seitenlänge.
Beispiel: Aus den Seitenlängen a = 4 cm, b = 7 cm und c = 2 cm kann man kein Dreieck konstruieren, weil die Summe der Seitenlängen a und c (4 cm + 2 cm = 6 cm) kleiner ist als die dritte gegebene Seitenlänge (b = 7 cm).

Zweiter Fall:
Ein Dreieck ist nur dann konstruierbar, wenn gilt: $\alpha + \beta + \gamma = 180°$
Beispiel: Aus den Angaben a = 4 cm, $\beta = 85°$ und $\gamma = 97°$ kann man kein Dreieck konstruieren, weil die Summe der beiden gegebenen Winkelweiten 85° + 97° = 182° und damit größer als 180° ist.

Typische Aufgabenstellung

Aufgabe 1

Verbinden Sie jedes Dreieck mit der richtigen Bezeichnung. Von jedem Dreieck darf nur eine einzige Verbindungslinie ausgehen.

rechtwinklig gleichseitig stumpfwinklig gleichschenklig spitzwinklig

Lösung

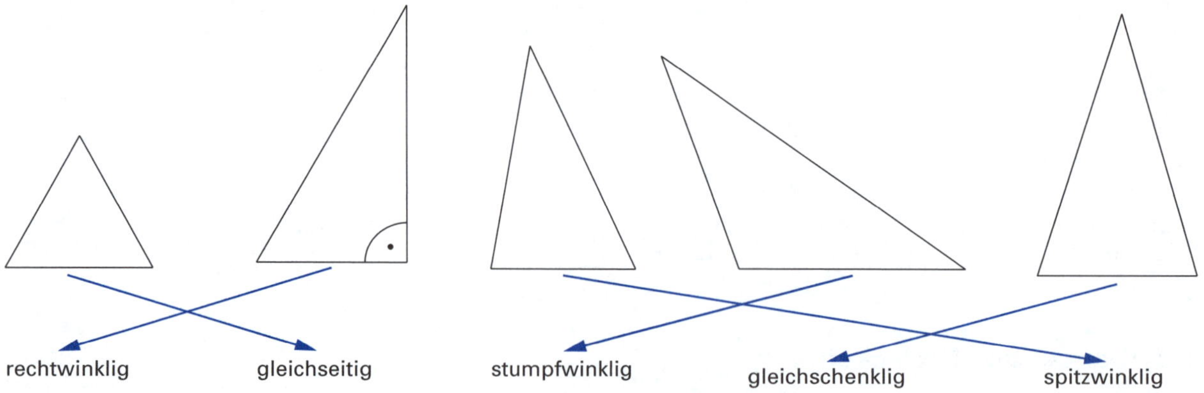

rechtwinklig gleichseitig stumpfwinklig gleichschenklig spitzwinklig

Aufgabe 2

Geben Sie an, nach welcher der vier Grundkonstruktionen man aus folgenden Stücken eindeutig ein Dreieck konstruieren kann.
$\alpha = 50°$; $\beta = 62°$; $c = 3$ cm

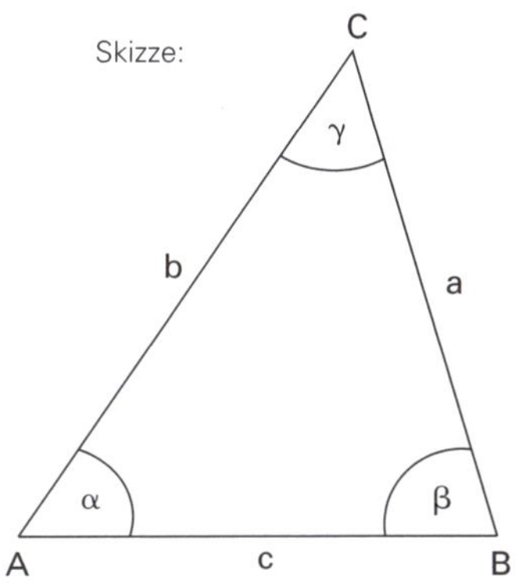

Lösung

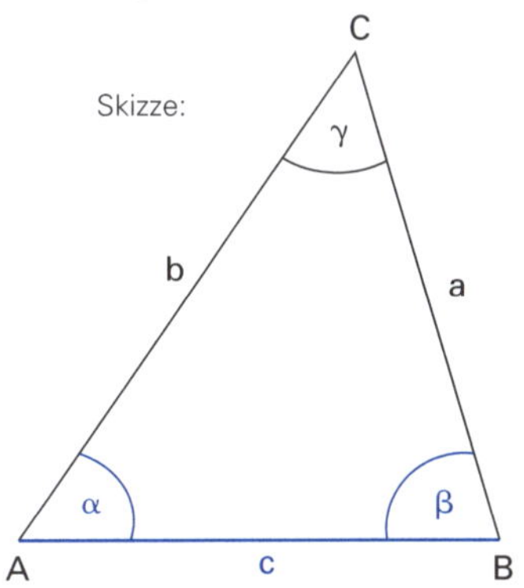

Die gegebenen Werte entsprechen der Grundkonstruktion WSW.

Übungsaufgaben

Aufgabe 1

Berechnen Sie die fehlenden Winkelweiten ohne abzumessen.

a)

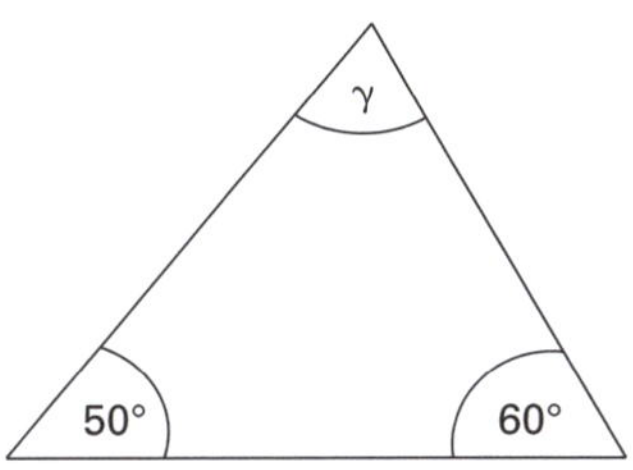

b)

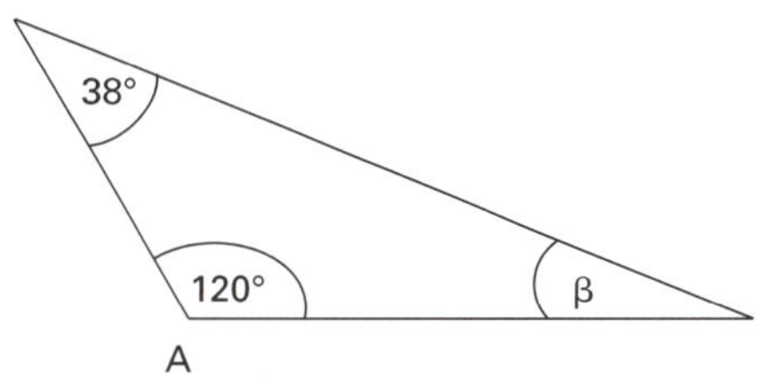

c)

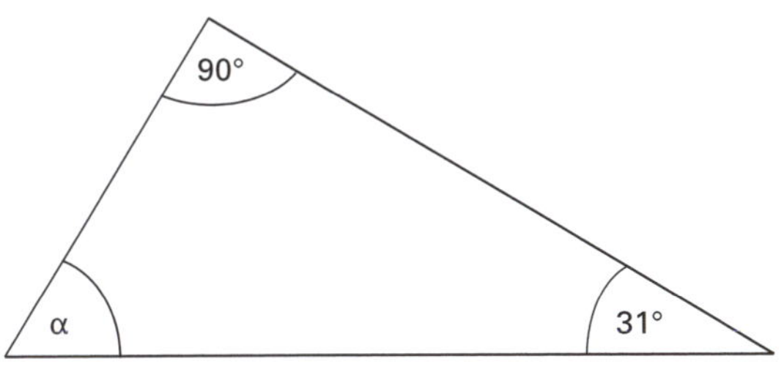

d)

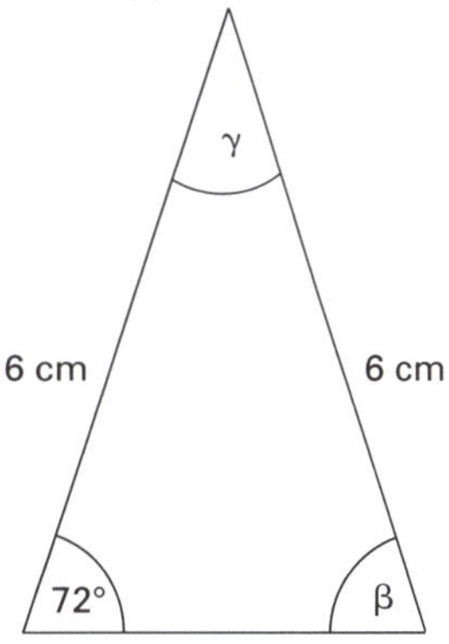

Aufgabe 2

Welche der vier Grundkonstruktionen liegt bei den gegebenen Stücken eines Dreiecks vor?
Schreiben Sie die richtige Zahl (1; 2; 3; 4) neben die gegebenen Stücke.

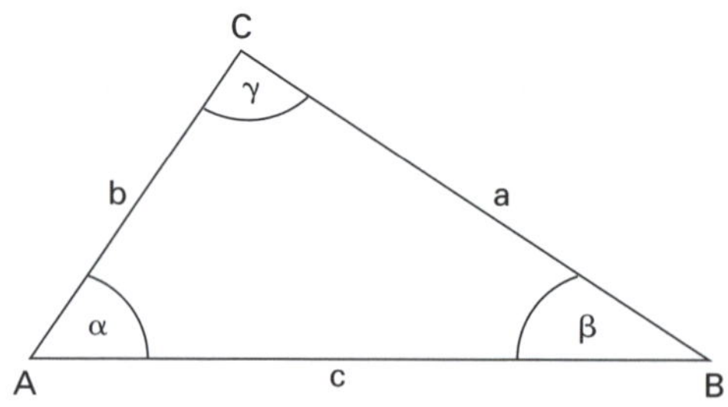

1: SSS 2: SWS 3: WSW 4: SsW

☐ $\alpha = 87°$; $c = 7$ cm; $\beta = 42°$

☐ $\alpha = 53°$; $b = 3$ cm; $c = 5$ cm

☐ $a = 6$ cm; $b = 4$ cm; $\alpha = 68°$

☐ $a = 4$ cm; $b = 3$ cm; $c = 2$ cm

Aufgabe 3

Nennen Sie sowohl die Form des Dreiecks ABC als auch die Formen der Teildreiecke ADC und DBC.

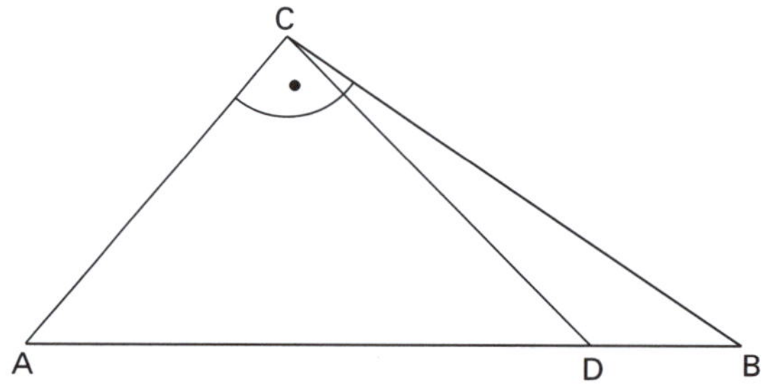

Aufgabe 4

Begründen Sie, warum aus den gegebenen Stücken kein Dreieck konstruiert werden kann.

a) $\alpha = 91°$; $c = 4$ cm; $\beta = 89°$

b) $a = 9$ cm; $b = 5$ cm; $c = 3$ cm

Aufgabe 5

Konstruieren Sie ein rechtwinkliges Dreieck mit $b = 6$ cm, $c = 4$ cm und $\alpha = 90°$.

2. Vierecke untersuchen

Basiswissen

1. Eigenschaften spezieller Vierecke

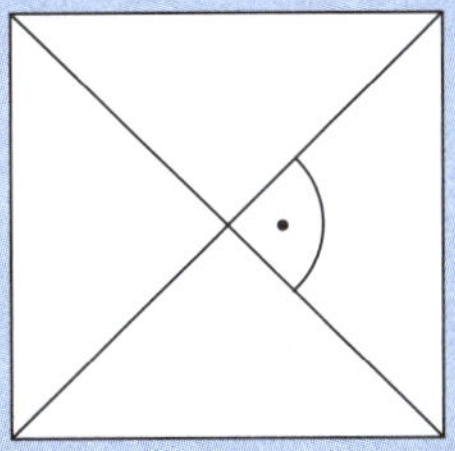

Quadrat

- Alle vier Seiten sind gleich lang.
- Jeweils zwei gegenüberliegende Seiten sind parallel.
- Alle vier Winkel sind 90° groß.
- Die beiden Diagonalen schneiden sich rechtwinklig.
- Die beiden Diagonalen halbieren sich gegenseitig.

Rechteck

- Jeweils zwei gegenüberliegende Seiten sind gleich lang.
- Jeweils zwei gegenüberliegende Seiten sind parallel.
- Alle vier Winkel sind 90° groß.
- Die beiden Diagonalen halbieren sich gegenseitig.

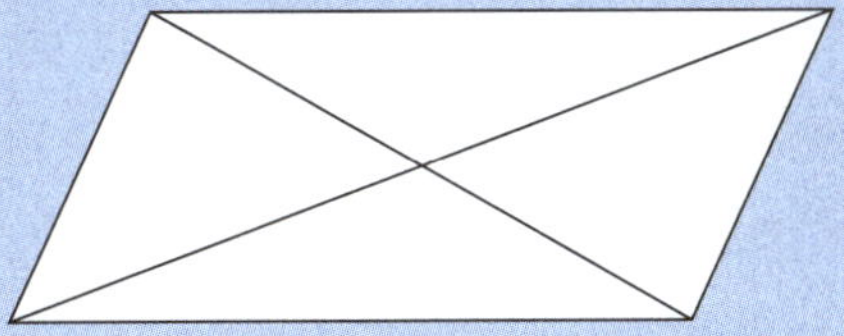

Parallelogramm

- Jeweils zwei gegenüberliegende Seiten sind gleich lang.
- Jeweils zwei gegenüberliegende Seiten sind parallel.
- Jeweils gegenüberliegende Winkel sind gleich groß.
- Die beiden Diagonalen halbieren sich gegenseitig.

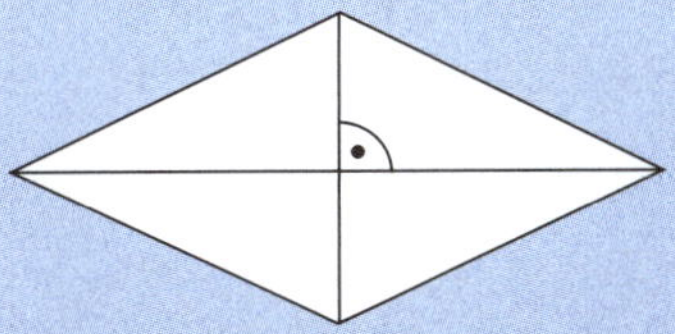

Raute

- Alle vier Seiten sind gleich lang.
- Jeweils zwei gegenüberliegende Seiten sind parallel.
- Jeweils gegenüberliegende Winkel sind gleich groß.
- Die beiden Diagonalen halbieren sich gegenseitig.
- Die beiden Diagonalen schneiden sich rechtwinklig.

gleichschenkliges Trapez

- Ein Paar gegenüberliegender Seiten ist gleich lang.
- Ein Paar gegenüberliegender Seiten ist parallel.
- Die an den beiden parallelen Seiten anliegenden Winkel sind jeweils gleich groß.

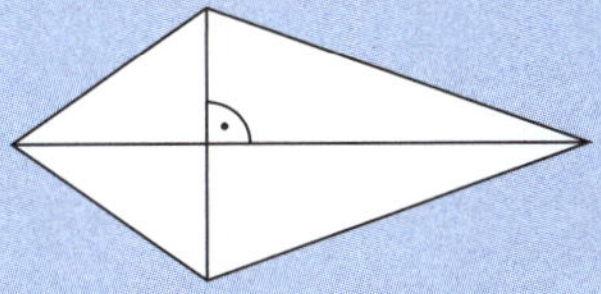

Drachen

- Jeweils zwei Seiten sind gleich lang.
- Ein Paar gegenüberliegender Winkel ist gleich groß.
- Die beiden Diagonalen schneiden sich rechtwinklig.
- Eine Diagonale wird von der anderen halbiert.

Basiswissen

2. Die Winkelsumme im Viereck

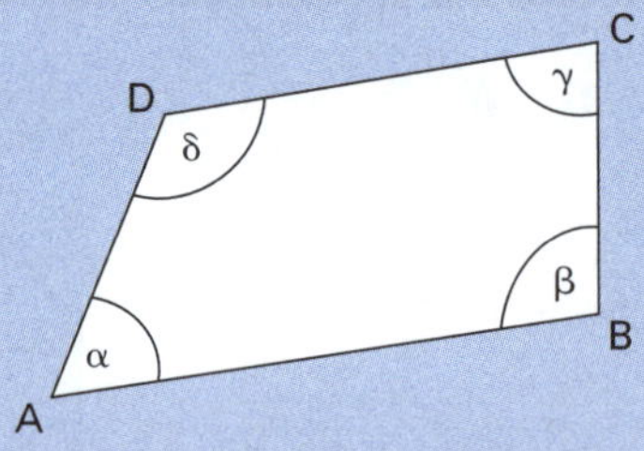

In jedem Viereck beträgt die Summe aller vier Innenwinkel 360°.
$\alpha + \beta + \gamma + \delta = 360°$

Typische Aufgabenstellung

Aufgabe 1

Schreiben Sie den Buchstaben der zutreffenden Aussage in das Kästchen.

A: Beide Paare gegenüberliegender Seiten sind parallel zueinander.
Alle vier Seiten sind gleich lang.

B: Die beiden Diagonalen schneiden sich rechtwinklig, aber nur eine der beiden Diagonalen wird durch den Schnittpunkt halbiert.

C: Ein Paar gegenüberliegender Seiten ist parallel, das andere Paar gegenüberliegender Seiten ist nicht parallel.

D: Beide Paare gegenüberliegender Seiten sind parallel zueinander. Die Diagonalen schneiden sich nicht rechtwinklig.

☐ 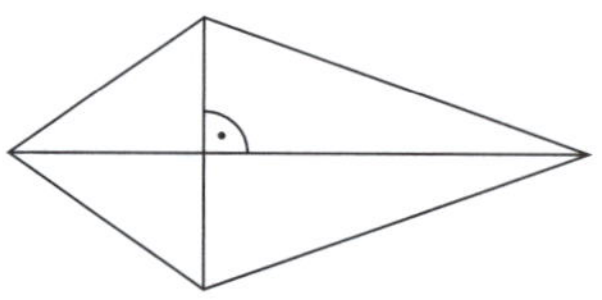

☐ 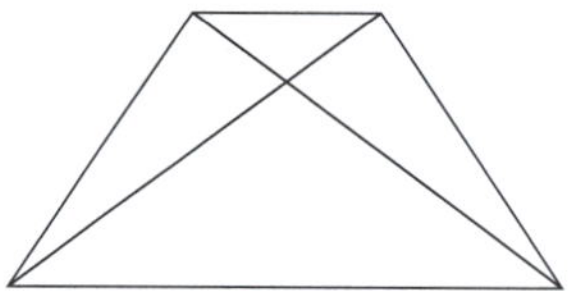

☐ 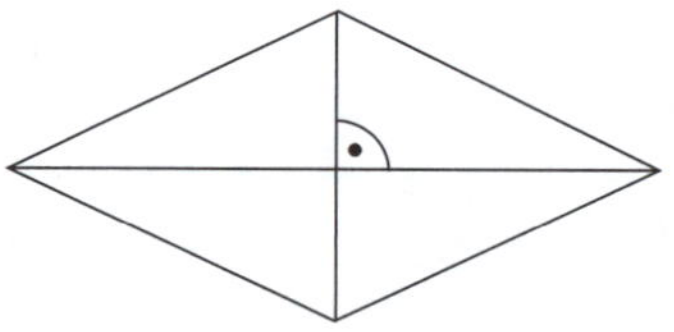

☐ 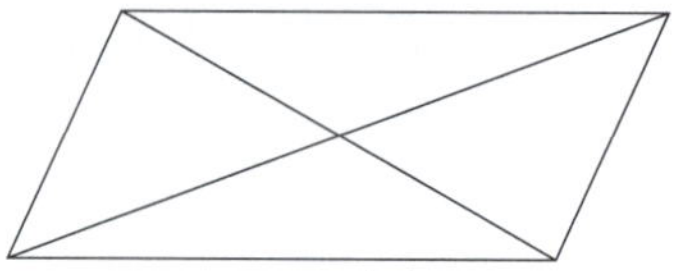

Lösung

B 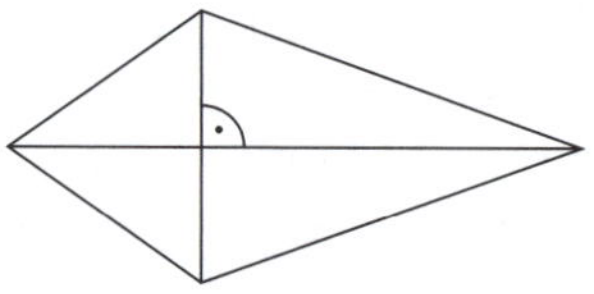

A 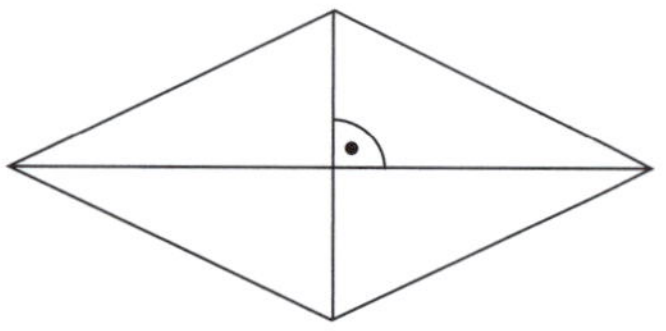

C 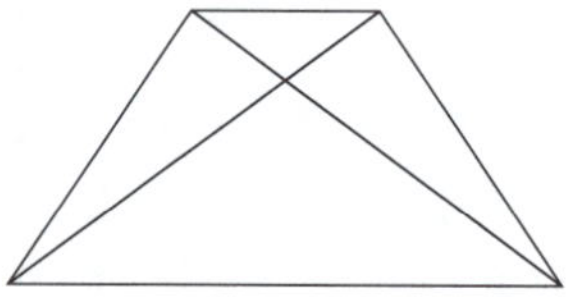

D 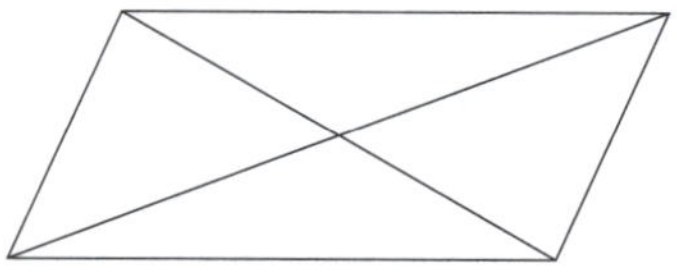

Übungsaufgaben

Aufgabe 1

Geben Sie alle speziellen Vierecke an, für die die Aussage richtig ist.

a) Beide Paare gegenüberliegender Winkel sind gleich groß.

b) Die beiden Diagonalen stehen senkrecht aufeinander.

c) Es gibt zwei Paare gleich großer Winkel, aber nicht alle vier Winkel sind gleich groß.

Aufgabe 2

Berechnen Sie die Größe der fehlenden Winkel.

a) Parallelogramm

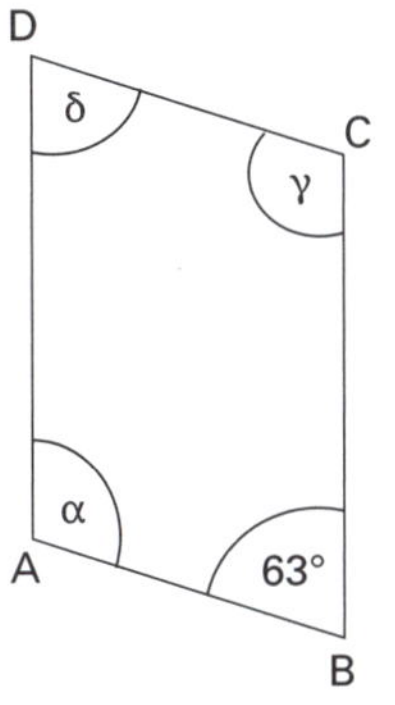

b) Gleichschenkliges Trapez

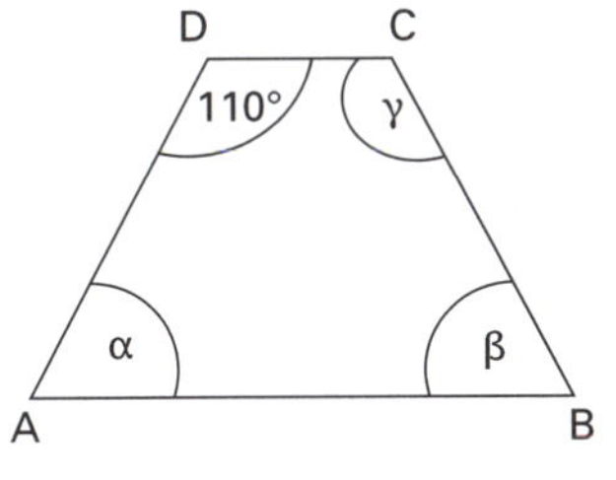

3. Winkelweiten erschließen

Basiswissen

Scheitel- und Nebenwinkel

Wenn sich zwei Geraden schneiden, entsteht ein Scheitel mit vier Winkeln.

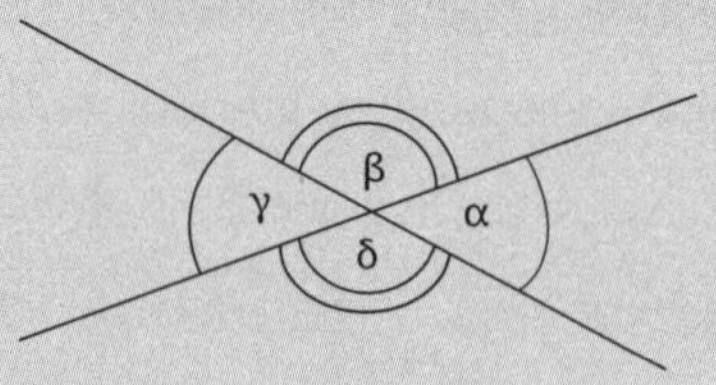

Jeweils gegenüberliegende Winkel heißen **Scheitelwinkel**. Sie haben dieselbe Winkelweite. Es gilt also:
$\alpha = \gamma$ und $\beta = \delta$

Jeweils nebeneinanderliegende Winkel heißen **Nebenwinkel**. Nebenwinkel haben die Summe 180°. Es gilt also:
$\alpha + \beta = 180°$ und $\beta + \gamma = 180°$ und $\gamma + \delta = 180°$ und $\delta + \alpha = 180°$

Stufen- und Wechselwinkel

Wenn zwei parallele Geraden von einer weiteren Gerade geschnitten werden, entstehen gleich große Winkel.

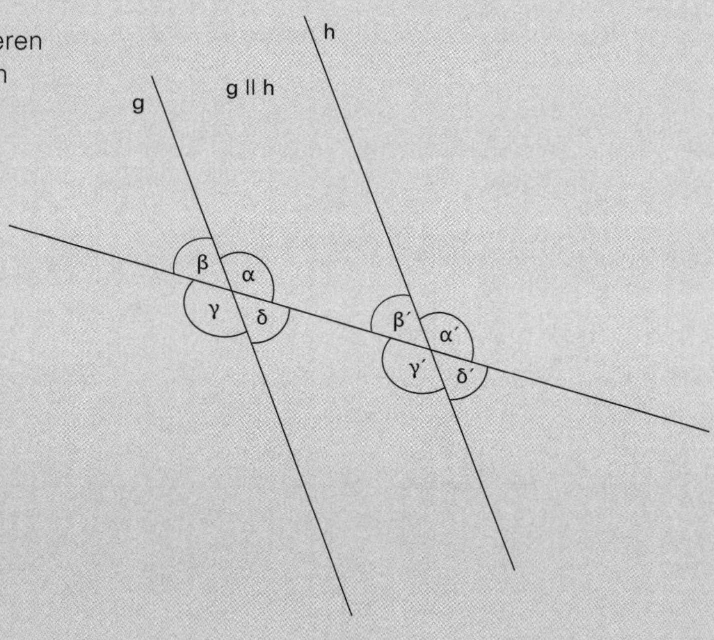

Liegen die Winkel „gestuft" auf derselben Seite der beiden parallelen Geraden, heißen sie **Stufenwinkel**. Stufenwinkel haben dieselbe Winkelweite. Es gilt also:
$\alpha = \alpha'$ und $\beta = \beta'$ und $\gamma = \gamma'$ und $\delta = \delta'$

Liegen die Winkel „im Seitenwechsel" auf verschiedenen Seiten der beiden parallelen Geraden, heißen sie **Wechselwinkel**. Wechselwinkel haben dieselbe Winkelweite. Es gilt also:
$\alpha = \gamma'$ und $\beta = \delta'$ und $\gamma = \alpha'$ und $\delta = \beta'$

Basiswissen

Der Satz des Thales

Wenn ein Eckpunkt C eines Dreiecks ABC auf einem über dem Mittelpunkt der Strecke $\overline{AB}$ geschlagenen Halbkreisbogen liegt, dann hat das Dreieck bei C einen rechten Winkel. Dies gilt für jeden Punkt C_1, C_2, C_3 … auf dem Halbkreisbogen. Der Halbkreisbogen wird auch Thaleskreis genannt.

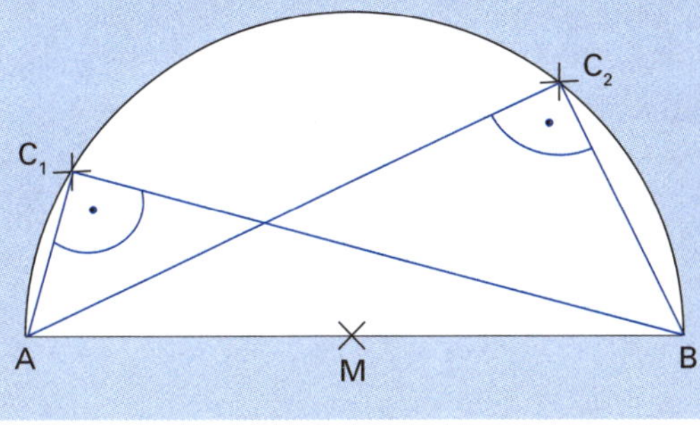

Typische Aufgabenstellung

Aufgabe 1

Bestimmen Sie alle Innenwinkel (α, β, γ, δ) des (nicht gleichschenkligen) Trapezes ABCD. Begründen Sie kurz jeden Lösungsschritt.

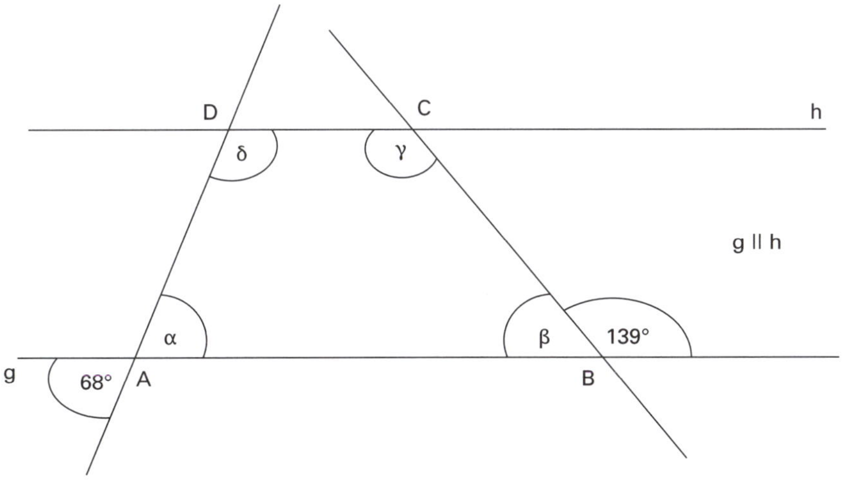

Skizze nicht maßstabsgetreu

Lösung

Es sind viele verschiedene Lösungswege möglich. Einer dieser Lösungswege wird hier exemplarisch dargestellt.

1. $\alpha = 68°$ (Begründung: Scheitelwinkel)
2. $\beta = 180° - 139° = 41°$ (Begründung: Nebenwinkel)
3. $\gamma = 139°$ (Begründung: Wechselwinkel)
4. $\delta = 360° - \alpha - \beta - \gamma = 360° - 68° - 41° - 139° = 112°$ (Begründung: Winkelsumme im Viereck)

Aufgabe 2

Überprüfen Sie mithilfe des Thalessatzes, ob das Dreieck ABC rechtwinklig ist. Begründen Sie Ihre Entscheidung.

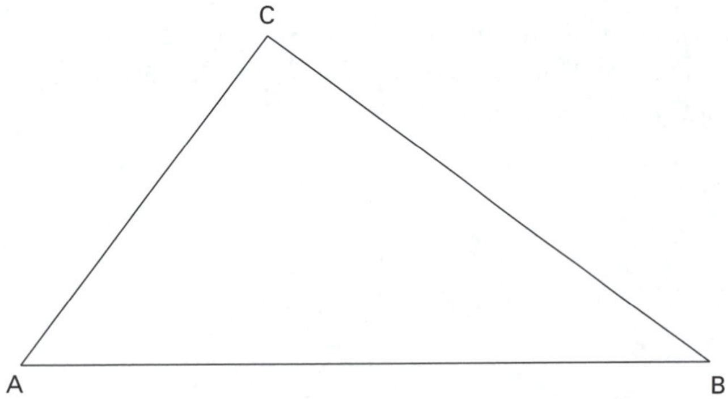

Lösung

Man zeichnet den Mittelpunkt M der Strecke $\overline{AB}$ ein. Dann zeichnet man einen Halbkreis um M mit dem Radius $\overline{AM}$. Da der Punkt C auf diesem Halbkreis liegt, ist das Dreieck nach dem Satz des Thales rechtwinklig.

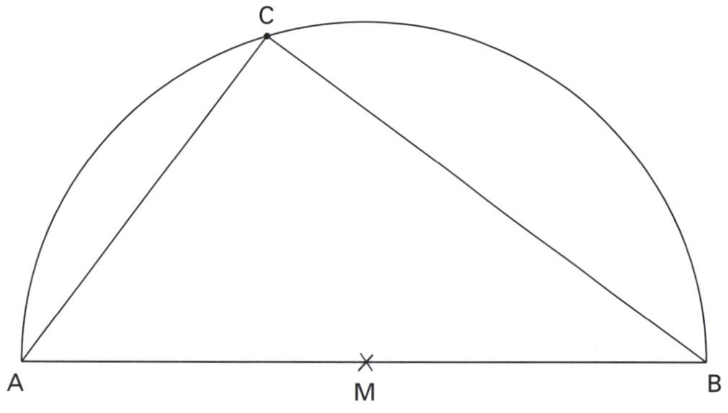

Übungsaufgaben

Aufgabe 1

Bestimmen Sie α und β. Begründen Sie kurz jeden Lösungsschritt.

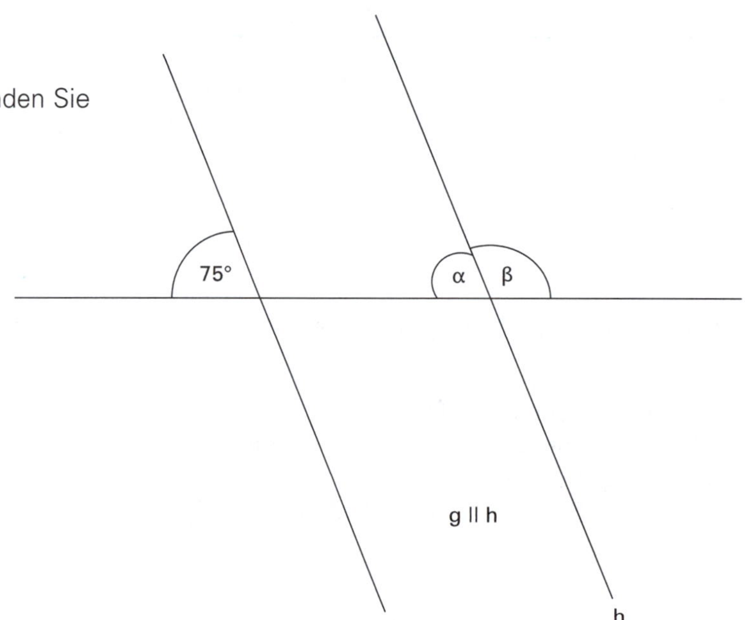

Aufgabe 2

Bestimmen Sie α, β und γ. Begründen Sie kurz jeden Lösungsschritt.

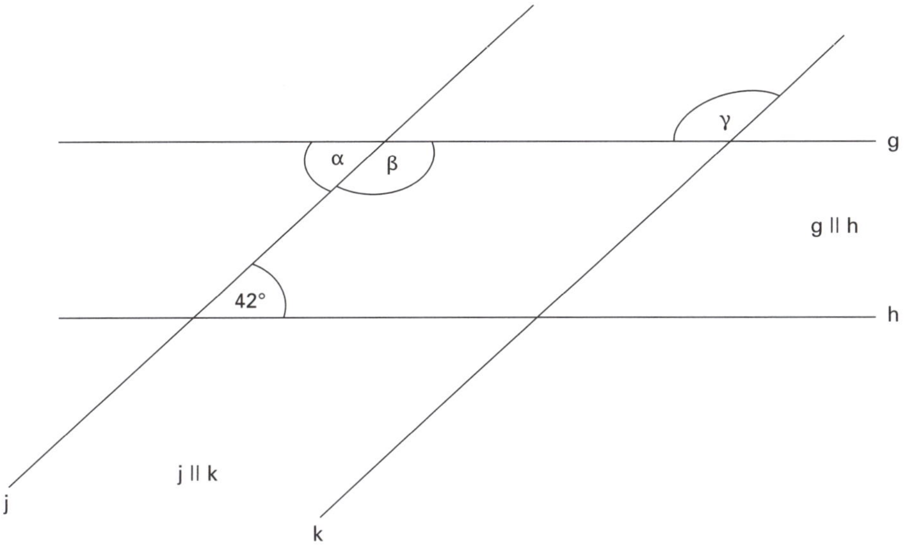

Aufgabe 3

Tragen Sie alle zur Zeichnung passenden Winkelpaare in die Tabelle ein. Ein Beispiel ist bereits vorgegeben.

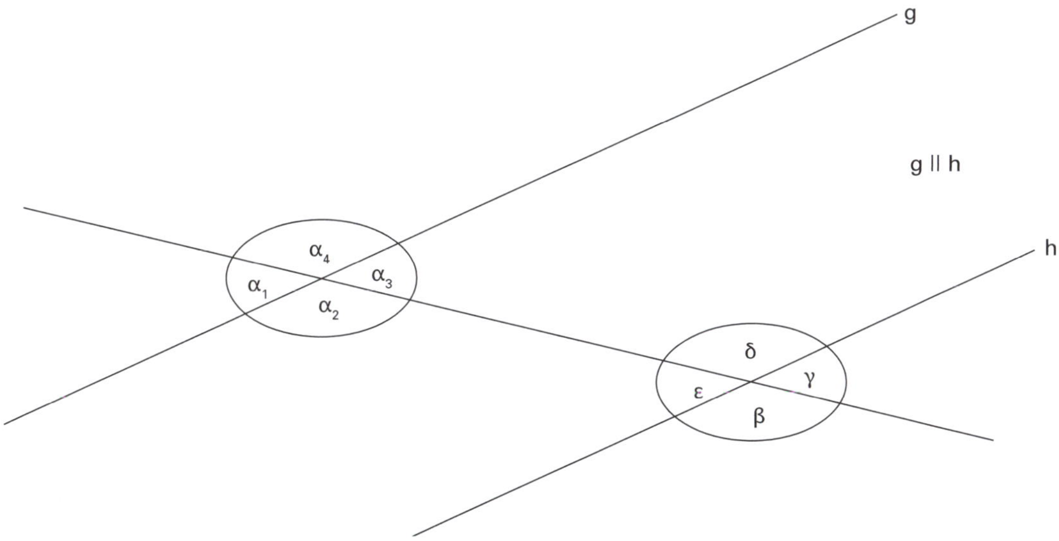

Wechselwinkel	Stufenwinkel	Scheitelwinkel
	α_1 und ε	

Aufgabe 4

Bestimmen Sie α, β und γ. Begründen Sie kurz jeden Lösungsschritt.

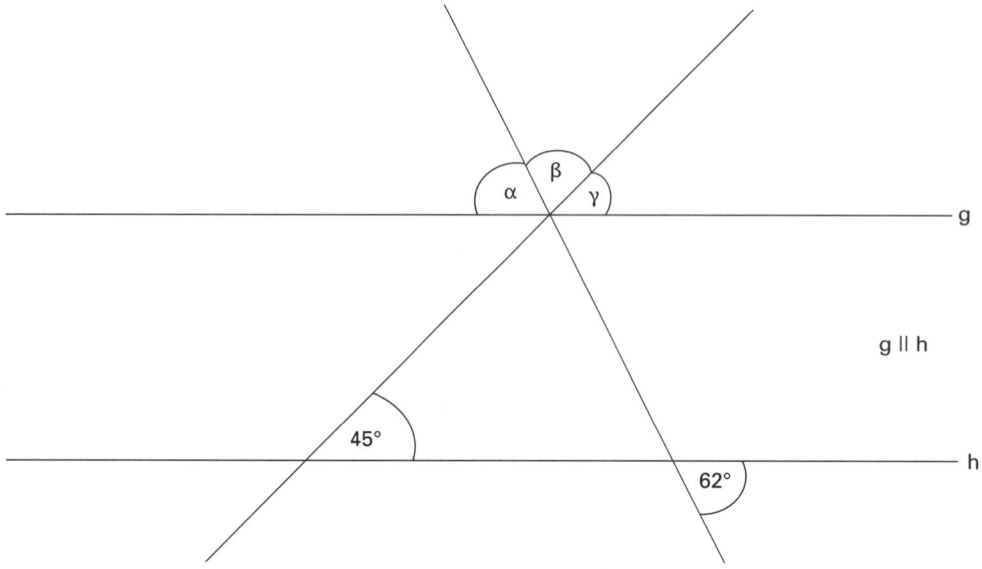

Aufgabe 5

Überprüfen Sie mithilfe des Thalessatzes, welche der Dreiecke ABC_1, ABC_2, ABC_3 und ABC_4 rechtwinklig sind und welche nicht.

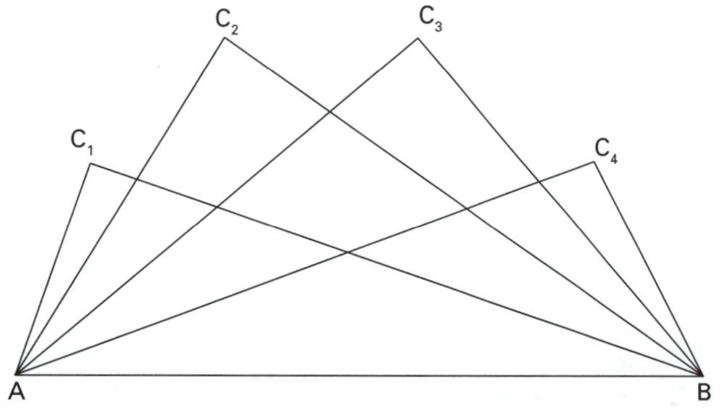

Aufgabe 6

Bestimmen Sie β und γ, ohne diese Winkel abzumessen. Begründen Sie kurz jeden Lösungsschritt.

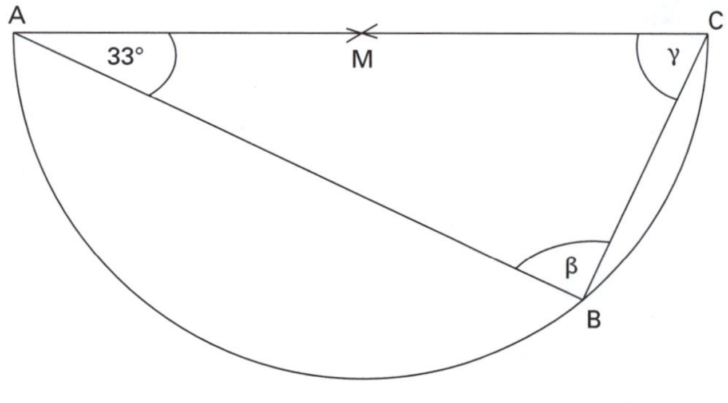

4. Ortslinien konstruieren

Basiswissen

1. Die Höhen in einem Dreieck zeichnen

In einem Dreieck gibt es drei Höhen. Jede Höhe verläuft von einem Eckpunkt des Dreiecks bis zur gegenüberliegenden Seite, auf der die Höhe senkrecht steht. Die Höhen werden mit h_a, h_b und h_c bezeichnet.

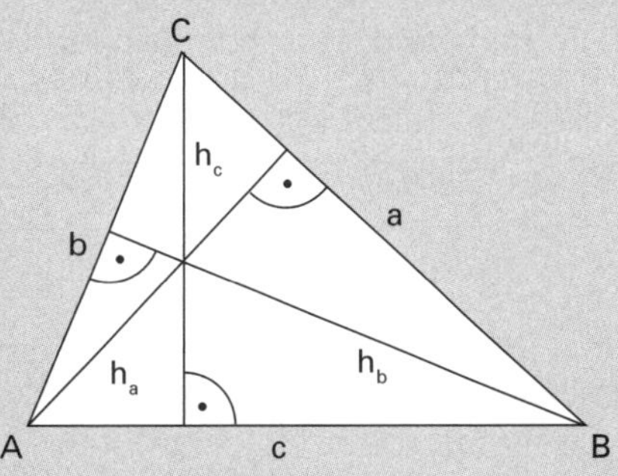

Die Höhen eines Dreiecks kann man mit dem Geodreieck einzeichnen. Will man z. B. die Höhe h_c einzeichnen, legt man das Geodreieck so auf das Dreieck ABC, dass der Punkt C exakt an der Längsseite des Geodreiecks liegt und diese Längsseite des Geodreiecks gleichzeitig senkrecht auf der Seite c steht. Die anderen beiden Höhen h_a und h_b werden entsprechend gezeichnet.
Manchmal muss man die entsprechende Seite verlängern, um eine Höhe einzeichnen zu können. Die folgende Grafik zeigt an einem Beispiel, wie Sie die drei Höhen einzeichnen können.

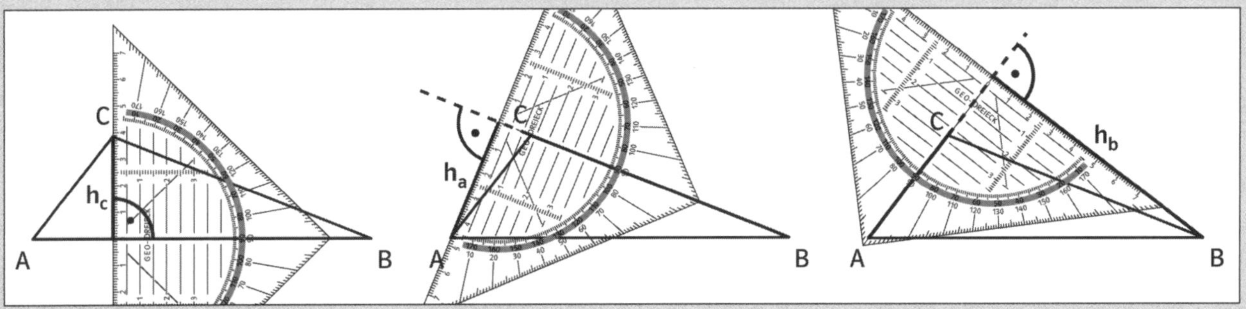

2. Die Mittelsenkrechte einer Strecke zeichnen

Die Mittelsenkrechte einer Strecke $\overline{AB}$ geht durch den Mittelpunkt der Strecke und steht auf ihr senkrecht. Die Mittelsenkrechte wird mit $m_{\overline{AB}}$ bezeichnet.

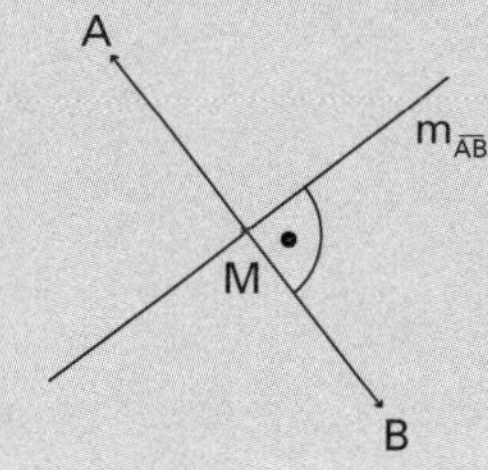

Die Mittelsenkrechte einer Strecke $\overline{AB}$ kann man mit dem Geodreieck einzeichnen. Zunächst bestimmt man durch Abmessen der Strecke $\overline{AB}$ deren Mittelpunkt M. Dann legt man das Geodreieck so auf die Strecke $\overline{AB}$, dass der Punkt M exakt an der Längsseite des Geodreiecks liegt und diese Längsseite des Geodreiecks gleichzeitig senkrecht auf der Strecke $\overline{AB}$ steht.

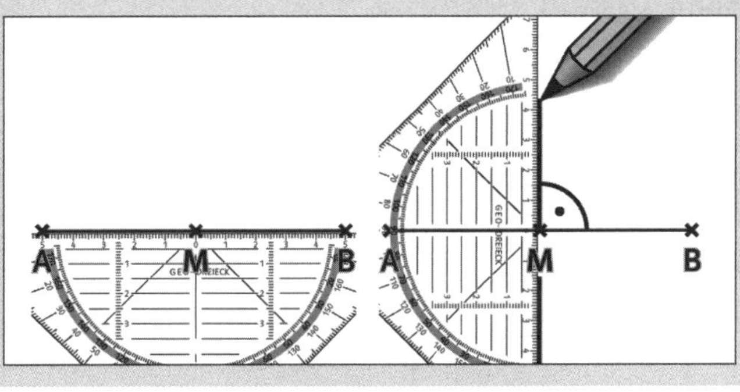

Basiswissen

3. Die Winkelhalbierende eines Winkels zeichnen

Die Winkelhalbierende eines Winkels geht durch den Scheitel des Winkels und halbiert dessen Winkelweite. Je nachdem, welchen Winkel die Winkelhalbierende halbiert, wird sie mit w_α, w_β, w_γ etc. bezeichnet.

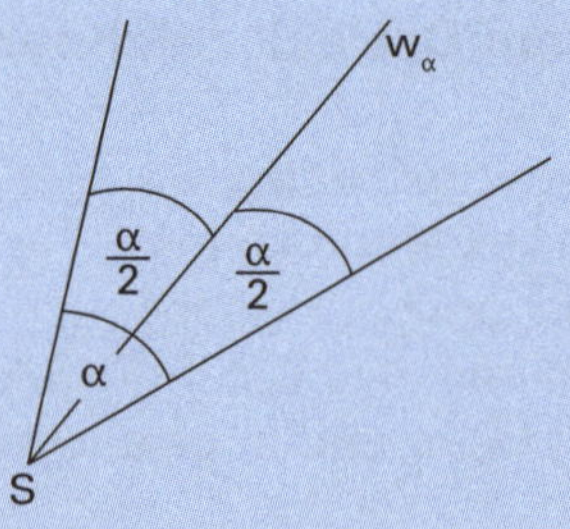

Um die Winkelhalbierende w_α eines Winkels α zu zeichnen, bestimmt man zunächst durch Abmessen die Weite des Winkels α und teilt diese Winkelweite durch 2. Dann legt man das Geodreieck so auf den Winkel α, so dass man die zuvor berechnete Winkelweite (α : 2) als freien Schenkel einzeichnen kann.

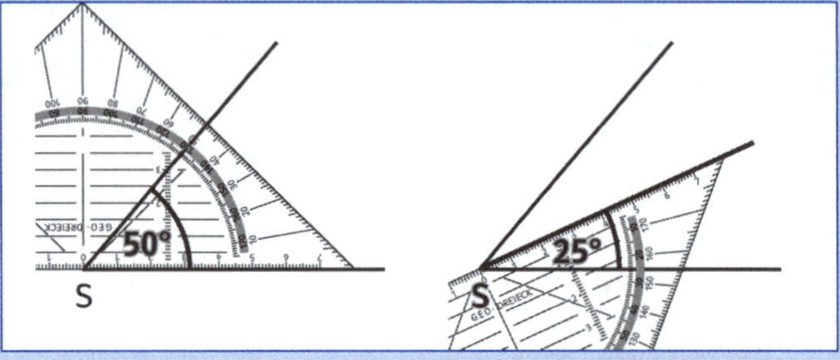

Bildquelle: © Ernst Klett Verlag GmbH

Typische Aufgabenstellung

Aufgabe 1

Übertragen Sie das Dreieck in Ihr Heft und zeichnen Sie die drei Höhen h_a, h_b und h_c ein.

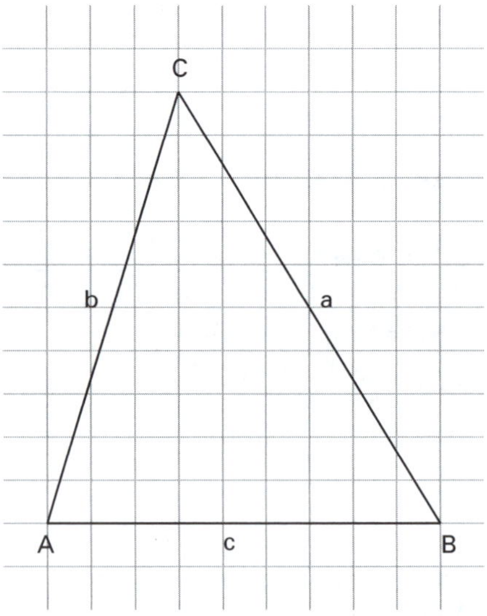

Lösung

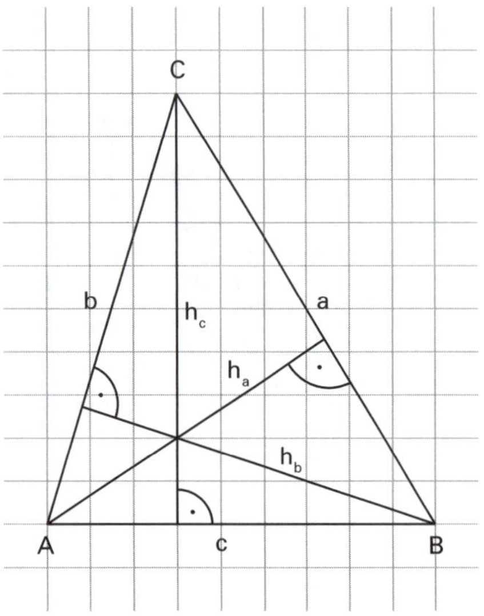

Aufgabe 2

Zeichnen Sie sowohl die Mittelsenkrechte $m_{\overline{AC}}$ als auch die Winkelhalbierende w_α ein.

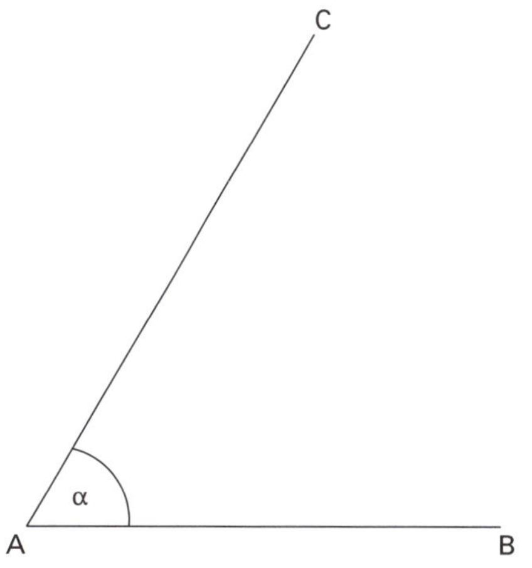

Lösung

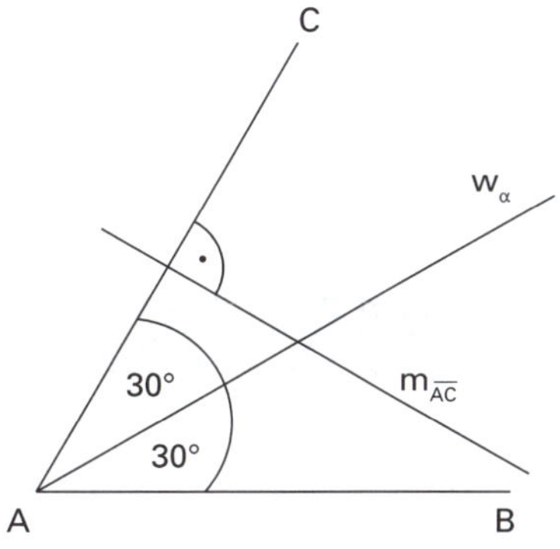

Übungsaufgaben

Aufgabe 1

Zeichnen Sie die drei Winkelhalbierenden w_α, w_β und w_γ ein. Was beobachten Sie?

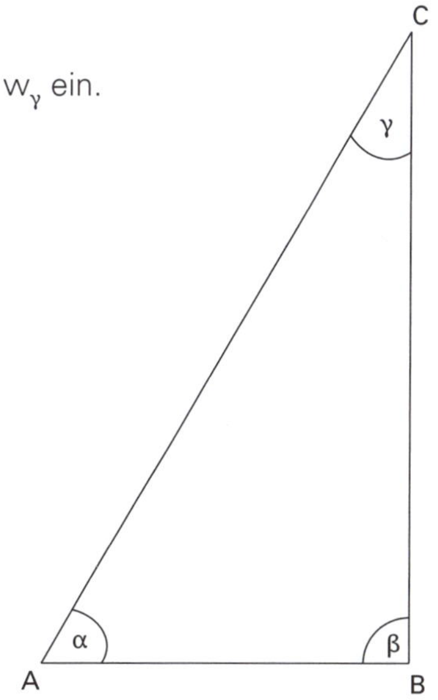

Aufgabe 2

Zeichnen Sie die drei Mittelsenkrechten $m_{\overline{AB}}$, $m_{\overline{AC}}$ und $m_{\overline{BC}}$ ein. Was beobachten Sie?

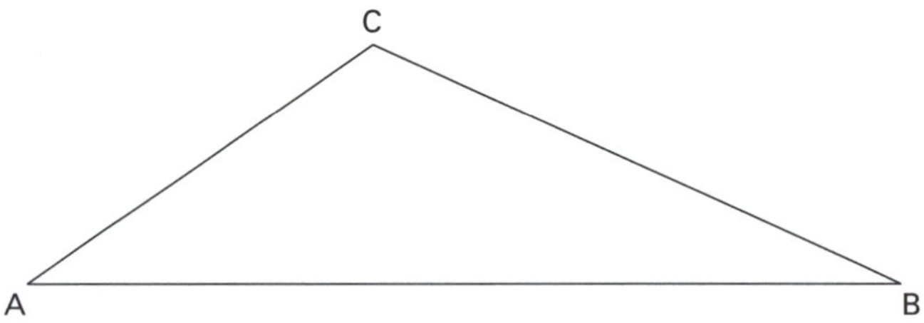

Aufgabe 3

a) Konstruieren Sie ein gleichschenkliges Dreieck ABC mit a = b = 7 cm und c = 5 cm.

b) Zeichnen Sie die Höhe h_c in das Dreieck ein.

c) Die Höhe h_c teilt die Strecke $\overline{AB}$ in zwei Teilstrecken. Messen Sie die Länge dieser Teilstrecken. Was beobachten Sie?

5. Körper zeichnerisch darstellen

Basiswissen

Schrägbilder und Netze von Körpern

1. Schrägbild und Netz eines Würfels

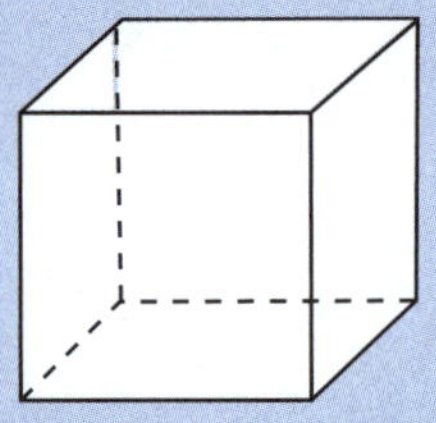
Würfel

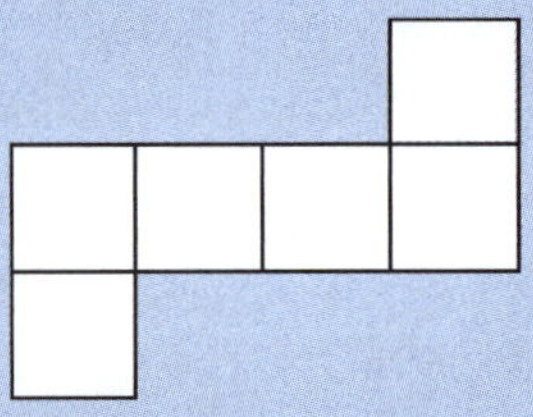
Würfelnetz

Vermerk: Ein mögliches Würfelnetz!

2. Schrägbild und Netz eines Quaders

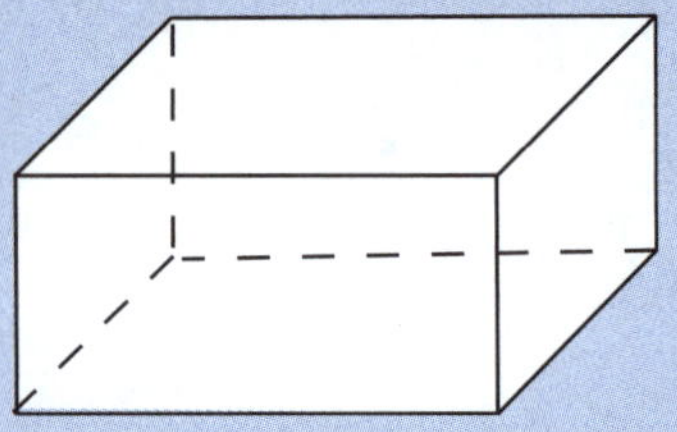
Quader

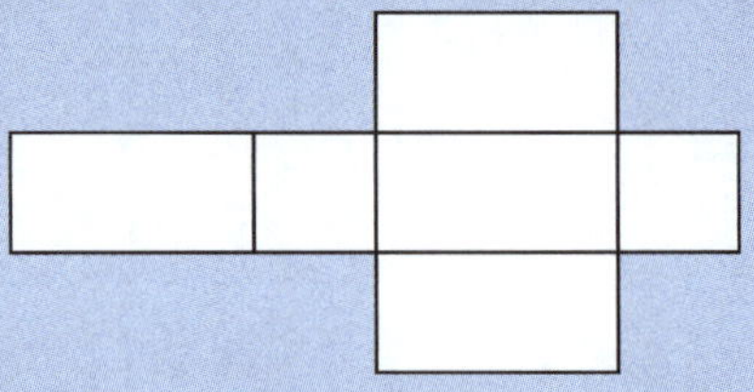
Quadernetz

Vermerk: Ein mögliches Quadernetz!

Training

Basiswissen

3. Schrägbild und Netz eines Zylinders

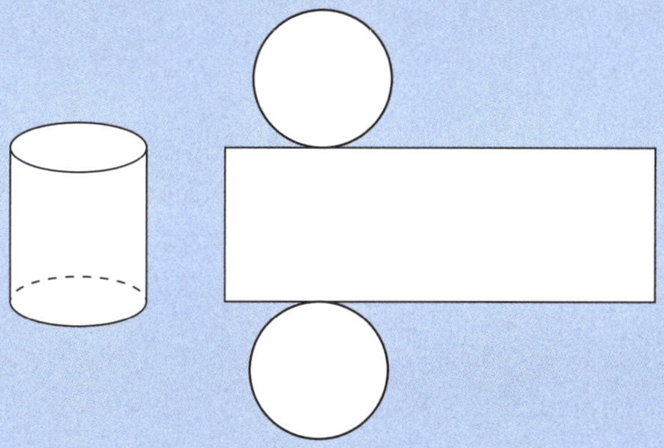

4. Schrägbild und Netz eines (Dreiecks-)Prismas

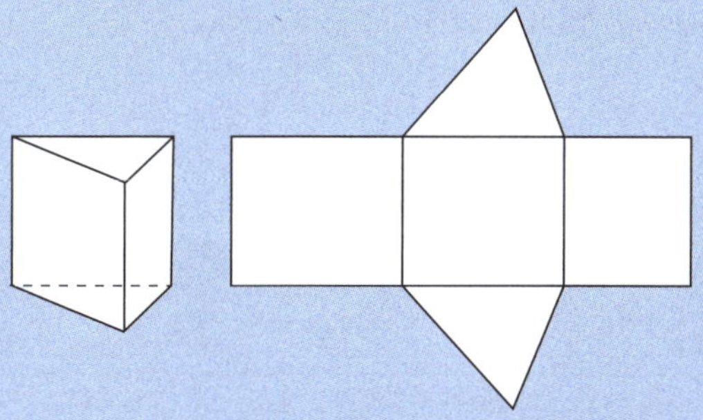

5. Schrägbild und Netz einer (quadratischen) Pyramide

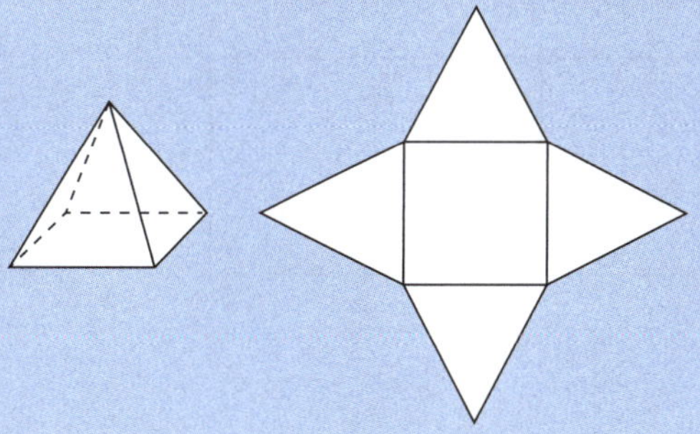

Typische Aufgabenstellung

Aufgabe 1

Zeichnen Sie ein Netz des Quaders.

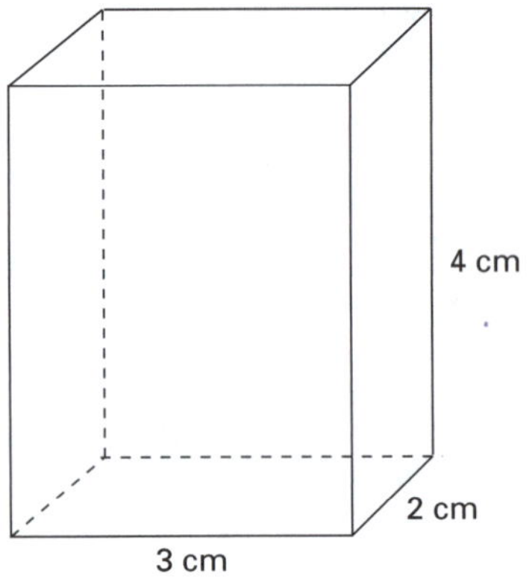

Lösung

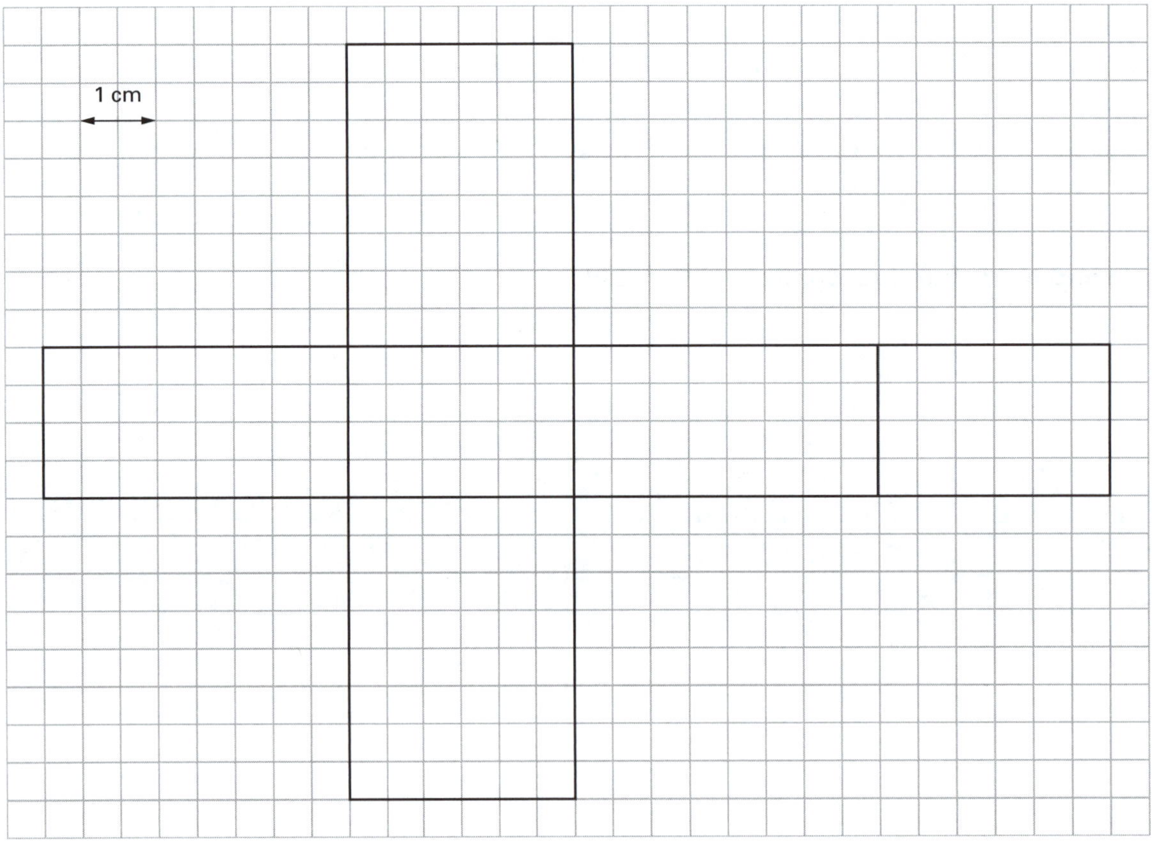

Übungsaufgaben

Aufgabe 1

Schreiben Sie den jeweiligen Namen des zugehörigen Körpers unter das Netz.

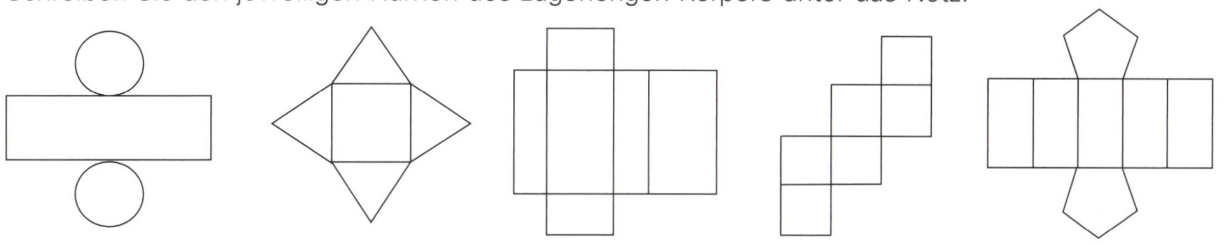

Aufgabe 2

Übertragen Sie das unvollständige Netz einer quadratischen Pyramide in Ihr Heft und vervollständigen Sie das Netz.

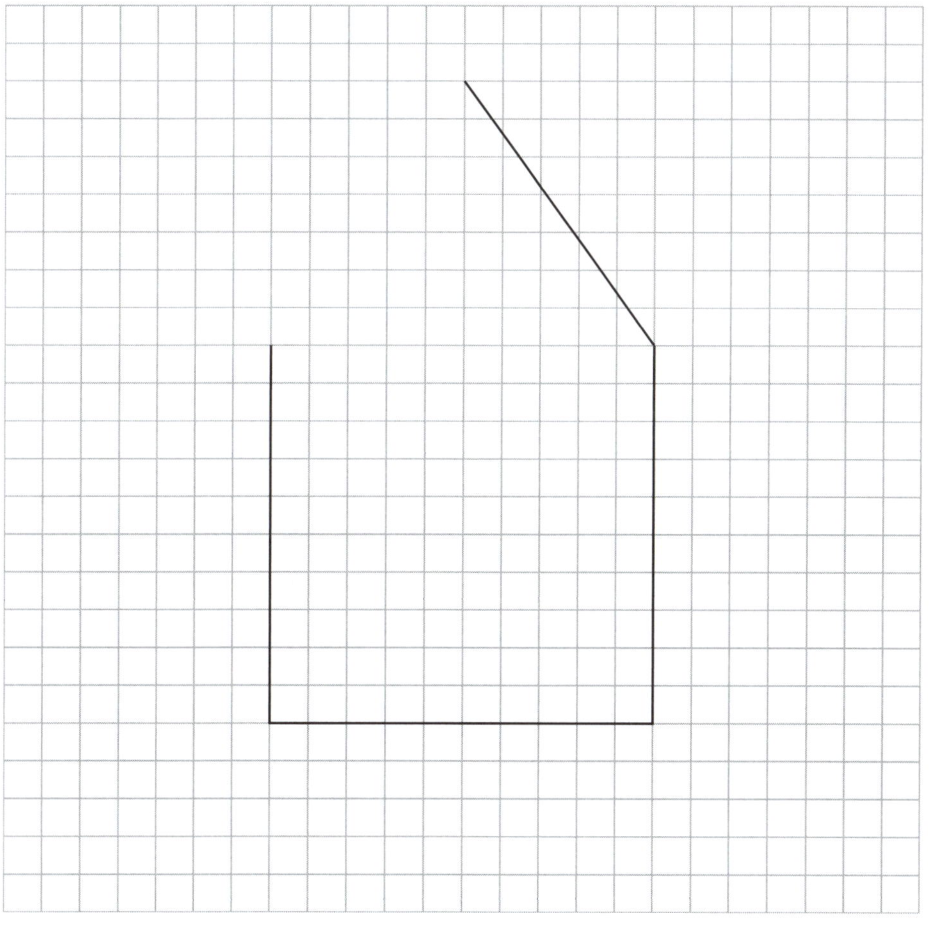

6. Mit Strahlensätzen und Ähnlichkeit arbeiten

Basiswissen

1. Vergrößern und Verkleinern von Figuren

Wenn man eine Figur maßstäblich vergrößert oder verkleinert, dann gilt:

- alle Seitenlängen werden mit demselben Faktor $k = \frac{\text{Seitenlänge der Bildfigur}}{\text{Seitenlänge der Originalfigur}}$ multipliziert,
- $k < 1$ bedeutet: Figur wird verkleinert,
- $k > 1$ bedeutet: Figur wird vergrößert,
- alle zusammengehörenden Winkelweiten der Originalfigur und der Bildfigur sind gleich groß.

2. Ähnliche Figuren

Zwei durch Verkleinern oder Vergrößern entstandene Figuren sind ähnlich.

Originalfigur Bildfigur

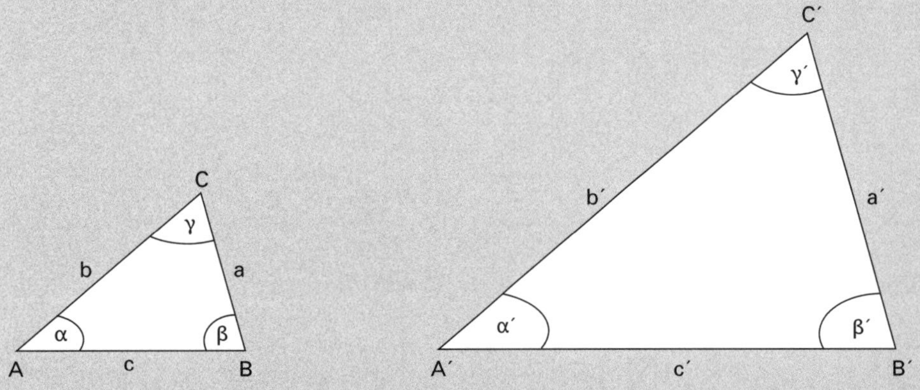

Das Bilddreieck (rechts) ist aus dem Originaldreieck (links) dadurch entstanden, dass alle drei Seitenlängen um denselben Faktor 2 vergrößert wurden. Die beiden Dreiecke sind also ähnlich.

Für ähnliche Figuren gilt:

- Die Längenverhältnisse zusammengehörender Seiten sind gleich groß. Für die beiden Dreiecke oben bedeutet dies z. B.: $k = \frac{a'}{a} = \frac{b'}{b} = \frac{c'}{c} = 2$.
- Zusammengehörende Winkel sind gleich groß. Für die beiden Dreiecke oben bedeutet dies z. B.: $\alpha = \alpha'$; $\beta = \beta'$; $\gamma = \gamma'$

Speziell für Dreiecke gilt:
Zwei Dreiecke sind ähnlich,

- wenn sie in zwei Winkeln übereinstimmen (WW),
- wenn die drei zusammengehörenden Seiten jeweils dasselbe Längenverhältnis ergeben (VVV).

Basiswissen

3. Strahlensätze

Wenn die Schenkel eines Winkels mit dem Scheitel S von zwei parallelen Geraden geschnitten werden, spricht man von einer Strahlensatzfigur.

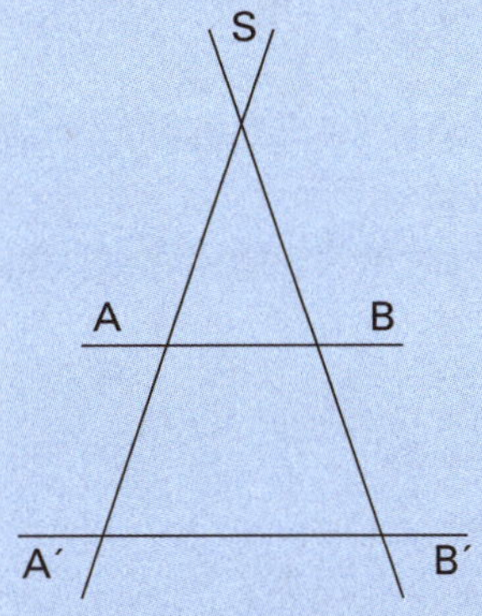

Aus einer Strahlensatzfigur können zwei Strahlensätze abgeleitet werden:

1. Strahlensatz: $\frac{\overline{SA'}}{\overline{SA}} = \frac{\overline{SB'}}{\overline{SB}}$

2. Strahlensatz: $\frac{\overline{A'B'}}{\overline{AB}} = \frac{\overline{SA'}}{\overline{SA}}$ und $\frac{\overline{A'B'}}{\overline{AB}} = \frac{\overline{SB'}}{\overline{SB}}$

Typische Aufgabenstellung

Aufgabe 1 **TR/FS**

a) Begründen Sie, warum die beiden Dreiecke ähnlich sind.

b) Berechnen Sie bei dem kleinen Dreieck die Längen der Seiten $\overline{EF}$ und $\overline{FD}$.

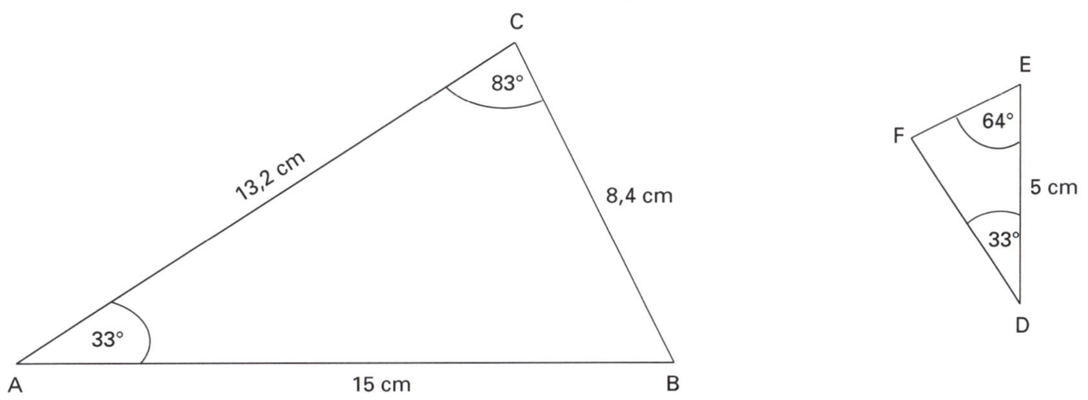

Zeichnungen nicht maßstabsgetreu

Lösung

a) Berechnung der jeweils fehlenden Winkel bei den Dreiecken:

Großes Dreieck:
Der Winkel bei B hat die Größe 180° – 33° – 83° = 64°.

Kleines Dreieck:
Der Winkel bei F hat die Größe 180° – 33° – 64° = 83°.
Damit stimmen beide Dreiecke in allen drei Winkelweiten überein. Sie sind also ähnlich.

b) Aus der Lage der Winkel im kleinen Dreieck kann man die jeweils zusammengehörenden Seiten der beiden ähnlichen Dreiecke ablesen:
Zur Seite $\overline{AB}$ gehört die Seite $\overline{DE}$.
Zur Seite $\overline{AC}$ gehört die Seite $\overline{DF}$.
Zur Seite $\overline{BC}$ gehört die Seite $\overline{EF}$.

Berechnung des Verkleinerungsfaktors k aus den zusammengehörenden Seiten $\overline{AB}$ und $\overline{DE}$:

$$k = \frac{\overline{DE}}{\overline{AB}} = \frac{5}{15} = \frac{1}{3}$$

Berechnung der Seitenlängen $\overline{EF}$ und $\overline{FD}$:

$$\overline{EF} = k \cdot \overline{CB}$$

$$\overline{EF} = \frac{1}{3} \cdot 8{,}4$$

$$\overline{EF} = 2{,}8$$

$$\overline{FD} = k \cdot \overline{AC}$$

$$\overline{FD} = \frac{1}{3} \cdot 13{,}2$$

$$\overline{FD} = 4{,}4$$

Für die Längen der Seiten $\overline{EF}$ und $\overline{FD}$ gilt folglich: $\overline{EF}$ = 2,8 cm und $\overline{FD}$ = 4,4 cm

Aufgabe 2

Das Dreieck ABC ist gleichschenklig mit der Basis $\overline{AB}$ = 6 cm. Ferner gilt: $\overline{EB}$ = 5 cm; $\overline{CD}$ = 4 cm
Berechnen Sie die Länge der Strecke $\overline{DE}$.

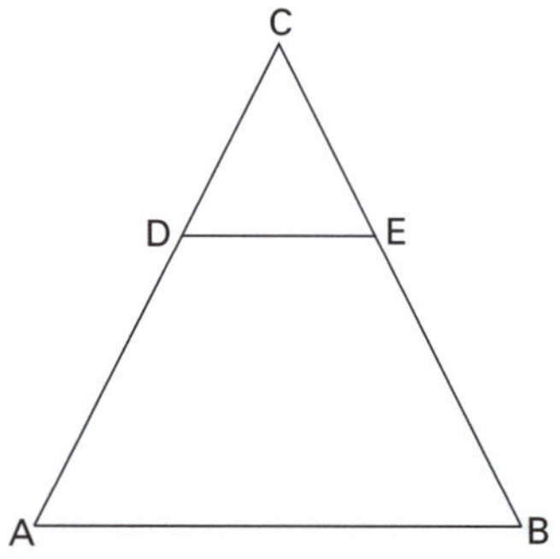

$\overline{DE} \parallel \overline{AB}$

Zeichnung nicht maßstabsgetreu

Lösung

Da das Dreieck ABC gleichschenklig ist, ist auch das dazu ähnliche Dreieck DEC gleichschenklig. Also gilt $\overline{CE} = \overline{CD}$ = 4 cm. Damit ist $\overline{CB} = \overline{CE} + \overline{EB}$ = 4 cm + 5 cm = 9 cm. Es handelt sich hier um eine Strahlensatzfigur. Deshalb gilt nach dem 2. Strahlensatz:

$$\frac{\overline{DE}}{\overline{AB}} = \frac{\overline{CE}}{\overline{CB}}$$

$$\frac{\overline{DE}}{6} = \frac{4}{9} \qquad | \cdot 6$$

$$\overline{DE} = \frac{4}{9} \cdot 6$$

$$\overline{DE} = \frac{8}{3}$$

Die Strecke $\overline{DE}$ hat eine Länge von etwa 2,7 cm.

Übungsaufgaben

Aufgabe 1

Entscheiden Sie, ob die Dreiecke ähnlich sind, ohne Winkel oder Seitenlängen abzumessen. Begründen Sie Ihre Entscheidung.

a)

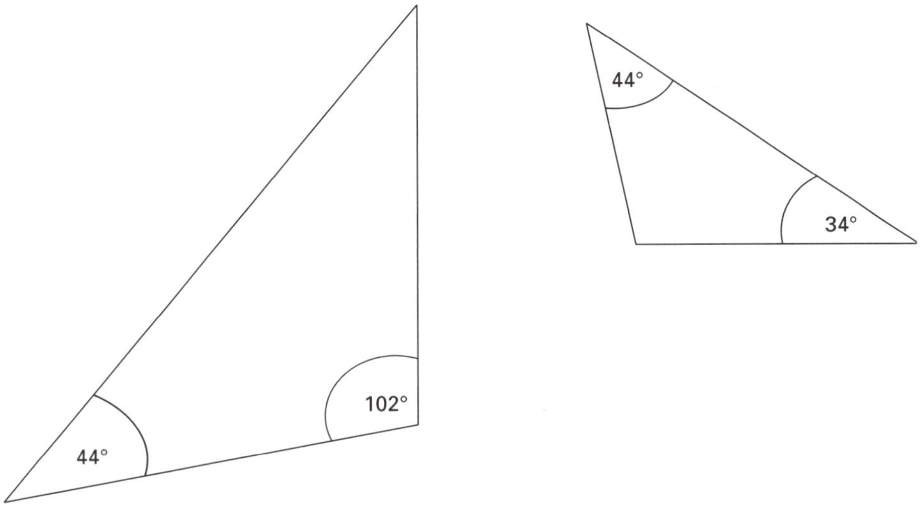

b) TR/FS

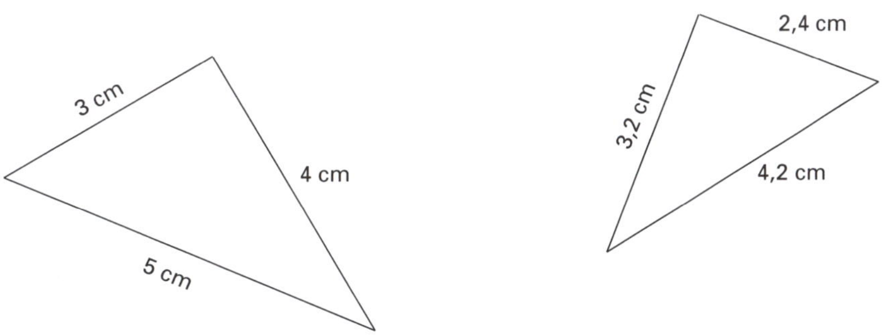

Aufgabe 2

Das Dreieck ABC mit a = 15 cm; b = 12 cm und c = 7,5 cm und das Dreieck A′B′C′ mit b′ = 4 cm sind ähnlich. Berechnen Sie den Faktor k sowie die fehlenden Seitenlängen a′ und c′.

Aufgabe 3

TR/FS

Elif und ihr kleiner Bruder Hamza gehen auf einem Wanderweg von einem Startpunkt S stetig bergauf. Nach 5 Minuten ist Elif 210 m auf dem Wanderweg gelaufen und hat dabei 14 Höhenmeter geschafft. Zur gleichen Zeit hat ihr kleiner Bruder nur 12 Höhenmeter geschafft.

a) Markieren Sie in der Zeichnung die Strecke, die Hamza auf dem Wanderweg nach 5 Minuten zurückgelegt hat.

b) Berechnen Sie die Länge der in a) markierten Strecke.

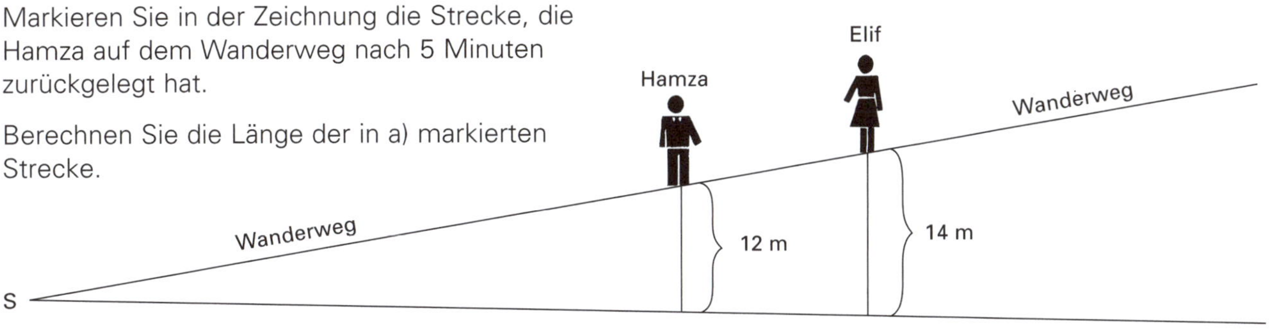

Aufgabe 4

Die Grafik zeigt eine Strahlensatzfigur. Dabei gilt für die Geraden y und z: y ll z. Kreuzen Sie alle richtigen Verhältnisgleichungen an.

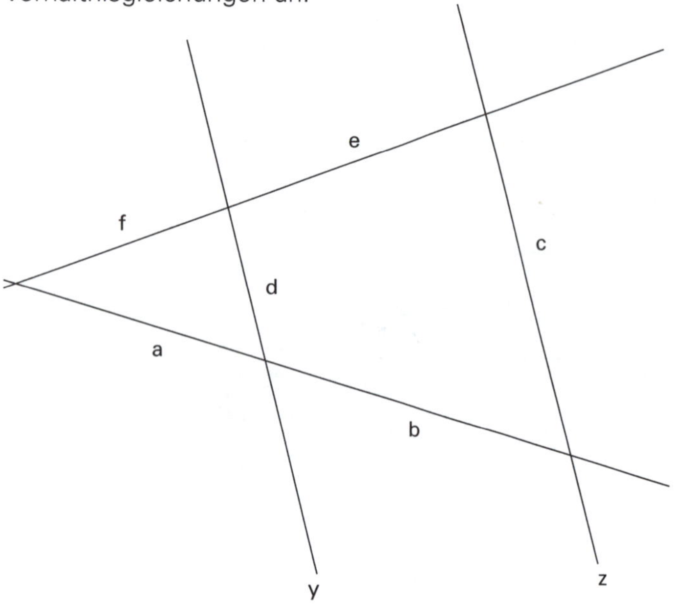

☐ $\frac{f+e}{c} = \frac{f}{d}$ ☐ $\frac{f}{a} = \frac{e}{b}$ ☐ $\frac{a+b}{a} = \frac{f+e}{e}$

☐ $\frac{a}{a+b} = \frac{f}{e+f}$ ☐ $\frac{d}{c+d} = \frac{a}{a+b}$ ☐ $\frac{d}{a} = \frac{c}{a+b}$

Aufgabe 5

TR/FS

Die Zeichnung zeigt den Querschnitt eines hochmodernen Bürogebäudes.
Der Querschnitt hat die Form eines gleichschenkligen Dreiecks, dessen Schenkel jeweils 40 m lang sind. Das Gebäude hat sechs gleich hohe Stockwerke und ein nicht bewohnbares Dachgeschoss, das an seiner höchsten Stelle 6 m hoch ist. Berechnen Sie, wie hoch jedes der sechs Stockwerke ist. In der Zeichnung ist die Höhe eines Stockwerks mit x bezeichnet.

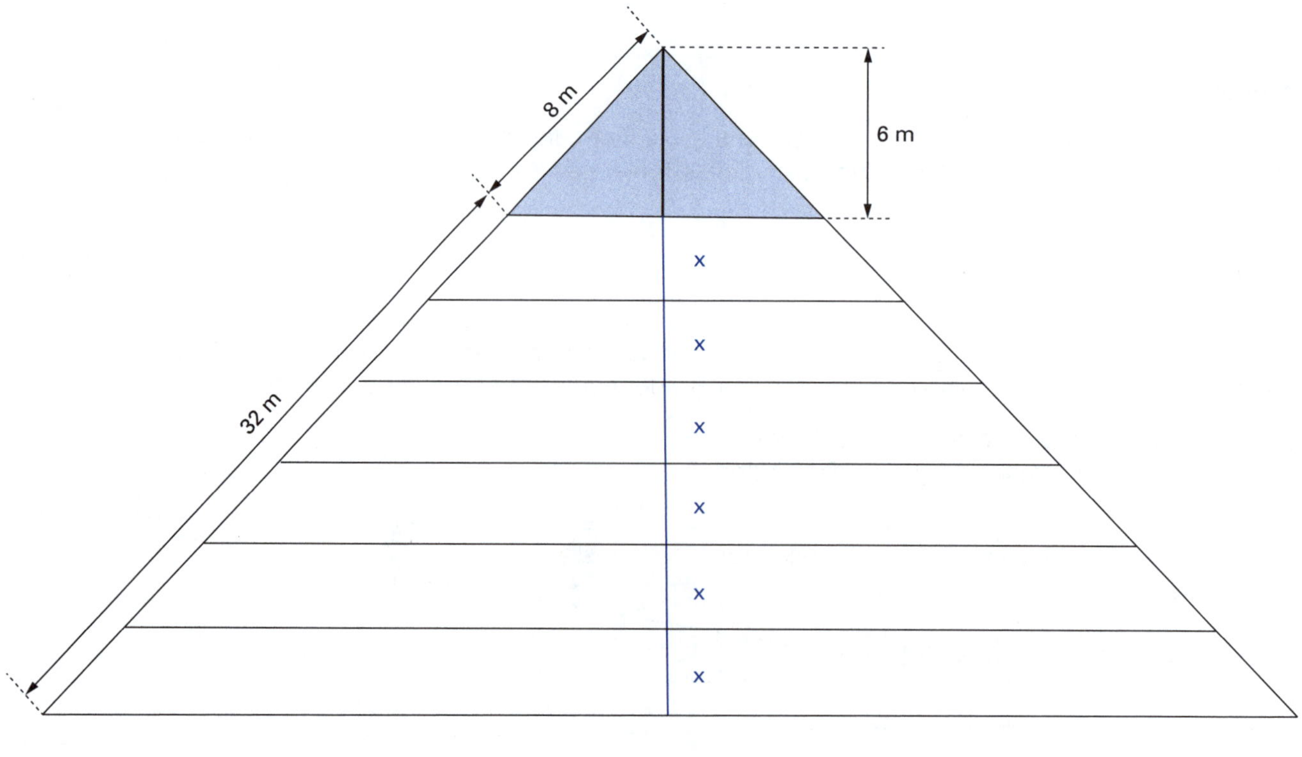

7. Den Satz des Pythagoras anwenden

Basiswissen

Der Satz des Pythagoras gilt im rechtwinkligen Dreieck. Der Satz besagt, dass das Quadrat der Hypotenuse genauso groß ist wie die Summe der Quadrate der beiden Katheten.

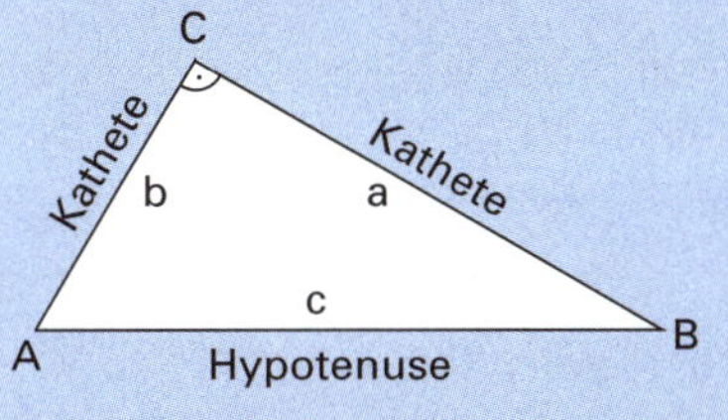

Es gilt: $a^2 + b^2 = c^2$

Den Satz des Pythagoras verwendet man unter anderem bei den folgenden Problemstellungen:
1. In einem rechtwinkligen Dreieck, von dem nur zwei Seitenlängen bekannt sind, kann man die dritte Seitenlänge berechnen.
2. In einem Dreieck mit drei bekannten Seitenlängen kann man überprüfen, ob das Dreieck rechtwinklig ist oder nicht.

Typische Aufgabenstellung

Aufgabe 1 TR/FS

Gegeben ist ein rechtwinkliges Dreieck ABC. Es gilt $\gamma = 90°$.

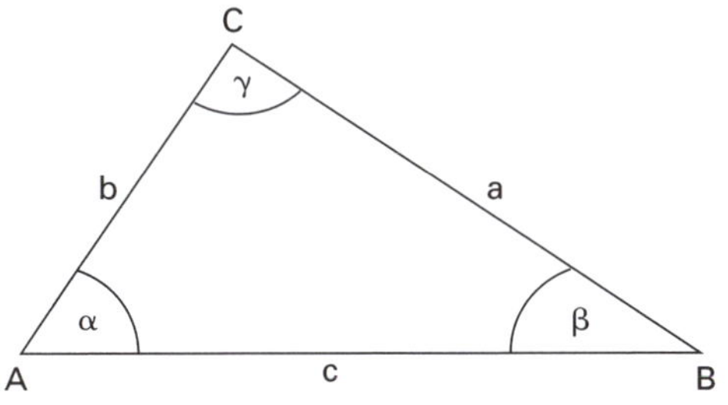

Berechnen Sie die fehlende Seitenlänge im rechtwinkligen Dreieck.

a) $a = 4$ cm; $b = 5$ cm

b) $b = 2$ cm; $c = 9$ cm

c) $a = 3$ cm; $c = 8$ cm

Lösung

a) $a = 4$ cm; $b = 5$ cm

$$\begin{aligned} a^2 + b^2 &= c^2 \\ 4^2 + 5^2 &= c^2 \\ 16 + 25 &= c^2 \\ c^2 &= 41 \quad |\sqrt{\ } \\ c &= \sqrt{41} \\ c &= 6{,}4 \text{ cm} \end{aligned}$$

b) $b = 2$ cm; $c = 9$ cm

$$\begin{aligned} a^2 + b^2 &= c^2 \\ a^2 + 2^2 &= 9^2 \\ a^2 + 4 &= 81 \quad |-4 \\ a^2 &= 77 \quad |\sqrt{\ } \\ a &= \sqrt{77} \\ a &= 8{,}8 \text{ cm} \end{aligned}$$

c) $a = 3$ cm; $c = 8$ cm

$$\begin{aligned} a^2 + b^2 &= c^2 \\ 3^2 + b^2 &= 8^2 \\ b^2 + 9 &= 64 \quad |-9 \\ b^2 &= 55 \quad |\sqrt{\ } \\ b &= \sqrt{55} \\ b &= 7{,}4 \text{ cm} \end{aligned}$$

Übungsaufgaben

Aufgabe 1

Überprüfen Sie, ob das Dreieck rechtwinklig ist.

a) a = 5 cm; b = 12 cm; c = 13 cm

b) a = 1 cm; b = 2 cm; c = 3 cm

Aufgabe 2

Geben Sie für die folgenden rechtwinkligen Dreiecke jeweils die Gleichung nach dem Satz des Pythagoras an.

a) b) c) d) e)

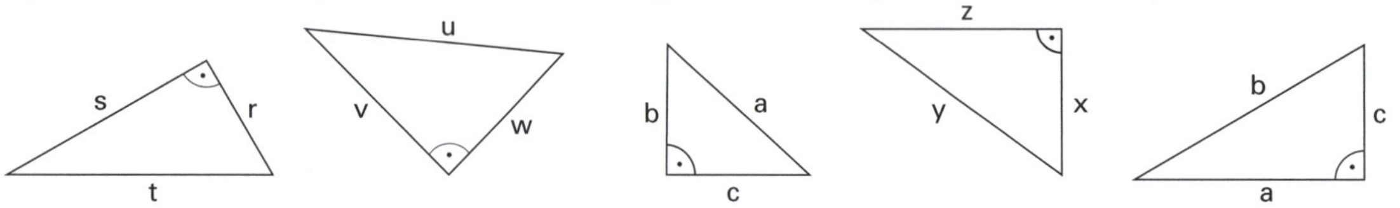

Aufgabe 3

TR/FS

Berechnen Sie im Dreieck ABC zunächst die Höhe h_c und anschließend die Seitenlänge b.

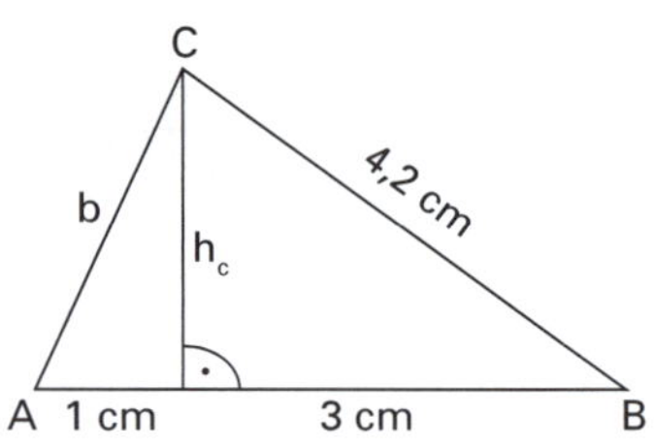

Aufgabe 4

TR/FS

Berechnen Sie die Länge der Raumdiagonale e eines Quaders mit $\overline{AB}$ = 10 cm, $\overline{BC}$ = 5 cm, $\overline{CG}$ = 6 cm.

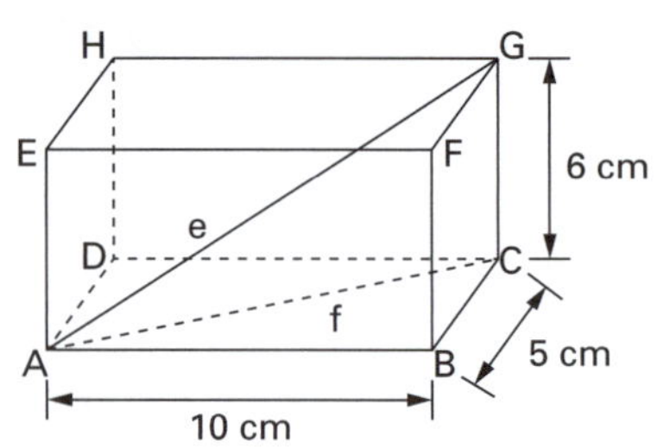

Aufgabe 5

TR/FS

Erkan möchte sich einen neuen Fernseher kaufen. Dieser soll eine Bildschirmdiagonale von 94 cm und eine Breite von 78,9 cm haben. Berechnen Sie die Bildschirmfläche.

8. Trigonometrische Längenverhältnisse erkennen und nutzen

Basiswissen

Trigonometrische Berechnungen am rechtwinkligen Dreieck

Sinus, Kosinus und Tangens

Durch Seitenverhältnisse in einem rechtwinkligen Dreieck werden der Sinus, der Kosinus und der Tangens eines Winkels berechnet:

$$\sin(\alpha) = \frac{\text{Gegenkathete}}{\text{Hypotenuse}} \qquad \sin(\alpha) = \frac{a}{c} \qquad \sin(\beta) = \frac{b}{c}$$

$$\cos(\alpha) = \frac{\text{Ankathete}}{\text{Hypotenuse}} \qquad \cos(\alpha) = \frac{b}{c} \qquad \cos(\beta) = \frac{a}{c}$$

$$\tan(\alpha) = \frac{\text{Gegenkathete}}{\text{Ankathete}} \qquad \tan(\alpha) = \frac{a}{b} \qquad \tan(\beta) = \frac{b}{a}$$

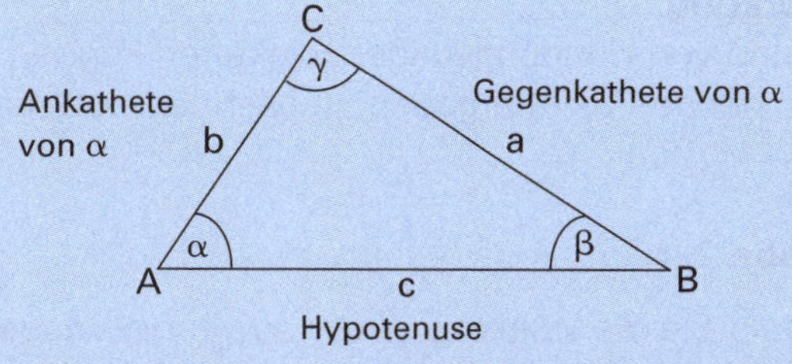

Wissenschaftliche Taschenrechner verfügen über die drei Tasten [sin], [cos] und [tan]. Mit ihnen kann man zu einem gegebenen Winkel α die entsprechenden Seitenverhältnisse sin(α), cos(α) und tan(α) bestimmen. Mit einem Taschenrechner kann man auch umgekehrt zu einem gegebenen Seitenverhältnis den dazugehörigen Winkel bestimmen. Dazu muss man die Umkehrfunktionstasten von sin, cos und tan verwenden. Bei den meisten Taschenrechnern sind dies die Tasten [$\sin^{-1}$], [$\cos^{-1}$] und [$\tan^{-1}$].

Beispiele:

1. Gegeben ist der Winkel $\alpha = 53°$. Mit dem Taschenrechner ergibt sich dann:
   $\sin(53°) \approx 0{,}8$
   $\cos(53°) \approx 0{,}6$
   $\tan(53°) = 1{,}33$
2. Gegeben ist das Seitenverhältnis $\sin(\alpha) = 0{,}95$. Mit dem Taschenrechner kann man den zugehörigen Winkel α bestimmen:
   $\alpha = \sin^{-1}(0{,}95) \approx 71{,}8°$

Typische Aufgabenstellung

Aufgabe 1 **TR/FS**

Berechnen Sie sin(α), cos(α) und tan(α) im rechtwinkligen Dreieck ABC und bestimmen Sie anschließend den Winkel α.

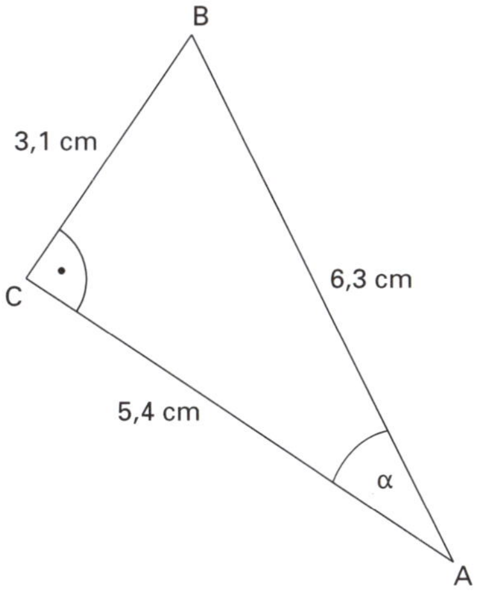

Training

Lösung

$\sin(\alpha) = \frac{3,1}{6,3} = 0,49$

$\cos(\alpha) = \frac{5,4}{6,3} = 0,86$

$\tan(\alpha) = \frac{3,1}{5,4} = 0,57$

Bestimmung des Winkels α:
Z. B.: $\alpha = \sin^{-1}(0,49) = 29,3°$

Anmerkung:
Aufgrund von Rundungsungenauigkeiten können sich bei der Bestimmung des Winkels α leicht abweichende Werte ergeben, je nachdem, ob man α mithilfe von $\sin^{-1}$, $\cos^{-1}$ oder $\tan^{-1}$ bestimmt.

Aufgabe 2

TR/FS

Ermitteln Sie die Winkel α und γ sowie die Länge der Seite x mithilfe trigonometrischer Berechnungen.

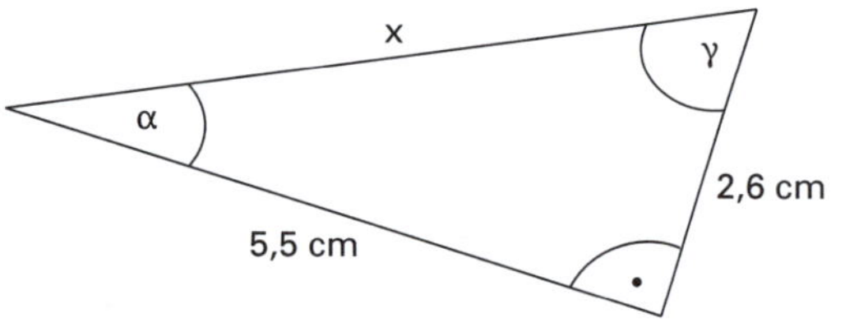

Lösung

1. $\tan(\alpha) = \frac{2,6}{5,5} = 0,47$

   $\alpha = \tan^{-1}(0,47) = 25,2°$

2. $\sin(\alpha) = \frac{2,6}{x}$

   $\sin(25,2°) = \frac{2,6}{x} \quad | \cdot x$

   $\sin(25,2°) \cdot x = 2,6 \quad | : \sin(25,2°)$

   $x = 6,1$

Die Länge der Seite x beträgt 6,1 cm.

3. $\tan(\gamma) = \frac{5,5}{2,6} = 2,1$

   $\gamma = \tan^{-1}(2,1) = 64,5°$

Anmerkung:
Aufgrund von Rundungsungenauigkeiten bei der Bestimmung der Winkel α und γ ergibt die Winkelsumme im Dreieck mit diesen ausgerechneten Werten für α und γ nicht exakt 180°.

Übungsaufgaben

Aufgabe 1

Kreuzen Sie für das gegebene Dreieck alle richtigen trigonometrischen Seitenverhältnisse an.

=	$\frac{a}{b}$	$\frac{c}{a}$	$\frac{a}{c}$	$\frac{c}{b}$
$\sin(\alpha)$				
$\cos(\alpha)$				
$\tan(\alpha)$				
$\sin(\gamma)$				
$\cos(\gamma)$				
$\tan(\gamma)$				

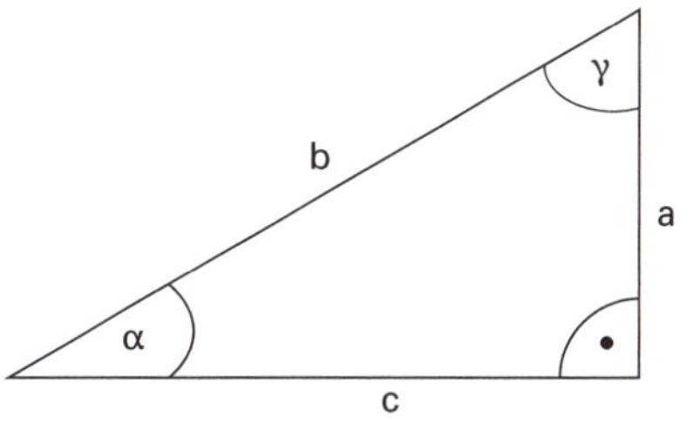

Aufgabe 2

TR/FS

Berechnen Sie alle fehlenden Winkel und Seitenlängen im Dreieck.

a)

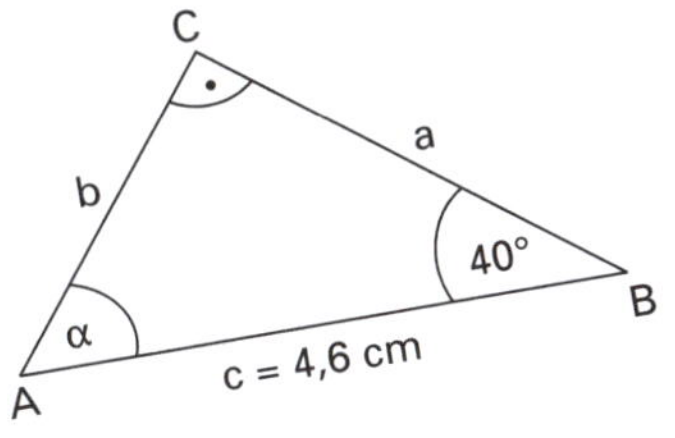

b)

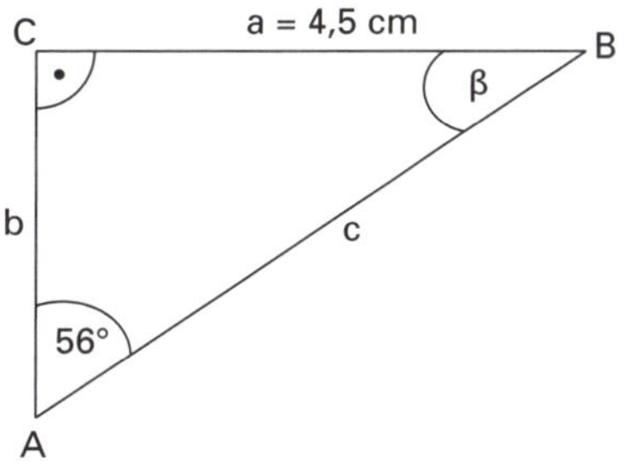

c)

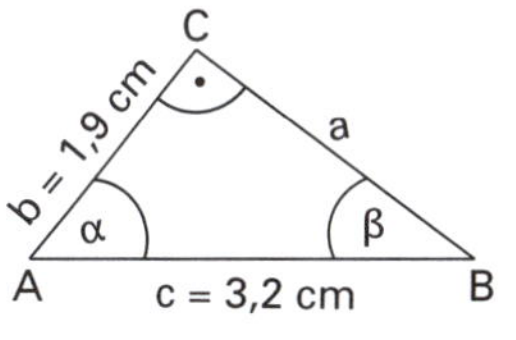

Aufgabe 3

TR/FS

Berechnen Sie die Höhe h_c und die Seitenlänge b.

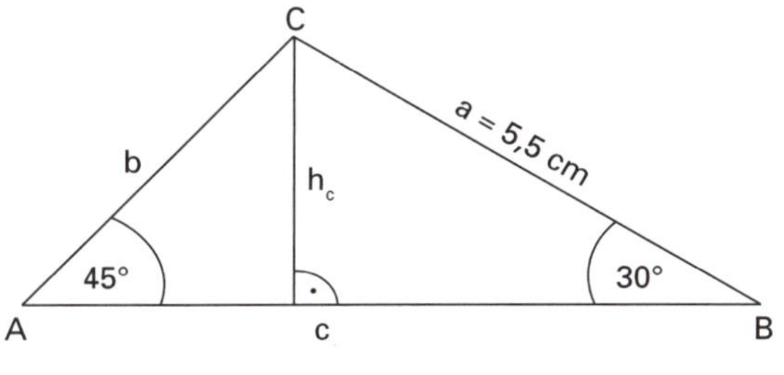

Aufgabe 4

TR/FS

Der Quader hat die Maße $\overline{AB}$ = 8 cm; $\overline{BC}$ = 6 cm; $\overline{BF}$ = 5 cm. Berechnen Sie die Winkel α und β sowie die Länge der Raumdiagonale $\overline{AG}$.

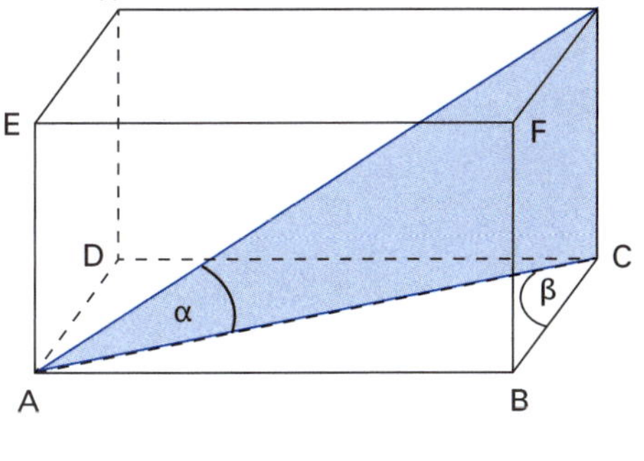

Training

Leitidee Funktionaler Zusammenhang

1. Funktionale Zusammenhänge erfassen, darstellen und nutzen

Basiswissen

Funktionale Zusammenhänge können durch Tabellen, Diagramme, Graphen oder Texte dargestellt werden. Aus den Darstellungen können Sie verschiedene Informationen und Sachverhalte (wie z. B. größte und kleinste Werte, Zunahmen und Abnahmen von Werten etc.) ablesen.

Beispiel: Ein Messgerät misst im Winter alle 30 Minuten an einer bestimmten Stelle die Schneehöhe. Die Tabelle zeigt die Aufzeichnungen des Gerätes an einem bestimmten Tag von 9:00 Uhr bis 16:00 Uhr.

Uhrzeit	9:00	9:30	10:00	10:30	11:00	11:30	12:00	12:30	13:00	13:30	14:00	14:30	15:00	15:30	16:00
Schneehöhe in cm	4	5	5	5	5	5	7	9	8	7	11	15	15	15	16

Um sich die Entwicklung der Schneehöhe besser „bildlich" vorstellen zu können, kann man den zugehörigen Graphen zeichnen.

Diesem Graphen kann man verschiedene Informationen und Sachverhalte entnehmen:

1. Schneehöhen zu bestimmten Zeitpunkten ablesen:

   Beispiele: Der Schnee ist um 9:00 Uhr 4 cm, um 12:00 Uhr 7 cm, um 14:00 Uhr 11 cm und um 16:00 Uhr 16 cm hoch.

Basiswissen

2. Größte und kleinste Werte ablesen:

Um 9:00 Uhr ist die Schneehöhe mit 4 cm am kleinsten und um 16:00 Uhr ist die Schneehöhe mit 16 cm am größten.

3. Zeiträume ablesen, in denen sich die Schneehöhe nicht verändert oder zunimmt:

Beispiele: In den Zeiträumen 9:00 Uhr bis 9:30 Uhr, 11:30 Uhr bis 12:30 Uhr, 13:30 Uhr bis 14:30 Uhr und 15:30 Uhr bis 16:00 Uhr steigt der Graph an. Das bedeutet, dass die Schneehöhe in diesen Zeiträumen zunimmt. In diesen Zeiträumen hat es vermutlich geschneit.
In den Zeiträumen 9:30 Uhr bis 11:30 Uhr und 14:30 Uhr bis 15:30 Uhr verläuft der Graph parallel zur Zeit-Achse (x-Achse). Das bedeutet, dass die Schneehöhe in diesen Zeiträumen konstant bleibt. In diesen Zeiträumen hat es vermutlich nicht geschneit.

4. Zeiträume ablesen, in denen die Schneehöhe abnimmt:

Im Zeitraum von 12:30 Uhr bis 13:30 Uhr fällt der Graph. Das bedeutet, dass die Schneehöhe in diesem Zeitraum abnimmt. In diesem Zeitraum ist vermutlich ein Teil des Schnees getaut. Dies könnte auf eine (erhöhte) Sonneneinstrahlung und / oder eine Erhöhung der Temperatur in diesem Zeitraum hinweisen.

Typische Aufgabenstellung

Aufgabe 1

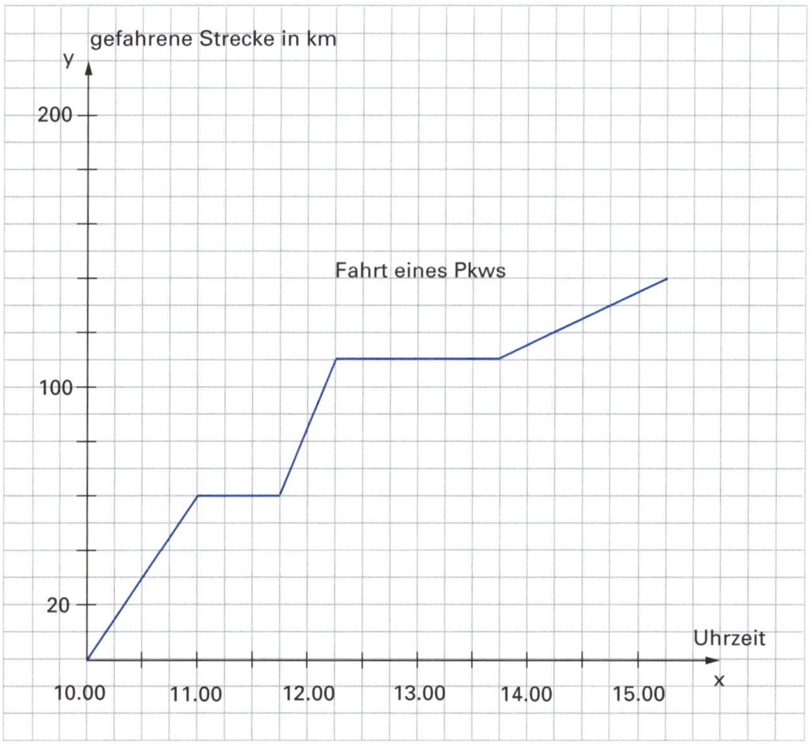

a) Wie viele Kilometer fährt der Pkw insgesamt?

b) Wie viele Minuten macht der Fahrer insgesamt Pause?

c) Wann hat der Pkw die höchste Geschwindigkeit in $\frac{km}{h}$?

Lösung

a) Er fährt insgesamt 140 km.

b) Er macht Pause von 11.00 Uhr bis 11.45 Uhr = 45 min und von 12.15 Uhr bis 13.45 Uhr = 90 min. Der Fahrer macht insgesamt 135 Minuten Pause.

c) Der Pkw fährt am schnellsten von 11.45 Uhr bis 12.15 Uhr, weil der Graph in diesem Bereich am steilsten verläuft.

Aufgabe 2

Die vier Gefäße sind vollkommen mit Wasser gefüllt. Aus einer Öffnung an der untersten Stelle wird das Wasser abgelassen.

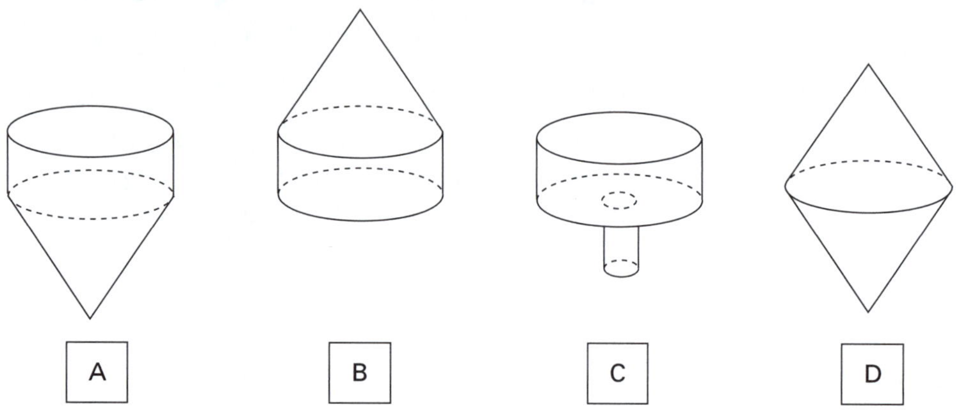

Welche Grafik stellt den Entleerungsvorgang am genauesten dar?
Ordne den Buchstaben die richtige Ziffer zu!

x-Achse: Zeit (t) y-Achse: Wasserhöhe im Gefäß (h)

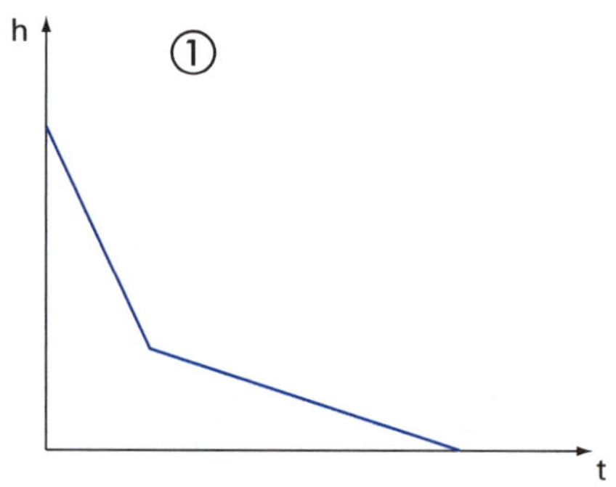

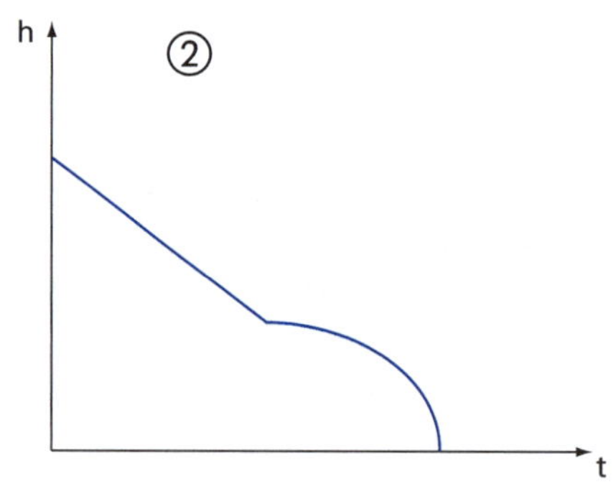

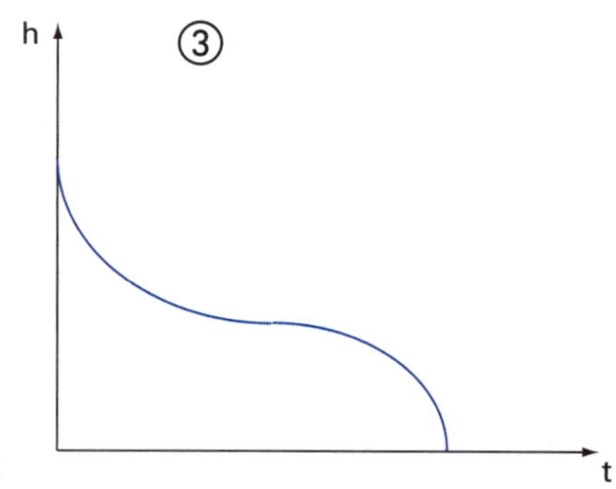

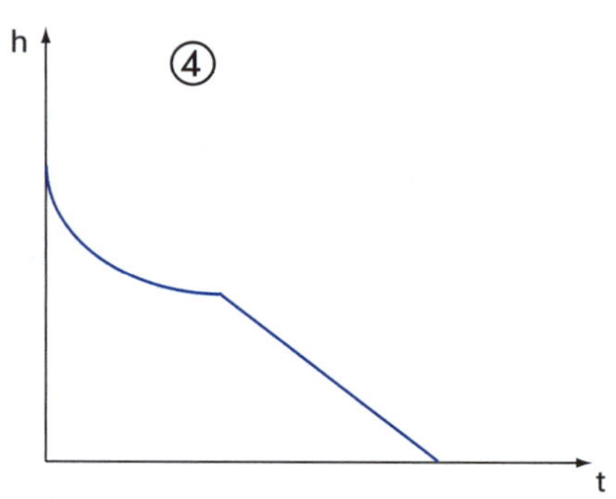

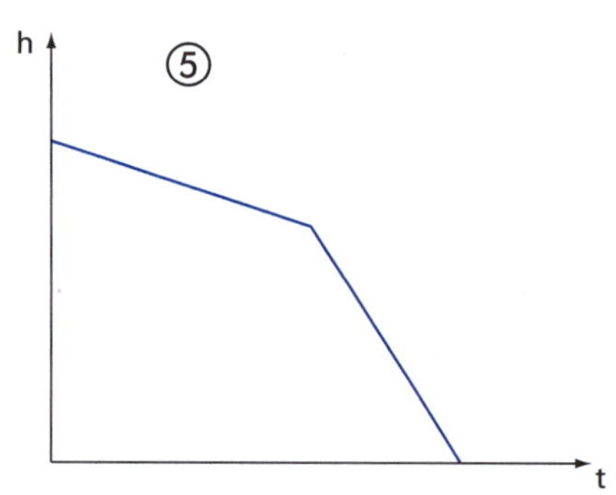

A → ○

B → ○

C → ○

D → ○

Lösung

Es muss zugeordnet werden:

A	→ ②	Zuerst wird der Zylinder leer, die Höhe nimmt linear ab, dann wird der Kegel leer, wobei die Wasserhöhe immer schneller abnimmt.
B	→ ④	Zuerst wird der Kegel leer, die Wasserhöhe nimmt immer langsamer ab. Dann wird der Zylinder leer, die Wasserhöhe nimmt linear ab.
C	→ ⑤	In beiden Zylindern nimmt die Wasserhöhe linear ab. Der obere Zylinder ist größer, also nimmt dort die Wasserhöhe langsamer ab als im unteren Zylinder.
D	→ ③	Im oberen Kegel nimmt die Wasserhöhe immer langsamer ab, im unteren Kegel immer schneller.

Die Grafik ① passt zu keinem der vier Gefäße.

Übungsaufgaben

Aufgabe 1

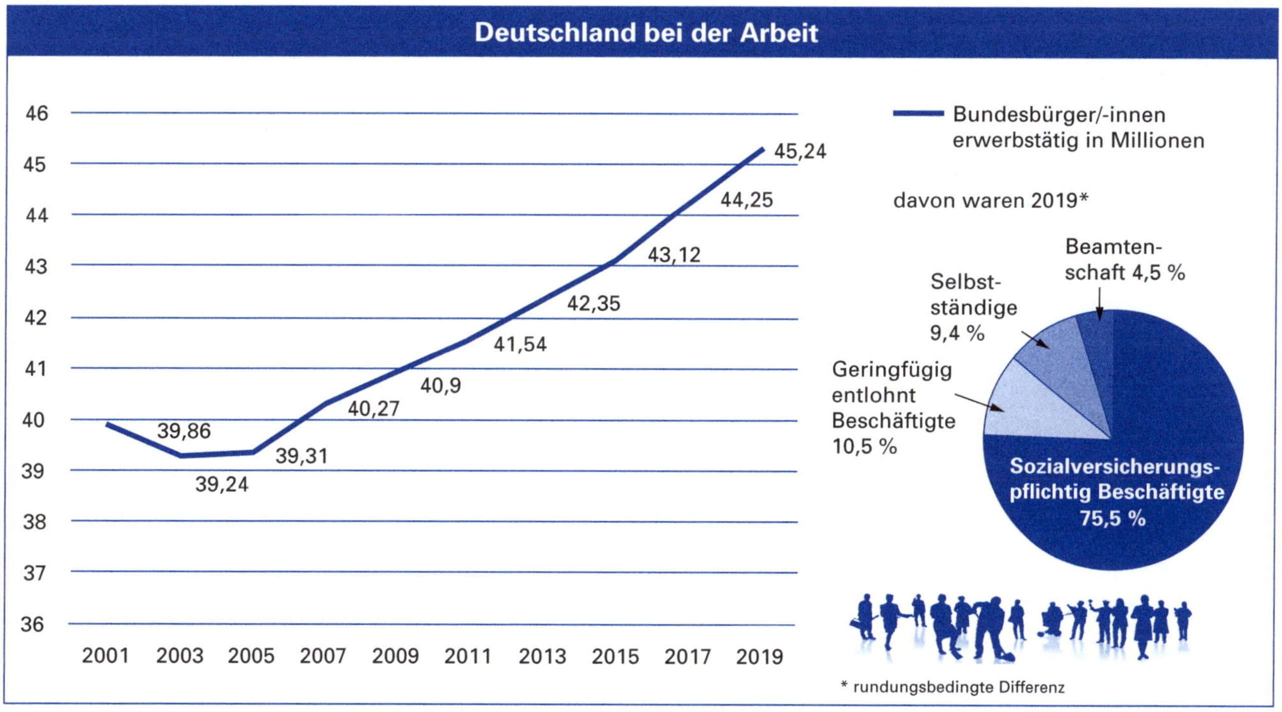

Daten entnommen: Bundesagentur für Arbeit, Stand: September 2020

Beantworten Sie die Aufgaben anhand der oben abgebildeten Graphen.

a) Geben Sie jeweils das Jahr an, in dem die wenigsten bzw. die meisten Bundesbürger/-innen erwerbstätig waren.

b) Erklären Sie, in welchem Zeitintervall der Anstieg der Erwerbstätigkeit am stärksten war.

c) Berechnen Sie die Anzahl der Bundesbürger/-innen, die im Jahr 2019 als Beamt/-innen tätig waren.

d) Erläutern Sie, was mit der Angabe „rundungsbedingte Differenz" unter dem Kreisdiagramm gemeint ist.

Aufgabe 2

Die Grafik zeigt den zeitlichen Ablauf einer Wanderung von zwei Personen A und B.

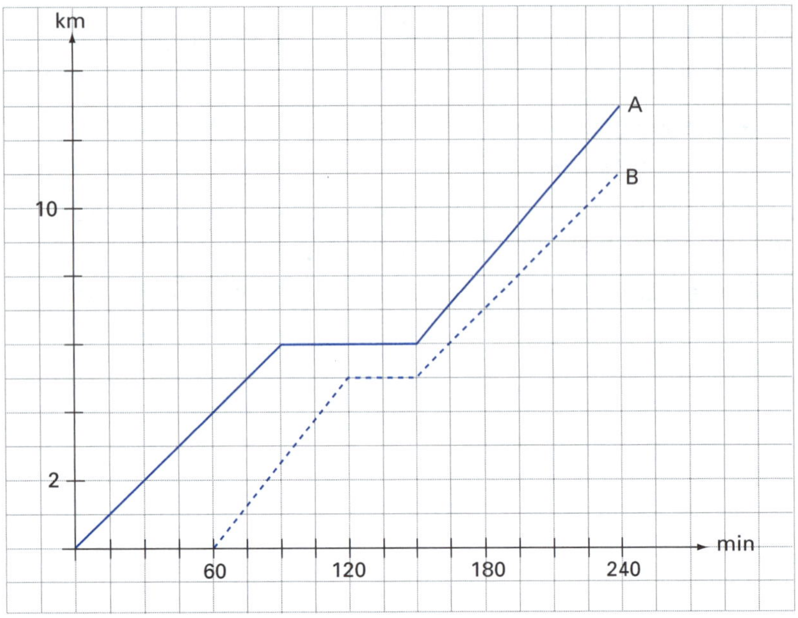

a) Wie viele Kilometer ist jeder gelaufen?

b) Wie lange macht jeder Wanderer Pause?

c) Wie lange sind beide Wanderer unterwegs?

d) Geben Sie die reine Laufzeit (also ohne die Pause) der beiden Wanderer in Stunden an.

Aufgabe 3

Eine Fluglinie setzt nur Flugzeuge des gleichen Typs ein. Dieser Flugzeugtyp bietet Platz für 180 Fluggäste. Das folgende Schaubild zeigt, wie viel Gewinn die Fluglinie pro verkauftem Ticket im Durchschnitt macht in Abhängigkeit davon, wie viele Tickets für einen Flug insgesamt verkauft werden.

a) Ermitteln Sie aus dem Graphen, wie viele Tickets die Airline verkaufen muss, um einen Gewinn von 125 € pro verkauftem Ticket zu erwirtschaften.

b) Wie viele Tickets muss die Airline mindestens verkaufen, um die Gewinnzone zu erreichen?

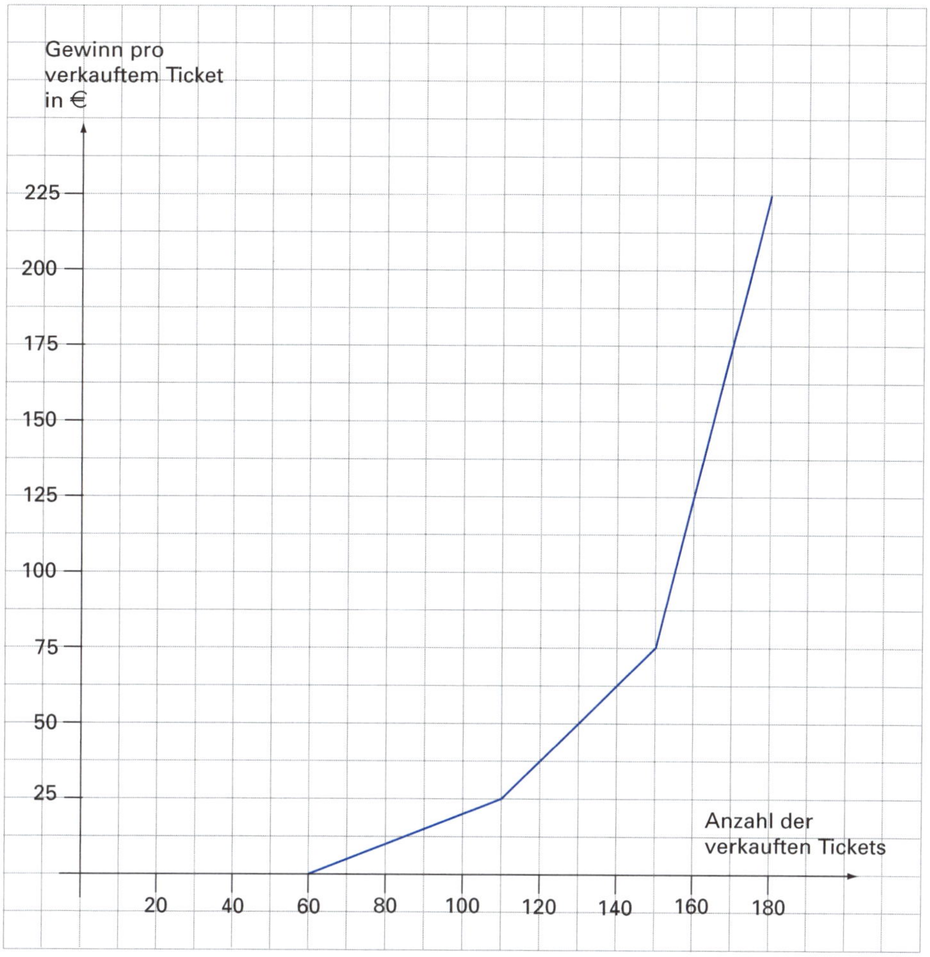

Aufgabe 4

3 Vasen werden mit Wasser gefüllt.

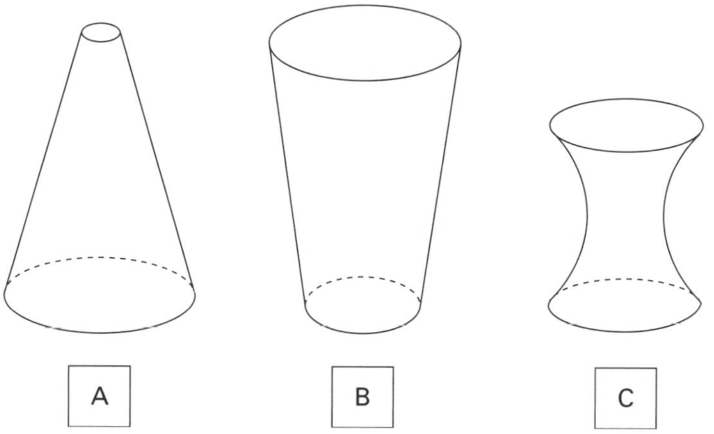

Die folgenden 3 Graphen zeigen, wie die Wasserhöhe in den 3 Vasen in Abhängigkeit von der Zeit steigt. Welcher Graph gehört zu welcher Vase?

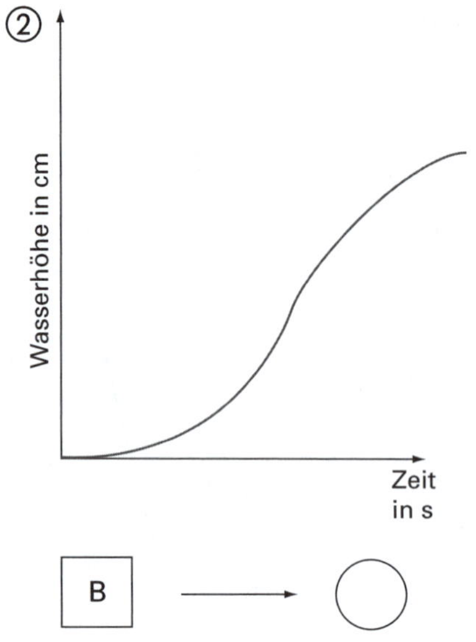

Aufgabe 5

Beim professionellen Triathlon müssen die Sportler/-innen nacheinander je eine gewisse Strecke ① schwimmen, ② Rad fahren, ③ laufen.
Welches Schaubild entspricht am besten einem wirklichen Triathlon? Begründen Sie.

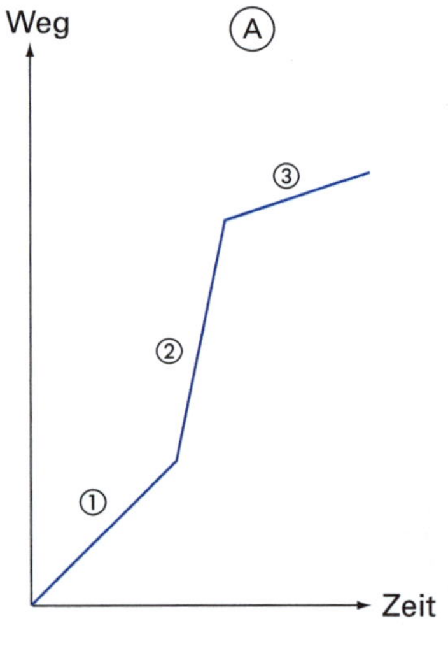

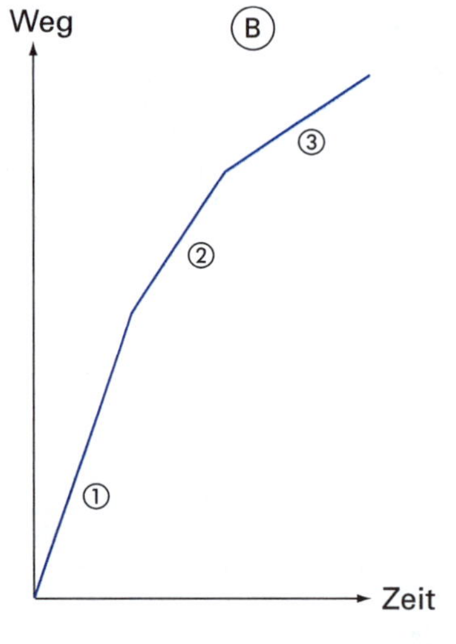

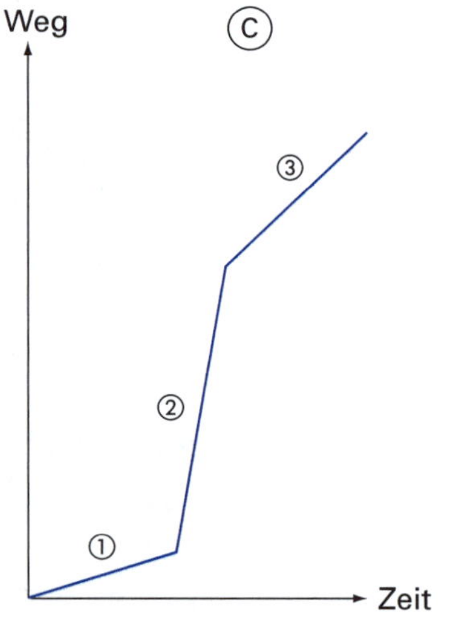

2. Proportionalität und Antiproportionalität erkennen und nutzen

Basiswissen

Ist eine Größe von einer anderen Größe abhängig, so spricht man von einer Zuordnung.
Die zwei wichtigsten Zuordnungen in der Wirklichkeit sind proportionale und antiproportionale Zuordnungen.

Proportionale Zuordnungen

① Je mehr von Größe A, desto mehr von Größe B.
Je weniger von Größe A, desto weniger von Größe B.
② Verdoppelt (verdreifacht, ...) man A, verdoppelt (verdreifacht, ...) sich B.
Halbiert (drittelt, ...) man A, halbiert (drittelt, ...) sich B.
③ **Beispiel**
Je mehr Liter Benzin man tankt, desto mehr muss man bezahlen.

Antiproportionale Zuordnungen

① Je mehr von Größe A, desto weniger von Größe B.
Je weniger von Größe A, desto mehr von Größe B.
② Verdoppelt (verdreifacht, ...) man A, halbiert (drittelt, ...) sich B.
Halbiert (drittelt, ...) man A, verdoppelt (verdreifacht, ...) sich B.
③ **Beispiel**
Je schneller man fährt, desto weniger Zeit braucht man, um anzukommen.

Typische Aufgabenstellung

Aufgabe 1 TR/FS

Der Eintritt für einen Zoo kostet 12,50 € für Erwachsene und 7,50 € für Kinder.
Eine Familienkarte kostet 45 €, egal mit wie vielen Kindern man kommt.
Wie wird sich Familie Jovanovic (2 Erwachsene, 3 Kinder) entscheiden?

Lösung

Bei den Einzelkarten liegt offensichtlich eine proportionale Zuordnung vor (je mehr Karten, desto teurer).

2 Erwachsene + 3 Kinder
= 2 · 12,50 € + 3 · 7,50 €
= 25 € + 22,50 €
= 47,50 €

Familie Jovanovic wird die Familienkarte kaufen.

Aufgabe 2 TR/FS

Der ICE-Sprinter-Zug fährt im Durchschnitt 150 $\frac{km}{h}$. Er braucht für die Strecke Köln – München genau 4 Stunden. Ein klassischer IC-Zug fährt im Durchschnitt 100 $\frac{km}{h}$. Wie lange braucht dieser IC von Köln nach München?

Training

Lösung

Je langsamer man fährt, desto mehr Zeit braucht man, um anzukommen. Es liegt also eine Antiproportionalität vor:

$150\ \frac{km}{h} \triangleq 4$ Stunden

: 3 (dritteln) · 3 (verdreifachen)

$50\ \frac{km}{h} \triangleq 12$ Stunden

· 2 (verdoppeln) : 2 (halbieren)

$100\ \frac{km}{h} \triangleq 6$ Stunden

Der klassische IC braucht also 6 Stunden von Köln nach München.

Übungsaufgaben

Aufgabe 1

TR/FS

Welches Angebot ist günstiger?

Angebot A	Angebot B
3 kg Waschmittel 4,50 €	10 kg Waschmittel 12,00 €

Aufgabe 2

TR/FS

Bei einer monatlich stattfindenden Lotterie wird der zu gewinnende Betrag (3000 €) immer auf die Anzahl der Gewinner/-innen aufgeteilt. Folgende Tabelle zeigt die Anzahl der Gewinner/-innen und den jeweiligen Gewinn, den jeder Gewinner / jede Gewinnerin in den letzten Monaten bekam.

	März	April	Mai	Juni
Anzahl der Gewinner/-innen	1	10	15	
Gewinn (in €) je Gewinner/-in		300	200	150

Ergänzen Sie die zwei fehlenden Angaben.

Aufgabe 3

TR/FS

Marcel soll aus zubereitetem Teig Pfannkuchen backen. Aus 1,5 kg Teigmenge erhält er 24 Pfannkuchen.
Wenn er 4,5 kg Teig verarbeitet, wie viele Pfannkuchen erhält er dann?

Aufgabe 4

TR/FS

Louis kauft sich 3 Tafeln Nugatschokolade (0,77 € pro Tafel) und 2 Tafeln Vollmilchschokolade (0,69 € pro Tafel). Er gibt der Dame an der Kasse einen 5-Euro-Schein. Wie viel Wechselgeld bekommt er zurück?

Aufgabe 5

TR/FS

5 Holzfäller brauchen insgesamt 15 Stunden, um ein Waldstück abzuholzen. Wie lange würden 3 Holzfäller brauchen?

3. Mit linearen Funktionen umgehen

Basiswissen

1. Graph einer linearen Funktion

Lineare Funktionen haben die Funktionsgleichung $y = mx + c$. Der Graph einer linearen Funktion ist eine Gerade. Aus der Funktionsgleichung kann man die Steigung m und den y-Achsenabschnitt c der Geraden ablesen.

Beispiel:
Der Graph der linearen Funktion mit der Funktionsgleichung $y = \frac{3}{4}x - 2$ ist eine Gerade mit der Steigung $\frac{3}{4}$ und dem y-Achsenabschnitt -2. Mithilfe dieser beiden Werte kann man die Gerade direkt zeichnen:

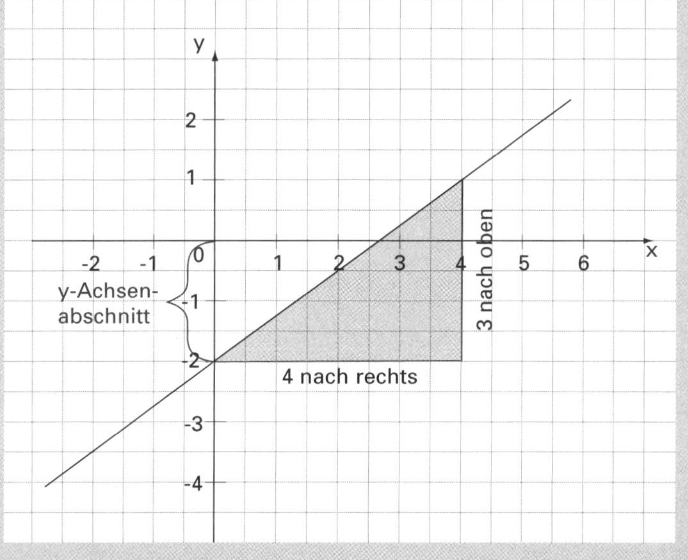

Um diese Gerade einzuzeichnen, nutzt man den y-Achsenabschnitt -2, um zum Punkt (0 I -2) zu gehen. Von diesem Punkt aus geht man nun 4 Einheiten (Nenner von $\frac{3}{4}$) nach rechts und 3 Einheiten (Zähler von $\frac{3}{4}$) nach oben. Dadurch ergibt sich das Steigungsdreieck und man kann die Gerade einzeichnen.

2. Gegenseitige Lage zweier Geraden untersuchen

Wenn zwei Geradengleichungen der Form g_1: $y = m_1 \cdot x + c_1$ und g_2: $y = m_2 \cdot x + c_2$ gegeben sind, kann man die beiden Geraden auf ihre gegenseitige Lage untersuchen. Dabei unterscheidet man zueinander parallele und zueinander senkrechte Geraden:

Parallele Geraden

$g_1 \parallel g_2 \Leftrightarrow m_1 = m_2$

Senkrechte Geraden

$g_1 \perp g_2 \Leftrightarrow m_1 = -\frac{1}{m_1}$
bzw.
$m_1 \cdot m_2 = -1$

Typische Aufgabenstellung

Gegeben sind die Punkte A, B, C, D und die Gerade g_2:

A (-2 I 1), B (2 I 2), C (1,5 I -1), D (0,5 I 5), g_2: $y = \frac{1}{5}x - 2{,}5$

Aufgabe 1

Bestimmen Sie die Gleichung der Geraden g_1, die durch die Punkte A und B verläuft.

Lösung

Zuerst wird die Steigung m berechnet:

$$m = \frac{2-1}{2+2}$$

$$m = \frac{1}{4}$$

$$g_1\colon y = \frac{1}{4}x + c$$

Jetzt wird einer der beiden Punkte A oder B eingesetzt:

$$B \in g_1\colon \quad 2 = \frac{1}{4} \cdot 2 + c$$

$$2 = \frac{1}{2} + c \qquad | -\frac{1}{2}$$

$$\frac{3}{2} = c$$

$$c = 1{,}5 \quad \Rightarrow g_1\colon y = \frac{1}{4}x + 1{,}5$$

Aufgabe 2

Zeichnen Sie A, B, C, g_1 und g_2 in ein Koordinatensystem.

Lösung

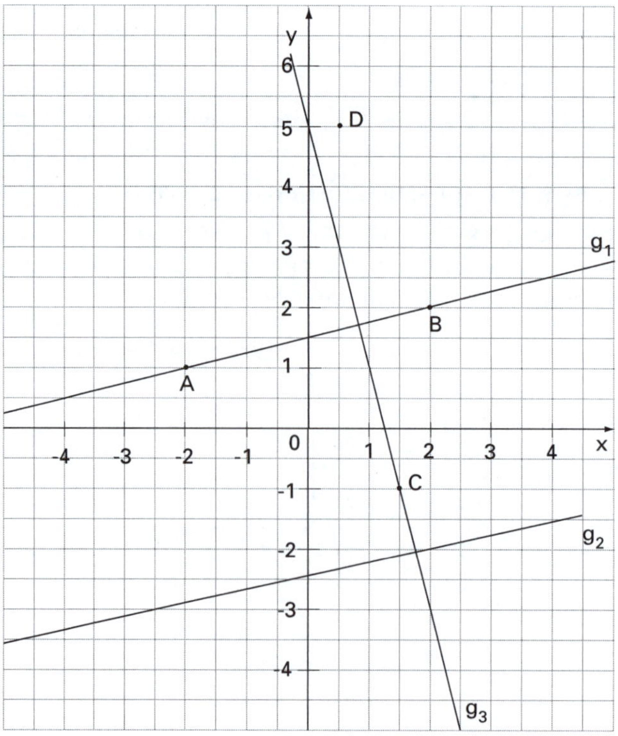

Aufgabe 3

Überprüfen Sie, ob g_2 parallel zu g_1 ist.

Lösung

$m_1 = \frac{1}{4} \quad m_2 = \frac{1}{5} \quad \Rightarrow m_1 \neq m_2$

$\Rightarrow g_1$ und g_2 sind nicht zueinander parallel.

Aufgabe 4

Bestimmen Sie die Gleichung von g_3, für die gilt:
$g_3 \perp g_1$ und $C \in g_3$. Zeichnen Sie g_3 in das Koordinatensystem.

Lösung

$m_1 = \frac{1}{4} \quad \Rightarrow \quad m_3 = -4$

g_3: $y = -4x + c$

C in g_3 eingesetzt:

$-1 = -4 \cdot (1{,}5) + c$
$-1 = -6 + c \qquad | + 6$

$c = 5 \quad \Rightarrow \quad g_3: y = -4x + 5$

Aufgabe 5

Überprüfen Sie durch Zeichnung und Rechnung, ob der Punkt D auf g_3 liegt.

Lösung

Zeichnerische Lösung:
Der eingezeichnete Punkt D liegt offensichtlich nicht auf g_3.

Rechnerische Lösung:
Einsetzen der Koordinaten des Punktes D in die Geradengleichung von g_3 ergibt:
$5 = -4 \cdot 0{,}5 + 5$
$5 = -2 + 5$
$5 = 3$

Dies ist eine falsche Aussage. Also folgt, dass D nicht auf g_3 liegt.

Übungsaufgaben

Aufgabe 1

a) Bestimmen Sie die Gleichungen der drei Geraden g_1, g_2, g_3.

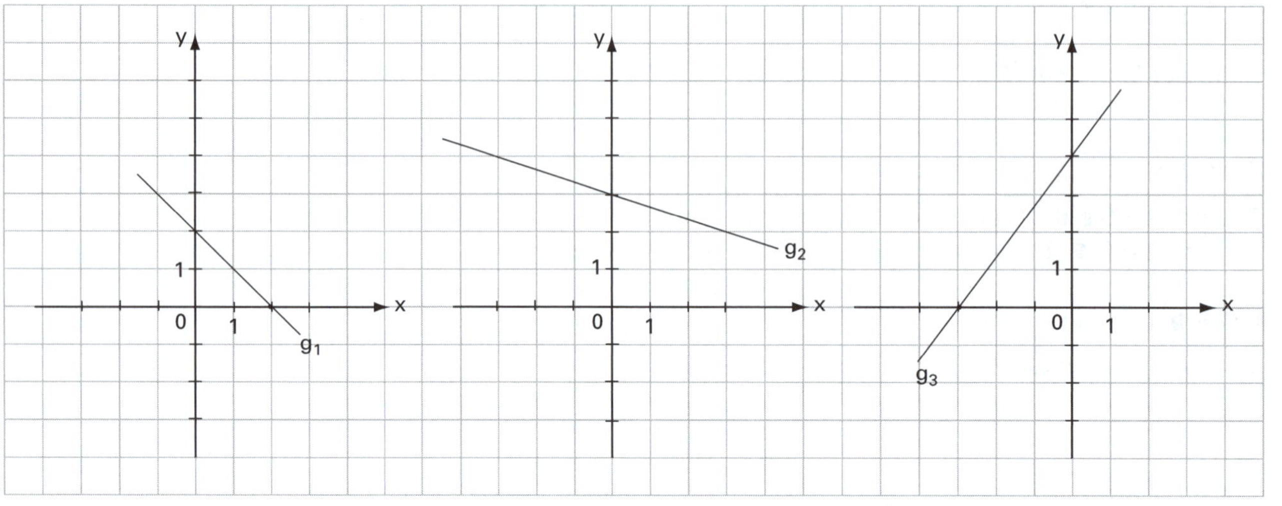

b) Zeichnen Sie die Geraden in das nebenstehende Koordinatensystem.

g_4: $y = 0{,}2x + 2$
g_5: $y = -2$
g_6: $y = -0{,}75x - 1$

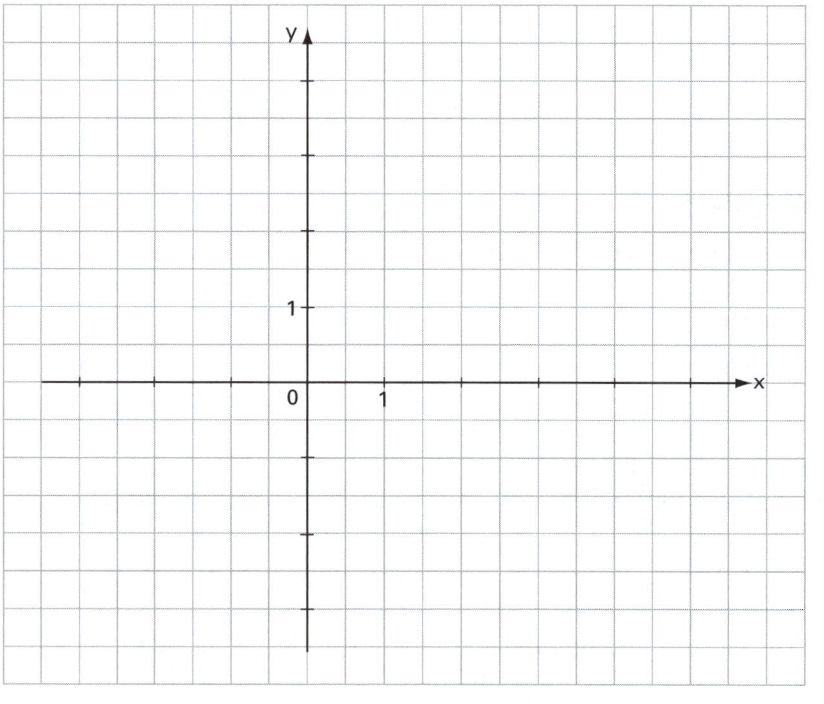

Aufgabe 2

Bestimmen Sie die Steigung der Geraden durch die Punkte:

a) A (-4 I -1) B (1,5 I -4)

b) C (0,5 I -2) D (8 I -1,5)

Aufgabe 3

Eine Gerade g verläuft durch die Punkte P_1 (-4 I -1) und P_2 (1 I 0,5). Bestimmen Sie die Gleichung der Geraden g.

Aufgabe 4

Untersuchen Sie, welche der Geraden g_1, g_2, g_3, g_4, g_5 und g_6 jeweils zueinander parallel oder zueinander senkrecht liegen.

g_1: $y = \frac{2}{5}x - 3$ g_2: $y = -4x + 6$ g_3: $y = 0{,}4x + 5$

g_4: $y = 0{,}25x - 2$ g_5: $y = -2{,}5x - 3$ g_6: $y = \frac{1}{4}x + 4$

Aufgabe 5

Die Änderung der Länge einer Kerze nach dem Anzünden wird durch die lineare Funktion mit der Gleichung $y = -0{,}2x + 8$ (x in min; y in cm) beschrieben.
Beschreiben Sie, welche Bedeutung die Werte -0,2 und 8 im Sachzusammenhang haben.

Aufgabe 6

g_1: $y = -\frac{3}{4}x + 1$, A (1 I 4), B (-1 I -3), C $(-2 \mid \frac{5}{2})$

g_2: $y = \frac{1}{4}x - 1$

a) Überprüfen Sie durch Rechnung, ob C auf g_1 liegt.

b) Bestimmen Sie die Gleichung der Geraden h mit $h \parallel g_1$ und $A \in h$.

c) Bestimmen Sie die Gleichung der Geraden l mit $l \perp g_1$ und $B \in l$.

d) Bestimmen Sie die Koordinaten des Schnittpunkts S der beiden Geraden g_1 und g_2.

e) Zeichnen Sie A, B, C, S, g_1, g_2, h, und l in ein Koordinatensystem.
x-Achse: 1 cm $\triangleq$ 1 Längeneinheit (LE)
y-Achse: 1 cm $\triangleq$ 1 Längeneinheit (LE)

Aufgabe 7

Gegeben sind die Punkte A (2 I -3) und B (-4 I 5). Geben Sie die Gleichung der Geraden an, die durch die Punkte A und B verläuft.

4. Mit quadratischen Funktionen umgehen

Basiswissen

Der Graph einer quadratischen Funktion ist eine **Parabel.**

1. Quadratische Funktionen mit der Funktionsgleichung $y = ax^2 + c$
Der Summand c gibt die Verschiebung in y-Richtung an. Der Scheitelpunkt hat die Koordinaten S (0 I c).
Der Faktor a wirkt sich auf die **Form und die Öffnung** der Parabel aus.

Für $a > 0$:	Parabel nach oben geöffnet
Für $0 < a < 1$:	breiter als Normalparabel
Für $a > 1$:	schmaler als Normalparabel

Für $a < 0$:	Parabel nach unten geöffnet
Für $-1 < a < 0$:	breiter als Normalparabel
Für $a < -1$:	schmaler als Normalparabel

Beispiel: Die Parabel $y = \frac{1}{4}x^2 - 1$ ist eine nach oben geöffnete Parabel. Sie ist breiter als die Normalparabel ($y = x^2$).

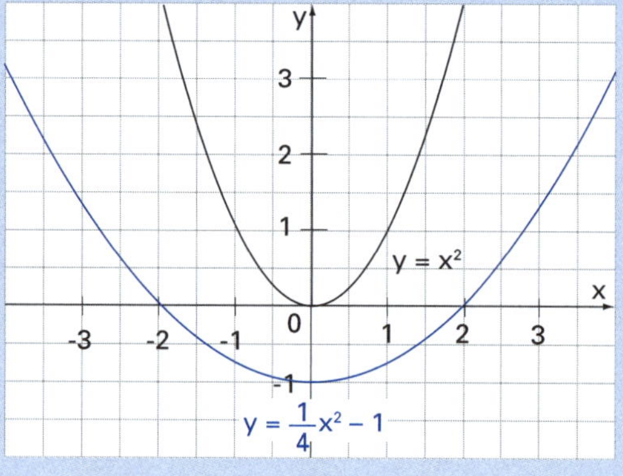

Beispiel: Die Parabel $y = -3x^2 + 2$ ist eine nach unten geöffnete Parabel.
Sie ist schmaler als die Normalparabel ($y = x^2$).

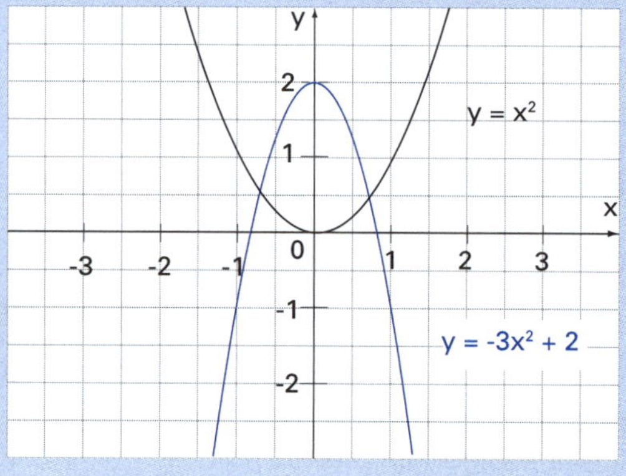

Basiswissen

2. Quadratische Funktionen mit der Funktionsgleichung $y = (x - d)^2 + e$
Diese quadratische Funktionsgleichung wird die **Scheitelform** genannt. Der Scheitelpunkt hat die Koordinaten S (d I e). Der Graph ist eine verschobene Normalparabel, die symmetrisch zur Achse x = d ist. Für die Verschiebungen gilt:
Der Wert **d** stellt die **Verschiebung in x-Richtung** dar.
Der Wert **e** stellt die **Verschiebung in y-Richtung** dar.

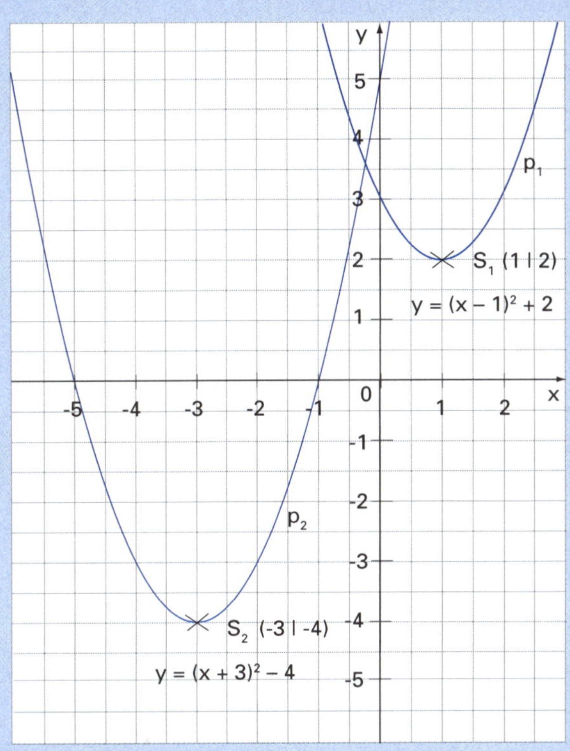

Das Schaubild zeigt die beiden Parabeln p_1: $y = (x - 1)^2 + 2$ und p_2: $y = (x + 3)^2 - 4$.

Die Parabel p_1 ist eine um 1 nach rechts und um 2 nach oben verschobene Normalparabel mit dem Scheitelpunkt S_1 (1 I 2).

Die Parabel p_2 ist eine um 3 nach links und um 4 nach unten verschobene Normalparabel mit dem Scheitelpunkt S_2 (-3 I -4).

3. Von der Normalform zur Scheitelform einer Parabelgleichung
Um die Normalform einer Parabelgleichung in die Scheitelform zu überführen, muss man das Verfahren der quadratischen Ergänzung anwenden.

Beispiel:
Gegeben ist eine Parabel p mit der Funktionsgleichung $y = x^2 - 10x + 3$
Umformung in Scheitelform mithilfe der quadratischen Ergänzung:
$y = x^2 - 10x + 3$
$y = x^2 - 10x + (5)^2 - (5)^2 + 3$
$y = (x - 5)^2 - 25 + 3$
$y = (x - 5)^2 - 22$
Der Scheitelpunkt von p ist S (5 I -22). Die Scheitelform der Parabelgleichung von p ist also:
p: $y = (x - 5)^2 - 22$

Basiswissen

4. Gemeinsame Punkte einer Parabel und einer Geraden

<table>
<tr><th>Zwei Schnittpunkte</th><th>Ein Berührpunkt</th><th>Kein Schnittpunkt</th></tr>
<tr><td>$p \cap g = \{A; B\}$</td><td>$p \cap g = \{B\}$</td><td>$p \cap g = \{\,\}$</td></tr>
<tr><td>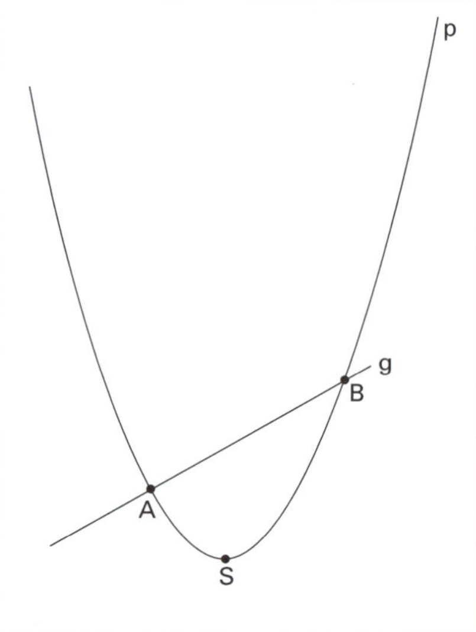
</td><td>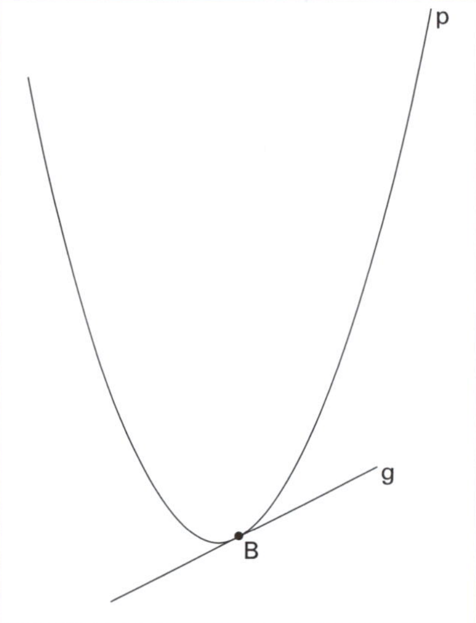
</td><td>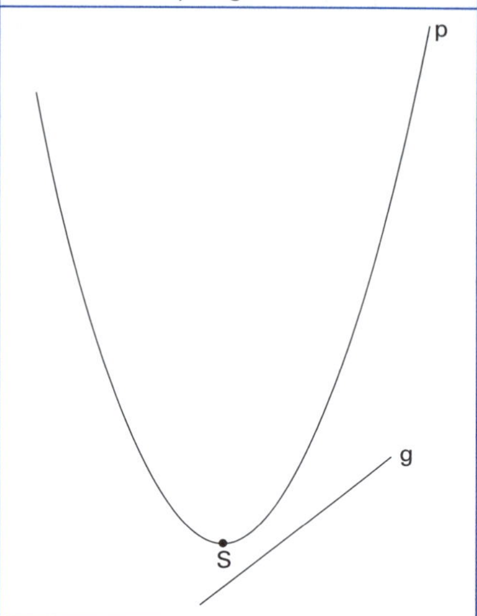
</td></tr>
<tr><td colspan="3">Die zugehörige quadratische Gleichung
$x^2 + bx + c = 0$ hat</td></tr>
<tr><td>zwei Lösungen
Diskriminante $D > 0$</td><td>eine Lösung
Diskriminante $D = 0$</td><td>keine Lösung
Diskriminante $D < 0$</td></tr>
</table>

Typische Aufgabenstellung

Aufgabe 1

Gegeben sind die Parabeln p_1, p_2, p_3, p_4, p_5 und p_6. Kreuzen Sie in der Tabelle alle zutreffenden Aussagen an und ergänzen Sie die Koordinaten des Scheitelpunkts.

p_1: $y = x^2 + 1{,}5$ $\quad$ p_2: $y = -\frac{2}{5}x^2 - 3$ $\quad$ p_3: $y = -\frac{5}{3}x^2 + 4$

p_4: $y = -x^2 - 6$ $\quad$ p_5: $y = 2x^2 + 5$ $\quad$ p_6: $y = 0{,}9x^2$

	Öffnung der Parabel		Form der Parabel im Vergleich zur Normalparabel		Koordinaten des Scheitelpunkts
	nach oben	nach unten	breiter	schmaler	
p_1					
p_2					
p_3					
p_4					
p_5					
p_6					

Lösung

	Öffnung der Parabel		Form der Parabel im Vergleich zur Normalparabel		Koordinaten des Scheitelpunkts
	nach oben	nach unten	breiter	schmaler	
p_1	x				(0 I 1,5)
p_2		x	x		(0 I -3)
p_3		x		x	(0 I 4)
p_4		x			(0 I -6)
p_5	x			x	(0 I 5)
p_6	x		x		(0 I 0)

Aufgabe 2

a) Zeichnen Sie die Parabel p: $y = -\frac{1}{2}x^2 + 2{,}5$ in ein geeignetes Koordinatensystem.

TR/FS

b) Berechnen Sie die Schnittpunkte der Parabel p mit der Geraden g: $y = x + 1$.

Lösung

a) Der Scheitelpunkt ist S (0 I 2,5).

Wertetabelle:

x	-3	-2	-1	1	2	3
y	-2	0,5	2	2	0,5	-2

Zeichnung:

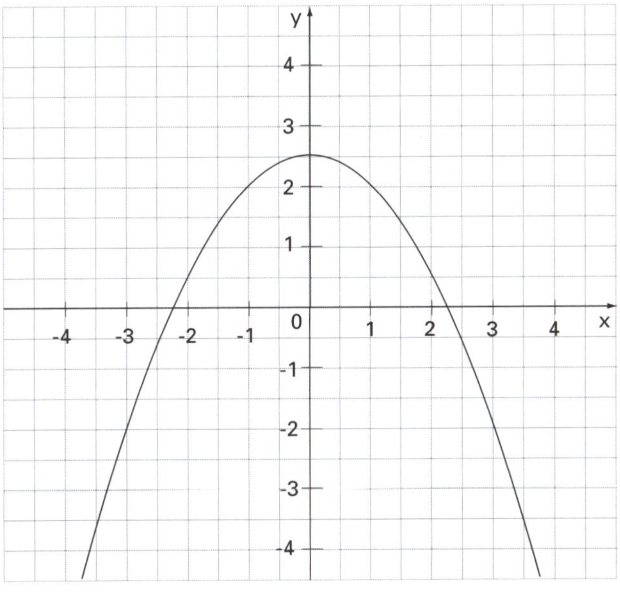

b) Gleichsetzen der Geradengleichung und der Parabelgleichung ergibt:

$-\frac{1}{2}x^2 + 2{,}5 = x + 1 \qquad | -x \quad | -1$

$-\frac{1}{2}x^2 - x + 1{,}5 = 0 \qquad | \cdot (-2)$

$x^2 + 2x - 3 = 0 \qquad$ | Lösungsformel

Training

$x_{1,2} = -\frac{2}{2} \pm \sqrt{\left(\frac{2}{2}\right)^2 - (-3)}$

$x_{1,2} = -1 \pm \sqrt{1 + 3}$

$x_{1,2} = -1 \pm \sqrt{4}$

$x_{1,2} = -1 \pm 2$

$x_1 = -1 + 2 = 1$
$x_2 = -1 - 2 = -3$

Einsetzen der beiden gefundenen Lösungen x_1 und x_2 in die Geradengleichung ergibt:
$y_1 = x_1 + 1 = 1 + 1 = 2$
$y_2 = x_2 + 1 = -3 + 1 = -2$
Damit gilt für die beiden Schnittpunkte: A (1 I 2) und B (-3 I -2)

Übungsaufgaben

Aufgabe 1

Ordnen Sie jeder Parabelbeschreibung alle möglichen Funktionsgleichungen zu. Verbinden Sie dafür zusammengehörende Kärtchen.

Die Parabel ist nach unten geöffnet und breiter als die Normalparabel. Ihr Scheitelpunkt liegt unterhalb der x-Achse.	$y = -2x^2 + 5$
	$y = -\frac{1}{2}x^2 + 7$
Die Parabel ist nach unten geöffnet und schmaler als die Normalparabel. Ihr Scheitelpunkt liegt oberhalb der x-Achse.	$y = -\frac{3}{4}x^2 - 6$
	$y = 0{,}8x^2 + 4$
Die Parabel ist nach oben geöffnet und breiter als die Normalparabel. Ihr Scheitelpunkt liegt oberhalb der x-Achse.	$y = 1{,}2x^2 - 0{,}5$
	$y = -0{,}1x^2 - 0{,}1$
Die Parabel ist nach oben geöffnet und schmaler als die Normalparabel. Ihr Scheitelpunkt liegt unterhalb der x-Achse.	$y = \frac{1}{4}x^2 + 1$
	$y = \frac{4}{3}x^2 - 2$

Aufgabe 2

Ordnen Sie jeder Parabel die zugehörige Funktionsgleichung zu. Tragen Sie dazu den Namen der Parabel hinter der jeweiligen Funktionsgleichung ein.

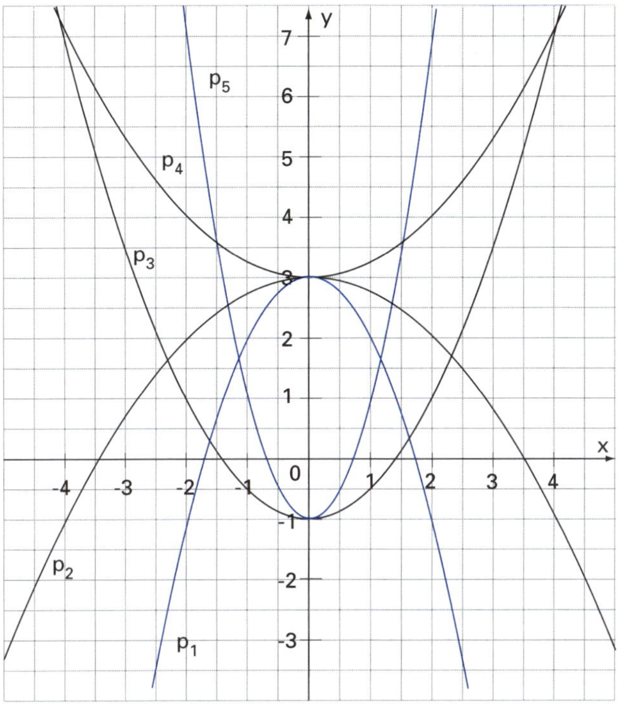

$y = 0{,}5x^2 - 1$ ______ $y = 0{,}25x^2 + 3$ ______ $y = -x^2 + 3$ ______

$y = -0{,}25x^2 + 3$ ______ $y = 2x^2 - 1$ ______

Aufgabe 3

TR/FS

Berechnen Sie die Schnittpunkte der Parabel p: $y = -3x^2 + 8$ mit der Geraden g: $y = -3x - 10$.

Aufgabe 4

TR/FS

Geben Sie an, wie viele Schnittpunkte die Parabel p: $y = 2x^2 + 3$ und die Gerade g: $y = 8x - 5$ haben.

Aufgabe 5

Verbinden Sie jeweils ein Kärtchen auf der linken Seite mit einem passenden Kärtchen auf der rechten Seite.

Die Parabel $y = x^2 - 3$ geht aus der Normalparabel durch …	… eine Spiegelung an der x-Achse und eine anschließende Verschiebung um 3 Einheiten nach unten hervor.
Die Parabel $y = -3x^2$ geht aus der Normalparabel durch …	… eine Verschiebung um 3 Einheiten nach unten hervor.
Die Parabel $y = -x^2 - 3$ geht aus der Normalparabel durch …	… eine Spiegelung an der x-Achse und eine anschließende Verschiebung um 3 Einheiten nach oben hervor.
Die Parabel $y = -x^2 + 3$ geht aus der Normalparabel durch …	… eine Streckung mit dem Faktor 3 hervor.
Die Parabel $y = 3x^2$ geht aus der Normalparabel durch …	… eine Spiegelung an der x-Achse und eine anschließende Streckung mit dem Faktor 3 hervor.

Aufgabe 6

Gegeben sind die Funktionsgleichungen der Parabeln p_1, p_2, p_3, p_4, p_5 und p_6. Kreuzen Sie in der Tabelle alle zutreffenden Aussagen an.

p_1: $y = (x - 4)^2 + 3$ p_2: $y = -\frac{1}{4}x^2 + 3$ p_3: $y = -4x^2$

p_4: $y = (x + 3)^2 - 4$ p_5: $y = 3x^2 - 3$ p_6: $y = \frac{1}{3}x^2$

	Öffnung der Parabel		Form der Parabel im Vergleich zur Normalparabel		Der Scheitelpunkt dieser Parabel ist gegenüber dem Scheitelpunkt der Normalparabel verschoben nach			
	nach oben	nach unten	breiter	schmaler	links	rechts	oben	unten
p_1								
p_2								
p_3								
p_4								
p_5								
p_6								

Training

Aufgabe 7

Geben Sie zu jeder Parabelbeschreibung eine (mögliche) Funktionsgleichung an.

a) Die Parabel p_1 ist nach unten geöffnet und ist schmaler als die Normalparabel. Ihr Scheitelpunkt liegt oberhalb der x-Achse.

b) Die Parabel p_2 ist nach oben geöffnet und ist breiter als die Normalparabel. Ihr Scheitelpunkt liegt unterhalb der x-Achse.

c) Die Parabel p_3 hat dieselbe Form und Öffnung wie die Normalparabel. Die Parabel p_3 entsteht durch eine Verschiebung der Normalparabel um 2 Einheiten nach oben und um 7 Einheiten nach links.

d) Die Parabel p_4 hat dieselbe Form und Öffnung wie die Normalparabel. Die Parabel p_4 hat den Scheitelpunkt S (9 I 0).

Aufgabe 8

Eine Parabel hat die Funktionsgleichung $y = x^2 + 3x - 7$. Bestimmen Sie die Scheitelform der Funktionsgleichung und geben Sie anschließend die Koordinaten des Scheitelpunkts an.

Aufgabe 9

Ein 24 cm langer Draht soll zu einem Rechteck geformt werden. Bestimmen Sie durch Rechnung, wie groß man die Länge und die Breite wählen muss, damit das Rechteck den größtmöglichen Flächeninhalt hat. Wie groß ist dieser Flächeninhalt?

5. Die Sinusfunktion und ihr Graph

Basiswissen

In rechtwinkligen Dreiecken ist der Sinus eines Winkels α nur für Winkel zwischen 0° und 90° sinnvoll festzulegen. Im Einheitskreis kann man den Sinus eines Winkels α jedoch für alle Winkel zwischen 0° und 360° sinnvoll festlegen. Der Zusammenhang eines Winkels α im Intervall [0°; 360°] und dem zugehörigen Sinuswert, also $\sin(\alpha)$, kann als Funktion, der sogenannten **Sinusfunktion**, dargestellt werden. Ihre Funktionsgleichung lautet: $y = \sin(\alpha)$. Der Graph der Sinusfunktion wird auch **Sinuskurve** genannt.

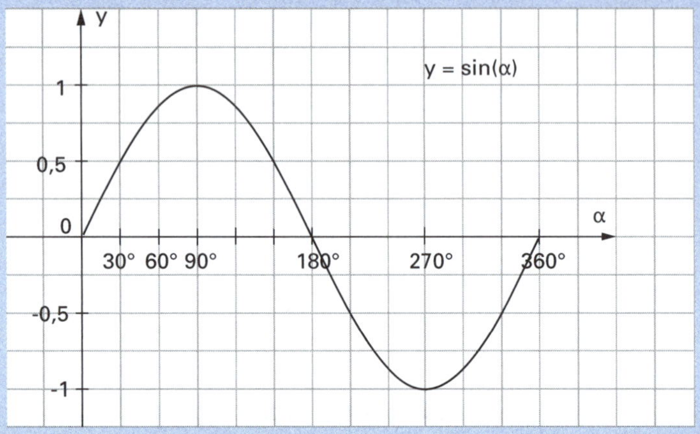

An der Sinuskurve kann man verschiedene Dinge ablesen, z. B.:
- für welche Winkel der Sinuswert 0 oder 1 oder -1 ist,
- für welche Winkelintervalle der Sinuswert positiv bzw. negativ ist,
- dass die Sinusfunktion immer für zwei verschiedene Winkel denselben Wert hat (Sonderfall: den Wert 0 hat die Sinusfunktion sogar für drei verschiedene Winkel.)

Um die verschiedenen Winkel zu finden, für die die Sinusfunktion denselben Wert hat, kann man die folgenden allgemeingültigen Beziehungen verwenden:
$\sin(180° - \alpha) = \sin(\alpha)$
$\sin(180° + \alpha) = \sin(360° - \alpha)$

Typische Aufgabenstellung

Aufgabe 1

a) Tragen Sie die Sinuswerte in die Tabelle ein:
sin(85°); sin(200°); sin(177°); sin(354°); sin(10°); sin(360°); sin(275°); sin(92°); sin(180°)

positiver Wert					
Wert = 0					
negativer Wert					

b) Geben Sie für die ersten beiden Sinuswerte aus der Liste in Teilaufgabe a) jeweils den zweiten Winkel an, der denselben Sinuswert hat.

Lösung

a)

positiver Wert	sin(85°)	sin(177°)	sin(10°)	sin(92°)	
Wert = 0	sin(360°)	sin(180°)			
negativer Wert	sin(200°)	sin(354°)	sin(275°)		

Training

b) $\sin(85°) = \sin(180° - 85°) = \sin(95°)$; der zweite Winkel ist 95°.
$\sin(200°) = \sin(180° + 20°) = \sin(360° - 20°) = \sin(340°)$; der zweite Winkel ist 340°.

Übungsaufgaben

Aufgabe 1

Geben Sie aus dem Intervall [100°; 200°]
- drei verschiedene Winkel mit positivem Sinuswert,
- drei verschiedene Winkel mit negativem Sinuswert,
- alle Winkel mit 0 als Sinuswert an.

Aufgabe 2

Geben Sie den zweiten Winkel an, der denselben Sinuswert hat.

a) $\sin(94°)$ b) $\sin(168°)$ c) $\sin(227°)$ d) $\sin(341°)$ e) $\sin(11°)$

Aufgabe 3

TR/FS

Ermitteln Sie mit dem Taschenrechner, für welchen (auf eine Nachkommastelle gerundeten) Winkel die Gleichung gilt.
Bestimmen Sie anschließend den zweiten Winkel, für den die Gleichung ebenfalls gilt.

a) $\sin(\alpha) = 0{,}75$ b) $\sin(\alpha) = \frac{\sqrt{3}}{2}$

Leitidee Daten und Zufall

1. Daten erfassen und darstellen

Basiswissen

Diagramme (Säulen-, Balken-, Kreisdiagramme) und graphische Darstellungen dienen dazu, Sachverhalte übersichtlicher und anschaulicher zu gestalten und zu verdeutlichen.
Einerseits muss man die Aussagekraft einer Tabelle, eines Graphen, eines Diagramms usw. erkennen, um mit diesen „bildhaften" Informationen Berechnungen ausführen zu können. Andererseits muss man Informationen mit ausführlichen Texten in knapper, übersichtlicher Form in Tabellen und Diagrammen darstellen können.

Als Grundlage für die exemplarische Erstellung der oben genannten verschiedenen Diagramme und grafischen Darstellungen sollen hier die Ergebnisse einer Klassenarbeit dienen:

Note	1	2	3	4	5	6
Anzahl	2	5	7	3	2	1

Streifendiagramm:

Balkendiagramm:

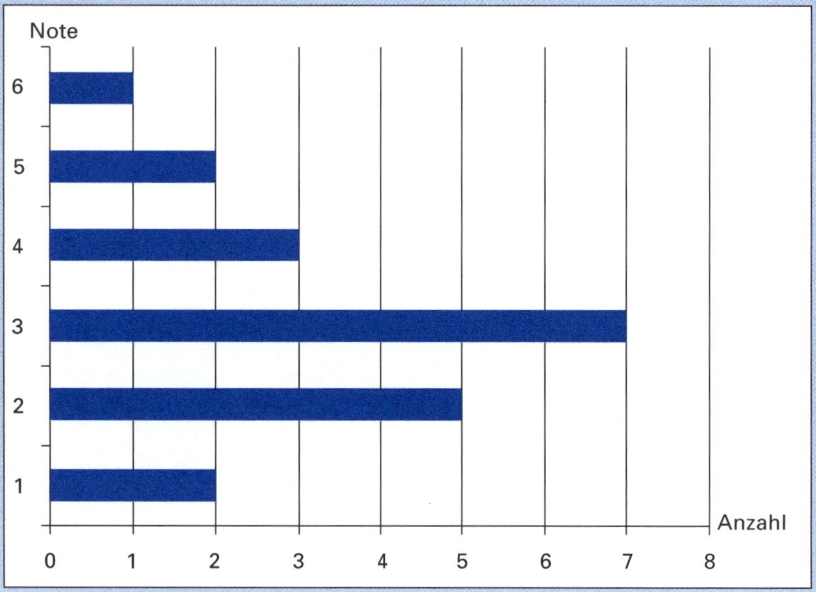

Basiswissen

Säulendiagramm:

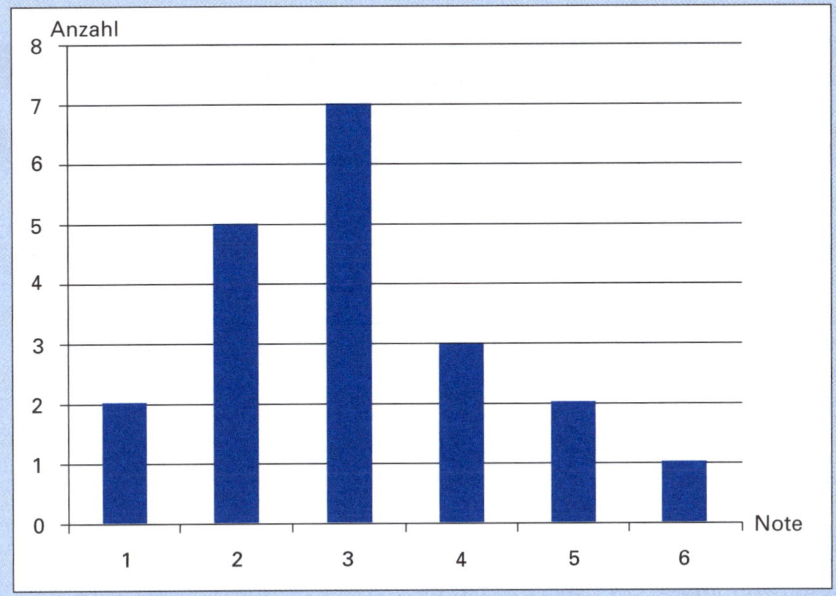

Kreisdiagramm:

Beim Kreisdiagramm muss man zunächst die Anteile (in Prozent) und mit deren Hilfe die zugehörigen Mittelpunktswinkel für die einzelnen Noten berechnen.

Note	1	2	3	4	5	6
Anteil (in Prozent)	$\frac{2}{20}$ = 10 %	$\frac{5}{20}$ = 25 %	$\frac{7}{20}$ = 35 %	$\frac{3}{20}$ = 15 %	$\frac{2}{20}$ = 10 %	$\frac{1}{20}$ = 5 %
Mittelpunktswinkel	0,1 · 360° = 36°	0,25 · 360° = 90°	0,35 · 360° = 126°	0,15 · 360° = 54°	0,1 · 360° = 36°	0,05 · 360° = 18°

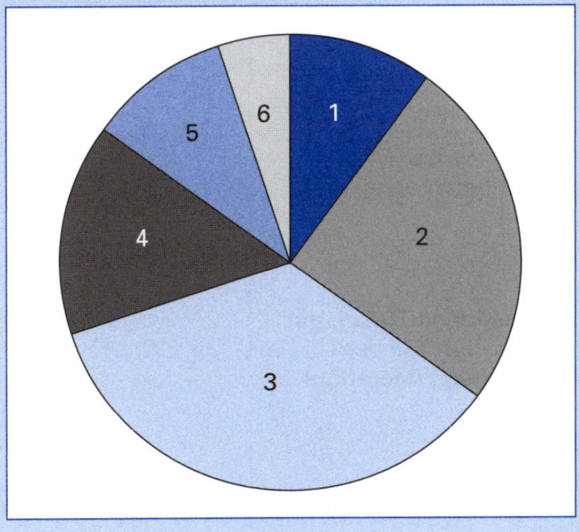

Typische Aufgabenstellung

Aufgabe 1

Bevölkerungsstand und -entwicklung der Kontinente und der Welt					
			Einwohner (Millionen)		
	Kontinent/Jahr	1950	2000	2010	2050
1	**Nordamerika** (ohne Mexiko)	172	319	352	448
2	**Lateinamerika** (= Süd- und Mittelamerika) **und Karibik**	167	521	589	729
3	**Afrika**	227	819	1033	1998
4	**Europa** (ohne Türkei, mit asiatischem Teil der Russischen Föderation)	547	727	733	691
5	**Asien**	1403	3698	4167	5231
6	**Ozeanien** (einschließlich Australien)	13	31	36	51
	Welt gesamt	2529	6115	6910	9148

Quelle: nach United Nations World Population Prospects, The 2008 Revision.

a) Stellen Sie den Bevölkerungsstand der Kontinente im Jahr 2000 in einem geeigneten Diagramm dar. **TR/FS**

b) Vergleichen Sie die Bevölkerungsentwicklung von Europa und Asien, indem Sie diese in einem geeigneten Diagramm darstellen. **TR/FS**

Lösung

a) Es wird zur Darstellung des Bevölkerungsstands das Kreisdiagramm gewählt, weil sich mit diesem die Anteile (Bevölkerung der einzelnen Kontinente) von einem Ganzen (Weltbevölkerung) besonders gut veranschaulichen lassen.

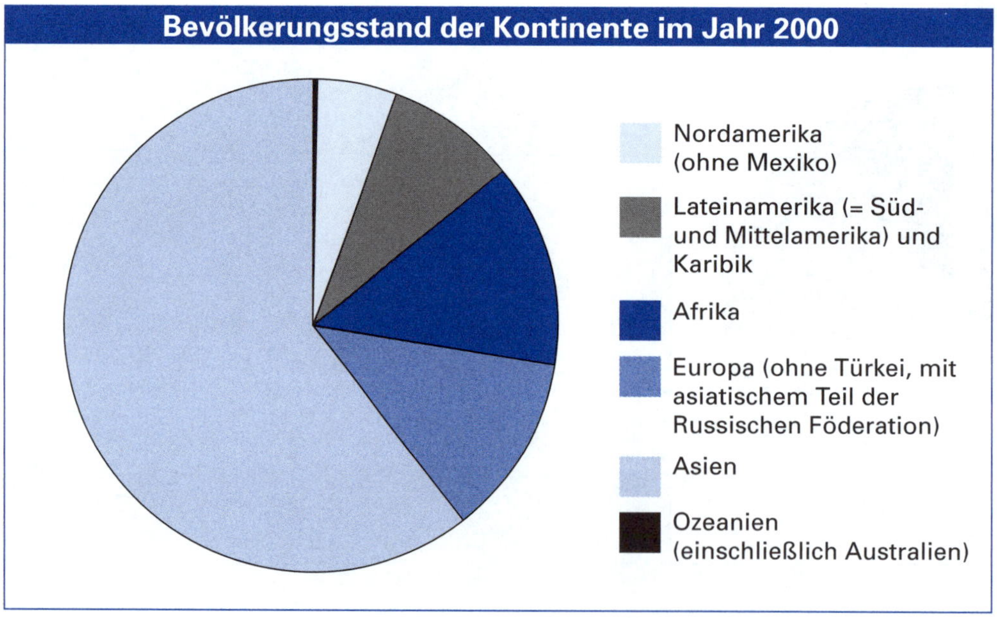

b) Es wird zur Darstellung der Bevölkerungsentwicklung das Liniendiagramm gewählt, weil dieses sich besonders gut für die Darstellung von zeitabhängigen Daten eignet.

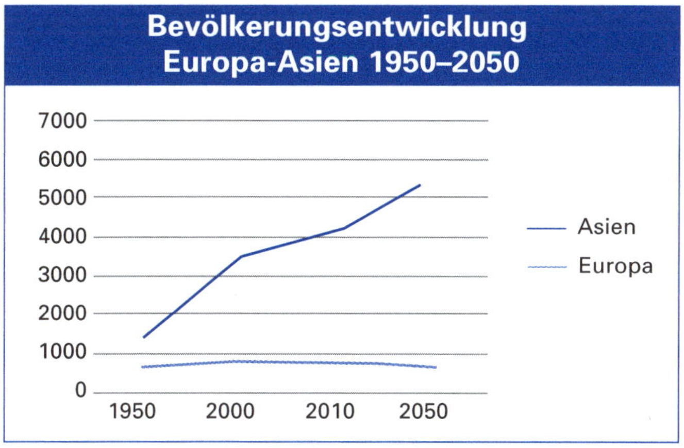

Aufgabe 2

TR/FS

Schüler/-innen einer 10. Jahrgangsstufe in Böblingen wählen eine/-n Jahrgangssprecher/-in. Es haben sich 5 Schüler/-innen zur Wahl gestellt. Die Wahl brachte folgendes Ergebnis:

Yasmin: 40 Lisa: 7 Dennis: 63 Hannah: 22 Marvin: 48

a) Bestimmen Sie die relativen Häufigkeiten, d. h. die prozentualen Anteile aller Stimmen.

b) Begründen Sie, welches der folgenden Kreisdiagramme die Daten der Befragung richtig darstellt.

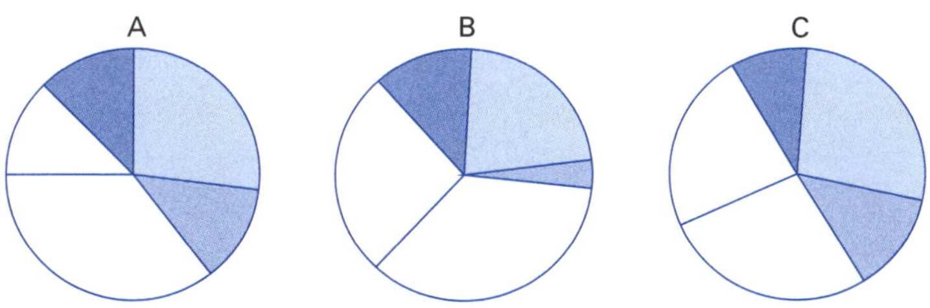

Lösung

a)

Name	Yasmin	Lisa	Dennis	Hannah	Marvin
Anzahl der Stimmen (absolute Häufigkeit)	40	7	63	22	48
Relative Häufigkeit	$\frac{40}{180}$ $= 22{,}\overline{22}\ \%$	$\frac{7}{180}$ $= 3{,}8\overline{8}\ \%$	$\frac{63}{180}$ $= 35\ \%$	$\frac{22}{180}$ $= 12{,}\overline{22}\ \%$	$\frac{48}{180}$ $= 26{,}\overline{66}\ \%$

Das Diagramm B stellt die Befragung richtig dar, weil die Gradzahlen passen.

b)

Name	Yasmin	Lisa	Dennis	Hannah	Marvin
Relative Häufigkeit	$22{,}\overline{22}\ \%$	$3{,}8\overline{8}\ \%$	35 %	$12{,}\overline{22}\ \%$	$26{,}\overline{66}\ \%$
Gradzahl	79,99°	13,97°	126°	43,99°	95,98°

Übungsaufgaben

Aufgabe 1

Katja sollte die Altersstruktur der Schüler/-innen ihrer Schule in einem Säulendiagramm darstellen. Sie gibt ihrem Lehrer das folgende Diagramm ab:

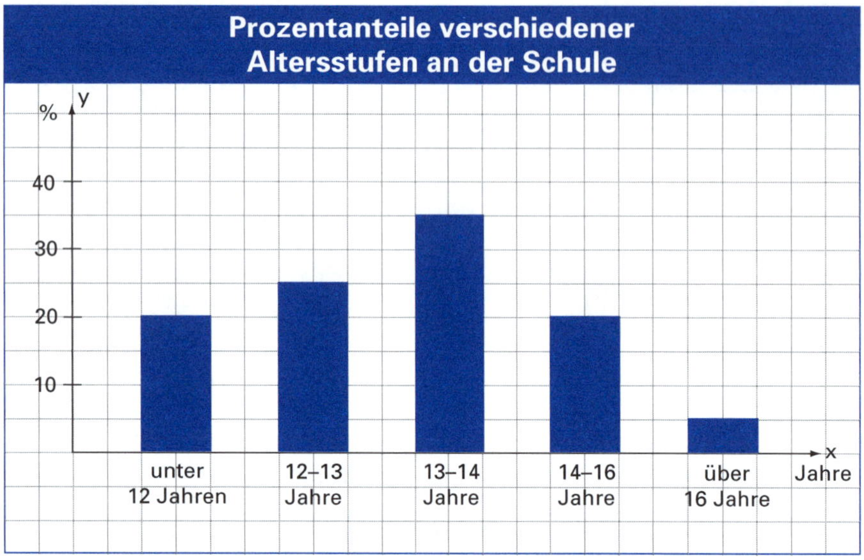

a) Der Lehrer schaut sich das Diagramm an und sagt nach einiger Zeit: „Da hast du aber einen Fehler gemacht." Finden Sie den Fehler? Begründen Sie Ihre Antwort.

b) Korrigieren Sie den größten Wert und stellen Sie die Altersstruktur in einem Kreisdiagramm dar. **TR/FS**

Aufgabe 2

TR/FS

Die Tabelle zeigt den jeweils schwersten Vertreter einer bestimmten Tierart zusammen mit dem jeweiligen Durchschnittsgewicht in Tonnen.

Tierart	Vertreter	Gewicht
Schlangen	Anakonda	0,3 t
Reptilien	Lederschildkröte	0,7 t
Bären	Polarbär	1 t
Wirbellose Tiere	Riesenkalmar	1,8 t
Knochenfische	Mondfisch	2,2 t
Robben	See-Elefant	3,5 t

(3)

Stellen Sie diese Daten in einem Säulendiagramm dar. Überlegen Sie sich dabei zunächst eine geeignete Einheit für die Hochachse (y-Achse).

Aufgabe 3

TR/FS

Bei einer Umfrage unter 6000 Realschüler/-innen nach ihrem Lieblingsfach ist folgendes prozentuales Ergebnis herausgekommen:

Mathe	Englisch	Deutsch	Sport	Sonstige Fächer
12 %	15 %	10 %	40 %	

a) Ergänzen Sie die Prozentangabe für „sonstige Fächer" und stellen Sie danach diese Daten als Kreisdiagramm dar.

b) Wie viele der 6000 Schüler/-innen haben Sport als Lieblingsfach angegeben?

Aufgabe 4

In der Abschlussklasse einer Realschule wurde unter den 24 Schülern/-innen eine Umfrage nach ihren Berufswünschen durchgeführt. Jeder der Befragten hat genau eine Stimme abgegeben.

a) Vervollständigen Sie sowohl die Tabelle als auch das Säulendiagramm.

Berufsfeld	Handwerk	Einzel-handel	Industrie	Gesund-heitswesen	Bau-gewerbe	Transport-wesen	Sonstige
Anzahl	5		2		2		3

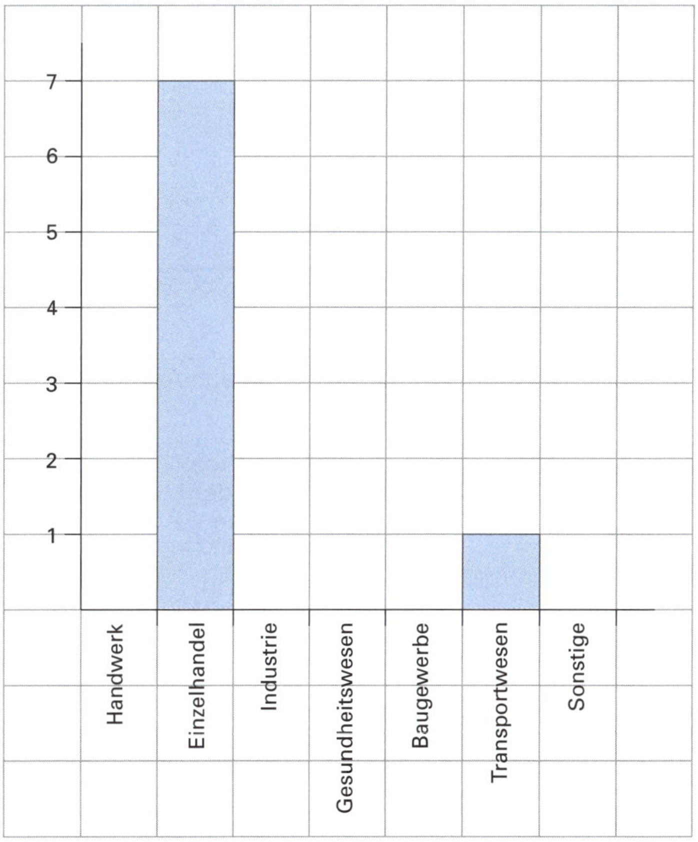

b) Stellen Sie die Ergebnisse der Umfrage in einem Kreisdiagramm dar.

c) Ist die Aussage wahr, falsch oder können Sie dies mit den vorliegenden Angaben nicht entscheiden?

	Wahr	Falsch	Nicht entscheidbar
A In der Klasse sind 10 Schülerinnen und 14 Schüler.			
B Mehr als ein Drittel der Befragten bevorzugt den Einzelhandel.			
C Ein Sechstel der Befragten bevorzugt das Gesundheitswesen.			
D Niemand möchte Schaffner bei der Deutschen Bahn werden.			
E Über 20 % der Befragten bevorzugen das Handwerk.			

2. Daten ordnen und auswerten

Basiswissen

In der beschreibenden Statistik werden Daten nach verschiedenen Kriterien geordnet und ausgewertet, um sich einen schnelleren Überblick über die wesentlichen Merkmale der Daten zu verschaffen. Diese Merkmale werden auch statistische Kenngrößen genannt.

<table>
<tr><th colspan="3">Statistische Kenngrößen</th></tr>
<tr><td>Absolute Häufigkeit:</td><td colspan="2">Anzahl, wie oft ein bestimmter Wert auftritt</td></tr>
<tr><td>Relative Häufigkeit:</td><td colspan="2">$\frac{\text{Absolute Häufigkeit}}{\text{Gesamtzahl aller Werte}}$</td></tr>
<tr><td>Rangliste:</td><td colspan="2">Liste mit geordneten Daten</td></tr>
<tr><td>Modalwert:</td><td colspan="2">Wert, der am häufigsten vorkommt</td></tr>
<tr><td>Arithmetisches Mittel:</td><td colspan="2">$\frac{\text{Summe der Einzelwerte}}{\text{Anzahl der Einzelwerte}}$</td></tr>
<tr><td>Zentralwert (Median):</td><td>ungerade Anzahl</td><td>gerade Anzahl</td></tr>
<tr><td rowspan="2"></td><td colspan="2">von Daten einer Rangliste</td></tr>
<tr><td>Wert, der in der Mitte steht</td><td>arithmetisches Mittel aus den beiden in der Mitte stehenden Werten</td></tr>
<tr><td>Maximalwert und Minimalwert:</td><td colspan="2">größter bzw. kleinster Wert</td></tr>
<tr><td>Spannweite:</td><td colspan="2">Bereich, in dem die Ergebnisse liegen (Differenz zwischen dem größten und kleinsten Wert)</td></tr>
<tr><td>Boxplot:</td><td colspan="2">In einem Boxplot werden die folgenden statistischen Kenngrößen einer Datenmenge veranschaulicht: Minimalwert, unteres Quartil, Zentralwert (Median), oberes Quartil, Maximalwert</td></tr>
<tr><td>Unteres Quartil:</td><td colspan="2">Wert halbiert die untere Hälfte der geordneten Datenmenge</td></tr>
<tr><td>Oberes Quartil:</td><td colspan="2">Wert halbiert die obere Hälfte der geordneten Datenmenge</td></tr>
</table>

Typische Aufgabenstellung

Aufgabe 1

Bei den Bundesjugendspielen 2019 wurden die Zeiten beim 100-m-Lauf der Klasse 9b durch den Sportlehrer Herr Sprinter notiert.

Bundesjugendspiele: 100-m-Lauf		
lfd. Nr.	Vorname	Zeit
1	Markus	15,2
2	Franziska	14,3
3	Kolya	14,3
4	Kevin	13,9
5	Omar	15,5
6	Paul	14,6
7	Celine	15,3
8	Sarah	14,6
9	Nico	14,9
10	Chantal	14,8
11	Sabrina	15,6
12	Artur	14,8
13	Niklas	15,1
14	Roxana	14,9
15	Noah	14,9
16	Kira	15,2
17	Sebastian	14,7
18	Rico	15,0
19	Maria	14,5
20	Tim	15,1
21	Adem	15,3
22	Nils	14,8
23	Jan	15,0
24	Selma	15,2
25	Jasna	14,9

a) Wie groß ist die Spannweite?

b) Wie lauten der Zentralwert und der Modalwert?

c) Ermitteln Sie den arithmetischen Mittelwert.

d) Zeichnen Sie zu den Aufzeichnungen des Herrn Sprinter einen Boxplot (Kastenschaubild).

Lösung

a) Daten nach der Zeit in aufsteigender Reihenfolge ordnen:

Bundesjugendspiele: 100-m-Lauf sortiert		
lfd. Nr.	Vorname	Zeit
4	Kevin	13,9
2	Franziska	14,3
3	Kolya	14,3
19	Maria	14,5
6	Paul	14,6
8	Sarah	14,6
17	Sebastian	14,7
22	Nils	14,8
10	Chantal	14,8
12	Artur	14,8
9	Nico	14,9
15	Noah	14,9
25	Jasna	14,9
14	Roxana	14,9
18	Rico	15,0
23	Jan	15,0
13	Niklas	15,1
20	Tim	15,1
1	Markus	15,2
16	Kira	15,2
24	Selma	15,2
7	Celine	15,3
21	Adem	15,3
5	Omar	15,5
11	Sabrina	15,6

Werte aus Tabelle ablesen:
x_{min} = kleinster Wert = 13,9 Sek.
x_{max} = größter Wert = 15,6 Sek.

Spannweite $W = x_{max} - x_{min} = 15{,}6 - 13{,}9 = 1{,}7$ Sek.

b) Die Anzahl der Werte ist ungerade. Der mittlere Wert ist der Zentralwert. Er beträgt 14,9 Sek.
Der Modalwert m ist der Wert, der in einer Stichprobe am häufigsten auftritt.
$m = 14{,}9$

c) Der Mittelwert errechnet sich aus:

$$\overline{x} = \frac{\text{Summe aller Werte}}{\text{Anzahl der Werte}}$$

$$\overline{x} = \frac{372{,}4}{25} = 14{,}89 \text{ Sek.}$$

Training

d) **BOXPLOT**

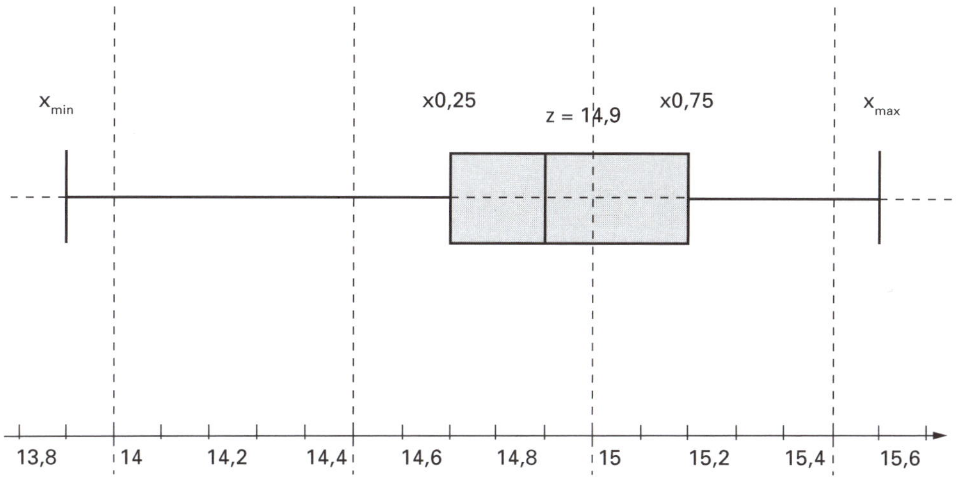

Übungsaufgaben

Aufgabe 1

In einer Klassenarbeit gab es folgende Ergebnisse:

Note	1	2	3	4	5	6
Anzahl	5	3	11	10	2	2

Berechnen Sie den Notendurchschnitt.

Aufgabe 2

Nach 15-maligem Würfeln wurden folgende Häufigkeiten notiert:

	Absolute Häufigkeit	**Relative Häufigkeit**		
		Bruch	**Dezimalzahl**	**Prozent**
⚀				0
⚁			0,2	
⚂	2			
⚃		$\frac{1}{3}$		
⚄	4			
⚅	1			

Berechnen Sie die fehlenden Werte in den Kästchen.

Aufgabe 3

Lucy hat beim Erstellen einer Rangliste einen Wert vergessen.

12 15 □ 23 28 30 34 34 40

a) Bestimmen Sie die Spannweite d.

b) Berechnen Sie den Zentralwert.

c) Welche Zahlen könnten im Platzhalter stehen?

d) Lucy kann den arithmetischen Mittelwert nicht errechnen.
Können Sie ihr helfen?

Aufgabe 4

Die nachfolgende Tabelle zeigt den Luftdruckverlauf eines Monats (August) in Heidelberg, und zwar für jeden Tag den Maximalwert, gemessen in hPa.

Luftdruck in Heidelberg in hPa	
Luftdruck in hPa	
Datum	**max**
01.08.	1019
02.08.	1020
03.08.	1018
04.08.	1014
05.08.	1012
06.08.	1011
07.08.	1006
08.08.	1007
09.08.	1020
10.08.	1023
11.08.	1013
12.08.	1010
13.08.	1010
14.08.	1009
15.08.	1019
16.08.	1019

Luftdruck in Heidelberg in hPa	
Luftdruck in hPa	
Datum	**max**
17.08.	1018
18.08.	1018
19.08.	1003
20.08.	1022
21.08.	1019
22.08.	1020
23.08.	1020
24.08.	1015
25.08.	1016
26.08.	1012
27.08.	1015
28.08.	1017
29.08.	1015
30.08.	1015
31.08.	1015

a) Wie groß ist die Spannweite?

b) Wie groß ist jeweils der Zentral- und der Modalwert?

c) Errechnen Sie den arithmetischen Mittelwert. Notieren Sie Ihre Rechnung.

d) Zeichnen Sie zu den ermittelten Werten den Boxplot für den maximalen Luftdruck.

Aufgabe 5

TR/FS

Eine Journalistin, die über die Gefahren der Glücksspielsucht schreiben möchte, braucht dafür statistisches Datenmaterial. Sie befragt deshalb an einem Samstagabend Menschen, die aus dem Spielcasino herauskommen, nach der Summe, die sie an dem Abend verspielt oder gewonnen haben. Gewinne schreibt die Journalistin nicht auf. Nach 10 Personen mit Verlusten hört sie auf.

Person	**1**	**2**	**3**	**4**	**5**	**6**	**7**	**8**	**9**	**10**
Verlust (in €)	85	25	50	15 000	35	20	95	35	55	220

a) Berechnen Sie das arithmetische Mittel und den Zentralwert aller Verluste.

b) Die Journalistin verwendet das arithmetische Mittel (siehe a)) in ihrem Artikel als Beweis für die Gefahren der Spielsucht. Warum ist dieser „Beweis“ statistisch nicht besonders überzeugend? Geben Sie mindestens zwei verschiedene Gründe an.

Aufgabe 6

In der 10. Jahrgangsstufe einer Realschule wird am Ende eines Schuljahrs eine anonyme Umfrage durchgeführt. Die Schüler/-innen sollen angeben, wie viele kostenpflichtige Nachhilfestunden sie im zu Ende gehenden Schuljahr in Mathematik insgesamt bekommen haben.
Die Boxplots zeigen die Ergebnisse der Umfrage. Boxplot 1 zeigt die Ergebnisse für die Mädchen und Boxplot 2 für die Jungen der Jahrgangsstufe.

Boxplot 1: Mädchen

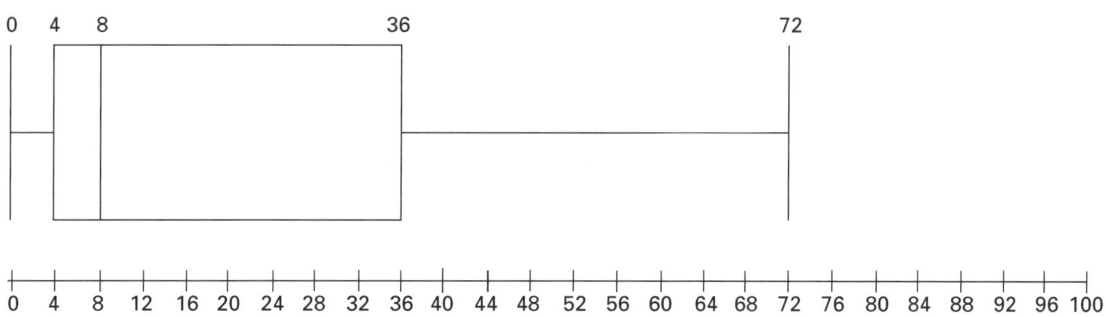

Boxplot 2: Jungen

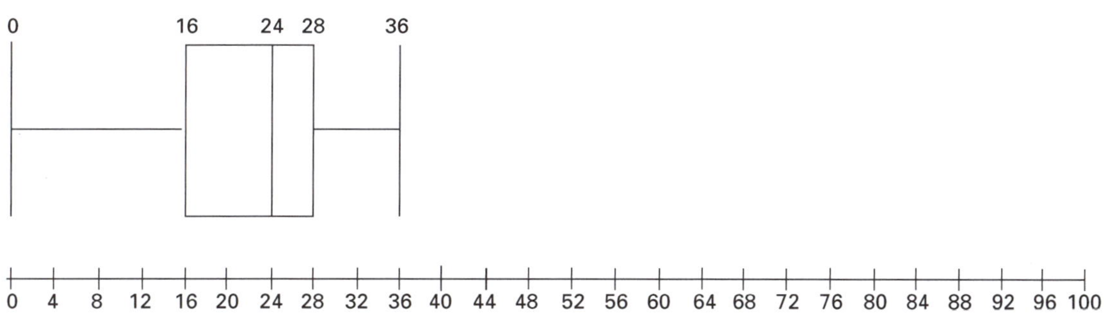

a) Kreuzen Sie an, welche Aussagen wahr, falsch oder nicht entscheidbar sind.

	Wahr	Falsch	Nicht entscheidbar
Mindestens ein Viertel der Mädchen hat höchstens 4 Nachhilfestunden bekommen.			
Mehr Jungen als Mädchen haben überhaupt keine Nachhilfe bekommen.			
Mindestens 50 % der Jungen haben mehr als 28 Nachhilfestunden bekommen.			
Mehr als die Hälfte der Mädchen hat die höchste von den Jungen angegebene Anzahl an Nachhilfestunden überschritten.			
Exakt 50 % der Jungen haben mindestens 16 und höchstens 28 Nachhilfestunden bekommen.			
Mindestens drei Viertel der Mädchen hat höchstens 36 Nachhilfestunden bekommen.			

b) Entscheiden Sie, ob die folgenden allgemeinen Vergleiche zwischen den Mädchen und den Jungen nur auf der Basis der Boxplots haltbare statistische Schlussfolgerungen sind oder nicht. Begründen Sie Ihre Entscheidung.

- „Der Anteil an Befragten, die keine oder nur recht wenige Nachhilfestunden bekommen haben, ist unter den Mädchen höher als unter den Jungen."
- „Es gibt weniger Jungen als Mädchen, die sehr viele Nachhilfestunden in Mathematik benötigten."

3. Wahrscheinlichkeiten verstehen und berechnen

Basiswissen

Bei der Berechnung von Wahrscheinlichkeiten müssen Sie folgende Begriffe und Verfahren beherrschen:

Wahrscheinlichkeit	
Ergebnis:	möglicher Ausgang eines Zufallsexperiments
Ergebnismenge, Ergebnisraum Ω:	Menge aller möglichen Ergebnisse eines Zufallsexperiments
Ereignis E:	beliebige Teilmenge der Ergebnismenge
	Ergebnisse, die eine bestimmte Eigenschaft erfüllen, nennt man Ereignisse.
Gegenereignis $\overline{E}$:	Das Gegenereignis tritt ein, wenn das Ereignis nicht eintritt.
Wahrscheinlichkeit P(E): (Laplace-Experiment)	Haben bei einem Zufallsexperiment alle Ergebnisse die gleiche Wahrscheinlichkeit, dann gilt: $P(E) = \frac{\text{Anzahl der für E günstigen Ergebnisse}}{\text{Anzahl der möglichen Ergebnisse}}$ Es gilt stets: $0 \leqq P(E) \leqq 1$

Mehrstufiges Zufallsexperiment:
(Darstellung im Baumdiagramm)

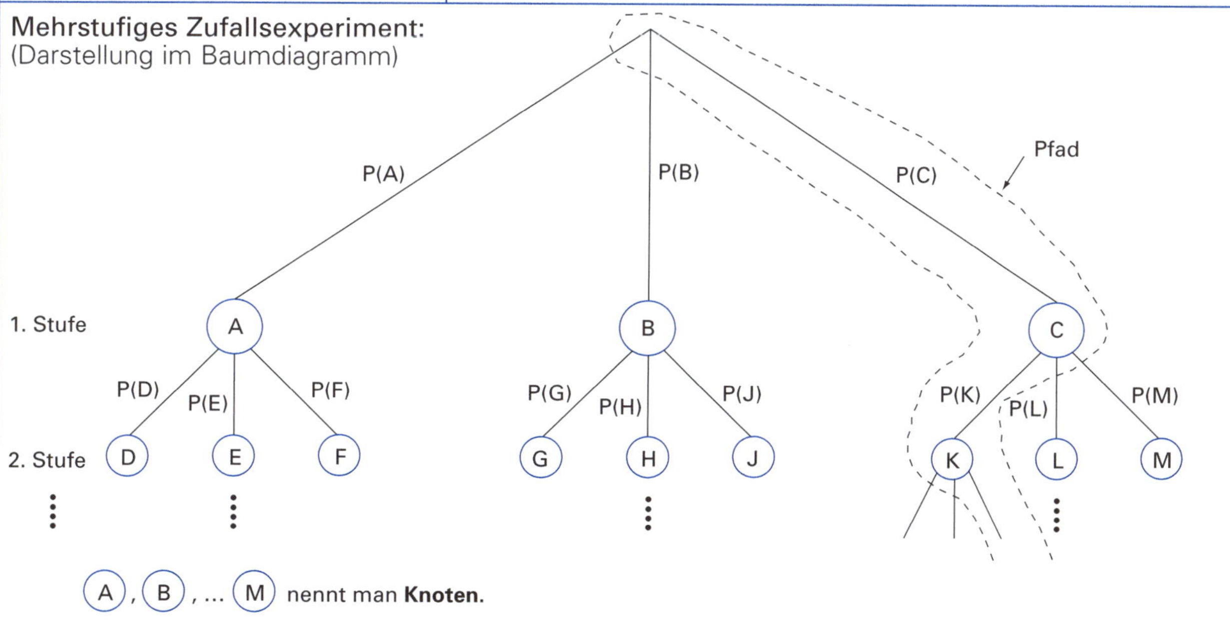

Knotenregel:	Die Summe der Wahrscheinlichkeiten aller Zweige, die von einem Knoten ausgehen, hat stets den Wert 1. Beispiel: P(G) + P(H) + P(J) = 1
1. Pfadregel: (Produktregel)	Die Wahrscheinlichkeit eines Ergebnisses ist das Produkt der Wahrscheinlichkeiten entlang eines Pfades. Beispiel: P(CK) = P(C) · P(K)
2. Pfadregel: (Summenregel)	Die Wahrscheinlichkeit eines Ereignisses ist die Summe der Ergebnisse der Pfade, die zu diesem Ereignis führen. Beispiel: P(AF, BG, CK) = P(AF) + P(BG) + P(CK)

Basiswissen

Erwartungswert

Um den Erwartungswert bei einem Glücksspiel zu berechnen, kann man folgendermaßen vorgehen:

1. Man schreibt alle möglichen Werte (W) der Gewinne und die jeweils zugehörigen Wahrscheinlichkeiten (P(W)) für diese Gewinne in einer geordneten Form auf. Eine mögliche geordnete Form des Aufschreibens ist zum Beispiel eine Tabelle, in die die Werte der Gewinne und ihre Wahrscheinlichkeiten eingetragen werden.
2. Man multipliziert jeden Gewinnwert (W) mit der zugehörigen Wahrscheinlichkeit (P(W)), addiert alle Einzelprodukte und subtrahiert den Einsatz des Glücksspiels. Das Ergebnis dieser Rechnung ist der Erwartungswert E:
   $E = P(W_1) \cdot W_1 + P(W_2) \cdot W_2 + P(W_3) \cdot W_3 + \ldots + P(W_n) \cdot W_n - \text{Spieleinsatz}$

Wenn der **Erwartungswert gleich Null** ist, dann handelt es sich bei dem Glücksspiel um ein **faires Spiel**.

Wenn der Erwartungswert negativ ist, dann erzielt der Betreiber / die Betreiberin des Spiels durchschnittlich Gewinn.

Wenn der Erwartungswert positiv ist, dann erzielt der Spieler / die Spielerin des Spiels durchschnittlich Gewinn.

Der durchschnittliche Gewinn entspricht in beiden Fällen dem Erwartungswert.

Beispiel:

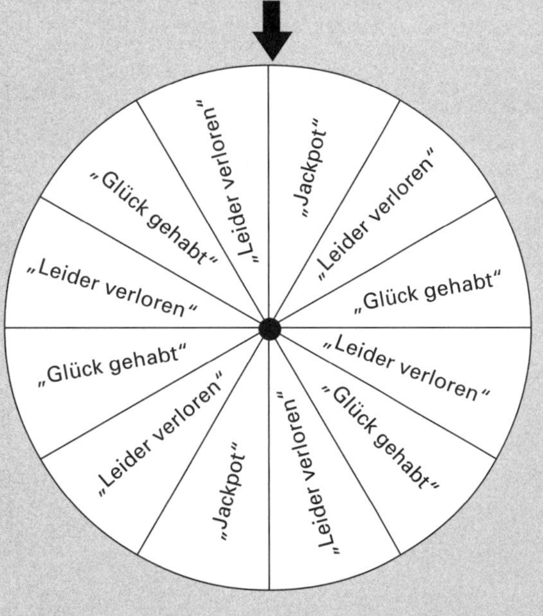

Für ein Glücksspiel mit dem Glücksrad wird bei einmaligem Drehen des Rades der folgende Gewinnplan festgelegt. Der Spieleinsatz ist 1,70 €. Berechnen Sie den Erwartungswert und erläutern Sie dessen Bedeutung.

Ereignisse	„Glück gehabt"	„Jackpot"	„Leider verloren"
Gewinn (W)	1,80 €	6,00 €	0 €

Lösung

Ereignisse	„Glück gehabt"	„Jackpot"	„Leider verloren"
Gewinn (W)	1,80 €	6,00 €	0 €
P(W)	$\frac{4}{12}$	$\frac{2}{12}$	$\frac{6}{12}$
P(W) · W	$\frac{4}{12} \cdot 1{,}80\ € = 0{,}60\ €$	$\frac{2}{12} \cdot 6{,}00\ € = 1{,}00\ €$	$\frac{6}{12} \cdot 0\ € = 0\ €$
E	(0,60 € + 1,00 € + 0 €) – 1,70 € = -0,10 €		

Der **Erwartungswert** beträgt -0,10 €. Das bedeutet, dass der Betreiber / die Betreiberin des Glücksspiels durchschnittlich 0,10 € Gewinn erzielt.

Typische Aufgabenstellung

Aufgabe 1

TR/FS

In einer Urne sind 3 rote, 2 blaue und 1 gelbe Kugel. In einem zweistufigen Zufallsversuch wird jeweils eine Kugel gezogen und nach dem Ziehen wieder zurückgelegt. Zeichnen Sie ein Baumdiagramm für den zweistufigen Versuch.

Lösung

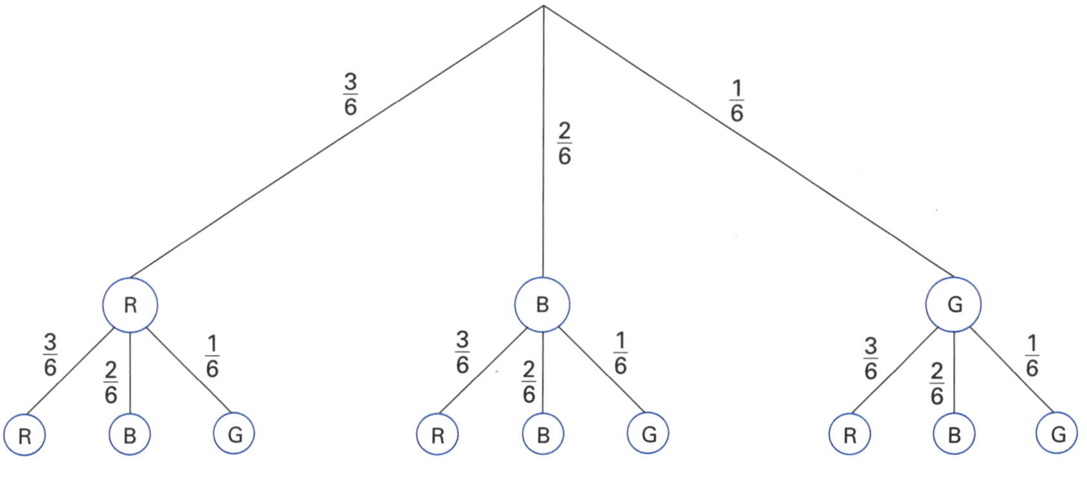

Aufgabe 2

Mit welcher Wahrscheinlichkeit erhält man zweimal eine blaue Kugel?

Lösung

$P(BB) = \frac{2}{6} \cdot \frac{2}{6} = \frac{4}{36} = \frac{1}{9} \quad \Rightarrow \quad$ Die Wahrscheinlichkeit beträgt $\frac{1}{9}$.

Aufgabe 3

Wie groß ist die Wahrscheinlichkeit, zwei gleichfarbige Kugeln zu ziehen?

Lösung

$$\begin{aligned} P(RR, BB, GG) &= P(RR) + P(BB) + P(GG) \\ &= \frac{3}{6} \cdot \frac{3}{6} + \frac{2}{6} \cdot \frac{2}{6} + \frac{1}{6} \cdot \frac{1}{6} \\ &= \frac{9}{36} + \frac{4}{36} + \frac{1}{36} \\ &= \frac{14}{36} = \frac{7}{18} \end{aligned}$$

Die Wahrscheinlichkeit $P = \frac{7}{18}$.

$$\frac{7}{18} = 0{,}3888\ldots$$

$$= \frac{39}{100} \quad \Rightarrow \text{Die Wahrscheinlichkeit beträgt 39 \%.}$$

Übungsaufgaben

Aufgabe 1

Lena würfelt, Jonas wirft eine Münze.

Jonas behauptet: „Es ist wahrscheinlicher, mit zweimaligem Werfen einer Münze zweimal „Zahl" zu erhalten, als mit einem Wurf mit dem Würfel eine „Sechs" zu würfeln."
Hat Jonas recht? Begründen Sie Ihre Entscheidung.

Aufgabe 2

Wie groß ist die Wahrscheinlichkeit, beim einmaligen Entnehmen einer Kugel eine Primzahl zu erhalten?

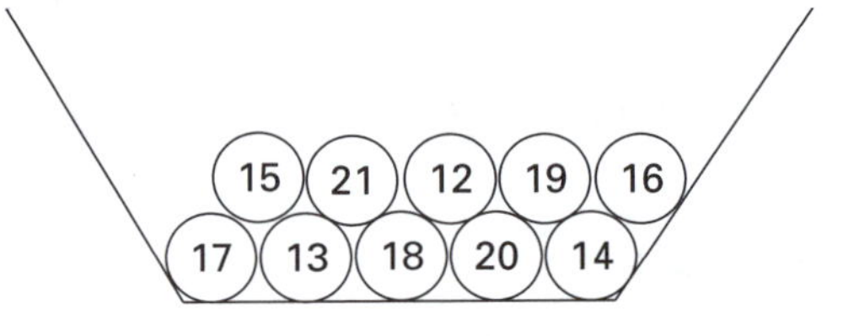

Aufgabe 3

In einer Lostrommel sind noch 3 Hauptgewinne (H), 2 Trostpreise (T) und 5 Nieten (N).
Leonard kauft zwei Lose. Wie groß ist die Wahrscheinlichkeit, dass er einen Hauptgewinn und einen Trostpreis zieht?

Aufgabe 4

TR/FS

Herr und Frau Weller fliegen mit ihren beiden Kindern in den Urlaub.
In dem mit 180 Passagieren voll besetzten Flugzeug wird eine Verlosung durchgeführt, bei der die Flugbegleiter zufällig zwei Plätze (z. B. 12A und 27D) als Gewinner auswählen, die als Belohnung kostenlose Bordverpflegung erhalten. Vervollständigen Sie das zugehörige Baumdiagramm und berechnen Sie die Wahrscheinlichkeit, dass kein Mitglied von Familie Weller ausgewählt wird.
(W = Mitglied von Familie Weller; $\overline{W}$ = kein Mitglied von Familie Weller)

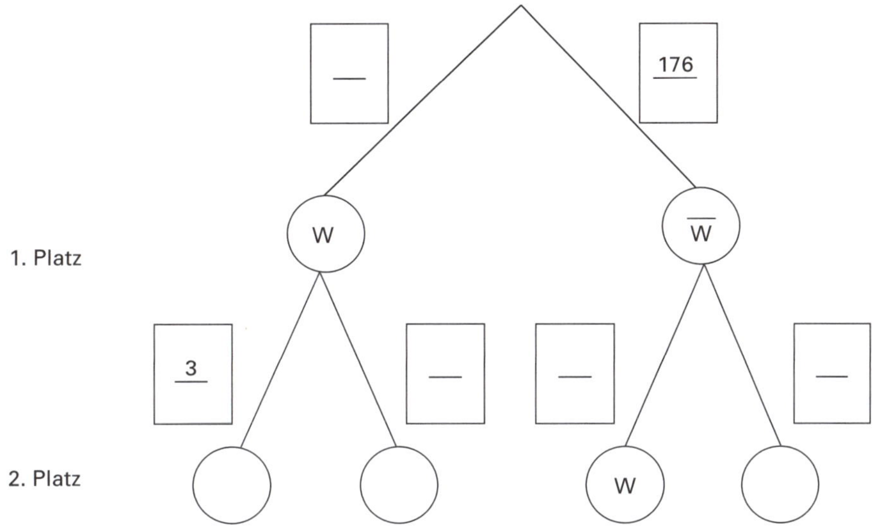

Aufgabe 5

TR/FS

Katharina darf zweimal hintereinander das Glücksrad drehen. Sie gewinnt einen Preis, wenn der Zeiger mindestens einmal auf einem Vokal stehen bleibt. Berechnen Sie die Wahrscheinlichkeit dafür, dass Katharina einen Preis gewinnt.

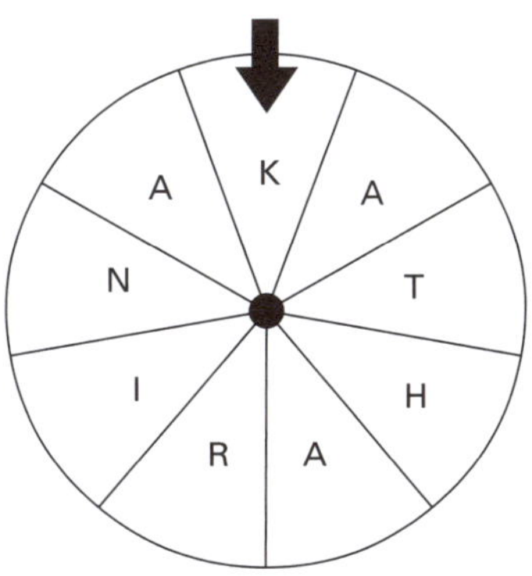

Aufgabe 6

Auf einer Kirmes bietet ein Budenbesitzer folgendes Spiel an. Das Glücksrad darf bei einer Spielrunde zweimal gedreht werden. Bei jedem einzelnen Drehen des Rades ist nur von Interesse, ob es auf einer positiven Zahl stehen bleibt oder nicht. Für jede positive Zahl erhält der Spieler 2 €, für eine negative erhält er nichts ausbezahlt. Der Spieler muss pro Spielrunde (also für das zweimalige Drehen) vor Beginn des Spiels 1,70 € Einsatz bezahlen.

a) Berechnen Sie den Erwartungswert des Gewinns pro Spielrunde aus der Sicht des Budenbesitzers.

b) Der Budenbesitzer rechnet für die nächste, viertägige Kirmes mit ungefähr 5000 Spielrunden. Geben Sie an, wie viel Gesamtgewinn er bei dieser Kirmes in etwa erwarten kann.

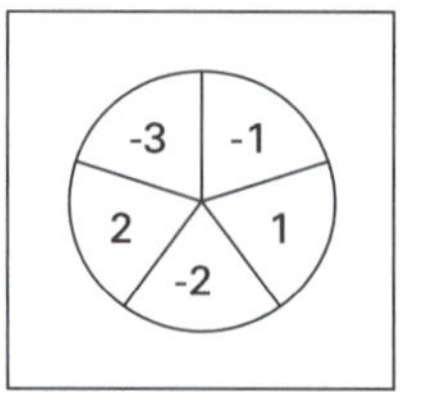

Aufgabe 7

Beim Roulette kann als Ergebnis eine der Zahlen 0 bis 36 einschließlich erscheinen.

Bildquelle: Vector Tradition – Fotolia.com

- Geben Sie alle möglichen Ergebnisse an, die Primzahlen sind. Berechnen Sie die Wahrscheinlichkeit für eine Primzahl.
- Berechnen Sie die Wahrscheinlichkeit für eine von Null verschiedene Zahl, die durch 8 teilbar ist.

Für ein Glücksspiel mit dem Spieleinsatz 2,50 € wird bei diesem Roulette der folgende Gewinnplan festgelegt. Berechnen Sie den Erwartungswert.

Ereignisse	Primzahl	Eine durch 8 teilbare Zahl	Restliche Ereignisse
Gewinn	3,00 €	10,00 €	Kein Gewinn

Der Gewinn für das Ereignis „Primzahl" soll so verändert werden, dass das Glücksspiel fair wird. Alle anderen Werte bleiben unverändert. Berechnen Sie, wie hoch der Gewinn für „Primzahl" sein müsste.

Teil A1

Hinweis: In Teil A1 (10 Punkte) sind alle Aufgaben zu bearbeiten.

Zugelassene Hilfsmittel: Parabelschablone, Zeichengeräte

Aufgabe 1

Weisen Sie nach, dass gilt:

$(16^5 \cdot 16) : (64 \cdot 8^4) = 2^6$

Aufgabe 2

Aleyna malt ein fortlaufendes Muster aus kleinen Kreisen. Wie viele Kreise muss sie beim 14. Muster malen? Begründen Sie Ihre Lösung.

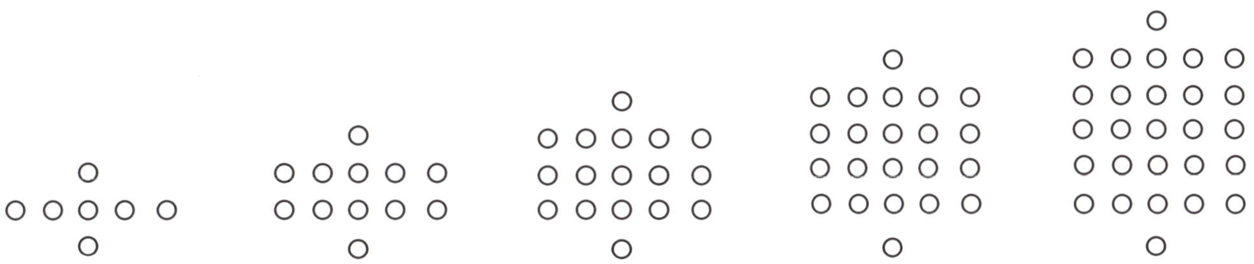

(1) (2) (3) (4) (5)

Aufgabe 3

Ein Kreis K_1 hat den Radius $r_1 = 4$ cm, ein anderer Kreis K_2 hat den Radius $r_2 = 6$ cm.
Berechnen Sie, um wie viel Prozent der Flächeninhalt von K_2 größer ist als der Flächeninhalt von K_1.

Berechnen Sie den prozentualen Anteil des Umfangs von K_1 am Umfang von K_2.

Aufgabe 4

In einer Schale (A) befinden sich eine blaue, zwei rote und eine weiße Kugel. In einer anderen Schale (B) befinden sich eine blaue, eine rote und zwei weiße Kugeln. Zur Schale B wird noch eine weitere Kugel hinzugefügt, sodass danach beim Ziehen jeweils einer Kugel aus Schale A und anschließend aus Schale B folgende Wahrscheinlichkeit gilt:

$P(\text{rot; weiß}) = \frac{4}{20}$

Die zur Schale B zusätzlich hinzugefügte Kugel hat eine der drei Farben Weiß, Rot oder Blau. Entscheiden Sie, welche Farbe diese Kugel haben kann. Begründen Sie Ihre Entscheidung.

Aufgabe 5

Gegeben ist eine Strahlensatzfigur.

- Ergänzen Sie den fehlende Nenner im zweiten Bruch.

  $$\frac{\overline{EB}}{\overline{AB}} = \frac{\overline{CD}}{\quad}$$

- Begründen Sie, dass man die obige Verhältnisgleichung auch allein mithilfe trigonometrischer Seitenverhältnisse herleiten kann.

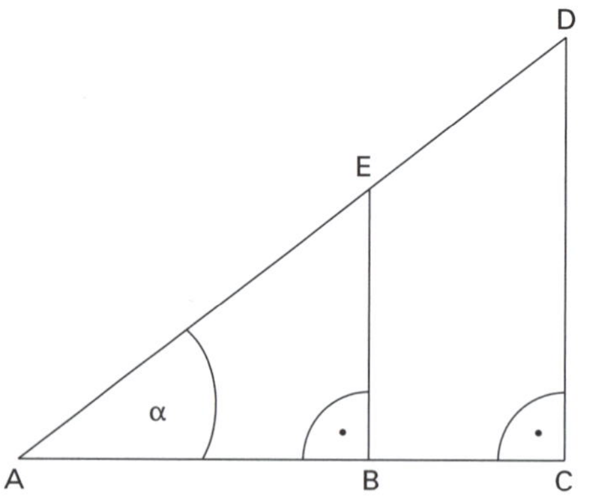

Aufgabe 6

Gegeben sind das Schrägbild und das Netz eines Quaders. Die blau markierte Fläche ist die Bodenfläche des Quaders. Auf dem Schrägbild befindet sich der Streckenzug ABCDE, der auf der Oberfläche des Quaders eingezeichnet ist. Die Punkte B, C, D und E halbieren die Strecken, auf denen sie sich jeweils befinden.

Übertragen Sie den Streckenzug ABCDE in das abgebildete Netz des Quaders.

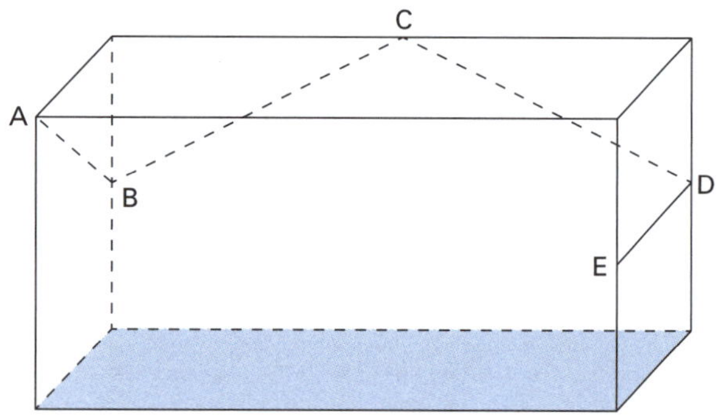

Aufgabe 7

Abgebildet ist die Parabel p_1: $y = 2x^2 - 3$. Zeichnen Sie mit der Parabelschablone die Parabeln p_2: $y = x^2 - 1$ und p_3: $y = -x^2 - 4$ in dieses Koordinatensystem ein.

Beschreiben Sie für die Parabeln p_1, p_2 und p_3 jeweils die Öffnung, die Form im Vergleich zur Normalparabel und die Lage des Scheitelpunktes (oberhalb oder unterhalb der x-Achse).

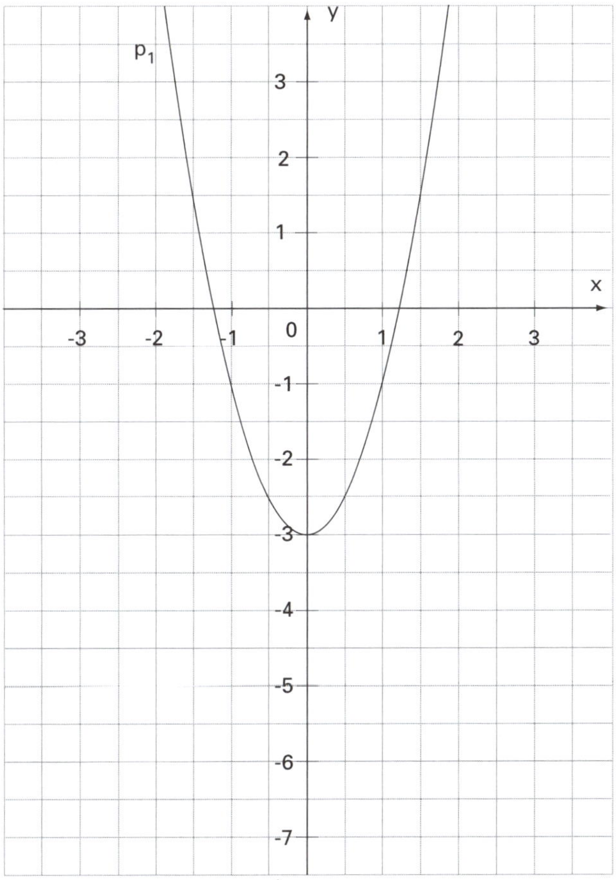

Teil A2

Hinweis: In Teil A2 (20 Punkte) sind alle Aufgaben zu bearbeiten.

Zugelassene Hilfsmittel: Formelsammlung, wissenschaftlicher Taschenrechner (nicht programmierbar), Parabelschablone, Zeichengeräte

Aufgabe 1

Von einem gleichschenkligen Trapez ABCD sind die Koordinaten der Punkte A (-2 I -2), B (6 I -2) und C (4 I 4) gegeben.

- Zeichnen Sie die Punkte in ein Koordinatensystem (1 LE = 1 cm) und bestimmen Sie die Koordinaten des Punktes D.
- Berechnen Sie die Innenwinkel des Trapezes.
- Berechnen Sie den Flächeninhalt des Trapezes.
- Berechnen Sie die Länge der Diagonale $\overline{AC}$.

Aufgabe 2

Die nicht maßstabsgetreue Skizze zeigt die Achsenschnittfläche durch einen zusammengesetzten Rotationskörper.

a) Berechnen Sie das Volumen des Gesamtkörpers.

b) Berechnen Sie das Maß des Öffnungswinkels des Kegels.

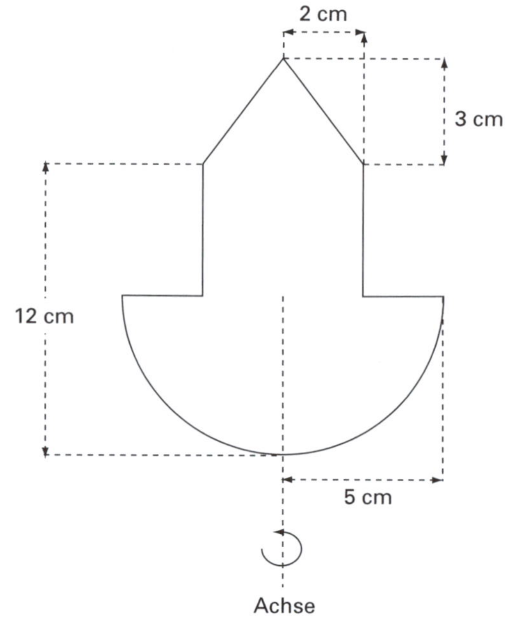

Skizze nicht maßstabsgetreu

Aufgabe 3

Die Parabel p hat die Funktionsgleichung $y = 0{,}5x^2 - 1{,}5$.
Legen Sie im Bereich $-5 \leq x \leq 5$ für alle ganzzahligen x-Werte eine Wertetabelle der Funktion an und skizzieren Sie die Parabel p anschließend in ein Koordinatensystem.

Eine Gerade g hat die Steigung 4 und verläuft durch den Punkt P (2 I -1,5).
Berechnen Sie die Koordinaten aller Schnittpunkte von p und g.

Aufgabe 4

Die Grafik zeigt die Entwicklung des Wertes, den eine Unze Gold im Laufe von 5 Jahren jeweils am Jahresende erzielte. Der Wert für das dritte Jahr ist leider nicht mitgedruckt worden. Es ist aber bekannt, dass der prozentuale Wertverlust vom Ende des 2. Jahres zum Ende des 3. Jahres genau so hoch war wie die prozentuale Wertsteigerung vom Ende des 1. Jahres zum Ende des 2. Jahres.

Berechnen Sie den Wert für das Ende des 3. Jahres und zeichnen Sie ihn in das Diagramm ein.

Ermitteln Sie, welchen Zinssatz eine Bank anbieten müsste, damit (inklusive Zinseszins) der gleiche Wertzuwachs (von 1342,61 € auf 1432,89 €) über vier Jahre erzielt würde wie bei der Unze Gold.

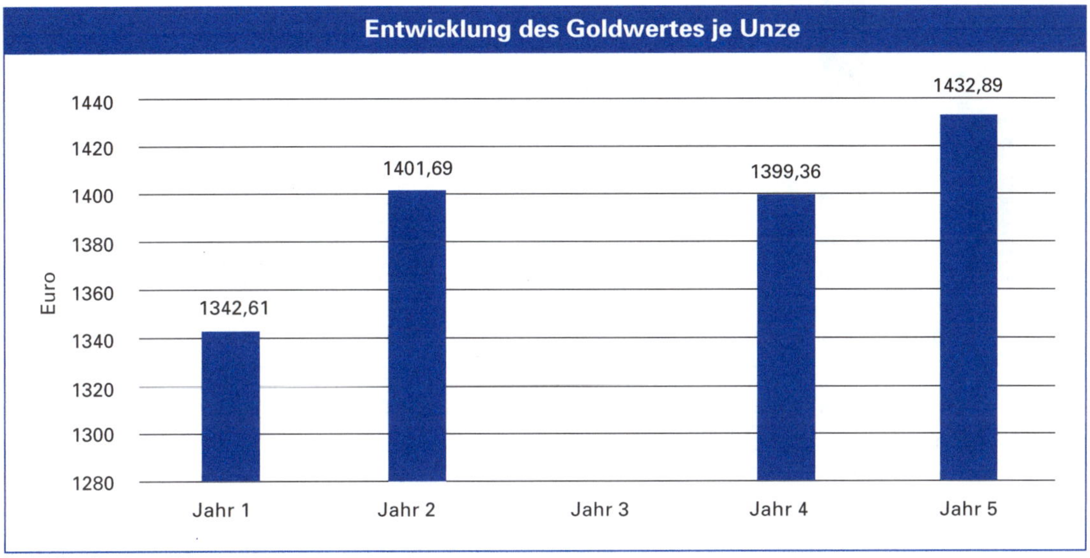

Aufgabe 5

Eine Schachtel enthält 15 Kärtchen. Jedes Kärtchen ist mit einem der Buchstaben A, B oder C bedruckt. Es werden nacheinander zwei Kärtchen ohne Zurücklegen gezogen.

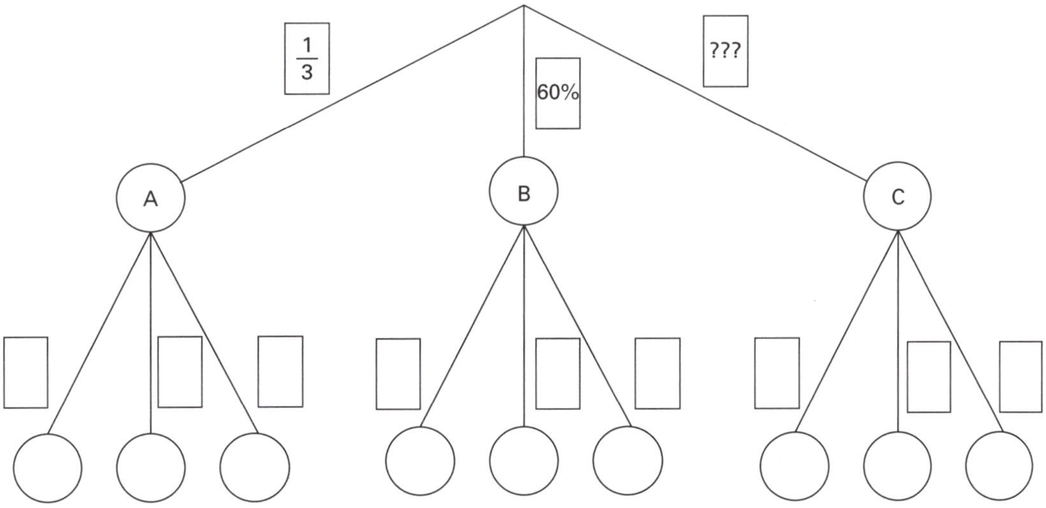

- Berechnen Sie im abgebildeten Ausschnitt des Baumdiagramms die fehlende Angabe für das erste gezogene Kärtchen. Geben Sie an, wie viele Kärtchen sich zu Beginn jeweils mit dem Buchstaben A, B oder C in der Schachtel befinden.
- Vervollständigen Sie das Baumdiagramm und berechnen Sie die Wahrscheinlichkeit, beim Ziehen der zwei Kärtchen genau ein Kärtchen mit dem Buchstaben C zu ziehen.

Nun werden drei zusätzliche Kärtchen in die Schachtel gelegt, jeweils ein Kärtchen mit einem A, einem B und einem C. Ist die Wahrscheinlichkeit, beim zweimaligen Ziehen ohne Zurücklegen genau ein Kärtchen mit einem C zu ziehen, nun kleiner oder größer als zuvor? Begründen Sie durch Rechnung.

Aufgabe 6

Cora führt in ihrer 10. Klasse eine Umfrage durch. Ihre Mitschüler/-innen sollen angeben, wie viele verschiedene Social-Media-Apps sie auf ihrem Smartphone installiert haben. Cora hat die Ergebnisse der Umfrage in einem Diagramm zusammengefasst. Cora selbst ist nicht Teil der Umfrageergebnisse.

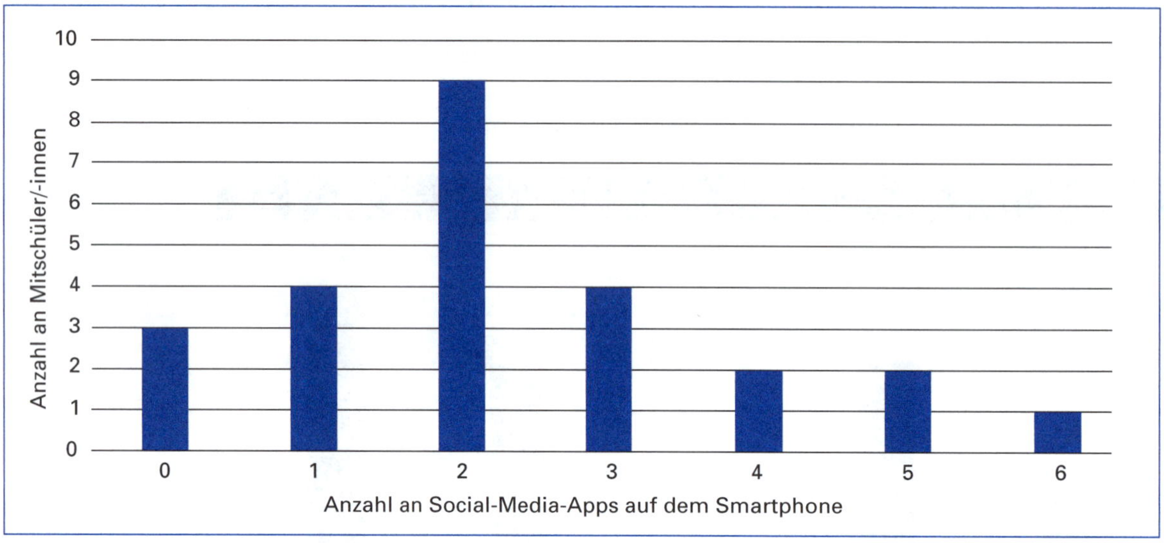

Geben Sie die Kennwerte (Minimum, unteres Quartil q_u, Zentralwert, oberes Quartil q_o und Maximum) an und erstellen Sie damit einen Boxplot, der diese Häufigkeitsverteilung darstellt.

In Coras Klasse gibt es (ohne Cora selbst) 14 Mädchen und 11 Jungen. Bei der Auswertung der Umfrage fällt ihr auf, dass die Ergebnisse bei den Mädchen und Jungen recht unterschiedlich ausfallen. Der abgebildete Boxplot stellt das Umfrageergebnis nur für die Mädchen der Klasse dar.

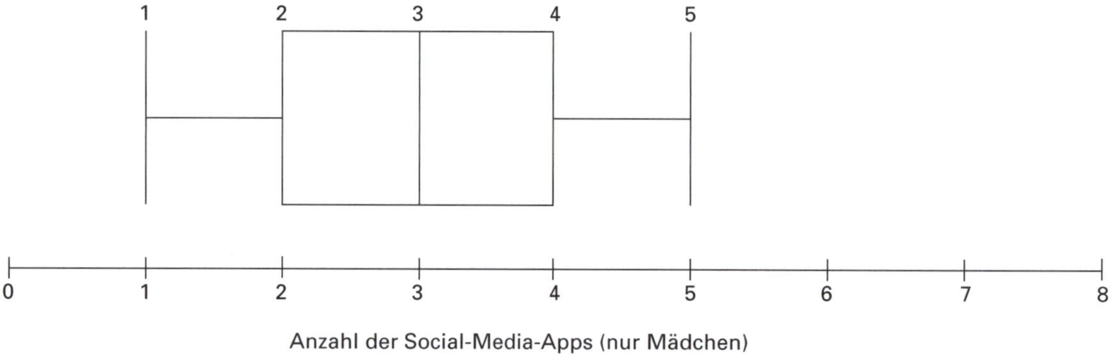

Kreuzen Sie in der Tabelle die richtigen Antworten an.

	Wahr	Falsch	Nicht entscheidbar
Alle Mädchen haben mindestens eine App installiert.			
Genau die Hälfte der Mädchen hat mindestens drei Apps installiert.			
Weniger als 25 % der Mädchen haben höchstens zwei Apps installiert.			
Die von den Mädchen am häufigsten genannte Anzahl an Apps ist drei.			

Wenn Cora die Anzahl der auf ihrem eigenen Smartphone installierten Social-Media-Apps zu dem Umfrageergebnis der Mädchen hinzufügt, ändert sich der Boxplot der Mädchen. Geben Sie zwei mögliche App-Anzahlen für Cora an, die eine Änderung des Boxplots bewirken.
Begründen Sie Ihre Auswahl.

Teil B

Hinweis: In Teil B (20 Punkte) sind zwei der drei Aufgaben zu bearbeiten.

Zugelassene Hilfsmittel: Formelsammlung, wissenschaftlicher Taschenrechner (nicht programmierbar), Parabelschablone, Zeichengeräte

Aufgabe 1

a)

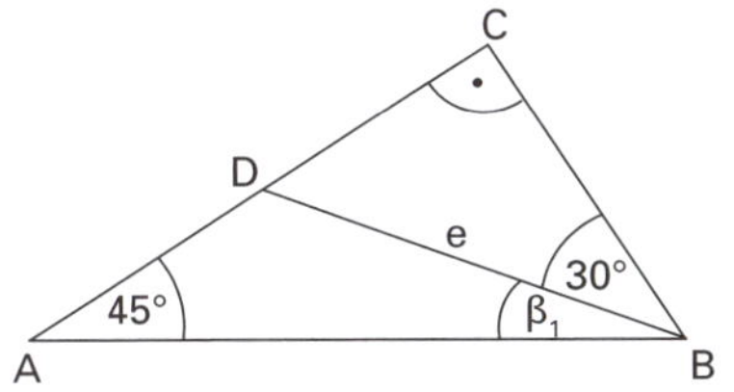

Weisen Sie nach, dass gilt:
Flächeninhalt des Dreiecks △ ABC = $\frac{3}{8}e^2$

b) Eine Stahlbrücke (siehe Abbildung) hat eine Spannweite von 100 m und eine Höhe von 30 m. Die beiden außen liegenden Innenstützen haben einen waagerechten Abstand von 50 m.

Bildquelle: © wion – Fotolia.com

- Weisen Sie durch eine Rechnung nach, dass eine mögliche Funktionsgleichung des Parabelbogens lautet:
  $y = -0{,}012x^2 + 30$
- Wie lang sind die beiden außen liegenden Innenstützen der Brückenkonstruktion?

Aufgabe 2

a) Ein Kegel aus purem Gold hat einen Grundkreis mit dem Radius 7 cm und eine Höhe von 8 cm. Von dem Kegel ist bekannt, dass er 7922,7 g wiegt. Berechnen Sie, wie viel 1 cm^3 Gold wiegt.

Eine Kugel aus Aluminium hat ein Volumen von 293,7 cm^3. Berechnen Sie den Radius der Kugel. 1 cm^3 Aluminium wiegt 2,7 g. Bestimmen Sie, wie viele Aluminiumkugeln nötig sind, um dasselbe Gewicht zu erreichen wie das des Goldkegels.

b) Geben Sie die Funktionsgleichung der abgebildeten Parabel p_1 an und lesen Sie die Koordinaten der beiden Schnittpunkte N_1 und N_2 der Parabel p_1 mit der x-Achse ab.

Die Parabel p_1 schneidet die Parabel p_2: $y = x^2 - 4x + 4$ in den Punkten P und Q. Berechnen Sie die Koordinaten der Punkte P und Q. Zeichnen Sie anschließend die Parabel p_2 in das Koordinatensystem ein.

Die Punkte N_1, N_2 und der Scheitelpunkt S_1 von p_1 bilden ein Dreieck. Berechnen Sie den Flächeninhalt dieses Dreiecks $N_1N_2S_1$.

Ein Punkt T bewegt sich im Bereich $0 \leq x \leq 2$ auf der Parabel p_2. Berechnen Sie die Koordinaten von T, wenn das Dreieck N_1N_2T einen Flächeninhalt von 4,5 Flächeneinheiten haben soll.

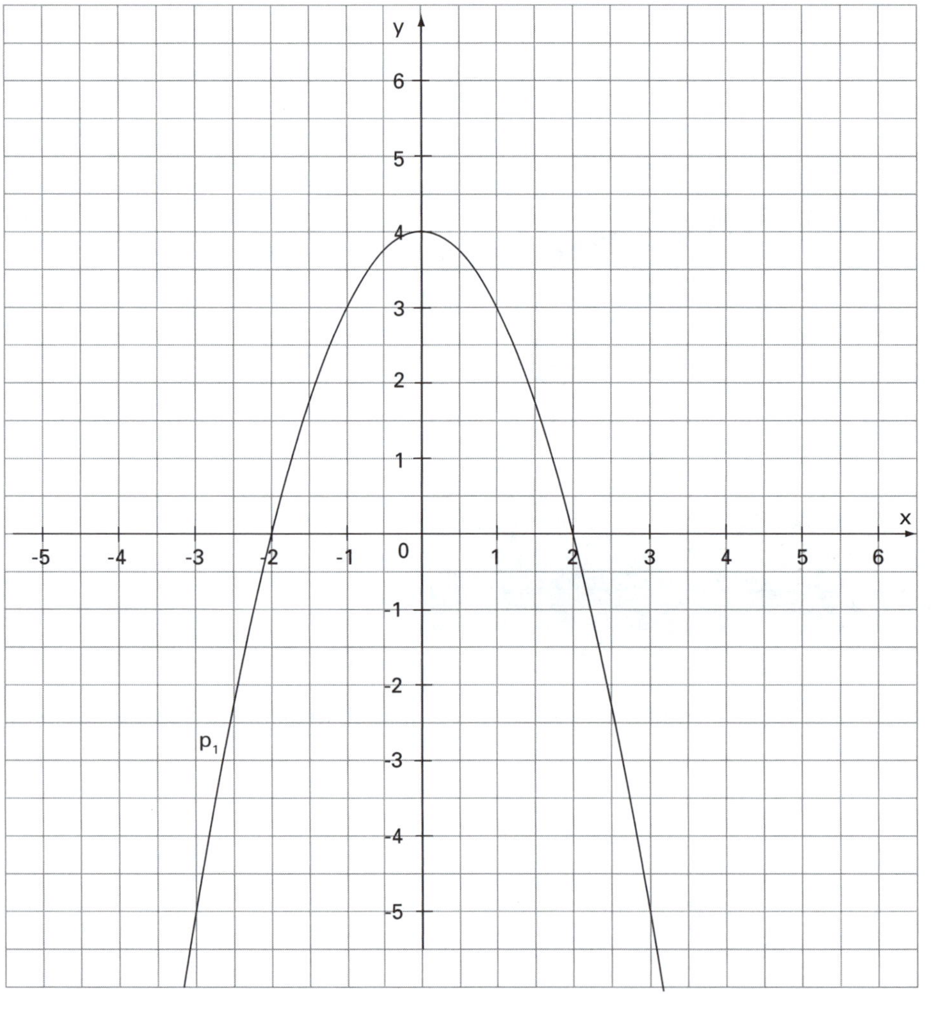

Aufgabe 3

a) Eine verschobene Normalparabel p_1 verläuft durch den Punkt P (-5 I 2). Eine andere, nach unten geöffnete, zur y-Achse symmetrische Parabel p_2 schneidet p_1 im Punkt Q (1 I 2).

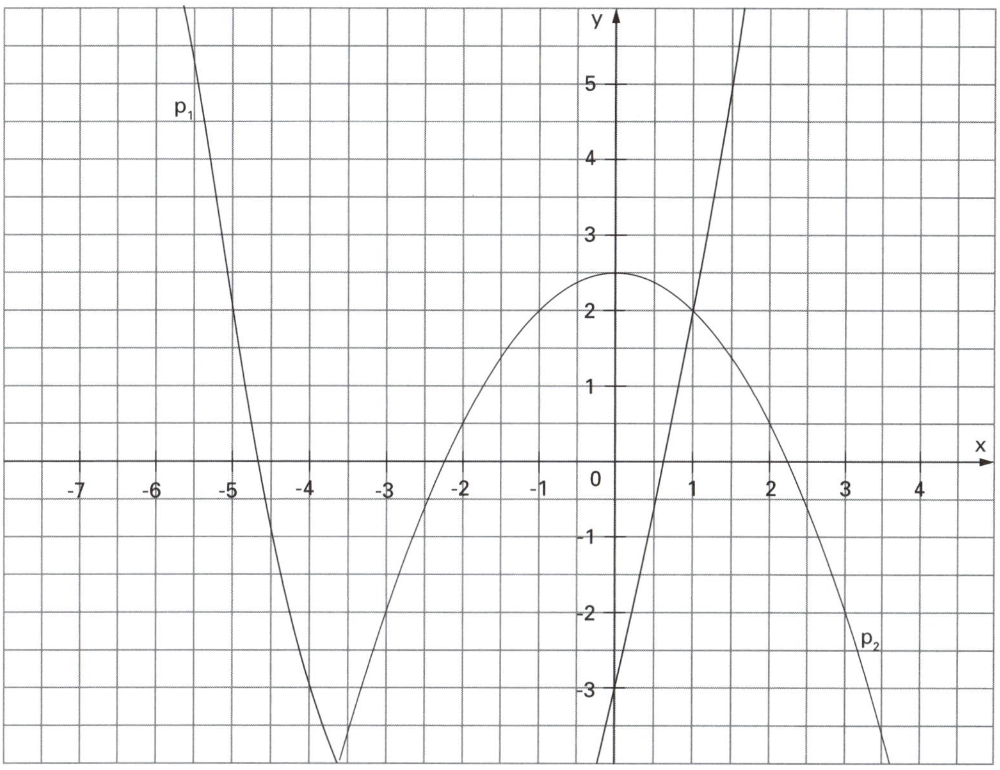

Bestimmen Sie die Gleichungen der beiden Parabeln in der Scheitelform und geben Sie jeweils den Scheitelpunkt an.

Die beiden Schnittpunkte von p_2 mit der x-Achse, der Schnittpunkt von p_2 mit der y-Achse und der Schnittpunkt von p_1 mit der y-Achse bilden ein Viereck. Geben Sie an, um welches spezielle Viereck es sich handelt, und berechnen Sie den Flächeninhalt dieses Vierecks.

b) Für ein Glücksspiel werden die abgebildeten Spielkarten ausgewählt, gemischt und dann verdeckt auf den Tisch gelegt.

Bildquelle: ©MMphotos – stock.adobe.com

Es werden zwei Karten gleichzeitig gezogen. Dabei werden nur die Ereignisse „Zahl" (Z), „Dame" (D) und „Ass" (A) betrachtet. Ergänzen Sie die Wahrscheinlichkeiten am Baumdiagramm dieses Zufallsversuchs.

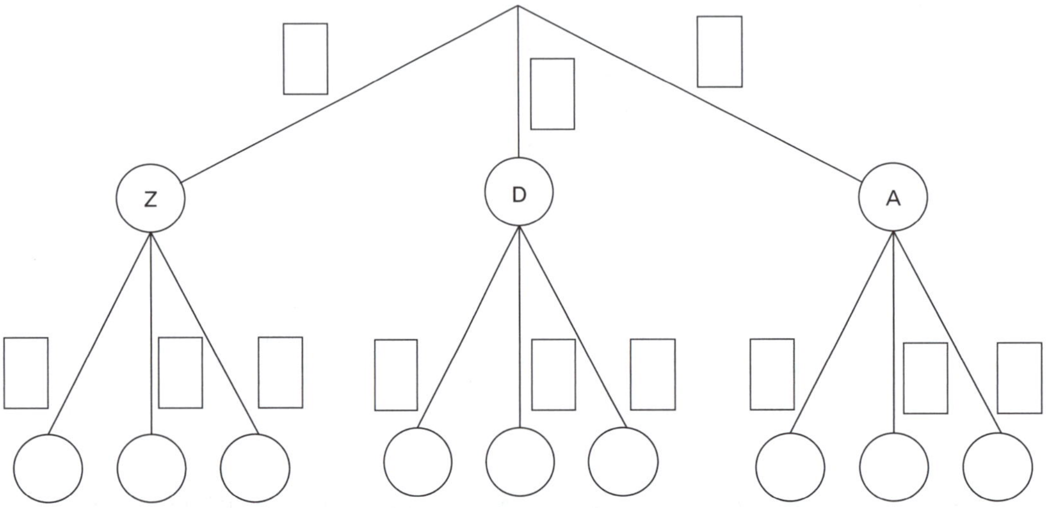

Der Spieleinsatz beträgt 2,50 €. Berechnen Sie den Erwartungswert für den angegebenen Gewinnplan und erläutern Sie die Bedeutung dieses Erwartungswertes für den Betreiber des Spiels.

Ereignis	Beide Karten mit Zahlen	Beide Karten mit Damen	Eine Karte ist ein Ass und die andere eine Dame	Restliche Ereignisse
Gewinn	4,00 €	9,00 €	6,00 €	Kein Gewinn

Der Gewinn für das Ereignis „Beide Karten mit Zahlen" soll so verändert werden, dass das Glücksspiel fair wird. Alle anderen Werte bleiben unverändert. Berechnen Sie, wie hoch der Gewinn für „Beide Karten mit Zahlen" sein müsste.

Bearbeitungstipps

Teil A1

1. Berücksichtigen Sie die Potenzgesetze. Beachten Sie die generellen Vorfahrtsregeln beim Vereinfachen von Termen: Potenzrechnung vor Klammern; Klammern vor Punktrechnung; Punktrechnung vor Strichrechnung.

2. Finden Sie eine Gesetzmäßigkeit: Aus wie vielen Einzelobjekten (hier: Kreisen) besteht das erste Muster? Wie viele dieser Objekte kommen vom ersten zum zweiten Muster, vom zweiten zum dritten Muster usw. jeweils hinzu?

3. Sie benötigen für diese Aufgabe die Formeln für den Flächeninhalt eines Kreises ($A = \pi \cdot r^2$) sowie für den Umfang eines Kreises ($u = 2 \cdot \pi \cdot r$). Setzen Sie sowohl in die Formel für den Flächeninhalt als auch für den Umfang der beiden Kreise die jeweiligen angegebenen Radien ein und vereinfachen Sie das Ergebnis jeweils so weit wie möglich. Lassen Sie die Zahl π als Symbol stehen und führen alle weiteren Rechnungen (z. B. das Kürzen von Brüchen) mit dem Symbol π weiter. Zur Bestimmung der prozentualen Anteile können Sie die Grundformel der Prozentrechnung $W = G \cdot p$ % oder den Dreisatz verwenden.

4. Beachten Sie, dass sich die gegebene Wahrscheinlichkeit P(rot; weiß) $= \frac{4}{20}$ auf ein Zufallsexperiment bezieht, bei dem die zusätzliche Kugel bereits in Schale B liegt, bevor jeweils eine Kugel aus den beiden Schalen gezogen wird. Berechnen Sie für jeden möglichen Fall (die zusätzliche Kugel ist weiß, rot oder blau) einzeln die Wahrscheinlichkeit P(rot; weiß), um die Werte zu vergleichen. Beachten Sie, dass es auch mehrere verschiedene Lösungen geben kann.

5. Verwenden Sie für die erste Teilaufgabe die Strahlensätze. Für die zweite Teilaufgabe sollten Sie sich klarmachen, dass hier zwei rechtwinklige Dreiecke abgebildet sind, in denen z. B. in Bezug auf den Winkel α trigonometrische Seitenverhältnisse gelten.

6. Orientieren Sie sich an der blauen Bodenfläche, um sich vorzustellen, welche der (insgesamt sechs) Flächen des Quaders im Schrägbild jeweils welcher Fläche im Netz entspricht. Weil der Quader zur Herstellung des Netzes entlang einiger Kanten aufgeschnitten werden müsste, tragen Sie die inneren Punkte (aber nicht Anfangs- und Endpunkt) des Streckenzugs, die auf diesen „Schneidekanten" liegen, im Netz jeweils an zwei verschiedenen Stellen ein.

7. Beim Zeichnen der Parabeln p_2 und p_3 müssen Sie beachten, dass beide im Vergleich zur Normalparabel in y-Richtung verschoben sind und p_3 zudem noch gespiegelt ist. Bei der Beschreibung der drei Parabeln müssen Sie folgende Unterscheidungen beachten: Öffnung (nach oben/nach unten) und Form (schmaler/breiter als die Normalparabel).

Teil A2

1. Beachten Sie, um die Koordinaten des Punktes D zu bestimmen, dass das Trapez gleichschenklig sein soll. Die Innenwinkel können Sie mithilfe trigonometrischer Berechnungen sowie der Winkelsumme im Viereck bestimmen. Beachten Sie, dass im gleichschenkligen Trapez bestimmte Paare von Innenwinkeln gleich groß sind. Zeichnen Sie zur Berechnung des Flächeninhalts die Höhe des Trapezes ein. Lesen Sie alle in der Flächeninhaltsformel für ein Trapez benötigten Streckenlängen aus der Zeichnung ab und setzen sie in die Formel ein. Bezeichnen Sie den Lotfußpunkt der Höhe des Trapezes z. B. mit H und verwenden Sie zur Berechnung der Diagonale den Satz des Pythagoras im Dreieck AHC.

2. Überlegen Sie, welche drei Teilkörper bei der Rotation entstehen. (Einer ist ein Kegel.) Lesen Sie die Strecken-längen entweder ab oder erschließen Sie sich diese mithilfe der Skizze. Setzen Sie sie in die Formeln zur Berechnung der Volumen der drei Teilkörper ein. Der Öffnungswinkel des Kegels kann mithilfe einer trigonometrischen Berechnung ermittelt werden. Beachten Sie dabei, dass die Schnittfläche des Kegels ein gleichschenkliges Dreieck ist.

3. Die Wertetabelle liefert Ihnen die Koordinaten von genügend Punkten der Parabel, um diese einzeichnen zu können. Die Parabelschablone können Sie leider nicht verwenden, da die Parabel breiter ist als die Normalparabel. Zur Bestimmung der Gleichung der Geraden g sollten Sie sich klarmachen, was m in der allgemeinen Geradengleichung $y = mx + c$ bedeutet. Den Wert für c können Sie mithilfe einer Punktprobe mit dem Punkt P bestimmen. Um die Schnittpunkte von p und g zu berechnen, müssen Sie die beiden Funktionsgleichungen gleichsetzen und die daraus entstehende quadratische Gleichung mit einer geeigneten Methode lösen. Die dadurch gefundenen x-Werte müssen Sie noch in eine der beiden Ausgangsgleichungen einsetzen, um die entsprechenden y-Koordinaten der Schnittpunkte zu ermitteln.

4. Berechnen Sie den prozentualen Wertzuwachs vom Ende des ersten zum Ende des zweiten Jahres. Dieser Prozentsatz entspricht dem Wertverlust vom zweiten zum dritten Jahr. Für beide Rechenschritte können Sie entweder die Grundformel der Prozentrechnung $W = G \cdot p$ % oder den Dreisatz verwenden. Für die zweite Teilaufgabe benötigen Sie die Zinseszinsformel $K_n = K_0 \cdot q^n$.

Bearbeitungstipps

5. Beachten Sie, dass bei einem Baumdiagramm die Summe der Einzelwahrscheinlichkeiten eines Knotens immer 1 ergibt. Die Anzahl der einzelnen Buchstaben-Kärtchen ergibt sich aus der Gesamtzahl aller Kärtchen (15) und den zuvor berechneten Einzelwahrscheinlichkeiten für den ersten Zug. Zur Berechnung der Wahrscheinlichkeit, genau ein „C" zu ziehen, addieren Sie alle Wahrscheinlichkeiten der zugehörigen Pfade im Baumdiagramm. Nach Hinzufügen der drei Kärtchen ändern sich alle Einzelwahrscheinlichkeiten im Baumdiagramm. Notieren Sie im gegebenen Baumdiagramm die neuen Einzelwahrscheinlichkeiten an den Pfaden.

6. Welche allgemeinen Aussagen kann man aus den fünf Kennwerten (Minimum, q_u, Zentralwert, q_o und Maximum) jedes Boxplots schließen und welche nicht? Dabei bedeutet „nicht entscheidbar": Der Boxplot alleine liefert zu wenig Informationen, um eindeutig entscheiden zu können, ob die Aussage wahr oder falsch ist.

Teil B

1. a) Beachten Sie, dass in allen Berechnungen und Termumformungen die Variable e erhalten bleibt, da ihr Wert nicht bekannt ist. Stellen Sie die Formel für den Flächeninhalt des Dreiecks ABC auf. Beachten Sie dabei, dass ABC ein rechtwinkliges Dreieck ist. Die in der Formel enthaltenen Streckenlängen können danach z. B. mithilfe trigonometrischer Berechnungen ermittelt werden. Setzen Sie die gefundenen Terme für die benötigten Streckenlängen in die Formel für den Flächeninhalt des Dreiecks ABC ein und vereinfachen Sie diesen Term so weit wie möglich.

b) Überlegen Sie, wo bei der Modellierung der Brücke in der zugehörigen quadratischen Funktion die x-Achse, die y-Achse sowie der Ursprung des Koordinatensystems liegen könnten. Anschließend können Sie die allgemeine Funktionsgleichung $y = ax^2 + c$ aufstellen, wobei sich der Wert für c direkt aus der Modellierung ergibt. Um den Wert für a zu ermitteln, sollten Sie eine Punktprobe mit einem Punkt der Parabel (der nicht der Scheitel ist) durchführen. Die Spannweite der Brücke hilft Ihnen, die Koordinaten eines solchen Punktes zu bestimmen. Um die Länge der außen liegenden Innenstützen zu berechnen, sollten Sie beachten, dass diese beiden Stützen aus Symmetriegründen jeweils den gleichen Abstand von der (modellierten) y-Achse haben. Wenn Sie nun diese Innenstützen in Ihre (modellierte) Grafik einzeichnen, können Sie mithilfe einer weiteren Punktprobe die Länge der Innenstützen berechnen.

2. a) Berechnen Sie das Volumen des Goldkegels mithilfe der entsprechenden Formel und mithilfe einer geeigneten Division das Gewicht für 1 cm^3 Gold. Den Radius der Aluminiumkugel berechnen Sie mithilfe der Formel für das Volumen einer Kugel. Um die Anzahl an benötigten Aluminiumkugeln zu bestimmen, sollten Sie zunächst berechnen, wie viel eine Aluminiumkugel wiegt. Vergleichen Sie dieses Gewicht mit dem Gewicht eines Goldkegels.

b) Es handelt sich um eine nach oben verschobene und nach unten geöffnete Normalparabel. Die Schnittpunkte mit der x-Achse sind abzulesen. Die Schnittpunkte von p_1 und p_2 erhält man durch Gleichsetzen der beiden Parabelgleichungen und anschließendes Lösen dieser quadratischen Gleichung. Die gefundenen x-Werte müssen noch in eine der Parabelgleichungen eingesetzt werden, um die y-Koordinaten der Schnittpunkte zu bestimmen. Um p_2 einzeichnen zu können, muss die gegebene Normalform ihrer Gleichung in die Scheitelform umgeformt werden. Dies geht entweder durch quadratische Ergänzung oder hier auch mithilfe einer binomischen Formel. Die für den Flächeninhalt des Dreiecks benötigten Streckenlängen können aus der Grafik abgelesen werden. Bei dem „wandernden" Punkt T ist dessen y-Koordinate gleichzeitig jeweils die Höhe des „wandernden" Dreiecks. Wenn Sie diese y-Koordinate z. B. als Variable y in der Formel für den Flächeninhalt des „wandernden" Dreiecks stehen lassen, können Sie mithilfe des gegebenen Flächeninhalts von 5 FE den Wert für y und die zugehörige x-Koordinate des Punktes T bestimmen.

3. a) Da p_1 durch die Punkte P (-5 | 2) und Q (1 | 2) verläuft, die beide dieselbe y-Koordinate haben, muss die x-Koordinate des Scheitels von p_1 exakt in der Mitte zwischen den x-Koordinaten von P und Q liegen. Anschließend kann nach einer Punktprobe die Scheitelform von p_1 aufgestellt werden. Die Scheitelform von p_2 kann mithilfe des abzulesenden Scheitels, der Öffnung der Parabel sowie der abzulesenden (breiteren) Form der Parabel im Vergleich zur Normalparabel bestimmt werden. Da die y-Achse die Symmetrieachse von p_2 ist, kann man an der Grafik erkennen, um welches spezielle Viereck es sich handelt. Nach Berechnung der Koordinaten der Schnittpunkte von p_2 mit der x-Achse kann der Flächeninhalt des speziellen Vierecks mithilfe der entsprechenden Formel berechnet werden.

b) Es handelt sich um ein zweistufiges Zufallsexperiment ohne Zurücklegen. Für den Erwartungswert berechnen Sie die Wahrscheinlichkeiten der drei Ereignisse, für die ein Gewinn erzielt werden kann. Anschließend können Sie mit der bekannten Formel unter Berücksichtigung des Spieleinsatzes den Erwartungswert ausrechnen. Für ein faires Spiel muss dieser Gewinn des Ereignisses „Beide Karten mit Zahlen" mit einer Variablen (z. B. x) bezeichnet, der Erwartungswert mit der üblichen Formel berechnet und gleich 0 gesetzt werden. Die dadurch entstehende Gleichung muss nach x aufgelöst werden.

Teil A1

Hinweis: In Teil A1 (10 Punkte) sind alle Aufgaben zu bearbeiten.

Zugelassene Hilfsmittel: Parabelschablone, Zeichengeräte

Aufgabe 1

Weisen Sie nach, dass gilt:

$(81 : 3^6) \cdot 9 = 1$

Aufgabe 2

Yannick legt aus kleinen Dreiecken ein fortlaufendes Muster. Wie viele Dreiecke benötigt er für das 18. Muster? Begründen Sie Ihre Lösung.

(1) (2) (3) (4) (5)

Aufgabe 3

Die Grundkante und die Körperhöhe einer quadratischen Pyramide betragen 9,0 cm. Die Pyramide wird vollständig mit Wasser gefüllt.
Das gesamte Wasser aus der Pyramide wird in einen Quader gefüllt, der eine quadratische Grundfläche mit der Kantenlänge 3,0 cm hat.

- Bestimmen Sie, wie groß die Höhe des Quaders sein muss, damit er vollständig mit dem Wasser aus der Pyramide gefüllt ist, ohne dass beim Umfüllen Wasser überläuft.
- Berechnen Sie den prozentualen Anteil der Höhe der Pyramide an der Höhe des Quaders.

Aufgabe 4

Auf dem Glücksrad ist ein Sektor nicht beschriftet.
Das Glücksrad wird zwei Mal hintereinander gedreht.
Entscheiden Sie, wie der freie Sektor mit einem Buchstaben unseres Alphabets beschriftet sein muss, sodass die folgende Wahrscheinlichkeit gilt:
P(„A" beim ersten Drehen und „C" beim zweiten Drehen) = P(A; C) = $\frac{3}{32}$
Begründen Sie Ihre Entscheidung.

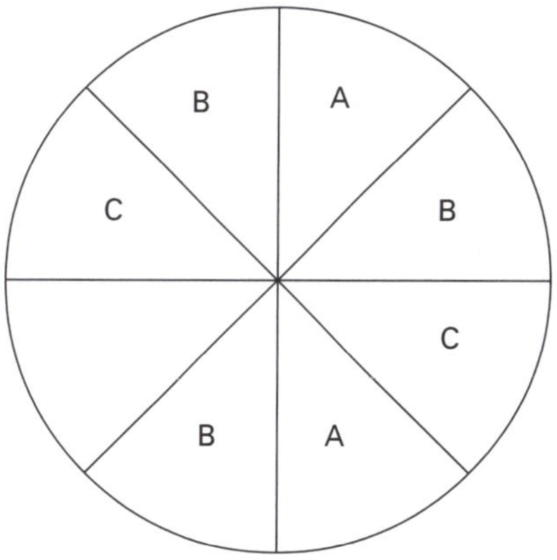

Aufgabe 5

Bei den Umformungen der Sinuswerte wurden Fehler gemacht. Korrigieren Sie diese Fehler. Entscheiden Sie außerdem für jede Teilaufgabe, ob der Sinuswert positiv oder negativ ist.

Begründen Sie Ihre Entscheidungen.

a) $\sin(185°)$
$= \sin(180° + 5°)$
$= \sin(5°)$

b) $\sin(220°)$
$= \sin(360° - 220°)$
$= \sin(140°)$

c) $\sin(90°)$
$= \sin(90° + 0°)$
$= \sin(0°)$

Aufgabe 6

Gegeben sind das Schrägbild und das Netz eines Dreieckprismas. Die blau markierte Fläche ist die Bodenfläche des Prismas. Auf dem Schrägbild befindet sich der Streckenzug ABCDE, der auf der Oberfläche des Prismas eingezeichnet ist. Die Punkte B, C, D und E halbieren die Seitenkanten.

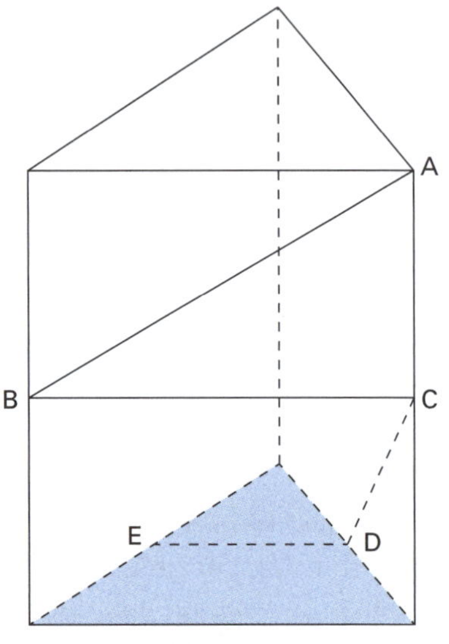

Übertragen Sie den Streckenzug ABCDE in das abgebildete Netz des Prismas.

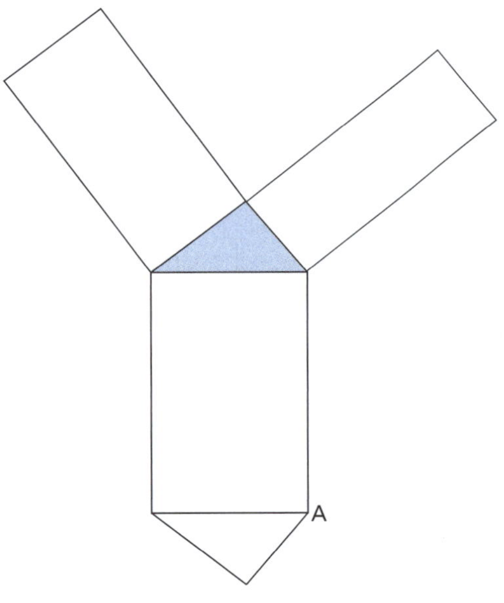

Aufgabe 7

Tatjana hat die beiden Parabeln p_1: $y = (x - 5)^2 - 5$ und p_2: $y = -x^2 + 5$ in das Koordinatensystem gezeichnet. Welche Fehler hat Tatjana gemacht? Beschreiben Sie diese Fehler.

Zeichnen Sie ein korrektes Schaubild.

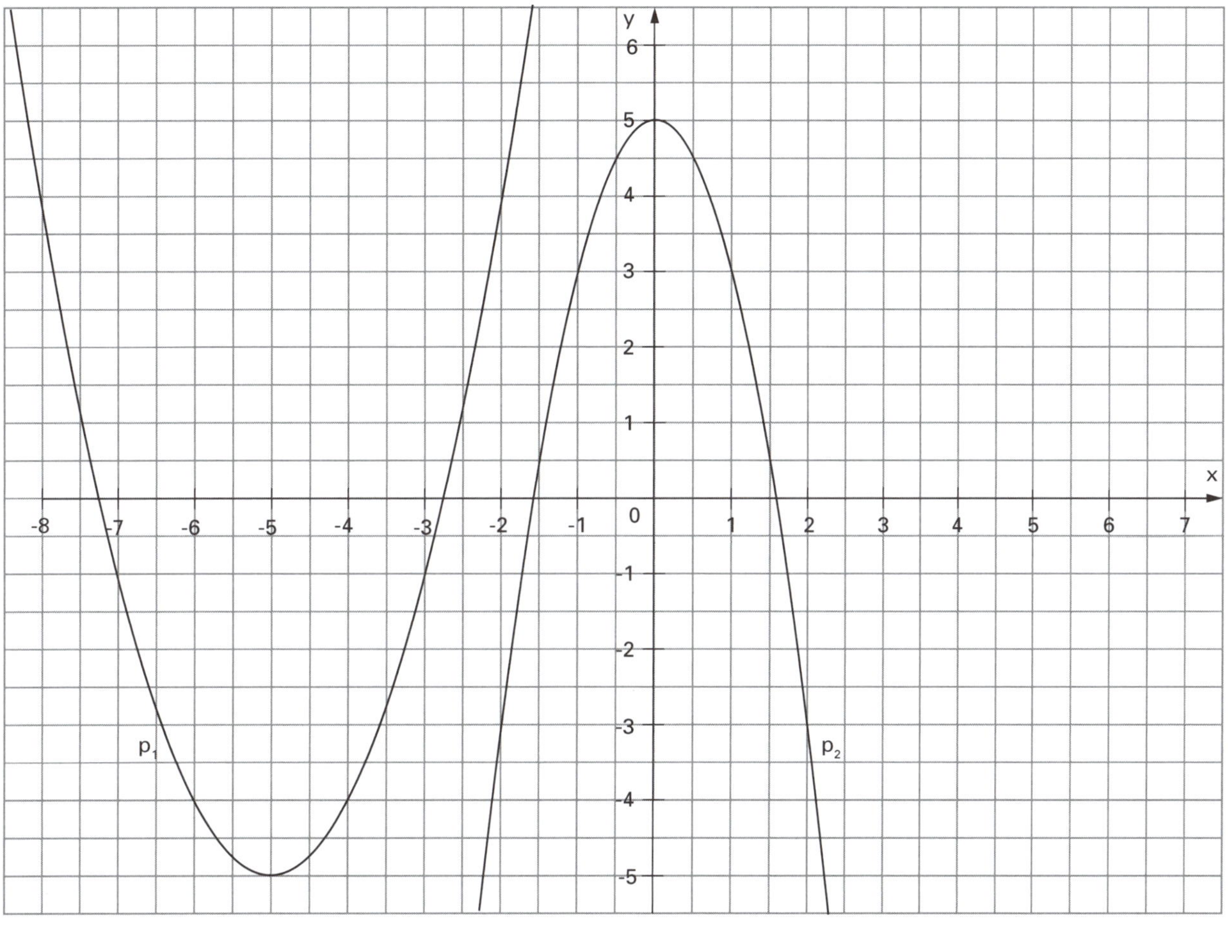

Teil A2

<u>Hinweis:</u> In Teil A2 (20 Punkte) sind alle Aufgaben zu bearbeiten.

<u>Zugelassene Hilfsmittel:</u> Formelsammlung, wissenschaftlicher Taschenrechner (nicht programmierbar), Parabelschablone, Zeichengeräte

Aufgabe 1

Von einer Raute ABCD sind die Koordinaten der Punkte A (2 I -5), B (6 I -2) und C (2 I 1) gegeben.

- Zeichnen Sie die Punkte in ein Koordinatensystem (1 LE = 1 cm) und bestimmen Sie die Koordinaten des Punktes D.
- Berechnen Sie die Innenwinkel der Raute.
- Berechnen Sie den Umfang und den Flächeninhalt der Raute.

Aufgabe 2

Die Skizze zeigt den Querschnitt eines Kegels.
Berechnen Sie den Inhalt der Mantelfläche sowie das Volumen des Kegels.

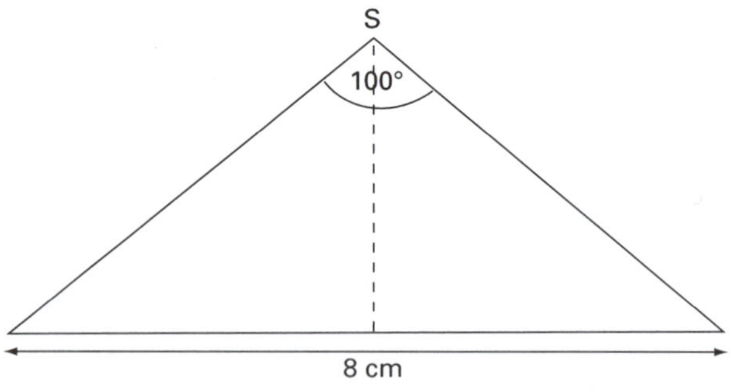

Aufgabe 3

Die Parabel p hat die Gleichung $y = -1{,}5x^2 + 5$.
Zeichnen Sie die Parabel p mithilfe einer Wertetabelle in ein Koordinatensystem im Bereich $-3 \leq x \leq 3$.

Eine Gerade g verläuft durch die Punkte P (-2 I 11) und Q (3 I -4).
Zeichnen Sie die Gerade g in das Koordinatensystem und berechnen Sie die Koordinaten aller Schnittpunkte von p und g.

Aufgabe 4

Eine Bank bietet für Geldanlagen über einen Zeitraum von 12 Jahren folgende Konditionen an: 0,8 % p. a. in den ersten 6 Jahren und einen höheren Zinssatz in den folgenden 6 Jahren. Zinsen werden am Ende des Jahres mitverzinst.
Lars legt zu Beginn eines Jahres einen Betrag von 15 000 € bei dieser Bank an.

- Auf welches Guthaben ist das angelegte Geld nach 6 Jahren angewachsen?
- Nach insgesamt 10 Jahren ist das Guthaben auf 16 500 € angewachsen. Berechnen Sie den Zinssatz, den die Bank für die Jahre 7 bis 12 bietet.

Aufgabe 5

In Robins Kleiderschrank liegen insgesamt 9 T-Shirts ungeordnet nebeneinander, einige davon mit Rundhalskragen (R) und einige mit V-Ausschnitt (V). Er greift, ohne hinzusehen, zweimal hintereinander ein T-Shirt aus dem Schrank. Beim ersten Herausgreifen erhält er ein T-Shirt mit V-Ausschnitt. Beim zweiten Herausgreifen erhält er mit einer Wahrscheinlichkeit von $\frac{4}{8}$ ein T-Shirt mit Rundhalskragen.

- Erstellen Sie ein Baumdiagramm zu dieser Situation und ergänzen Sie alle Wahrscheinlichkeiten an den Pfaden. Geben Sie an, wie viele T-Shirts von jeder Sorte zu Beginn in Robins Schrank liegen.
- Berechnen Sie die Wahrscheinlichkeit, dass Robin bei diesem Zufallsexperiment jeweils ein T-Shirt der beiden Sorten herausgreift.

Nachdem Robin jeweils ein T-Shirt der beiden Sorten aus dem Schrank genommen hat, greift er nun wiederum hintereinander zwei T-Shirts aus dem Schrank. Ist die Wahrscheinlichkeit, noch einmal jeweils ein T-Shirt der beiden Sorten zu erhalten, kleiner oder größer als zuvor? Begründen Sie durch Rechnung.

Aufgabe 6

In einem Schweinezuchtbetrieb mit 251 Säuen wird dokumentiert, wie viele Ferkel von wie vielen Säuen pro Jahr geworfen werden. Das Diagramm stellt die Ergebnisse dieser Dokumentation für das vergangene Jahr dar.

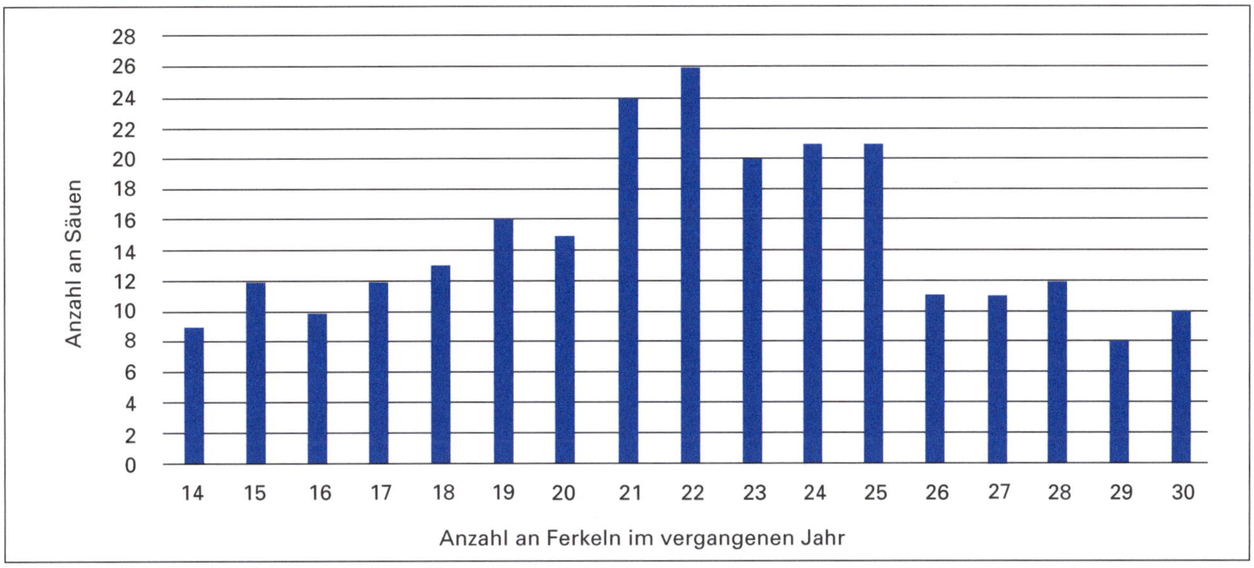

Kreuzen Sie an, welche Aussagen wahr, falsch oder nicht entscheidbar sind.

	Wahr	Falsch	Nicht entscheidbar
18 Säue haben im vergangenen Jahr jeweils 13 Ferkel geworfen.			
41 Säue haben im vergangenen Jahr jeweils mehr als 27 Ferkel geworfen.			
56 Säue haben im vergangenen Jahr jeweils höchstens 18 Ferkel geworfen.			
Jedes Jahr ist die relative Häufigkeit für insgesamt 22 geworfene Ferkel unter den Säuen am höchsten.			

Das weiter unten abgebildete Diagramm stellt dieselben Ergebnisse des vergangenen Jahres in diesem Zuchtbetrieb dar. Beschreiben Sie, wodurch sich dieses Diagramm von dem oben abgebildeten unterscheidet. Erläutern Sie anschließend, in welcher Weise das hier abgebildete Diagramm die Ergebnisse der Dokumentation zwar statistisch korrekt darstellt, aber dennoch zu verfälschten oder gar schlichtweg falschen Schlussfolgerungen führen könnte.

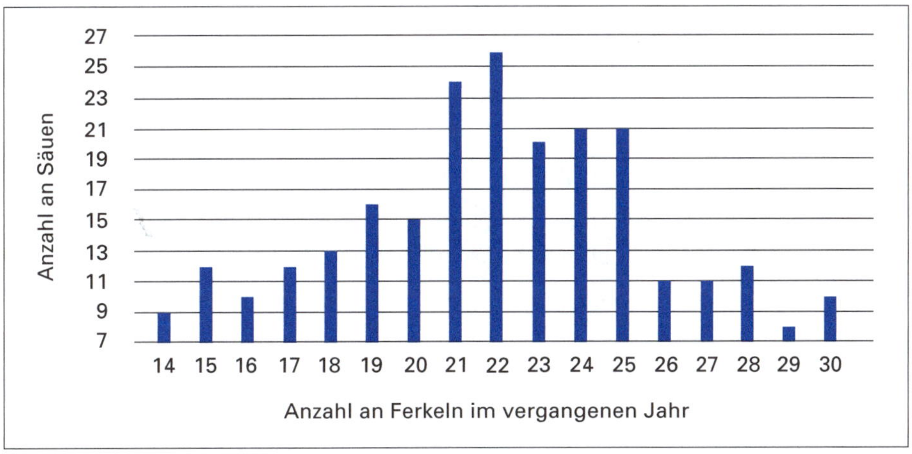

Bestimmen Sie für die Ergebnisse des vergangenen Jahres die fünf Kennwerte (Minimum; unteres Quartil; Zentralwert; oberes Quartil; Maximum) für einen Boxplot. Zeichnen Sie den Boxplot anschließend.

Teil B

Hinweis: In Teil B (20 Punkte) sind zwei der drei Aufgaben zu bearbeiten.

Zugelassene Hilfsmittel: Formelsammlung, wissenschaftlicher Taschenrechner (nicht programmierbar), Parabelschablone, Zeichengeräte

Aufgabe 1

a) Gegeben sind:

$\overline{AD} = 10$ cm
$\overline{DB} = 8$ cm
$\alpha = 20°$
Berechnen Sie $\overline{EC}$.

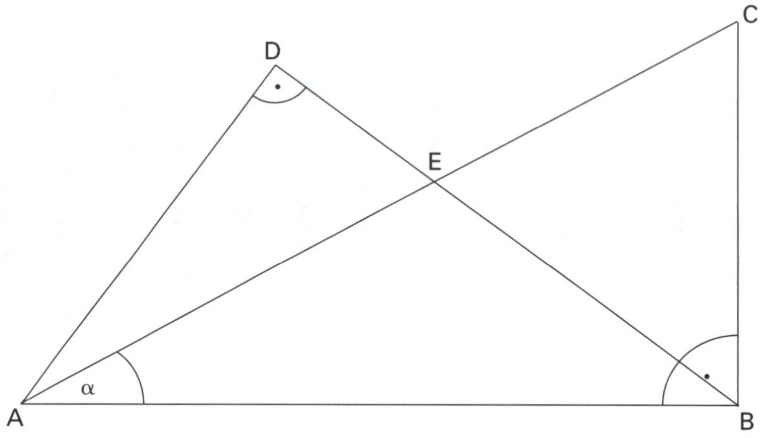

b) Auf öffentlichen Straßen beträgt die maximal zulässige Fahrzeughöhe 4 m. Deshalb gibt es eine Vorschrift, dass alle Autobahnbrücken an jedem Punkt oberhalb der Fahrspuren mindestens 4,10 m hoch sein müssen, damit auch die allerhöchsten zugelassenen Fahrzeuge problemlos darunter durchfahren können.

Ein Student des Bauingenieurwesens bekommt als Übungsaufgabe, von einem 3,50 m über dem Boden gelegenen Fußweg eine Fußgängerbrücke über eine zweispurige Autobahn (3,75 m Breite pro Fahrspur und 3 m Breite für Mittelstreifen) zu konstruieren. Sie soll von der Form eine Parabel einer quadratischen Funktion sein und der oben beschriebenen Vorschrift genügen. Der Student liefert die folgende (nicht maßstabsgetreue!) Konstruktionsskizze ab:

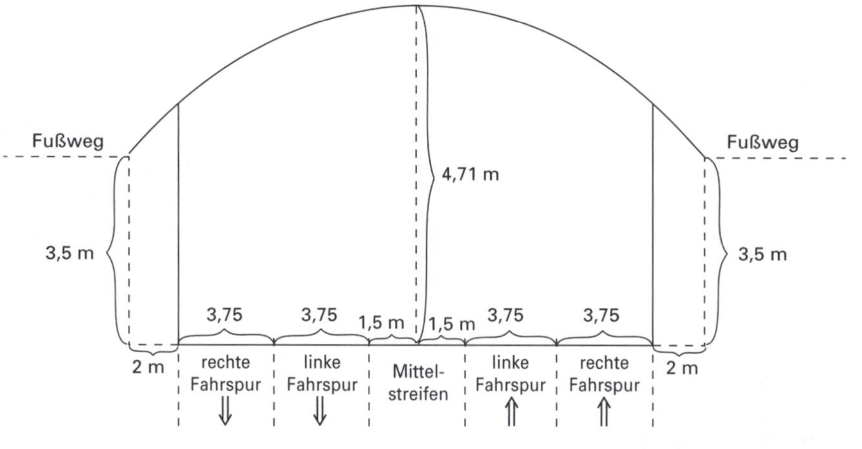

Hält die von dem Studenten geplante Brücke die vorgeschriebene Mindesthöhe von 4,10 m ein?

(Tipp: Legen Sie die x-Achse durch den Fußweg und die y-Achse durch die Mitte des Mittelstreifens. Ermitteln Sie dann die Funktionsgleichung der Parabel, die die Fußgängerbrücke vom linken Fußweg zum rechten Fußweg darstellt.)

Aufgabe 2

a) Ein Unternehmen produziert pro Tag 500 Billardkugeln aus Phenolharz, einem Material, das ein Gewicht von 1,75 g pro cm^3 hat. Eine Billardkugel wiegt etwa 170 g. Berechnen Sie den Radius einer solchen Kugel.
Um die 500 täglich produzierten Kugeln zu lackieren, benötigt das Unternehmen Lack, von dem 1 Liter für etwa 1,7 m^2 reicht. Berechnen Sie, wie viele Liter Lack täglich benötigt werden.

b) Geben Sie die Funktionsgleichung der abgebildeten Parabel p_1 an.

Eine Parabel p_2 mit dem Scheitelpunkt S_2 ist eine um 2 nach links und um 3 nach unten verschobene Normalparabel. Zeichnen Sie p_2 in das Koordinatensystem ein und berechnen Sie die Koordinaten der Schnittpunkte P und Q von p_1 und p_2 sowie die Koordinaten des Schnittpunktes A von p_2 mit der y-Achse.

Die Punkte S_1, S_2 und der Punkt A bilden ein Dreieck. Berechnen Sie den Flächeninhalt dieses Dreiecks S_1AS_2.

Ein Punkt T bewegt sich im Bereich $-2 \leq x \leq 0$ auf der Parabel p_2. Berechnen Sie die Koordinaten von T, wenn das Dreieck S_1AT einen Flächeninhalt von 2,5 Flächeneinheiten hat.

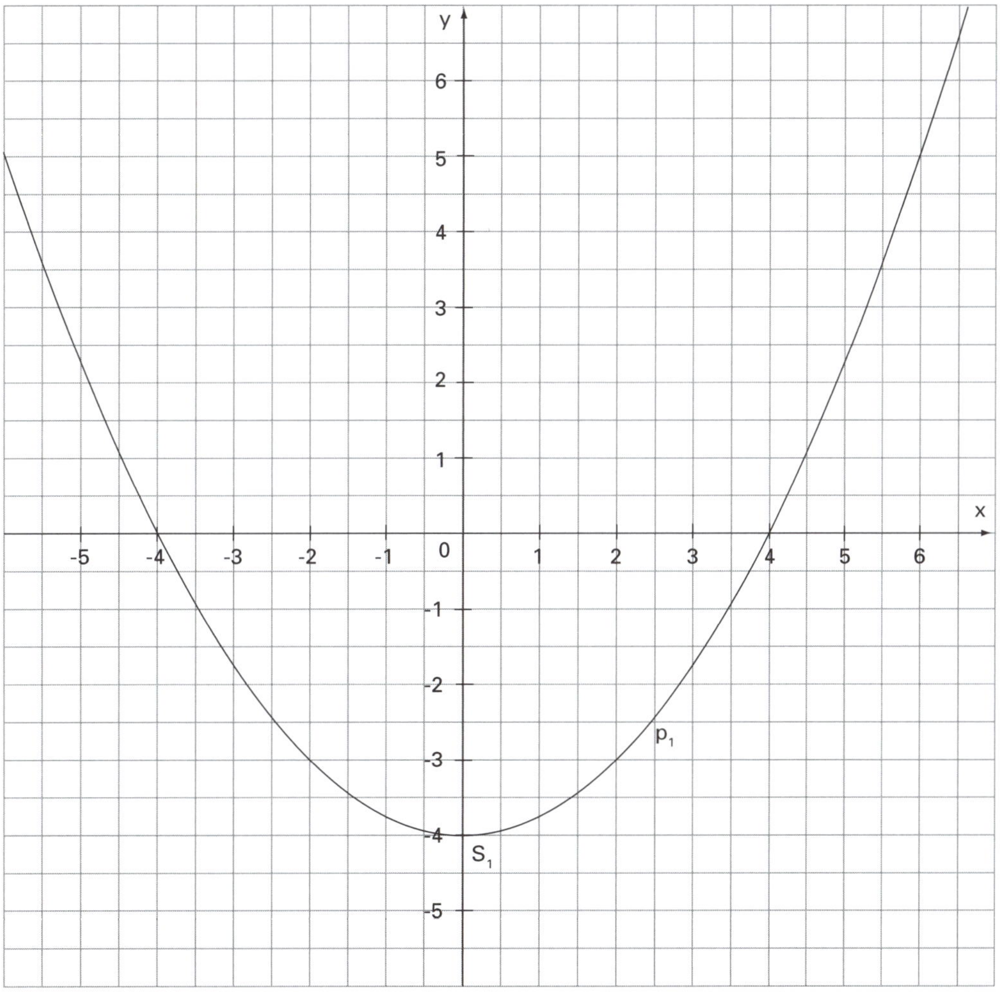

Aufgabe 3

a) Das Schaubild zeigt eine nach unten verschobene Normalparabel p_1. Lesen Sie die Koordinaten des Scheitelpunkts von p_1 aus dem Schaubild ab und geben Sie die Funktionsgleichung von p_1 an.

Eine weitere Parabel p_2 hat als Symmetrieachse die y-Achse. Sie schneidet bei $y = 8$ die y-Achse und bei $x = 4$ die x-Achse. Bestimmen Sie die Gleichung von p_2. Fertigen Sie für p_2 eine Wertetabelle mit allen ganzzahligen x-Werten von -5 bis 5 an. Zeichnen Sie p_2 in das Koordinatensystem.

Berechnen Sie die Koordinaten der beiden Schnittpunkte von p_1 und p_2.

Berechnen Sie die Koordinaten der beiden Schnittpunkte von p_1 und der Geraden g mit der Gleichung $y = -4{,}5$.

Die Schnittpunkte von p_1 und p_2 sowie von p_1 und g bilden zusammen mit dem Scheitelpunkt von p_2 ein Fünfeck. Markieren Sie dieses Fünfeck in der Grafik und berechnen Sie dessen Flächeninhalt.

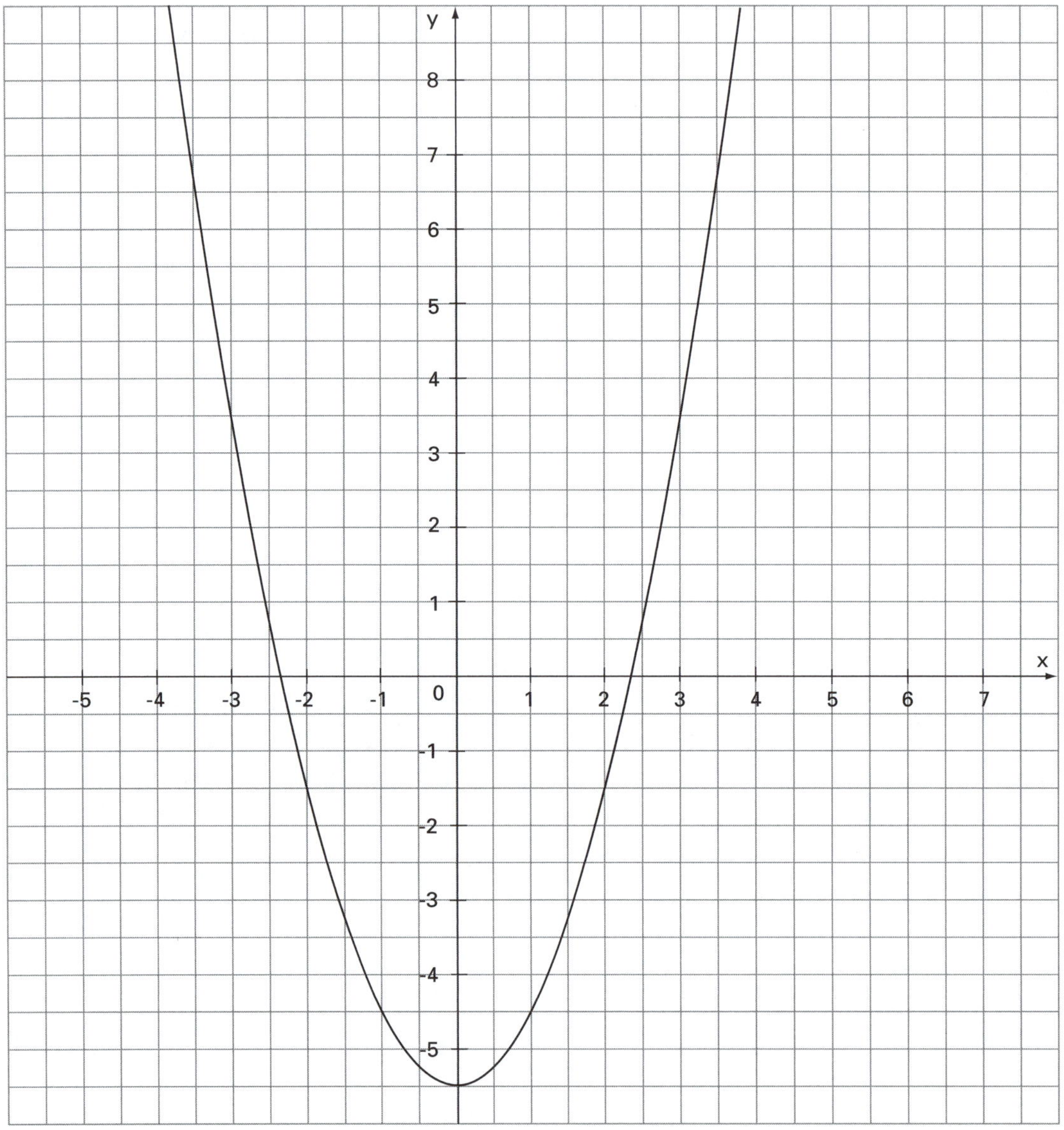

b) Für ein Glücksspiel wird eine Schale verwendet, in der Kugeln liegen, auf denen jeweils eines der drei Wörter „Volltreffer" (V), „Trostpreis" (T) oder „Niete" (N) aufgedruckt ist. Insgesamt enthält die Schale 2 Kugeln mit V, 8 Kugeln mit T und 11 Kugeln mit N.

Es werden zwei Kugeln gleichzeitig gezogen. Berechnen Sie die Wahrscheinlichkeiten für die Ereignisse „Zweimal V" und „Zweimal T".
Der Spieleinsatz beträgt 1,00 €. Berechnen Sie den Erwartungswert für den angegebenen Gewinnplan.

Ereignis	Zweimal V	Zweimal T	Restliche Ereignisse
Gewinn	20,00 €	5,00 €	Kein Gewinn

Das Glücksspiel soll nun fair werden. Berechnen Sie, wie hoch dann der Gewinn für „Restliche Ereignisse" sein müsste, wenn alle anderen Werte unverändert bleiben sollen.

Bearbeitungstipps

Teil A1

1. Berücksichtigen Sie die Potenzgesetze. Beachten Sie die generellen Vorfahrtsregeln beim Vereinfachen von Termen: Potenzrechnung vor Klammern; Klammern vor Punktrechnung; Punktrechnung vor Strichrechnung.
2. Finden Sie eine Gesetzmäßigkeit: Aus wie vielen Einzelobjekten (hier: Dreiecken) besteht das erste Muster? Wie viele dieser Objekte kommen vom ersten zum zweiten Muster, vom zweiten zum dritten Muster usw. jeweils hinzu?
3. Sie benötigen für diese Aufgabe die Formeln für den Flächeninhalt einer Pyramide ($A_P = \frac{1}{3} \cdot G \cdot h$) sowie für den Flächeninhalt eines Quaders ($A_Q = a \cdot b \cdot c$). Beachten Sie bei den nächsten Berechnungen, dass beide Körper eine quadratische Grundfläche (aber nicht unbedingt mit dem gleichen Flächeninhalt!) haben. Um die gesuchte Höhe des Quaders zu bestimmen, müssen Sie die zuvor berechneten Terme für die Volumen der Pyramide und des Quaders gleichsetzen und die Gleichung lösen. Zur Bestimmung der prozentualen Anteile können Sie die Grundformel der Prozentrechnung $W = G \cdot p\ \%$ oder den Dreisatz verwenden. Achten Sie darauf, die dort auftretenden Brüche so weit wie möglich zu kürzen.
4. Beachten Sie, dass sich die gegebene Wahrscheinlichkeit $P(A;\ C) = \frac{3}{32}$ auf ein Zufallsexperiment bezieht, bei dem der freie Sektor des Glücksrades bereits mit einem Buchstaben beschriftet wird, bevor das Glücksrad zweimal gedreht wird. Berechnen Sie für jeden möglichen Fall (der Buchstabe ist ein A, ein B, ein C oder ein anderer Buchstabe unseres Alphabets) die Wahrscheinlichkeit P(A; C), um diesen Wert mit der in der Aufgabenstellung gegebenen Wahrscheinlichkeit $P(A;\ C) = \frac{3}{32}$ zu vergleichen. Beachten Sie außerdem, dass es auch mehrere verschiedene Lösungen geben kann.
5. Man kann zur Lösung den Einheitskreis, die Sinuskurve oder die beiden grundlegenden Formeln $\sin(\alpha) = \sin(180° - \alpha)$ und $\sin(360° - \alpha) = \sin(180° + \alpha)$ verwenden.
6. Orientieren Sie sich an der blauen Bodenfläche, um sich vorzustellen, welche der (insgesamt fünf) Flächen des Prismas im Schrägbild jeweils welcher Fläche im Netz entspricht. Weil das Prisma zur Herstellung des Netzes entlang einiger Kanten aufgeschnitten werden müsste, tragen Sie die inneren Punkte (aber nicht Anfangs- und Endpunkt) des Streckenzugs, die auf diesen „Schneidekanten" liegen, im Netz jeweils an zwei verschiedenen Stellen ein.
7. Prüfen Sie folgende Bereiche: Öffnung der Parabel (nach oben/nach unten), Verschiebung der Parabel (nach oben/unten sowie nach links/rechts) und Streckung der Parabel (mit einem Streckfaktor a) in Bezug auf die Normalparabel.

Teil A2

1. Kennzeichen einer Raute: Vier gleich lange Seiten, bestimmte Paare von Innenwinkeln sind gleich groß und die Diagonalen schneiden sich rechtwinklig und halbieren sich gegenseitig. Um die Koordinaten des Punktes D zu bestimmen, können Sie die Innenwinkel mithilfe trigonometrischer Berechnungen unter Einbeziehung der beiden Diagonalen bestimmen. Den Umfang der Raute können Sie z. B. mit dem Satz des Pythagoras berechnen. Die in der Flächeninhaltsformel für eine Raute benötigten Streckenlängen können aus der Zeichnung abgelesen werden.
2. Beachten Sie, dass die Querschnittsfläche des Kegels ein gleichschenkliges Dreieck ist. Somit können Sie mithilfe einer trigonometrischen Berechnung in einem geeigneten Teildreieck die Höhe des Kegels ermitteln. Damit haben Sie alle in der Volumenformel für einen Kegel benötigten Streckenlängen und können das Volumen berechnen. Um den Inhalt der Mantelfläche bestimmen zu können, müssen Sie zunächst die Länge der Mantellinie des Kegels berechnen. Dies kann mithilfe einer trigonometrischen Berechnung in demselben Teildreieck wie im ersten Lösungsschritt erfolgen.
3. Die Wertetabelle liefert Ihnen die Koordinaten von genügend Punkten der Parabel, um diese einzeichnen zu können. Die Parabelschablone können Sie leider nicht verwenden, da die Parabel schmaler ist als die Normalparabel. Zur Bestimmung der Gleichung der Geraden g können Sie mit dem Ansatz $y = mx + c$ zunächst mithilfe der beiden gegebenen Punkte die Steigung m bestimmen. Den Wert für c können Sie mithilfe einer Punktprobe mit einem der beiden gegebenen Punkte bestimmen. Um die Schnittpunkte von p und g zu berechnen, müssen Sie die beiden Funktionsgleichungen gleichsetzen und die daraus entstehende quadratische Gleichung mit einer geeigneten Methode lösen. Die dadurch gefundenen x-Werte müssen Sie noch in eine der beiden Ausgangsgleichungen einsetzen, um die entsprechenden y-Koordinaten der Schnittpunkte zu ermitteln.
4. In beiden Teilaufgaben benötigen Sie die Zinseszinsformel $K_n = K_0 \cdot q^n$. Beachten Sie jedoch, dass der Wert für K_0 in beiden Teilaufgaben unterschiedlich ist. In der zweiten Teilaufgabe müssen Sie außerdem darauf achten, in der Formel den richtigen Wert für n einzusetzen. Dieser Wert ist nicht 10.
5. Beachten Sie, dass bei einem Baumdiagramm die Summe der Einzelwahrscheinlichkeiten eines Knotens immer 1 ergibt und dass es sich um ein zweistufiges Zufallsexperiment ohne Zurücklegen handelt (die Gesamtzahl aller

Bearbeitungstipps

T-Shirts beträgt 9). Mithilfe der gegebenen Wahrscheinlichkeit für den zweiten Zug können Sie schrittweise alle Fragen in der ersten Teilaufgabe beantworten. Nach dem Herausgreifen von jeweils einem T-Shirt beider Sorten ändern sich alle Einzelwahrscheinlichkeiten im Baumdiagramm. Es könnte helfen, im gegebenen Baumdiagramm die neuen Einzelwahrscheinlichkeiten an den Pfaden zu notieren oder ein neues Baumdiagramm mit den neuen Einzelwahrscheinlichkeiten zu erstellen.

6. Die anzukreuzenden Antworten in der Tabelle können direkt aus dem Diagramm abgelesen bzw. mit einfachen Berechnungen ermittelt werden. Zum Vergleich der beiden Diagramme beachten Sie die unterschiedlichen Achsenskalierungen.

Teil B

1. a) Beachten Sie, dass es sich bei den Dreiecken ABC und ABD jeweils um ein rechtwinkliges Dreieck handelt. Dies ermöglicht Ihnen sowohl die Anwendung des Satzes von Pythagoras als auch die Durchführung trigonometrischer Berechnungen. Konzentrieren Sie sich dabei auf die Berechnung der Strecken $\overline{AC}$ und $\overline{AE}$ sowie der verschiedenen Winkel am Punkt A, um in mehreren Lösungsschritten die gesuchte Strecke $\overline{EC}$ zu bestimmen.

b) Nachdem Sie gemäß dem in der Aufgabe angegebenen Tipp die x- und die y-Achse eingezeichnet haben, sollten Sie beachten, dass die Parabel (also die Fußgängerbrücke) symmetrisch zur y-Achse liegt. Hier beschränken wir uns auf den rechten Parabelast: Um die Gleichung der Parabel zu ermitteln, lesen Sie die benötigten Werte aus der Skizze ab und/oder verwenden Sie diese Werte für eine Punktprobe. Suchen Sie in der Skizze denjenigen Punkt auf der Parabel, der noch oberhalb der rechten Fahrspur beim rechten Parabelast liegt, aber gleichzeitig die niedrigste y-Koordinate besitzt. Markieren Sie diesen Punkt in der Skizze und beschriften Sie ihn (z. B. mit P). Überlegen Sie, wie Ihnen die Parabelgleichung dabei hilft, zu ermitteln, ob sich dieser für die Lösung der Aufgabe entscheidende Punkt P mindestens 4,10 m oberhalb der Fahrspuren befindet.

2. a) Ermitteln Sie durch Division das Volumen einer Billardkugel. Berechnen Sie den Radius einer solchen Kugel. Berechnen Sie den Oberflächeninhalt einer Billardkugel, um die benötigte Menge an Lack zu bestimmen. Bestimmen Sie dann den Oberflächeninhalt von 500 Kugeln in der in diesem Zusammenhang erforderlichen Einheit. Eine geeignete Division liefert Ihnen schließlich die Antwort auf die zweite Teilaufgabe.

b) Der Ansatz für die Gleichung von p_1 lautet: $y = ax^2 + c$. Den Wert für c können Sie direkt aus dem Graphen ablesen. Lesen Sie die Koordinaten eines anderen geeigneten Punktes von p_1 ab und führen Sie damit eine Punktprobe durch, um den Wert von a zu ermitteln. Um die Gleichung von p_2 zu bestimmen, verwenden Sie die Scheitelform einer Normalparabel. Die Schnittpunkte von p_1 und p_2 erhält man durch Gleichsetzen der beiden Parabelgleichungen und anschließendes Lösen dieser quadratischen Gleichung. Die gefundenen x-Werte müssen Sie noch in eine der Parabelgleichungen einsetzen, um die y-Koordinaten der Schnittpunkte zu bestimmen. Um die Koordinaten des Schnittpunktes A von p_2 mit der y-Achse zu ermitteln, beachten Sie, dass die x-Koordinate von A gleich 0 ist. Um den Flächeninhalt des Dreiecks S_1AS_2 zu berechnen, wählen Sie die Seite $\overline{S_1A}$ als Grundseite des Dreiecks. Die Höhe des Dreiecks kann dann aus der Grafik abgelesen werden. Um den gesuchten Punkt T zu finden, beachten Sie, dass die x-Koordinate von T der (mit -1 multiplizierten) Höhe des Dreiecks S_1AT entspricht. Wenn Sie mit dieser Information eine geeignete Formel für den Flächeninhalt des Dreiecks S_1AT aufstellen und alle gegebenen (bzw. abzulesenden) Werte in diese Gleichung einsetzen, können Sie die x-Koordinate und in einem weiteren Schritt auch die y-Koordinate von T bestimmen.

3. a) Die Koordinaten des Scheitels sowie die Gleichung von p_1 ergeben sich direkt aus der Scheitelform einer Normalparabel. Der Ansatz für die Gleichung von p_2 lautet: $y = ax^2 + c$. Der Wert für c ergibt sich direkt aus der Tatsache, dass p_2 die y-Achse bei $y = 8$ schneidet. Mithilfe des Schnittpunktes von p_2 mit der x-Achse können Sie eine Punktprobe durchführen, um den Wert von a zu ermitteln. Die Wertetabelle hilft Ihnen beim Einzeichnen von p_2. Die Schnittpunkte von p_1 und p_2 erhält man durch Gleichsetzen der beiden Parabelgleichungen und anschließendes Lösen dieser quadratischen Gleichung. Die gefundenen x-Werte müssen noch in eine der Parabelgleichungen eingesetzt werden, um die y-Koordinaten der Schnittpunkte zu bestimmen. Ähnlich verfahren Sie bei der Bestimmung der Schnittpunkte von p_1 und g. Eine Zerlegung des Fünfecks in ein Trapez und ein Dreieck hilft bei der Berechnung des Flächeninhalts dieses Fünfecks. Die benötigten Streckenlängen für die Flächeninhaltsformeln können aus der Grafik abgelesen werden.

b) Es handelt sich um ein zweistufiges Zufallsexperiment ohne Zurücklegen. Den Erwartungswert können Sie unter Berücksichtigung des Spieleinsatzes ausrechnen. Um zu berechnen, welcher Gewinn für „Restliche Ereignisse" benötigt wird, damit das Spiel fair ist, muss dieser Gewinn mit einer Variablen (z. B. x) bezeichnet, der Erwartungswert mit der üblichen Formel berechnet und gleich 0 gesetzt werden. Die dadurch entstehende Gleichung schließlich nach x auflösen.

Teil A1 (Pflichtteil)

Hinweis: Es sind alle Aufgaben (10 Punkte) zu bearbeiten.

Zugelassene Hilfsmittel: Zeichengeräte, inklusive Parabelschablone

Aufgabe 1

1,5 P

a) Auf der Mantelfläche der quadratischen Pyramide ist ein Streckenzug eingezeichnet. Auf welchem der vier abgebildeten Netze wird der Streckenzug richtig dargestellt?

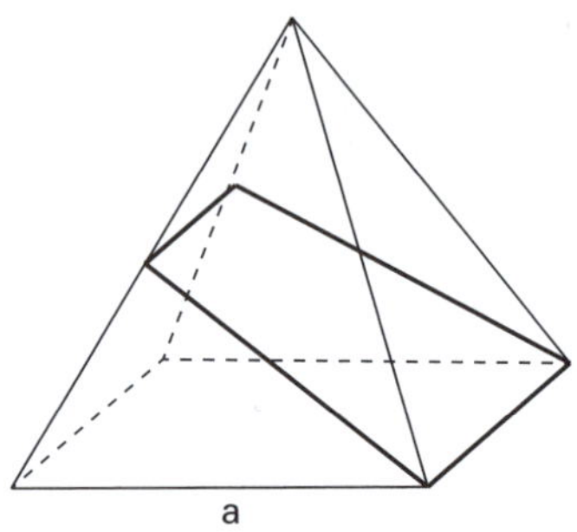

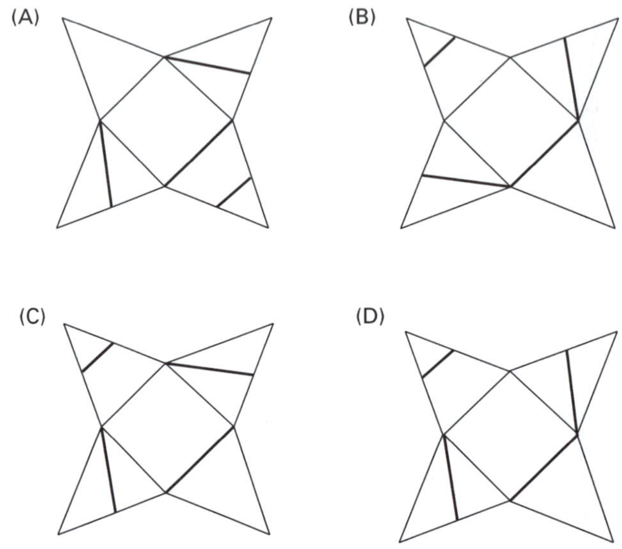

b) Die Grundkante a der quadratischen Pyramide ist 5 cm lang.
Die Körperhöhe h beträgt 6 cm.
Berechnen Sie das Volumen der quadratischen Pyramide.

Aufgabe 2

1,5 P

Lösen Sie die Gleichung.

$(x - 3)\,(x + 5) + 7 = 8(x - 2)$

Aufgabe 3

2 P

In einem Behälter liegen gelbe, rote und blaue Kugeln.
Insgesamt sind es sechs Stück.
Kim zieht ohne hinzuschauen zwei Kugeln gleichzeitig.
Im Baumdiagramm sind zwei Wahrscheinlichkeiten angegeben.

a) Ergänzen Sie in den beiden leeren Feldern die Wahrscheinlichkeitsangaben.

b) Wie groß ist die Wahrscheinlichkeit, dass Kim zwei rote Kugeln zieht?

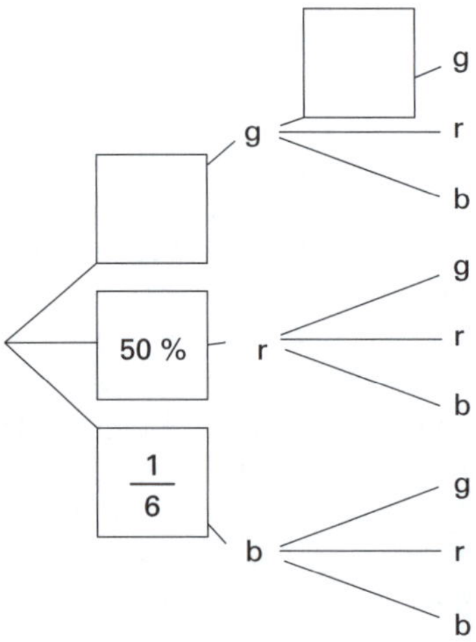

Aufgabe 4 **2 P**

a) Sechs Funktionsgleichungen – drei Graphen
Welche Funktionsgleichung gehört zu welchem Graphen?

(1) $y = -3x + 3$

(2) $y = -\frac{1}{2}x^2 + 3$

(3) $y = x^2 - 4x + 3$

(4) $y = 3x + 3$

(5) $y = x^2 + 4x + 3$

(6) $y = -\frac{1}{4}x^2 + 3$

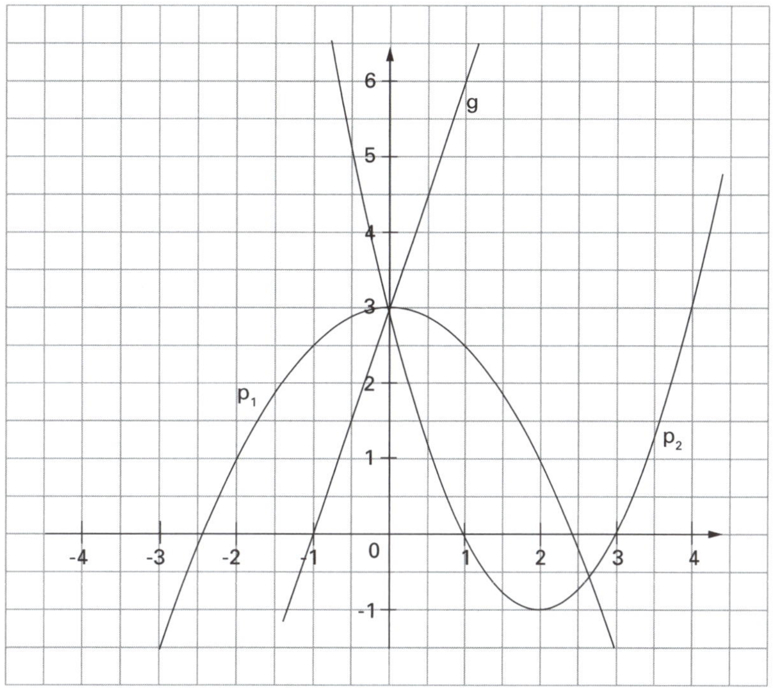

b) Die Gerade h hat die Funktionsgleichung $y = -\frac{1}{2}x + 2$.
Zeichnen Sie die Gerade h in das abgebildete Koordinatensystem.

Aufgabe 5 **1 P**

Weisen Sie nach, dass gilt:

$$\frac{10^6}{5^4 \cdot 5^2} : 2^4 = 4$$

Aufgabe 6 **1 P**

Johannes legt drei Muster mit quadratischen Kärtchen.

(1.) (2.) (3.)

Er behauptet: „Das 10. Muster besteht aus 43 Kärtchen.“
Hat Johannes Recht?
Begründen Sie Ihre Aussage.

Aufgabe 7

1 P

Ordnen Sie jedem Kreisdiagramm die passende Aussage zu.
Tragen Sie den Buchstaben in das Kästchen ein.

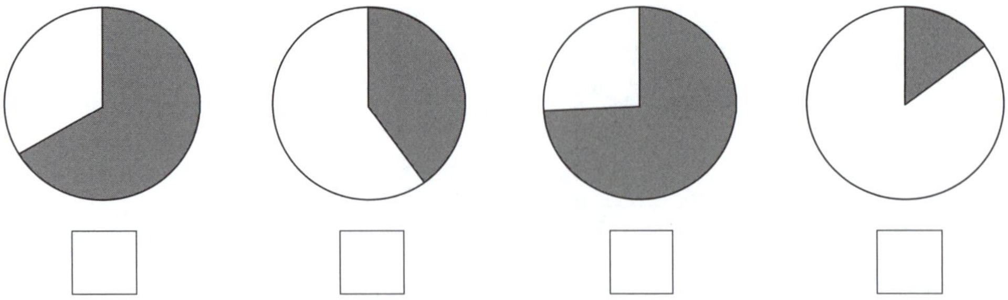

(A) Drei Viertel der Schülerinnen und Schüler kommen im Winter mit dem Bus zur Schule.

(B) 15 % der Schülerinnen und Schüler besuchen die Klassenstufe 10.

(C) 200 von 300 Schülerinnen und Schülern haben Geschwister.

(D) 40 % der Schülerinnen und Schüler fahren im Sommer mit dem Fahrrad zur Schule.

Teil A2 (Pflichtteil)

Hinweis: In Teil A2 sind alle Aufgaben (20 Punkte) zu bearbeiten.

Zugelassene Hilfsmittel: Zeichengeräte, Formelsammlung, inklusive Parabelschablone, wissenschaftlicher Taschenrechner (nicht programmierbar)

Aufgabe 1 **3,5 P**

Das gleichschenklige Dreieck ABC und das Quadrat ADEF überdecken sich teilweise.

Es gilt:
$\overline{BD} = 10{,}0$ cm
$\beta = 67{,}0°$
$\overline{AC} = \overline{BC}$

Berechnen Sie den Umfang des Dreiecks GEC.

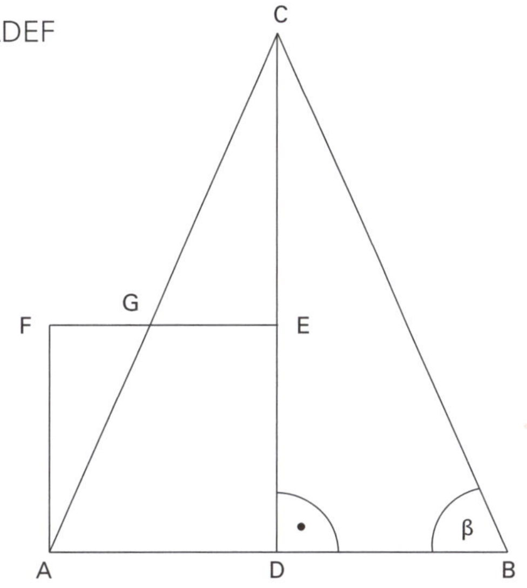

Aufgabe 2 **3,5 P**

Ein Kunstwerk setzt sich aus einer Halbkugel und einem Kegel zusammen.

Es gilt:
$s = 3{,}7$ m
$h_{ges} = 5{,}1$ m
$\alpha = 72{,}0°$

- ▶ Berechnen Sie den Oberflächeninhalt des zusammengesetzten Körpers.

  Dieses Kunstwerk soll mit Farbe angestrichen werden. Eine 1-Liter-Farbdose reicht für 10 m².

- ▶ Wie viele Dosen müssen gekauft twerden?

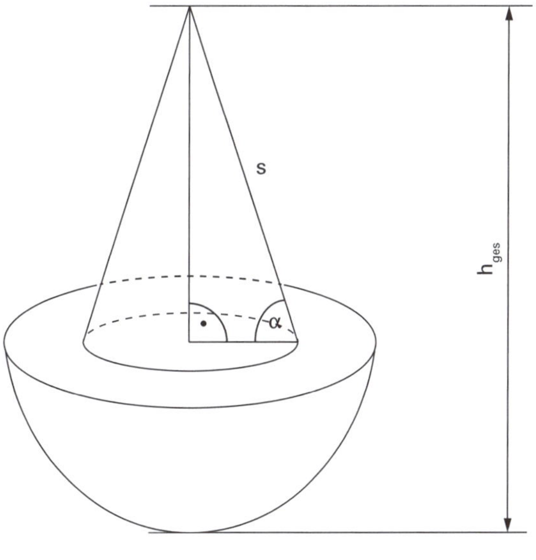

Aufgabe 3

3,5 P

Die beiden Glücksräder werden gedreht. Wenn sie stehen bleiben, erkennt man im Sichtfenster eine zweistellige Zahl. Die Abbildung zeigt die Zahl 43.

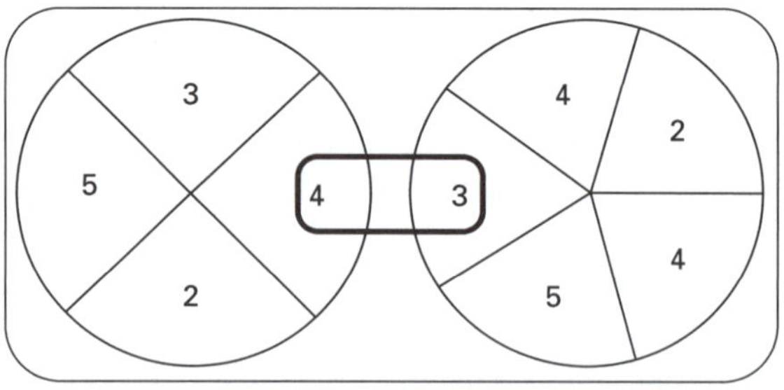

Mit welcher Wahrscheinlichkeit ist im Sichtfenster

- eine Zahl mit zwei gleichen Ziffern zu sehen?
- eine durch 12 teilbare Zahl zu sehen?
- höchstens einmal die Ziffer 4 zu sehen?

Aufgabe 4

3 P

Immer mehr Menschen kaufen im Internet ein. Die Grafik zeigt die Umsatzentwicklung des Onlinehandels in Deutschland.

- Um wie viel Prozent ist der Umsatz des Onlinehandels von 2016 bis 2019 insgesamt gestiegen?

Das Kreisdiagramm zeigt die Umsatzanteile verschiedener Bereiche am Gesamtumsatz des Onlinehandels im Jahr 2017.

- Wie hoch war der Umsatz (in Euro) für den Bereich „Freizeit und Hobby"?

  Laut einer Untersuchung entfielen im Jahr 2017 allein 53,0 % des Bereichs „Elektronik" auf den Onlinehandel mit Smartphones.

- Wie viele Euro wurden nach dieser Untersuchung im Onlinehandel für Smartphones ausgegeben?

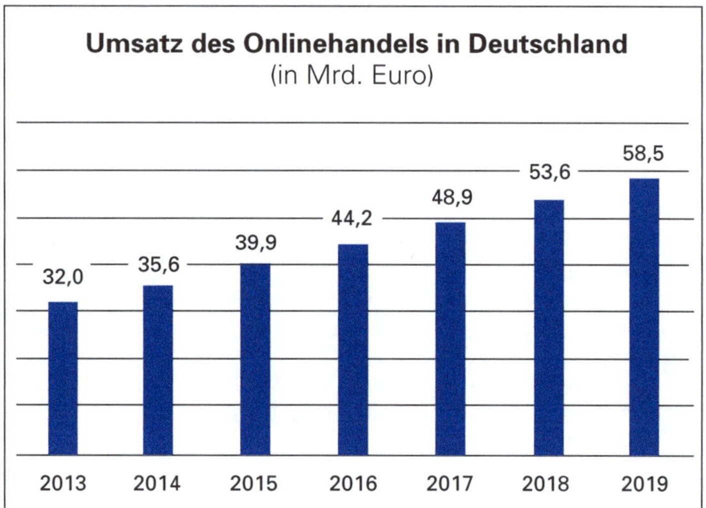

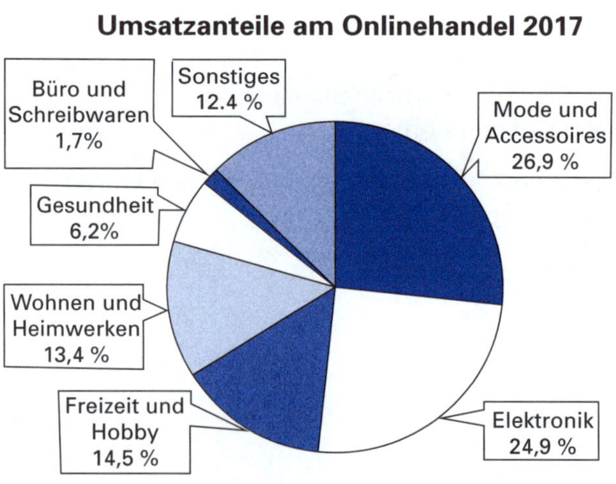

Quelle: HDE Handelsverband Deutschland
https://einzelhandel.de/presse/zahlenfaktengrafiken/861-online-handel/1889-e-

Aufgabe 5 **3 P**

Die Parabel p hat die Funktionsgleichung $y = x^2 - 6x + 10$.
Eine Gerade g besitzt die Steigung $m = -2$.
Sie geht durch den Scheitelpunkt S der Parabel p.

▶ Berechnen Sie die Koordinaten des zweiten Schnittpunkts Q der Parabel p mit der Geraden g.

Die Gerade h verläuft senkrecht zur Geraden g und geht durch den Punkt Q.

▶ Berechnen Sie die Funktionsgleichung der Geraden h.

Aufgabe 6 **3,5 P**

Im Rahmen einer Umfrage wurden 25 Männer und 25 Frauen getrennt voneinander befragt, wie viele Stunden sie pro Woche lesen.
Die Ergebnisse dieser Befragungen sind in den beiden Boxplots dargestellt.

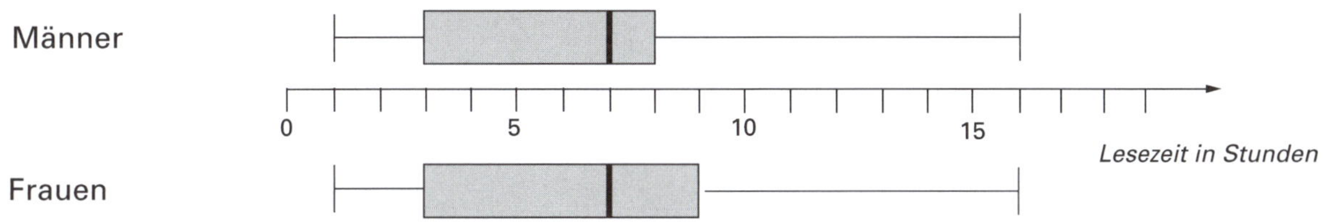

Außerdem sind die Ergebnisse der Befragungen in den beiden Säulendiagrammen abgebildet, wobei das Diagramm (2) unvollständig ist.

▶ Welcher Boxplot gehört zu Diagramm (1)? Begründen Sie mit Hilfe der Kennwerte.

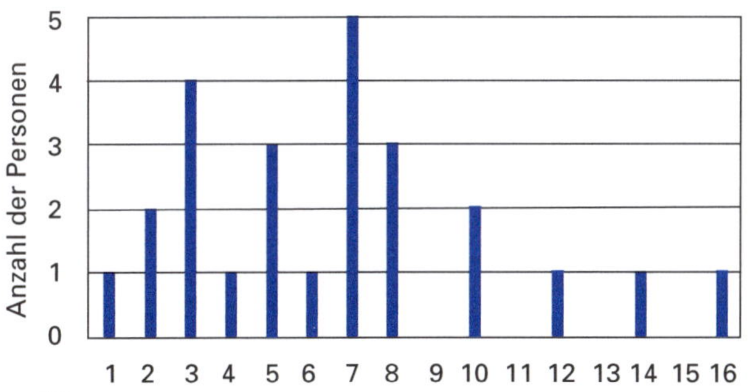

(1)

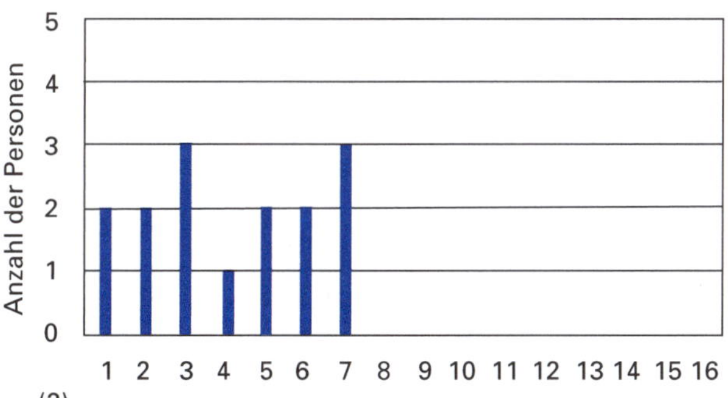

(2)

Der andere Boxplot gehört zu Diagramm (2). Hier fehlen Säulen von 8 bis 16 Stunden Lesezeit.

▶ Ergänzen Sie mögliche Säulen im Diagramm (2) für die Werte von 8 bis 16 Stunden Lesezeit mit Hilfe des zugehörigen Boxplots.

Finn behauptet: „Über die Hälfte der Männer liest 7 Stunden oder mehr pro Woche."

▶ Hat Finn Recht? Begründen Sie.

Teil B (Wahlteil)

Hinweis: In Teil B sind zwei der vier Aufgaben zu bearbeiten.

Zugelassene Hilfsmittel: Zeichengeräte, inklusive Parabelschablone, Formelsammlung, wissenschaftlicher Taschenrechner (nicht programmierbar)

Aufgabe 1

a) Gegeben sind das rechtwinklige Dreieck ABC und das gleichschenklige Dreieck ADE.

Es gilt:

$\overline{AB} = 13{,}2$ cm
$\alpha = 55{,}0°$
$\overline{CE} = 8{,}0$ cm
$\overline{AE} = \overline{DE}$

▶ Berechnen Sie die Länge von $\overline{DF}$.

▶ Berechnen Sie den Umfang des Vierecks ABFE.

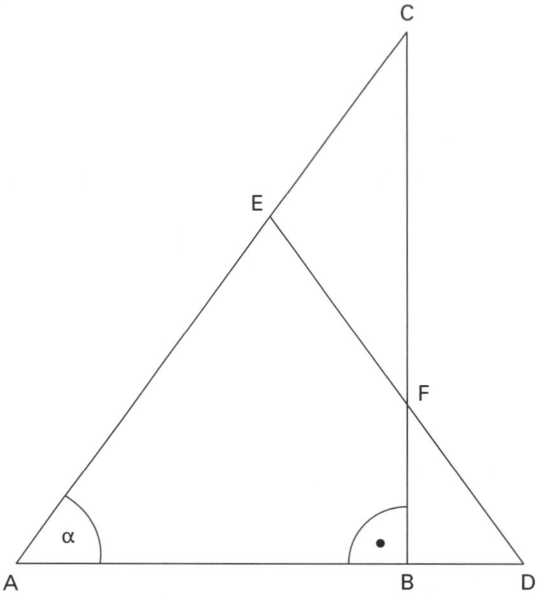

5 P

b) Die Punkte A (1 | -8) und B (3 | -8) liegen auf einer nach oben geöffneten verschobenen Normalparabel p.

▶ Geben Sie die Funktionsgleichung der Parabel p in der Normalform $y = x^2 + bx + c$ an.

Die Schnittpunkte der Parabel p mit der x-Achse und die Punkte A und B bilden ein Viereck.

▶ Berechnen Sie den Flächeninhalt dieses Vierecks.

Die Geraden g und h verlaufen jeweils auf den Diagonalen des Vierecks. Sie schneiden sich im Punkt Q.

▶ Berechnen Sie die Koordinaten des Schnittpunktes Q. 5 P

Aufgabe 2

a) Der Punkt A (-4 I -1) liegt auf der Parabel p_1 mit der Funktionsgleichung $y = x^2 + bx + 7$.
Die Gerade g schneidet die Parabel p_1 im Punkt A und im Scheitelpunkt S_1.

▶ Berechnen Sie die Funktionsgleichungen der Parabel p_1 und der Geraden g.

Durch Spiegelung des Scheitelpunkts S_1 an der y-Achse entsteht der Punkt S_2.
S_2 ist der Scheitelpunkt einer nach oben geöffneten verschobenen Normalparabel p_2.

▶ Geben Sie die Funktionsgleichung von p_2 in der Form $y = x^2 + bx + c$ an.

Der Schnittpunkt der Geraden g mit der y-Achse ist der Scheitelpunkt S_3 der Parabel p_3.
Die Parabel p_3 der Form $y = ax^2 + c$ geht außerdem durch die Scheitelpunkte S_1 und S_2.

▶ Berechnen Sie die Funktionsgleichung der Parabel p_3. **5 P**

b) In einer quadratischen Pyramide liegt das gleichschenklige Dreieck EFS.

Es gilt:

$\overline{AB} = \overline{EF} = 12{,}6$ cm

$\alpha = 72{,}0°$

$\overline{EF} \parallel \overline{AC}$

▶ Berechnen Sie den Flächeninhalt des Dreiecks EFS.

▶ Berechnen Sie das Volumen der quadratischen Pyramide.

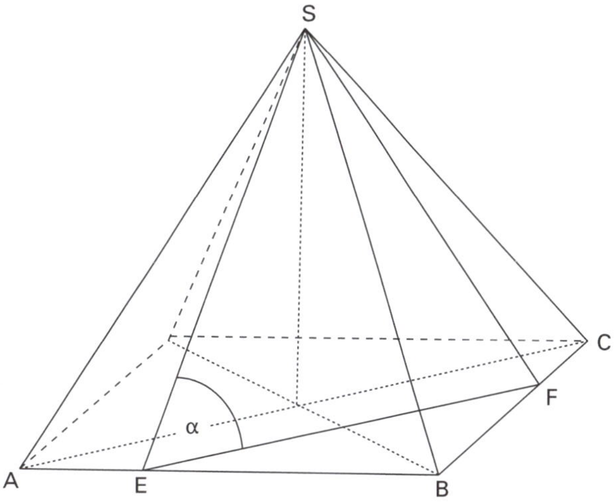

5 P

Aufgabe 3

a) Zehn gleich große Karten sind mit vier verschiedenen Symbolen (Handball, Radfahren, Laufen, Fußball) bedruckt. Sie sind nach den vier Symbolen in Stapeln sortiert (siehe Abbildung).
Die Karten werden gemischt und verdeckt auf den Tisch gelegt. Sie werden für ein Glücksspiel eingesetzt.
Dabei werden zwei Karten gleichzeitig gezogen. Für das Spiel wird der abgebildete Gewinnplan geprüft.

Bildquelle: www.pixabay.com

Ereignis	Gewinn
zweimal 	9,00 €
 und 	6,00 €
 und 	3,00 €
andere Ereignisse	kein Gewinn
Einsatz pro Spiel: 1,00 €	

- ▶ Berechnen Sie den Erwartungswert.

Der Veranstalter möchte langfristig pro Spiel einen Erlös von 0,50 € erzielen.

- ▶ Wie hoch muss dann der Gewinn für „ und " sein, wenn alles andere unverändert bleibt?

5 P

b) Die Flugbahn eines Speers ist nahezu parabelförmig.
Der Abwurfpunkt A liegt 1,80 m über der Abwurflinie.
Der Speer erreicht nach 20 m, in horizontaler Richtung von der Abwurflinie gemessen, seine maximale Höhe von 9,80 m.

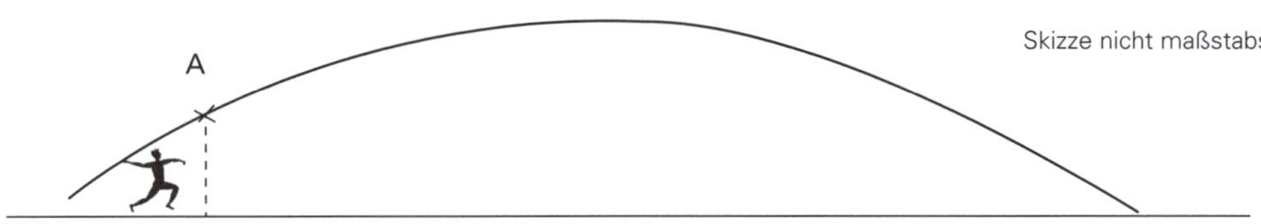

Skizze nicht maßstabsgetreu

- ▶ Berechnen Sie eine mögliche Funktionsgleichung der Flugkurve des Speers.
- ▶ Wie weit fliegt der Speer?

Ein zweiter Wurfversuch kann mit der Funktionsgleichung $y = -\frac{1}{30}x^2 + 13$ beschrieben werden.
Die Wurfweite beträgt 38,15 m.

- ▶ Geben Sie die Höhe dieses Abwurfpunktes an.

5 P

Prüfungen

Aufgabe 4

a) Die Gerade g und die verschobene Normalparabel p gehen durch die beiden Punkte A (2 | 3) und B (6 | 11).
Der Punkt C (4 | y_c) liegt auf der Parabel p.
Die Gerade h steht senkrecht auf g und geht durch C.
Die Gerade h schneidet die beiden Koordinatenachsen in den Punkten P und Q.

Berechnen Sie die Koordinaten von P und Q. **5 P**

b) Ein DIN-A4-Blatt hat die Eckpunkte A, B, C und D.
Die Punkte M_1 und M_2 halbieren die Seitenlängen des DIN-A4-Blatts.
Das DIN-A4-Blatt wird wie abgebildet gefaltet. Der Punkt A wird zu A′ und liegt nach dem Falten auf M_1.
Der Punkt C wird zum Punkt C′. Die beiden Papierkanten stoßen entlang von $\overline{M_1F}$ aneinander.

Berechnen Sie die Flächeninhalte des Dreiecks EM_1D und des Vierecks FBM_2C'.

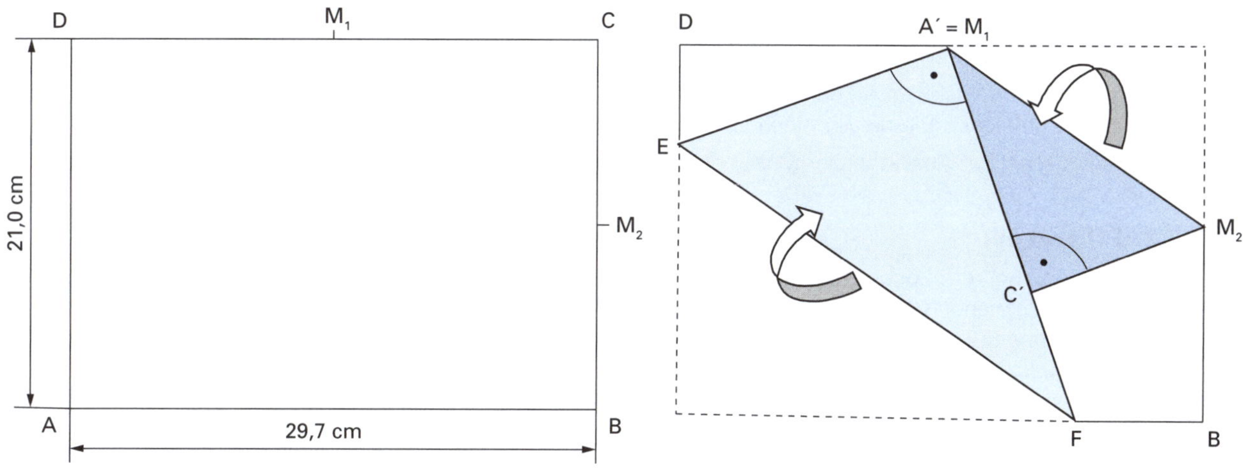

5 P

Bearbeitungstipps

Teil A1 (Pflichtteil)

1. a) Beachten Sie bei der Auswahl, dass der Streckenzug an einer der Seiten der Grundfläche beginnt und dann bis zur Mitte der gegenüberliegenden Pyramidenfläche endet. Orientieren Sie sich auch an der Steigung des Streckenzuges bei der Auswahl.
b) Verwenden Sie die Volumenformel der Pyramide.

2. Zuerst Klammerausdrücke, dann nach x auflösen. Verwenden Sie anschließend die p-q-Formel der Quadratischen Gleichung zur Lösung.

3. a) Überlegen Sie, welche Regel in der 1. Stufe des Versuchs gilt. Die Summe aller Wahrscheinlichkeiten beträgt immer 100%.
b) Überlegen Sie, welche Regel in der 2. Stufe des Versuchs gilt.

4. a) Lineare Funktion: Beachten Sie bei der Auswahl die Steigung und die Nullstellen der Funktion. Parabel: Orientierung nach Öffnung der Parabel und Lage (Normalparabel oder verschobene Parabel).
b) Zum Einzeichnen benötigt man nur 2 Punkte der Geraden. Verwenden Sie die Schnittstellen mit den Koordinatenachsen dafür.

5. Beachte die Grundregeln der Arithmetik. Sie können auch alle Zahlen in Faktoren zerlegen und durch Kürzen das Ergebnis überprüfen.

6. Bei Betrachtung der Muster erkennt man eine Gemeinsamkeit. Achten Sie auf die Anzahl der Kärtchen in den Kreuzarmen und leiten Sie daraus einen Lösungsansatz ab.

7. Beachten Sie bei der Auswahl: Der Mittelpunktswinkel von 360° (Vollkreis) entspricht 100 % oder ein Ganzes!

Teil A2 (Pflichtteil)

1. Es gibt hierzu mehrere Lösungsansätze. Berechnen Sie zuerst die Seite CD. Dazu kann man eine der trigonometrischen Funktionen verwenden. Im nächsten Schritt können Sie für das gesuchte Dreieck die restlichen Seiten berechnen. Einmal mit den trigonometrischen Funktionen (Winkelfunktionen) und/oder dem Lehrsatz des Pythagoras.

2. Berechnen Sie zuerst anhand der gegebenen Daten die Kegelhöhe (trigonometrischen Funktionen). Dann den Kegelradius (Winkelfunktionen/Lehrsatz vom Pythagoras). Anschließend den Kugelradius. Vergessen Sie bei der Oberflächenberechnung nicht, die Grundfläche unberücksichtigt zu lassen!

3. Erstellen Sie als erstes ein Baumdiagramm für diesen 2-stufige-Laplace-Versuch und tragen Sie die Wahrscheinlichkeiten an. Bedenken Sie, dass die Summe aller Wahrscheinlichkeiten je Stufe immer 100 % beträgt. Im nächsten Schritt überlegen Sie, wie oft das gesuchte Merkmal auftritt und welche Regel zur Berechnung zum Ansatz kommt.

4. Entnehmen Sie für die Fragestellungen die entsprechenden Werte aus dem Säulendiagramm. Überlegen Sie, welcher Wert der jeweilige Grundwert ist und wenden Sie die richtige Prozentrechenformel an.

5. Berechnen Sie zuerst die Scheitelpunktkoordinaten x_s und y_s und dann die Funktionsgleichung der Geraden. Verwenden Sie zur Berechnung der Koordinatenpunkte für Q die p-q-Formel. Die Steigung der Gerade h lässt sich aus der Steigung der Gerade g errechnen.

6. Um eine Zuordnung der Boxplot zu Diagramm 1 vornehmen zu können, müssen Sie zuerst die Rangliste aufstellen. Benutzen Sie dazu die Angaben aus dem Diagramm 1.
Aus der Rangliste lassen sich die Angaben aus dem Boxplot vergleichen und der richtige Boxplot zum Diagramm zuordnen. Zur Diagrammergänzung (Diagramm 2) sollte man ebenfalls eine Rangliste aufstellen. Anhand derer lässt sich das Diagramm dann mit möglichen Daten vervollständigen.
Auch die abschließende Fragestellung lässt sich mit der Rangliste beantworten, indem man die Anzahl der Männer mit gleich oder mehr als 7 Lesestunden abzählt.

Teil B (Wahlteil)

1. a) Berechnen Sie zuerst die Seiten AC und BC mit Hilfe der trigonometrischen Funktionen.Das Dreieck ADE ist ein gleichschenkliges Dreieck. Entsprechend lassen sich die Winkel im Dreieck schnell ermitteln. Ausgehend von diesen Daten lassen sich nun alle Seiten des Dreiecks ADE mit Hilfe der trigonometrischen Funktionen bzw. mit dem Lehrsatz vom Pythagoras errechnen. Sind die Seiten bekannt, lassen sich daraus die gesuchte Seite DF und der Umfang des Vielecks berechnen.
b) Beide vorgegebenen Punkte A und B liegen auf der Parabel und erfüllen die Bedingung der Funktionsgleichung. Um die Funktionsgleichung zu errechnen, setzt man die Koordinatenpunkte in die

Bearbeitungstipps

Funktionsgleichung in der Form $y = x^2 + bc + c$ ein. Damit erhält man ein Gleichungssystem mit 2 Unbekannten. Indem man beide Funktionen gleichsetzt und ausmultipliziert kann man in 2 Schritten die Komponenten b und c ermitteln. Ist die Funktion bekannt, kann man nun die Schnittpunkte mit der x- und y-Achse errechnen. Damit sind auch die Strecken des Viereck bekannt, um den Flächeninhalt berechnen zu können (Flächenformel des Trapezes).Im nächsten Schritt ermitteln Sie die Funktion der Geraden g und h. Dazu errechnen Sie zuerst die Steigungen der Geraden (Punkte A, B, x1, x2 sind bekannt). Danach lassen sich die Achsenabschnitte der Geraden ermitteln. Um die Koordinaten des Punktes Q heraus zu finden, verwenden Sie die Gleichsetzungsmethode

2. a) Durch Einsetzen der Koordinatenwerte von Punkt A lässt sich die Funktionsgleichung aufstellen. Da es sich um eine verschobene Normalparabel handelt, errechnen Sie anschließend die Scheitelpunktkoordinaten x_s und y_s. Damit sind nun 2 Schnittpunkte der Geraden g mit der Parabel p_1 gegeben. Mit diesen Angaben können Sie jetzt die Steigung errechnen und anschließend die Funktionsgleichung aufstellen. Die gespiegelte Parabel p_2 unterscheidet sich von der Parabel p_1 nur im Verschiebungsfaktor!
Die Parabel p_3 geht durch die 3 Punkte S_1, S_2, S (0 I 4). S (0 I 4) ist der Scheitelpunkt von p_3 und der Schnittpunkt der Geraden g mit der y-Achse. Durch Einsetzen der Koordinatenwerte der Punkte S_1 und S_2 in die Funktionsgleichung von p_3 in der angegebenen Form errechnen Sie den Streckungsfaktor a.

b) Um den Flächeninhalt des Dreiecks EFS errechnen zu können, muss man zuerst die Dreieckshöhe bestimmen. Dazu teilen Sie das Dreieck in 2 gleichgroße rechtwinklige Dreiecke mit der Kathetenseite von der halben Strecke $\overline{EF}$. Dann errechnen Sie die Höhe mittels der trigonometrischen Funktionen. Anschließend wenden Sie zur Flächenberechnung die Flächenformel für das Dreieck an.
Zur Volumenberechnung der Pyramide benötigen Sie die Körperhöhe. Die Neigung der Pyramidenseiten zur Grundfläche sind mit dem Winkel α gegeben. Mittels der trigonometrischen Formeln kann man jetzt die Körperhöhe errechnen und anschließend mit der Volumenformel der Pyramide das Volumen.

3. a) Es handelt sich um ein zweistufiges Laplace-Experiment. Um den Erwartungswert berechnen zu können, sollten Sie sich das Baumdiagramm mit den Wahrscheinlichkeiten aufzeichnen. Mit der entsprechenden Formel lässt sich dann daraus der Erwartungswert berechnen. Auch die Lösung der Frage nach der Gewinnhöhe leitet sich daraus direkt ab.

b) Ausgehend vom Scheitelwert der Flugkurve kann der Streckungsfaktor a und der Verschiebungsfaktor b durch Einsetzen der Koordinatenwerte in die Scheitelpunktform der Parabelfunktion ermittelt werden. Nach Ermittlung des Auftreffpunktes (Schnittpunkt mit der x-Achse) ist auch die Flugweite berechnet. Mit Hilfe der p-q-Formel lassen sich beim zweiten Wurfversuch die Schnittpunkte auf der x-Achse errechnen. Wenn Sie die errechnete Spanne mit der Wurfweite abziehen, bekommen Sie den x-Wert für die Abwurfhöhe. Mit diesem Wert, eingesetzt in der Parabelfunktion, lässt sich die Abwurfhöhe bestimmen.

4. a) Im 1. Schritt berechnen Sie die Steigung der Geraden g und anschließend die Funktionsgleichung. Im 2. Schritt wird die Parabelfunktion p bestimmt. Es handelt sich um eine verschobene Normalparabel. D. h. keine Streckung/Stauchung der Parabel (Faktor a = 0) vorhanden. Es sind 2 Punkte der Parabel bekannt (Punkt A und B).
Stellen Sie für jeden der beiden Punkte die Funktionsgleichung auf. Wenden Sie das Subtraktionsverfahren zur Eliminierung der Unbekannten c ein. Anschließend ermitteln Sie den Wert für c durch Einsetzen der errechneten Werte in einer der beiden Funktionswerte. Zum Schluss müssen noch die Koordinatenpunkte für Punkt P und Q ermittelt werden. Beachten Sie dabei die Gesetzmäßigkeiten, die für zwei orthogonale Geraden zutreffen.Berechnen Sie zuerst die Steigung für h und bestimmen Sie dann die Funktionsgleichung. Mit dieser können die Schnittpunkte durch die x-Achse (Punkt P) und y-Achse (Punkt Q) bestimmt werden.

b) Berechnung des Flächeninhalts des Dreieck EM_1D:
Zuerst berechnen Sie den Winkel bei M_1 (Winkel α) mittels der trigonometrischen Funktionen aus den Strecken $\overline{CM_2}$ und $\overline{CM_1}$. Wenn Sie vom gestreckten Winkel (180°) den verdoppelten Winkel α + rechtem Winkel abziehen, erhalten sie den Winkel bei A'. Da die Strecke $\overline{A'D}$ bekannt ist, lassen sich jetzt auch die Strecken $\overline{DE}$ und $\overline{A'E}$ mit den trigonometrische Funktionen bzw. dem Lehrsatz vom Pythagoras berechnen. Damit sind alle Angaben zur Flächenberechnung des Dreiecks bekannt.
Berechnung des Flächeninhalts des Vielecks FBM_2C:
Zur Fläche des Vielecks kommen wir, wenn wir von der Gesamtfläche des DIN-A4-Blatts alle anderen Dreieckflächen abziehen. Dazu benötigen Sie noch den Winkel zwischen den Seiten AF und EF (Winkel γ). Den erhalten Sie, wenn Sie von dem Vollwinkel (360°) des Viereck ADA'F alle bekannten Winkel abziehen und halbieren. Mit dem Winkel γ und unter Einsatz der trigonometrischen Funktionen kann man die Dreieckseiten vom Dreieck AFE berechnen.

Formelsammlung

Grundrechenarten

Addition	Subtraktion
$a + b = c$	$a - b = c$
Summand + Summand = Summe	Minuend – Subtrahend = Differenz
Multiplikation	**Division**
$a \cdot b = c$	$a : b = c$
Faktor · Faktor = Produkt	Dividend : Divisor = Quotient

Wichtige Rechengesetze

Kommutativgesetz (Vertauschungsgesetz)	Assoziativgesetz (Verbindungsgesetz)	Distributivgesetz (Verteilungsgesetz)
$a + b = b + a$	$a + (b + c) = (a + b) + c$	$a \cdot (b \pm c) = ab \pm ac$
$a \cdot b = b \cdot a$	$a \cdot (b \cdot c) = (a \cdot b) \cdot c$	$\frac{b \pm c}{a} = \frac{b}{a} \pm \frac{c}{a}$

Bruchrechnen

Erweitern	Kürzen	Addition/Subtraktion	Multiplikation/Division
$\frac{a}{b} = \frac{a \cdot c}{b \cdot c}$	$\frac{a}{b} = \frac{a : c}{b : c}$	$\frac{a}{c} \pm \frac{b}{c} = \frac{a \pm b}{c}$ $c \neq 0$	$\frac{a}{b} \cdot \frac{c}{d} = \frac{a \cdot c}{b \cdot d}$; $\frac{a}{b} : \frac{c}{d} = \frac{a}{b} \cdot \frac{d}{c} = \frac{a \cdot d}{b \cdot c}$ $c, d \neq 0$

Rechnen mit Klammern

Auflösen von Plusklammern

$+(-a + b - c) = -a + b - c$

Die Rechenzeichen bleiben erhalten!

Auflösen von Minusklammern

$-(-a + b - c) = +a - b + c$

Die Rechenzeichen ändern sich!

Ausklammern

$ab + ac - ad = a(b + c - d)$

Ausmultiplizieren

$a(-b + c - d) = -ab + ac - ad$

Multiplizieren von Summen und Differenzen

$(a + b) \cdot (c - d) = ac - ad + bc - bd$

Potenzen/Wurzeln

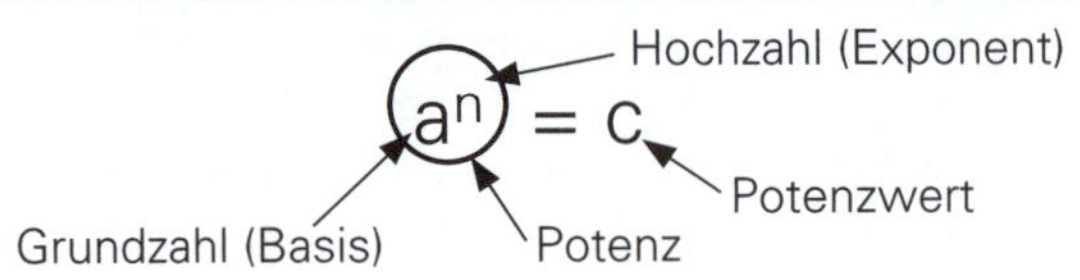

$a^n = \underbrace{a \cdot a \ldots \cdot a}_{n \text{ Faktoren}}$

$a^n = c \Leftrightarrow \sqrt[n]{c} = a \quad (c \geqq 0)$

Potenzieren und Radizieren sind entgegengesetzte Rechenarten.

Vereinfachte Schreibweise: $\sqrt[2]{a} = \sqrt{a}$

$\sqrt[n]{0} = 0 \quad (n \geqq 2)$

Zehnerpotenzen

$10^0 = 1$	
$10^1 = 10$	$10^{-1} = 0{,}1$ (1 Zehntel)
$10^3 = 1000$ (1 Tausend)	$10^{-2} = 0{,}01$ (1 Hundertstel)
$10^6 = 1\,000\,000$ (1 Million)	$10^{-3} = 0{,}001$ (1 Tausendstel)

Maßeinheiten

Längenmaße	Hohlmaße
1 km = 1000 m 1 m = 10 dm = 100 cm = 1000 mm 1 dm = 10 cm = 100 mm 1 cm = 10 mm	1 hl = 100 l 1 l = 1 dm^3 1 l = 1000 ml 1ml = 1 cm^3
Flächenmaße	**Gewichtsmaße**
1 km^2 = 100 ha 1 ha = 100 a 1 a = 100 m^2 1m^2 = 100 dm^2 1 dm^2 = 100 cm^2 1 cm^2 = 100 mm^2	1 t = 1000 kg 1 kg = 1000 g 1 g = 1000 mg
Raummaße/Hohlmaße	**Zeitmaße**
1 m^3 = 1000 dm^3 1 dm^3 = 1000 cm^3 1 cm^3 = 1000 mm^3	1 Tag = 24 h 1 h = 60 min 1 min = 60 s

Runden

Die Stelle rechts von der Rundungsstelle ist entscheidend.
Ist die Ziffer der entscheidenden Stelle eine
- ▶ 0, 1, 2, 3 oder 4 wird abgerundet.
- ▶ 5, 6, 7, 8 oder 9 wird aufgerundet.

Erläuterungen für Abkürzungen

A: Flächeninhalt
A_G: Flächeninhalt der Grundfläche
V: Volumen
O: Oberflächeninhalt
M: Mantelflächeninhalt
e, f: Länge der Flächendiagonalen
d: Länge der Raumdiagonale
s: Länge der Mantellinie
h: Höhe
r: Radius
u: Umfang

Flächenberechnung

Quadrat

$A = a \cdot a$

$A = a^2$

$u = 4 \cdot a$

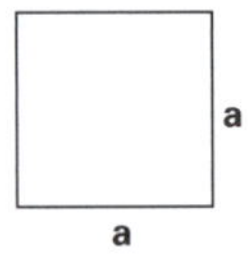

Parallelogramm

$A = a \cdot h$

$u = 2 \cdot a + 2 \cdot b$

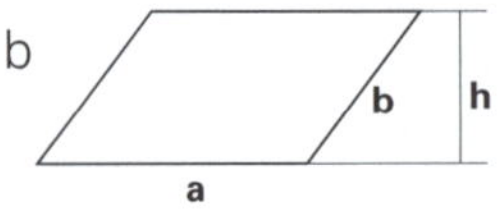

Trapez

$A = \frac{a + c}{2} \cdot h$

$A = m \cdot h$

$u = a + b + c + d$

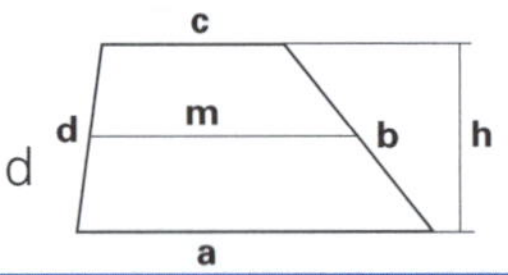

Rechteck

$A = a \cdot b$

$u = 2 \cdot a + 2 \cdot b$

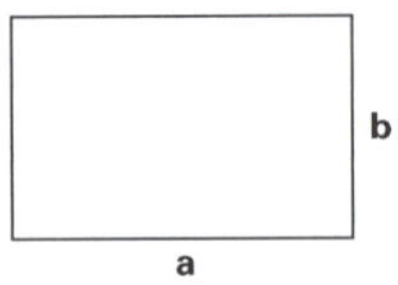

Dreieck

$A = \frac{c \cdot h_c}{2}$

$= \frac{b \cdot h_b}{2} = \frac{a \cdot h_a}{2}$

$u = a + b + c$

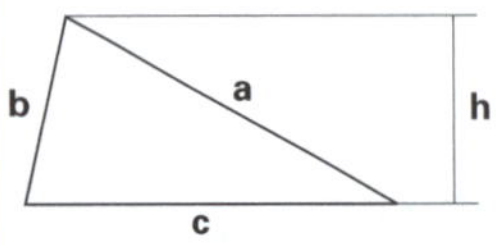

Raute

$A = \frac{e \cdot f}{2}$

$u = 4 \cdot a$

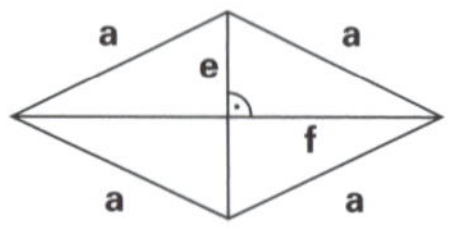

Drachen

$A = \frac{e \cdot f}{2}$

$u = 2 \cdot (a + b)$

$= 2a + 2b$

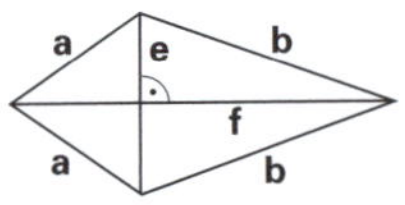

Kreis

$A = \pi \cdot r^2$

$A = \frac{\pi}{4} \cdot d^2$

$u = 2 \cdot \pi \cdot r$

$u = \pi \cdot d$

$d = 2 \cdot r$

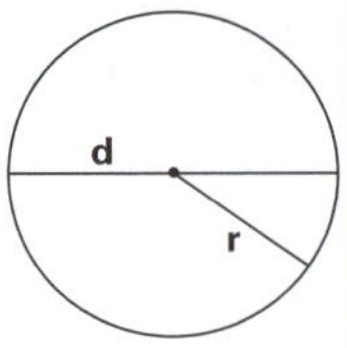

Eigenschaften von Dreiecken und Vierecken

Winkel im Dreieck

Winkelsumme

$\alpha + \beta + \gamma = 180°$

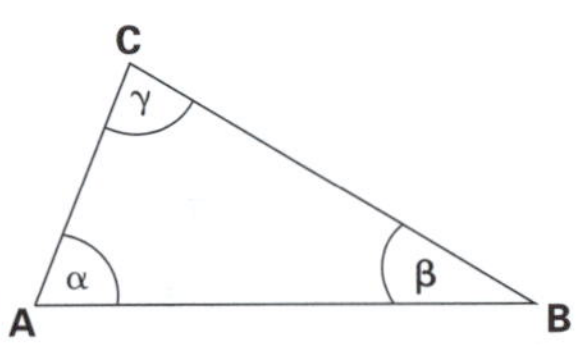

Satz des Pythagoras

$c^2 = a^2 + b^2$

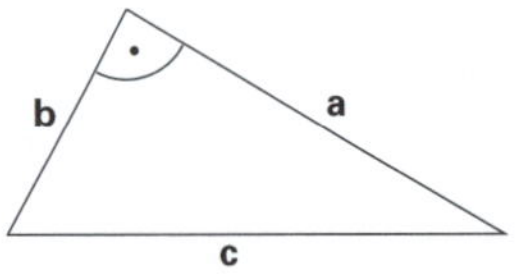

Winkel im Viereck

Winkelsumme

$\alpha + \beta + \gamma + \delta = 360°$

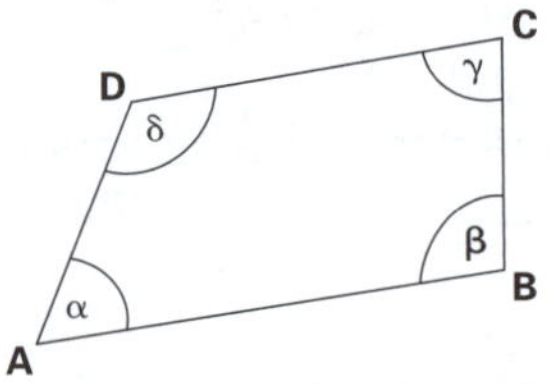

Körperberechnung

Würfel

$V = a \cdot a \cdot a$

$V = a^3$

$O = 6 \cdot a^2$

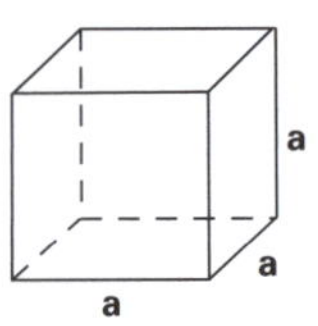

Quader

$V = a \cdot b \cdot c$

$O = 2 \cdot a \cdot b + 2 \cdot b \cdot c + 2 \cdot a \cdot c$

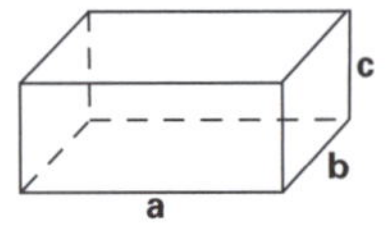

Säule (Prisma)

$V = A_G \cdot h$

$O = 2 \cdot A_G + M$

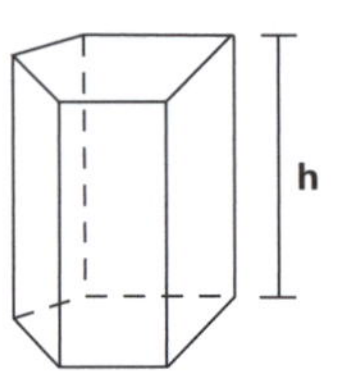

Pyramide

$V = \frac{1}{3} \cdot A_G \cdot h$

$O = A_G + M$

$O = a \cdot (a + 2 \cdot h_s)$

$M = 2 \cdot a \cdot h_s$

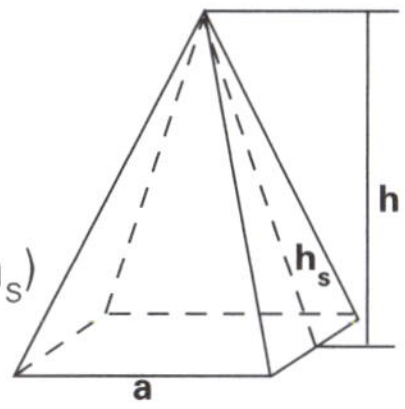

Zylinder

$V = A_G \cdot h$

$V = \pi \cdot r^2 \cdot h$

$O = 2 \cdot A_G + M$

$O = 2 \cdot \pi \cdot r \cdot (r + h)$

$M = 2 \cdot \pi \cdot r \cdot h$

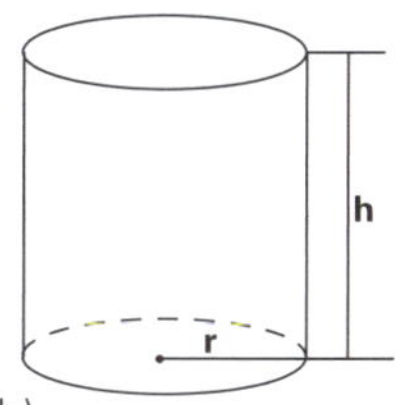

Kugel

$V = \frac{4}{3} \cdot \pi \cdot r^3$

$O = 4 \cdot \pi \cdot r^2$

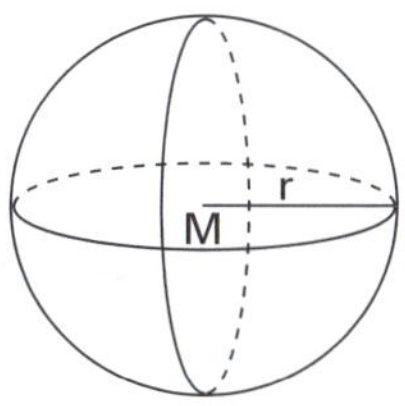

Gerader Kreiskegel

$V = \frac{1}{3} \cdot \pi \cdot r^2 \cdot h$

$O = \pi \cdot r \cdot (r + s)$

$s = \sqrt{r^2 + h^2}$

$M = r \cdot \pi \cdot s$

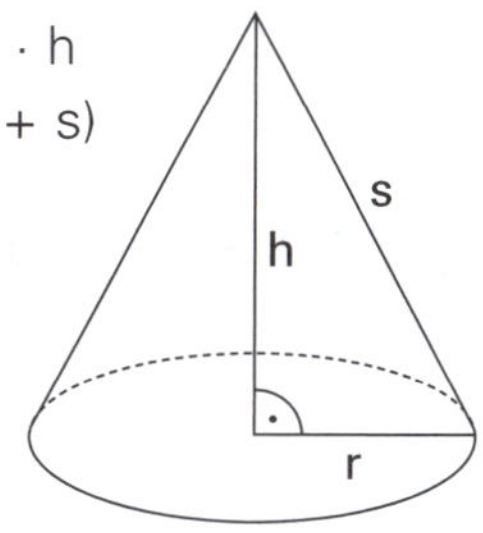

Prozent- und Promillerechnung

G = Grundwert W = Prozentwert / Promillewert p = Prozentsatz / Promillesatz

Prozentrechnung

$p\,\% = \frac{p}{100}$

$G = \frac{W \cdot 100}{p}$ $W = \frac{G \cdot p}{100}$ $p = \frac{W \cdot 100}{G}$

Promillerechnung

$p‰ = \frac{p}{1000}$

$G = \frac{W \cdot 1000}{p}$ $W = \frac{G \cdot p}{1000}$ $p = \frac{W \cdot 1000}{G}$

Zinsrechnung

Jahreszinsen	Monatszinsen	Tageszinsen
$Z = \frac{K \cdot i \cdot p}{100}$	$Z = \frac{K \cdot m \cdot p}{100 \cdot 12}$	$Z = \frac{K \cdot t \cdot p}{100 \cdot 360}$

Kapital: K
Zinsen: Z
Zinssatz: p

Zeit: i (in Jahren)
m (in Monaten)
t (in Tagen)

Zinseszinsrechnung

K_n = Endkapital
K_0 = Anfangskapital
n = Anzahl Jahre
q = Zinsfaktor
p = Zinssatz (%)

$q = 1 + \frac{p}{100}$

$K_n = K_0 \cdot q^n$

$= K_0 \cdot \left(1 + \frac{p}{100}\right)^n$

Lineare Gleichungssysteme mit zwei Variablen

$\begin{vmatrix} a_1x + b_1y = c_1 \\ \wedge\ a_2x + b_2y = c_2 \end{vmatrix}$

Lösung mit dem **Einsetz-, Gleichsetz-** oder **Additionsverfahren**

Quadratische Gleichungen

Allgemeine Form

$ax^2 + bx + c = 0$

Normalform

$x^2 + px + q = 0$

Lösungsformeln → $x_{1,2} = -\frac{p}{2} \pm \sqrt{\left(\frac{p}{2}\right)^2 - q}$

Diskriminante $D = \left(\frac{p}{2}\right)^2 - q$

$D > 0 \Rightarrow$ zwei Lösungen
$D = 0 \Rightarrow$ eine Lösung
$D < 0 \Rightarrow$ keine Lösung

Winkel

Nebenwinkel

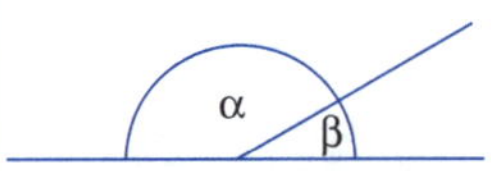

$\alpha + \beta = 180°$

Scheitelwinkel

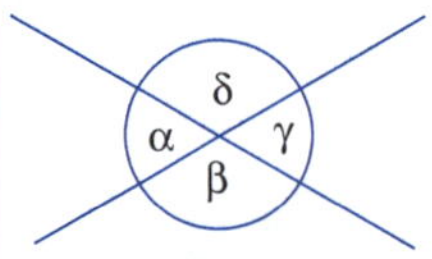

$\alpha = \gamma, \beta = \delta$

Stufenwinkel

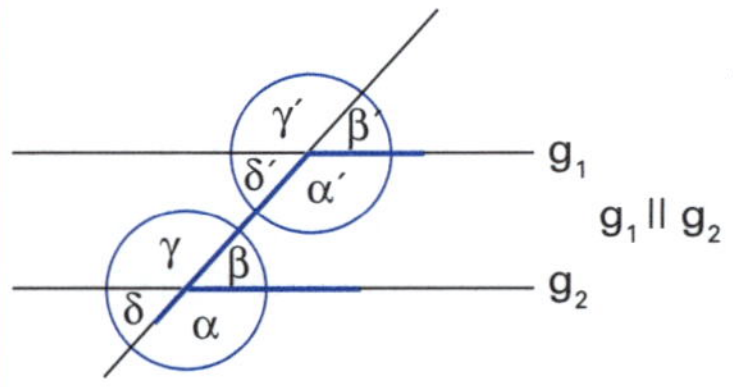

$\alpha = \alpha'$ $\gamma = \gamma'$
$\beta = \beta'$ $\delta = \delta'$

Wechselwinkel

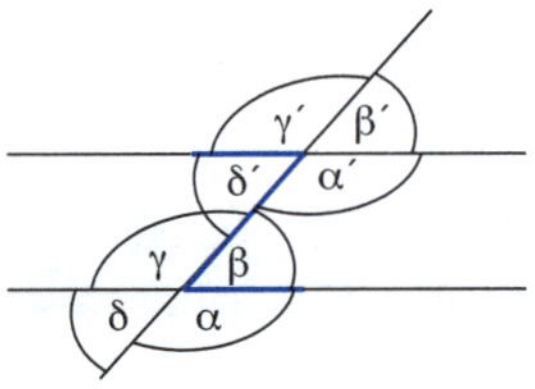

$\alpha = \gamma'$ $\gamma = \alpha'$
$\beta = \delta'$ $\delta = \beta'$

Strahlensätze

1. Strahlensatz

$\frac{\overline{SA_1}}{\overline{SC_1}} = \frac{\overline{SA_2}}{\overline{SC_2}}$

$\frac{\overline{SA_1}}{\overline{SB_1}} = \frac{\overline{SA_2}}{\overline{SB_2}}$

2. Strahlensatz

$\frac{\overline{SA_1}}{\overline{SC_1}} = \frac{\overline{A_1A_2}}{\overline{C_1C_2}}$

$\frac{\overline{SA_1}}{\overline{SB_1}} = \frac{\overline{A_1A_2}}{\overline{B_1B_2}}$

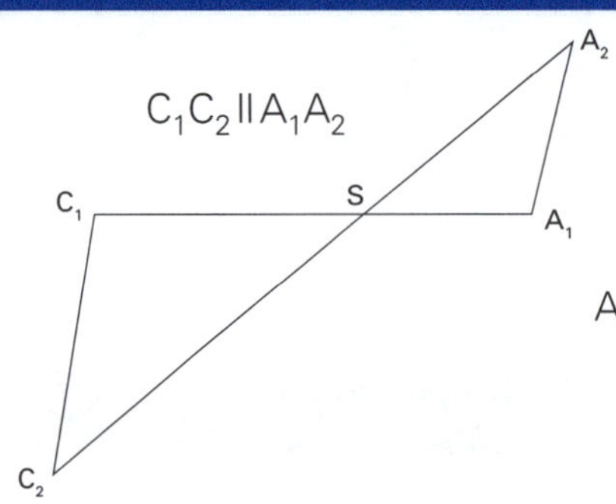

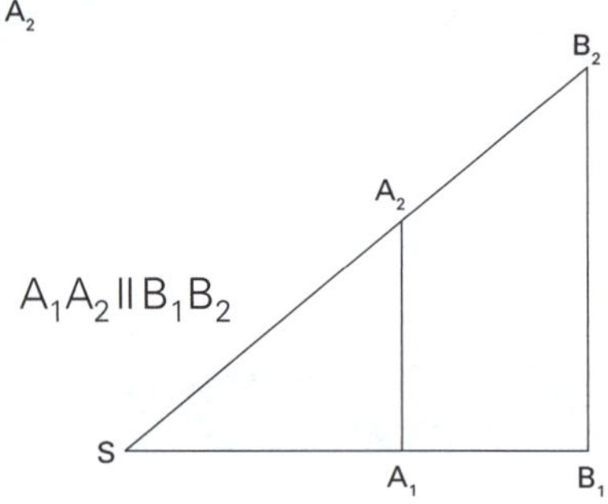

Flächensatz am rechtwinkligen Dreieck

Satz des Pythagoras

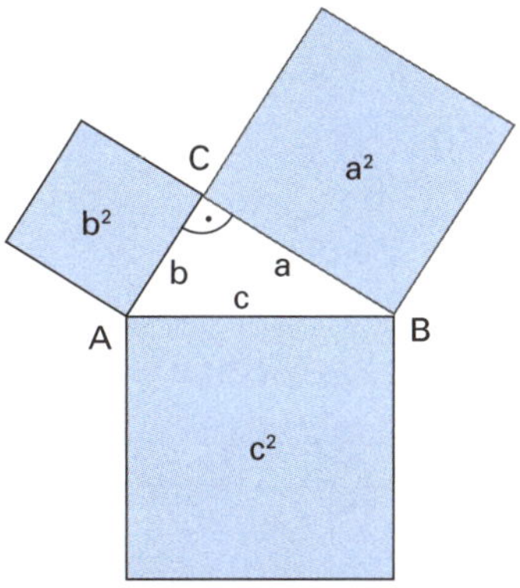

$a^2 + b^2 = c^2$ a, b: Katheten c: Hypotenuse

In jedem rechtwinkligen Dreieck ist die Summe der beiden Kathetenquadrate so groß wie das Hypotenusenquadrat.

Trigonometrie

Winkelfunktionen am Einheitskreis

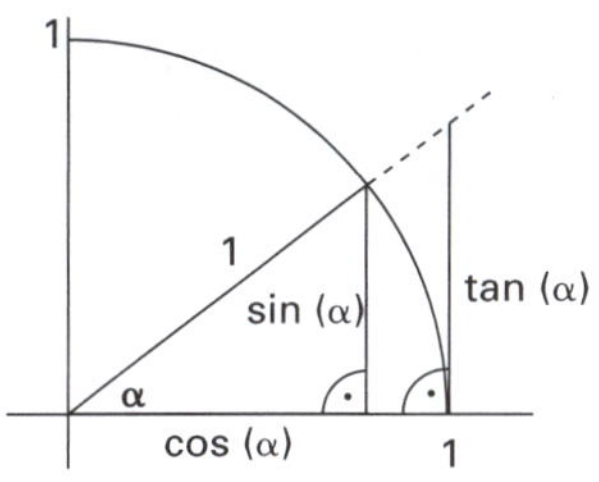

Besondere Werte

α	0°	30°	45°	60°	90°
sin (α)	0	$\frac{1}{2}$	$\frac{1}{2}\sqrt{2} = 0{,}71$	$\frac{1}{2}\sqrt{3} = 0{,}87$	1
cos (α)	1	$\frac{1}{2}\sqrt{3} = 0{,}87$	$\frac{1}{2}\sqrt{2} = 0{,}71$	$\frac{1}{2}$	0
tan (α)	0	$\frac{1}{3}\sqrt{3} = 0{,}58$	1	$\sqrt{3} = 1{,}73$	nicht definiert

Berechnungen am rechtwinkligen Dreieck

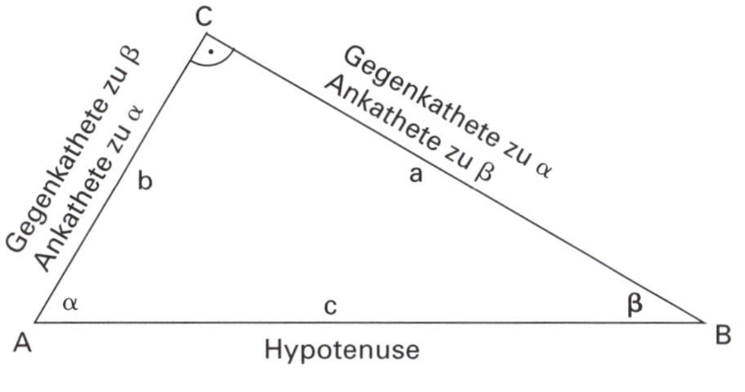

$\sin(\alpha) = (\frac{a}{c}) \Leftrightarrow \frac{\text{Gegenkathete}}{\text{Hypotenuse}} \Leftrightarrow \sin(\beta) = \frac{b}{c}$

$\cos(\alpha) = \frac{b}{c} \Leftrightarrow \frac{\text{Ankathete}}{\text{Hypotenuse}} \Leftrightarrow \cos(\beta) = \frac{a}{c}$

$\tan(\alpha) = \frac{a}{b} \Leftrightarrow \frac{\text{Gegenkathete}}{\text{Ankathete}} \Leftrightarrow \tan(\beta) = \frac{b}{a}$

Zuordnungen

Direkte Proportionalität	Antiproportionalität
Die Quotienten einander zugeordneter Zahlen sind gleich:	Die Produkte einander zugeordneter Zahlen sind gleich:
$\frac{y}{x} = k \qquad y \sim x \qquad (x, k \neq 0)$	$x \cdot y = k \qquad y \sim \frac{1}{x} \qquad (x, k \neq 0)$
(k Proportionalitätsfaktor)	(k Proportionalitätsfaktor)
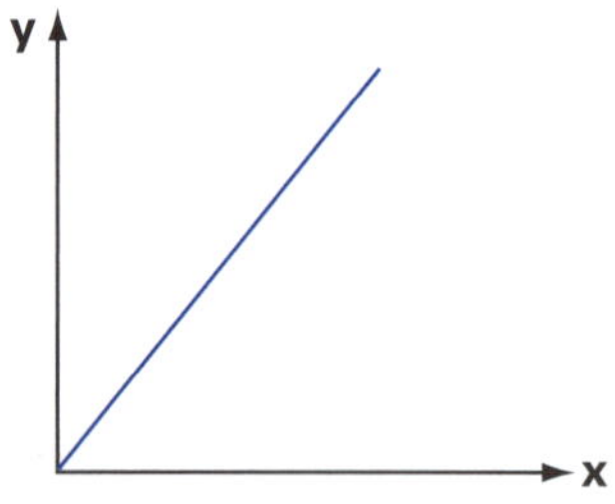	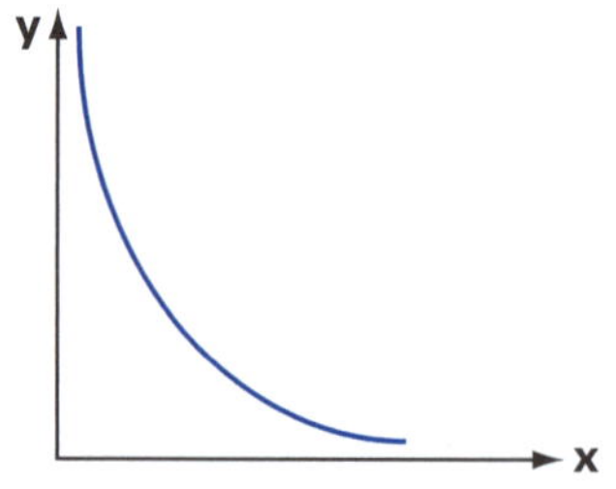
Alle Punkte liegen auf einer Geraden durch den Ursprung.	Alle Punkte liegen auf einer Kurve, die sich an die Koordinatenachsen anschmiegt.

Funktionen

Lineare Funktion (Gerade)

$g\colon y = mx + c \qquad m = \frac{y_2 - y_1}{x_2 - x_1} \qquad c = \text{y-Achsenabschnitt}$

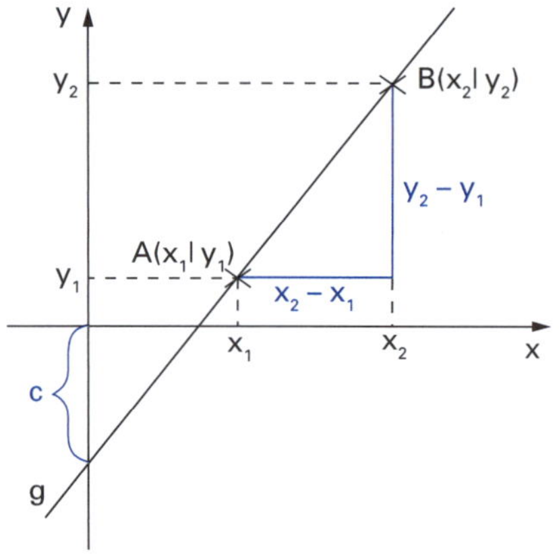

Parallele und senkrechte Geraden

$g_1 \parallel g_2 \Rightarrow m_1 = m_2$

$g_1 \perp g_2 \Rightarrow m_2 = -\frac{1}{m_1}$ oder $m_1 \cdot m_2 = -1$

Quadratische Funktionen

Quadratische Funktionen mit der Funktionsgleichung $y = ax^2 + c$

Der Summand c gibt die Verschiebung des Scheitelpunkts in y-Richtung an. Der Scheitelpunkt hat die Koordinaten S (0 I c). **Der Faktor a** wirkt sich auf die **Form und die Öffnung** der Parabel aus. Er kann dabei eine Spiegelung und eine Streckung der Normalparabel bewirken.

Für $a > 0$:	Parabel nach oben geöffnet
Für $0 < a < 1$:	breiter als Normalparabel
Für $a > 1$:	schmaler als Normalparabel

Für $a < 0$:	Parabel nach unten geöffnet
Für $-1 < a < 0$:	breiter als Normalparabel
Für $a < -1$:	schmaler als Normalparabel

Beispiel: Die Parabel $y = \frac{1}{4}x^2 - 1$ ist eine nach oben geöffnete Parabel. Sie ist breiter als die Normalparabel ($y = x^2$). Ihr Scheitelpunkt S (0 I -1) liegt unterhalb der x-Achse.

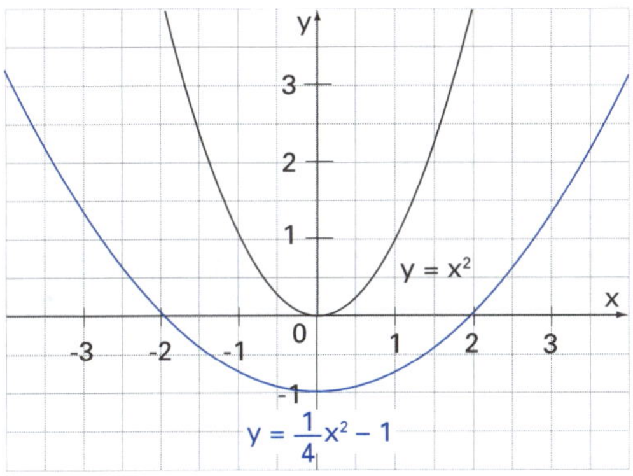

Beispiel: Die Parabel $y = -3x^2 + 2$ ist eine nach unten geöffnete Parabel. Sie ist schmaler als die Normalparabel ($y = x^2$). Ihr Scheitelpunkt S (0 I 2) liegt oberhalb der x-Achse.

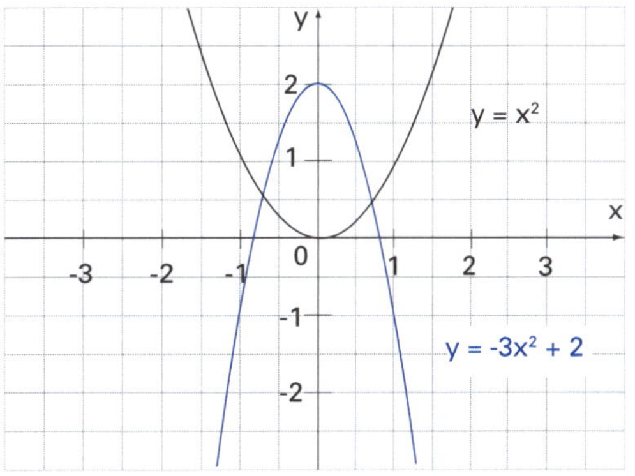

Quadratische Funktionen mit der Funktionsgleichung $y = (x - d)^2 + e$

Diese quadratische Funktionsgleichung wird die **Scheitelform** genannt. Der Scheitelpunkt hat die Koordinaten S (d I e). Der Graph ist eine verschobene Normalparabel, die symmetrisch zur Achse x = d ist. Für die Verschiebungen gilt:
Der Wert **d** stellt die **Verschiebung in x-Richtung** dar.
Der Wert **e** stellt die **Verschiebung in y-Richtung** dar.

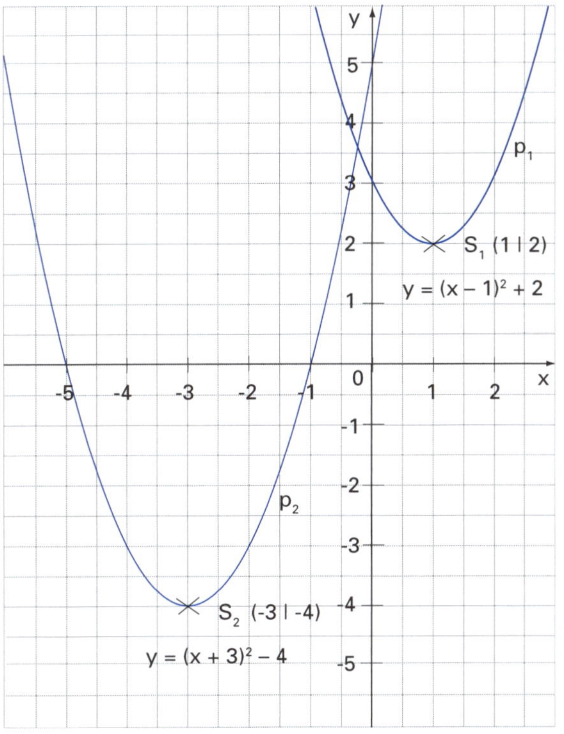

Das Schaubild zeigt die beiden Parabeln p_1: $y = (x - 1)^2 + 2$ und p_2: $y = (x + 3)^2 - 4$.
Die Parabel p_1 ist eine um 1 nach rechts und um 2 nach oben verschobene Normalparabel mit dem Scheitelpunkt S_1 (1 I 2).
Die Parabel p_2 ist eine um 3 nach links und um 4 nach unten verschobene Normalparabel mit dem Scheitelpunkt S_2 (-3 I -4).

Von der Normalform zur Scheitelform einer Parabelgleichung

Um die Normalform einer Parabelgleichung in die Scheitelform zu überführen, muss man das Verfahren der quadratischen Ergänzung anwenden.

Beispiel:
Gegeben ist eine Parabel p mit der Funktionsgleichung $y = x^2 - 10x + 3$
Umformung in Scheitelform mithilfe der quadratischen Ergänzung:
$y = x^2 - 10x + 3$
$y = x^2 - 10x + (5)^2 - (5)^2 + 3$
$y = (x - 5)^2 - 25 + 3$
$y = (x - 5)^2 - 22$
Der Scheitelpunkt von p ist S (5 | -22). Die Scheitelform der Parabelgleichung von p ist also:
p: $y = (x - 5)^2 - 22$

Beschreibende Statistik

Grundbegriffe

Urliste:	ungeordnete Sammlung von statistischen Daten
Rangliste:	der Größe nach geordnete Urliste
Strichliste:	Hilfsmittel, um die Häufigkeit des Auftretens bestimmter Ereignisse zu ermitteln

Kennwerte einer Liste mit n Werten $x_1, x_2, \ldots, x_n$

Minimum x_{min} (Min)	**Maximum x_{max} (Max)**
kleinster Wert der Datensammlung	größter Wert der Datensammlung
Spannweite d	**häufigster Wert m (Modalwert)**
Differenz zwischen größtem und kleinstem Wert der Sammlung $d = x_{max} - x_{min}$	Dies ist der am häufigsten auftretende Wert. Es kann mehrere geben.
Arithmetisches Mittel	**Median (Zentralwert)**
Mittelwert $\bar{x}$ der Datenreihe $x_1, \ldots, x_n$ berechnet sich aus: $\bar{x} = \frac{x_1 + x_2 + \ldots + x_n}{n}$	In einer der Größe nach geordneten Reihe mit n Daten hat der Median z die Eigenschaft, dass 50 % der Werte darüber und 50 % der Werte darunter liegen. $z = x_{\frac{n+1}{2}}$ für ungerades n $z = \frac{1}{2}\left(x_{\frac{n}{2}} + x_{\frac{n}{2}+1}\right)$ für gerades n

Quartile	Boxplot
Quartile teilen eine Rangliste in vier Teile. unteres Quartil q_u = 25 % aller Werte sind kleiner oder gleich q_u. = Median der Werte der unteren Datenhälfte Zentralwert z: siehe Median oberes Quartil q_o = 75 % aller Werte sind kleiner oder gleich q_o. = Median der Werte der oberen Datenhälfte Quartilabstand q: Differenz zwischen oberem und unterem Quartil $q = q_o - q_u$	Der Boxplot ist ein Diagramm, mit dem die Verteilung einer Datensammlung dargestellt wird. Die Kennwerte x_{min}, x_{max}, q_u, q_o und z bestimmen den Boxplot. In der Box selbst liegen mindestens 50 % aller Daten. 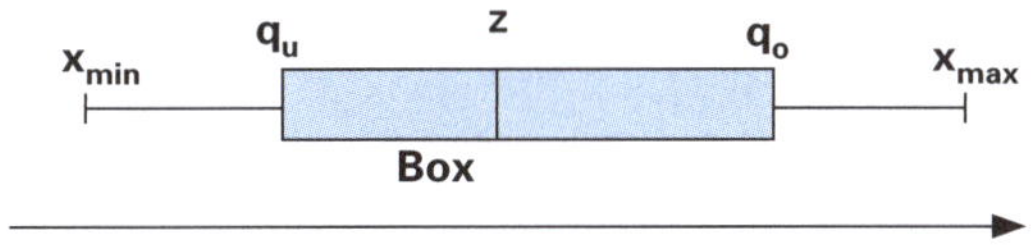

Wahrscheinlichkeitsrechnung

Zufallsversuch

Vorgang, bei dem genau eines von mehreren möglichen Ergebnissen eintritt

Ereignis

Alle Ergebnisse eines Zufallsversuchs, die eine bestimmte Eigenschaft besitzen
Ein unmögliches Ereignis kann bei keinem Versuch auftreten.
Ein sicheres Ereignis tritt bei jedem Versuch auf.

Laplace-Versuch

Zufallsversuch, bei dem alle Ergebnisse gleich wahrscheinlich sind (z. B. Münzwurf)
Die Wahrscheinlichkeit P für das Ereignis E berechnet sich aus:

$$P(E) = \frac{\text{Anzahl der günstigen Ergebnisse}}{\text{Anzahl der möglichen Ergebnisse}}$$

Gegenereignis

Alle Ergebnisse, die nicht günstig für E sind, ergeben das Gegenereignis $\overline{E}$.

$P(\overline{E}) = 1 - P(E)$

Mehrstufige Zufallsversuche

Solche Zufallsversuche lassen sich in einem Baumdiagramm darstellen. Dabei kann ein Ergebnis als Pfad veranschaulicht werden. Die Wahrscheinlichkeiten lassen sich mithilfe von Produkt- und Summenregel berechnen:

1. Pfadregel (Produktregel)
Die Wahrscheinlichkeit eines Pfades ergibt sich aus dem Produkt der Wahrscheinlichkeiten entlang des Pfades.
$P(E) = p_1 \cdot p_2$

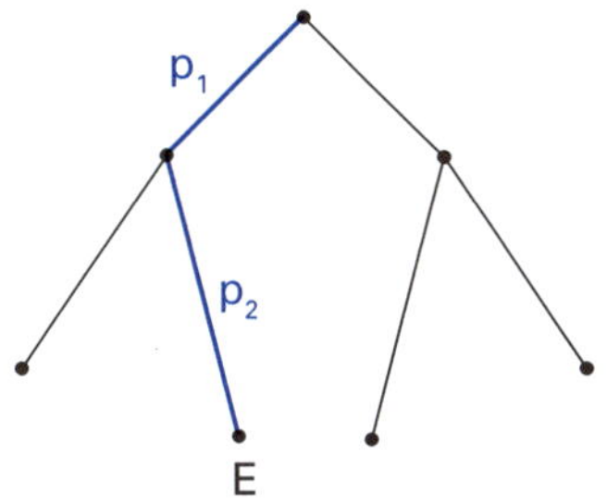

2. Pfadregel (Summenregel)
Die Wahrscheinlichkeit eines zusammengesetzten Ereignisses ist gleich der Summe der Einzelwahrscheinlichkeiten.
$P(E) = P(E_1) + P(E_2) = p_1 \cdot p_2 + q_1 \cdot q_2$

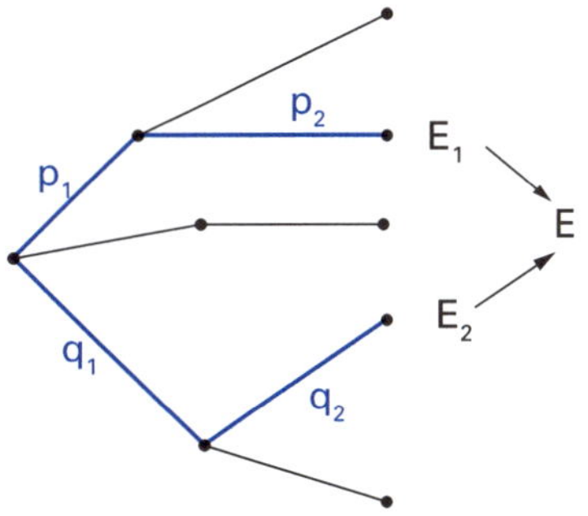

Erwartungswert

Um den Erwartungswert bei einem Glücksspiel zu berechnen, kann man folgendermaßen vorgehen:

1. Man schreibt alle möglichen Werte (W) der Gewinne und die jeweils zugehörigen Wahrscheinlichkeiten (P(W)) für diese Gewinne in einer geordneten Form auf. Eine mögliche geordnete Form des Aufschreibens ist zum Beispiel eine Tabelle, in die die Werte der Gewinne und ihre Wahrscheinlichkeiten eingetragen werden.
2. Man multipliziert jeden Gewinn-Wert (W) mit der zugehörigen Wahrscheinlichkeit (P(W)), addiert alle Einzelprodukte und subtrahiert den Einsatz des Glücksspiels. Das Ergebnis dieser Rechnung ist der Erwartungswert E:
   $E = P(W_1) \cdot W_1 + P(W_2) \cdot W_2 + P(W_3) \cdot W_3 + \ldots + P(W_n) \cdot W_n - \text{Spieleinsatz}$

Wenn der **Erwartungswert gleich Null** ist, dann handelt es sich bei dem Glücksspiel um ein **faires Spiel**.
Wenn der Erwartungswert negativ ist, dann erzielt der Betreiber / die Betreiberin des Spiels durchschnittlich Gewinn.
Wenn der Erwartungswert positiv ist, dann erzielt der Spieler / die Spielerin des Spiels durchschnittlich Gewinn.
Der durchschnittliche Gewinn entspricht in beiden Fällen dem Erwartungswert.

Die Abschlussprüfung

Die schriftliche Abschlussprüfung in Englisch ist stets ähnlich aufgebaut. Folgende Teile sind Bestandteil der Prüfung:

A – Listening Comprehension
In diesem Teil hören Sie unterschiedliche Audioaufnahmen, z. B. ein Gespräch oder eine Reportage. Anschließend werden Sie in unterschiedlichen Aufgabentypen nach den Inhalten gefragt (alle Hördateien zum Download unter www.pauker.de/rs_bw_muster).

B – Text-based Tasks
In diesem Teil sollen Sie einen Text lesen, erschließen und schließlich inhaltliche Fragen dazu beantworten.

C – Use of Language
Hier wird in unterschiedlichen Formaten geprüft, wie gut Sie mit der englischen Sprache umgehen können. Die Aufgaben orientieren sich an dem vorangegangenen Text und prüfen Ihre Grammatik- und Wortschatzkenntnisse.

D – Writing
Im Teil D der Prüfung müssen Sie eigene Texte nach vorgegebenen Kriterien formulieren. Der Umfang der Schreibaufgabe ist unterschiedlich. Sie müssen in der Lage sein, sowohl kreative als auch sachbezogene Texte zu verfassen.

E – Interpreting
Bei dieser Aufgabe vermitteln Sie in zweisprachigen Kommunikationssituationen Informationen adressatengerecht und sinngemäß an Personen der jeweils anderen Sprache. Der Austausch findet sowohl aus der Zielsprache ins Deutsche als auch umgekehrt statt. Entscheidend ist dabei die Weitergabe der wichtigen Informationen.

A – Listening Comprehension

Erklärung

Die Listening Comprehension ist ein neues Aufgabenformat in der Abschlussprüfung. Dabei bilden monologische und dialogische Hörsequenzen die Grundlage für unterschiedliche Aufgabenstellungen zur Überprüfung des Hörverständnisses. Mögliche Aufgabentypen sind:

- die Überprüfung von Aussagen/Behauptungen (true/false)
- die Zuordnung von Informationen zu vorgegebenen Kategorien
- die Identifizierung von Aussagen
- das Beenden von Satzanfängen

Für das Überprüfen des Hörverständnisses wird in der Prüfung ein digitaler Datenträger bereitgestellt. Die Prüfungszeit für Teil A beträgt bei allen Abschlüssen 30 Minuten und es werden mehrere Audiobeiträge gehört.

Die Vorbereitung

Meistens liegen die größten Probleme beim Hörverstehen darin, sich auf die unterschiedlichen Aussprachen, Akzente und Sprechgeschwindigkeiten einzustellen. Es ist deswegen sehr sinnvoll, dass Sie Ihre Ausdauer und Konzentrationsfähigkeit beim Hören gezielt und über einen längeren Zeitraum regelmäßig trainieren. Zum Glück gibt es für das „Einhören" in die englische Sprache eine große Auswahl an Möglichkeiten:

- DVDs und Streamingdienste bieten Ihre englischsprachigen Lieblingsfilme oder Serien oft auch in der englischen Originalversion an; schauen Sie diese doch mal auf Englisch an (zum Einstieg können Sie auch noch die englischen Untertitel zur Unterstützung benutzen; von einer Mischung aus englischer Sprache und deutschen Untertiteln ist dringend abzuraten).
- Im Internet finden Sie eine riesige Anzahl an interessanten und spannenden Radiosendern oder Podcasts aus den USA, England oder Australien. Auch englische Hörspiele und Hörbücher können Sie im Netz finden.

Nutzen Sie diese Möglichkeiten!

In der Prüfung

Die wichtigste Regel bei den Hörverstehensaufgaben ist: Keep calm and don't panic! Also, Ruhe bewahren und immer daran denken, dass Sie jeden Text ZWEIMAL hören werden. Lesen Sie sich die Aufgabenstellung immer gut durch und prüfen Sie, ob es schon naheliegende Antwortmöglichkeiten oder bestimmte Signalwörter gibt, auf die Sie beim Hören besonders achten können.

Typische Aufgabenstellung

You will hear a conversation about weekend activities. Listen and answer questions 1 – 5.
You will hear the conversation twice.

Hörtext

Weekend Activities

Girl: So Stan, have you got any plans for the weekend?
Boy: Hi Julia, yeah, my mates and I are going to this activity centre in the mountains.
Girl: Oh, yeah?
Boy: You can do all kinds of things there. It's a new centre; it sounds great. We're going to go dirtboarding …
Girl: What's that?
Boy: It's like skateboarding or snowboarding. You have a board, or deck, to stand on and wheels. They're pretty strong because you go down rough mountain tracks on them. Steep, rough mountain tracks.
Girl: Sounds a bit risky. Have you done it before?
Boy: No, but I've done similar things. Anyway, we're also going to go canyoning. Before you ask, that's when you jump and swim down a river canyon. You have to use ropes and special equipment. And maybe we'll go wildwater rafting too.
Girl: Phew. That sounds far too difficult to me.

Boy: They have lots of other things that you can do, too. Like zip-wiring, you know, when you ride along a wire through the trees or down a mountain.
Girl: Go down a mountain on a wire!
Boy: It's really easy, and exciting too. You just have to hold on and enjoy the ride. Or there's bungee jumping.
Girl: Jump off a bridge on a long elastic band! Me? You've got to be joking! Anyway, I'm going away this weekend too, thank you for asking.
Boy: I was going to ask. So where are you going?
Girl: Paris! I'm so excited!
Boy: Paris, wow!
Girl: Yeah, it'll be brilliant! We're going to do all the sights, like go up the Eiffel Tower and take a boat along the River Seine and see the old parts of the city. It looks so beautiful in the photos. And then there are all the art galleries. You know how much I like art. I can't wait to go round the Louvre and see all those famous paintings.
Boy: I think the famous impressionist paintings are somewhere else, aren't they.
Girl: Yeah, I know, they're in the Musée d'Orsay. We're going to go there, too. And then I want to go to the Rodin Museum and see that famous statue, you know, The Thinker. And of course, being in Paris, we'll have to go shopping. Or window shopping, at least. And then there's the restaurants. Just think, French food!
Boy: You've got a lot planned for one weekend.
Girl: Oh, we're going for four days, actually.
Boy: Oh, four days, very nice. And who are you going with?
Girl: Oh, just a friend.

1. Tick the correct ending to finish the sentences. There is only one correct answer in each sentence.

Dirtboards are pretty strong because …	A	☐	… most dirtboard riders are really heavy.
	B	☐	… you often jump from one mountain track to another.
	C	☐	… you go down rough mountain tracks on them.

Zip-wiring means that …	A	☐	… you climb up a mountain with a wire around your waist.
	B	☐	… you ride along a wire through the trees or down a mountain.
	C	☐	… you ride along a wire through wildwater or rivers.

The girl can't wait to go round the Louvre …	A	☐	… and see the famous statue 'The Thinker'.
	B	☐	… and see all those famous paintings.
	C	☐	… and see the famous Impressionist paintings.

Lösung

- ▶ C – Dirtboards are pretty strong because you go down rough mountain tracks on them.
- ▶ B – Zip-wiring is when you go along a wire through the trees or down a mountain.
- ▶ B – The girl can't wait to go round the Louvre and see all those famous paintings.

2. Take notes to fill in the table.

a)	definition of canyoning	
b)	number of days the girl will spend in Paris	
c)	name three sights in Paris	

Lösung

a) to jump and swim down a river canyon
b) 4 days
c) Eiffel Tower, Louvre, Rodin Museum

3. Write the correct name (Julia, Stan) next to the statement. Be careful, one statement does not fit.

a)	Go down a mountain on a wire!	
b)	You just have to hold on and enjoy the ride.	
c)	I take a boat along the coast.	
d)	Oh, just a friend.	

Lösung

a) Julia
b) Stan
c) neither (of the two)
d) Julia

4. Take notes to complete the cluster by adding missing facts.

activities in the activity centre
- *dirtboarding*
- a)
- b)

activities in Paris
- *visiting the Louvre*
- *go to the Eiffel Tower*
- c)

weekend activities

things Julia wouldn't do
- d)
- e)

Lösung

a) bungee jumping
b) canyoning (zip-wiring)
c) go to the Rodin Museum (go to a restaurant, boat trip)
d) dirtboarding
e) bungee jumping (zip-wiring)

5. Decide whether the following statements are true or false.

	true	false
a) Julia is going to take a boat along the River Seine to see the old parts of the city.	x	
b) Stan has done dirtboarding a lot of times already.		x
c) I think the famous impressionist paintings are in the Louvre.		x

Übungsaufgaben

You will hear a discussion about zoos. Listen and answer questions 1 – 5.
You will hear the recording twice.
(QR-Code rechts – Aufgaben Seite 284)

(4)

Discussion: Are Zoos a Good Thing?

Presenter: Good morning everybody here on Radio Zero. Today is January the 2nd. On today's show we'd like to have a fresh talk on a rather dusty topic: zoos. They are a hugely popular attraction for adults and children. But are zoos a good thing? Yes or No?
And with me today are Jonas, Ida and Simon. Let's go straight into the discussion – does anyone of you boycott zoos?
Ida: Yes! I do.
Presenter: And what about you Jonas?
Jonas: No, no … I am not. I like going there.
Presenter: And you, Simon?
Simon: Well, I don't boycott zoos, I sometimes go there for different reasons, but I think that we don't need zoos anymore.
Presenter: Ida, since when and why do you boycott zoos?

Ida: Well, I think I was about 19 when I realized that going to the zoo means that you are actually paying people to do harm to animals. Every ticket supports the zoo and animals suffer physically and mentally by being enclosed. Even if they have a lot of space and freedom it is different from their natural habitats. Since I realized that I couldn't go to a zoo anymore.

Presenter: You said that enclosed animals suffer physically and mentally. What happens to the animals?

Ida: Well, capturing animals in the wild causes much suffering by splitting up families and moving them to different places. The result is that animals become distressed and mentally ill. Some zoos make animals behave unnaturally as some sort of entertainment. For example, marine parks often force dolphins and whales to perform tricks.

Presenter: Are zoos better than marine parks?

Simon: In a way yes, because, normally, a zoo doesn't force animals to do tricks but that doesn't mean that zoos are good environments for animals. Animals that live in zoos, circuses or marine parks die decades earlier than their wild relatives, and … you won't believe that … some animals are so depressed they even try to commit suicide.

Presenter: What? That sounds terrible. I have never heard of that. Jonas, why do you think zoos are good?

Jonas: First of all, I think, by bringing animals and people together, zoos have the potential to educate the public and inspire people to protect animals and their habitats.

Ida: That's crazy, how does watching animals in cages inspire people to protect them and their environment?

Jonas: There are zoos that provide a safe environment for animals which have been treated badly in circuses, or pets which have been abandoned. And second, zoos also gather important information about animal behaviour and how to treat illnesses.

Simon: Exactly, that's why I sometimes go to the zoo. I want to see and watch exotic animals. It's educational and you can learn a lot in zoos.

Ida: Oh, come on! You can learn a lot about animals online or by watching documentaries. Hello! It's the 21st century, we don't have to put animals in cages anymore, we can learn about anything anytime online. In HD!

Simon: That's true and that's why I said at the beginning that we don't need zoos anymore. Today, most of the people go there to be entertained or to have a nice walking atmosphere not to learn about the animals.

Jonas: I disagree. There are still people who go to a zoo and want to learn everything about the animals and they want to see them in reality, not online.

Presenter: What about endangered species? Why can we find these animals in zoos? Shouldn't they be in the wild?

Jonas: No, particularly endangered species should receive help. In the wild they have difficulty in finding mates and breeding, and they might also be threatened by natural enemies like predators or by poachers[1]. A good zoo will help these species to live and breed in a safe environment.

Simon: That's a good point and sometimes zoo-bred animals can be released into the wild to repopulate.

Ida: That is very naive. The majority of zoo-bred animals are not released into the wild, they are sold to other zoos or in some cases to circuses. The worst thing I've ever heard was that some animals are sold to hunting ranches where people are willing to pay a lot of money to kill an animal for sport.

Presenter: Hang on a minute. Before we continue our discussion it's time for a short break. Thank you so far and we'll be right back after the break …

[1] poacher: Wilderer

(1)

1. Tick the correct ending to finish the sentences.

a)	Zoos are …	A	☐	… a hugely popular attraction for adults and children.
		B	☐	… less popular nowadays because of the Internet.
		C	☑	… the best place to learn about animals and their behaviour.

b)	Simon thinks that …	A	☐	… boycotting zoos is the best thing one can do.
		B	☒	… we don't need zoos anymore.
		C	☐	… going to the zoo is a very important family activity.
c)	Ida won't go to a zoo anymore because …	A	☐	… she doesn't like the smell of animals.
		B	☐	… she doesn't want to pay for the ticket.
		C	☒	… she doesn't want to support people who harm animals.
d)	One of the reasons zoo animals become distressed is because …	A	☐	… they do not get enough food and water.
		B	☒	… they are separated from their families.
		C	☐	… they often have to move to another zoo.
e)	In marine parks …	A	☐	… animals are treated better than in zoos.
		B	☒	… animals have to perform tricks to entertain people.
		C	☐	… whales and dolphins live longer than in the wild.
f)	Some animals are so depressed that …	A	☒	… they try to kill themselves.
		B	☐	… they sleep all the time.
		C	☐	… they won't eat anymore.
g)	Endangered animals kept in zoos …	A	☒	… have difficulty in finding a mate and breeding.
		B	☐	… receive help to live and breed in a safe environment.
		C	☐	… are used for scientific research.
h)	Sometimes zoo-bred animals …	A	☒	… can be released into the wild to repopulate.
		B	☐	… become very famous attractions.
		C	☐	… are sold as pets.

2. True or false? Decide whether the following statements are true or false.

	true	false
a) Simon thinks that we don't need zoos anymore.	✓	
b) Captured animals will stay in their families and will be moved to the same zoo.		✓
c) Everyone agrees that marine parks are better than zoos.		✓
d) Zoos have the potential to educate the public and might inspire people to protect animals and their habitats.	✓	
e) Today, some people only go to zoos to have a nice walking atmosphere.	✓	✓
f) The majority of zoo-bred animals are released into the wild.		✓

3. Take notes to fill the table.

a)	why Ida boycotts zoos	– Splitting up families – performing tricks – Physical and mental problems
b)	two reasons why zoo animals suffer	– are hold in cages – They aren't together with their families
c)	two ways in which zoos help animals	– they are protected from poachers. – Endangered species receive help
d)	one good alternative to zoos	– to watch documentaries online

4. Who says it? Write the correct name (presenter, Jonas, Ida, Simon) next to the statement. One statement does not fit.

a)	I don't boycott zoos, I sometimes go there for different reasons, but I think that we don't need zoos anymore.	Simon
b)	No, no … I am not. I like going there.	Jonas
c)	You said that enclosed animals suffer physically and mentally.	presenter
d)	Hello! It's the 21st century, we don't have to put animals in cages anymore.	Ida
e)	There is no difference between zoos, marine parks and circuses.	/

5. Take notes to complete the cluster by adding missing facts.

zoos in the 21st century

benefits for humans
- ▶ *educative*
- ▶ a) learning by watching
- ▶ b) fun

help for animals
- ▶ *cure illnesses*
- ▶ c) No enemies
- ▶ d) They don't have to care for food

animals are suffering
- ▶ *split up from their families*
- ▶ e) living in a cage
- ▶ f) No natural habitats

B – Text-based Tasks

Erklärung

Bei diesem Aufgabenformat bildet ein längerer Ausgangstext die Grundlage für unterschiedliche Fragestellungen zur Überprüfung des Textverständnisses. Es geht darum, zu zeigen, dass Sie den Inhalt auch im Detail verstehen. Mögliche Aufgabentypen sind:

- die Zuordnung von Überschriften zu Textabschnitten
- das Beenden von Satzanfängen
- die Überprüfung von Aussagen/Behauptungen (true/false/not in the text)
- die Zuordnung von Informationen zu vorgegebenen Kategorien
- das Beantworten von Fragen

Die Vorbereitung

Um das Verstehen englischer Texte zu trainieren, können Sie Zeitschriften wie „Spotlight" oder „Read On" lesen. Diese sind zum Üben gut geeignet, weil sie viele Artikel enthalten und für einzelne schwierige Wörter auch gleich die Übersetzung anbieten. Sie finden diese am Kiosk oder auch in einer gut sortierten Bücherei.

In der Prüfung

Lesen Sie einen Text mehrmals genau durch und verwenden Sie Lesestrategien zum Erschließen von Texten. Unterstreichen Sie dabei Wörter, die Sie nicht kennen. Meistens können Sie deren Bedeutung aus dem Textzusammenhang erschließen. Auf jeden Fall sollten Sie alle Fragen beantworten, auch wenn Ihnen manche vielleicht erst einmal schwierig erscheinen. Lösen Sie erst die für Sie leichten Fragen und bearbeiten Sie dann in aller Ruhe die schwereren.
Achten Sie vor allem auf Ihre Rechtschreibung. Fehler können hier zu Punktabzug führen.

Typische Aufgabenstellung

Is It True That "Fifa 20" Is a License to Print Money?

The "Fifa" release will hit shelves[1] on 27 September – and its success is guaranteed. Every football fan feverishly awaits the start of the new season in summer.
But for many, one question might be even more pressing: "What new features does the latest "Fifa" video game from the US company EA Sports have?" Gamers young and old await the game's release with great anticipation each year. With each new release, the programmers further improve the gameplay.
[...] Since you always want to play with the current players and teams, the game basically sells itself. Adding to its popularity is the rise of professional e-sport events. Many Bundesliga teams now have their own e-teams as well. In August, the German gamer MoAuba from Werder Bremen became the latest "Fifa" world champion. Today, "Fifa" dominates the market.
But it wasn't always like that. The series used to be a head-to-head race with the Japanese "Pro Evolution Soccer" series. Back then, those who liked action generally preferred "Fifa", while realism fans swore by "PES". Now, both series try to reproduce the game as realistically as possible, which is why the licenses for leagues, teams and players, now play the biggest role for buyers today. While "PES" allows you to control only a few original players and teams such as Barcelona, Arsenal and, most recently, Bayern Munich, "Fifa" has the authentic licenses for everything – even the national teams.
Although EA pays enormous licence fees, it knows that its sales will more than compensate[2] for the cost.

[1] to hit shelves: in den Regalen stehen
[2] to compensate: ausgleichen, entschädigen

Adapted from: https://www.handelsblattmachtschule.de/fileadmin/Images/Newcomer/nc55/Newcomer_Ausgabe_55_englisch.pdf, Seitenaufruf am 14.05.2020

(2)

1. Match the headings with the parts of the text. There is one more heading than you need.

1)	PES – greater, bigger, better!	a) lines 1 – 2
2)	What's new?	b) lines 3 – 5
3)	Good investment	c) lines 6 – 8
4)	New FIFA is coming soon	d) lines 9 – 13
5)	PES vs. FIFA	e) line 14
6)	New developments – rising popularity	

Lösung

2) – b); 3) – e); 4) – a); 5) – d); 6) – c)

2. Finish the following sentences using the information from the text.

a) Each year gamers await the game's …

____

b) The rise of professional e-sports events is …

____

c) The biggest role for buyers today play the …

____

Lösung

a) release with great anticipation.
b) adding to its popularity.
c) licenses for leagues, teams and players.

3. Decide whether the following statements are right, wrong or not in the text.

	right	wrong	not in the text
a) The German gamer MoAuba from Borussia Dortmund became world champion.		x	
b) 'PES' only has a few licensed players and teams.	x		
c) Since 2019, Schalke 04 has been the official partner of 'PES'.			x

4. Answer the questions in complete sentences by using the information from the text.

a) Why does the game basically sell itself?

____

b) How did 'FIFA' manage to win the head-to-head competition against 'PES'?

____

c) Why does EA pay the enormous license fees?

____

Lösung

a) The gamers always want to play with the current players and teams.
b) 'FIFA' now, like 'PES', tries to reproduce the game as realistically as possible and owns almost all the licenses.
c) EA knows that it is worth it. The sales will compensate for the costs.

5. Finding information.

Find <u>three</u> reasons why 'Fifa' basically sells itself.

▶ ____

▶ ____

▶ ____

Mögliche Lösung

▶ each release offers an improved gameplay
▶ you always want to play with current players and teams
▶ professional e-teams increase its popularity

Übungsaufgaben

Text 1

Star Wars and the Hero Myth

Critics of the 2015 film *Star Wars: Episode VII – The Force Awakens* have called the film unoriginal and predictable because the story so closely mirrors the very first Star Wars film in 1977. But, in fact, both films follow a structure that predates[1] all Hollywood films, that of the 'hero myth'[2]. That's because director George Lucas based Star Wars on the ideas in Joseph Campbell's 1949 book, *The Hero with a Thousand Faces*. […]

In his book, Campbell analyses myths[3] from all over the world to describe the 'monomyth' – a pattern[4] that you can see in myths from every culture. In short, a hero sets off from home on a journey, where he overcomes obstacles[5] and defeats enemies to return with a prize. It's a tale that has been told for thousands of years, from the Ancient Greeks with *The Odyssey* to JK Rowling's Harry Potter books.

George Lucas was one of the early film directors to directly base his story on the 17 stages of the hero's journey. Typically, the hero starts the story living an ordinary life, but something happens that calls them to an adventure that changes everything. At the beginning of *Star Wars*, Luke lives an ordinary life with his aunt and uncle, repairing robots. When he finds Princess Leia's message to Obi-Wan Kenobi inside the robot R2D2, it is 'the call to adventure' that starts the hero on his journey.

[…] The next stage consists of passing tests, fighting enemies and meeting friends as the hero prepares to face their biggest challenge. For Luke the mentor[6] is, of course, Obi-Wan, the friends are Han Solo and the robots R2D2 and C3PO and the enemy is Darth Vader inside the special world of the Death Star.

Next, the hero overcomes obstacles on the way to facing their greatest challenge. There often comes a moment when they face death or loss and that experience gives them the strength to finally defeat the enemy. Luke loses his mentor when he sees Darth Vader kill Obi-Wan, which helps him find the strength he needs later on. When heroes succeed, they return from the special world, changed by their experiences forever. Luke's change comes when he remembers Obi-Wan saying, 'Use the force', and he uses it to help him aim[7] his laser into the heart of the Death Star. Luke takes his first steps to becoming a Jedi, and the hero myth restarts in *The Return of the Jedi*, except this time his mentor is Yoda.

[1] to predate: vordatieren
[2] hero myth: Heldensage
[3] myth: Sage, Mythos
[4] pattern: Muster (hier: Erzählmuster)
[5] obstacle: Hindernis
[6] mentor: Lehrer
[7] to aim: zielen

Adapted from: https://learnenglish.britishcouncil.org/skills/reading/upper-intermediate-b2/star-wars-and-the-hero-myth, Seitenaufruf am 14.05.2020

1. Finish the following sentences using the information from the text.

a) Star Wars is based on the ideas …

b) Luke finds the strength he needs when …

c) When heroes return home after a successful journey, they …

2. Decide whether the following statements are right, wrong or not in the text.

	right	wrong	not in the text
a) The critics loved the film 'Star Wars The Force Awakens'.			
b) At the beginning of the 'hero myth', the hero is always a normal person who lives a normal life.			
c) Luke finds a message from Obi-Wan inside the robot C3PO.			
d) Obi-Wan tells Luke that he should ask Yoda how to destroy the Death Star.			
e) At the end, Luke takes his first step to becoming a Jedi and the story restarts in 'The Return of the Jedi'.			

3. Answer the questions in complete sentences by using the information from the text.

a) Why do the critics call the film unoriginal and predictable?

b) What is a 'monomyth'?

c) What do 'Harry Potter', 'The Odyssey' and 'Star Wars' have in common?

Text 2

Robot Teachers

If you think of the jobs robots could never do, you would probably put doctors and teachers at the top of the list. It's easy to imagine robot cleaners and factory workers, but some jobs need human connection and creativity. But are we underestimating[1] what robots can do? In some cases, they already perform better than doctors at diagnosing illness. Also, some patients might feel more comfortable sharing personal information with a machine than with a person. Could there be a place for robots in education after all?

British education expert Anthony Seldon thinks so. And he even has a date for the robot takeover of the classroom: 2027. He predicts robots will do the main job of transferring information and teachers will be like assistants. Intelligent robots will read students' faces, movements and maybe even brain signals. Then they will adapt the information to each student. It's not a popular opinion and it's unlikely robots will ever have empathy[2] and the ability to really connect with humans like another human can.

One thing is certain, though. A robot teacher is better than no teacher at all. In some parts of the world, there aren't enough teachers and 9 – 16 per cent of children under the age of 14 don't go to school. That problem could be partly solved by robots because they can teach anywhere and won't get stressed, or tired, or move somewhere for an easier, higher-paid job.

Those negative aspects of teaching are something everyone agrees on. Teachers all over the world are leaving because it is a difficult job and they feel overworked. Perhaps the question is not 'Will robots replace teachers?' but 'How can robots help teachers?' Office workers can use software to do things like organise and answer emails, arrange meetings and update calendars. Teachers waste a lot of time doing non-teaching work, including more than 11 hours a week marking homework. If robots could cut the time teachers spend marking homework and writing reports, teachers would have more time and energy for the parts of the job humans do best.

[1] to underestimate: unterschätzen
[2] empathy: Einfühlungsvermögen

Adapted from: https://learnenglish.britishcouncil.org/skills/reading/intermediate-b1/robot-teachers, Seitenaufruf am 27.5.2020

1. Match the headings with the parts of the text. There is one more heading than you need.

1)	Robots take over classrooms	a) lines 1 – 2
2)	Dangerous robots	b) lines 2 – 5
3)	Robots are underestimated	c) lines 6 – 10
4)	Teachers need robots for non-teaching work	d) lines 11 – 13
5)	Job robots can or cannot do	e) lines 14 – 19
6)	A need for robot teachers	

2. Finish the following sentences using the information from the text.

a) Some people might feel more comfortable sharing …

____

b) In 2027 teachers might become assistants because …

____

c) Robots will never be able to really connect with humans because …

____

3. Answer the questions in complete sentences by using the information from the text.

a) According to Anthony Seldon, what skills will intelligent robots have in 2027?

____

b) Why are teachers all over the world leaving their jobs?

____

c) How can robots help teachers?

____

4. Finding information.

State <u>three</u> reasons why teachers feel overworked.

- ____
- ____
- ____

Text 3

A Burning Question

Coal is a hot topic among politicians, businesses and environmental associations. [...] Why is that?
Michael Koch, Institute of Economic Education at Oldenburg

The electricity from the socket comes from different sources: wind, the sun, natural gas, nuclear power, but mostly coal. Lignite (brown coal) offers some particular advantages: There is a lot of it in Germany, so we do not have to rely on other countries for supply. And since it is relatively easy to mine, electricity from coal is cheap. But there is also a huge drawback: The combustion[1] of lignite emits large quantities of carbon dioxide (CO_2) and contributes significantly to climate change. Since Germany is lagging behind[2] the internationally agreed climate protection targets, the medium-term goal is to stop burning coal completely. Due to a clash of interests, however, this isn't as easy as you might think. On the one hand, environmentalists want to quit coal as soon as possible. [...] On the other hand, there are the power plant operators, their employees and the governments of those federal states where coal mining plays an important economic role – particularly North-Rhine-Westphalia, Brandenburg, Saxonia and Saxony-Anhalt. In addition, many companies worry that they may have to pay much more for electricity in the future. This would jeopardize[3] their position in international competition.
To work towards a solution, the German government set up a coal commission with representatives from the various interest groups in June 2018. It presented its proposals in January: a gradual phase-out that would be completed by 2038 at the latest, with most power plants being shut down by 2022. The federal states that mine coal would receive 40 billion euros in aid from the government to restructure their local economies – as other industries will have to settle in those areas to replace the jobs that will be lost. The plan also provides compensation for energy companies.
The reactions have been mixed. Some think the plan takes too long, for others the compromise is too expensive. Now, it's up to the politicians to decide.

[1] combustion – Verbrennung (hier: von Kohle)
[2] to lag behind – hinterherhinken, zurückbleiben
[3] to jeopardize – gefährden, in Gefahr bringen, aufs Spiel setzen

Adapted from: Michael Koch, in: Handelsblatt newcomer, 03-04 2019, #53, S. 1

1. Decide whether the following statements are right, wrong or not in the text.

	right	wrong	not in the text
a) Using coal as an energy source has also disadvantages.			
b) Germany was one of the first states to achieve the climate protection targets.			
c) Companies do not want to pay more for electricity.			
d) Many new industries have promised to settle in the federal states affected by the phase-out.			
e) The restruction of local economies will be completed by 2038.			

2. Finish the following sentences using the information from the text.

a) The combustion of lignite ...

____

b) Higher electricity prices would jeopardize ...

____

c) The gradual phase-out would be completed ...

____

3. Answer the questions in complete sentences by using the information from the text.

a) Why is electricity from coal so cheap?

____

b) What are environmentalists demanding?

____

c) How does the government plan to help the federal states that mine coal?

____

4. Finding information.

Find examples for <u>two</u> supporting measures in order to restructure the local economies of coal-mining federal states.

- ____
- ____

C – Use of Language

Erklärung

Bei den Aufgaben zum Wortschatz müssen Sie häufig **Synonyme** und **Antonyme** finden und **Wörter** erklären. Außerdem sollen Sie beweisen, dass Sie die sprachlichen Mittel auch in komplexeren Zusammenhängen verwenden können. Das bedeutet, dass von Ihnen erwartet wird, sowohl den Wortschatz und die grammatischen Strukturen anzuwenden als auch selbstständig Fragen zu bilden.

Wortschatzübungen
Beliebte Übungen zum Prüfen des Wortschatzes sind: **Lückentexte**, das **Finden von Synonymen** oder **Antonymen** und **Worterklärungen**. Sie sollen also zeigen, dass Sie im Laufe Ihrer Schulzeit viele Wörter, Definitionen und Redewendungen gelernt haben und dass Sie diese auch anwenden und schreiben können.

Grammatik
Zur Prüfung Ihrer Grammatikkenntnisse müssen Sie Wörter unterschiedlicher Wortarten in ihren entsprechenden Formen in einen Lückentext eintragen oder ganze Sätze in die richtige Reihenfolge bringen. Typische Aufgaben sind: die Zeitformen von Verben bestimmen, Personalpronomen oder Adjektive einsetzen und durcheinandergeratene Sätze ordnen.

In der Prüfung
Die Übungen in diesem Teil beziehen sich auf die Texte aus Teil B. Am besten fangen Sie immer mit den Aufgaben an, die Ihnen leichtfallen. Lesen Sie die Arbeitsanweisungen sorgfältig durch. Bei den Wortschatzübungen unterscheiden sich manche Wörter teilweise nur durch einen Buchstaben, zum Beispiel „though" und „through". Sie bekommen dadurch aber eine ganz andere Bedeutung; hier gilt es, besonders aufzupassen.
Falls Ihnen ein Wort nicht gleich einfällt, überlegen Sie, ob Sie ein anderes kennen, das fast dasselbe bedeutet. Bei Lückentexten sollten Sie zunächst den ganzen Text lesen, sodass Sie wissen, worum es geht. Dann fällt es Ihnen leichter, das entsprechende Wort einzusetzen. Wie bei allen Aufgabenteilen der Prüfung sollten Sie auch hier versuchen, alle Aufgaben zu lösen, selbst wenn Sie nicht ganz sicher sind.

Typische Aufgabenstellung

(3)

Erläuterung
Im folgenden Abschnitt lernen Sie neun typische Aufgabenstellungen zu dem Prüfungsteil „Vocabulary & Grammar" kennen. Die Aufgabenstellungen beziehen sich, auch in der Prüfung, größtenteils auf die im Teil B erarbeiteten Texte.

Vocabulary

1. Write the opposites of the underlined words. (Text: Fifa)

a) The 'FIFA' release will hit shelves on 27 September – and its success is guaranteed.

____

b) But it wasn't always like that. ________________________

c) Although EA pays enormous licence fees … ____________________

Lösung

a) failure (flop) b) never c) little (tiny, small)

2. Find the synonyms of the underlined words. (Text: Star Wars)

a) In short, a hero sets off from home on a journey, where he overcomes obstacles and defeats enemies to return with a prize. ____________________

b) George Lucas was one of the early film directors to directly base his story on the 17 stages of the hero's journey. ____________________

c) When heroes succeed, they return from the special world, changed by their experiences forever.

____

Lösung

a) trip (adventure, quest, expedition, travel)
b) movie (cinema, motion picture)
c) for all time (for always, for good, permanently)

3. Find words in the text for the following explanations. (Text: Fifa)

a) It is a typical quality or an important part of something. (lines 3 – 5)

____

b) To be the largest, most important part of something. (lines 6 – 8)

____

c) The money you pay to a company to get permission to use, do or have something. (line 14)

____

Lösung

a) feature
b) to dominate
c) licence fee

4. Explain the following words in complete sentences. (Text: Fifa)

a) fan (line 1) ____________________
b) gamer (line 4) ____________________
c) authentic (line 13) ____________________

Lösung

a) fan: a person who likes and supports someone or something very much
b) gamer: someone who plays video games
c) authentic: something that is not fake or copied but real

5. Find the nouns. (Text: Fifa)

a) pressing (line 3) ______________________

b) improve (line 5) ______________________

c) realistically (line 11) ______________________

d) know (line 14) ______________________

Lösung

a) pressure
b) improvement
c) realism/reality
d) knowledge

Grammar

6. Fill in the verbs in the correct tense.

Many Bundesliga teams ❶ (invest) ______________ in their own e-teams. Last year, a German gamer called MoAuba ❷ (win) ______________ the latest 'FIFA' world championship final. At the moment, 'FIFA' is ❸ (dominate) ______________ the market. But that ❹ (not be) ______________ always the case. A few years ago the series ❺ (be) ______________ in a head-to-head race with the Japanese 'Pro Evolution Soccer' series. Back then, action fans ❻ (choose) ______________ to play 'FIFA', while realism fans ❼ (favour) ______________ 'PES'.

Lösung

❶ invest ❷ won ❸ dominating ❹ was not / wasn't ❺ was ❻ chose ❼ favoured

7. Fill in the words in the correct form.

The 'football war' between 'FIFA' and 'PES' has been ❶ (go on) ______________ for years now and the ❷ (late) ______________ 'FIFA 20' and 'PES 2020' releases show no sign of ❸ (stop) ______________ this 'war'. 'PES 2020' ❹ (have) ______________ made a licence deal with Juventus Turin, one of the ❺ (great) ______________ clubs in the world. And 'FIFA' was able ❻ (buy) ______________ the Champions League rights very ❼ (quick) ______________. But when it comes to ❽ (reality) ______________ gameplay, 'PES' is ahead as always.

Lösung

❶ going on ❷ latest ❸ stopping ❹ has ❺ greatest ❻ to buy ❼ quickly ❽ realistic

8. Ask questions.

You are talking to a friend. She or he is constantly talking about video games. Ask her or him <u>three</u> different questions. Use different question forms or different tenses.

▶ ____

▶ ____

▶ ____

Mögliche Lösung

▶ What exactly is it that you love about playing video games?
▶ Don't you think that playing video games might be a waste of time?
▶ You have bought the latest 'PES', haven't you?

9. Paraphrasing

a) I am sure that most football fans can't wait for the new season to start in summer.

There ***... (doubt)*** *that most football fans are waiting for the new season to start in summer.*

____

b) I need to make sure I won't waste too much time.

I ***... (avoid)*** *wasting too much time.*

____

c) I am looking forward to playing the new 'FIFA' release.

I expect that playing the new 'FIFA' release ... ***(fun)****.*

____

Lösung

a) There is no doubt that most football fans are waiting for the new season to start in summer.
b) I have to avoid wasting too much time.
c) I expect that playing the new 'FIFA' release will be (a lot of) fun.

Übungsaufgaben

Text 1: Star Wars and the Hero Myth

1. Find the opposites.

a) predictable (line 1) ____________________
b) to set off (line 6) ____________________
c) ordinary (line 11) ____________________
d) passing tests (line 13) ____________________
e) often (line 16) ____________________
f) strength (line 17) ____________________

2. Find words in the text for the following explanations.

a) when something is uninteresting because it is very similar to lots of other things, it is (lines 1 – 2)

____

b) a person who is in charge of a film or play and tells the actors how to play their parts (lines 3 – 4)

____

c) an ancient story or set of stories which explains the early history of a group of people (lines 5 – 6)

____

d) an unusual, exciting, and possibly dangerous activity or trip (lines 11 – 12)

____

e) a person who teaches a younger or less experienced person (lines 14 – 15)

____

3. Find the synonyms.

a) obstacle (line 6) ______________________

b) enemy (line 13) ______________________

c) story (line 10) ______________________

d) at the beginning (lines 10 – 11) ______________________

e) to repair (line 11) ______________________

f) stage (line 13) ______________________

4. Fill in the correct verb forms.

George Lucas, the creator of Star Wars, ❶ (to claim) ______________ that Campbell's monomyth ❷ (to be) ______________ the inspiration for his films. Lucas also ❸ (to believe) ______________ that Star Wars is such a popular saga because it uses a timeless story structure which ❹ (to exist) ______________ for thousands of years. The hero myth is a great technique for ❺ (to analyse) ______________ myths, legends, films, novels, short stories, plays, or even comic books. Last year, I ❻ (to tell) ______________ my students about the hero myth and they ❼ (to ask) ______________ questions about the characteristics of real heroes. For example: Are heroes born or are they ❽ (to make) ______________?

5. Ask questions.

You are talking to your best friend about films. Your friend has just seen the latest Star Wars movie. Ask three questions about the film. Use different question forms or different tenses.

▶ ____

▶ ____

▶ ____

Text 2: Robot Teachers

1. Find words or expressions in the text which mean more or less the same.

a) the ability to come up with new ideas (line 2)

____

b) to move something from one place to another (line 7)

____

c) to change something so that it fits better (line 8)

____

d) to be enjoyed or liked by a lot of people (line 9)

____

e) computer programs (line 16)

____

2. Find the opposites.

a) better (line 3) ______________________

b) connect (line 9) ______________________

c) stressed (line 13) ______________________

3. Give a definition of the following words.

a) takeover (line 6) ______________________

b) assistant (line 7) ______________________

c) overworked (line 15) ______________________

4. Fill in the correct forms.

It's easy ❶ (to think) ____________ robots can do less than people but it's not always true. Robots can be ❷ (strong) ____________ and ❸ (smart) ____________ than humans. They are the ❹ (good) ____________ help teachers can get. Some experts even think that robots will take over classrooms and that it ❺ (to be) ____________ the teachers who help the robots in class. One thing is ❻ (certain) ____________ true. Robots will ❼ (probable) ____________ never have human understanding of emotions. Some ❽ (part) ____________ of the world have a shortage of teachers. For these parts, robot teachers might be the ❾ (easy) ____________ solution. Experts say that we have to support these countries ❿ (quick) ____________.

5. Paraphrasing

Complete the second sentence so that it means the same as the first sentence. Use between two and five words including the words in brackets.

a) But are we underestimating what robots can do? (lines 2 – 3)

*... **(question)**, do we underestimate what robots can do?*

____

b) It is unlikely robots will ever have the empathy to really connect with humans. (lines 9 – 10)

*It is ... **(never)** have the empathy to really connect with humans.*

____

c) A robot teacher is better than no teacher at all. (line 11)

*Having no teacher at all ... **(worse)** having a robot teacher.*

____

d) Teachers waste a lot of time doing non-teaching work. (line 17)

*Teachers ... **(focus)** their time on teaching rather than on non-teaching work.*

____

Text 3: A Burning Question

1. Find the opposites.

a) different (line 1) ______________________
b) advantage (line 2) ______________________
c) cheap (line 3) ______________________
d) quit (line 6) ______________________
e) solution (line 11) ______________________
f) settle (line 14) ______________________

2. Find the synonyms.

a) source (line 1) ______________________
b) relatively (line 3) ______________________
c) stop (line 5) ______________________
d) quit (line 6) ______________________
e) solution (line 11) ______________________
f) plan (line 15) ______________________

3. Find words for the following definitions.

a) a stock or amount of something available for use (line 3) ______________________
b) to feel anxious or troubled about something (line 9) ______________________
c) existing or occuring between nations (line 10) ______________________

4. Give a definition of the following words.

a) quantity (line 4) ______________________
b) to restructure (line 14) ______________________
c) gradual (line 12) ______________________

5. Find the nouns.

a) natural (line 1) ______________________
b) agreed (line 5) ______________________
c) pay (line 9) ______________________
d) various (line 11) ______________________
e) decide (line 17) ______________________

6. Fill in the words in the correct form.

For ages, coal ❶ (to be) ________________ a cheap and effective source of electricity in Germany. However, in order to reach the climate protection targets, the government ❷ (to search) ______________ for other solutions. This energy transition causes many problems ❸ (special) _____________ for the federal states ❹ (to depend) ______________ on the coal industry. When ❺ (to replace) ______________ this climate-damaging industry, the affected regions ❻ (obvious) __________________ need an acceptable plan for their future. It is important, for example, to settle other industries ❼ (to provide) __________________ people with new jobs. Moreover, it is intended to compensate energy companies. For the sake of our planet it is ❽ (extreme) ________________ important that such kinds of climate protection measures will be effected soon.

7. Ask questions.

You are talking to a friend about the problems of the coal industry and its damaging effects on our climate. Ask three questions about the topic. Use different question forms and different tenses.

- ▶ ____
- ▶ ____
- ▶ ____

8. Paraphrasing

Complete the second sentence so that it means the same as the first sentence. Use between two and five words including the words in brackets.

a) Germany is lagging behind the climate protection targets.

*Germany … **(not reach)** the climate protection targets yet.*

____

b) The federal states that mine coal would receive 40 billion euros in aid from the government.

*The government … **(help)** the federal states that mine coal with 40 billion euros.*

____

c) I am sure that everybody will see the need of finding much more climate-friendly solutions.

*There … **(doubt)** that everybody will see the need of finding much more climate-friendly solutions.*

____

D – Writing

Erklärung

Die Schreibaufgaben in der Prüfung sind unterschiedlich und erfordern deshalb unterschiedliche Herangehensweisen. Das Schreiben von Texten ist grundsätzlich nicht so schwer, wenn man sich mit den verschiedenen Textsorten auseinandersetzt. Jede Textsorte besitzt ihr eigenes Muster und erfüllt dementsprechend bestimmte Kriterien wie Aufbau, Struktur, Wortwahl und Inhalt.
In der Realschulabschlussprüfung müssen Sie zwei unterschiedliche Texte verfassen. Der erste, weniger umfangreiche Text verlangt von Ihnen, Ihre eigene Meinung zu einem Thema zu äußern, zu begründen oder zu beschreiben, wie z. B. in einer vorgegebenen Situation reagiert werden würde.
In der zweiten, etwas umfangreicheren Schreibaufgabe stehen zwei Aufgabenstellungen zur Auswahl, von denen Sie eine auswählen sollen. Typische Aufgabenstellung ist die eigenständige Produktion einer Geschichte, eines Tagebucheintrags, eines Briefes, einer E-Mail, eines Blogs oder einer Bewerbung.

Die Vorbereitung
Schreiben kann gelernt werden. So einfach ist das. Und Sie werden merken, wie leicht Ihnen das fällt, wenn Sie sich an bestimmte Strategien, Textmuster und Formulierungen halten.
Ihr erster Schritt sollte immer sein, Ihren Text zu planen. Es ist äußerst wichtig, IMMER zuerst Ideen zu sammeln und diese stichpunktartig festzuhalten, BEVOR Sie mit dem Formulieren der Antworten beginnen.
Beispiel:

- **Brainstorming:** Sie schreiben alle spontanen Ideen und Einfälle zu einem Thema oder einer Fragestellung unstrukturiert und ungeordnet auf ein Blatt Papier. Im nächsten Schritt ordnen Sie diese Gedanken.
- **Mindmap:** Das Thema wird in die Mitte des Blattes geschrieben. Aus dieser Mitte heraus führen Äste zu Oberbegriffen und von diesen Oberbegriffen führen weitere Äste zu Unterthemen. So erhalten Sie eine geordnete Übersicht über mehrere Aspekte des Themas.

Zusätzlich hilft es, wenn Sie englische Bücher oder Zeitschriften lesen oder sich einen Kinofilm auch mal auf Englisch ansehen.

Wenn Sie typische Formulierungen für Einleitung, Hauptteil und Schluss verwenden, erhält Ihr Text automatisch eine gute Struktur und es fällt Ihnen leichter, diese Struktur mit Inhalt zu füllen. Bei manchen Textformen gibt es bestimmte Redewendungen, die Sie sich im Vorfeld einprägen können, zum Beispiel Anrede- und Schlussformeln in E-Mails oder Briefen.

In der Prüfung
Lesen Sie zunächst die Arbeitsanweisung durch. Hier wird Ihnen in der Regel genau vorgegeben, was Sie tun müssen und wie viele Wörter Sie schreiben sollen. Überlegen Sie sich, was Sie schreiben möchten, und folgen Sie den einzelnen Schritten der Textproduktion:

Planen → verfassen → überprüfen → überarbeiten

Achten Sie beim Überprüfen des Textes nicht nur auf den Inhalt, sondern auch auf Ihre Sprache: Rechtschreibung, Grammatik und Stil sind wichtige Elemente eines Textes. Wenn Sie ein Wort nicht wissen, umschreiben Sie es oder benutzen Sie zur Sicherheit ein anderes, das Ihnen vertraut ist.
Planen Sie genug Zeit ein, um Ihre Texte am Schluss noch einmal in Ruhe durchzulesen.

Typische Aufgabenstellung

1. Write a comment.

Choose one of the following statements. Discuss the pros and cons and give your own opinion. Write about 100 words.

A	B
Smartphones and other smart gadgets should be forbidden at school.	**Teachers should be paid according to how much their students learn.**

Example for Topic A:

Brainstorming:
pros: *less distraction, easier to control, measure against cyberbullying, no access to social media, …*
cons: *not supporting media skills, wasted opportunity, smartphones can be useful tools, students can learn to be responsible users …*

Mindmap:

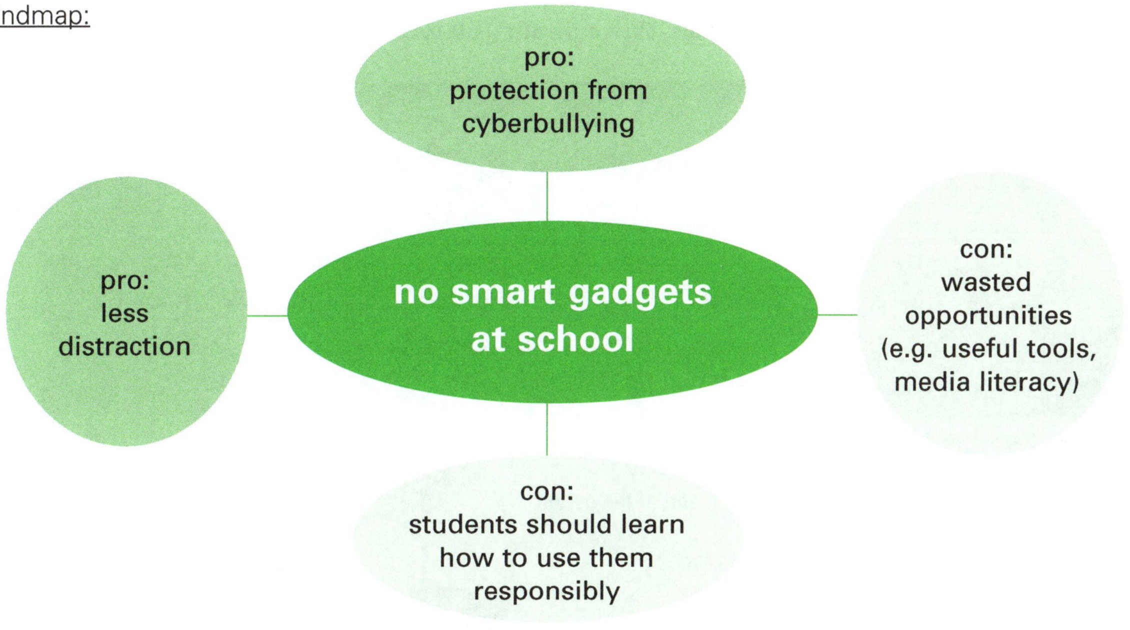

Nun sind Sie an der Reihe:

Brainstorming:

Mindmap:

Beispiele für Formulierungen (im Anhang des Trainingsteils finden Sie eine komplette Liste):

- ***Einleitungssatz:*** *Some people think that … / Many people think that … / It is often argued that …*
- ***Persönliche Meinung:*** *In my opinion … / It seems to me that … / In my experience … / I must admit that … / On the one hand … on the other hand …*
- ***Aufzählung:*** *First, … / Second, … / Third, … / Moreover … / Furthermore …*
- ***Abschluss/Fazit:*** *Weighing the pros and cons I conclude … / At the end of the day … / This proves that …* / In conclusion … / In summary … / To sum up …

Lösung

Example for A:

Some people think that smartphones and other smart devices like smartwatches or tablets should be banned from school.

I must admit that students would be less distracted if there were no smartphones in their bags and pockets waiting to be checked for new messages. Another reason for the ban is that it is a preventive measure against cyber violence. Last but not least, it is also a protection for teachers.

But in my experience the cons are much stronger than the pros. First, the ban on smartphones leads to a waste of good opportunities for teaching. There is a variety of useful apps that could be used by teachers and students to make learning more efficient and fun. Second, students should learn to use their mobile phones and other smart devices in a responsible way. To take the phones from them is counterproductive to that objective.

Weighing the pros and cons I conclude that banning phones and smart devices from school would be a waste of great chances and opportunities.

2. Write a letter of application.

Choose task A or task B. You only have to do <u>one</u> of the following tasks.

Task A: Write a job application email. Write about 160 words.

[1] SEND: special educational needs and/or disabilities
[2] DBS: Disclosure and Barring Service: staatliches Register, das es Unternehmen erlaubt, über die Eignung potenzieller Mitarbeiter für die Arbeit mit Kindern oder „behinderten" Erwachsenen Informationen zu erhalten

Bildquelle: https://www.snapcare.co.uk/job-seekers/the-snap-summer-scheme.aspx, Seitenaufruf am 14.05.2020

Lösung

- Where? – many locations in the UK
- What? – working with children, young people or adults with disabilities
- How long? – minimum 4 weeks
- How much money? – minimal wage+
- When? – in the summer

- ▶ **References?** – not necessary, just great attitude
- ▶ **Special things?** – travel opportunities
- ▶ **Why?** – spend time abroad; like to work with people
- ▶ **How?** – found the ad on the Internet/website
- ▶ **Skills:** reliable, social, open, communicative, sporty, responsible, creative
- ▶ **What I expect:** learning English, work experience, travelling, doing a good deed

Dear Sir or Madam,

I am a seventeen-year-old exchange student from Germany. Since we now have summer holidays, I would like to work and travel in the UK. I found your ad on the Internet and it says that there will be travel opportunities, so I decided to apply for your job offer. This way I could travel through the UK and can do something to help other people, too. I have already worked with children. I did an internship at a kindergarten last year in Germany and learned quite a lot about handling difficult or stressful situations which might occur. I am also a very responsible and reliable person who loves to work with other people. I have never worked with disabled people before, but I am open and communicative, and I really want to gain some experience in this area.
There is one question I have, though: is it possible for me to work six weeks?
I'm looking forward to hearing from you.

Sincerely yours, Chris

Task B: Write a story about <u>one</u> of the following pictures in about 160 words.

Picture A

Bildquelle: https://de.freeimages.com/photo/petting-zoo-1398807, Cynthia Turek

Picture B

Bildquelle: https://de.freeimages.com/photo/rostro-teatro-1491846, Darwin Calle Carrillo

Lösung

Picture A:

- petting zoo
- quality time for father and son
- goat
- fun trip
- I remember spending a lot of time in the zoo

Great memories

When I was a child my father and I frequently went to places where you could interact with animals. We went to large zoos in big cities, to farms and to the little petting zoo close to our flat. According to my father, I was a huge fan of goats and sheep. I cannot remember a lot, but I still remember the tiny petting zoo. Next to the entrance was a box where you could buy food for the animals. If you were unlucky there was no food left and you could't feed the animals. But when you were lucky, and we were lucky most of the times, you could grab a bag and feed the animals. One day a goat bit my finger. I was angry at that goat and ignored it for weeks. This is the most vivid memory I have regarding the zoo. Although I got hurt, this is one of my favourite memories. I hope my children will appreciate it the same way I did. I will find out.

Übungsaufgaben

1. **What is your opinion? Write about 100 words.**

   The Internet has improved our lives. State your opinion and give reasons.

2. **Convince others with a blog entry. Write about 150 words.**

   Schools should ask students to evaluate their teachers.

3. **Be creative! Write a story about <u>one</u> of the following pictures in about 160 words.**

   Picture A

Bildquelle: Photo by Josh Sorenson from Pexels

Picture B

Bildquelle: Photo by Suliman Sallehi from Pexels

4. Write a letter of application. Write about 160 words.

While surfing the Internet, you come across a summer job advertisement. You have been looking for an opportunity to earn some money while at the same time gaining valuable experience and improving your English skills. You think that one of these jobs might be the perfect choice for the summer. Write a letter of application.

Bildquelle: https://www.aquarampmarina.com/marina-news/now-hiring-for-summer/, Seitenaufruf am 14.05.2020

5. Write a diary entry. Complete the diary entry in about 160 words

Dear diary,

yesterday was the worst day ever ...

E – Interpreting

Erklärung

Bei den Mediationsaufgaben (Vermittlung von Informationen) in zweisprachigen Kommunikationssituationen sollen relevante Informationen adressatengerecht und sinngemäß in die jeweils andere Sprache übertragen werden. Die Sprachmittlung findet sowohl von der englischen in die deutsche Sprache statt als auch umgekehrt. Entscheidend ist dabei die Weitergabe der für die Kommunikation sinntragenden Elemente.
Mögliche Aufgabentypen sind die textbasierte Informationsentnahme und -weitergabe sowie die Sprachmittlung im Rahmen einer Dolmetscheraufgabe.

Die Vorbereitung
Suchen Sie sich authentische Materialien aus, um diesen Teil der Prüfung zu üben. Gut geeignet sind zum Beispiel Internetseiten, Veranstaltungsflyer, Klappentexte oder Gebrauchsanweisungen. Vielleicht haben Sie die Möglichkeit, mit jemandem Englisch sprechen zu üben: Mitschüler/-innen, Freund/-innen oder ältere Geschwister. Versuchen Sie, ihnen den Inhalt der Texte wiederzugeben.

In der Prüfung
Bei der Informationsentnahme und der Sprachmittlung geht es nicht darum, alles wortwörtlich zu übersetzen. Vielmehr sollten Sie die wichtigsten Informationen herausfiltern und mit eigenen Worten wiedergeben. Am besten halten Sie sich auch hier an eine strukturierte Herangehensweise:

- Schauen Sie sich die Aufgabenstellung genau an, sie gibt Ihnen Hinweise, worauf Sie beim Übertragen achten müssen.
- Markieren Sie Schlüsselbegriffe und unbekannte Wörter.
- Lesen Sie sich die Ausgangstexte aufmerksam durch und entscheiden Sie, was die grundlegenden Informationen sind, die Sie vermitteln müssen.
- Machen Sie sich Notizen auf einem Extrablatt.
- Umschreiben Sie unbekannte Wörter.
- Sortieren Sie nicht relevante Inhalte von Beginn an aus.
- Wenn Sie einen Text produzieren sollen, erstellen Sie auch hier wieder einen Schreibplan.

Achten Sie auf die Kernaussage des Ausgangstextes und vermitteln Sie, davon ausgehend, die wichtigsten Informationen. Es wird von Ihnen erwartet, dass Sie in der Lage sind, überflüssige Informationen wegzulassen.

Typische Aufgabenstellung

1. Mediation – Englisch → Deutsch

You are planning a trip to Yosemite National Park with your parents. On the Internet you read about a guided backpacking trip. As your parents' English is not very good you do the interpreting.

Backpacking

Things to Do / Backpacking

Pack It All In and Go

Where is this?
See map

Yosemite National Park has some of the most spectacular scenery in the world, and superb weather most of the year. With over 800 miles of trails, it's no wonder that the park has become a must-visit destination for backpackers from all over the world. The Yosemite Mountaineering School & Guide Service makes it easy and safe to explore Yosemite's seemingly endless trails. Daily scheduled group trips and custom designed backpacking expeditions are available and can be tailored to your group's unique interests and abilities.

Overview | Rentals | Reservations | What to Bring | Policies

Our highly experienced guides will take care of everything — from obtaining the required permits to ensuring you're well equipped with the appropriate tents, food supplies, water and clothing. Each trip is more than just a journey from Point A to Point B: it's also an opportunity to learn lifelong skills like map and compass usage, food storage techniques, wilderness safety and stream crossing.

Guided Backpacking Trips

2-Day Trip - Learn to Backpack

You'll join a group of other inexperienced backpackers on this wonderful two-day trip. Along the way, you'll learn all about backpacking, gear selection and the surrounding wilderness. The hikes are typically 3 to 4 miles, followed by setting up camp—and enjoying the outdoors together.

Pricing	$250.00 per person, with 4 or more in the group. Custom rates apply for groups less than 4. NOTE: We will combine individuals to form groups when possible.
Additional Information	Includes permits and backpacking meals, as well as use of our sleeping bags, pads, backpacks, tents, stoves, and water filters.
Reservations	To make a reservation please call **209.372.8344.**

Bildquelle: https://www.travelyosemite.com/things-to-do/backpacking/, Seitenaufruf am 14.05.2020

Your parents: Rucksackwandern im Yosemite Park? Wie kommst du denn auf diese Idee?

You: *Hier steht, dass es in diesem Park eine der schönsten Landschaften auf der Welt zu sehen gibt und dass er eine absolute Sehenswürdigkeit für alle Wanderfans der Welt darstellt.*

Your parents: Das klingt schön. Aber ist es nicht gefährlich? So viel Erfahrung im Wandern haben wir nicht. Wir können keine Karte lesen.

You: *Ich glaube nicht. Hier steht auch, dass es Guides gibt, die dafür sorgen, dass es ungefährlich ist. Man kann sich Gruppen zuordnen lassen, die die gleichen Interessen und Fähigkeiten haben. Sie bringen einem auch bei, Karten zu lesen und wie man einen Kompass benutzt.*

Your parents: Kümmern die sich wirklich um alles? Ich wüsste jetzt gar nicht, was wir alles einpacken müssen. Ein Zelt, ist ja klar, aber welche Kleidung, welches Essen? Gibt es vielleicht eine Checkliste?

You: *Sie kümmern sich um alles. Sie sorgen dafür, dass man die richtigen Zelte hat, die richtige Verpflegung mitnimmt und auch, welche Kleidung man mitnehmen soll.*

Your parents: Und wie lange werden wir unterwegs sein?

You: *Das hier ist ein Angebot für zwei Tage. Pro Tag läuft man so ca. 3 – 4 Meilen und am Abend baut man ein Zeltlager auf.*

Your parents: Wir finden, das klingt richtig gut. Wie viel kostet es denn?

You: *Also, wenn wir in einer Gruppe mit vier oder mehr Personen sind, dann kostet es $250 pro Person. Wenn wir nur zu dritt gehen, dann gibt es einen individuellen Preis. Sie werden aber auch Gruppen zusammenstellen.*

2. Mediation – Deutsch → Englisch

Your American exchange partner Amanda will come to stay at your place next week. In order to prepare her stay your parents want you to write her an email about the most important aspects.

Dear Amanda,

it's me again. I am looking forward to next week. My parents and I were just talking about your stay.
...
It would be great to hear from you soon.

Yours ...

a) Schreiben Sie ihr, dass sie im Zimmer Ihrer großen Schwester schlafen wird, die unter der Woche im Wohnheim der Universität ist. Sie wird manchmal Sachen aus dem Zimmer holen wollen.
b) Fragen Sie sie, ob es Sachen gibt, die sie auf keinen Fall essen kann oder will. Fragen Sie sie auch, was ihr Lieblingsessen ist.
c) Informieren Sie sie darüber, dass Sie zweimal in der Woche ins Tennistraining gehen. Fragen Sie sie, ob sie mitkommen will.
d) Fragen Sie sie, ob sie gerne an bestimmte Orte reisen möchte. Ihr könntet zum Beispiel an einem Wochenende nach Berlin und an einem anderen in einen Freizeitpark gehen.
e) Sagen Sie ihr auch, dass Sie jeden Tag mit dem Fahrrad in die Schule fahren und dass sie Ihr altes Fahrrad benutzen kann.

Lösung

a) You can have my sister's bedroom. She is staying at the University's halls of residence. Sometimes she might come to pick up some stuff from her room.
b) Are there any meals you dislike? Or is there any food that you can't handle? And what is your favourite meal? Please tell me.
c) I play tennis and I have training twice a week. Would you like to come with me?
d) Do you have any travel plans yet? We could use the weekends to visit Berlin and/or go to a theme park.
e) I always go to school by bike, it is the fastest way to get there. You can use my old bike so we can go together.

Übungsaufgaben

1. Pass on the information.

Sie möchten zusammen mit Freunden in den Sommerferien einen Englischkurs in England machen. Dazu haben Sie sich Informationen aus dem Internet rausgesucht. Sie fragen Ihre Eltern um Erlaubnis und beantworten ihre Fragen.

a) Wo ist diese Schule denn?
b) Wer organisiert das Programm?
c) Wie lange soll das Programm gehen?
d) Wenn da nur Deutsche hingehen, dann lernt ihr doch kein Englisch, oder?
e) Welche Bedeutung haben die beiden Kurslisten?

ISSOS International Summer Schools

International Summer Schools

ISSOS
St Andrews | Cambridge | Yale

0 Like | 0 Share | Tweet

Description:
The exclusive ISSOS summer school program offers high school students from all over the world (aged 13-18) the unique opportunity to combine learning and action-packed adventure in one of three amazing and historic university towns of St Andrews, Cambridge and Yale. ISSOS offers a three-week summer school program and welcomes students from over 80 nationalities every summer. ISSOS limits the number of students from any one nationality to 10% in order to guarantee a truly international experience, and native and non-native English speakers are mixed at all times.

ISSOS was founded to provide a well balanced, supervised summer program for international students to introduce them to the UK and USA as a place to travel and study. ISSOS prides itself on offering students a safe summer experience while at the same time providing them with the freedom to grow and learn.

Academic Programs include:
English Language
IB Program (Pre-IB and IB Extended Essay)
Debate
Youth Leadership
Creative Writing
Business and Entrepreneurship
Journalism

Elective Programs include:
Golf
Theatre
Tennis
Fencing
Film
Art
Photography
Outdoor Leadership

Bildquelle: https://www.summer-schools.info/detail/2952/issos-international-summer-schools.html, Seitenaufruf am 14.05.2020

2. Buzzword[1]

On the Internet you have found a text about sofalizing. Answer the questions in German. You need not write complete sentences.

a) Was versteht man unter dem Begriff?
b) Der Begriff ist eine Verbindung aus zwei Wörtern, welchen?
c) Was ist mit dem Begriff *sofalizer* gemeint?
d) Wer hat den Begriff geprägt?
e) Nenne drei Gründe, warum Leute ihre sozialen Kontakte heutzutage lieber von zu Hause aus pflegen.
f) Inwiefern verändert sich unsere Art und Weise der Kommunikation?

sofalizing also **sofalising**

noun [uncountable]

the activity of using the Internet or other electronic devices to socialize with people from home, rather than meeting them face to face

sofalize *also* sofalise
verb [intransitive]

sofalizer *also* sofaliser
noun [countable]

Background – *sofalizing* also *sofalize* and *sofalizer*
The term *sofalizing* is, of course, a blend of the words *sofa (= soft, comfortable seat)* and *socializing*, where this describes the activity of spending time with other people socially – in other words, socializing whilst lounging around on a sofa. Following the pattern of the verb socialize, there's also evidence of use of an intransitive verb sofalize. A countable noun sofalizer refers to individuals who maintain friendships in this way. The spelling variant sofalising (and sofalise, sofaliser) is also used, reflecting the spelling conventions of verbs which end in -ise (-ise is the British spelling, -ize is used in both British and US varieties, e.g. realise/realize).
Sofalizing was coined in 2010 by online casino company Yazino, in the context of research commissioned to determine trends in how potential users interact with one another.
There may be many reasons why people are choosing to *sofalize* rather than socialize – convenience, laziness, time pressure, the expense of going out, or just a desire to avoid lengthy conversations. Whatever the explanation, it seems that the way we are communicating with friends and family is changing, with people increasingly preferring the short, regular and instant exchanges afforded by electronic media, rather than more prolonged, infrequent conversations in person.

Quelle: https://www.macmillandictionary.com/buzzword/entries/sofalizing.html, Seitenaufruf am 14.05.2020

[1] Buzzword: Modewort

3. A Conversation I

You are in New York with your parents and you want to go on a sightseeing trip. You ask the receptionist of your hotel for more information. As your parents' English is not very good, you do the interpreting.

You: Good morning, Sir, could you give us some information about guided tours in New York?

Receptionist: Yes, of course.

Your father: Sag ihm bitte, dass wir so viel wie möglich von New York sehen wollen.

a) **You:** ______________________________

____

Receptionist: Okay, I would recommend the 'New York in a Day' Tour.

b) **You:** ______________________________

____

Your mother: Was werden wir da alles sehen?

c) **You:** ______________________________

____

Receptionist: You will see all of the most famous sights, for example the Rockefeller Center, the 9/11 Memorial, Ellis Island, the Statue of Liberty and much more. The tour ends in Central Park.

d) **You:** ______________________________

____

____

Your father: Frag ihn bitte, wie lange die Tour dauert.

e) **You:** ______________________________

Receptionist: The tour takes 6 hours.

f) **You:** ______________________________

Your mother: Wann beginnt die Tour und wo trifft man sich?

g) **You:** ______________________________

____

Receptionist: The daily departure times are at 10 am. The meeting point is at 770 7th Avenue in New York.

h) **You:** ______________________________

____

Your father: Was kosten die Tickets?

i) **You:** ______________________________

Receptionist: The tickets cost about 40 dollars per person.

j) **You:** ______________________________

Your mother: Bedanke dich bei dem netten Herrn und gib ihm ein Trinkgeld.

k) **You:** ______________________________

4. Interpreting a text

Your class is taking part in a European project called 'Young People – Great Deeds' and you must write a text in English about a young German-speaking teenager. Write about the person's great deed.

Young People – Great Deeds

Rayouf Alhumedhi was only 16 years old when she became one of the 30 most influential teenagers.

...

...

a) Sie gilt als eine der innovativsten Schülerinnen der Vienna International School.
b) Im Jahr 2017 wurde sie vom „Time"-Magazin zu einem der erfolgreichsten Teenager des Jahres gewählt.
c) Sie hat ein weiteres Emoji eingeführt. Das Kopftuch-Emoji, weil sie selbst Kopftuchträgerin ist.
d) Sie hat auf ihrem iPhone kein Emoji gefunden, das ihrem Stil entspricht und startete eine Kampagne.
e) Da das Emoji wichtig ist für viele Musliminnen, veröffentlichte Apple es schließlich.

...

...

I must say that I am inspired by teenagers like her and it is very encouraging that younger people in our society can change things, too.

5. A Conversation II

At the ticket office of Deutsche Bahn in Berlin an American tourist wants to buy a ticket to Munich. Unfortunately, she only speaks English and the ticket seller's English is not very good. You are standing in line behind her and offer to help her.

Tourist: I would like to get to Munich today. What would be the best connection?

a) **You:** ______________________________

Ticket seller: Einfache Fahrt oder hin und zurück?

b) **You:** ______________________________

Tourist: One way, please. I am going to visit my friends and I don't know when I'll be coming back.

c) **You:** ______________________________

Ticket seller: Es gibt mehrere Möglichkeiten. Die beste Verbindung ist mit nur einmal umsteigen, die günstigste ist mit zweimal umsteigen. Bei der günstigeren Verbindung ist sie 45 Minuten länger unterwegs und bezahlt 70 Euro. Die schnellere Verbindung mit nur einmal umsteigen kostet 95 Euro.

d) **You:** ______________________________

____

____

____

Tourist: Well, my luggage is very heavy. I'll choose the more expensive but faster option.

e) **You:** ______________________________

____

Ticket seller: Okay, das sind dann 95 Euro. Möchte sie bar oder mit Kreditkarte bezahlen?

f) You: ____

____

Tourist: I'll pay by credit card. What time does the train leave?

g) You: ____

____

Ticket seller: Der Zug fährt in 40 Minuten von Gleis 3 ab. Hier ist das Ticket.

h) You: ____

Tourist: Great! Thank you both very much for your help and patience. Have a nice day.

6. Pass on the information.

You are talking to your American friend about summer schools in Germany. Your friend's German is not very good, which is why he wants to apply for a German course. Your friend found a link on the Internet. Answer the questions.

a) What do they say about the location of the school?
b) What do they say about the school?
c) I didn't really understand the programme offer.
d) Is it possible to meet people from other countries?
e) What about the types of accommodation?

Deutsch lernen @ Berlin Villa

Alter 16 - 17 Jahre

Die Berlin Villa mit 40 Plätzen ist ideal, wenn du es klein, gemütlich und familiär magst: sie liegt absolut zentral in der Nähe des Kurfürstendamms, der berühmtesten Einkaufsstr. des alten Berliner Westens. Die Villa hat eine eigene Cafeteria und einen großen Garten, ideal zum Entspannen nach dem Sprachkurs. Der Deutschkurs findet morgens statt, und nachmittags erkundet ihr Berlin zusammen: Wir zeigen euch Checkpoint Charlie, das Badeschiff, den Reichstag und andere Berlin Highlights. Am Wochenende gibt es Ganztagesausflüge z.B. nach Potsdam.

STUDENT FEEDBACK:
see photo reports by former students

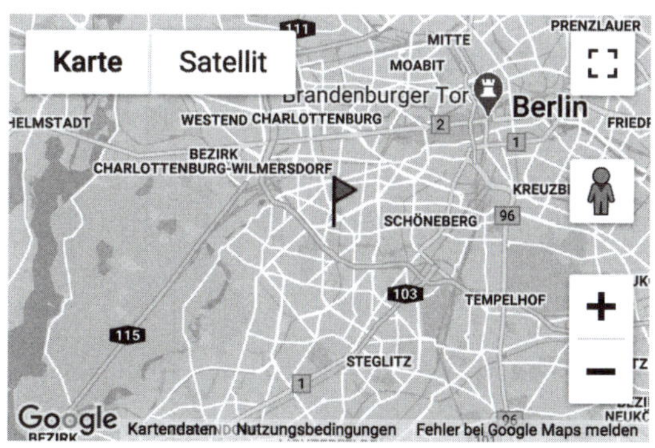

KONTAKT

BUCHEN

Unterkunft | Bewertungen | Preise | Anmelden

Lage:
Villa, die früher mal einem Berliner Industriellen gehörte, im Westen von Berlin und mitten in einem großbürgerlichen Villenviertel, sehr zentral in der Nähe vom Kurfürstendamm, der berühmten Einkaufsstrasse

Ausstattung:
40 Plätze, 5 geräumige Klassenzimmer, Aufenthaltsraum, Cafeteria, großer Garten

Deutschkurs:

- 20 Stunden à 45 Minuten/Woche mit max. 12 Teilnehmern pro Klasse
- 4 Levels: Anfänger, Grundstufe, Mittelstufe, Fortgeschritten
- internationale Klassen mit Jugendlichen aus aller Welt

Unterkunft:
In der Schule: in 3- bis 6-Bett-Zimmern mit Dusche/WC auf dem Flur. Vollpension in der Cafeteria

Aktivitäten & Ausflüge:

- 2 Aktivitäten pro Tag in internationalen Gruppen: Sightseeing in Berlin, Sport, Ausgehen
- 1 Ganztagsausflug pro Woche zu Orten in und um Berlin

Betreuung:
GLS Teamer wohnen mit euch in der Villa und betreuen euch rund um die Uhr.

Bildquelle: https://www.gls-berlin.de/2042.html, Seitenaufruf am 14.05.2020

Bearbeitungstipps

Erstellen Sie eine Checkliste bzw. Übersicht mit den prüfungsrelevanten Themen aus dem Englischunterricht, z. B.:

Zeiten:	simple present, simple past, present progressive …
Satzkonstruktion:	word order, relative clauses, if-clauses, …
Hinweis:	Die Checkliste sollte in Absprache mit dem Lehrer / der Lehrerin erstellt werden.

A – Listening Comprehension

Beim Hörverstehensteil ist es Ihre Aufgabe zu zeigen, dass Sie allgemeine und detaillierte Informationen aus längeren Beiträgen entnehmen können. Es ist also wichtig, dass Sie konzentriert und aufmerksam auf die in dem Beitrag gemachten Äußerungen achten. Die Audiobeiträge entsprechen Podcasts, Radiosendungen, Reportagen oder Interviews und sind Beiträge, denen Sie in einem englischsprachigen Land im Alltag begegnen können. Dementsprechend müssen Sie sich darauf einstellen, dass die Sprecher einen bestimmten Akzent besitzen oder unterschiedlich schnell sprechen.
Meistens geht es in den Berichten oder Gesprächen um alltägliche Dinge wie Hobbys, Freizeit und/oder den Austausch von Erfahrungen. Ihre Aufgabe wird es sein, unterschiedliche Argumente, Haltungen und Gedanken der einzelnen Personen herauszuhören.
Lesen Sie sich auf jeden Fall die Aufgaben und die Antwortmöglichkeiten vor dem ersten und zweiten Hören genau durch, damit Sie wissen, worauf Sie achten müssen.

B – Text-based Tasks

1. **Match the headings with the parts of the text. There is one more heading than you need.**
   Bei dieser Aufgabe müssen Sie die Abschnitte inhaltlich erfassen und in kleine Sinnabschnitte einteilen. In der Regel beinhaltet jeder Abschnitt einen bestimmten Aspekt des Themas. Die Überschriften beschreiben genau diesen Aspekt. Machen Sie sich selbst Randnotizen und gleichen Sie diese mit den vorgeschlagenen Überschriften ab.

2. **Finish the following sentences using the information from the text.**
   Um diese Aufgabe zu lösen, müssen Sie die jeweilige Textstelle suchen und dann das passende Ende aufschreiben.

3. **Decide whether the following statements are right, wrong or not in the text.**
   Hier müssen Sie sich die Aussagen ganz genau durchlesen. Achten Sie auf die Details und Signalwörter. Suchen Sie die Textstelle und entscheiden Sie, ob die Aussage zutrifft oder nicht.

4. **Answer the questions in complete sentences.**
   Bei dieser Aufgabe müssen Sie den Text inhaltlich erfasst haben. Die Antworten auf die Fragen müssen Sie aus Ihrem Verständnis heraus selbst formulieren. Achten Sie auf Signalwörter!

5. **Finding information.**
   In dieser Aufgabe sollen Sie beweisen, dass Sie in der Lage sind, detaillierte Informationen im Text zu finden. Die Lesestrategie „scanning" kann Ihnen dabei behilflich sein. Scannen Sie den Text nach Signalwörtern und Schlüsselbegriffen, die mit der Aufgabenstellung zu tun haben.

C – Use of Language

Vocabulary

1. **Write the opposites of the underlined words.**
Für diese Aufgabe sollten Sie die Vokabeln aus dem Grundwortschatz beherrschen. Es geht darum, dass Sie zunächst die Bedeutung des unterstrichenen Wortes erkennen, damit Sie dann das Gegenteil nennen können. Für die Vorbereitung gilt eigentlich nur: fleißig Vokabeln lernen!

2. **Find the synonyms of the underlined words.**
Um diese Aufgabe zu lösen, sollten Sie die Vokabeln aus dem Grundwortschatz beherrschen. Es geht darum, dass Sie zunächst die Bedeutung des unterstrichenen Wortes erkennen, damit Sie dann ein anderes Wort mit der gleichen Bedeutung nennen können. Für die Vorbereitung gilt eigentlich nur: fleißig Vokabeln lernen!

3. **Find words in the text for the following explanations.**
Lesen Sie sich die Erklärungen bzw. Definitionen ganz genau durch. Wenn Sie nicht direkt auf die Lösung kommen, können Sie immer noch im Text nach diesem Wort suchen. Auch hier zahlt sich fleißiges Vokabellernen aus.

4. **Explain the following words in complete sentences.**
Um diese Aufgabe zu lösen, müssen Sie einzelne Begriffe in eigenen Worten erklären. Es ist ratsam, diese Aufgabe schon beim Vokabellernen zu üben. Lernen Sie nicht nur die englische und deutsche Bedeutung der Wörter, sondern auch Definitionen und Erklärungen. Wichtig ist, dass Sie in ganzen Sätzen antworten.

5. **Find the nouns.**
Um diese Aufgabe zu lösen, müssen Sie aus Adjektiven oder Verben Nomen bilden. In der Regel enden Nomen im Englischen auf: -tion, -ity, -er, -ness, -ism, -ment, -ant, -ship, -age, -ery. Es gibt hier wie auch bei den unregelmäßigen Verben Ausnahmen, die Sie sich beim Vokabellernen schon notieren und merken sollten.

Grammar

6. **Fill in the verbs in the correct tense.**
Hier ist es wichtig, herauszufinden, auf welche Zeit sich die Aussage des Satzes bezieht. In der Regel gibt es Signalwörter, die Ihnen schnell die richtige Zeit anzeigen. Ist dies nicht der Fall, müssen Sie die Zeit aus dem Kontext erschließen. Achten Sie auch auf die Verlaufsform, die if-Sätze und das Third-Person-„s". Lernen und wiederholen Sie außerdem noch die unregelmäßigen Verben.

7. **Fill in the words in the correct form.**
Bei dieser Aufgabe müssen Sie ein bestimmtes Wort in seine grammatikalisch korrekte Form bringen und in den Lückentext eintragen. Es ist wichtig, dass Sie nach Signalwörtern oder Hinweisen suchen, die Ihnen Aufschluss über die Konstruktion des Satzes geben können, damit Sie die Rolle des Wortes für die Bedeutung des Satzes bestimmen können.

8. **Ask questions.**
Um diese Aufgabe zu lösen, müssen Sie Fragen zu einem Thema formulieren. Benutzen Sie dafür typische Frageformen und verwenden Sie jede Konstruktion nur einmal. Verwenden Sie auf jeden Fall die „Wh-Questions" und, wenn möglich, auch „Questions-Tags".

9. **Paraphrasing**
Hier müssen Sie einen Satz formulieren, der in der Aussage gleich ist wie der Beispielsatz. Dabei müssen Sie ein vorgegebenes Wort benutzen und eventuell noch mehr Wörter ergänzen, damit der Satz korrekt ist. In dieser Aufgabe sollen Sie unter Beweis stellen, dass Sie mehrere Arten der Satzkonstruktion beherrschen. Achten Sie immer auf Subjekt, Prädikat und Objekt und wie diese in den jeweiligen Konstruktionen angeordnet werden.

D – Writing

Step 1 – Planen:
Wählen Sie ein Thema aus und beginnen Sie sofort, ohne lange nachzudenken, mit dem Brainstorming. Ordnen Sie anschließend Ihre Gedanken in einer Mindmap. Gehen Sie wie in dem Beispiel vor.

Step 2 – Verfassen:
Nachdem Sie nun einen Schreibplan vorbereitet haben, können Sie sich auf die sprachliche Umsetzung der in der Mindmap sortierten Argumente konzentrieren. Verwenden Sie dabei typischen Formulierungen, die der Textsorte entsprechen.

Step 3 und 4 – Überprüfen und verbessern:
Nehmen Sie sich nach dem Verfassen des Textes die Zeit, um nach Fehlern zu suchen, und verbessern Sie diese. Häufige Fehler sind:

- if-clauses
- 3rd-person-'s'
- tenses
- false friends

Prüfen Sie anschließend auch noch einmal die inhaltliche Gestaltung. Je nach Aufgabenstellung:

- Sind die Argumente gut angeordnet und können die Gedankengänge nachvollzogen werden?
- Ist die Geschichte sinnvoll aufgebaut, folgt sie einem „roten Faden" und sind die Gedankengänge nachvollziehbar?

Können Sie diese Fragen bejahen und haben Sie die Fehler verbessert, dann können Sie den Text abschließen und zum nächsten Text übergehen.

1. Write a comment.
Choose one of the following statements. Discuss the pros and cons and give your own opinion.
Um diese Aufgabe zu lösen, müssen Sie eine persönliche Stellungnahme formulieren, die auch auf die Argumente der Gegenseite eingeht. Diese Aufgabe ist vergleichbar mit der dialektischen Erörterung, die Sie aus dem Deutschunterricht kennen. Wählen Sie ein Thema aus, zu dem Sie viele Argumente finden können. Bedenken Sie, dass Sie Ihre Argumente auch begründen und mit Beispielen veranschaulichen sollten. Folgen Sie auf jeden Fall den einzelnen Schritten der Textproduktion.

2. Create a text.
Bei dieser Aufgabe müssen Sie selbstständig einen bestimmten Text verfassen. Dabei kann es sich um eine Geschichte, einen Blog, eine E-Mail oder eine Bewerbung handeln. Aber keine Angst, die Aufgabe erfolgt immer auf der Grundlage eines Schreibimpulses und Sie haben in der Regel die Wahl zwischen zwei Aufgabenvorschlägen.

- Beispiel Bewerbung (Task A)
  Lesen Sie die Ausschreibung genau durch und markieren Sie Schlüsselbegriffe, wie zum Beispiel: Ort, Tätigkeit, Voraussetzungen, Zeiten, …
  Sammeln Sie nun konkrete Punkte, die Sie in die Bewerbung schreiben wollen. Orientieren Sie sich dabei an der Annonce. Schreiben Sie, warum Sie diesen Job gerne haben wollen, wie Sie darauf gekommen sind, welche „soft skills" Sie besitzen und was Sie sich von der Arbeit erhoffen.
  Hinweis: Ein Blog-Beitrag folgt keinen festen Regeln. Sie können also auch Jugendsprache und Abkürzungen verwenden. Wichtig ist, dass Sie ihre eigene Meinung begründet und mit Beispielen ausgeschmückt darstellen. Das Ziel sollte sein, den Leser / die Leserin von Ihrer Meinung zu überzeugen.

- Beispiel Bildbeschreibung (Task B)
  Schauen Sie sich die Fotos ganz genau an und prüfen Sie, zu welchem Sie persönlich mehr Bezug haben. Berücksichtigen Sie bei Ihrer Entscheidung auch Thema und Wortfelder, die von dem jeweiligen Bild ausgehen. Halten Sie stichpunktartig fest, welche Schlüsselbegriffe in Ihrem Text vorkommen sollen.

E – Interpreting

Bei dieser Aufgabe müssen Sie die Inhalte des Ausgangstextes in eine andere Sprache übermitteln. Dabei wird von Ihnen keine wortwörtliche Übersetzung erwartet. Es geht vielmehr darum, die wesentlichen Aspekte von einer Sprache sinngemäß in die andere zu übertragen. Sie werden einmal Informationen aus einer englischen Quelle ins Deutsche und einmal aus einer deutschen Quelle ins Englische übersetzen müssen.

- Schauen Sie sich die Aufgabenstellung genau an, sie gibt Ihnen Hinweise, worauf Sie beim Übertragen achten müssen.
- Markieren Sie sich Schlüsselbegriffe aus der Quelle, die unbedingt in die Zielsprache übertragen werden müssen.

Wichtig!

- Übersetzen Sie nicht Wort für Wort! Benutzen Sie die Vokabeln, die Sie kennen, und umschreiben Sie Wörter und Inhalte.
- Formulierungen, die beim Umschreiben helfen:
  - It is something you use for … / It is something you need for …
  - It is a person who … / It is an animal that … / It is someone who … / It is something which …
  - It is a place where …
  - Lassen Sie unwichtige Informationen weg und formulieren Sie kurze und einfache Sätze.

Formulierungshilfen

Anrede/Begrüßung	
Dear …	Liebe/-r …
Hi …	Hi …
Hello …	Hallo …
Einleitungssatz (bei einer Antwort)	
With great interest I read about …	Mit großem Interesse habe ich … gelesen.
It seems to me that …	Mir scheint, dass …
I understand your problem …	Ich verstehe dein/Ihr Problem …
Eine persönliche Meinung formulieren	
In my opinion …	Meiner Meinung nach …
As far as I know …	Soviel ich weiß …
In my experience …	Meiner Erfahrung nach …
I must admit that …	Ich muss zugeben, dass …
I think / believe / suppose …	Ich denke / glaube / nehme an …
I can imagine that …	Ich kann mir vorstellen, dass …
This proves that …	Das beweist, dass …
The (main) point is …	Der (Haupt-)Punkt ist …
On the one hand … on the other hand …	Einerseits … andererseits …
The reason is that …	Der Grund ist …
The result is …	Das Ergebnis ist …
For instance …	Zum Beispiel …
I'd like to point out …	Ich möchte aufzeigen …
It doesn't make sense to me …	Es ergibt für mich keinen Sinn …
Aufzählung	
First / First of all …	Zuallererst …
Secondly … / Thirdly …	Zweitens … / Drittens …
Finally …	Schließlich …
Next …	Dann …
Then …	Dann …
To conclude …	Abschließend …
Fazit/Schlussfolgerung	
Weighing the pros and cons I come to the conclusion that …	Nach Abwägung der Vor- und Nachteile komme ich zu dem Schluss, dass …
At the end of the day one can say that …	Abschließend kann gesagt werden, dass …
This proves that …	Dies beweist, dass …

A – Listening Comprehension

1. TV Series

(Audiotracks: QR-Code rechts / Hörtext S. 358)

(5)

You will hear a conversation about TV series. You will hear the recording twice.
One ending to each of the following sentences is correct.
Tick the correct ending to finish the sentences.

a)	I always loved that character and …	A	☐	… now that he was murdered by my least favourite character, I am going to stop watching this show.
		B	☐	… I can now understand the evil ways in which he acted throughout the whole series.
		C	☐	… now that he got his promotion for solving the case, he finally got what he deserved.
b)	What about this new science fiction series which …	A	☐	… tells the story of dragons, knights and wizards.
		B	☐	… shows the dangers and chances of modern technology?
		C	☐	… is about stories which are set in the future but could indeed come true quite soon.
c)	Anthology series means that each episode presents a different story …	A	☐	… with new characters.
		B	☐	… but keeps the same set of characters.
		C	☐	… and a different set of locations.
d)	The episodes have one thing in common, they examine …	A	☐	… the positive aspects and chances of new technologies.
		B	☐	… the consequences humanity has on the environment.
		C	☐	… how new technologies can have a bad and surprising impact.

2. Interview about Books

(Audiotracks: QR-Code S. 328 / Hörtext S. 359)

You will hear a radio interview about books. You will hear the recording twice. Take notes to fill in the table.

a)	title of the book and author's name	
b)	description of the main character	
c)	reasons why the family situation is so realistic	
d)	summary of the main plot	
e)	the book poses urgent questions about	

3. Sleep Deprivation Is Real!

(Audiotracks: QR-Code S. 328 / Hörtext S. 359)

You will hear a radio interview about sleep deprivation. You will hear the recording twice. Take notes to complete the cluster by adding missing facts.

sleep deprivation

a) boys and girls with too little sleep (in per cent)
boys: ____________________
girls: ____________________

b) according to the World Health Organization 11- to 15-year-olds in England …
____
____

c) two reasons of sleep deprivation
____
____

d) agreement of the one-week challenge
____
____

4. Radio Interview: Work-Life Balance

(Audiotracks: QR-Code S. 328 / Hörtext S. 360)

You will hear a radio show about work-life balance. Toby is asking questions to Karen and Ben. Who says what about work-life balance? You will hear the conversation twice. Write the correct name (Karen, Ben, Toby) next to the statement. Be careful: One statement does not fit. Mark this statement with a cross.

a)		Well, in the more traditional workplaces people work from nine in the morning until five in the evening.
b)		They can focus on their hobbies, interests, sports, spending time with their families or in their clubs.
c)		They are online all day and all night.
d)		And I have to say that doesn't sound like a very good work-life balance.
e)		... it doesn't have to be a bad thing that the separation between one's work and personal life is fading.

B – Text-based Tasks

The History of Zombies

Zombies are everywhere these days – on television, in movies and in books. The current image of the terrifying flesh-eating zombie comes from George Romero's 1968 classic film *Night of the Living Dead*. Nowadays many people like to frighten themselves with the idea of the 'Zombie Apocalypse'. [...]

However zombies are not new. The term, from the Kongo word *nzambi* which means 'spirit of a dead person', has been long associated with the Vodou religion of Haiti (popularly known as Voodoo). As with West African Vodun, from which it is descended, Vodou has strong ties to the supernatural and magic practised by witch doctors called *bokors*.

In Haitian culture zombies are not evil creatures but victims. They are said to be people who have been killed by poisoning, then reanimated and controlled by *bokors* with magic potions[1] for some specific purpose, usually to work as slave labour. The *bokors* were widely feared and respected. It is said that they used to be in the service of the secret police and those who defied[2] the authorities were threatened with being turned into the living dead.

For a long time most people assumed that zombies were nothing more than mythical figures, like werewolves and vampires. However this changed in the 1980s when a man called Clairvius Narcisse claimed that he had been turned into a zombie by means of drugs and forced to work on a sugar plantation for two years before escaping. Wade Davis, a Harvard scientist, investigated the claim and obtained something called 'zombie powder' from Haitian *bokors*. The main active ingredient was a neurotoxin[3] found in puffer fish[4] which could be used to simulate death. The *bokors* also explained to Davis that a second poison, made from the *datura* plant[5], known as the zombie cucumber, was given to victims after they were revived from their death-like state. This kept the 'zombies' in a submissive[6] state so that it was easy to force them to work. Davis wrote several books on the topic, including *The Serpent and the Rainbow*, later made into a horror film by director Wes Craven.

Although the book was very popular with the public, some scientists were sceptical of Davis's claims. They said the amounts of toxin in the powder samples he found were inconsistent and not high enough to produce zombifying effects. Although many people in Haiti still believe in zombies, there have been no publicised cases in the last few decades and Davis's theory remains controversial. The Zombie Apocalypse seems unlikely to take place soon.

[1] magic potion: Zaubertrank
[2] to defy: sich widersetzen
[3] neurotoxin: Nervengift
[4] puffer fish: Kugelfisch
[5] datura plant: Stechapfel
[6] submissive: gehorsam, unterwürfig

Adapted from: https://learnenglishteens.britishcouncil.org/skills/reading/upper-intermediate-b2-reading/history-zombies, Seitenaufruf am 03.05.2020

1. Match the headings with the parts of the text. There are two more headings than you need.

1)	Zombies: people revived and exploited	a) lines 1 – 3
2)	The Zombie – A current pop star	b) lines 4 – 6
3)	The Walkind Dead is real	c) lines 7 – 10
4)	Historical origins of the Zombie	d) lines 12 – 18
5)	The apocalypse is near	e) lines 20 – 22
6)	No documented cases for quite some time	
7)	How to make zombies?	

2. Decide whether the following statements are true, false or not in the text.

	true	false	not in the text
a) Zombies are everywhere these days – especially in video games.			
b) Our current image of zombies was coined by George Romero.			
c) The bokors are doctors with alleged supernatural powers.			
d) The bokors were very popular and respected.			
e) Davies' book was an inspiration for many scientists.			
f) Haitians believe in Zombies because there are many publicised cases.			

3. Finish the sentences using the information from the text.

a)	Today, many people enjoy …	A	☐	… getting scared by the idea of the zombie invasion.
		B	☐	… reading stories about the Haitian witch doctors.
		C	☐	… getting frightened by stories about werewolves, zombies and bokors.
		D	☐	… seeing images of terrifying flesh-eating zombies.
b)	The original *nzambi* are …	A	☐	… terrifying flesh-eating zombies.
		B	☐	… sad creatures who have been poisoned and reanimated.
		C	☐	… people with supernatural powers who practise Vodou.
		D	☐	… slave labourers who had to work for the secret police.

c)	In 1980 Clairvius Narcisse …	A	☐	… invented a drug that turned people into zombies and made them work on a sugar plantation.
		B	☐	… said that he was zombified by drugs and had to work on a plantation for two years.
		C	☐	… met Wade Davies and obtained something called 'zombie-powder' from a bokor.
		D	☐	… claimed that he was the first human beeing to be turned into a zombie by drugs.
d)	You can easily force zombies to work …	A	☐	… because the drugs make them peaceful and ready to help.
		B	☐	… because the neurotoxin found in puffer fish controls the nervous system.
		C	☐	… because the intake of a so-called zombie cucumber leads to submissive behaviour.
		D	☐	… because they need to be kept busy to prevent them from falling into a death-like state.
e)	Davis' claims were not convincing …	A	☐	… because the toxic concentration in his samples were not high enough.
		B	☐	… because the amounts of neurotoxin in his samples were too high.
		C	☐	… because he lost his samples of 'zombie-powder' and therefore had no proof for his theories.
		D	☐	… because the amounts of toxin in puffer fish were not high enough.

4. Explain how the two 'Zombie' ingredients, used by Haitian bokors, work. Take notes.

____

____

____

____

5. Answer the questions in complete sentences by using the information from the text.

a) Why is our image of the zombie different now?

b) How real is the threat of a zombie apocalypse?

c) Why did the bokors work for the secret police?

d) In which way is the *nzambi* different to the zombie we know from movies or books?

C – Use of Language

1. Find words or expressions in the text which mean more or less the same.

a) of the present time or most recent (line 1)

____

b) one of the parts in a mixture (line 14)

____

c) a period of ten years (line 21)

____

2. Find the opposites.

a) victim (line 7) ________________________

b) poison (line 16) ________________________

c) controversial (line 22) ________________________

3. Choose two of the following words and give a definition.

a) slave (line 8) ________________________

____

b) authorities (line 10) ________________________

____

c) investigate (line 14) ________________________

____

4. Complete the text by using suitable forms of the words. Find words of your own to replace the question mark.

You ❶ (probable) ____________ know that zombies are popular right now. You might not know just how ❷ (outrageous) ____________ popular they happen to be. Zombies ❸ (be) ____________ the kings of all genres. Not only are they on top of ❹ (much OR many) ____________ bestseller lists and video games, the undead dominate television, too. *The Walking Dead* ❺ (attract) ____________ millions of viewers every week. And this week, *World War Z* ❻ (arrive) ____________ in cinemas – the Brad Pitt adaptation of the bestselling ❼ (?) ____________. It ❽ (complete) ____________ the zombie apocalypse.

5. Ask questions.

You are talking to Sally. She has just watched another zombie movie. Ask her three questions about her fascination with zombies. Use different question forms or different tenses.

a) ________________________________

b) ________________________________

c) ________________________________

6. Paraphrasing

Complete the second sentence so that it means the same as the first sentence. Use between two and five words including the word in brackets.

a) This film has the most terrifying effects I've ever seen.

*I've … **(never)** terrifying effects in my whole life.*

____

b) I am pretty sure the leading actress of this film will win an award.

*There … **(doubt)** that the leading actress will win an award.*

____

c) I am looking forward to watching *World War Z* tonight.

*I expect that watching Wold War Z tonight … **(fun)**.*

____

d) I hope I won't need to walk through dark alleys tonight.

*I … **(avoid)** dark alleys tonight.*

____

D – Writing

1. Write a comment.

Choose <u>one</u> of the following statements. Discuss the pros and cons and give your opinion.
Write about 100 words.

A	B	C
School should start at 9 am.	Students should have one PE[1] lesson every day.	The best way to travel is alone.

[1] PE: Physical Education

2. **Choose task A or task B. You only have to do <u>one</u> of the following tasks.**

Task A: Write a job application email. Write about 160 words.

Bildquelle: https://fox2now.com/wp-content/uploads/sites/14/2018/07/promo355147626.jpg, Seitenaufruf am 30.04.2020

Task B: Write a story about one of the following pictures in about 160 words.

Picture A

Bildquelle: https://de.freeimages.com/photo/snowboard-jump-1249837, Jochem Alferink

Picture B

Bildquelle: https://de.freeimages.com/photo/guitar-girl-1-1555610, Jennifer Marr

E – Interpreting

1. **On the Internet you have found the perfect trip for your next holidays. You are talking to a friend about the offer. Since your friend's English is not very good you have to tell him or her all about it. You don't need to write complete sentences. Answer his or her questions in German.**

   a) Erkläre mir bitte kurz und knapp, was das Angebot ist.

   b) Was hat es mit den „time-zones" auf sich?

   c) Welche Aktivitäten werden angeboten?

   d) Werden wir auf dem Trip auch Tiere sehen?

ON THIS ABSOLUTELY EPIC 22-DAY ADVENTURE, YOU'LL TRAVEL FROM THE EAST COAST TO THE WEST, VISIT 12 STATES, AND EXPERIENCE 16 CITIES!

Patriotism, apple-pie, concrete jungles, and zero apologies! America does it bigger. America does it better. In true Yankee spirit, we've concocted[1] the road trip to end all road trips. On this absolutely epic 22-day adventure, you'll travel from the East Coast to the West, cross four time zones, visit 12 states, and experience 16 cities. Get ready to sing the blues in Memphis, taste a cheesesteak in Philadelphia and sin your heart out in Las Vegas!

We spend 22 days exploring USA. We visit New York, Washington DC, Asheville, Nashville, Memphis, New Orleans, Lafayette, Austin, Fort Worth, Amarillo, Santa Fe, Durango, Williams, Las Vegas, Los Angeles.

[1] to concoct: aushecken, sich ausdenken

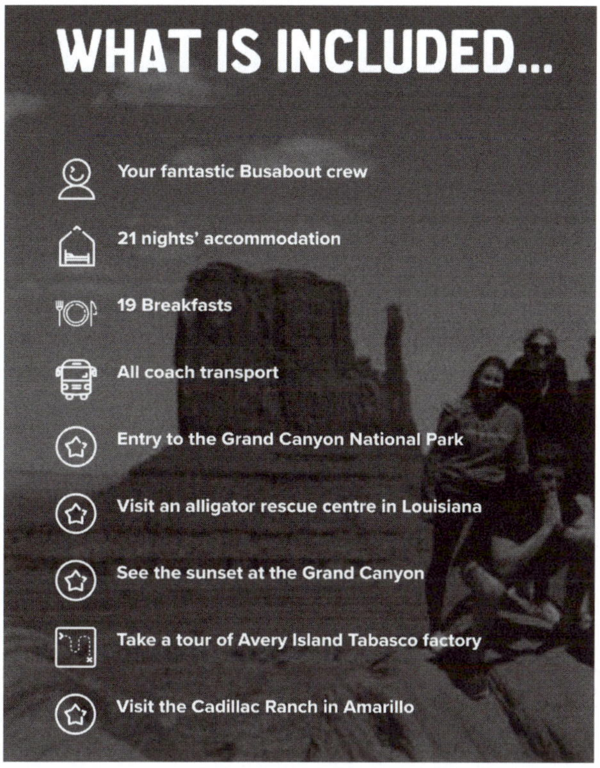

Bildquelle: https://www.busabout.com/trips/east-to-west-roadtrip, Seitenaufruf am 08.08.2020

2. You have to write a report for your English class about influential teenagers. You have found a German article about a swimmer from Berlin who became a special ambassador to the UN. Write an English text about this person.

a) Yusra Mardini ist eine 19-jährige syrische Schwimmerin, die in Berlin lebt.

b) Sie war der Star des Flüchtlingsteams bei den Olympischen Spielen in Rio de Janeiro, wo ihre Geschichte für großes Aufsehen gesorgt hatte.

c) Gemeinsam mit ihrer Schwester hatte Mardini im Mittelmeer ein vom Kentern bedrohtes Flüchtlingsboot gerettet. Die Schwestern haben es schwimmend nach dreieinhalb Stunden sicher an Land gebracht.

d) Vor rund einem Jahr kam Mardini als Flüchtling nach Berlin, das IOC ermöglichte ihr einen Start bei den Olympischen Spielen in Rio de Janeiro.

e) UN-Flüchtlingskommissar Filippo Grandi bezeichnete Mardini als eine „inspirierende junge Frau, die die Hoffnungen und Ängste von Millionen jungen Flüchtlingen weltweit" repräsentiere.

A – Listening Comprehension

1. Corona Crisis: A Rap Song to Raise Awareness

(Audiotracks: QR-Code rechts / Hörtext S. 361)

(6)

You will hear a conversation about a rap song. You will hear the recording twice. One ending to each of the following sentences is correct. Tick the correct ending to finish the sentences.

a)	It's really hard to avoid this topic but amid all the negative facts about the coronavirus …	A	☐	… you can also find beautiful stories about people helping each other out.
		B	☐	… there are also nice and funny stories about it.
		C	☐	… you can also find entertaining contributions to that subject.
b)	Trish admires the song 'Spreadin' because …	A	☐	… Psychs has a very nice way of informing people.
		B	☐	… Psychs raises people's awareness using an entertaining tone.
		C	☐	… Psychs suggests that people should help each other.
c)	In an interview Psychs says that he made that track because …	A	☐	… the coronavirus was the only thing people were talking about.
		B	☐	… he wanted to show his generation the importance of that subject.
		C	☐	… he wanted to go viral on YouTube.
d)	Psychs also says that one of the hard-est things he is anticipating is …	A	☐	… just not being able to leave the house if we do go into quarantine.
		B	☐	… just not being able to go to football matches any more.
		C	☐	… to be quarantined without being able to meet his friends.
e)	Jess feels so lonely at home and she never thought she would say that, but …	A	☐	… she misses hanging out with you and the others.
		B	☐	… she wants to go back to school.
		C	☐	… she wants to go to football matches at the weekend.

2. 'One in Five Young People' Has Been Bullied in 2019

(Audiotracks: QR-Code S. 338 / Hörtext S. 361)

You will hear a podcast about bullying. You will hear the recording twice. Take notes to fill in the table.

a)	date of the Anti-Bullying Week	
b)	the impact bullying has on the victims	
c)	reasons for bullying	
d)	forms of bullying	
e)	guest for the upcoming episode	

3. Conversation about Global Warming

(Audiotracks: QR-Code S. 338 / Hörtext S. 362)

You will hear a radio interview about 'eco-anxiety'. You will hear the recording twice. Take notes to complete the cluster by adding missing facts.

eco-anxiety

a) Emma's fears
____
____

b) digital offers to talk about eco-anxiety
____
____

c) other names for it
____
____

d) ways to deal with it
____
____

4. Our Brain

(Audiotracks: QR-Code S. 338 / Hörtext S. 363)

You will hear a conversation about the human brain. You will hear the recording twice. One ending to each of the following sentences is correct. Tick the correct ending to finish the sentences.

a)	The average human brain …	A	☐	… contains about 68 billion nerve cells.
		B	☐	… obtains 86 billion nerve cells at birth.
		C	☐	… contains about 86 billion nerve cells.
b)	Every time you read, see or hear something …	A	☐	… millions of signals rush along tiny fibres from one neuron to the next.
		B	☐	… millions of neurons are communicating with each other through hundreds of millions of synapses.
		C	☐	… millions of tiny junctions, called the synapses, are created.
c)	The nervous system spreads branches into your body …	A	☐	… so that you have the ability to control all your muscles.
		B	☐	… like a web so that you can control all your muscles.
		C	☐	… like a tree so that you can control your basic brain functions.
d)	When the sun goes down, a part of your brain produces …	A	☐	… different hormones like melatonin, which makes you sleepy.
		B	☐	… a hormone called melatonin, which makes you feel wide awake.
		C	☐	… a hormone called melatonin, a hormone which makes you sleepy.
e)	The nerve cells in your eyes, ears and nose …	A	☐	… send these signals to your nervous system.
		B	☐	… deliver these signals right to your brain.
		C	☐	… send these signals to your eyes, ears and nose.

B – Text-based Tasks

Robots As Colleagues?

Artificial intelligence (AI)** is the buzzword[1] of the day. The technology is being hyped as the next industrial revolution with the potential to transform our entire lives. **So, what is AI exactly?

Christof Kerkmann, Handelsblatt Düsseldorf

When we hear the term artificial intelligence (AI), some of us might think of the T-800, saying "I'll be back". Others might think of robots like C3PO and R2-D2, or perhaps Neo and his surreal adventures. Hollywood has shaped our imagination with films like "Terminator", "Star Wars" and "The Matrix". But the reality of AI looks very different. The technology has made enormous progress in recent years. It can automatically park cars into tight spaces, beat professional gamblers[2] at poker and play music on command. But despite these advances, computers have not yet developed their own consciousness [...].

Over the decades [...] we have succeeded in "teaching" computers to master certain human abilities. For example, there are now systems that can recognize various breeds[3] of dogs in photos. [...] All these systems were developed using a technique called machine learning – a subdiscipline[4] of AI. Here, algorithms[5] generate rules from analysing large amounts of data. For instance, they rapidly analyse thousands of photos of cats and can then distinguish these pets from other objects without a programmer having to teach them the details of cat anatomy. This principle can be applied to many other areas. Basically, wherever there is a large amount of data, systems can use algorithms to train themselves and eventually take on tasks that used to require human intelligence. [...]

These are technologies that will eventually affect all areas of science, business and administration[6] as well as the day-to-day lives of citizens. [...] For example, the development of self-driving cars is currently revolutionizing the automotive industry. The rise of AI will also fundamentally change the labour market. Many tasks that were previously reserved for humans will eventually be performed by machines. From detecting tiny errors to steering massive ships: All this can be done today with AI-powered software.

This rapid technological shift poses some important political questions. [...] What should be done if certain jobs suddenly disappear? What kind of education will people need to prepare for life in the AI era? Then there are the ethical (moral) and legal questions connected with the technology. For example: How should a self-driving car react when an accident can no longer be avoided? Should the car drive into the child walking across the street or the older pedestrian on the pavement? In contrast to science fiction films, machines are not equipped to make such decisions without human guidance – yet.

[1] buzzword: Modewort
[2] gambler: Spieler/-in, Glücksspieler/-in
[3] breed: Rasse
[4] subdiscipline: Teildisziplin
[5] algorithm: Algorithmus (Vorgehensweise zur Problemlösung, Grundlage der Programmierung)
[6] administration: Verwaltung, Regierung

Adapted from: Christof Kerkmann, in: https://www.handelsblattmachtschule.de/fileadmin/Images/Newcomer/NC52/NC52-GB-Final.pdf, Seitenaufruf am 27.05.2020

1. Match the headings with the parts of the text. There are two more headings than you need.

1)	AI will change everything.	a) lines 9 – 15
2)	Important questions must be answered.	b) lines 16 – 20
3)	Self-driving cars will kill people.	c) lines 21 – 24
4)	Systems train themselves.	d) lines 24 – 25
5)	The unemployment rate will be huge.	
6)	Science fiction is not yet reality.	

2. Decide whether the following statements are true, false or not in the text.

	true	false	not in the text
a) AI technology is improving very quickly.			
b) AI is able to master all kinds of human abilities.			
c) Machine-learning is a technique used by programmers to teach AI.			
d) Soon machines will be able to reproduce themselves without human help.			
e) The education system and the labour market will have to be changed.			
f) Machines are not capable of making ethical and moral decisions.			

3. Finish the sentences using the information from the text.

a)	The reality of artificial intelligence …	A	☐	… is that we can soon expect machines to act like humans.
		B	☐	… is far from the ideas we get from Hollywood movies.
		C	☐	… is that programmers will soon find a way to give robots their own consciousness.
		D	☐	… is close to the ideas we get from film robots like C3PO and R2-D2.
b)	The rise of artificial intelligence …	A	☐	… will fundamentally change job profiles in all areas.
		B	☐	… will raise unemployment.
		C	☐	… has a negative impact on the automotive industry.
		D	☐	… has little effect on our daily lives.
c)	Technological change will …	A	☐	… create lots of new jobs without destroying old ones.
		B	☐	… confront us with political and moral problems.
		C	☐	… ensure that machines do all our jobs.
		D	☐	… bring more problems than benefits.
d)	Some AI systems are based on techniques …	A	☐	… like machine learning to imitate any kind of human behaviour.
		B	☐	… like analysing large amounts of data to train humans.
		C	☐	… like analysing huge data sets to train themselves.
		D	☐	… like machine learning to detect missing cats and other animals.

e) Unlike AI in science fiction films …	A	☐	… our machines are not controlled by algorithms.
	B	☐	… our machines are not capable of steering massive ships.
	C	☐	… our machines are capable of making political decisions.
	D	☐	… our machines do not have the ability to make moral decisions.

4. Define the term 'machine learning'. Take notes.

5. Answer the questions in complete sentences by using the information from the text.

a) Why is our current notion of AI different from reality?

b) What skills does AI currently possess?

c) Name one problem that occurs with self-driving cars.

C – Use of Language

1. Find words or expressions in the text which mean more or less the same.

a) a machine controlled by a computer (lines 4 – 5)

Robot

b) the biological structure of an animal or plant (lines 12 – 14)

anatomy

c) the process of teaching or learning (lines 21 – 22)

education

2. Find the opposites.

a) beat (line 7) loose

b) connected (line 23) disconnected

c) in contrast to (line 24)

3. Choose two of the following words and give a definition.

a) programmer (line 13) A programmer is a person ~~and~~ that makes for example special programs for a robot.

b) day-to-day (line 16) ______

c) equipped (line 25) ______

4. Complete the text by using suitable forms of the words.

If self-driving cars become widespread, society ❶ (have) had to deal with a new difficulty: the ❷ (able) ability to program self-driving cars with preferences about which lives ❸ (save) saving first in the event of a crash. Human drivers ❹ (make) make these choices instinctively, but algorithms ❺ (be) was able to make them in advance. In relation to that an online quiz ❻ (name) named the Moral Machine was launched in 2016. It asks users to make a series of ethical decisions regarding ❼ (fiction) ______ car crashes. Millions of users from 233 ❽ (country) ______ took the quiz, ❾ (make) ______ 40 million ethical decisions in total. From this data, the study's authors ❿ (find) ______ global preferences: sparing humans over animals, more lives rather than fewer, and children instead of adults. They suggest these factors should therefore be ⓫ (consider) ______ as 'building blocks' when creating laws for self-driving cars.

5. Ask questions.

You are talking to Alex. She has just written a blog about modern technology. Ask her three questions about her fascination with science. Use different question forms.

a) ______

b) ______

c) ______

6. Paraphrasing

Complete the second sentence so that it means the same as the first sentence. Use between two and five words including the word in brackets.

a) I am convinced that robots will soon do most of the tasks humans do right now.

*I … **(doubt)** that robots will soon do most of the tasks humans do right now.*

______

b) Artificial intelligence will certainly change our day-to-day lives.

*… **(no question)** that artificial intelligence will change our day-to-day lives.*

______

c) I am afraid people underestimate the dangers of AI.

*People … **(careful)** not to underestimate the dangers of AI.*

______

d) I think it is important that we are aware of the dangers of modern technology.
*We … **(make sure)** that we are aware of the dangers of modern technology.*

____

D – Writing

1. Write a comment.

Choose <u>one</u> of the following statements. Discuss the pros and cons and give your opinion.
Write about 100 words

A	B	C
TV is the leading cause of violence in today's society.	Alcohol should be illegal.	21 should be the legal driving age across the entire world.

2. Choose task A or task B. You only have to do <u>one</u> of the following tasks.

Task A: Write a job application email. Write about 160 words.

Bildquelle: http://fallsbrookcentre.ca/wp/were-hiring-summer-students/, Seitenaufruf am 08.08.2020

Task B: Write a story about one of the following pictures in about 160 words.

Picture A

Bildquelle: https://de.freeimages.com/photo/job-well-done-1409239, Julia Borysewicz

Picture B

Bildquelle: Photo by Waldemar Brandt on Unsplash

E – Interpreting

1. **You want to enrol in a summer school abroad. You find an interesting program and do some research on the Internet. Since your parents' English is not very good you have to do the interpreting. Answer their questions in German.**

   a) Gibt es irgendwelche besonderen Voraussetzungen, die du erfüllen musst?

   b) Weißt du schon, wohin du gehen wirst?

   c) Könntest du uns bitte ganz genau erklären, wo und wie du dort wohnen wirst?

   d) Bis wann musst du dich entschieden haben?

Description | Video | Activities | Accommodation | Procedures | Prices | Deadline | Eligibility

Testimonials

Be an exchange student in the USA

This High School exchange in the USA is ideally designed for those students that have a good English level and are ready to embark on a one-of-a-kind educational experience, in a Public High School in the USA, while being hosted by a volunteer host family.

International Students will join classes like any other student, and take courses such as: English (Grammar, Writing, Literature, Theater, etc...), Physical Education (including medicine and hygiene courses), Natural Sciences and Mathematics, Social Sciences (including the History of the United States and the Constitution of the US Government), Business, Psychology, Philosophy, Industrial design and economy, among others.

Exchange students are sent all across America. Specific locations cannot be requested.

Highlights of the Program

- Host families welcome students voluntarily as a member of their own family. They want students to participate in family and school activities and learn more about the American lifestyle and culture. They also want to learn about the students' country and culture.
- These families are volunteers and provide room and board, as well as the care and support necessary for students, as they learn and adjust to life in the US.
- Graduation is not possible during your experience in a public High School in the USA.

School type: Exchange students are placed in Public Schools all across the U.S.A.

Deadline

Apply for your exchange program in the USA at least 6 months before arrival. Places are very limited!
Late applications may be accepted, depending on availability and visa processing times.

Interested in studying in an **American High School abroad**? Consider studying at our American high schools in:

- Paris area, France: Notre-Dame International High School
- Beijing, China: St Paul American School

Bildquelle: https://www.nacel.org/en/high-school-programs/high-school-exchange-in-the-usa, Seitenaufruf am 08.08.2020

2. You and your family have decided to be a host family and Tracy, your exchange student, will arrive next month. Your parents ask you to write a letter in which you clarify the last questions with her.

a) Frag sie bitte, ob sie irgendwelche Allergien hat oder ob sie sich vegetarisch oder vegan ernährt.

b) Erinnere sie bitte daran, dass sie Klamotten und Schuhe zum Wandern mitbringen soll, wir werden an den Wochenenden öfters in die Berge fahren.

c) Sag ihr bitte, dass sie das Zimmer deiner Schwester haben kann, die vor einem halben Jahr ausgezogen ist. Sie hat dort ein Bett, einen Schreibtisch und einen bequemen Sessel. Fernseher und Bücher sind auch in dem Zimmer.

d) Teile ihr mit, dass sie, wenn sie immer noch will, montags und mittwochs mit dir zum Gitarrenunterricht gehen kann. Ihr werdet dann zusammen unterrichtet.

e) Richte ihr bitte liebe Grüße von uns allen aus und dass wir uns sehr freuen, sie bald begrüßen zu können.

A – Listening Comprehension

1. Yoga

(Audiotrack: QR-Code rechts / Hörtext S. 364)

(7)

You will hear a radio interview with the yoga instructors Lisa, Peter and Dr Sing.
You will hear the recording twice.
Write the correct name (Lisa, Peter, Dr Sing) next to the statement.
Some names must be used twice. **5 pts**

a) ____________________ Yoga was first practised in Asia before it travelled around the world.

b) ____________________ In yoga you practise specific body postures and forms of breathing.

c) ____________________ Yoga is good for people who are stressed and physically harmed.

d) ____________________ Yoga is a very old form of physical and spiritual exercise.

e) ____________________ Yoga lovers meet to practise yoga outdoors.

2. Vikings

(Audiotrack: QR-Code S. 348 / Hörtext S. 364)

You will listen to a guided museum tour on Vikings.
You will hear the recording twice.
Take notes to complete the cluster.

4 pts

Vikings

a) places they came from:

▶ ______________________________

____

▶ ______________________________

____

b) reasons for leaving their homelands:

▶ ______________________________

____

▶ ______________________________

____

c) swords:

▶ ______________________________

____

▶ ______________________________

____

d) ships:

▶ ______________________________

____

▶ ______________________________

____

3. The Prom

(Audiotrack: QR-Code S. 348 / Hörtext S. 365)

You will hear a voice message from Lena's American exchange partner Mary-Lou about last night's prom.
You will hear the recording twice.
One ending to each of the sentences is correct. Mark the correct ending.

5 pts

a)	Mary-Lou went dress-shopping downtown …	A	☐	yesterday.
		B	☐	two weeks ago.
		C	☐	two months ago.
b)	The dress …	A	☐	could not be rented.
		B	☐	was too expensive.
		C	☐	fell apart.

c)	The poster had been put on Mary-Lou's school locker ...	A	☐	by Derek.
		B	☐	by the other girls.
		C	☐	by Tiffany.
d)	Tiffany's dress ...	A	☐	was the same as Mary-Lou's.
		B	☐	was stolen.
		C	☐	fell on the dance floor.
e)	Derek ...	A	☐	drove Mary-Lou home.
		B	☐	danced with Tiffany.
		C	☐	called Mary-Lou's dad.

4. Digital footprint

(Audiotrack: QR-Code S. 348 / Hörtext S. 365)

You will hear a podcast about your digital footprint.
You will hear the recording twice.
Take notes to fill in the table. **6 pts**

a)	two examples of leaving a digital footprint	▶ ____________ ▶ ____________
b)	what employers check out about candidates	▶ ____________ ▶ ____________
c)	what to do when you find something upsetting	▶ ____________ ▶ ____________
d)	how to protect your identity online	▶ ____________ ▶ ____________

Prüfungen

e)	advantage of your digital footprint	▶ ________________ ________________ ▶ ________________ ________________

B – Text-based Tasks

How online shopping is changing the world

In the past, there were only a few things delivered to our homes like newspapers, pizza or Asian food. Nowadays, there is a universe of products like DVDs, video games, Spanish oranges, clothes, books, groceries or medicine and you can order them all online. Even more exotic is ordering insects to feed your tarantula. Or do you need help around the house? So why not order a plumber or a carpenter online to help you. This new experience of shopping is known as e-commerce or e-business.

Most home deliveries still consist of the familiar brown cardboard parcels from retailers[1] such as *Amazon* which is responsible for half of all the packages delivered in the US each year. Jeff Bezos, *Amazon's* founder, never wanted his customers to worry about shipping – about how much it costs, or about how long it takes. "Time is money. Save both.", is the slogan which shows that *Amazon's* main goal is to deliver their products as quickly as possible. *Amazon's* emphasis on speed forced other retailers to hurry, too, and shoppers started to believe that something that cannot be received quickly, is not worth having at all.

In 2005, *Amazon* created *Prime*, a club for shoppers paying a fixed fee every year, so that they got free two-day shipping on everything they bought. *Prime* now has more than 100 million members. A market analysis firm found that 93 per cent of *Prime* members keep their subscription after a year, and 98 per cent after two years. "Not for patient people," runs a *Prime* slogan, and it is right: one out of every three *Prime* members has deleted items from their shopping baskets after learning that they could not arrive in two days. Meanwhile, *Amazon* halved *Prime* shipping time down to a day.

A lot of attention has been paid to problems such as how best to pack a box, how to beat traffic and what to do when a delivery driver rings the doorbell and no one is home. The cardboard box is the most obvious symbol of e-commerce and stands for the conflict of choosing between our unlimited consumption and the health of the planet. A heavier box costs more to buy and it also uses more fuel to ship, for example. Like every company, *Amazon* has been trying to design boxes that are both light and strong. But still many companies use packaging materials excessively.

However, the environmental impact of all that paper and plastic is just one part of the overall carbon footprint of online shops. In addition, vans and trucks of companies such as *FedEx*, *UPS* and *DHL* increase traffic. The great trick of online retail is to get us to do more shopping without thinking about it for too long. So, when ordering online some people buy far more than they need, send unwanted items back and order new ones, forcing drivers to come back. Some people live so far out in the countryside that delivery drivers must make an effort to find them.

Especially the cities struggle with home delivery because they were not designed to handle this amount of transport activity. Delivery drivers block the side of the road to load and unload their packages. Streets are jammed and citizens suffer from air pollution.

How will e-commerce handle the challenges in the next decade? Different ideas are being discussed: using drones, parachutes, autonomous vehicles or robots.

Obviously, there is still a long way to go to make e-commerce more efficient and more eco-friendly.

[1] retailers – Einzelhändler

Adapted from: https://www.theguardian.com/technology/2019/now/21/how-our-home-delivery-habit-reshaped-the-world. (22.11.2019); picture source: clipart (21.09.2020)

1. Decide whether the following statements are true, false or not in the text. **3 pts**
Example: B 1 g) – not in the text

a) The majority of products sold online are delivered in brown cardboard boxes.

b) Many *Prime* members end their membership within a year.

c) In the future *Amazon* will reduce shipping time to less than a day.

d) Because of the carbon footprint of their companies, *FedEx*, *UPS* and *DHL* now use alternative fuel.

e) Finding customers' homes in rural areas is sometimes difficult for delivery drivers.

f) Online sellers are discussing to use only drones to deliver their products.

2. Match the headings with the parts of the text. **5 pts**
There are two more headings than you need.
Example: B 2 h) – 6

a)	Importance of delivery speed	1) lines 1 – 6
b)	Jeff Bezos' biography	2) lines 7 – 18
c)	Consequences of home delivery	3) lines 19 – 23
d)	Trip to the shops	4) lines 24 – 31
e)	Unsolved issues	5) lines 32 – 34
f)	Changes in the way of shopping	
g)	Ideal packaging	

3. Finish the sentences using the information from the text. **6 pts**
Example: B 3.7 – e)

3.1 DVDs, video games and groceries …

a) are the most popular things ordered online.

b) arrive in plastic boxes.

c) are available online.

d) are only delivered by *Amazon*.

3.2 Being an *Amazon Prime* member …

a) you need to pay an annual fee.

b) makes you patient.

c) you have to wait for the ordered goods for more than two days.

d) you only have to pay for shipping.

3.3 More than 100 million people …

a) do online shopping at least twice a week.

b) regret their subscriptions as *Prime* members.

c) have deleted items from their shopping baskets.

d) have joined *Amazon Prime*.

3.4 Returning unwanted products ...

a) is cheap for *Prime* members.

b) costs *Amazon* several million dollars per year.

c) demands revisits of couriers.

d) costs an extra fee.

3.5 In cities ...

a) inhabitants struggle with ordering online.

b) there is too much competition.

c) packaging materials pollute the streets.

d) transport activity has increased because of e-commerce.

3.6 To cope with e-commerce in the future you will have to ...

a) reduce it.

b) improve eco-friendliness.

c) concentrate on longer shipping distances.

d) get rid of the packaging.

4. Answer the questions in complete sentences using the information from the text. **10 pts**

a) How can e-commerce help you with your jobs around the house?

b) What should not be a problem for Jeff Bezos' customers?

c) How does *Amazon* influence other retailers?

d) Why do cardboard boxes have to be light? (2 items)

e) What adds to the carbon footprint of online shops?

C – Use of Language

1. Find words or expressions in the text that mean more or less the same. **5 pts**

a) assistance (lines 1 – 6)

b) money you pay for something (lines 14 – 18)

c) sign which represents something (lines 19 – 23)

d) struggle of opposing ideas (lines 19 – 23)

e) people living in a city or town (lines 24 – 31)

2. Find the opposites. **5 pts**

a) never (line 9)

b) bought (line 15)

c) more (line 15)

d) halved (line 18)

e) different (line 32)

3. Explain two of the following words in complete sentences. **4 pts**

a) to hurry (line 12)

b) member (line 15)

c) strong (line 23)

4. Vocabulary – Grammar **5 pts**

**Complete the text by using suitable forms of the words.
Write them down.**

Scientists warn: Insects will disappear

Global warming is not the only serious ❶ (to threaten) _______________ to humans. Another one is the falling numbers of insects and the many species ❷ (?) _______________ have already died out. Scientists say that half of all insects worldwide ❸ (to disappear) _______________ since the 1970s. A new warning is that over 40 per cent of insect species could die out in our lifetime. One researcher said the number of insects was decreasing by 2.5 per cent every year. Many species of ❹ (butterfly) _______________, bees and other insects are now extinct. This can trigger a catastrophic collapse of the ❺ (Earths / Earth's / Earths') _______________ ecosystems.
Professor Dave Goulson said a lot of insects ❻ (to kill) _______________ by pesticides used for farming and gardening. He said lower numbers of insects might mean we would not have enough ❼ (feed) _______________ for people. He told reporters: "Three quarters of our crops depend ❽ (from / on / of) _______________ the help of insects. Crops will begin to fail. If this happens we ❾ (not have) _______________ things like strawberries any longer. One of the most worrying trends is the decline of honeybees. In the USA, the number of honeybee colonies ❿ (to drop) _______________ from six million in 1947 to just 2.5 million in 2014." Professor Goulson warned: "We can't wait another 25 years before we do anything because it will be too late."

Adapted from: https://breakingnewsenglish.com/1911/191117-insect-apocalypse.html (22.11.2019)

5. Ask questions.

Ask four questions. Use different question forms or different tenses. **4 pts**

You are talking to Peter Harris, a swimming pool attendant.
Ask him about his job.

D – Writing

1. Write a comment.

Choose one of the following statements. Discuss the pros and cons and give your opinion. **9 pts**
Write about 100 words

a) People should use public transport only.

b) Young people can only enjoy their spare time when spending money.

c) Life is boring without a computer.

2. Choose one of the following tasks. **18 pts**

Task A: Write an email of application. Write about 160 words.

Computer Support for Seniors
We, the Sutherland Court Care Home, are offering a computer club for our residents.
We are looking for young people who are skilled with the computer and will be able to support our seniors once a week.
Please send your application to: recruitment@hc-one.co.uk

Task B: Write a story. Write about one of the following pictures in about 160 words.

Bildquellen: iStock.com/bukharova; https://allhands.coastguard.dodlive.mil/files/2015/06/1995035.jpg (06.08.2020)]

Task C: Write a diary entry. Complete the diary entry in about 160 words.

Dear diary,
you won't believe it. This morning something really strange happended to me. ...

E – Interpreting

1. Read the text about the Tours of Dublin and answer the questions in German. You need not write complete sentences.

a) Warum bietet es sich an, Dublin auf eigene Faust zu erkunden? **1 pts**

b) Was sind die Vorteile der Hop-on-hop-off Tour? (2 Angaben) **2 pts**

c) Warum fährt man bei der Viking Splash Tour in einem Amphibienfahrzeug? **1 pts**

d) Was ist das Besondere an der Abendtour? (2 Angaben) **2 pts**

e) Was erwartet uns bei einer Bootstour auf dem Liffey? **1 pts**

Tours of Dublin

When visiting the Irish city, you want to take in the best sights and attractions of Dublin – and you have several ways to explore the city to pick from.

It begins with the easiest and cheapest option, which would be a self-guided tour of Dublin on foot. Of course, you could use Dublin's public transport system. Or you could also use a rental car to get around, but we do not recommend driving in Dublin as a tourist.

The best and most comfortable way to get to know Dublin is one of the many pre-organised bus tours. On our Hop-on-hop-off Tours you see all the major sites at your own pace and so they are actually the most flexible Dublin tours of all. They usually go in circles around the city centre, but the flexibility for you comes with the opportunity to get off, and later re-enter the buses at any stop.

On another tour, called Viking Splash Tour, you will be driven around the city streets and the Grand Canal in an amphibious vehicle, while mainly being informed about Dublin's Viking heritage. This is a fun tour and you take in most of the important sites, but you cannot get off at any point.

There is even a tour in the evening. It follows the trail of Dublin's ghosts and grave-robbers on a specially designed double-decker bus and with a performance of live actors. It is only for the brave ones, definitely not covering the main tourist spots, but a good evening entertainment.

It is also possible to see Dublin from the water on our Dublin river tour. You cruise up and down the river Liffey in a modern boat, which allows for panoramic views of the Quays and the Docklands area. It is a big plus to see Dublin from a different point.

Adapted from: www.tripsavvy.com/tours-of-dublin-1542304 (31.01.2020)

2. Your school's movie club takes part in an international film project. Your partner school is in Slovenia and your contact person is Lara. There is a team meeting.

a) Patrick: **2 pts**
Wir müssen ihr unbedingt mitteilen, dass sich zwei Gruppen verkleinert haben.
Sarah und Selina sind aus dem Projekt ausgestiegen.

b) Leila: **2 pts**
Wir sollten nicht vergessen, ihr zu schreiben, dass eine Gruppe bereits die Videos über die wichtigsten Sehenswürdigkeiten von hier fertiggestellt hat.
Häng doch die Datei gleich mit an.

c) Jana: **2 pts**
Der Skype-Termin nächsten Mittwoch muss wegen eines Fußballturniers ausfallen.
Einige Jungs nehmen daran teil. Wir müssen fragen, ob die slowenische Gruppe am Donnerstag Zeit hat und wir den Skype-Termin verschieben können.

d) Uli: **2 pts**
Wie sieht es denn jetzt eigentlich mit der Unterkunft beim Austausch in Slowenien aus? Haben Sie schon geklärt, ob die Unterkunft der deutschen Schüler in Gastfamilien sein wird oder in einer Jugendherberge? Ich finde Stockbetten ätzend.

e) Frau Krauß: **1 pts**
Und am Ende dürft ihr nicht vergessen zu schreiben, dass sich unser Schulleiter, Herr Bender, schon sehr freut, die Mitglieder der slowenischen Gruppe kennen zu lernen.

Inform Lara.
You need not write complete sentences.

a) ______________________________

____

b) ______________________________

____

c) ______________________________

____

d) ______________________________

____

e) ______________________________

____

Hörverstehenstexte Musterprüfung I

(5)

1. TV Series

(Audiotrack: QR-Code rechts / Aufgabe S. 328)

Peter: Please tell me that you saw the final episode last night. Shocking, wasn't it?

Sarah: Of course, I saw it! As if I would miss that!

Peter: And? What do you say? Did you expect the ending to be anything like that?

Sarah: No, I would never have expected that twist. Unbelievable!

Peter: Yeah, totally. I still cannot believe that it was the caretaker[1]. He always seemed so naïve and innocent. The plot of the whole series is so great and well thought out.

Sarah: I'd always loved that character and now that I know that he was that evil mastermind I can understand what he was doing all the time. He set the FBI on the wrong track throughout the series and they believed him because he seemed to be too stupid to come up with such a perfect plan.

Peter: I am really going to miss it. What else could we binge-watch now?

Sarah: I don't know, there are other crime series on that channel but most of them are too predictable. I hate it when you can predict the ending of a story from the very beginning.

Peter: Exactly, maybe we should switch to another genre. What about fantasy? Dragons, knights, wizards, what do you think?

Sarah: I don't know … fantasy, really? I would rather watch something more realistic.

Peter: Hm … okay, oh! I have a great idea! Let's find a compromise. What about this new science fiction series which deals with near future scenarios that could become reality soon? I have read a lot about it and it is supposed to be one of the greatest shows this year.

Sarah: That sounds fascinating. Tell me more.

Peter: Okay, it is an anthology series.

Sarah: What's that?

Peter: It means that each episode presents a different story and a different set of characters. The stories are set in the near future and they demonstrate either dark or satirical outlooks on our society. They have one thing in common, they examine the negative and unexpected consequences of new technologies.

Sarah: The horrors of modern society! That sounds great. How many seasons are there? And the more important question is: when can we start watching it?

Peter: There are already five seasons. Let's start tonight.

Sarah: Tonight, sounds great. Let me quickly check on the Internet what the first episode is about … Here it is. It is about the dangers of social media. A person kidnaps a member of the British royal family and demands that the prime minister should do something really inappropriate on live television. The social media spreads the news thus forcing the prime minister to do it.

Peter: Sounds awful! For the prime minister. For me it sounds like entertainment. I can't wait until tonight. But stop reading more about it. You'll spoil it for us.

Sarah: No worries. See you tonight.

Peter: See you!

[1] caretaker: Hausmeister

2. Interview about Books

(Audiotrack: QR-Code S. 358 / Aufgabe S. 329)

Presenter: Today we're looking at a remarkable book for young adults. This book made me feel every single possible emotion at the same time. It is so incredible, and I think that this book will make waves because of its political message. I'm talking about 'The Hate U Give' by Angie Thomas. Kim, what do you think about the book?

Kim: I feel the same, and I literally couldn't put it down and stayed up the whole night to finish it. I love the main character, Starr Carter, so much. She is such an inspiration to girls looking to find their voice. She is determined, authentic and everything we need in adolescents today.

Presenter: Exactly, and I also love the family dynamics in the book. It's very realistic, the siblings annoy each other, but they also stick together and protect each other in difficult situations. The parents don't always get along, but they love each other truly. They put their main focus on their children. But before we go on, we should probably tell our listeners about the plot of the novel.

Kim: I can do that. The main character is Starr Carter, she lives in a poor neighbourhood but also attends a fancy suburban prep school. She moves between two different worlds. One day she witnesses her best friend Khalil getting shot by a police officer. Khalil was unarmed. In the news Khalil is presented as a criminal. Some cops and even drug lords try to find out what happened but only Starr knows the answer. However, what Starr knows might have consequences for her community, her family and herself.

Presenter: Thank you for that brief summary. It is an extraordinary plot.

Kim: Indeed, it is. But I think the strongest aspect of the novel is its social commentary and political criticism. This book is a must-read for teenagers to make them aware of current issues.

Presenter: It could even encourage teens to get involved in politics to bring about change. It raises, the most urgent questions about racism, police brutality, discrimination and prejudice in our society.

Kim: And it also answers these questions in a very convincing way.

Presenter: Yes it does. Kim, I'm sorry, we are running out of time. I don't think we can recommend this book enough but still we have to come to a final statement. Would you like to have the last word?

Kim: Yes, please. I am so happy that 'The Hate U Give' exists and I think it will be a No. 1 bestseller soon. It is the best book for young adults in 2017 – I am sure of that.

3. Sleep Deprivation Is Real!

(Audiotrack: QR-Code S. 358 / Aufgabe S. 329)

Sam: Welcome back to our weekly podcast. Turn up the volume on your Bluetooth boxes and headphones, we are back. My name is Sam.

Sheila: And my name is Sheila. And like every week, we have a social topic that mainly concerns you, young adults. We reflect on your generation and maybe we can help you dealing with all that stuff going on in your lives.

Sam: Exactly. Sheila, are you as tired as I am? I am feeling exhausted.

Sheila: No, I am wide awake. I got a good night's sleep last night. It is very important for me to sleep at least 8 hours a night. Otherwise I wouldn't be able to produce this podcast with you.

Sam: 8 hours a night! I wish I got a good night's sleep that much. My average must be between five and six hours.

Sheila: Then you are one of the 23% of boys in the UK who get too little sleep. About a third among the girls. According to the World Health Organization, one in four 11 to 15-year-olds in England don't get enough sleep. They are too tired to concentrate on their lessons and 40 – 50% of them experience low mood at least once a week. Low mood prevents young people from being active and may lead to self-harm.

Sam: Oh my! I really should sleep more but I don't have the time for sleeping. In the evening I have to reply to so many messages and in the morning, I have that urge to get up early otherwise I would feel like I was lazy.

Sheila: You are naming two reasons that can explain this sleep deprivation. Our society gives us the impression that 'lying in' means we are lazy plus the heavy social media use makes it hard to find rest at the end of the day. It is a common thing now that adolescents sleep with their mobile phones next to their pillows. Always accessible and always on standby.

Sam: Okay, same with me. My phone is on my bedside table at night and when I wake up in the middle of the night I grab for the phone and check my messages. Now that I hear myself telling you this, I realize how unhealthy that sounds. I am going to try something different tonight. I will leave my phone in the living room and go to bed without it.

Sheila: Sounds like a fair challenge. I dare you to do this for one week and then you can tell everyone about your experiences in our podcast.

Sam: Challenge accepted. I already miss my phone.

Sheila: Like you, young people are facing a multitude of different challenges that other generations have not really experienced, such as the prominence of smartphones and social media. These can have negative effects on your well-being if it affects your sleep.

Sam: Not to mention cyber-bullying. Being exposed to that affects your sleep and your well-being hugely.

Sheila: You're right but we don't have enough time to discuss this topic, I'm afraid.

Sam: True. Sheila, thanks for your insights on sleep deprivation of young adults and the impact it has on their health. I am facing a challenging week by trying to improve my sleeping habits. That's it for today, we are running out of time. Sleep well and see you next week.

Sheila: Bye.

4. Radio Interview: Work-Life Balance

(Audiotrack: QR-Code S. 358 / Aufgabe S. 330)

Radio Host: Good morning, everyone. On today's show, we will be talking about work-life balance and how important it is to keep track with what you are doing to yourself. Our guests today are Ben Carter and Karen Green, two experts on this topic. And my name is Theresa.

Ben: Thanks for having me, Theresa.

Karen: Good morning, Theresa.

Radio Host: Ben, tell us about your research and how the concept of a work-life balance has been changing.

Ben: Well, in the more traditional workplaces people work from 9 in the morning until 5 in the evening. The so-called nine to five jobs. In these jobs you don't usually work at the weekend or late at night. Working overtime is not very frequent and it usually is not common for people to work while they're on holiday. People with these jobs can clearly separate their professional and private lives.

Karen: I would like to add that it means that the evenings, weekends and holidays are work-free. They can focus on their hobbies, interests, sports, spending time with their families or in their clubs.

Ben: Exactly, thank you Karen, and that's important because it is very healthy not to spend all your time on your job.

Radio Host: That sounds great, but it also sounds old-fashioned. That's not how my job would work.

Karen: That's true. Nowadays most people can check their work emails on their smartphones, tablets or laptops. They can even access their mails on their way to work or on their way home. They are accessible all the time. So, it is more likely that they reply to an important mail in the evening, at the weekend or even from the hotel while they are on holiday.

Radio Host: To be honest, that's exactly what I do all the time. And I have to say that doesn't sound like a very good work-life balance.

Karen: Yes and no. This new situation also opens up a lot of new opportunities. I guess you are able to work very flexibly, if you need to leave your office early in the afternoon or if you have to stay at home for a day to be with your family you can catch up on work later that day or at the weekend. You have the advantage of being able to work from home or elsewhere.

Radio Host: That is true. Yet sometimes I wish I could leave my office outside from home. But, to sum up, what you are saying is that it doesn't have to be a bad thing that the dividing line between one's professional and private life is fading.

Ben: Exactly, many employees now have more freedom to do their work from different locations and at different times.

Radio Host: Thank you for your time. It was a pleasure to have you here, Karen and Ben.

Ben: And it was a pleasure to talk to you. Bye.

Karen: Goodbye.

Hörverstehenstexte Musterprüfung II

(6)

1. Corona Crisis: A Rap Song to Raise Awareness

(QR-Code rechts – Aufgabe Seite 338)

Skype Ringtone

Jess: Hi, Trish. How are you today? Are you staying at home? How is social distancing working out for you?

Trish: I am fine. Thank you. Yes, I am at home almost all of the time. Sometimes I very briefly leave the house to go for a walk or to go grocery shopping. How are you?

Jess: I think am getting paranoid. I am watching too much news about coronavirus. It's like you can't escape the news and that makes me nervous.

Trish: You're right. It's really hard to avoid this topic but amid all the negative facts about the disease you can also find entertaining contributions to that subject.

Jess: What do you mean?

Trish: I am talking about Psychs! From South London. I admire his song 'Spreadin' in which he raises people's awareness in a very nice way. In an interview he says that he made that track because the virus is what everyone was talking about at that moment. It really grabs people's attention. Especially in our generation.

Jess: Sounds nice. What's the song about?

Trish: He raps about all those changes to our daily lives like not being able to watch football matches and not knowing what to do at the weekends. He spreads the message that we should avoid touching each other like hugging or shaking hands, for now at least. Psychs and his crew use their feet instead. One of my favourite lines is: 'Let's take this thing serious / Please stay safe and don't get infected / Love to the families who've been affected.' He is only 18 years old and he is handling this situation quite well. He also says that one of the hardest things he is anticipating is just not being able to see his friends if we do go into lockdown.

Jess: He is only 18 years old! But he acts so maturely. I am really going to listen to his song.

Trish: You have to watch his video, too. It's great.

Jess: Okay, I am searching for it right now. Wait a second ... Wow! He has more than 200,000 clicks on YouTube. And the reaction is great!

Trish: That's amazing and he says that it took him only a day to write and produce it. That's so fast!

Jess: Thank you for that recommendation, Trish. I hope that it will lighten my mood. It's a very hard time we are in right now and it is good to know lots of people are coming together and encourage each other. I feel so lonely at home and I never thought that I would say that, but I miss school.

Trish: Me too!

Jess: I think I'll get something to eat and listen to that song now. Let's talk again later!

Trish: All right, I'll see you later!

2. 'One In Five Young People' Has Been Bullied in 2019

(QR-Code oben – Aufgabe Seite 339)

Good morning and welcome to our news podcast. My name is Jim Penn and today is the first day of the annual Anti-Bullying Week. As you may already know the Anti-Bullying Week takes place every year from November 11th to the 15th. I am glad that our country is offering a whole week to raise awareness about such an important issue. Bullying is ruining the lives of hundreds of thousands of children and one in five young people has experienced bullying during the past 12 months. That's what Anti-bullying charity report pointed out.

The charity report asked more than 2,300 young people, aged between 12 and 20, about their experiences of bullying. The result is frightening. Today, I am going to present some facts to you and in the following days we will talk about measures to prevent and help.

The survey says that one in five young people in the UK were bullied in the past year and for one in 10 it happens every day. But that's not all. One third of the respondents who said they were bullied also stated that they thought about killing themselves. Almost 50 per cent said that they felt anxious and 86 per cent of the young people said bullying had a negative impact on their confidence and on their social lives.

But what are the reasons for bullying? More than half of the respondents say they believed they were targeted due to their physical appearance. Nine per cent say they are sure that they were bullied because of their race.
The study also showed that the most common form of bullying was verbal, followed by social exclusion, intimidation and physical assault. Surprisingly, cyber bullying was found to be the least common form of bullying, according to the report. Another interesting aspect of the study is the perspective of the bullies. 59 per cent of the young people who admitted to acting as a bully did so because they felt the bullied individual 'deserved it' or because they disliked them.
The survey casts a frightening glance at our society and we really have to work together to create a safer environment for our kids. We have to prevent bullying and help the victims! How to do it will be the topic of the next days. Tomorrow we will talk to Anne Longfield, the children's commissioner for England about preventive measures. Please tune in!

Adapted from: Anne Longfield, in: https://www.ditchthelabel.org/wp-content/uploads/2019/11/The-Annual-Bullying-Survey2019-1.pdf, Seitenaufruf am 26.05.2020

3. Conversation about Global Warming

(Audiotrack: QR-Code S. 361 / Aufgabe S. 339)

Jenny: Hello everybody and welcome to our radio feature 'The Talk'. My name is Jenny and my guest today is Emma. Hi Emma, nice to have you here.

Emma: Hello Jenny, hi everybody, thank you for having me.

Jenny: Emma, you are my guest today because you have an important topic for our show 'The Talk'. Please share your thoughts with us.

Emma: I will. For more than three weeks I have been unable to go to sleep until late at night, worrying that my children won't be living in the same world as I do. They may even have no world to live in and just die from global warming and other threats that come along with it.

Jenny: Thank you for sharing your fears with us. From my work as a journalist I know that lots of other young people are worrying about global warming and the climate crisis, too. There's even a term for it, 'eco-anxiety'. I believe that it is very important and helpful to remember that you are not alone with your feelings especially when you are worrying about such a crucially important topic as climate change.

Emma: Thank you for your advice. Indeed, it is very helpful to talk about my feelings. Sharing my worries with other people does help to feel a little better. There are also podcasts by young people talking about how they deal with their 'eco-anxiety' and you can also read a lot about it on blogs. The offers are manifold, but I still can't find any rest.

Jenny: Statistics show that 'eco-anxiety' is being felt more and more by people as they realize that climate problems are real and that there will be many more problems connected to them. But anxiety is not the only emotion many people feel. Is it?

Emma: You are bringing up a very important point. These people, including me, also experience feelings of grief, anger, guilt, fear, shame and, above all, panic. This emotional cocktail can be really confusing and creates even more unrest and anxiety.

Jenny: I really admire your and these people's empathy even if it sounds exhausting to live through all these emotions day by day. I think your fears, even if they are not nice to experience, are a very important reaction to what is happening in the world. We should change the name for it. I would prefer to call it 'eco-awareness' or 'eco-empathy' to put a positive spin on it.

Emma: I like that idea and thanks for your kind words. I figured out that one of the best ways to deal with my 'eco-awareness' is to take action. I joined a group that is organising flash mobs to raise awareness and to help protect the environment. Or if you don't have enough time to work in such groups you could just support your local Fridays for Future demonstrations.

Jenny: At the beginning you said that you are often up until late at night because you worry about the future. I want you to recognize all the positive energy you bring into this world and that what you are doing is great. You need your sleep to have the energy to continue what you are doing right now. Be kind to yourself and allow yourself to sleep. I hope that you can find a balance between worrying about things and appreciating the good things happening around you.

Emma: Again, thank you for your advice. It has been really good talking to you. I think I will focus on the positive spin you mentioned earlier. That will help me a great deal, I guess.

Jenny: That's the spirit. It has been a pleasure having you here.

Emma: Thanks for inviting me. Goodbye.

4. Our Brain

(Audiotrack: QR-Code S. 361 / Aufgabe S. 340)

Hello everybody and welcome to science talk with Professor Kesla. Today I would like to give you some insight into how our brain works. First of all, I have to tell you that the human brain is the most complex organ in the universe. That's why scientists have been trying to understand it for hundreds of years.

Here are some facts: the average human brain contains about 86 billion nerve cells. They are called neurons. Neurons are the building blocks of your brain. They communicate with each other by sending signals. Each neuron is connected with other neurons. These tiny junctions are called synapses. The signals rush along tiny fibres, like electrical wires, from one neuron to the next.

That's basically how communication works. For example: Every time you read a word, see something or hear a voice like mine in this radio report, millions of neurons are communicating with each other through hundreds of millions of synapses.

The same holds true for how your body works. Your brain is your control centre. This control centre uses a network of nerves called 'the nervous system' to send its signals to your muscles so that you can move around. The nervous system runs through your body along the spinal cord. It spreads branches into your body like a tree so that you can control all your muscles.

The brain not only sends signals through the nervous system, it also controls processes in the body. It explains why you feel sleepy. When the sun goes down, a particular part of your brain produces a hormone called melatonin, which makes you feel tired. Melatonin is produced a few hours later in teenagers than it is in adults and children. This makes teenagers want to go to bed and wake up later than adults and children. So, next time someone calls you lazy you can reply that it's not your fault but that it has to do with how your body produces melatonin.

You also need your brain in order to experience the outside world, because your senses send signals to your brain. Imagine you are walking down a street in a huge city. The light reflected by the windows of the buildings and cars enters your open eyes, the roaring sounds of machines reach your ears and the distinct smell for busy city finds its way up your nose. The nerve cells in your eyes, ears and nose send these signals to your brain. Different parts of your brain then process what you see, hear or smell.

This, very briefly, explains how our brain works. I hope your brain cells are triggered to find out more about how they work. For further information and more detailed explanations please visit our website. See you soon!

Hörverstehenstexte Prüfung 2021

(7)

Part 1 – Yoga

(QR-Code rechts – Aufgabe Seite 348)

Interviewer: Hello and welcome to Radio Sunshine. It's International Yoga Day today. So we have invited some famous yoga instructors. My first guest is Lisa. Lisa, can you explain what yoga is in general?

Lisa: Well, most people know yoga as a kind of activity which aims at developing strength and flexibility. To practise yoga, you learn to put your body into different positions. The correct breathing is also important. However, yoga is really about more than just exercise.

Interviewer: What do you mean by that?

Lisa: In fact, yoga is not just about exercising, it also helps to connect people to each other and to nature. So many yoga fans enjoy their sport in parks. In 2014, the United Nations agreed to create the International Yoga Day, which is now celebrated on 21st June.

Interviewer: Peter, you've already written a book about the history of yoga. What did you find out?

Peter: The history of yoga goes back at least 5,000 years, and some people claim it's nearer 10,000 years ago. First developed in Northern India as a spiritual and physical form of exercise, yoga was later introduced to the Western world and became a very popular form of exercise in the United States and in Europe.

Interviewer: Dr Sing, can you tell us about the benefits of yoga?

Dr Sing: Yoga is a natural form of exercise and therefore good for the mind and body. Regular practice of yoga helps people to improve their balance. Although you won't really get out of breath, like you might playing football or running, it does help to keep your heart healthy and you can lose weight. It can reduce stress and also help with back pain. Yoga also improves concentration and helps people to sleep better.

Interviewer: Alright, thanks a lot so far. We'll have a short break and pass on to the news ... (fade out)

Adapted from: http://learnenglishteens.britishcouncil.org/general-english/magazine/yoga (08.11.2019)

Part 2 – Vikings

(QR-Code oben – Aufgabe Seite 349)

Tour guide: Come on over everybody. Closely together. Very nice.
Let's start from the very beginning. The Vikings were warriors who crossed the sea to get to another country. They came from very different places like Sweden, Denmark and many other northern areas. Ah ... a question! Yes, please?

Student 1: Sir, so Vikings really were some kind of pirates?

Tour guide: Yes, you could say so. The word Viking itself means as much as 'pirate'. Why the Vikings started to leave their homelands is not fully clear. Experts have different ideas on why they left: Some think because of overpopulation of their homelands, others think mainly to get rich. At that time Europe was getting richer and richer. That's mainly why it became more and more interesting to the Vikings.

Student 2: Wow, look at those swords! Sorry, Mr. ... What about fighting?

Tour guide: Fighting was a major skill for Viking warriors. They fought using long swords and axes. Good swords were used to keep Viking history alive from generation to generation. They often had horrifying names and were handed down from father to son. The father would tell the son about all the men that had died by the sword.

Student 3: Oh, look at that! Isn't that a real Viking ship? Amazing!

Tour guide: Very good, that's in fact an authentic Viking ship!
But actually there are other types as well. The Vikings used different kinds of ships: some for attacking and some for trading. Ships played an important role in the Viking culture. You won't believe it, but some people were even buried in ships. Here you can see images of ships on jewellery stones and coins . ... (fade out)

Adapted from: https://www.history.com/topics/exploration/vikings-history. (30.01.2020); https://www.bbc.co.uk/bitesize/topics/ztyr9j6/articles/zy9j2hv (31.01.2020); http://www.hurstwic.org/history/articles/manufacturing/text/norse_ships.htm (31.01.2020); https://www.ancient.eu/Viking_Ships/ (31.01.2020)

Part 3 – The Prom

(Audiotrack: QR-Code S. 364 / Aufgabe S. 349

Hi Lena, this is Mary-Lou, you won't believe what happened on prom night yesterday. You know, the final dance and biggest event of the year at our high school. Well, for me it was a complete disaster.
I planned everything perfectly: what to wear, hairstyle, make-up, jewellery – you know what I mean. So, me and my girls went dress-shopping downtown two months ago and I found the most beautiful dress ever. I looked oh so awesome, I felt like Cinderella. Perfect match because the prom motto was Magic Night. But when I saw the price tag, my world started to fall apart. Gosh!!!!!! 500 bucks for the stupid dress. It was way too expensive. Luckily, I found out that you could also rent the dress.
Ok, dress done! Do you remember Derek, the captain of our football team? You know that I've fancied him for ages. Instead of simply sending me a text message to ask me out for the prom, he'd prepared a poster, which he pinned on my school locker. So, everybody could see it and all the other girls were so jealous. Derek was so cute, he organized everything from driving in a limo to having a glamorous photo session. He even invited me to a candlelight dinner in a cozy restaurant.
After the wonderful meal, we arrived at our nicely decorated gym and you won't believe what I saw on the dance floor. There she was – Tiffany, that old snake – with MY dress. Seriously! How dare she – why did I tell her about the dress store at all?
I told Derek to take me home immediately but he preferred to dance with Tiffany. I was in tears. So I called my dad to pick me up. Wish you were here!

Part 4 – Digital Footprint

(Audiotrack: QR-Code S. 364 / Aufgabe S. 350)

Every time you go online you leave a trail. This is just like a real footprint. It shows where you've been, how long you stayed and what you've been doing there. You leave your digital footprint every time you register for an online service, send an email, download a video or upload a photo because the information can be used. This shouldn't necessarily worry you but be aware of it and be careful and sensible when you are online.
All kinds of people are interested in your digital footprint, for example companies. Employers often check out the online profiles of possible candidates as part of their application process. There are cases of people who didn't get a job, because their digital footprint didn't impress the company.
Here are some tips for taking care of your digital footprint:

- If you find something upsetting, frightening or concerning, tell an adult. There are ways to report these disturbing contents and in most cases web managers respond rapidly.
- Don't forget to log out when you leave a website, especially if you use a shared computer. If you don't, someone can easily pretend to be you!
- Protect your identity online, for example use a nickname and no real photo. Be careful about who you share personal information with and always think twice before sharing details like your email, home address, school or phone number with anyone.

But the advantage of your digital footprint is that you don't have to remember your favourite websites. You can use the history button and the bookmark function. This way your digital footprint can even be helpful.

Adapted from: [https://learnenglishteens.britishcouncil.org/skills/reading/upper-intermediate-b2-reading/your-digital-footprint (30.01.2020)]

Notizen

Notizen

Bewerbungsunterlagen

Die meisten Firmen bevorzugen inzwischen eine Onlinebewerbung. Große Unternehmen bieten oft eigene Bewerbungsportale auf ihren Firmenwebsites, auf denen Bewerber/-innen ein Onlineformular ausfüllen und ihre Unterlagen wie Lebenslauf, Zeugnisse oder Bewerbungsfoto hochladen können. Bei der zweiten Möglichkeit verschickt der/die Bewerber/-in seine/ihre Bewerbung per E-Mail mit entsprechendem Anhang. Dabei empfiehlt es sich, die oben genannten Unterlagen in ein einziges Dokument zu packen, damit der/die Personalzuständige nicht lange suchen und nur eine Datei öffnen muss.

Allerdings ist bei einer Onlinebewerbung auf eine seriöse E-Mail-Adresse, die Qualität eingescannter Dokumente, das richtige Format (meist PDF) und die Dateigröße (max. 2 – 3 MB) zu achten.

Für die Onlinebewerbung gelten die gleichen Maßstäbe wie für die klassische Bewerbungsmappe. Insbesondere das Anschreiben sollte die herkömmlichen Kriterien erfüllen: persönliche Anrede, direktes Eingehen auf den ausgeschriebenen Ausbildungsplatz, korrekte Rechtschreibung und Zeichensetzung etc. Das Anschreiben kann Teil der E-Mail selbst sein oder im Anhang verschickt werden. Dann sollte aber zumindest eine Kurzversion im Textfenster der E-Mail enthalten sein.

Die folgende Liste gibt Ihnen einen wichtigen Überblick über die Unterlagen, die Ihre Bewerbung enthalten sollte:

Deckblatt

- Bewerbung von (Name) für (Ausbildungsplatz/Stelle)

Bewerbungsfoto

- professionelles Bewerbungsfoto (bei Papierfoto: auf Rückseite Name und Adresse)
- Standard: Foto oben rechts im Lebenslauf

Anschreiben

- persönliche Kontaktdaten im Briefkopf aktuell und richtig
- Name und Adresse des Ansprechpartners richtig schreiben
- korrekte Betreffzeile
- Grund für Bewerbung angeben
- Bezug zwischen Anforderungen und eigenen Fähigkeiten formulieren
- nicht länger als eine DIN-A4-Seite
- fehlerfreie Rechtschreibung und Zeichensetzung

Lebenslauf

- persönliche Angaben (Name, Anschrift, Telefonnummer, Geburtsdatum, Staatsangehörigkeit)
- Schulbildung (besuchte Schultypen) und voraussichtlicher Schulabschluss
- Berufserfahrung: Praktika etc.
- außerschulisches Engagement (z. B. Ehrenamt)
- besondere Kenntnisse
- nicht länger als zwei DIN-A4-Seiten
- lückenlos, korrekte Zeitangaben
- Unterschrift

Anlagen

- Kopien von Zeugnissen, Referenzen, Zertifikaten

Auf den nächsten Seiten finden Sie Beispiele für ein Anschreiben sowie für einen Lebenslauf.

Anschreiben

Bevor Sie sich bei einer Firma bewerben, sollten Sie sich auf jeden Fall bei der dortigen Personalabteilung nach dem Namen der zuständigen Person erkundigen. Das Anschreiben sollte, so weit möglich, immer eine personalisierte Anrede enthalten. Es macht auch einen guten Eindruck, wenn Sie sich vorher schon einmal über das Berufsbild informiert haben und darstellen können, warum Sie sich gerade für diesen Beruf eignen. Außerdem ist es wichtig, dass Sie sich über das Unternehmen informieren, bei dem Sie sich bewerben. Vermeiden Sie Schreib- und Kommafehler und vergessen Sie Ihre Unterschrift nicht.

Beispiel für ein Anschreiben

Marc Schmidt
Bahnhofstraße 158
35889 Krielinghausen
Telefon 06456 445932
E-Mail marc.schmidt@mail.de

Bäckerei Herrlinger
Herrn Fritz Herrlinger
Backgasse 15
33886 Wieshain

Krielinghausen, 15. Oktober 2021

Bewerbung um einen Ausbildungsplatz zum Bäcker

Sehr geehrter Herr Herrlinger,

durch Ihre Mitarbeiterin, Frau Fischer, habe ich erfahren, dass Sie ab dem 1. September 2022 einen Ausbildungsplatz zum Bäcker anbieten. Dafür möchte ich mich bei Ihnen bewerben.

Der Beruf des Bäckers ist bereits seit Langem mein Traumberuf. Die handwerkliche Arbeit in einer Backstube und der Umgang mit Lebensmitteln haben mich schon immer interessiert. Als Kind habe ich mit meiner Mutter oft Kuchen und Plätzchen gebacken, inzwischen backe ich alleine und probiere auch gerne neue Rezepte aus. In einem örtlichen Gasthof habe ich bereits erste Erfahrungen gesammelt.

Im Juni beende ich die Schule mit dem Hauptschulabschluss. Danach würde ich gerne bei Ihnen ein Praktikum machen, damit Sie mich vorab besser kennenlernen können.

Über die Einladung zu einem Vorstellungsgespräch freue ich mich.

Mit freundlichen Grüßen

M. Schmidt

Marc Schmidt

Anlagen: Lebenslauf mit Foto, Zertifikat Praktikum, Schulzeugnis

Lebenslauf

Ein in Aufsatzform formulierter Lebenslauf ist nicht mehr üblich.
Arbeitgeber erwarten einen Lebenslauf in Tabellenform – und zwar:

- chronologisch – die in Deutschland üblichere, traditionelle Variante
- umgekehrt chronologisch (neueste Daten am Anfang) – die moderne internationale / EU-Variante

Beispiel für einen chronologischen Lebenslauf

Lebenslauf
Marc Schmidt

Bahnhofstraße 158
35889 Krielinghausen
Telefon 06456 445932
E-Mail marc.schmidt@mail.de

Persönliche Daten	
Geburtstag und -ort Staatsangehörigkeit	23. April 2007 in Krielinghausen deutsch
Schulischer Werdegang	
09/2013 bis 07/2017 09/2017 bis 06/2022	Grundschule Krielinghausen Gesamtschule Krielinghausen • voraussichtlicher Schulabschluss: Hauptschulabschluss • Lieblingsfächer: Mathematik, Werken Teilnahme an der Koch-AG
Betriebspraktikum	
02/2021 bis 03/2021	Frischmarkt AG, Winterhain Dreiwöchiges Schülerpraktikum • Einräumen der angelieferten Waren • Mitarbeit an der Kasse • Mitarbeit an der Brottheke
Aushilfstätigkeiten	
08/2021 bis 09/2021	Gasthof „Sonne“, Krielinghausen Vierwöchiger Ferienjob • Tätigkeit als Küchenhilfe • Mitarbeit im Service
Hobbys	Backen, Kochen, Musik
Seit 10/2017	Mitglied im Musikverein (Posaune)

Krielinghausen, 15. Oktober 2021

Einstellungstests

Viele Schüler/-innen kennen die Angst vor Prüfungen. In der Schule hat man wenigstens den Vorteil, dass man ungefähr weiß, was drankommen kann. Berufseinstellungstests sind den meisten jedoch fremd und der Druck, sich gegen andere Bewerber/-innen durchzusetzen, verstärkt die Prüfungsangst meist noch.

Wir wollen Sie auf diese Situation vorbereiten und Ihnen die Angst vor dem Unbekannten nehmen. Dafür haben wir auf den nächsten Seiten einige Musteraufgaben zusammengestellt, wie sie in solchen Tests vorkommen können.

Es geht den Prüfer/-innen nicht nur darum, dass Sie alle Aufgaben korrekt lösen, sondern auch darum, wie Sie sich in einer solchen Situation verhalten und wo Ihre Stärken liegen.

Die Lösungen zu den Tests finden Sie auf Seite A14.

1. Logisches Denken

Zahlenreihen

Welche Zahl ergänzt die Zahlenreihe sinnvoll?

1. 2 6 12 20 30 ?

2. 16 23 28 38 49 62 ?

TIPP
Notieren Sie den Rechenschritt zur jeweils nächsten Zahl, dann kommen Sie meist schnell auf die Lösung.

Wortanalogien

1. Mehl verhält sich zu Kuchen wie Zement zu …?

a) Bäcker b) Maurer
c) Haus d) Hefe

2. Schnecke verhält sich zu Ohr wie Knöchel zu …?

a) Oberschenkel b) Fuß
c) Gartenhaus d) Pflanze

TIPP
Untersuchen Sie das vorgegebene Wortpaar und suchen Sie die bestehende Beziehung zwischen den Wörtern.

Beziehungen

1. Morgen ist Mittwoch. Welcher Tag war vorgestern?

a) Montag b) Dienstag c) Mittwoch d) Donnerstag
e) Freitag f) Samstag g) Sonntag

2. Es ist die Tochter deiner Großmutter, aber nicht deine Tante. Wer ist es?

a) Großmutter b) Nichte c) Cousine d) Tochter
e) Mutter f) Schwester g) Tante

Grafikanalogien

Bestimmen Sie aus den vier möglichen Grafiken diejenige, die die Bildgleichung sinnvoll ergänzt.

1.

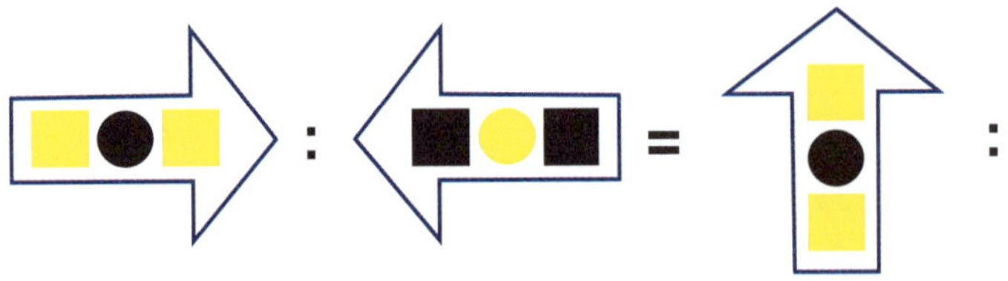

a) 

b) 

c) 

d) 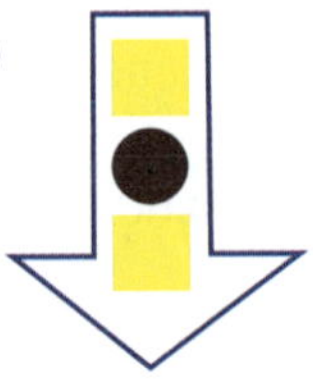

2.

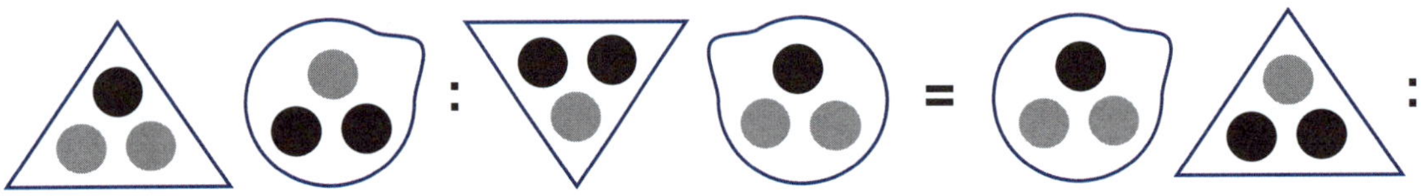

a) 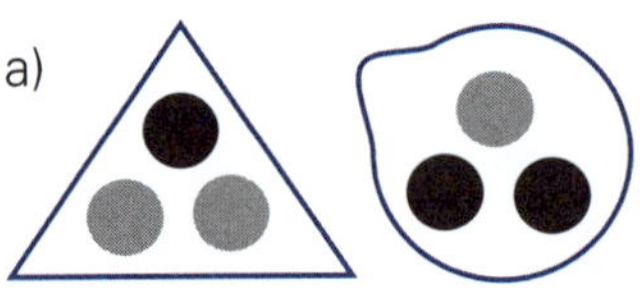

b) 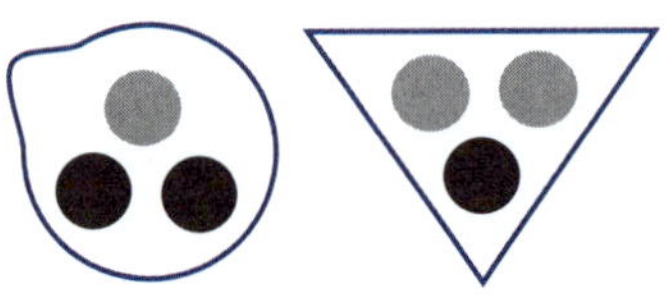

c) 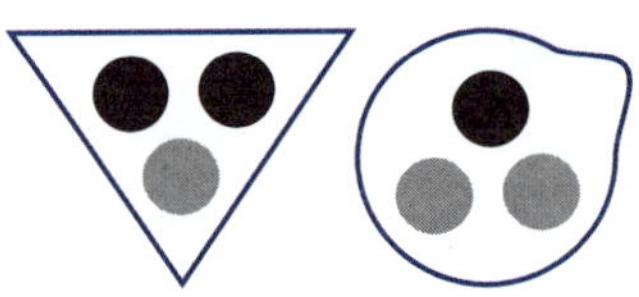

d) 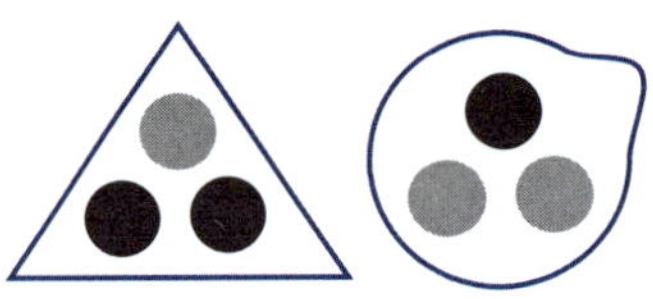

2. Konzentration

Die alphabetische Reihenfolge

Erkennen Sie die korrekten alphabetischen Buchstabenabfolgen von 3 – 5 Buchstaben und unterstreichen Sie diese.

1. dhabanejdhenahjbekjabcdfgejndnansmjodnbdjwxyzjbdnrnmalmüppkdknshdkjklndhadnenduenduendopqr-hzfunrucmchdtebnsmnaüskendhabezefghnmkelodhbezshynmnbabsebdnmeidjnantzbszxtgbsnxhzsstu-vwb

2. hnsndnadhendnsjuvwxhdndnbdnmejdkalehijkdnmadnsomemaödefgnbdbanskjneksoxnaknbsjxonbshze-baisbelmanslmnopzehbaisjbajsnenakmslxpklmhjdamsidjendhijdnsmalsneisxnmamsrstudbansmensuaylx-vn

Kopfrechnen

Geben Sie das Ergebnis folgender Rechnung an. Rechnen Sie Schritt für Schritt, die Rechenregel „Punkt vor Strich" gilt hier nicht.

1. 6 + 6 – 3 + 7 – 5 · 2 + 8 – 20 · 2 + 7 =

2. 81 : 9 + 7 + 5 + 3 : 2 + 13 · 2 – 20 : 2 – 15 + 7 · 2 – 6 · 3 =

Mosaik

1. In welchem Feld ist ein Mosaikbaustein falsch? Geben Sie an, ob A, B, C oder D richtig ist.

TIPP Kreuzen Sie im Zweifelsfall die Antwort an, die Ihnen richtig erscheint.

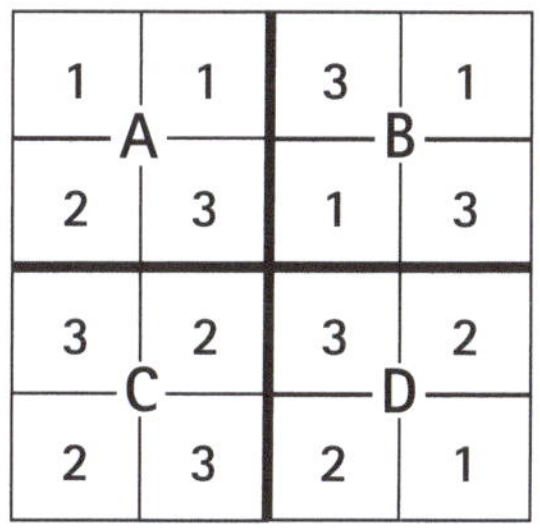

2. In welchem Feld ist ein Mosaikbaustein falsch? Geben Sie an, ob A, B, C, D oder E richtig ist.

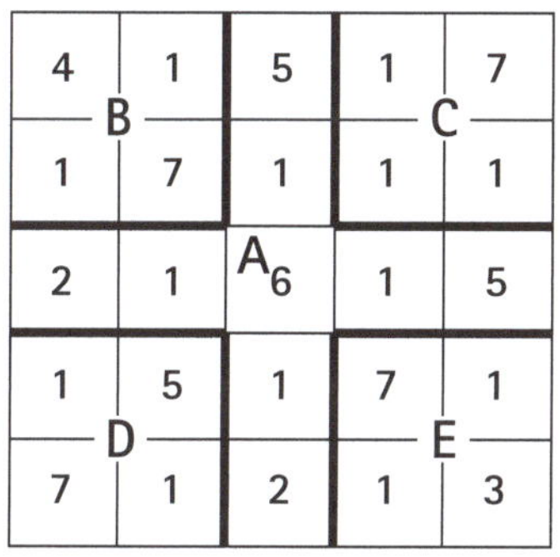

Additions-/Subtraktionsaufgaben

Rechnen Sie zuerst die obere und dann die untere Zeile aus. Ist das zweite Ergebnis kleiner als das erste, ziehen Sie es vom ersten ab und schreiben diese Differenz auf. Ist das Ergebnis der zweiten Zeile größer, müssen Sie beide Ergebnisse addieren.

1. 2 + 4 − 5
5 + 4 + 4

2. 7 + 8 − 3
4 + 5 − 2

3. 4 + 4 − 3
7 + 6 + 4

4. 4 + 5 + 4
9 − 8 + 7

5. 8 − 4 − 1
3 + 4 + 6

6. 3 + 8 − 3
4 + 3 + 2

7. 4 + 9 − 7
5 + 6 − 3

8. 9 − 2 + 7
3 + 2 + 4

9. 7 + 3 − 4
4 + 7 − 3

TIPP Rechnen Sie jede Reihe für sich und schreiben Sie das Ergebnis auf. So verlieren Sie nicht die Übersicht.

3. Allgemeinwissen

1. Wie viel Liter Blut fließen durchschnittlich durch den menschlichen Körper?

a) 5 bis 6 Liter
b) 12 bis 14 Liter
c) 8 bis 10 Liter
d) 3 bis 4 Liter

TIPP

Wenn Sie nicht ganz sicher sind, gehen Sie nach dem Ausschlussverfahren vor und kreuzen Sie auf jeden Fall eine Antwort an.

2. Wie lautet das chemische Gegenstück zur Säure?

a) Salz
b) Oxid
c) Zucker
d) Base

3. Welche Einheit bezeichnet elektrischen Strom?

a) Hertz
b) Ampere
c) Watt
d) Pascal

4. Wie viele Seitenflächen hat ein Tetraeder?

a) 4
b) 6
c) 8
d) gar keine, es ist eine Kugel

5. Wie nennt man in der Informatik die kleinste Informationseinheit?

a) Chip
b) Unix
c) Link
d) Bit

6. Welches Wirtschaftssystem hat Deutschland?

a) Zentrale Marktwirtschaft
b) Soziale Marktwirtschaft
c) Kapitalistische Marktwirtschaft
d) Sozialistische Marktwirtschaft

7. An wie viele Länder grenzt Deutschland?

a) 6
b) 7
c) 8
d) 9

8. Wessen Interessen werden in der Kommunalpolitik vertreten?

a) Bundesländer
b) Bund
c) Landkreis und Gemeinde
d) Europäische Gemeinschaft

9. Wer war der erste Bundeskanzler der Bundesrepublik Deutschland?

a) Gerhard Schröder
b) Konrad Adenauer
c) Helmut Kohl
d) Ludwig Erhard

10. Unter welchem Namen schrieb der erste römische Kaiser Octavian Geschichte?

a) Caesar
b) Augustus
c) Romulus
d) Herkules

11. In welchem Drama Goethes wird die „Gretchenfrage“ gestellt?

a) Götz von Berlichingen
b) Faust I
c) Torquato Tasso
d) Egmont

12. Wer schrieb das Stück „Die Räuber“?

a) Johann Wolfgang von Goethe
b) Friedrich Schiller
c) Gotthold Ephraim Lessing
d) Wilhelm Hauff

13. Welcher Künstler malte die „Mona Lisa“?

a) Pablo Picasso
b) Michelangelo Buonarroti
c) Salvador Dali
d) Leonardo da Vinci

14. Wie heißen die Stimmlagen der Männerstimmen, absteigend nach der Höhe sortiert?

a) Sopran, Bass, Tenor
b) Tenor, Bariton, Bass
c) Bariton, Tenor, Bass
d) Alt, Tenor, Bass

15. Woraus besteht eine Nordische Kombination?

a) Skisprung und Skilanglauf
b) Skilanglauf und Schießen
c) Slalom und Abfahrt
d) Skiflug und Slalom

4. Sprachgefühl

Abkürzungen

Wofür stehen folgende Abkürzungen? Kreuzen Sie alle richtigen Antworten an.

1. a) Mofa = Montagefabrik
b) ABS = Autobahnschnee
c) FAZ = Frankfurter Allgemeine Zeitung
d) DIN = Deutsches Institut für Normung

2. a) IHK = Industrie- und Handelskammer
b) AGB = Angestelltengesetzbuch
c) USA = United States of America
d) EU = Europäische Universität

3. a) BASF = Badische Anilin- und Soda-Fabrik
b) PS = Pendelstrom
c) BVerfG = Bundesverfassungsgericht
d) VW = Volkswagen

Wortbedeutungen

Welches der vier Wörter passt nicht zu den anderen?

1.	2.	3.
a) Deutsch	a) Fußball	a) Buchstabe
b) Französisch	b) Tennis	b) Zahl
c) Schwäbisch	c) Basketball	c) Vokal
d) Englisch	d) Schwimmen	d) Konsonant

Fremdwörter

1. Was bedeutet das Fremdwort „heterogen"?

a) fremd
b) ungleichartig
c) stark erhitzt
d) keimfrei

2. Was bedeutet das Fremdwort „relativ"?

a) verhältnismäßig
b) sehr klein
c) sehr groß
d) verändert

Satzergänzungen

1. Das menschliche Verhalten wird von der … untersucht.

a) Biologie
b) Zoologie
c) Chemie
d) Psychologie

2. Im Straßenverkehr muss man besonders … sein?

a) aggressiv
b) mutig
c) schnell
d) aufmerksam

TIPP

Führen Sie zuerst die Aufgaben und Antworten zusammen, bei denen Sie sich sicher sind.

3. Der Stundenzeiger einer Uhr ist immer ... als der Minutenzeiger.

a) länger
b) kürzer
c) dicker
d) dünner

Sinnverwandte Sprichwörter

Welches Sprichwort hat eine ähnliche Bedeutung wie das vorgegebene?

1. „Jeder kehre vor seiner eigenen Türe."

a) Wer anderen eine Grube gräbt, fällt selbst hinein.
b) Wer im Glashaus sitzt, soll nicht mit Steinen werfen.
c) Der Lauscher an der Wand hört seine eigene Schand.
d) Reden ist Silber, Schweigen ist Gold.

2. „Das Glück ist mit den Dummen."

a) Die dümmsten Bauern haben die größten Kartoffeln.
b) Den Tüchtigen hilft das Glück.
c) Scherben bringen Glück.
d) Wer nicht wagt, der nicht gewinnt.

Groß- und Kleinschreibung

Welcher Satz ist richtig geschrieben?

1. a) Aber heute Früh habe ich wieder einen Arzttermin.
b) Aber Heute früh habe ich wieder einen Arzttermin.
c) Aber heute früh habe ich wieder einen Arzttermin.

2. a) Sie hatte fünf einsen im Zeugnis und war zweite im Weitsprung.
b) Sie hatte fünf einsen im Zeugnis und war Zweite im Weitsprung.
c) Sie hatte fünf Einsen im Zeugnis und war zweite im Weitsprung.
d) Sie hatte fünf Einsen im Zeugnis und war Zweite im Weitsprung.

3. a) Als die englische Königin abends in ihr Schloss kam, war das Licht schon aus.
b) Als die Englische Königin abends in ihr Schloss kam, war das Licht schon aus.
c) Als die Englische Königin Abends in ihr Schloss kam, war das Licht schon aus.
d) Als die englische Königin Abends in ihr Schloss kam, war das Licht schon aus.

Rechtschreibung

Welches Wort ist richtig geschrieben?

1. a) Dampflockomotive
b) Dampflockomotife
c) Dampflokomottife
d) Damflockomotive
e) Dampflokomotive

2. a) Renaissanse
b) Renaissance
c) Rennaissance
d) Rennaisance
e) Renaisance

TIPP

Stellen Sie sich die Wörter ausgesprochen vor und überlegen Sie, welches richtig klingt.

Bilden Sie den Plural folgender Wörter.

3. Visum
4. Globus
5. Pizza

5. Mathematisches Denken

Dreisatz

1. **Ein Motorrad benötigt für eine 125 km lange Strecke 22,50 Liter Benzin. Welchen Verbrauch hat das Motorrad auf 100 km?**

2. **In einem Betrieb kommen 60 % der Männer und 50 % der Frauen mit dem Auto zur Arbeit. Wie viel Prozent kommen insgesamt mit dem Auto, wenn dort 60 % Männer arbeiten?**

3. **4 Personen haben ein durchschnittliches Gewicht von 69 kg. Die erste Person wiegt 76 kg, die zweite 61 kg, die dritte 65 kg. Wie viel wiegt die vierte Person?**

Maßeinheiten

1. **Wie viele Stunden und Minuten sind 7200 Sekunden?**

   a) 120 Stunden
   b) 2 Stunden
   c) 5 Stunden
   d) 1 Stunde 20 Minuten

2. **Wie viele Hektar sind 55 000 Quadratmeter?**

   a) 5,5
   b) 550
   c) 55
   d) 5550

3. **Wie viele Kubikmeter sind 300 Liter?**

   a) 0,3
   b) 30
   c) 3
   d) 300

Prozent- und Zinsrechnung

1. **Die Mehrwertsteuer (19 %) beim Kauf eines Fahrrads beträgt 57 Euro. Wie teuer ist das Fahrrad inklusive Mehrwertsteuer?**

   a) 243 Euro
   b) 357 Euro
   c) 300 Euro
   d) 414 Euro

2. **Nach welcher Zeit sind 15 000 Euro auf 20 000 Euro angewachsen, bei einer jährlichen Verzinsung von 5 %?**

   a) 6 Jahre und 216 Tage
   b) 6 Jahre und 260 Tage
   c) 6 Jahre und 220 Tage
   d) 6 Jahre und 8 Monate

Gleichungen

Ergänzen Sie die fehlenden Rechenzeichen bei den Gleichungen, um auf die vorgegebene Lösung zu kommen. Die Rechenregel „Punkt vor Strich" gilt hier.

1. 8 … 4 … 1 = 31
2. 2 … 60 … 12 = -3
3. 11 … 20 … 5 … 12 = 99

6. Räumliche Vorstellung

Drehungen im Raum

In welcher Position befindet sich der Buchstabe nach der Drehung, wie es die Pfeile der Reihe nach vorgeben? Die Drehungen sind jeweils 90 Grad um die Raumachsen.

a) ☐ 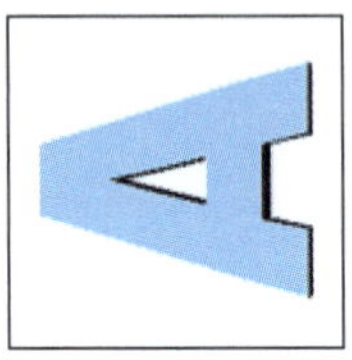

b) ☐ 

c) ☐ 

d) ☐ 

e) ☐ 

Flächen eines Körpers

Bestimmen Sie die Gesamtzahl an Flächen der vorgegebenen Körper.

1. 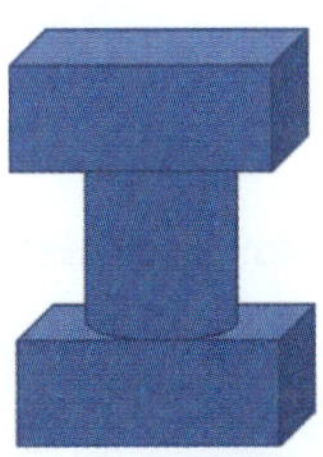

a) 15 b) 12 c) 14 d) 17

2. 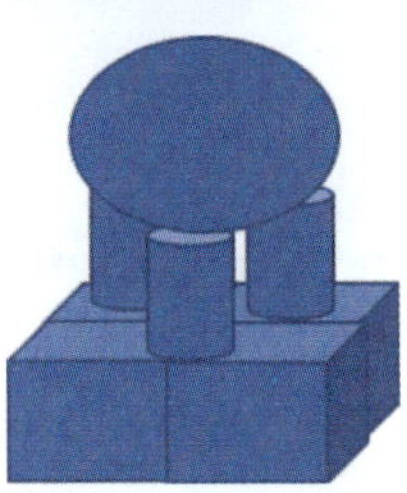

a) 32 b) 33 c) 34 d) 30

3. 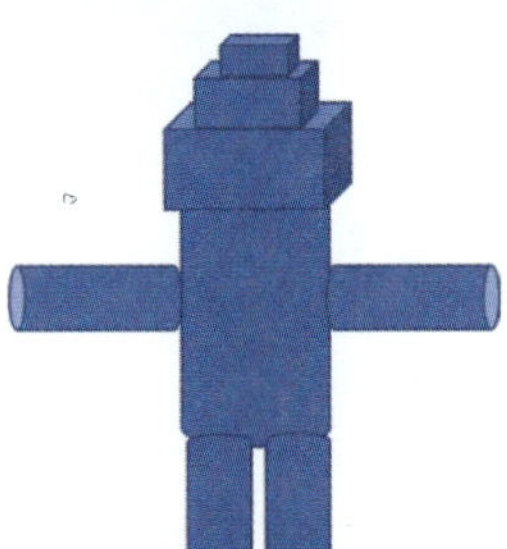

a) 31 b) 30 c) 29 d) 32

Spiegelbilder

Welche Figur passt nicht zu den anderen?

1. a)

b)

c)

d)

e)

f)

2. a)

b)

c)

d)

e)

f)

Würfelfaltung

1. Welcher Würfel lässt sich aus dieser Vorlage falten?

a)

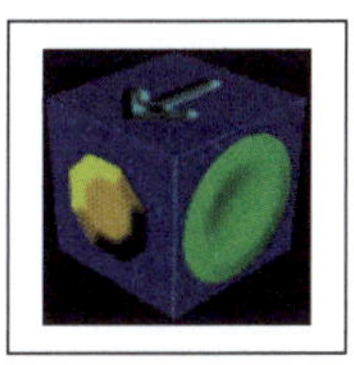

b)

c)

d)

2. Aus welcher Faltvorlage lässt sich dieser Würfel falten?

a)

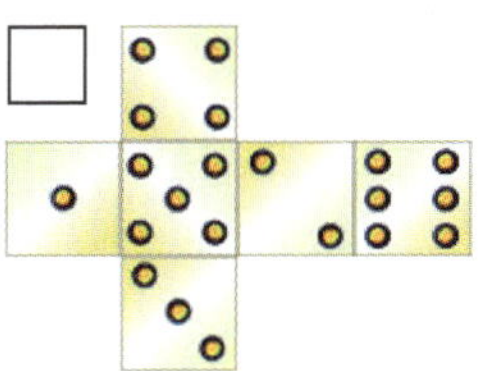

b)

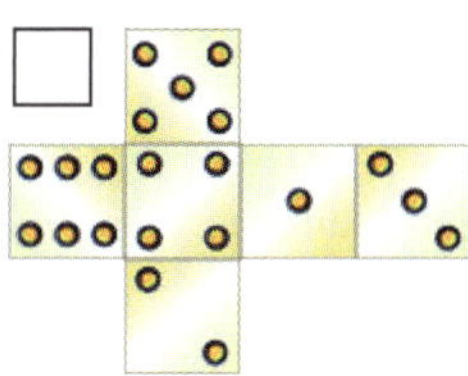

c)

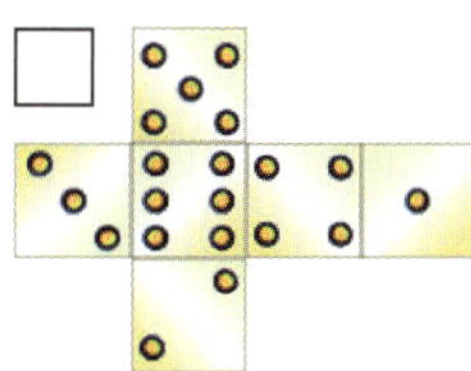

d)

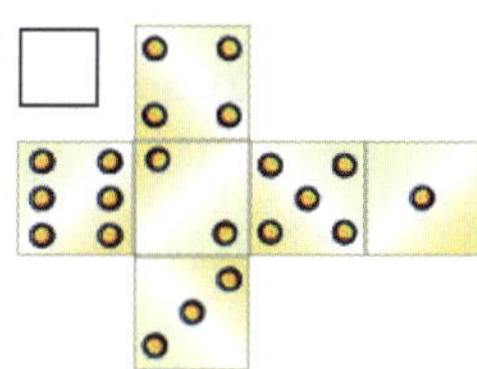

Lösungen Einstellungstests

1. Logisches Denken

Zahlenreihen

1. 2 $^{+4}$ 6 $^{+6}$ 12 $^{+8}$ 20 $^{+10}$ 30 $^{+12}$ **42**
2. 16 $^{+7}$ 23 $^{+5}$ 28 $^{+10}$ 38 $^{+11}$ 49 $^{+13}$ 62 $^{+8}$ **70**
(Quersumme addieren)

Wortanalogien

1. c) Haus **2.** b) Fuß

Beziehungen

1. g) Sonntag **2.** a) Mutter

Grafikanalogien

1. a) 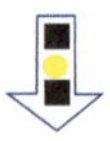 **2.** b) 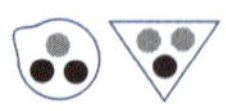

2. Konzentration

Alphabetische Reihenfolge

1. dhabanejdhenahjbekjabcdfgejndnansmjodnbdjwxyzjbdnrnmalmüppkdknshdkjklndhadnenduenduendopqrhzfunrucmchdtebnsmnaüskendhabezefghnmkelodhbezshynmnbabsebdnmeidjnantzbszxtgbsnxhzsstuvwb
2. hnsndnadhendnsjuvwxhdndnbdnmejdkalehijkdnmadnsomemaödefgnbdbanskjneksoxnaknbsjxonbshzebaisbelmanslmnopzehbaisjbajsnenakmslxpklmhjdamsidjendhijdnsmalsneisxnmamsrstudbansmensuaylxvn

Kopfrechnen

1. 27 **2.** 24

Mosaik

1. D **2.** C

Additions-/Subtraktionsaufgaben

1. 14 **2.** 5 **3.** 22
4. 5 **5.** 16 **6.** 17
7. 14 **8.** 5 **9.** 14

3. Allgemeinwissen

1. a) 5 bis 6 Liter **2.** d) Base **3.** b) Ampere **4.** a) 4
5. d) Bit **6.** b) Soziale Marktwirtschaft **7.** d) 9 **8.** c) Landkreis und Gemeinde
9. b) Konrad Adenauer **10.** b) Augustus **11.** b) Faust I **12.** b) Friedrich Schiller
13. d) Leonardo da Vinci **14.** b) Tenor, Bariton, Bass **15.** a) Skisprung und Skilanglauf

4. Sprachgefühl

Abkürzungen

1. c) FAZ = Frankfurter Allgemeine Zeitung
d) DIN = Deutsches Institut für Normung
2. a) IHK = Industrie- und Handelskammer
c) USA = United States of America
3. a) BASF = Badische Anilin- und Soda-Fabrik
c) BVerfG = Bundesverfassungsgericht
d) VW = Volkswagen

Wortbedeutungen

1. c) Schwäbisch **2.** d) Schwimmen **3.** c) Zahl

Fremdwörter

1. b) ungleichartig **2.** a) verhältnismäßig

Satzergänzungen

1. d) Psychologie **2.** d) aufmerksam **3.** b) kürzer

Sinnverwandte Sprichwörter

1. b) Wer im Glashaus sitzt, soll nicht mit Steinen werfen. **2.** a) Die dümmsten Bauern haben die größten Kartoffeln.

Groß- und Kleinschreibung

1. c) Aber heute früh habe ich wieder einen Arzttermin.
2. d) Sie hatte fünf Einsen im Zeugnis und war Zweite im Weitsprung.
3. a) Als die englische Königin abends in ihr Schloss kam, war das Licht schon aus.

Rechtschreibung

1. e) Dampflokomotive **2.** b) Renaissance
3. Visa oder Visen **4.** Globen oder Globusse **5.** Pizzas oder Pizzen

5. Mathematisches Denken

Dreisatz

1. 18 Liter **2.** 56 Prozent **3.** 74 kg

Maßeinheiten

1. b) 2 Stunden **2.** a) 5,5 **3.** a) 0,3

Prozent- und Zinsrechnung

1. b) 357 Euro **2.** d) 6 Jahre und 8 Monate

Gleichungen

1. 8 x 4 – 1 = 31
2. 2 – 60 : 12 = -3
3. 11 + 20 x 5 – 12 = 99

6. Räumliche Vorstellung

Drehungen im Raum

1. c)

Flächen eines Körpers

1. a) 15 **2.** c) 34 **3.** b) 31

Spiegelbilder

1. a) **2.** c)

Würfelfaltung

1. a) **2.** b)

Assessment-Center (AC)

Ein weiterer gängiger Test für die Auswahl von Azubis ist das sogenannte Assessment-Center (AC). Der Begriff kommt aus dem Englischen („to assess" = bewerten, beurteilen). Grundidee ist es, die Kandidat/-innen in vorgegebenen Situationen zu beobachten, die den künftigen Aufgaben entsprechen. Hierbei zählt eher die persönliche Eignung als die fachliche Qualifikation.

Bestandteile eines Assessment-Centers sind in der Regel Rollenspiele, Planspiele, Gruppendiskussionen, Einzelvorträge, Fallstudien und psychologische Testverfahren. Üblich sind diese AC mittlerweile bei Großunternehmen wie Banken und Versicherungen, aber auch bei der Polizei oder im öffentlichen Dienst.

Tipps für ein AC-Auswahlverfahren

- freundlich und offen sein
- Blickkontakt mit den Gesprächspartnern halten
- Interesse zeigen und Fragen stellen
- seine eigene Meinung selbstbewusst vertreten
- die Meinung anderer respektieren
- sich aktiv an Diskussionen beteiligen
- ehrlich sein, kein falsches Wissen vorgeben
- kühlen Kopf und Ruhe bewahren

Onlinetipps

Es gibt im Internet viele Möglichkeiten, Eignungstests zu machen und so noch intensiver zu üben. Auch zum Thema Bewerbung kann man im Internet hilfreiche Tipps finden. Hier einige Links:

- www.planet-beruf.de
- www.azubiworld.com
- www.ausbildung.info
- www.ausbildungspark.com
- www.bewerbung.de
- www.bewerbungsdschungel.com
- www.berufswahl-tipps.de
- www.azubi-azubine.de
- www.jobinspektor.com
- www.azubot.de
- www.stuzubi.de
- www.azubiyo.de

Für die Inhalte der aufgeführten Websites übernehmen wir keine Haftung. Das gilt auch für alle auf diesen Websites angebrachten Links.

Anmerkungen:
Schematisierte Darstellung des Bildungswesens. Die Verteilung der Schülerzahlen in der Jahrgangsstufe 8 für das Jahr 2016 stellt sich im Bundesdurchschnitt wie folgt dar: Hauptschule 10,8 %, Realschule 18,9 %, Gymnasium 36,2 %, integrierte Gesamtschule 16,8 %, Schularten mit mehreren Bildungsgängen 12,2 %, sonderpädagogische Bildungseinrichtungen 4,2 %.
Die Durchlässigkeit zwischen den Schularten und die Anerkennung der Schulabschlüsse sind bei Erfüllung der zwischen den Ländern vereinbarten Voraussetzungen gewährleistet.
Die Dauer der Vollzeitschulpflicht (allgemeine Schulpflicht) beträgt neun Jahre, in fünf Ländern zehn Jahre, und die anschließende Teilzeitschulpflicht (Berufsschulpflicht) drei Jahre.

1 In einigen Ländern bestehen besondere Formen des Übergangs von der Kindertagesstätte oder der Kindertagespflege in die Grundschule (Vorklassen, Schulkindergärten). In Berlin und Brandenburg umfasst die Grundschule sechs Jahrgangsstufen.
2 Beschulung von Schülerinnen und Schülern mit sonderpädagogischem Förderbedarf in inklusivem Unterricht an allgemeinen Schulen oder an sonderpädagogischen Bildungseinrichtungen mit entsprechenden Förderschwerpunkten. Schulbezeichnung nach Landesrecht unterschiedlich. Sonderpädagogische Bildungseinrichtungen mit dem Förderschwerpunkt „Lernen" und sonderpädagogische Bildungseinrichtungen mit dem Förderschwerpunkt „Geistige Entwicklung" haben schulspezifische Abschlüsse.
3 Die Jahrgangsstufen 5 und 6 bilden eine Phase besonderer Förderung, Beobachtung und Orientierung über den weiteren Bildungsgang mit seinen fachlichen Schwerpunkten.
4 Haupt- und Realschulen existieren in nennenswerter Zahl nur noch in fünf Ländern (Baden-Württemberg, Bayern, Hessen, Niedersachsen, Nordrhein-Westfalen). In Bayern trägt die mit der Hauptschule vergleichbare Schulart die Bezeichnung Mittelschule. Die Bildungsgänge der Hauptschule und der Realschule werden auch an Schularten mit mehreren Bildungsgängen mit nach Ländern unterschiedlichen Bezeichnungen angeboten.
5 Die folgenden Schularten mit zwei Bildungsgängen fassen die Bildungsgänge der Haupt- und der Realschule pädagogisch und organisatorisch zusammen: Regelschule (Thüringen), Sekundarschule (Bremen, Sachsen-Anhalt), Verbundene Haupt- und Realschule (Hessen), Regionale Schule (Mecklenburg-Vorpommern), Realschule plus (Rheinland-Pfalz), Regionalschule (Schleswig-Holstein), Oberschule (Brandenburg, Sachsen), Mittelstufenschule (Hessen). Der Bildungsgang des Gymnasiums wird auch an Schularten mit drei Bildungsgängen angeboten. Die folgenden Schularten umfassen die drei Bildungsgänge der Hauptschule, der Realschule und des Gymnasiums: Integrierte Gesamtschule, Kooperative Gesamtschule, Integrierte Sekundarschule (Berlin), Oberschule (Bremen, Niedersachsen), Stadtteilschule (Hamburg), Gemeinschaftsschule (Baden-Württemberg, Saarland, Sachsen-Anhalt, Schleswig-Holstein, Thüringen), Sekundarschule (Nordrhein-Westfalen).
6 Die allgemeinbildenden Schulabschlüsse nach Jahrgangsstufe 9 und 10 tragen in einzelnen Ländern besondere Bezeichnungen. Der nachträgliche Erwerb dieser Abschlüsse an Schulen des zweiten Bildungsweges und beruflichen Schulen oder durch eine Externenprüfung ist möglich.
7 Zugangsvoraussetzung ist die formelle Berechtigung zum Besuch der gymnasialen Oberstufe, die nach Jahrgangsstufe 9 oder 10 erworben wird. Der Erwerb der Allgemeinen Hochschulreife erfolgt seit 2012 in der Mehrzahl der Länder nach Jahrgangsstufe 12 (achtjähriges Gymnasium). An Schularten mit drei Bildungsgängen wird der gymnasiale Bildungsgang in der Regel nicht auf acht Jahre verkürzt.
8 Die Berufsoberschule besteht bisher nur in einigen Ländern und bietet Absolventen mit Mittlerem Schulabschluss und abgeschlossener Berufsausbildung bzw. fünfjähriger Berufstätigkeit die Möglichkeit zum Erwerb der Fachgebundenen Hochschulreife. Bei Nachweis von Kenntnissen in einer zweiten Fremdsprache ist der Erwerb der Allgemeinen Hochschulreife möglich.
9 Die Fachoberschule ist eine zweijährige Schulart, die aufbauend auf dem Mittleren Schulabschluss mit Jahrgangsstufe 11 und 12 zur Fachhochschulreife führt. Für Absolventen mit Mittlerem Schulabschluss und einer beruflichen Erstausbildung ist in den meisten Ländern der unmittelbare Eintritt in Jahrgangsstufe 12 der Fachoberschule möglich. Die Länder können auch eine Jahrgangsstufe 13 einrichten. Der Besuch der Jahrgangsstufe 13 führt zur Fachgebundenen Hochschulreife und unter bestimmten Voraussetzungen zur Allgemeinen Hochschulreife.
10 Berufsfachschulen sind berufliche Vollzeitschulen verschiedener Ausprägung im Hinblick auf Zugangsvoraussetzungen, Dauer und Abschlüsse. In ein- oder zweijährigen Bildungsgängen wird eine berufliche Grundausbildung, in zwei- oder dreijährigen Bildungsgängen eine Berufsausbildung vermittelt. In Verbindung mit dem Abschluss eines mindestens zweijährigen Bildungsgangs kann unter bestimmten Voraussetzungen die Fachhochschulreife erworben werden.
11 Zusätzlich zum berufsqualifizierenden Abschluss ggf. Erwerb des Hauptschulabschlusses oder des Mittleren Schulabschlusses. Unter bestimmten Voraussetzungen ist zusätzlich der Erwerb der Fachhochschulreife möglich.
12 Fachschulen dienen der beruflichen Weiterbildung (Dauer 1–3 Jahre) und setzen grundsätzlich den Abschluss einer einschlägigen Berufsausbildung in einem anerkannten Ausbildungsberuf und eine entsprechende Berufstätigkeit voraus. Unter bestimmten Voraussetzungen ist zusätzlich der Erwerb der Fachhochschulreife möglich.
13 Einschließlich Hochschulen mit einzelnen universitären Studiengängen (z. B. Theologie, Philosophie, Medizin, Verwaltungswissenschaften, Sport).
14 An Pädagogischen Hochschulen (nur in Baden Württemberg) wird für verschiedene Lehrämter ausgebildet. Im Einzelfall ist auch ein Studium für Berufe im außerschulischen Bildungs- und Erziehungsbereich möglich.
15 Die Berufsakademie ist eine Einrichtung des tertiären Bereichs in einigen Ländern, die eine wissenschaftsbezogene und zugleich praxisorientierte berufliche Bildung durch die Ausbildung an einer Studienakademie und in einem Betrieb im Sinne des dualen Systems vermittelt.
16 Die Studienstrukturreform mit der Umstellung auf Bachelor- und Masterabschlüsse an deutschen Hochschulen ist weitgehend abgeschlossen. Nur eine geringe Zahl von Studiengängen führt zu einem Diplomabschluss.

Stand: Juni 2018

Grundstruktur des Bildungswesens in der Bundesrepublik Deutschland

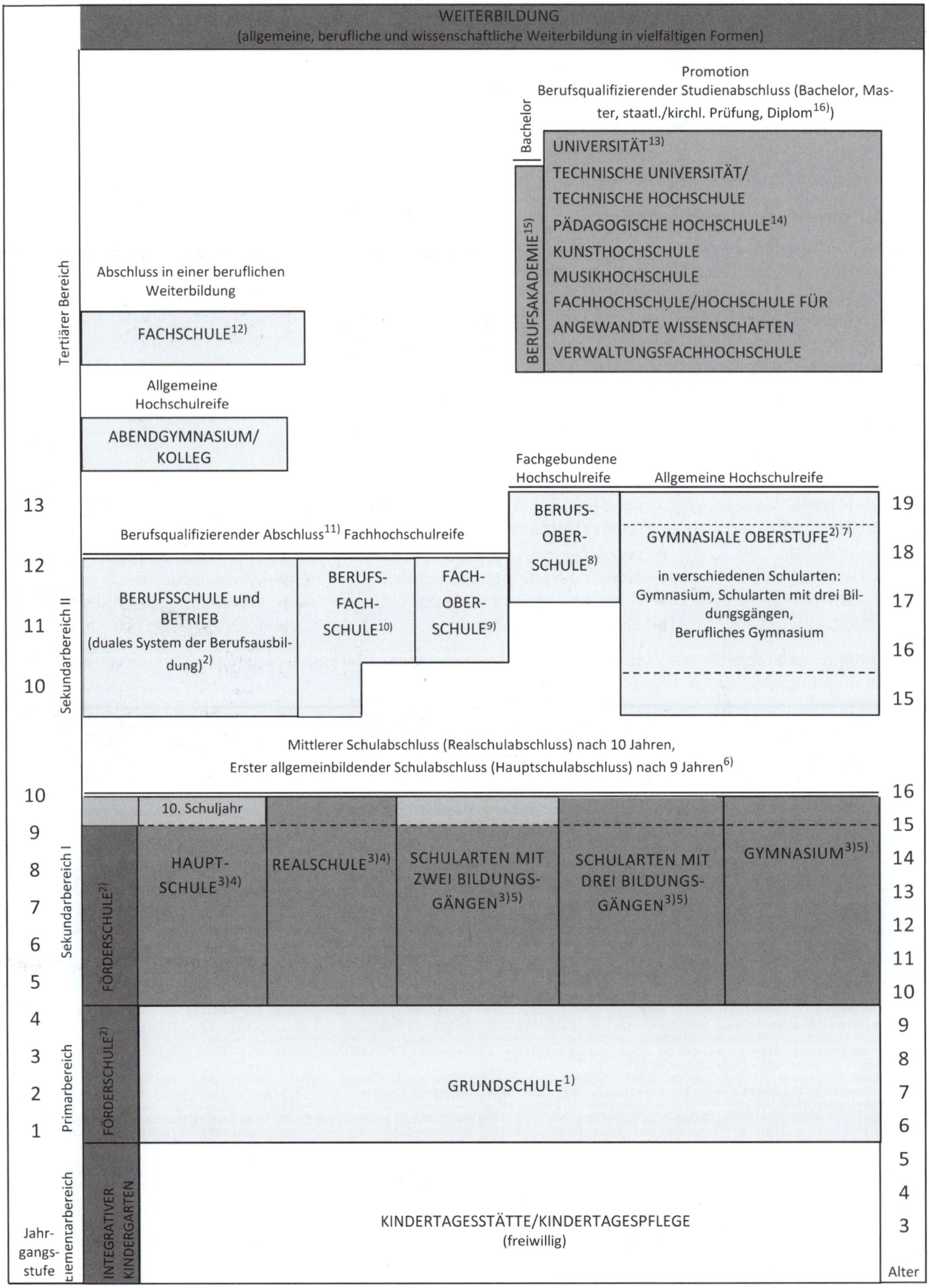

Herausgeber: Sekretariat der Ständigen Konferenz der Kultusminister der Länder in der Bundesrepublik Deutschland, Deutsche EURYDICE-Informationsstelle der Länder, Taubenstr. 10, 10117 Berlin, Tel. 030 25418-499.